茅台镇
（第三部）

袁三雁 著

孔学堂书局

目录

第四十一章　001
第四十二章　020
第四十三章　044
第四十四章　064
第四十五章　084
第四十六章　103
第四十七章　126
第四十八章　145
第四十九章　167
第五十章　　185
第五十一章　204
第五十二章　228
第五十三章　250
第五十四章　271
第五十五章　292
第五十六章　311
第五十七章　331
第五十八章　350
第五十九章　369
第六十章　　389

第四十一章

1

1949年10月1日,是中国历史的一个新开端,共产党废弃了自辛亥革命(1911)后一直沿用的"民国"称号,改称为"中华人民共和国",同时直接采用国际社会大多数国家通用的西历作为历法和纪年,即"公元"。与此同时,保留了在中国延续了几千年的、使用干支纪年法的"夏历",即"农历"。公历、农历两历并存。

中华人民共和国成立的第二天,被中国共产党尊称为"老大哥"的苏维埃社会主义共和国联盟第一个站出来喝彩,并与之建立了外交关系;随后,保加利亚、罗马尼亚、匈牙利、捷克斯洛伐克、朝鲜、波兰、蒙古、阿尔巴尼亚等国家也先后同新中国建立了外交关系。

如同一个商号或者酒楼新开张,有人把花篮、匾额什么的送过来在大门外面一字排开,无疑给主人家脸上增添了光彩。国家也是同样的道理。来捧场的国家中,大都是被称为"社会主义阵营"的国家。

第二次世界大战结束之时,同盟国中的两个主要参战大国——苏联和美国,按照自己的政治主张和价值观,把各自能控制的国家或地区划归了不同政治属性的国家集团,并由此形成"阵营"。属于苏联这边的、由无产阶级政党执政的国家,被称为"社会主义阵营";属于美国那边的、由资产阶级政党执政的国家,被称为"资本主义阵营"。

一个国家单纯由某一个阶级的政党执政还算好,有些国家因为归属不同的"阵营"而被分裂成完全不同的两个国家。比如德国,就被分裂成为"民主德国"和"联邦德国";朝鲜也被分裂了,北边的朝鲜民主主义人民共和国称另外半边叫"南朝鲜",南边的大韩民国称另外半边叫"北韩"。总之,是山河阻隔,骨肉分离。后来,类似的情况还有越南,北方称为越南民主共和国,南方称为越南国。

中国也一样,被分割成了大陆和台湾。不一样的是,台湾海峡两边的执政党均宣称自己是中国的唯一合法政府,对方是自己不可分割的一部分;大陆和台湾同样分属两个对峙着的"阵营"。

翻了年,1950年,又有几个中国的"左邻右舍"相继承认了这个新生政权,亚洲的越南、缅甸、印度、印度尼西亚,以及欧洲的瑞典、丹麦、瑞士、芬兰和列支敦士登等,连英国那样的"老牌帝国主义国家"也承认中华人民共和国政府是代表全中国的唯一合法政府,虽然没有建立外交关系,承认总比不承认好。

总之,同新中国建立外交关系的国家阵容在不断壮大着。

其实,有没有国家或者有多少个国家承认这个新诞生的人民共和国,老百姓不太关心,他们照例油盐柴米,吃喝拉撒,一天一天过。

1950年1月快结束时,新中国颁布了国家税收的相关政策,规定在中国建立统一的税收制度。这很正常,新中国要焕然一新,国家当然要立足现实制定新的税收政策。

文家老大说:"应该的。"

周世涛说:"要不兵多将广的,吃什么吗?"

文大同说:"听他们说啊,现在乡下土匪嚣张得很,说好多都是原先国军的骨干,不过是换身衣服,说有些连衣服都懒得换,穿着国军的军装直接上阵。还说共产党在好多地方只能窝在县城里,出不去,周围全是土匪。"

现在,老大家这边抛头露面的就剩下文大同和文心武两爷子了。文心武正跟着周世涛在报馆一点一点学着做,记者、编辑、校对,还有管理,什么都得上手干。这是文大同征得老太爷认可之后做出的安排。毕竟人年轻,什么都青涩得很,形成不了自己的观点。所以,在老大家这边需要聚在一起谈论时局的场合便将这个孙子排除在外。但人少了又不热闹,于是让文大同叫上周世涛,也有请老先生过来打一回牙祭的意思。

对于取得了政权的共产党,文家人没有深入地了解过。虽然最早的德范同志以及后来的文心雷曾经多多少少展现过一些有别于社会主流意识的"情况",

但他们毕竟都是文家的子孙，总体上还是规规矩矩做人做事的路子。所以，文家人要完整地了解共产党，只能走一步看一步。这种时候你要分析研究从各方面汇总过来的情况，以便形成对执政党和新政权较为完整的认知。

那年孙逸仙领导同盟会推翻了大清朝，国号改为中华民国；老百姓将新、旧两个社会称为"民国"和"大清朝"；现在毛泽东领导的共产党推翻了民国，成立了中华人民共和国。由于新旧两个政权都有"共和"，细分起来麻烦不说，还绕口，老百姓干脆称之为"新社会"和"旧社会"，不仅一目了然，还有一定程度的褒贬之意。

所谓"新"，当然不仅仅是个称谓。没多久，新政权颁布了新的《婚姻法》，马上在老文家这个堂子激起了不大不小的涟漪。

1950年5月1日，农历庚寅年的三月十五，是共产党设立的一个新的国家公休节日——国际劳动节。这是六十多年前在法国巴黎一次无产阶级的国际会议上确定的节日，又称"国际示威游行日"。国家在这一天颁布了新的《婚姻法》，在劳动人民的节日里颁布跟劳动人民休戚相关的法律，意义不言而喻，和共产党宣称的"人民当家做主"高度契合。

新的《婚姻法》被印成32开的小册子，在共产党开办的"新华书店"里销售。文渊书局的图书部也从批发渠道进了一些，一来多少有点利，蚂蚱也是肉；二来顺便带两本回家，是文家人了解共产党的一个正规渠道。国家新颁布了一部法律，你总要看看跟原先的有什么不同，该照着办的，还得照着办，否则有违百姓本分。

早在民国十九年（1930）年底，国民政府颁布的《中华民国民法·亲属编》，共七章一百七十一条，延续传统把有关婚姻的方方面面都规定了一遍。现在又出来个新的婚姻法，你必须了解两者的差异。

老大打开刚刚到手的32开的小册子，一共八章二十七条，体量上相比民国的婚姻法压缩了。但是，第一章第一条就让老大有了压迫感。

"第一条　废除包办强迫、男尊女卑、漠视子女权益的封建主义婚姻制度。实行男女婚姻自由、一夫一妻、男女权利平等、保护妇女和子女合法权益的新民主主义婚姻制度。"老大一字一句默念着。

是有点儿咄咄逼人嘞！老大心里想。

这之前，老大从来没有读过《中华民国民法·亲属编》。反正是"父母之命，媒妁之言"，看那东西有什么用？现在你要比较一下，非看不可了，这才知道两者大相径庭。

民国的婚姻法，第一章讲的是"亲属制度"，总体是中国古代亲属制度的延续。中国古代的亲属制度很复杂，大致分为宗亲、外亲、妻亲三类；其亲疏远近，从治丧时穿着的丧服粗细、期限的长短就能看出来。一共分为五等，依次为斩衰亲、齐衰亲、大功亲、小功亲、缌麻亲，就是通常所说的"五服"。

本质上讲，"亲属制度"就是利害关系的划分。有"利"时，沾亲带故都有好处；反过来，如果"害"来了，比如，"灭九族"，九族之内你都跑不脱。要不然怎么那年文理渊家老太爷被抓进大牢，一家人要四下逃命呢？

新社会的《婚姻法》则开宗明义，高举"新民主主义婚姻制度"的大旗，讲求人人平等，根本不理旧社会的"亲属制度"，不跟你扯那些闲皮，否则都不配"新社会"这个称谓。

老大接着往下看，索性念出了声音："第二条　禁止重婚、纳妾。禁止童养媳。禁止干涉寡妇婚姻自由。禁止任何人借婚姻关系问题索取财物。"

刘彩云说："哎哟！连着这么多个禁止，哪样意思嘛？"

刘彩云说这话的时候，瞄了在边上做针线活路的小眼睛一眼。那意思很明确，是在替"他人"打抱不平。

大概是关系到切身利益了，小眼睛也停下了手上的活路，想了想说："好像原来也有类似规定嘞。"

老大连忙翻开民国的那个本本，很快找到了"类似规定"，说："有的有的。你看哈，'有配偶者，不得重婚'。哦，看起来都得说说，政府嘛，立场上必须有个态度的。至于……至于具体怎么弄，应该……差不多？"

刘彩云说："你的意思，也是个过场？"

"那还能怎么样？老二那边一妻几妾多少年了，有人问过？几千年的老规矩了，不是谁想搬，就搬得动的。是吧？"老大说完，顺便看看小眼睛，目光中有慰藉的成分。

这种场合，小眼睛一般话不多。倒是刘彩云加了一句，说："有哪样喽，明媒正娶的，到哪里都说得走！"

看得出来，这话真还让小眼睛手里的针线活路一下子轻快起来，一针一线麻利了许多。

2

劳动节没过几天，5月16日，已经被推翻了的、跑到台湾海峡对面去了的国民政府主席蒋介石发表了一篇《告台湾同胞书》，提出了一个对大陆的新设想，叫作"一年准备，两年反攻，三年扫荡，五年成功"。

人们就说，在大陆的时候，面对着面，你还兵多将广，都没打过人家共产党，现在隔山隔海还残兵败将的，逗起闹吧？

文大同就说："大概台湾人不晓得国民党在大陆后来的一系列情况，哄哄台湾人而已。"

金雨天说："男人都是这样，实际能力达不到的时候，大话总要说几句。"

文大同说："是，远山远水的，让他说去。"

金雨天说："我都忘跟你说了，昨晚上我做了个梦，你猜我梦见谁啦。"

文大同想想，说："总不会是身边的人。"

金雨天说："咦！你咋个晓得嘞？"

文大同说："哎呀，早不见晚见的，还用得着跑到梦里面去见？"

金雨天说："是哈。我给你说哈，我梦见文心志的美国媳妇生了个儿子，胖乎乎的，眼睛还是蓝颜色，只有那么可爱了！"

文大同说："哟，搞了半天是想孙孙了。也是，算算成亲都……六年了吧？一男半女总该有一个。还有我那个兄弟，两个人是搞哪样哦？不会忙得连生娃儿的工夫都没有嘛！"

"唉！"金雨天叹口气，一脸惆怅，说，"只能做做梦了，你还能怎样？"

正说着，章悦推门进来，说："爹，妈，大太太让你们过去一趟。"

金雨天说："哦，不晓得哪样事情哈？"

章悦说："二老爷他们过来了，好像是文心雷的事。"

文大同说："哟！那就不是小事情。"

到了书房才知道，文心雷找了个二婚的解放军军官。

那边院子不光二老爷和柳月红在，连谢知雨也跟了过来。加上文大同和金雨天，八个人把书房挤得满登登的。二老爷家两个全都苦着个脸，文大同他们到达时，谢知雨正在说话。

谢知雨说："按说早就到了谈婚论嫁的年龄了，该找一个的。去年爹妈帮着张罗过一回。只是这回……听说是警察局一个什么……首长……"

文大同打断说："公安局，现在人家改叫公安局。"

谢知雨说："我倒不管他什么局，什么长。那么多男娃儿的一个大单位，为哪样非得找一个二婚的吗？"

金雨天问："男的多大？"

"说是三十几了！"柳月红抢着说。

金雨天说："一也是几，九也是几。到底多少？"

谢知雨说："三十二。文心雷民国十七年冬月的，虚岁二十三。"

柳月红说："倒还不是差这八九岁的问题，关键是个二婚！"

金雨天说："什么地方人？"

柳月红说："说是个山东人，高高大大的。"

"高高大大？他那个原配呢？"金雨天喜欢打破砂锅问到底。

二老爷抢着说："说是休了！真是的，休书哪个不会写嘛！"

刘彩云揪着个眉头，说："当真就没得办法扭转了？"

谢知雨说："说是已经领证了！"

"领证？领什么证？"老大突然问。

谢知雨说："听文心雷说，叫个什么……结婚证。"

二老爷抢着说："你看嘛，共产党就是管得宽，结婚还要办个证！你把那些明娼暗盗管好就行了嘛，结婚是爹妈的事情嘛！"

"慢着慢着！"老大突然想起什么，打开抽屉取出本小册子。文大同一看是那本新的《婚姻法》。等他老人家戴上眼镜，翻到相应页面，这才说："你看嘛，讲得清清楚楚的！第二章第六条，'凡合于本法规定的结婚，所在地人民政府应即发给结婚证'。白纸黑字吧？还有……还有还有，这里哈，第五章第十九条，'在本法公布前，如革命军人与家庭两年以上无通信关系；而在本法公布后，与家庭一年以上无通信关系，其配偶要求离婚的，准予离婚'。"

老大放下小册子，取下眼镜，想想说："听清楚了吧？看来啊，共产党也是有私心的。就这一条，那就是为这个山东人，还有茅台镇你们刘家那个……

叫什么来着?"

刘彩云说:"刘承义。"

"对,"老大说,"那个副县太爷准备好了的!你想嘛,风里雨里跟着你共产党枪林弹雨的,我们家文德范还为此丢了性命。现在坐了江山了,那还不该让人谋划一点自己的小日子啊?人家这是把法律立在了前面,有了法律,一纸休书就是合理合法的事情。所以……我觉得哈,文心雷啊,生下来就随她那个'天是王大他是王二'的爹!证……她都领在前面了,跟她爹那年去北平,招呼都不打一个,有区别吗?老二啊,我劝你一句,哈!不要再纠结什么二婚不二婚了。说穿了,李孃、彩珠子,还有……还有二太太,不都是二婚吗?有哪样嘛?不也是你情我愿地过日子?对不对?只要娃儿安逸,你们顶多是睁一只眼闭一只眼的事情。去年,你们非让娃儿出嫁,人家说不干就不干;今年人家自己把自己嫁出去了,你们觉得拦得住吗?况且,还有一句老话,'塞翁失马,焉知非福?'"

对于老二的家事,老大好久没有说过这么多话了。一来,自从蔡花蕾走后,他是这个家当然的老大,该他说话;二来,人家文心雷的"证"都领了,你再愁苦着脸,不是自己给自己添堵吗?还不如顺水推舟,顺其自然;三来,老大真的想起了"德范同志",马革裹尸那也是老文家的一份光荣。都说国家有难匹夫有责,德范同志那就是在为文家尽一回百姓的本分唻!就凭这一条,已经足以让文家老大替这位逝者担当一回的。

其他人还说什么呢?人家句句都在理上。

谢知雨看看老大,再看看自己家的两个老人,说:"大老爷啊,我还说什么呢?就按你老人家说的办吧。因为我相信,假如文心雷她爹还在,一定也是大老爷这个思路。所以……大太太、二太太,还有爹妈,我先回去了。"

等儿媳妇出了门,柳月红看看二老爷,说:"那我们也……"

二老爷摇摇头,一脸的无可奈何,说:"哎呀!好在还有个孙孙,不然啊,扳本的机会都没得喽!走走走!"

"扳本"是二老爷的麻将术语,头天输了,第二天接着打,希望能把上一天输的钱"扳"回来。因为在文心雷的问题上他只能认输,还把"扳本"的可能性放到了文心宽身上。

文心雷的丈夫叫张军，原名顺子，山东曹县人，1942年冬天参的军。张顺子原本是老张家留着养老用的，上面两个哥都参加了八路军；张顺子老娘是在接到两个儿子阵亡消息的第三天，红着眼睛把张顺子交到八路军同志手上的，同时改名叫张军。分别时，张顺子他娘那张满是皱纹的脸上充满期待，说要是寻见了怹两个哥的坟头，别忘了替娘烧两张纸钱。张军皱着个眉头苦着个脸，什么也没说。

抗日战争、解放战争一路这么打下来，之后张顺子随第二野战军第五兵团南下到了贵州。

之前，老张家在家乡为张顺子娶了个媳妇，后来生了个闺女，一年半载之后，闺女还没长大成人，张顺子就跟着队伍开到南边去了。离开家乡的第八个年头，张军跟家乡那个媳妇办理了离婚手续，相当于旧社会的"休书"，和文心雷同志恋爱上了，没多久还领了证。

正如大老爷分析的那样，张军这个情况跟刘承义相似，一切都按照新社会的程序在走，合理合法，外人插不上话。

这种换个老婆的事情，在二老爷那里一直都是天经地义的，直到这回让自己家孙女亲自照本宣科一回，二老爷才感觉了一回别扭。原本打算全家人出动，逼着老大想个什么办法，谁知道让人家前因后果一分析，倒成了铁板钉钉的一件事。怪谁呢？只能怪自己命不好，就那么独巴丁一个，还死在了战场上。现在隔着辈分去管同样不知道天高地厚的孙女的婚事，很多时候真的不知道该从哪里入手。想来想去，二老爷终于想起了当年文德范结婚时都没有正正经经办一台酒席的事情。于是让柳月红传话给儿媳妇，再由儿媳妇传话给文心雷也好张军也罢，总之二老太爷别的都可以不管，只一条，酒席必须在文家办。

张军是市公安局负责刑事侦查的副局长，虚岁三十二。那天遇见小自己九岁的文心雷，是在分配到文化局任职的一个老战友组织的小范围的"五一"聚餐会上。那时候队伍实行供给制，大家都是公家的人，当然吃公家的喝公家的。这位文化局的副局长跟张军是一个村庄的发小，同一天参加的八路军，之后居然还在同一个城市扎下了根。这是什么情分？穿一条裤子都嫌肥！只要是这位副局长组织的聚会，一定少不了革命战友张军。况且，这一回还不单单是个聚餐，文化局的老战友还叫上了自己单位的一个叫文心雷的下属。

为适龄青年介绍"对象",是共产党内部由来已久的一个传统。源头当然是中国传统文化里的"媒妁之言",再早可以追溯到有关牛郎织女的民间传说——鹊桥相会,意思是架个桥梁。

"对象"是新社会才有的词,是未婚男女相互间的代称。上级为下级,战友为战友介绍对象,在旧社会是媒婆的职能,现在成了革命队伍内部成员之间的一种义务。

张军的战友当然知道张军已经是"自由身"的情况,找个机会把他跟文心雷两个年轻人放到一起,有肥水不流外人田的意思。因为张军的老战友是文心雷的上级,所以对这个女青年的根根底底也是一清二楚。虽然出生在一个地主阶级的家庭,却有一个让人景仰的"革命先烈"的爹。单凭这一条,在那个崇尚英雄的年代,文心雷不是"肥水"是什么?

那天,文心雷眼里的张军完全就是自己心目中的那一位。不仅有着一张成熟的面孔,同时还有一副山东汉子那样伟岸的身板,除说话时一个劲"中、中"的感觉有点儿土气之外,其他的,均让文心雷过目难忘。

张军也在纳闷,只有在书本的描绘里才有的娇小可人,真不知道是如何完美地嫁接到一个女革命者身上的。

还用得着描绘过程吗?

就这样,两颗心很快聚到了一起。至于女方家老外公说的酒席在什么地方办,张军只说了一个字,"中!"

在文心雷的心里,从来没把二老爷的话当回事,不是她轻看自己家亲亲的老太爷,而是她总是把大老爷和二老爷放在一起比。但是,张军的这句话还是让人挺受用的。

3

端午节前后,照例涨起了"端午水"。雨水不分白天夜晚,想下就下,还大,淅淅沥沥没个完,让人整天都感觉潮乎乎的。有时候雨水刚歇,太阳马上从云缝间钻出来,在那些叶片上还没来得及掉下来的水滴上形成反射,光亮点点。

端午节前一天,李素娥照例买来了许多包粽子的箬竹叶和捆扎用的草,雪白的糯米分两盆已经被清水和碱水泡了若干时辰，胀鼓鼓的。碱水盆里的米粒还被染上了一层淡淡的黄色，据说这样的粽子容易煮熟，同时更容易吸收竹叶的清香。

通常情况下，女眷们都会聚在一起包粽子，这已经成了文家的一个传统。一年就这么一次，是大家说话聊天、谈论家长里短的一个机会。早先蔡花蕾在世的时候，她老人家坐在正中间，其他人众星捧月一样围着，一起摆弄自己面前的糯米、竹叶和绳草。

现在这个位置该大太太，只是已经没有当初那么些人了。小眼睛、金雨天、章悦，再加上时而要去厨房弄这弄那的李素娥，锣齐鼓不齐就那么四五个人。

刘彩云说："这回没人拦着了。"

刘彩云之所以这么说，是因为正月间老大的七十三岁寿辰就被他自己叫停了。理由很简单，说不知道人家准不准。老大说的这个"人家"，是指共产党。

刘彩云一听就来气，说："哎哟！我怕不会哦！天底下的人哪个没得一个生日嘛？连观音菩萨都有！我就不信了，远的不说，就说我们家的两个共产党员，文德范和文心雷，哪个是从天上掉下来的？真的是哦！你说一个没有生日的人出来我听听看！"

轮到老大了，只见他摇摇头，说："不是说有没有生日，啧！你知道共产党的终极目标是什么吗？没听文德范说吗，就是要推翻地主阶级统治的旧政权，建立一个属于人民大众的新政权。现在这个目标已经达到了。我们是什么？套用一个共产党的尺子，正牌的地主资产阶级，正好是人家革命、推翻的对象，晓得不？既然如此，是不是多一事不如少一事呢？依我看啊，把土地无偿分给每一个农民的办法他们都想得出来，天底下还有什么事情他们干不了？现在倒是风平浪静的，看不出什么端倪。然而恰恰就是这种时候，不能授人以柄。人家都把你们当成敌人了，你还不应该小心一点啊？所以，这个寿辰是不是非过不可？当年老太太一碗面条上面盖两个鸡蛋，不也是祝寿吗？"

刘彩云看看老大，似乎还是不甘，只是一下子没找到反驳的理由，便说："看不出来哈，老了老了……"

老大接着她的话头，说："老是老了一点，但是，有些事情你不能糊涂，到时候吃亏的是你自己。懂不？"

最终，刘彩云亲自下厨为自家男人煮了一碗压着两个荷包蛋的寿面，让小眼睛端到了老大面前。

这回端午节,刘彩云提前去探了老大的口风,说:"唉,这社会倒是新的,问题是我们这些生活在这个社会的人,到底算新还是算旧?而且,凡是过去了的,统统都不要了?"

老大说:"那不会!春节那几天,共产党不是一样挂灯笼扭秧歌吗?我的意思,老百姓家怎么过,我们家就怎么过。就是不能再像从前了,祝个寿还连着唱几天的大戏!包个粽子吃个饭,估计人家不会为难你。"

端午节的这顿晚饭,文大同照例把周世涛喊上,另外还多了一个马伟泊。

1949年的秋考,马伟泊如愿考上了贵州大学中文系,成了文心雷的校友。只是他进校时文心雷离开了学校,两人没在学校见过面。去学校报到那天,是文大同陪着二太太一起把马伟泊送过去的。原本徐子打算专门过去一趟的,后来听文大同说二太太要去,那还说什么呢?一老一小,情和义都是满满的,便打消了这个念头。文大同同时还告诉徐子,二太太说的,马伟泊今后读书的一应费用都从二太太这里出,只是跟马伟泊仍旧说是徐子的钱。还说了这样做的理由是徐子在茅台镇养家糊口也不容易。

徐子知道小眼睛这个人,什么也没说,只是再次见到小眼睛时,把该说的话说完之后多了一句:"二太太费心了。"

小眼睛知道这句话的意思,只淡淡一笑,仿佛他们之前商量过。

因此,现在老文家这边但凡有个聚会,文大同一定要叫上周世涛和马伟泊。一个为文家老大,一个为二太太。

加上文昌寿和李素娥,十多个人将那张大圆桌挤得满满的。大圆桌上十多道菜,有荤有素,跟先前的筵席不大一样,是荤少素多。大家都知道其中缘由。一来"新社会"伊始,什么都还在恢复之中,物资自然紧缺;二来解放军五兵团一下子那么些人头要吃要喝,还不得各方面都照顾一点?而且端午节嘛,有了粽子就是过节。

唯独一样是老文家的饭桌上少不了的,茅台烧。

老大端着酒杯站了起来,大家都跟着站起来。

老大显得很兴奋,脸上漾着笑意,说:"哎呀,几十年哈,怎么一下子就来了个新社会?要说呢,我们家文德范没有白死,总是达成了他的心愿。至于其他的……今天这样一个气氛我就不说了！端午节嘛，仲夏登高，顺阳在上，纪念屈原老先生的同时，也是款待一下我们自己，对吧？来，都有哈，干啦！"

大家一饮而尽。

周世涛跟着大家坐下，看着手里的酒杯，意犹未尽，说："哎呀！文先生啊，我……我想说两句嘞。"

老大急忙说："你说你说！"

周世涛说："依我看啊，先生此生……功劳最大者，非茅台烧莫属啊！"

老大一听，立马就来了兴趣，说："哦？老先生此话怎讲？大同，给老先生倒酒，满上满上！"

文大同拿起酒瓶，往周世涛的酒杯里倒酒，刚刚满到酒杯沿口还没溢出来，液面微微荡漾着，看上去满满登登。

"哈哈哈哈哈！"周世涛笑得很爽朗，也不知道是在夸赞文大同的功夫呢，还是这个地方本就该这么笑一笑，完了说："文先生哈，说得不对不要怪罪哈。依老朽看啊，先生毕生致力的四件事情，丰汇盐号、聚兴纸厂、文渊书局加上云辉烧房，对吧？唯云辉烧房功莫大焉！"

老大就喜欢听这个，马上说："哦哦！老先生……能不能细细说说？"

周世涛抓了一把下巴上的胡须，往边上一捋，说："你看哈，丰汇盐号虽是文家立身之源头，终究不过是过眼云烟，海盐一来，立马稀里哗啦。纸厂呢，磕头买进作揖卖出都不说了，最终还惹出了祸端，劳民伤财。书局当然无可指责，老太爷的念想，非做不可的事情。这么些年，担了数不清的干系不说，还是多少金山银山堆出来的。对吧？唯独云辉烧房，这远近闻名的茅台烧，文家如果没有它，你文家老大纵然心比天高，也是枉然！而且……"

周世涛的这番话，把老文家上上下下的目光全都聚到了自己身上，这一点是肯定的，连大学生马伟泊都放下了筷子，放慢了咀嚼的频率。

周世涛用目光扫了一圈，这才说："这么多年了，我周世涛喝过的各种酒……保守一点，两千斤总是有的！唯独云辉烧房的茅台烧，每次我都想把自己喝醉！为什么？"

老大着急问："为什么呢？"

"啧！"周世涛一脸责怪，意思这个你都不懂，完了说，"好嘛！！呵呵呵呵！"

对于这样的褒奖,人们的脸上都现出了笑意,唯独老大没有。只见他一手撑着桌面站了起来,端起自己的酒杯,拱手在前。

周世涛跟着站了起来,端起酒杯。

老大有些感慨,点点头,说:"得先生这样的知己,夫复何求?"

4

夏至之后没多久,有消息传来,说中国的北方邻居朝鲜爆发了战争。关于这场战争,有人说是南朝鲜先打了北朝鲜,北朝鲜忍无可忍才还的手;也有人说不对,是北朝鲜先打的南朝鲜。不论谁先动的手,对刚刚结束了大规模战争,还没有完全安顿下来的中国人来说,内战总归不是什么好事情。它比不得抗日战争,对付民族的共同敌人,那叫抵御外侮。不论你的政治信仰是什么,很容易聚拢在一面大旗底下。内战则不同,总是公说公的理,婆说婆的理。

值得庆幸的是,这个战争不是发生在中国,别人要打仗,你没办法拦,拦也拦不住。老大、周世涛和文大同聚在一起的时候,除了打牙祭,就是这么议论"朝鲜战争"的。

让人们始料未及的,是朝鲜战争最终演变成为世界两个阵营之间的对垒,那是后话。

让中国人更加关心的是,6月底国家颁布的《土地改革法》。

有统计说,旧社会占农业人口百分之五不到的地主、富农,占有着中国百分之五十以上的耕地;而占农业人口百分之九十以上的贫农、雇农、中农(后来把雇农改为下中农,与贫农一起简称"贫下中农"),占有的土地为百分之二十至三十。

按照这个统计,余下的百分之二十多的土地便集中在文家老大这样的不是农业人口的一些有产阶级手里。《土地改革法》规定,政府将没收地主手中的土地,无偿分配给农民耕种。这是自1946年的《五四指示》之后,共产党在全国范围内进行的土地改革。

当文大同把这个情况告知他爹时,老大说了一句:"幸亏就剩了二百亩!"

在中国,始于战国时期的土地所有制距今已经两千多年了,土地从来都是少数人的私有财产。农民可以耕种，但是要向地主交租子、交多少，当然是以地主的意愿为主。其间，农民抗争过，但那时候的国家机器是代表地主阶级的，终究胳膊拧不过大腿。国民政府也曾经有过土地改革的想法，同盟会成立之初，孙中山就提出了"平均地权"的民生主义主张；民国十九年6月，国民政府颁布了一个《土地法》，在认定"土地属于中华民国人民全体所有"的同时，明文承认土地私有的合法性。这样一个不可能把"土地属于中华民国人民全体所有"的理想付诸实践的《土地法》，最终只能沦为一纸空文。现在，国家以法律的形式将土地私有制改为公有制，从今以后，农民得以有偿、无限期地使用划分到自己名下的一块土地。可以想见，当千千万万农民从共产党手里无偿分到一块自己梦寐以求的土地时，由衷地感激之外，他们把毛泽东看成了大救星。

"……他为人民谋幸福，呼儿嗨哟，他是人民大救星。"

这首名为《东方红》的陕北民歌，是一个叫李有源的农民最先唱起来的。在"新社会"此后的岁月里，这首歌在中国被传唱得家喻户晓。

土地改革很快成为一个遍及整个中国大地的、轰轰烈烈的大运动。"运动"这个词，在新中国第一次被使用。

除了分田分地，土地改革的另外一个重要任务是"划分成分"。划分成分的工作说起来很简单，就是把所有从事农业生产的人，根据他们在新中国成立前三年占有土地的多与少，划分成雇农、贫农、中农、富农和地主。

根据划分标准，文家老大无疑被划成地主。还不要说文家土地最多时候的几千亩，就他们家最惨的时候剩下的那两百亩，已经足够"地主"的标准了。

最划不来的，要数周世龙家后人。因为当年接受了文家馈赠的一百亩水田，没想到好心就变成了"驴肝肺"，一家老小都得了个"地主"成分。

划分地主和富农的区别在于，富农"有时"自己也参加农业生产劳动，而地主则完全"坐享其成"。周世龙家显然属于后者。

周世涛算是"死里逃生"。原本早该告老还乡的，因为想办《黔报》，就没有在共产党规定的时间段里接受文家老大馈赠的养老田产，最终没当成地主。只是他当时并不知道，在中国，这的确是一件值得庆幸乃至欢呼的事情。

败退到台湾去的国民政府也差不多和大陆同一个时期在海峡那边开展了一次土地改革。不同的是政府把地主手中的土地收购过来卖给没有土地的农民耕种；政府分期分批向地主偿还"购买"土地的费用，同时设立专项贷款向那些没有支付能力的农民提供融资服务。

把土地改革说成是新中国的第一场大风浪并不为过，风浪所到之处，自然会留下它独有的痕迹。

没多久，"风浪"便来到了文家。

先是那两百亩土地被没收，这是有新的法律依据的，由此将老大的成分划为地主也毋庸置疑，难一点的是二老爷的成分划定。

按理，生活在同一个屋檐下的两兄弟生活来源没有差别，应该都是地主。但是，二老爷家的情况又具有一定的特殊性。人家不仅把独巴丁早早就送上了革命道路，最终还血洒抗日疆场，成为共产党推崇的英雄。政府部门划定成分的材料里就是这么描述二老爷家的。

这着实让具体操作的同志犯了难，他们不忍心让这么一个英雄的家庭因为成分而尴尬。没办法，只能将情况上报，让领导同志来做这根"蜡烛"。后来，上级部门通过一次郑重的、扩大的会议做出决定，说桥归桥路归路，德范同志的事迹不会因为他的家庭而蒙上一点灰尘。相反，由此还能生动证明，一个人的家庭出身虽然不能选择，但是走什么样的道路肯定是可以选择的。

就这样，玩了一辈子麻将牌的二老爷也变成了"地主"。这之前，谁家有钱从来都是让人心情好的事情，衣食无忧嘛。现在因为有钱得了一个从来没听说过的"成分"，是祸是福一时间也看不出来，二老爷也没觉得有什么，什么样的"成分"还不都是柴米油盐一天一天过？

这是第一件事。

第二件，文心雷被文化局安排参加了"土改工作队"，即将奔赴下面一个县开展工作，帮助当地农民完成土地改革任务。

问题出来了。解放初期的贵州，一百多个县有七十多个仍然被土匪占据着，解放军占领剩下的几十个县，很多都是仅仅占领了县城以及比较大的乡镇所在地，除此之外遍地都是土匪。文心雷他们的土改工作队其实是在解放军占领的地方边剿匪边土改，可想而知，那就是提着脑袋干工作。这一去还能不能回来？没人知道。因此，文心雷和张军一商量，觉得走之前应该把婚事办了，也算让一段姻缘圆满了。

事情跟家里面前因后果一说，谢知雨眼泪就下来了，她想起了文德范。那年，孩子他爹偷偷回家为队伍筹款匆匆见了一面，之后便天各一方，最终阴阳两隔。现在，这种让人伤透了心的事情怎么又轮到女儿身上了？莫非造化弄人？

文心雷就说："妈！你想到哪里去了？这跟我爹那个时候不一样！现在整整一个兵团的解放军在各地剿匪呢，敌弱我强，妈！"

张军操着家乡口音，也帮着开导准老丈母，说："伯母您放心，把土地分给了农民，心雷过了多久就能回来！这事儿是急了一点，俺们就是想让您老人家早点抱上孙子，这才想着把婚结了再走。您看中不？"

谢知雨满脸泪水地点着头，说："我晓得，当年文心雷她爹也说会回来的，可最终也……也对，把婚结了，文心雷会多一份牵挂，她就会多一份小心。也对！"

"妈！"文心雷一把抱住谢知雨，母女两个哭作一团。

张军鼻子也酸酸的，赶紧把头扭朝一边……

酒席最终摆在了老大家那边。一来，地方宽敞。二来，二老太爷有意让家里人都跟这个和"副县太爷"刘承义一个级别的孙女婿见见面，不光说出来有面子，说不定什么时候还用得着人家。旧社会那阵，好多次家里人被抓去了警察局，不是都得花钱通关系吗？那时候全都是老大的关系，也许今后就变了呢？不是说三十年河东三十年河西吗？三来，既然存在"通关系"的可能性，他老大还不该张罗张罗？

大老爷当然不知道二老爷心里的这些"龌龊"，只是觉得这也是对逝者文德范在天之灵的一次慰藉，便应承了下来。

因为是文家在新社会的第一桩婚姻，而且大院两边都刚刚被划了个地主成分，大家对于酒席应该办成怎么样一个规模真还吃不准。大了，会不会引来外面的非议？小了吧，家里会不会产生误会，都不知道。既然是喜事，还是要尽量避免出现不愉快。于是，老大让文大同专程去问问张军，看看共产党内部是如何办喜事的。

张军在办公室热情地接待了文心雷的这位堂伯父，只是感觉称呼有点拗口，容易产生歧义。

张军说:"堂伯父啊,是这样的,原先俺们在部队没什么特别规定,大家高兴就中。只不过俺们机关这边……同志们估计还得闹一闹。所以呢,家人那边也应该……以高兴为准,高兴就中!"

听口气,人家准备"高兴"两回。

"家人"这边最终界定了来宾的范围,两边院子娶进来嫁出去的全都算上,大人娃儿三桌还多。

徐子带着大儿子徐文专门赶过来,徐天亮因为太小,由彩珠子带着留在茅台镇。虽然也属于"家人",但因为是二老爷家的事情,刘彩云就没让老刘家的人过来。

那天晚上,文心雷和张军穿一身洗得干干净净的浅黄色军装,每人胸口戴一朵据说是单位同志制作的大红花。张军还特地解释,说在老区,无论母亲送儿上前线,还是打仗立功受了奖,或者有人结为"革命伴侣"了,人人胸前都有一朵这样的大红花,这叫"光荣花"。

老文家每个人的嘴巴都收缩成一团,同时"哦"了一声。

5

1950年10月19日,是农历庚寅年的九月初九。《周易》中把"九"定为阳数,九月九日便是日月并阳,二九相重,故为重阳,是中国人登高祭祖的日子。1950年的这个重阳节,在中国东北鸭绿江两侧发生了两件与祭祖和登高望远不相干的事情。一是以美军为首的联合国军占领了朝鲜首都平壤;另外一件,是中国人民志愿军跨过了鸭绿江。

鸭绿江是中国和朝鲜的界河,一支中国军队由这边跨到那边去,从此,朝鲜战争被全体中国人称为"抗美援朝"战争。当时的一首专门为抗美援朝创作的歌曲有这样的内容,"雄赳赳,气昂昂,跨过鸭绿江,保和平,卫祖国,就是保家乡……"

说到打仗,人民解放军除了《三大纪律八项注意》,还有一条铁律,那就是由毛泽东在1938年提出来的"党指挥枪",这是共产党历史教训的总结,也是共产党后来从胜利走向胜利的一个保障。

"党指挥枪"跟国民党军人效忠"校长""总裁"不同,它把军队的指挥权交给了一个集体,从而避免了"将厌厌一窝"的可能性。仔细分析一下,这大概也是国民党军队最终败走海岛的原因之一。

对于中国政府"抗美援朝"的这个决定,不要说老百姓,据说共产党内部持反对意见的人也不少。除了自身的"一穷二白",更多的担心是跟美国这样的"老牌帝国主义"角力,你行吗?后来才知道,就因为一穷二白,很多志愿军战士不得不穿着夏装,在冬季即将到来之际跨过位于北纬41度的鸭绿江。

据说,抗美援朝之前,朝鲜人民军一路向南,所向披靡。自从由一个叫麦克阿瑟的美国将军策划的"仁川登陆"之后,"联合国军"便一路北上,当他们跨过"三八线"的时候,受到了来自中国政府的警告。当时,美国人并不相信刚刚取得政权的共产党中国真会来蹚这道浑水。特别是正在兴头上的麦克阿瑟将军,他的计划是到鸭绿江边去过1950年11月23日的"感恩节"。

后来,历史学家们总结了中国人民志愿军最终跨过鸭绿江的三个原因。第一,朝鲜战争伊始,美国海军的第七舰队借题发挥,开进了台湾海峡,以武力阻碍了共产党解放台湾的军事意图。这是宿怨。第二,10月8日,朝鲜民主主义人民共和国政府请求中国政府出兵,如同朝鲜战争初期大韩民国政府请求美国政府出兵一样,师出有名。第三,"联合国军"不顾中国政府警告,跨过了"三八线",步步进逼中国边界的同时,美国飞机还轰炸了中国的丹东地区。这叫同仇敌忾。总之,事出有因。

有人说,抗美援朝是毛泽东一生中最困难的决策之一。当然嘛,打得赢打不赢你都不知道,几十万子弟兵就派了出去,是要有点破釜沉舟的大气魄嘞。确实,没有人能够确保美国人一定不会跨过鸭绿江。与其让他们跨过来,不如我们先跨过去。

就这样,武器、后勤、通信、空中地面各方面装备都完全不对称的两支军队,在那个冬季来临之前,在朝鲜半岛的三千里江山上狭路相逢。

"狭路相逢勇者胜"的典故出自《史记·廉颇蔺相如列传》,所有中国人均耳熟能详。还有诸如"背水一战""破釜沉舟"以及"置之死地而后生"一类的典故,都是古代中国激励将士英勇作战的故事。

不是说美国没有典故,也不是说美国人打仗不勇敢,那几年在太平洋上和日本人打的那些仗,其英勇顽强也是有目共睹的。问题是此战争非彼战争,如果战争是在美国的土地上跟远道而来的中国人打,估计"狭路相逢勇者胜"的该是美国人。

也许正是因为这个简单道理,从 10 月 25 日开始到 12 月 24 日结束的抗美援朝第一、第二两次战役,便迫使联合国军及韩国李承晚军放弃了平壤,由陆路、海路撤退至"三八线"以南。

众所周知,在敌对双方都付出巨大代价的情况下,朝鲜战争没有真正意义上的全胜者。但是,朝鲜战争是美国人唯一没有取得胜利的一场战争。位于朝鲜半岛上的北纬 38 度线,既是这场战争的起点,也是终点。

最终,中、朝、美、韩四方在三八线上的板门店签署了《朝鲜停战协议》,结束了这场战争。

应该说,这是人类之幸。

第四十二章

1

文心雷他们土改工作队的那个"点",是在一个叫镇远的地方,距离贵阳三百公里不到。

镇远被称为古镇,是因为这里从春秋时期即开始建置,秦属黔中郡,距今两千多年了。县城前面有一条清澈见底的大河静静流淌而过,人称潕阳河。镇远山清水秀加上历朝历代保留下来的几十处文化遗迹,据说曾经引来王阳明这样的名士到此一游,是黔东南的一个好去处。

辛卯年(1951)的大年初三,顶着能沁到骨头里的寒气,文心雷他们来到了镇远。土改工作队到达之前,解放军已经在此剿匪有一阵子了。听部队同志介绍情况,说刚刚下来时匪患猖獗,解放军排以下的编制队伍根本不能离开驻地太远。

贵州地处云贵高原,地理特点就是山高谷深,去哪里都是密林间夹着的一条羊肠小道,说不定在什么地方就被来无影去无踪的土匪打了埋伏。解放军第五兵团是由冀鲁豫开过来的,出生在北方平原的战士居多,解放战争时期打惯了千军万马潮水般你来我往的大战役,到了贵州根本没把那些"毛毛匪"放在眼里。时间长了才晓得,在贵州剿匪真比打那些大战役难了不知道多少倍。打大战役的时候,都是指挥员一级一级提前部署安排好了的,今天行军多少距离,在甲地至乙地之间部署好,几点几分开始进攻,一直打到敌人举手投降为止,敌我之间从服装上就能辨别,泾渭分明。剿匪不一样,别的不说,那些拿起枪是土匪,藏起枪就是百姓的大男人,一身当地农民的装束,即便站在你面前了,傻乎乎地看着你笑笑，连土匪的身份都没办法辨识，你还好意思对着他开枪？等你前脚刚走，他转身找出枪来又钻进了山林，没准还从背后给你一枪。因此，好多战士的枪伤都在背上。

"因此，"负责接待土改工作队的一个营教导员提高了嗓门，说，"俺再说一遍，能活命才能干革命、干工作，这是大前提。想要活命有什么诀窍没有嘞？有！就一条，哪一条呢？《三大纪律八项注意》的第一条，一切行动听指挥，大家牢牢记住就行了。俺说清楚了没有？"

教导员是张军的老乡。

全体土改工作队的队员异口同声道："清楚了！"

当天晚上，文心雷便将所见所闻一样一样全写在了信纸上，连同对新社会的憧憬以及对爱人的思念，赶在运送物资的队伍出发之前，将信交给了她刚刚认识的军分区一个姓马的文书手里。打从这天起，马文书就成了文心雷和张军之间的一根线，连接着一对"爱人"的心。

起先，听着"先生、太太"长大的文心雷对"爱人"这个称谓很不习惯，听着别扭，说着也拗口。后来大家都这么叫，时间一长，慢慢就多出一份好感来。再听"先生、太太"，居然产生了对资产阶级的轻蔑，这是文心雷压根没有想到的。文心雷也曾试着用"亲爱的"之类的词，就是感觉没有"爱人"来得安逸、来得由衷、来得……革命，文心雷就是这么想的。难怪她爹文德范那年好不容易回家一趟，办完事情就马不停蹄往队伍赶，仿佛这个家跟他关系不大，没什么可留念的，不过是个符号而已。现在她明白了，张军以及他们那个小家固然可爱，但比起土地改革这个关系到千千万万劳动人民的大事情来，永远都只能排在第二位。

土改工作队的任务，就是把从地主那里没收的土地交到农民手里。一开始，农民不敢要，觉得天底下哪有这种好事情，别人家的东西就这么一分钱不花给了你，别又是天上糊弄人的馅饼哦。为此，土改工作队就从宣讲政策开始，讲共产党和国民党的区别，讲新社会跟旧社会的不同，紧跟着就是斗地主、分房子、分农具、分粮食；还把地主家的地契当着大家的面点燃了，再让农民亲眼看着自己的名字被写在新颁发的土地证上面。农民们这才如梦初醒，真真切切地感受了一回穷人当家做主的畅快，异口同声说：世道真的变了嘞！

整个工作就这么个顺序，最终能让农民都感觉世道变了，就行。听起来并不复杂的一件事，让文心雷万万没想到，整个过程竟是那样艰难，艰难得她差一点点就见不着自己的爱人了。

因为是女同志，队伍上本来对文心雷就有所照顾，没多久，她居然出现了妊娠的早期反应，同志们为她高兴的同时，把诸如统计、汇总、上报材料之类，总之不用去外面跑路的工作都交给了她。但是文心雷的性格随她爹，坚决不干，还鼓着眼睛跟队长讲道理，说男女同工同酬就不用说了，谁还不想当一回花木兰、梁红玉？说什么也要和大家一样，该怎么，就怎么，坚决得很。人家拗不过她，工作队长和教导员一合计，决定把距离县城最近的一个工作点留给这个又倔又犟的、有孕在身的女土改工作队员。

那天，文心雷他们小组说好去一个叫樟树垭的工作点的，因为突然接到通知要赶一份县委急需的统计报表，就临时决定改成第二天去。

第二天，太阳还没爬上山坡，文心雷他们就和负责护送的解放军一个班的战士出发了。距离樟树垭还有一座山，空气中随风飘来淡淡的焦糊味让土改队一竿子人一下子紧张起来，解放军带队的谢副排长立即命令大家隐蔽。等了一会儿，没见什么动静，谢副排长还是不放心，就跟工作队的同志商量，建议立即撤退，原路返回。文心雷首先不干，说已经耽误一天了，再不能随意推迟发放土地证的日子。

文心雷理直气壮，两只手叉在腰杆上，说："同志，你知道农民群众盼这个小本本盼了多久了吗？再者说，假如真是老百姓发生了什么情况，我们还能眼睁睁地看着，自己往后撤？责无旁贷嘞，谢同志！"

谢副排长看看文心雷，皱着个眉头，说："那……你就忘了教导员说的一切行动听指挥啦？"

文心雷想想，说："那我不管！随你怎么说，真要是老百姓遭难了，教导员他敢说一个见死不救？再者说……"

"行行行行！"谢副排长曾经领教过文心雷的倔强，知道讲不赢，懒得跟她扯，随即安排两个战士隐蔽向前，打前站；然后交代工作队员，说："先说好哈，如果有情况，你们跟四班长马上原路撤退，我和其他战士负责掩护，谁也不准回头！听见没有？！"

文心雷这才和大家一起点了头。

一路上，因为打前站的战士没有发回来事先约定好的斑鸠叫声，谢副排长一行直到进了村子才停下。

出现在大家眼前的竟是一片焦土之上横七竖八的村民尸体……

谢副排长一下子火了，扯着一个打前站的战士小声呵斥道："说好了有情况发信号的，怎么个情况这是？！"

那个战士的眼眶红红的，想说什么，最终没说出来。

文心雷这是第一次看见那么多被杀戮的同胞，心里一紧，连顺着面颊奔流而下的眼泪都没了感觉，只觉得两腿一软，一屁股瘫坐在地上。

谢副排长警觉地看看山坳两边密密层层的混交阔叶林，哪里还敢耽搁，命令两个战士架起文心雷，原路回撤……

一路提心吊胆的谢副排长直到看见耸立在㵲阳河上的七孔桥中间塔楼的那个尖顶，才松了一口气。

后来得知，大股土匪血洗樟树垭的时间，正好是土改工作队前一天预定到达的时间。因为扑了空，便滥杀无辜泄愤。土匪的这次行动，是得到密报有备而来的，据说领头的土匪挥舞着刀枪喊："这就是跟着共产党的下场！"

再后来，那个被抓获的隐藏在县政府内部的土匪"耳目"供认，如果他们知道工作队第二天还会去樟树垭，工作队大概也没有一个人能活着回来。这对文心雷他们这个工作小组和那一个班的解放军战士而言，应该算得上劫后余生。

几个月之后，身怀六甲的文心雷，肚子已经凸显得尽人皆知了，组织上便安排她返回了贵阳，哪个领导也担不起一下子没了两个人的后果。

起先文心雷说什么都不干，说"万里长征"才走了第一步呢，哪有打退堂鼓的道理，坚决要求坚守在土改第一线，和一切反对势力斗争到底。领导也不忍心打击这样的革命热情，就请擅长做思想工作的教导员来开导文心雷。教导员操着令文心雷倍感亲切的家乡口音，差不多快把嘴皮子磨破了，终于让文心雷相信，回贵阳和在镇远都是战斗在革命的第一线。

在土改工作队召开的小型欢送会上，文心雷端着一茶缸㵲阳河的水，跟所有人都碰了一下，包括特地赶来的谢副排长和马文书。

文心雷最终没忍住已经在眼眶里转了很久的泪水，只是脸上依旧挂着笑容，说："谢谢大家！我文心雷永远不会忘记在镇远发生过的一切！"

2

　　文心雷回到贵阳没多久，便回到了娘家，原因是张军根本没时间照顾即将临产的爱人。

　　1951年初夏，在全国开展的镇压反革命运动、抗美援朝以及土地改革并称为"三大运动"。一些宣传画上写着这样的口号，"镇压反革命，保障好光景"。

　　国军撤离之前，各地留下了很多有组织的或者失去了组织的特务和土匪，现在到了彻底肃清国民党残留人员的时候了。在乡下叫剿匪，在城里就叫镇压反革命。而且这个工作正好归公安局负责刑侦的张军具体分管，张军自然忙得不亦乐乎，根本没有时间照顾文心雷。

　　这个情况让二老爷一家很高兴。不论跟共产党的嫌隙是不是捋清楚了，添丁加口总是让人高兴的事情，况且还是新的一辈人，都不管是不是"嫡传"了。

　　中国人就是这样，没办法"嫡"了，非嫡总比什么都没有的强，总之有一个。

　　对于共产党，二老爷从来没认可过。虽然自己家儿子、孙女连同孙女婿都是响当当的共产党员，二老爷却高低不认。

　　在二老爷心里，你把革命烈士的爹划成地主成分也就罢了，搞个什么新婚姻法也不是老百姓左右得了的。最可恶的是，竟然正儿八经把落实婚姻法当成一件重大事情来办，这不是故意让人难堪吗？不光有人天天追在屁股后面撵，还规定了多久多久必须有个可供核查的结果。哪像人家国民政府，条款归条款，生活归生活。

　　这一回，着实让老文家两兄弟都感受到了难以名状的压力。

　　旧社会那时候，生活的压力也不能说小，只是都很具体，你知道该如何应付。比如，差钱了去哪里筹措，出事了该如何化解，无非是兵来将挡水来土掩，难不死人。

　　这回不一样了。人民政府的女干部隔三岔五就来你家一趟，不吼，也不跟你吵，轻言细语地跟你讲道理、说情况，间或还笑嘻嘻地说上一两句笑话。二老爷仗着自己是革命烈士的爹，好几回都红起了脸，政府的同志就等他脸上的血色褪去之后，再慢慢地一五一十重新说一回；或者隔天再来，继续前一天那个话题。人家管这个办法叫"做工作"。

到后来，眼看各方面的工作做得差不多了，政府的同志就说："你们家自己商量好，总之只能留一个，多出来的，必须办理离婚。"

刘彩云说："哟，你说得好稀奇哟！怎么就成了多出来的了？"

政府的同志只管笑，不说话。

于是刘彩云就说："当真就没得商量的啦？"

人家就和颜悦色地说："老人家，这些都是明文规定的硬条条，真的没得商量了。但凡有半点可以通融，我们何苦这么跑断了腿嘛！"

老文家大都是读过书的人，知道这种通情达理的话最打脑壳。于是，如同共军跟国军打仗，最终投降的是国军一样，文家两兄弟也都举起了双手。

比较起来，老大家这边要容易商量一些，总共就两个，要分要合，不会有什么大动静。

小眼睛就说："我来我来，天经地义的事情。再说啦，政府也没有离了婚就必须搬出去住的规定，即便要搬，我到底年轻些，也该着我。对吧？"

虽然道理是这么个道理，但大太太这个时候一定要有个姿态，否则凭什么"大"？于是说："就是因为你年轻，留下来更方便照顾老太爷，所以呀，还是我来的好。"

老大这才开了口，说："哎呀！也是没得办法的办法喽！那……那就按二太太的意思？二太太说得也对，反正没离开文家。是吧？"

大家都不说话，算是默认了。

二老爷家那边，这个过程持续了差不多半个月，都扯到嫡出庶出的问题了，最后还是决定柳月红留下。理由很简单，赵青梅尽管是"正宫"，但是由于没有子嗣，那就只能白当"正宫"。这是柳月红在二老爷跟前说的悄悄话，言下之意，柳月红这个"嫔妃"才是货真价实的硬条条。单单方便照顾即将临产的亲亲的孙女文心雷这一条，其他人扳不弯嘛。这个理由在二老爷家这边的确算是一个"硬条条"，说出来真没人敢吭气。赵青梅只能叹息自己没出息，千错万错只能怪自己生了个姑娘。周慧敏更惨，因为膝下无丁，连叹息她都只能一个人阴悄悄地叹息。

政府那边也是快刀斩乱麻，立即派工作人员登门，带着公章，直接在家里就办妥了三份离婚证，上面的三个名字分别是赵青梅、周慧敏、孙荷花。

孙荷花是小眼睛来文家之前的名字，自打民国二年蔡花蕾给人家叫成小眼睛，之后再没人叫她孙荷花，四十多个年头了，要不是规定离婚证上不能写小眼睛、二太太之类的偏号，很多人都不知道孙荷花这个名字。

几个当事人里面，数赵青梅的反应最大。把离婚证拿到手里的那一刻，眼泪也滚了下来。

"不公平嘛！"赵青梅边哭边说，"几十年的婚姻就换来这么一张纸片片！所以呀，说哪样'生男勿喜女勿悲，君今看女做门楣'，狗臭屁！全都是他妈骗人的鬼话！我们家文霏霏真要是个儿子，老娘看你敢？！呜呜呜……"

打那天起，生活还是原来的生活，各人都还住着原先就属于自己的房间，吃饭也都还在一张桌上，文家不过多了几张"纸片片"。二老爷家那边更是，想起"搓两圈"的时候，四个人照样东南西北坐下来，只是钱算得更加清楚了。原先差着一两个码子就先差着，现在不行了，非逼着对方拿整钱出来换成零钱，付清了账目，然后再继续打。

压力之下，人心肯定就会有变化。

一天夜里，也不知道怎么想起来的，老大假装成漫不经心的样子，晃晃悠悠就走进了小眼睛的屋子。

小眼睛正在整理衣物，一看老大堆出来的一脸笑容，马上警惕起来，说："几点钟了，你这是……干什么啊？"

老大就笑，笑完了说："大屋子那边有点热，我的意思……"

"老爷！"小眼睛一脸严肃，说，"其实……说真的哈，老爷，有没有那张纸片片还真不是问题，问题是我们都多大年纪了？你让大太太咋个想嘛？"

老大马上红了脸，只是在夜晚的灯光下看不出来。一个大男人让人家小女子把那点心思看穿了，加上还想掩饰，肢体上肯定是别扭的，让小眼睛都不忍心看下去了。小眼睛打了个圆场，说："那……你先坐，我给你倒杯水喝。"

"哦嚯……嚯！"老大嘟囔着，顺势坐在身边的一张椅子上，表情很尴尬，满脑门子的汗。

小眼睛端来杯凉白开，递给老大的同时也坐了下来，看着他仰着脖子"咕咚咕咚"喝水的样子，就知道对方心里正倒海翻江一般后悔着，心马上又软了下来，小声说："即便……即便你……你要过来，也应该跟大太太说一声才对。"

"哦！"老大用劲咽了一口口水，讷讷道，"对哈，对对！那……哎呀，那就算了哈，我就是想……过来看看你。其实呢，这些天我一直在想，我们文家……至少我老大这里，哪里来的离婚一说嘛？只是……只是你拗不过国家的规定，还说从国家领导人到普通老百姓，统统不允许！真是一丁点办法都没有了，这才……"

"我晓得的，老爷！"小眼睛小声说。

老大说："我晓得你晓得，毕竟……心里面总觉得过意不去，一直别扭着，呵呵，这才想起过来跟你……说说话！嘿！"

小眼睛一把将老大的手拉过来，放在自己的两手之间抓着，捏一捏，又搓一搓，也不说话。

没多大工夫，老大的那颗心就被人家搓捏得热乎乎的，反过来一把抓住小眼睛的手，顺势将人揽了过来，空闲的那只手在女人脸上轻轻拍拍，说："你呀，苦了一辈子了，我就是怕你再……"

小眼睛一下子站了起来，也不说话，拉起老大往自己床边走，到了地方顺势一用劲，老大便坐了下来。小眼睛开始为对方解衣扣、宽裤带、脱鞋脱袜，一样一样来……

阴历的七月，立秋之前，气温高还没有风。因为有了想法，上床之前小眼睛不但过去关好了房门，还把一直敞着的两扇窗户拉了过来，加上亢奋中的人体散发出来的大量热量，让已经七十三岁的老大出了不少汗。

老大已经不记得自己跟小眼睛这是多少次了，虽然费了大力气，但总体感觉还算畅快。

刚刚装模作样地过来，老大当然是怀揣着想法的，来之前已经知会了刘彩云一声，说过来看看小眼睛，还说无论人家怎么想，离婚总是伤害。刘彩云"呵"了一声，老大知道这就算知会了对方。

在老大心里，一来着实感觉文家对不起人家小眼睛；二来夫妻一场，眼看着从此不再比翼双飞了，是不是该有个告别仪式之类的？不一定非得要"弄"，说说话什么的也行，总之要有个形式。当然了，假如情况合适，老大也愿意再行一回夫妻之礼的。也许，这就是最后一次了。只是没想到会让人家揶揄了那么一下,那一刻他真的后悔死了,感觉老几十岁那张脸上差不多挂不住了!转身走吧,啧,不是君子该有的行为,不走吧,又觉得脸皮是不是厚了一点点?他真的没想到那么快就柳暗花明了。

还让老大没有想到的是,自己还行,虽然不敢跟年轻的时候相提并论,总归还算尽情尽兴。而且小眼睛那边感觉上也好好的,这是从她发出的声音来判断的。

那天晚上,老大在小眼睛屋里睡得很踏实。尽管老大下巴上的白胡须弄得小眼睛不是脸上痒就是身上痒,她不过是多翻个身,又接着睡。

3

连着好几天,老大仿佛突然之间来了个"第二春",走路腰杆笔直不说,脸上总让人感觉挂着些春意盎然的气色,跟谁说话都轻言细语的,还特别有耐心,总之让所有人觉得突兀。只有刘彩云晓得内幕,她自己跟自己嘀咕道:"男人啊,就怕这个!"

只不过这样的好日子没撑了几天。

那天,徐子从茅台镇匆匆赶来,让老大脸上重新挂起了他那个年龄段该有的霜色。

徐子带来一个震动全家的消息,说国家要赎买云辉烧房。

"赎买?!"老文家上上下下都瞪大了眼睛。

中文的词语解释里面,"赎买"——用钱赎身或赎回抵押品。把它用到新社会,是"对资产阶级的生产资料通过和平方式并采取有偿办法实现国有化的一种政策"。这是向徐子宣传政策的那位共产党干部的原话。

老大听完了徐子的话,梗着脖子想了半天,才说:"意思是……给你一笔钱,云辉烧房就归国家了?"

"就是这个意思。"徐子说,"一亿三千万人民币,买断!我算了一下,大概能买八万斤米。"

"放他妈的狗臭屁哦!"二老爷最先跳起来。

所有人都知道,云辉烧房关系着文家上上下下、男女老少的柴米油盐一应开支，关系着文家的生计。因此徐子汇报情况时，老大家堂屋里里外外挤满了人，连正在厨房忙活路的李孃都把围裙一角往腰里一掖，匆匆赶了过来，生怕听漏了什么。

当女眷们沸沸扬扬把堂屋的屋顶都快掀掉的时候，位居首要的老大铁青着个脸，在那儿一动不动。

你不要看二老爷鼓起个眼睛吼得凶，真要接触到正经事了，管用的程度还不如柳月红。比如现在，他只能冲着老大来，急唠唠地说："哎呀，你也是哦！都火烧眉毛了，总归吭个气嘛！"

老大没理他，看着徐子，说："一亿三千万？云辉烧房从此就归国家了？"

徐子说："归人民。我也这样问他们，那个干部就是这么回答我的。"

老大想想，说："人民？那么……都这样？"

徐子知道他指的什么，说："那倒不。正合、天和烧房因为属于蔡晓波，最终定性为官僚资本，直接没收！"

老大想想，说："那意思是如果云辉烧房也被定成官僚资本，也跟……蔡晓波一样？"

徐子说："那是肯定的！"

老大点着头，扫了一圈似懂非懂的文家老少爷们，说："听见了吧？一亿三千万，能买八万斤米的钱，已经算是优待了！相当于他们那个《三大纪律八项注意》里面的第八条，不虐待俘虏。意思给你们一条生路。"

徐子看看刘彩云，说："我还专门去找了刘承义，刘副县长。刘副县长说，这是大势所趋，全国各地都一样。"

老大又点了一圈头，完了说："听清楚了吧？全国各地都一样！哎呀，想想也是，连传承了几千年的土地都敢没收了无偿分给农民，他们还有什么事情做不出来？嘿嘿！呃对，他们打算取个什么名字呢？总不会叫共产党烧房嘛，对不对？"

徐子说："听说了，叫地方国营贵州茅台酒厂。"

"哦，贵州？还地方国营？"老大说，"意思……意思还成了省里面的烧房……不对，酒厂啦？"

徐子说："好像是。对了，还有一个情况。除了赎买，还把原先的资方代表，比如我，都安排了工作。人家还特别强调，待遇不变！"

老大说:"待遇?"

徐子说:"就是薪水,原来拿多少,现在还拿多少。"

老大说:"这个意思……你还当掌柜?"

徐子说:"不不不,我吧,他们让我当了个生产科副科长。"

文大同说:"收买人心!典型的收买人心!"

徐子说:"好像也不是,叫什么来着?人家说了,叫作'有利于逐步把资产阶级……改造成为自食其力的劳动者',对,这是原话。"

老大说:"那也是收买人心,但是什么干部说的这个啊,把你改造成劳动者,当年文德范不也是说要改造这个国家吗?这个目的看来他们是达到了。现在啊,又开始打人的主意了,要改造人。哪里这么容易?开玩笑哦!"

"另外……"徐子没有接着说下文,而是扫了大家一圈。

这让所有在场的人心里一紧。

老大急着说:"你怎么也学会这个了?赶紧说啊!"

徐子说:"酒厂给自己生产的第一批酒定了个新名字,叫茅台酒。"

一家人这才松了口气。

"茅台酒?茅台烧?"老大想想,说,"差不多哈?"

后来,文大同都没等老太爷安排,就把共产党有关"赎买政策"的前因后果搞了个一清二楚。

关于赎买,被共产党奉为先哲的德国人马克思、恩格斯以及俄国的列宁,三个"大胡子"都曾提出在一定条件下对资本进行赎买的想法。中国共产党宣称马克思列宁主义是他们政党的指导思想,因此他们按照先哲们的思想办事一点都不奇怪。因为马克思和恩格斯都没有经历过无产阶级取得政权并掌握政权的社会阶段,因而他们的想法仅限于探索。列宁则不同。1917年的十月革命后,俄国建立了世界上第一个无产阶级政权。列宁在1918年以及1921年的国内战争结束后两次提出过赎买政策,只是因为各种原因,最终都没能实现。中国共产党夺取政权之后,因为中国自身的经济结构,所以没有马上开始。世界上并没有成功的赎买政策先例,而是先开展了更能让劳动大众产生共鸣的土地改革。

那么,共产党为什么要在地处偏远的贵州腹地,对既不影响民生也不影响国计的烧房使用了赎买政策呢？文大同就是这么设问的。

老大说："对呀，为什么呢？"

文大同说："我研究了一圈，还真没有一个结果。"

"哎呀！他们到底为什么嘛？"老大跟文大同一样，因为没有找到结果，所以对这个问题就特别看重，特别较真。脸都憋红了。

刘彩云就说："哎呀，你又不是共产党肚皮里面的蛔虫，肯定不晓得人家想哪样！再者说，你晓得那么多搞哪样嘛？反正就那么一坨，跟二老爷家那边按人头摊，总之有你一碗饭吃，你还打算搞哪样？"

"是，是！"老大一边点头一边说，"土地都敢没收了拿来分，确实，再干出个什么惊天动地的事来，你都不要奇怪。我只是想不通哈，我们那个烧房好大一点事情嘛，用得着把外国那个马什么思？还有俄国那个大胡子，全都搬出来？"

刘彩云说："哎哟！你这个人才是怪！都说了那是国家的事情，关我们小老百姓哪样事嘛？你有这工夫，还不如喝两杯茅台烧去！你要想清楚哦，从今往后，再没得你一个电话，徐子就把茅台烧颠颠地送过来那样的好事情喽！嘿嘿！"

老大一拍脑门，高声道："真的嘞！那你赶紧喽，让李孃炸一盘花生米，再来一个……算啦算啦，有花生米就不错！过两天啊……行行行，不想那么远！不想那么远喽！"

4

白露前两天，1951年9月6日，辛卯兔年的八月初六，章悦为文家又添了一个丁。

一段时间以来，文家人的脑壳被"土地改革"和"赎买"等一个接一个的运动搞得有点儿乱，乱得都没人去注意章悦越发膨胀的肚皮了，直到降生了个男婴，这才吸引了大家的眼睛，把大人们的心思重新拉回到家庭这个小圈子里面来。

也不管他赎买不赎买了，先高兴高兴再说。特别是老太爷和老太太。

现在,"老太太"肯定是刘彩云的专属称呼无疑。

自从二太太跟老太爷按照政府的要求办理了离婚手续,为了不让外人挑理,文家决定把"大太太"这个称呼改成"老太太"。这个比较简单,跟原来的意思变化不大;"二太太"就稍微难一点,你既要保持该有的尊重,又必须是没有了婚姻关系之后的称谓,叫个什么呢?一家人商量来商量去,最后文大同说了一个方案,叫"小太太"。

"是这样哈,"文大同解释说,"还是老人家的意思,保持了应该有的尊重没有问题吧?另外,这个小啊,是年龄差别上的'小',而不是大老婆小老婆那个'小',对吧?"

金雨天想想,说:"好像听不出差别嘞。"

文大同说:"字面上确实看不出差别,这个差别在我们心里……"

"不对哟!"金雨天打断对方,说,"可能主要还是要让外人听起来有差别哦!如果外人听起来跟原先一样,那还改它干什么?直接叫二太太就行。"

"噫……"文大同被自家婆娘噎了一下,一时间竟然没找到一个反驳的理由,有点尴尬。于是说:"你……那你说一个我听听!"

金雨天说:"文大同,这就是你的不对了。这个事情如果爹是交给我的,我还真不会麻烦你!什么叫各司其职?那就是一人做事一人当嘞。"

刘彩云不想看见家里人为这点事情扯皮,就说:"儿媳妇啊,要不然你也想一个?"

金雨天看看刘彩云,说:"老太太的意思……真让我来一个?"

刘彩云说:"啧,真来一个!"

"我说啊,"小眼睛听不下去了,终于开了口,说,"就叫小眼睛,有哪样嘛?早先,老太太不都一直这么叫?"

老大说:"那不行!早先是早先,现在我们是夫妻!"

小眼睛说:"不是已经办了离婚手续了吗?还领证了!"

"那也不行!"老大鼓起了眼睛,说,"丁是丁,卯是卯!在外面,可以按他们说的办。但是,在这个家里面,那照样还是二太太嘞!"

刘彩云说:"行啦行啦,没人跟你争!这不是正商量吗?"

"既然这样,"金雨天说,"那我就说一个嘛。就叫……幺太太。幺,是最后、最小的意思,比如,幺姑太、幺姨妈,对吧?而且,二太太肯定就是爹的最后一个……夫人,这没错吧?"

"这是肯定的!"老太爷急不可待。

金雨天说:"另外,总没有大老婆幺老婆一说吧?所以,不会产生歧义,幺太太就是二太太,不过是比老太太岁数小一点而已!不论外人还是家里人,都是对岁数小一点的那个太太的称呼。"

"好!"老太爷一拍桌子,差不多是喊出来的,"就这个啦!!"

文大同皮笑肉不笑地打量着自家老婆,仿佛在说:"噫,看不出来哈!"

金雨天把脸扭朝一边,懒得理他。

"但是,"老太爷一抬手,说,"我觉得还是有瑕疵。不是说幺太太哈,而是'老太太'这个称呼有瑕疵。"

刘彩云说:"你说来听听?"

"你想嘛,"老大说,"老太太和幺太太,明显有辈分上的差别。不像蔡家老太太那时候,就一个,怎么叫都是她老人家。现在一个老一个幺,能是平起平坐的关系吗?"

刘彩云说:"那照你的意思,咋个才叫平起平坐的关系呢?"

老大说:"一个还叫大太太,一个叫幺太太,这样就平起平坐了呀。你们想想看?"

金雨天想想,说:"好像是。"

文大同点点头说:"好像!"

刘彩云说:"那就还是大太太喽,有什么呢?"

打那天起,刘彩云依旧是"大太太",小眼睛则改为"幺太太"。

生孩子仿佛也会传染,章悦产子的第三天,9月9日,白露第二天,老大家这边连名字都还没来得及取一个,文心雷紧跟着也把娃儿生了下来,也是个男丁。

前后院住着几十年了,连着添丁,正儿八经的双喜临门,这在文家还是第一次。这把二老爷高兴坏了,同时把张军也高兴坏了。

二老爷高兴是众所周知的事情,大家不知道的是张军。

张军在老家有一个闺女,离婚之后跟着前妻过。只是张军的老娘不忍心亲亲的孙女跟着没有文化的前儿媳妇受苦,办理离婚手续的时候就允诺负责孙女到十八岁。那年,张军离婚之所以就轻飘飘一纸休书,前妻没替老张家养下个儿子,起码也是原因之一。

柳月红看着张军抱起儿子不肯松手那架势,就跟二老爷说,看来北方人比南方人还要重男轻女。

二老爷说:"错!只要是个中国人,哪里还分什么南北?大哥不要说二哥,两个都差不多!"

柳月红说:"是嘞,你没听文心雷说吗?说是从镇远回来就把娃儿的名字想好了的。"

"老子就烦他们这一条!"二老爷一拍桌子,吼道,"叫个什么不好?张土改,真是想得出来哦,那也叫人名?!"

柳月红说:"你烦有哪样用?人家文心雷说了,就这个名字好,下去搞土改的时候怀上的,说有纪念意义。"

二老爷说:"哎呀!真的是他们共产党的天下了是不是?那年儿媳妇生她家文心雷的时候,老太太还在,我都不敢越俎代庖,取名字这么重要的事只能毕恭毕敬交给她老人家。现在好,既不请示也不汇报,张土改,真的下得了手嘞!"

不满归不满,二老爷终归做不了文心雷的主,就像当年他做不了文德范的主一样。其实他想做,只是没人听他的。比如,这次,文心雷就让张军把"张土改"三个字固定到了刚刚实行的"居民户口簿"上面,这相当于硬木板上钉了颗钉子。

柳月红就劝二老爷,说:"再叫个什么,都是你嫡亲的重孙子,你已经升了一格,对不对?再者说,还有文心宽嘛。那才是我们家的根,对不对?"

二老爷说:"不是嘛,君臣父子在那儿摆着的,总要有个规矩嘛!没有规矩,哪里来的方圆呢?对不对?!"

柳月红说:"老太爷嘞,你搞清楚哈。现在是新社会了,共产党有共产党的章程。这个弯子你如果转不过来,生气的最终是你自己。新社会了,人家不兴那一套了!你没听见大喇叭满大街喊吗?砸烂旧世界,建设新世界!"

二老爷说:"我晓得喽!文心雷之所以胆子这么大,就是共产党在帮她撑腰。跟她爹啊,城隍庙的鼓槌,一对!简直是⋯⋯活宝!两个活宝!!"

二老爷之所以在"取名字"这个问题上生这么大的气,其中一个原因是,张土改是他们家这一支第四代的第一个娃儿。

这之前,从美国读书回来的胡瓜成亲也好多年了,就一直没见动静,检查下来说问题出在胡瓜身上。这种事情不光家里急,传出去还不好听,人家会进行你们家上辈子"如何如何了"之类的推演,你还没办法申辩。虽然文霏霏是早就泼出去的水,但是根源或多或少总能追溯到二老爷头上来,于是一家人只能生闷气。因此,这回终于有了一个正儿八经的第四代了,该二老爷扬眉吐气一回,心里正盘算着给孙子取名字的事情,没想竟让文心雷擅自定了个"张土改"。你说,二老爷能不生气吗?和老文家多少年的风格完全不搭嘛!

还让二老爷气不过的是,同样的问题在老大家这边跟二老爷家正好反着,根本用不着讨论该谁不该谁,老大已经把文达观兄弟的名字端端正正写在了一张信笺上:文达德。文大同正是拿着这张信笺去派出所给新生儿上的户口。

于是,心气相当不顺畅的二老爷到处诉说自己的愤懑,老大就安慰他,说:"行啦,有,总比没有强了许多。人啊,要知道排遣。比如张土改,那就是娃儿家妈对自己人生经历的一种纪念。一看见娃儿,马上就想起了当年经历过的磨难,有什么不好呢?对了,如果真让你来,你准备取一个什么名字呢?"

"那……"二老爷想想,说,"起码不能叫张土改嘛!"

老大说:"说嘛,你说一个我听听。"

二老爷又想想,说:"比如……张……张骏马什么的。"

老大笑了,说:"哎哟!那还不如叫张土改!"

一个月之后,两边院子的大人一商量,中间才差着几天,于是决定两个小娃儿的满月酒在文达德和张土改生日中间,10月8日那天一起办。反正客人都是家里人,能省就省一点。

自从云辉烧房被赎买之后,两家人能分配到手的东西眼睁睁就剩下那么小一坨,还没地方说理去。生活空间被大大挤压的当儿,添人进口,还一下子添了两个,肯定难嘛。表面上双喜临门,实际是雪上加霜。旧社会那时候还能卖了田地救急,现在土地也没了,唯一的办法就是再勒一勒裤腰带。

所以,两台酒并作一台办,实属迫不得已。不是有句话吗?"无可奈何花落去",除了多一点惆怅,能省就省点吧。

那天,凡是沾点亲带点故的都来了,文大同照例把周世涛和马伟泊喊了过来，三桌没坐满。因为是满月酒，宾客们大都围着两个小娃儿转，无非说些"乖啊""像谁像谁啊"之类的恭维话。

见大家寒暄得差不多了，老太爷、大太太也都点头了，文大同正准备站起来宣布开席，就听见外面有人喊："请问文知辉文老先生是哪位啊？"

随着声音，一个身穿土黄色军装，头戴军帽，腰间扎着根皮带，皮带上还别着一把手枪的年轻解放军军官走了进来，手里还拎着两个皮箱。

文大同正要开口，被坐在身边的张军拦住了。除了没扎皮带，张军的装束和来人一模一样，不知道的，会以为是一起来的。

张军用他们自己的语言说："请问这位同志……"

那时候解放军没有军衔，谁是兵谁是官，外表看不出来。据说这是共产党有意为之，叫官兵一致。

见是自家同志，来人放下箱子，挺胸收腹，正正规规行了个军礼，说："我是市政府接待处的小谢，是这样，我需要先确定一下，哪一位是文知辉，文老先生？"

老大冲这位谢同志抬抬手，说："这里这里。"

谢同志赶紧过去跟老大握握手，说："是这样，文老先生，您老人家在美国的儿子文大喜呀，响应国家的号召，回来参加新中国的建设来了！"

老大没听太明白，等大家你一句我一句把"文大喜回来了"表述得明明白白了，老大这才说了一句："他怎么这个时候回来了呢？"

谢同志急忙说："响应祖国号召啊！"

老大迟疑了一下，又说："他怎么也不来封信呢？"

"请问……我兄弟现在在什么地方？"文大同马上把话接了过来。他知道老太爷心里的那些潜台词，目前这个场合如果说出来，不利于团结是肯定的。

谢同志说："哦，你是文先生的……兄长是吧？是这样，市里面有关领导正在给文大喜先生接风洗尘，我这是先来跟家里说一声，顺便带两个箱子过来。文大喜先生一家随后就到。"

"一家？！"已经憋了半天的刘彩云终于憋不住了，脱口问道，眼睛里面还满含着泪水。

谢同志说："这位是……"

文大同说："哦，家母。"

谢同志说："哦哦哦，老人家好！是这样，文大喜先生这次是……携夫人和三个孩子一起回来的。"

刘彩云一脸惊异，说："还……还三个孩子？！"

谢同志说："三个孩子，两女一男。"

肯定嘛，单单一个不速之客冷不丁回来，就够一家人惊诧一回的了。加上"携夫人"，外加"两女一男"，还有什么"响应祖国号召""相关领导接风洗尘"等，所有情况加在一起，立马让文家两个小娃儿的满月酒席跑偏了题。

还是金雨天心细，看出二老爷脸上瞬间挂起的霜色，马上跟文大同嘀咕了几句。在送走谢同志之后，文大同郑重其事地将满月酒的一套让人高兴的措辞说了一遍，大家便急唠唠地开始了这顿被耽搁了的宴席。

推杯换盏之间，人们自然又多了一个充满着神秘感的话题。

5

后来才知道，文大喜的大女儿叫文诗雨，抗战胜利那年生的；二女儿叫文诗路，比姐姐小一岁；儿子叫文涛，1948年3月，春分那天生的。据文大喜说，文涛只是个乳名，之所以一直没动大号的脑筋，就是专门留着让老太爷行使一回权利的。

老太爷想想，说："四八年的三月？你的意思，从那时候……就打起了回来的主意啦？"

文大喜点点头。

老大略一迟疑，说："怎么呢，美国不好吗？"

对于当爹的这种明显带着潜台词的疑问，文大喜有点不解，这种话从一个倾家荡产也要为他人送书的老夫子口中说出来，至少会让人产生疑惑，因为这句话的潜台词很明显：家里这个样子，你回来干什么？

文大喜看看文大同，那意思是想知道其中原因。文大同也看明白了，就说："你应该先回答爹的问题。"

"那好。美国当然好，世界上最强大也是最富足的国家。我和柳文君的收入，养我们一家五口绰绰有余。而且，不论是社会福利，还是社会救济，各方面都处于世界前列。我不是学经济的,但是我们同学同事在一起的时候,也探讨过美国经济的发展道路。其中,1944年建立的以美元为中心的一种国际货币体系,他们叫布雷顿森林体系,由此建立的以美元为中心的国际货币体系,对于美国的迅速崛起至关重要。"文大喜顿了顿,说,"不知道我说清楚了美国的好没有?"

文大同说:"说清楚了,就是钱多嘛。那么,你为什么回来?这是爹的问题。"

文大喜想了想,说:"先说说我自己的原因。是这样的,如果……当初我要去美国仅仅是为了自己的生活,那我肯定就留在美国了。"

看两人没有打断自己的意思,文大喜接着说:"中国肯定没有美国富有和强大。但是,中国有中国的伟大。中国之所以伟大,其中一个重要原因就是中国有着源远流长的、厚重的历史和文化,这恰恰是美国所没有的。中国到处都是饱读诗书的仁人志士啊!哎,这里面就有爹和我们家老太爷的一份功劳嘞!那些年,他们不计成本,到处送书,就是在播撒文明的种子。修身、齐家、治国平天下,那些无处不在的中华文化滋养我们都几千年了,这样的滋养一定会在某个时候,在某一个或者一批人的身上体现出来!人的所有欲望当中,吃喝嫖赌最简单,随随便便就能达成。什么最难达成呢?我不是在你老人家面前说教哈,爹。"

老大马上摆摆手,说:"不是不是,你尽管说。"

"那就好。"文大喜用手指做梳,往后捋了捋并不算浓密的头发,说,"精神,最难达成的是精神!比如,报效国家,不要说我们家文德范那样的国家栋梁了,连我姐夫何子豪那样一辈子吃喝嫖赌……按照公序良俗来划分,他一定是个坏人一类的人,但在民族存亡的紧要关头,抛弃了头颅不也没眨一下眼睛吗?!"

见爹和兄长听得聚精会神,文大喜更加精神了,说:"这叫什么?这叫良知,这就是中华文化几千年一脉相承、不断滋养的结果。所以,当一个新政权取代了一个旧政权,人家说,回来吧,到了你们游子报效国家的时候啦!你好意思说一个不字?至少我不会!"

老大慢慢站了起来,目光有些异样。这是他第一次用一种异样的目光审视这个刚刚从美国归来的"游子",不是因为陌生,而是满怀喜悦。他觉得自己过于幸福了，文家居然有了一个这么有抱负、有担当、深明大义的儿子。文家有这样的后代，不但爹和老太太可以瞑目了，连自己现在就闭上眼睛也不会有什么缺憾了。

面对这么一个有如此胸怀的儿子，还有什么需要隐瞒的呢？于是老大说："儿啊，不瞒你说，我们对于共产党一直心怀着芥蒂呢。"

文大喜说："哦，哪方面呢？"

老大说："单单一个土地政策，共产党就敢把老祖宗几千年传承下来的规矩打了个稀巴烂！这不是大逆不道是什么？对不对？"

文大喜点点头，说："爹啊，关于土地，世界各国还是以私有制为主流，至于共产党搞的这个公有化，是跟苏联人学来的，因为没有先例，真没人知道最终是福是祸。据我所知，蒋先生现在在台湾也在搞土地改革，只不过方法有异。改革嘛，肯定有人不满意。至于说……最终效果，只能交给历史来检验了。"

文大同说："这么看来，你至少不反对共产党的土地政策喽？"

文大喜说："哥，因为有人反对，共产党就不搞土地改革了吗？"

文大同说："那倒是不会。"

文大喜说："所以，让自己适应新的社会秩序，有时候也是一个痛苦的过程。辛亥革命那时候，不是有人因为少了一根辫子而死去活来的？既然已经是共产党的天下了，他一定有一整套主张和办法，我们除了一样一样看，剩下的，就是过好我们自己的每一天。"

老大摇着头，说："大同啊，看见了吧？读书多跟读书少，到底不一样哦！"

文大同看看文大喜，笑笑说："兄弟啊，单单听口气，你有点像共产党的干部嘞。"

文大喜说："爹啊，我家兄长这句话恰恰说明，共产党还是做了一些顺应民心的事情的。就说土地改革，反对的毕竟只是少数，拥护的，则是天底下的所有农民哦！"

老大说："这个我不怀疑，否则他们也管不了中国这么大个国家。既然……你一个由美国回来的中国人，都说事情有待历史来检验，那我们就睁开眼睛看嘛。"

文大同说:"兄弟啊,还有一个问题我们不明白。都是三个娃儿的爹了,干什么一直不告诉家里面?为什么要瞒着?"

老大说:"对对对,为什么呢?"

文大喜说:"是这样,大姑娘文诗雨生下来体质一直弱,三天两头往医院跑,一直到生了二女儿,这才好了一些。一开始不敢告诉你们是怕你们跟着着急,远天远地的,除了担心还是担心,解决不了任何问题。我就和柳文君商量好的,先不告诉双方家里,还跟文心志通了气,请他给我们保密。等到文涛降生的时候,我们已经做出了回国的决定,想想,干脆回来一起说,连同回国过程都一并瞒了下来,也算是给大家一个惊喜。是这么回事。"

老大说:"就是个惊喜,就是个惊喜嘞!"

"哎,"文大同说,"你这次安排在报社工作,是不是跟接风的那个什么领导有关呢?你们怎么认识的?"

文大喜说:"哦,他是我大学的同班同学,叫娄大元,市政府一个秘书长,现在才知道,说他在学校就加入了共产党……"

"跟文德范一样。"老大打断说,然后挥挥手,意思让他接着说。

文大喜说:"去报社跟他没关系,大家都知道我一直干新闻。负责安排我的人也说了,如果有其他想法,他们会尽力安排。"

"行啊行啊!"老大心情很好,说,"看来人家也是很用心啊!这就好,也不枉我家儿子……千里来寻一回故地!"

文大同靠近文大喜,小声说:"还有一条,兄弟。说了一个月多少钱了吗?"

文大喜说:"什么钱啊?每个月二十公斤粮食外加少量津贴,买点香烟、火柴、肥皂、牙膏什么的。"

"哎……"文大同一脸疑惑,说,"问题……你还要养家糊口呢!"

文大喜说:"都说了,会给柳文君安排一个工作的。另外,孩子们都会得到相应数量的粮食。"

文大同说:"就……有口饭吃?"

文大喜说:"那你还想怎么?"

文大同瞪圆了眼睛,说:"问题是……你是舍弃了自己的锦绣前程,回来报效国家的嘞!仅仅有口饭吃?!"

文大喜说："人家说了，现在国家暂时有困难，需要大家携手共渡难关。"

"大同啊，"老大制止了还要争辩的文大同，说，"说清楚了就行，说清楚了就行啊！"

至于文大喜说的让老太爷给自家儿子定一个大名的事，老大说："就这个小名好。你想想，文涛，文思也好，文采也罢，如滔滔大水绵绵不绝，好得很嘛！就它了！"

这一年的末尾，共产党又来了一个大动作，准确地说，开展了一次新的"运动"。

事情缘于全国工农业战线开展的"爱国增产运动"，共产党把工业、农业都跟打仗一样看待，叫"战线"。原本只是打算促进一下国民经济发展速度的一个运动，却揭发出来大量贪污、浪费以及官僚主义问题。对于这种人神共愤的事情，共产党当然不会坐视不管，立即发文，开始了一次名为"三反"的运动，即反贪污、反浪费、反官僚主义。这主要是针对共产党自己的干部的。

很快，共产党在河北保定召开的一次展示其坚定决心的公审大会上，对中共石家庄市委原副书记刘青山和中共天津地委原书记张子善判处了死刑并立即执行。仿佛晴天里的一声霹雳，"三反"运动在新政权的各个层级迅速展开，来势凶猛，轰轰烈烈。

"三反"又被称为"打老虎"。那时候，共产党于1948年12月在河北保定发行的第一套人民币，面额大到5万元，小到1元，是新社会的唯一合法货币。贪污人民币1000万元（当时的1万元大约等于后来的1元）以上即为"老虎"，老百姓通常称之为"小老虎"；贪污1亿元以上的，则叫"大老虎"。张子善和刘青山一共贪污了人民币170多亿元。按照当时的黄金价格，能购买1000公斤左右的黄金。

"三反"运动开展得如火如荼的时候，广州有一首用三字经的形式编写的《打虎经》，里面有这样的内容：

寻虎穴，敢怀疑，做预算；

找矛盾，搜材料，跟踪追；

大会压，小会挤，个别谈；

集兵力，挤时间，攻堡垒；

劝家属，除顾虑，四面围；

分虎群，先打弱，后攻强；

有勇谋，内外攻，破同盟；

先坦白，后点名，再检举。

……

不论你是不是"老虎"，只要认真读一读这个《打虎经》，再仔细想想，莫非没有感觉到一种压力？

无独有偶，"三反"运动进行过程中，又暴露出诸如不法资本家的"行贿、偷税漏税、骗取国家财产、偷工减料以及盗窃国家经济情报"的情况，被称为"五毒"。为此，共产党于1952年年初另外发文，向违法资本家开展了一场大规模的"五反"运动。因为"三反"运动仍在进行当中，于是把两个运动合二为一，统称"三反""五反"运动。

那时候，一些地方满大街挂着"三反""五反"的大标语，上面写着："自动彻底坦白并能戴罪立功者，从宽处理；抗拒坦白威胁职工者，一定严惩！"这句话后来被精简成"坦白从宽、抗拒从严"。

"坦白从宽、抗拒从严"在中国是一个使用频率很高的词组，不论你是老百姓还是有了一官半职的公职人员，不论你自己还是你周围的家人、朋友、同事，或多或少都跟这个词组有过交集，那是后话。

"三反""五反"运动对文家来说，有点运气的成分。

之前，文家最大的产业——云辉烧房被赎买，早早就成了国有工厂，除徐子的那个副科长职位可以有限参与一些合法的经营活动之外，文家已经彻底没了发言权。

再说《黔报》。凡是解放军占领了的地方，一定会有新的报纸诞生，这叫舆论阵地，无产阶级不去占领，莫非让资产阶级去占领？第二野战军第五兵团于1949年11月15日解放贵阳，28日就发行了第一份中共贵州省委的机关报——《新黔日报》。之前的所有报纸，对不起，停刊。

最后就剩下了书局。不是不准你印书，只是印什么书必须通过政府审查。那些不利于团结的、不利于社会主义建设的、不利于正在进行的"三大运动"的，你拿不到许可证。而且，因为是新的社会，所有教科书也必须是新编撰的，新教科书的印刷任务全都交给了政府开办的"新华印刷厂",如同"地方国营贵州茅台酒厂"一样,就是要挤压资产阶级的生存空间,逐步地使其完成社会主义改造。

在这种状况下,如果你文家老大依然有心遵循祖训,印刷一些弘扬中华文明、彰显民族精神之类的书籍送人,政府当然乐见其成。前提是用你自己的钱。

现如今,老大即便有这个心,文家也没有这个力了。

"五反"运动中罗列的"五毒",文家一条也沾不上。所以说塞翁失马呢,"赎买"那时候吃了亏,"三反""五反"就躲过了一劫。

最终,"三反""五反"运动于 1952 年 10 月底结束。据统计,全国有 800 多万人被"运动",其中 4.5% 最后经核实定案并给予了各种处分。以几个大城市的处理结果统计为例,在经历了"三反""五反"运动的工商户里面,守法户占 15%,基本守法户占 55%,半守法半违法户占 25%,严重违法户占 4%,完全违法户占 1%。

这一时期,中国共产党同时进行着两场较量。一场是在朝鲜和美国人的军事较量,一场则是在国内和资产阶级的经济较量。

第四十三章

1

1953年4月29日,是徐子年满六十周岁的日子,满满一个甲子。

光绪二十三年(1897)的端午节前后,文家老大在由茅台镇回贵阳的路上,捡起了路边已经被埋了半截的那个奄奄一息的娃儿,因为滞留了一个晚上的大车店的老板姓徐,于是拣了一个在"百家姓"里面排序第150位的姓——"徐",因为是个男娃儿,顺理成章取了一个单名——"子"。那年马神仙亲自过来量胳膊量腿,给这个不知道生于何年何月的娃儿断了个四岁,往前推四年是光绪十九年(1893)。还因为捡回来那天是农历丁酉年的三月二十八,推算成公历是4月29日,于是,在地方国营贵州茅台酒厂填写职工登记表的"出生年月"一栏时,徐子就填了"1893年4月29日"。六十年后的这一天,就是徐子退休的日子。

徐子一家依旧住在赤水河边上的那栋二层小楼里。

"赎买"时,原先属于云辉烧房的这栋小楼按道理也应该划到国营贵州茅台酒厂名下的,不知什么原因,没动。也许房子不在工厂围墙里面,也许一栋风雨飘摇了多少年的小楼值不了几个钱,也许就是公家对一直把云辉烧房打理得井井有条的徐掌柜的一种嘉许,也许几种情形都有。于是,这栋小楼最终成了老文家在茅台镇被唯一保留下来的产业。徐子在征得文大同的同意之后,把这里改造成了一间客栈。

原先当然也是客栈,不过是免费招待来云辉烧房办事的客商。现在虽然烧房变成了国有工厂,茅台烧也更名成茅台酒了,照样有来办事的客商需要招待。

不论新社会旧社会，做酒生意的都是那些人，轻车熟路的。小楼也是客商们轻车熟路的地方，吃喝都方便，只不过改无偿为有偿。客商们也理解两个不同时代带来的这个变化，过去不花钱，现在花钱，应该都在情理之中。就这样，不论多少，文家总是多一份收入，也是徐子知恩图报的一种表现。

文家比不得旧社会的文家了。

原本一直贴钱赚吆喝的书局和报馆现在都关了张，老大心里虽有不甘，无奈胳膊拧不过大腿，心想不是我不干，是人家不准你干。仔细想想，应该也是一种解脱。你以为贴钱赚吆喝是个轻松的活路？钱多的时候无所谓，真到了和生计挂上钩，一丁一卯地苦生活了，谁还敢干那样的憨包事情？现如今，一大家子除了"赎买"那一坨钱按人头分到各家名下，再没有别的进项了。

人心是个活物，说大能大，说小也能小。有钱的时候随便撒撒手，好几万银子给了人，都不知道人家拿去具体干了什么，没当回事，眨个眼睛的事情；花了几十万两银子，还千山万水由日本国盘回来的大机器，最终以"豆腐"的价钱抛撒了不说，还惹来多少祸事。现在没钱了，连茅台镇一个小小客栈赚取的一点点辛苦钱，也来者不拒了。正所谓人穷志短。

俗话说瘦死骆驼比马大。在外人眼里，当初家大业大那么大一个文家，就算断了进项了，老底子也够一大家子吃喝一阵子的。只有文家人自己晓得，抗战那些年，老大家男人的、女人的所有能换钱的东西一起算上，都在战事最艰难的时候换钱支撑文家的书局了，之后就靠茅台镇的烧房。现在倒好，烧房归了公家，落到每个人名下能有多大一点？真的够难为新社会才完全当家做主的文大同了。所以，一开始徐子给文大同说客栈事情的时候，文大同还言不由衷地推辞了一两下，说徐子他们在茅台镇也不容易。

徐子一脸平静，说："大同，一家人就不说两家话了。茅台镇再难，就我们这么一个小家。贵阳那边不仅要应付经常变化的各种情况，还不断地添人进口。那是一张张要吃要喝的嘴喽嘛。对不？"

文大同还说什么呢！捏捏鼻子搓搓嘴，仿佛要掩饰什么，再看看对方，干脆扭头走了。说什么嘛？眼不见心不烦。

不论多少，在一家人不敢随便放任裤腰带松紧的当下，总是好事情。

虽然文家老大不再"干政"，但那总是一尊佛，文大同绕不开。再说还是人家徐子的一片心意，理应通报一声，对于早已没有了当年那样阔绰气派的这个院子，大小是个高兴事。

老大没吭气，点点头而已。

刘彩云见老大没了下文，儿子那边还一脸的期待，感觉这个地方不说几句话不妥，就说："哎呀，啧！才眨个眼睛哈，徐子都六十岁了。唉！也是没有办法的办法喽，要是那些年，算个哪样嘛？你跟徐子说，等徐天媛该上中学了，还送到贵阳来，一是学校不一样，二是……我想这个娃儿了！"

老大见刘彩云抹眼泪，知道她想起了文珠，不免触景生情，马上也湿了眼睛，说："那个娃儿孝顺得很哦，小小的就知道给我焐脚……是哈，也差不多该上中学了嘞。"

文大同想想，说："应该……民国二十九年……春天是吧？十三，对，就是今年。"

"那就这么定了，你给徐子说一声。"刘彩云说。虽然家境不比从前了，大太太还是从前的口气。

文大同说："好。"

十三岁的徐天媛长得长胳膊长腿，轮廓像她爹，眼睛鼻子像文珠，总之长优点。刚解放那年，说是去茅台镇跟爹住一段，大太太和二太太都舍不得，只是娃儿是去挨自己家亲亲的爹住，而且说好了只"一段"，两个太太这才松了手。没想茅台镇别是一番天地，再加上彩珠子视同己出那么用心招呼，还有两个同父异母的兄弟搭手玩耍，远比在贵阳跟大太太二太太玩着有趣，让小姑娘一直住到1953年。就是人们常说的"乐不思蜀"。

真要离开，连彩珠子都有点舍不得。还不要说徐子这层关系，单单大小姐亲亲的骨血，没妈的孩子总会让人平添一份怜惜。

彩珠子把徐天媛拉过来，手把手捏了两下又放开，低着个头吧，眼睛还犟着和孩子的眼睛对在一起，额头那儿直接揪成了一个疙瘩，说："想回来了……带个信，让徐文他们去接你！"

徐天媛点了一下头。

马车都走出去多远了，徐天媛还看见二妈和两个兄弟小小的身影。徐子把女儿的脑袋轻轻揽过来靠在自己的肩头，两个人什么话都没说，听凭马蹄声单调地嘀哩哆、嘀哩哆、嘀哩哆，把愁绪全都留在了茅台镇。

2

从这一年的五月开始，苏联"老大哥"援建的总共156个工业项目陆续上马，是奠定新中国工业基础的开始，也是共产党雄心勃勃的第一个五年计划的具体内容之一。

长期以来，中国一直被人欺负，究其根本，就是积贫积弱导致的整体落后。那年八国联军占领了北京，提出的那些个条件听着就让人来气。气归气，你还得一五一十地给人家点齐了银子，让自家人亲自送到外国人指定的地方，真的叫"气不打一处来"。多少人仰天长叹，始终找不到翻身道情的路子。

现在虽说新社会了，但老百姓不知道国家有没有区别于过去大清、民国的办法和手段，仍在观望。

这个时候，涉及基础工业方方面面的156个建设项目一拥而上，虽然还只是纸上谈兵，总还是让老百姓看到了共产党治理国家的决心。

按照共产党公布的新的行政区划，三十个省加上西藏地方，每个省平均五个项目还有多余。尽管贵州一个没摊上，老文家上上下下还是一致认为算得上共产党的大手笔。跟大清朝那时候派自家人给外国人送银子，以及抗战、内战期间外国人给国民政府送枪送炮相比，苏联人这次送来的是和平。单单这一条，文家老大不论心里对共产党有多少不安逸，他都没有摇脑壳的理由。

年初，共产党又发动了一个叫作"新三反"的运动，具体内容是"反对官僚主义、反对命令主义、反对违法乱纪"。据说，毛泽东就此严厉指出：官僚主义和命令主义，在我们的党和政府不但目前是一个大问题，就是在一个很长的时间内还将是一个大问题。就其社会根源来说，这是反动统治阶级对待人民的反动作风的残余在我们党和政府内部的反映。

老大说："你看看，连作风都有反动一说了！"

文大同说："而且嘞，上一年10月才搞完了'三反''五反'，现在又来一个'新三反'？看来共产党热衷搞运动。"

老大说："我在想啊，你看哈，民国十七年，老蒋搞了一个'改订新约'运动，主要是整顿财政，顺带也碰一碰外交；之后还搞过一个'读书运动'，号召国人读书救国；最著名要数'新生活运动'，国民教育，无可非议；民国二十五年的'国民经济建设运动'，总体来说，也是有积极意义的。唉，你发现没有，好像老蒋……真没有一个运动的目标是对着国民政府官员的嘞？"

文大同想想，说："你的意思……所以才会有马一平跟蔡晓波那样的角色？"

老大说："见利忘义之辈，任何朝代都有，这不奇怪。关键在共产党的统治下，他们不能逍遥法外。比如，那个叫什么……刘什么山？"

文大同说："刘青山，还有一个叫张子善。"

老大说："对呀，他有人管嘛！他们那个三大纪律八项注意，就是搞来管束自家人的哦。"

文大同说："按说，老蒋一直也是反对腐败的。徐州会战那年，他不是把韩复榘押去武汉枪毙了吗？但是，一旦牵涉到自己人，老蒋总是偃旗息鼓。之前的'武汉清流案'以及民国三十四年的'美金公债舞弊案'，包括最典型的'上海打老虎'，只要对方是个拜把兄弟，更不要说孔祥熙、孔令侃两爷子的扬子公司了，统统喊停，最终不了了之。听人家说啊，连主持上海打虎的蒋家大公子都愤愤不平，最后都只能辞职，一走了之，终日借酒浇愁。你看！"

老大说："所以说，上梁不正下梁歪啊！"

小眼睛一直都是一边干活一边说话，她说："就凭共产党把国民党赶去了台湾，直接说明一个本事大，一个本事小。"

"哎哎哎哎，"刘彩云有点听不下去了，说，"我说你们啊，咸吃萝卜淡操心吧？共产党搞运动关你们哪样事情？又没有搞到你们头上，操那些心搞哪样嘛？"

文大同说："妈，国家的事情就是拿给老百姓议论的，叫街谈巷议。为的就是……"

"文大同，"金雨天打断自家男人，说，"妈吃的盐巴比你吃的饭都多，用得着你来说教？"

"那倒不哈，"老大赶紧打圆场，说，"我还真想听听大家的见解，有助于把握时局。但说无妨，但说无妨！"

刘彩云说："你把握时局来搞哪样嘛？原先那时候，你可以把握时局。因为那个时候文家有实业，进多少，出多少，需要把握时局来权衡、来运筹。现在好，就赎买那一坨一人分一点，你把握时局……来搞哪样？"

"你管我搞哪样嘞？！"老大冲口而出，还鼓着眼睛，下巴上的胡须一翘一翘的，还好被文大同拦住了。

文大同说："爹，妈这是对赎买有意见，你要让她有地方发泄，否则人会生病！"

刘彩云也鼓起了眼睛，说："当然啊！人家辛辛苦苦干了几辈子搞起来的一点家业，你一个什么赎买，统统拿走！还不准人讲？我怕没得这个道理哦！"

小眼睛马上说："对的，让大太太讲出来，讲出来就好了！"

刘彩云垮着个脸，说："也不晓得文德范当初看中他们哪点？命都不要跑回来，拿了一万'袁大头'马上就去追赶队伍。现在看见了吧？人家根本没有记你这个情，照样赎买！一点情面都不讲！而且，那点钱用完了，我看你们咋个办？！"

"哎呀！"金雨天说，"妈这么一说，还真是个事情嘞。你想嘛，一坨死钱肯定用一点少一点，对吧？总有一天会用完。到那个时候，咋个办？"

"慢着慢着，听你们这么一说，"老大噘着个嘴，眉心揪成个疙瘩，说，"我们还真得及早有个办法嘞！"

刘彩云说："哪样办法？"

全体人的目光全都投向了文家老大。

老大看看大家，说："看我搞哪样喽？当家人在那里。"他用下巴示意文大同。

文大同连连摆手，说："爹呀，老祖太在的时候，我真没见过你老人家越俎代庖，拍过什么板。现在不要说没生意了，即便有，大主意还得你老人家亲自拿。对吧？"

文大同用眼睛扫了一圈，意思希望有人捧捧场，但是很遗憾，没一个人应和。

"也不也不，大家商量，大家商量。叫……群策群力，哈，群策群力！"老大捻捻胡须打哈哈。

金雨天无意间说出的这个问题，其实之前大家多三少二也都想过，只是没人认认真真思考过，同时也没有机缘说出来，现在终于说出来了，还真的让文家人伤了一回脑筋。原先对于文家根本不是个问题的吃喝拉撒问题，也许眨眼之间就能变成事实。跟天下所有有家有口的人家户一样，当家人每天一点一点去盘回家来，再一口一口地养活家小，想想都能让汗毛立起来。不仅如此，当年文家那些可以独当一面的角色，现在几乎全都成了强弩之末，没人当得了家了。

可不是吗？徐子退休了，和徐子差不多年纪的文大同、金雨天，加上幺太太，全都超过或接近六十那道坎了。能够出去"找食"的，文心仪是泼出去的水，远在美国的文心志提都不用提；文大喜家两口子虽说"找食"正当年，但是他们自己家里有三个小的要养活不说，人家还是供给制，能让那个小家庭饿不着冻不着就不错了，大体也指望不上。算来算去，老大家这边就剩下了文心武和章悦。两个既不能文也不能武的小辈，要养活老太爷、大太太、幺太太、爹和妈、自家两口子外加两个娃儿，搭上文昌寿和李素娥，大大小小十一个人，足足解放军的一个班。

汗毛能不立起来吗？

算都算开了，干脆顺带着也给二老爷那边算一算。

文霏霏和文心仪一样，不能算；二老爷家大老婆小老婆的，四个；谢知雨和文心宽，加上文心雷家三个，九张吃饭的嘴。但是，人家文心雷跟张军都是文武双全哦，加上谢知雨是烈士家属，政府方方面面有照顾，可以算半个劳动力。这样一算，二老爷那边，两个半劳力养九个人。

"哎呀，啧啧啧啧！"刘彩云不免感叹，说，"老二当年要是不闹着娶周慧敏，现在就少一个负担哦。"话都说完了才想起，连忙补充："这和我们家幺太太没得关系哈！"

老大瞥了她一眼，心里说：到底老了，年轻时候举起板凳砸酒缸那麻利劲都不知道丢去哪里了。现在好，顾得了一头顾不了另一头。

为这事，老大让文大同通知文大喜家两口子和文心雷家两口子，无论如何第二天晚上来家一趟。

3

文大喜现在是报社编辑部副主任，任命文件表述得比较精准，说文大喜是排在某某副主任后面的副主任，正儿八经的梁山泊英雄排座次。好在下属们一般不会精准地把"副"字也加上，所以大都称呼他"文主任"。文主任的爱人也得到妥善安排，在记者部任职，主要负责跑政府那一块业务。报社领导跟文大喜说起柳文君的工作时，明显有关照的成分，意思跟省里领导接触多了，兴许人家连你的名字都叫得出来。尽管文大喜并不明白让领导"知道名字"怎么就值得在这个场合专门说一说，他还是很礼貌地"哦"了一声。

回来也快两年了，文大喜从来没有拿美国跟现在自己所处的环境做比较。差别当然显而易见，而且这种差别被柳文君提起过多次。但是柳文君说不过文大喜。文大喜总有许多柳文君驳不倒的理由，关键还有数据支撑。比如，美国也经历过大萧条，美国人民也有过勒着裤腰带的日子。不仅仅有数据，文大喜还有押韵的儿歌为证，"梅隆拉响汽笛，胡佛敲起钟，华尔街发出信号，美国往地狱冲"。

"美国后来不是好起来了吗？都会有困难的时候，关键我们还处在一个特殊时期。新中国成立伊始，困难自然会更多些。中国这么大一艘巨轮，正是需要我们每一个人齐心协力划好自己那一桨，光明肯定就在前面，需要的是大家共同地、持之以恒地努力。嗯？"文大喜说这番话的时候，柳文君完全能够感觉到语重心长。

时间一长，差不多已经适应了美国文化里面"男女平权"的柳文君又慢慢试着适应中国传统文化里面的"夫唱妇随"，正所谓入乡随俗。那天晚上在老宅，柳文君就夫唱妇随了一回。

当文大喜家两个和文心雷家两个面对文家大院两边差不多二十多个老少爷们，文大喜直接把那些"吃喝拉撒"的杞人忧天的想法给否了。

文大喜说："爹呀，正如你们分析的，我们家有我和柳文君，二老爷家有张军和文心雷，有我们一口吃的，就不会让大家饿着。那是没有商量的事情！要不你问问柳文君看。"

柳文君马上说："那是肯定的，爹！"

张军举了一下手，大概是军队里面养成的习惯，说："我说两句中不？"

文心雷说："哎呀，这是在家里头！"

"那中，"张军操着地道的家乡口音，说，"我同意大喜哥说嘞。是这样的，俺们退一万步，真要山穷水尽了，国家一定会有个相对应的办法，绝不会让老人没饭吃。那不成国民党了！是吧？"

老少爷们似乎明白，似乎又不太明白。因为国民党那时候，文家没有出现过没饭吃的情况。

老大想想，说："莫不是我们……真的杞人忧天了？"

文大喜说："杞人忧天！但是，我还是赞成比如文心武这样的适龄青年找一份职业。不单单为了吃饭，有事业跟没事业，人生意义会不同。原先是自己家的生意，现在废除私有制了，那就选择一个自己适合的职业，重新开始一回，有什么不好呢？"

老大连忙说："假如这样，当然好喽！"

不论旧社会还是新社会，文家一直推崇励志。早年办实业，办书局，都是励志的过程。现在那些营生被禁止了，你还得寻找其他方法励志，总之不能把"励志"的想法荒废掉。

至于文心武和章悦适合干一个什么样的职业，张军当场表态，说可以跟他那些老战友打听打听，估计问题不会太大。

"你看你看！"二老爷像是在跟谁抢，着急说，"还是我们家孙女婿有办法吧？正所谓一朝天子一朝臣啊！"

二老爷本来还想笑两声的，最终没笑出来，是因为觉得这就足够打击老大一回的了，而且这样一个全家聚集一堂的场合，自己一个人在那儿笑，不合时宜不说，还有点憨。

差不多一辈子了，这回让二老爷第一次有了取笑文家老大的机会。想想这还真要感谢老大，那年是他说服了小院这边一竿子人接受了张军这个二婚男人，最终才有了今天这样的畅快。人的虚荣心有时候很卑微，"取笑别人一次"都能让自己欢欣鼓舞。

老大从来没有把心思放在老二身上过，现在也一样。你别看二老爷得意成那样，丝毫没有影响到老大。他在想，文德范那家伙要是还在，一家人哪怕就这么聚在一起坐一坐，说说话，多好！

人不一样了，思维方法和内容都会跟着不一样。

还是当官好啊，不论旧社会还是新社会。除了有了衣锦还乡的本钱，还有诸如好吃好喝、说一不二、近水楼台等一系列好处。要不连圣人都说"学而优则仕"？

在中国，男人之所以宁愿忍受多少年"寒窗"之苦也要去读书，大都是为了求取功名。不过张军他们是个例外，没有"寒窗"的经历，就因为老娘亲"一定要赶走日寇"的朴素信念，居然还成就了儿子的仕途。

张军副局长把事情托付给老战友之后没多久，文心武就得到了一个工商局办公室秘书的职位。当然嘛，人家文心武一个正牌大学的本科生，还是某某单位领导推荐过来的，虽然填表时"家庭成分"一栏填的是"地主兼资本家"，工商局领导还是很喜欢长得"雪白干净"这么一个大小伙子的。工商局领导是安徽什么地方的人，总是用"雪白干净"来形容自己喜欢的人，不论男女。

填表之前，文心武问过文大同，说是听同学说，"资本家"和"工商业者"有类似的地方，问能不能填成工商业者。

文大同也吃不准两者之间的差别，就和儿子一起来找老太爷。

老大想想，说："前面必须加上地主吗？"

文心武想想，说："好像必须。"

老大说："那就资本家。地主你都已经写在前面了，没什么好回避的。而且，两者好像只是区别城里跟乡下的有钱人，按我们家的实际情况，实业的收入肯定比土地的收入多，那就资本家吧。其实啊，我们那时候办实业吧，想的不过是福荫乡梓，哪个晓得人家共产党不喜欢这个，整出一个'成分'不说，地主还兼着资本家，双料！哎呀！还好老太太走得早，要不然啊，气都气出病来！"

文大同说："不管他喽，兼资本家就兼资本家，好像也只是个符号而已，看不出有什么具体意义。再者说，地主兼手工业者，好像没有这个说法。"

老大说："哎，那……章悦呢？"

文大同说："哦对，张军专门问了，说要不要等文达德大一点再说。"

老大看看儿子，说："你觉得呢？"

文大同说:"我……总之是求人,不好一而再再而三。既然必须如此,我觉得赶早比晚了好。"

老大说:"真是!况且家里面还有这么些老辈子,玩都把他文达德玩大了。切!"

文大同说:"那就让张军一起办了?"

"一起!"老大说这话的时候闭着眼睛一甩头,没有走心的样子,其实心里真有个小疙瘩。什么时候轮到老二这斯人前人后趾高气扬的了?老大在心里嘀咕。

最终,章悦被安排去了新华印刷厂的包装车间当工人,这让文家又多了一份收入。

4

根据后来国家统计局公布的新中国第一次人口普查结果,全国在1953年6月3日24时总人口有601938035人。

中国的人口普查,据说最早始于西汉元始二年(2),数字为6000万。之前多为"估计"。北宋大观四年(1110)超过1亿,18世纪至19世纪的100年间,连续突破2亿、3亿、4亿大关;国民政府从来没有进行过人口普查,那时候一直沿用"四万万同胞"这样的概数;解放那年,也流行着一个"估计"的数字,54167万。至于怎么得到的这样一个有整有零的数字,没人说得清楚。

政权变更还没四年,共产党就把中国的人口搞成了精确数字。

也对,好比一个家庭,有多少人吃饭,一年需要多少粮食,多少棉布,多少盐巴,多少柴火,你心里面要有个数,否则叫稀里糊涂过日子。

"看来啊,共产党从一开始,打的就是'精准执政'的主意。"在文家照例进行的"情况分析会"上,文大同这么说。

想想旧社会,文家那么些营生,现如今除了赤水河边上那栋二层小楼,不是归了国家就是被国家关停。别的不说,就云辉烧房,真让老大扎扎实实地心痛过。还有茅台烧,家里倒是还存着几十瓶,喝一点少一点的事情,再没有一个电话徐子就送过来一马车那样的好事了。老大掰开手指头算了算，现如今，仅凭老文家自己的意志就能开展的和当今社会多少有一点联系的活动，就剩下这个"情况分析会"了。而且，把这么个小范围的私人"活动"前面冠以"社会"二字，确实很牵强。只是因为一家人都不忍心再去驳文家老大风烛残年仅存的那一点点面子，这才一直保留了这个所谓的"会"。

自从报馆关了张，老先生周世涛返回了故乡，情况分析会就剩下了文家两爷子，真的称得上形单影只。

一开始，老大有发展文心武加入的想法，给文大同一说，文大同立马也跟儿子说了，没想人家文心武不干。

文心武说："爹呀，真不是我驳老太爷的面子，现在是新社会，提倡新思想。还不要说我对你们分析的那些情况根本没有兴趣，单单我每天在单位马不停蹄干的那些差事，回到家就想倒在床上，有时候饭都懒得吃。你没有当过秘书……对了，我们家姑爹给老太爷当了大半辈子跟班，他肯定知道什么是唯马首是瞻。在单位累一回，还有必要回家再累一回吗？爹呀，饶了我，行吗？"

就这，文大同还不敢跟自己的爹复述原话，只能说考察了文心武一通，结果不尽如人意云云。

其实，就是分析个社会情况，谁也没规定必须多少人，但是文家老大说不行。

老大说："那不一样！子曰，三人行必有我师焉。他为什么不说二人行？对不对？一个正方，一个反方，你还得有一个点评方，才能形成鼎足之势嘛，才稳当！还有'三人成虎'之类的成语，说的都是这个道理。三个人是一个常数。"

文大同到底是老太爷文理渊重点培养的对象，压根没去寻找什么反驳之辞，而是在琢磨去哪里寻另外一个"足"。

对了，文大同很快想起一个人。鉴于文心武的一口回绝，文大同在老太爷面前没有马上说出这个名字，还是先问问清楚，免得……这叫有的放矢。文大同在心里面安慰自己。

文大同在心里盘算的那个人选，就是马伟泊。

马伟泊是在解放那年考取的贵州大学中文系，今年刚好毕业。算起来，说他是幺太太的亲属，也是成立的。划分成分那年，虽然贵州茅台酒厂有人检举马大宏"和资本家走得近",还有"典妻"一说,只是组织上分析研究之后,并没有在相关法规里面找到"走得近"以及"典妻"的相关处罚条款,况且马大宏一贯和工人弟兄们处得也不错,最终组织上根据"参加具体生产劳动"和"没有欺负工人"这两条,把马大宏的家庭成分定成了"工人"。这是个相当硬火的成分,其好处直接在马伟泊的工作分配上体现出来。

二十三岁的一个应届大学毕业生,长得雪白干净,还是个工人成分,那还不人见人爱啊?那时候,共产党缺的就是知识分子。人民政府分管教育的部门,直接把马伟泊分配去了人民银行信贷科。很明显,有这样履历的人,是国家信任和依靠的对象。

文大同之所以想起马伟泊,还有一个关键因素,那就是马伟泊愿意来文家。不要说参加个什么有用没用的会,抹桌子扫地他都干。

后来大家也避开幺太太分析过。说得也是,一个是没儿的妈,一个是没妈的儿,中间还牵扯着剪不断理还乱的马大宏,而且儿子还救过妈的命;两个人如果不亲,那才叫怪。

对于这个人选,文家老大很高兴,不光凑齐了"鼎"的足,还是一个学中文的大学生。实际情况证明,四年的大学生涯不但让马伟泊增长了学识,还把口才练好了,说起话来头头是道。

"精确执政就是有的放矢,就是负责任。"马伟泊说,"中国一直都是地球上人口最多的国家,从汉平帝刘衎的元始二年一直到今天。用中国人自己的话,叫人多好种田。当然,人多了不单单好种田,还有好些事情都需要人多,比如,打仗。抗战那年,何子豪他们在麦市的前沿阵地,如果预备队不仅仅二营二连那一百多号人,而是整整一个营,或者一个团,乃至一个师,阵地就不可能被日本人夺了去。同样的道理放到今天的朝鲜,武装到牙齿的美国人硬是没打赢善于大兵团作战的中国人民志愿军。"

马伟泊说这么一段跟自己的生活没有关联的社会话题,都没有停顿一下。

不要说老太爷,文大同都觉得意外。

马伟泊还没完,继续侃侃而谈:"据说,美国人也熟读中国的兵法,也知道三十六计里面的最后一计叫'走为上计'。古人在给三十六计写按语时,有这样的表述,'敌势全胜,我不能战,则:必降;必和;必走。降则全败,和则半败,走则未败。'当年,红军从瑞金出发一路向西,选择的就是'必走';

1945 年的日本国没有选择的权利，于是只能选择'必降'；而 1953 年 7 月 27 日，曾经逼迫日本人选择了'必降'的美国人，在朝鲜战场上选择了'必和'。'半败'总强过于'全败'，美国人大概就是这么想的。用的都是三十六计，结果却谬以千里。"

见老太爷家两爷子瞠目结舌的样子，马伟泊连忙说："不好意思哈，我在老太爷面前班门弄斧了！对不起对不起！"

那天晚上，老太爷专门留下马伟泊吃晚饭，不仅请他喝了茅台烧，还让文昌寿用旧报纸包了两瓶，无论如何要让马伟泊带回去。

老太爷说："拿着吧。也没剩下多少了，过一段时间你想要，也许真就没有了。算是……对你大学四年努力学习的褒奖。对，就是褒奖。"

马伟泊看看幺太太，幺太太眨了一下小小的眼睛。

马伟泊马上起身给老大一鞠躬，说："谢谢老太爷！"

后来，老太爷私底下表扬过文大同，说这根"足"找得好。

5

10 月 16 日，癸巳年的九月初九，又见重阳。中国人踏秋、赏菊的好日子，登高望远，步步重阳。

就在这一天，国家公布了在全国范围内对粮食进行有计划地统一收购和统一供应，简称"统购统销"。这之前，老百姓手里的粮食想卖给谁卖给谁，没人管得着。现在不行了，必须卖给政府；同时，再按照每个人的年龄，以及所从事工作的繁重程度，定量供应粮食。这项政策后来扩展到油料、棉花和布匹。

用共产党的话，叫作"初步切断了资产阶级和农民的经济联系"。

"禁止"永远是最简单的办法，用不着跟谁商量，执政者说了算。比如，刚刚解放那年的禁娼，先是禁止明娼，后来连暗娼也禁止了。现在又统购统销，都是有人欢喜有人愁的事情。

老百姓管这个方法叫"大锅饭"，意思谁都有饭吃。即便有一两个大肚汉的家庭，内部调剂一下，也都饿不着。

"也好，"文大同说，"管他的，大院小院这回让共产党来了个一碗水端平，这回啊，隔壁的二哥再不会挑大哥的不是了。"

刘彩云就说："哎呀！管他那么多，先把各人家的稀饭吹冷了再说喽！"

刘彩云说的这个"稀饭"，是老文家在差不多三个月的时间里，连着降生了四个千金。

先是彩珠子。阴历七月十六，中元节的第二天，由茅台镇的接生婆接下来一个姑娘。

消息传到贵阳，刘彩云说："哟！看不出来嘞，徐子都六十好几了，还一弄一个准哈？"

"哟，男人七老八十都能行……"小眼睛都没把话说完，自己就打住了。抬起头，下意识看看刘彩云，见对方意味深长的笑意挂在脸上，赶紧补充说："我的意思……"

刘彩云抬手拦住她，说："行啦，我怕你越描越黑，哈！我的话还没说完嘛。你想嘛，人家彩珠子到底年轻，四十……一二了吧？"

金雨天说："四十二，辛亥年的，属猪。"

刘彩云说："你看看，正是能生会养的年纪。还有哦，说是文大喜他媳妇也是这几天的事情！"

"哟！"金雨天说，"还有文心仪和文心雷！她们这是搞哪样嘛？扎堆嘞！"

刘彩云说："就是啊！哪怕你中间隔个半把年，起码你要让大人腾得出手嘛！"

小眼睛说："还好，分散在四个不同的地方，各家忙各家的。"

金雨天说："这回该老太爷高兴了，四个！"

果然，当四个娃儿齐刷刷排在文家老大面前时，老太爷真就乐开了花，连笑的声音都听得出来十足的安逸。

笑归笑，该履行职责的时候，老大也一丝不苟。四个娃儿中，至少彩珠子和柳文君生的娃儿该他起名字。虽然文心仪也说请他费心来着，老太爷也乐滋滋地准备应承下来，还是刘彩云多了一句嘴。

刘彩云说："你想清楚哦，人家李飞龙家也有老太爷哦！"

老大看着刘彩云，想想，说："李飞龙是谁？"

小眼睛笑了，摇摇头说："李飞龙是文心仪的儿子！文心仪现在生的，是李飞龙的妹。大太太的意思，文心仪的娃儿起名字，该李飞龙家老太爷！听明白没有？"

　　老大一歪脑袋说："这样说，当然就明白嘛！"

　　刘彩云说："哦哟！你的意思就喜欢听么太太说的话喽嘛！"

　　老大一下子鼓起了眼睛，说："哎！这怎么是喜欢不喜欢呢？明明是表达能力的问题，怎么就扯上感情了呢？你这个人……"

　　"好喽好喽！"小眼睛马上拦在了两个人中间，说，"多高兴的一件事情，怎么还红上了脸？老太爷啊，就算李飞龙的妹不用你操心，那不是还有这边这两个必须你操心的吗？"

　　说完，小眼睛扭头对刘彩云使了个眼色，小声说："老了！"

　　没想这一句也被老大听了去，眼睛又鼓了起来，说："我老？她比我大两岁还多，怎么是我老呢？"

　　刘彩云也鼓起了眼睛，说："我老，我老我老！行了吧？"

　　老大说："什么叫'行了吧'？就是你老嘛！"

　　小眼睛把手里的活路往桌上一扔，一脸的霜色，说："老太爷！大太太！为这点事情有必要比来比去的吗？！"

　　多少年了，这是老大和刘彩云第一次看到小眼睛生气。两个人都愣住了，下意识对视一眼，居然笑了起来……

　　小眼睛懒得理他们，抓起桌上的针线，转身就走，临出门时说了一句："要听人劝嘛！"

　　为这句话，老大和刘彩云的眼睛再次对在一起时，两个人爆发出"哈哈哈哈"的一阵大笑……

　　文昌寿正好路过，进门一看这阵势，就说："是哈，一下子得四个千金，是应该这样笑笑嘞。"

　　两个老人一听，笑得更加夸张了……

　　最终，彩珠子生的女婴取名"徐天仙"，柳文君生的取名"文诗仙"，都是老太爷研究《辞源》的结果。

　　小眼睛就问："怎么都是仙？"

老大说:"哎呀,乖嘛!而且两家不挨着,各是各家的仙,一个天仙,一个诗仙,都还保留了各家名字中间那个字。多好!"

让文家老大没想到的是,另外两个女婴居然也步前面两个"仙女"的后尘,文心仪家的叫李云仙,文心雷家的叫张花仙。这回好,文家一下子来了四个仙女。

在中国,仙女是神话传说里面的人物,如西王母、嫦娥仙子、白花仙子等,大都是些具有非凡能力且地位较高的天上的神。既然有了参照,人们便把人间的一些品德高尚、智慧非凡、纤尘不染、高雅脱俗的女子也称为仙女,是人心向往美好的一种寄托。

在文心仪的夫家,李飞龙家老太爷对于孙女的名字原先也是有自己的考虑的,只是还没说出口,就被长房媳妇提了一回建议。文心仪是在听说了文家老太爷关于取名字的故事之后,又和文心雷私底下勾兑了一回,最后决定向李家老太爷提一回建议的。

文心仪说:"老太爷哈,由你老人家来命名这个孙姑娘的名字,天经地义的事情!没人说得出一个不字。只不过……我昨天回了一趟娘家,得知我们家差不多同时出生的四个姑娘,另外三个分别叫徐天仙、文诗仙、张花仙。而且嘞,都是我们文家老太爷给的名字,他老人家也说得好,说一大家子一下子降生了四个女儿,就好比四个仙女下凡一样。所以我有个建议哈,老太爷,如果你老人家不反对,李飞龙的这个妹妹,能不能叫一个诸如李云仙之类的名字?"

李飞龙家老太爷还有说"不"的理由吗?

其实,文心仪去找文心雷的时候,文心雷还没来得及考虑女儿的名字。经文心仪一怂恿,马上同意按照大表姐的思路走。两个人比较来比较去,最终确定了自家女儿的名字。至少有一条是文心仪来之前就认定的,那就是:文家老大一定高兴。

在二老爷家这边,"土改"都敢拿来当作大号的文心雷,还有什么是她不敢的?况且,张花仙,多好听的一个名字。都用不着跟张军商量,文心雷一拍大腿,说:"就这么定了!"

6

为此，四台满月酒一起推后一点，等文心雷家张花仙满了月，合并成了一台。算上能坐不能坐的小娃儿，以及外围的亲属，整整四桌。老大原本还想叫上李飞龙家老太爷的，是文心仪不同意。说最好各家办各家的，取名字你已经跨了一回大步了，不能老是让人家老太爷总感觉短我们文家一截。都新社会了，共产党提倡人人平等。

老大还说说什么呢？

"外围的亲属"这个概念，是文大同提出来的，其实单指马伟泊，为的是让老太爷和幺太太都高兴。自从马伟泊去了银行信贷科，单位给家不在贵阳的单身汉提供了集体宿舍，节约了一笔钱不说，上班还近。一家人都为这个单身汉高兴。现在文家不论大物小事，一定有人通知马伟泊，马伟泊也一定如约而至。

已经从茅台酒厂退休的徐子领着一家人，提前几天就来到了贵阳，加上在贵阳读书的徐天媛，这是他们家头一回一个不少地集体远行。十三岁的徐天媛站直了个头差不多到幺太太的耳朵上面，活脱一个大姑娘。而且人家会长，专长父母的优点，你如果发现徐子身上有什么缺点，比如，耳朵有点招风，哎，人家小姑娘就晓得避开，只有那么安逸了。

徐文、徐天亮、徐天仙，一个比一个大一截，彩珠子关照完了这个马上招呼那个，忙得不亦乐乎。

刘彩云就说："彩珠子啊，啧！你们家不能再生了嘞，你搞不赢嘛！要想个办法嘞。"

彩珠子就笑，说："大太太嘞，种瓜种豆的事情，这个还能有哪样办法？你还不要说，好多人家想都想不来，也是大小姐在前面带了个好头。管他的，多双筷子多个碗的事情！"

彩珠子已经不是当年蔡花蕾跟前那个小心翼翼的小姑娘了，给人经过风雨见过世面的感觉。你想嘛，生一个孩子就是一段人生经历，人家已经历三段了，那还不跟久经沙场一样？

生育真就是女人的"沙场"。要不然，小眼睛都这个岁数了，秉性跟刚来文家的时候没多大变化。否则好不容易生那么一回气，还让老太爷和大太太取笑成那样？大概就是因为没有"沙场"经历的原因。

张花仙的满月日是个礼拜六。现在跟以前不一样了，文大喜家两个、文心武、马伟泊，还有张军家两口子都是公家人，早八晚六，敲钟吃饭，盖章拿钱，你必须按部就班。比不得从前了，家里的事情就是"公家"的事情，什么事情当家人说了就算数。家里有个什么事当家的让你去办，就等同于出公差。

所以礼拜六那天，都六点过一刻了，饭菜全都在四张桌子上摆好了，一家老小依然徘徊在饭桌周围，坐也不是站也不是。虽然大人们都装成闲庭信步的样子，说着闲话，只是都不大自然。

确实，文家真是头一次遇见这种吃饭等人的情况。原先大凡这样的聚会，在小戏台看戏是一定有的，听戏的过程也是等人的过程，戏听安逸了，大家有说有笑地顺便入席。现在这种为吃饭而吃饭，还要等人，大家确实有些不适应。不等吧，不礼貌是肯定的，而且那些还没来的，都是文家未来的中流砥柱，也许有一天真要靠人家养活。所以，你们一帮在家里闲着没事的人，真还得等等。

终于，以文大喜为首的"公家人"陆陆续续回来了。文大同和金雨天赶紧招呼大家入座，场面上这才和顺了些。

等大家都落了座，老大举起了酒杯，一手撑着大圆桌的边，站了起来。

老大环视一圈，面有喜色，说："哎呀！难得哈，难得一家人这么齐齐整整聚一回。而且，徐子他们一家人，是头一次一个不少地回来，再加上四个小仙女，徐天仙是吧？还有……文花仙，不对不对，是文诗仙，这回对了。加上李……云仙？最后是文心雷家的张花仙，这回对了吧？哈哈哈哈，哎呀，硬是拗口得很！另外啊，大家都晓得的，云辉烧房啊，现在也不归我们家了，所以，我们家的茅台烧喝一回就少一回，虽说酒没剩下多少了，但都是地道的好几十年的陈酿。管他的，今天我们也敞开了喝一回，来个一醉方休，四个仙女满月当然是一个说法，另外啊，从光绪二十八年六月初七我们文家搬到这里，整整五十一年了！弹指一挥间嘞！不论旧社会新社会，我们文家的祖训都是那四个字——行德崇文！我这里有言在先哈，不论世态人心如何变化，我们文家的子孙，必须守住这四个字。这是一。二是我们云辉烧房的茅台烧，不论它怎么变，茅台酒也好,茅台什么也好,根子,永远在我们老文家!"

"好!好!"文家的子孙们全都站了起来……

老大一举酒杯,朗声道:"为我们家的四个仙女,干!"

喝完了酒,张军小声跟身边的文心雷说:"哎呀!恁家大老爷真还不是等闲之辈嘞。"

文心雷说:"嘿,我们老文家上上下下几十口子,我爹那时候只佩服一个人。"

张军说:"大老爷?"

文心雷说:"对。"

第四十四章

1

1954年的雨季比往年来得早，特别是长江流域，雨越下越大，最终竟成洪水之势。涉及范围之广，持续时间之长，都超过了1931年的"江淮大水"。

"江淮大水"曾被称为20世纪中国最严重的自然灾害，1.5亿亩田地被淹，死亡人数40余万。没想到23年之后，大雨又一次酿成了滔天大势，导致京广铁路断行达100多天，淹没农田4000多万亩，3万多人死亡。

老百姓说，是谁把天捅漏了？而有文化的人则说，气候怎么如此异常？

无独有偶，初夏的"气候异常"居然延续到了这一年的冬季。11月下旬开始的寒潮南下，导致全国出现大范围低温冰雪天气，气温之低，成为60年来的新纪录。

好不容易翻了年，都"龙抬头"了，冷空气仍然没完没了地来袭，让本该好好忙一季春耕的农民只能窝在家里，望天兴叹。

气候异常也就罢了，老天爷想什么时候变脸，不是老百姓左右得了的。关键是，1955年的政治"气候"也出现了异常。当然，这同样不是老百姓能够左右的。

1955年5月13日，《人民日报》公布了有关"胡风反革命集团"的第一批材料。

这之前，能和"反革命"这个名词挂上钩的，大都是跟国民党以及旧政权有关的人员，不是特务，就是地主、富农、反革命、坏分子，简称"地富反坏"，不论在城市还是乡村，都这么叫。

胡风不一样，他是共产党的人。

看看胡风的履历，早先曾是"左联"的负责人之一，现在是中国文联委员、中国作协理事、第一届全国人大代表、《人民文学》编委等，一连串头衔全都是共产党给的，完完全全是共产党自己的人。听说刚解放那些年还写了一篇名为《时间开始了》的长诗，歌颂人民领袖毛泽东，就刊登在《人民日报》上。

哎呀，连这样的人都成了反革命了，关键还是一个集团！文家老大无论如何也想不明白其中的道理。

你要说"地富反坏"反革命，那是你死我活的关系，有我没你，有你没我。那些年国共两党也联手过，孙中山在世的时候和西安事变之后，一共联手了两回，现在回过头去看，终究政治理想不同。

但是，胡风是你们的同志啊，怎么就成了反革命了？等文大喜应招回到家里，老大就是这么问他的，说："莫不是另外一个张子善？"

"不不不，完全两回事！"文大喜想想，说，"张子善他们就两个人，这回是一个集团！只不过这回这么大张旗鼓地搞，会不会只是……个例呢？"

文大喜在这里使用了一个设问，大概他自己也不是太明白。不明白的原因，是他不知道明明是"学术观点的分歧"，怎么就演变成了"反党反人民"。

对于胡风，之前文大喜并不了解。一个搞文艺理论的杂志社编辑，如果不是因为他反党反人民，的确没有让老百姓"尽人皆知"的理由。等文大喜一字不漏地读完《人民日报》公布的内容之后，才知道胡风与他的文化界同事的嫌隙早在1938年就开始了。

文大喜不但仔细通读《人民日报》，还专门找来了胡风发表在1949年11月20日《人民日报》上的题为《时间开始了》的长篇政治抒情诗。

为此，文大喜专门回了老宅一趟，而且直奔书房，从随身携带的一个布包里拿出那张有些泛黄的《人民日报》，打开，放到书桌上，两个手指往前一推，送到了文家老大面前。

"时间开始了？"老大读一遍标题，从老花镜上面看看儿子，想想，说，"你的意思……让我自己看？"

文大喜点点头，说："除了他的'三十万言书'，这首长诗也是胡风反革命的证据之一。"

老大又一琢磨，说："哦，嘁！那要是……我看不明白呢？"

文大喜面带笑意，说："那不能够。"

老大笑了，说："哟，看来你真抬举你爹哈！"

"爹先看看，凭你老人家的智慧，应该八九不离十。我下午还有个会，就是有关胡风的。你看着，之后我们再讨论。我去妈那里打个招呼就走，家里那几个小的还等着的。"文大喜说着带上了门。

老大站起身，喊道："还有你家幺太太！"

就听见文大喜的声音"晓得"。

老大真的很想知道这个叫胡风的湖北佬究竟怎么个"反革命"。他从眼镜上面看看四周，仿佛是在确定这里只剩下了他自己，这才坐下来，开始阅读。

抒情诗比较长，四百多行，老大一个字挨着一个字地走，生怕漏掉了什么。读完了一遍，老大有些不甘心，因为他没有读懂，没有读到什么"反革命"的内容。明明连篇累牍都是歌颂嘛？而且真还有点肉麻的意思，老大心里想。

于是，从头再来一遍。等他再一次读道：

……

海，

沸腾着，

他拥着一个最高峰，

毛泽东，

他屹然地站在最高峰上，

好像他微微俯着身躯，

好像他右手紧握着拳头，

放在前面，

好像他双脚踩着一个

巨大的无形的舵盘，

好像他在凝视着流到了这里的

各种各样的大小河流。

毛泽东，

他屹然地站在最高峰上，

好像他在向着自己，
也就是向着全世界宣布，
让从地球最深处冲出来的
流到这里来，
让从连山最高处飞泻下来的
流到这里来，
让从嵯峨峥嵘的岩石中搏斗过来的
流到这里来，
让沾着树木花草香气的
流到这里来，
让映着日光月色星影云彩的
流到这里来，
让千千万万的清流含笑地载歌载舞地
流到这里来
……

文家老大终于读不下去了。活了这么一把年纪，他还是第一次读到这样热情洋溢地颂扬一个当今领袖的诗句。

以前，老大读过杜甫赞美诸葛亮的七律《蜀相》："丞相祠堂何处寻，锦官城外柏森森。映阶碧草自春色，隔叶黄鹂空好音。三顾频烦天下计，两朝开济老臣心。出师未捷身先死，长使英雄泪满襟。"

那是一个晚辈在凭吊武侯祠时，对环境以及对蜀国的先贤卧龙先生的有感而发，而且也只是点到为止。"哪有这样唱赞歌的？"老大自己对自己说。

"哟哟哟哟！"老大突然发现自己跑题了，他连忙摇摇头，赶紧把跑偏的思路拉回来。明明是看湖北人如何反对革命，怎么就成了评判人家诗作的色彩了？真是的！

老大站起身，在屋里迈开了方步，举目向上，一只手还捻着胡须，细细搓捏着，看上去很纠结的样子……

半晌，老大回到书桌前面，侧身看着那张铺展开的《人民日报》，喃喃道："有瑕疵不用说，只是，如果……他这样的都成了反革命，还是个集团，那……"

整整一个下午，老大终究没有"那"出一个结果来。

等到隔天再次见到文大喜，文大喜说出"以后说话要小心哦"的感慨时，老大一拍大腿，说："我那天要说的就是这个！对对对，就是这个！你晓得就好，晓得就好。"

文大喜想想，摇摇头，嘴还向上噘着，说："但是哈，那年我之所以千里迢迢回来投奔共产党，图的就是他跟国民党不一样。就算……就算胡风的思想方法有问题，一定就够得上反革命？还集团？当然，如果仅仅是一个个例，就像张子善他们，杀一儆百，政府有这个权力。"

老大听得出儿子话里的困惑，也知道那是因为他心里有个疙瘩。但是，此时此刻，他这个当爹的竟然词穷了，以至于一时间竟没有想出一个能够化解这个"疙瘩"的说辞来。老大突然觉得脸上有些热，还有些难为情，他偷偷看看儿子，好在文大喜正纠结在自己的思绪里，没有注意罢了。

哎呀，也许自己真的老了，没办法跟上新社会执政党倡导的一系列新的思想方法，跟时代有了距离。哎呀……好在文大喜自己得出了"以后说话要小心"这样的结论，这就不错。文家老大自己给自己解开了"套"。

"是，小心一点总没错。"老大说，"小心驶得万年船嘛！"

文大喜看看父亲，没说话。

2

6月里，隔壁院有好消息传过来，二老爷家那一支单传的独巴丁、时年十九周岁的文心宽，中学毕业后被共产党保送进了贵州大学，根据家庭的意愿，学校分配他去了中文系。这是新社会老文家嫡传的子弟中第一个大学生，大家高兴的同时，都想知道新社会的"保送"是个什么情况。

旧社会也有保送制度。在高中会考中成绩优秀的学子，可以直接保送进入大学。

文心雷解释说："这次保送我兄弟上大学，是因为我爹的烈士身份。包括我妈，如果她愿意参加工作，政府也会给予适当安排。都是对烈士家属的抚恤照顾。"

老大说："一样的一样的,那年何万年家大儿子战死沙场,国民政府不是也有抚恤吗?现在好,终于轮到我们家德范同志了。哎呀!耶,那小谢呢,去还是不去?"

谢知雨说："我去不了。两个小娃儿要人带,走不开。"

二老爷马上插话,吼道："那就喊他们多拿钱!"

文心雷一脸的鄙夷,说："老外公,你什么时候也学学人家大老爷,不要开口闭口只晓得钱,行不行?"

二老爷还想说点什么,被柳月红扯了一下衣角,自然一脸的不爽。

柳月红说："政府给了钱的,还有个红本本,证明我们家文德范是革命烈士。这不是,我们家文心宽说是考试都没考,直接就进了大学。嘿嘿!"

刘彩云说："这就对了,说明他们共产党还是记着这个事情的。"

柳月红说："记着的,记着的。"

"来来来,"老大招呼文心宽过来,拉着娃儿的手,说,"哎呀,才眨个眼睛哈!那年你爹偷偷跑回家,一家人跟做贼一样,说话都得关了门。一大碗红烧肉,你们家德范同志一个人就吃得个精打光!现在好喽,娃儿都要上大学了,你说,我们咋个不老嘛?文心……宽是吧?好好读书,将来好报答你爹!"

"嗯。"文心宽点点头。

刘彩云说："可怜哦,两爷子压根儿没见上一面!"

谢知雨眼睛一红,眼泪跟着就下来了。文心雷赶紧把自己的手帕递了过去。

老大说："好喽好喽,儿大女成人的,也不枉我们家德范同志为自己的事业拼打那么一回,有今天,他值了!"

跟筷子要成双的道理差不多,二老爷家的喜事也是成双成对地到来。那天,文心雷和马伟泊两位学长刚刚把文心宽送到学校,赵青梅颠颠地又跑过大院这边来。

看着赵青梅春风满面的那张脸,刘彩云一抬手,拦住对方,说:"你先不忙讲,让我猜猜!"

赵青梅说："要得,你猜!"

刘彩云想想,说："你们家呀……十有八九是胡瓜的事,否则你脸上不会这么灿烂,对不对?"

赵青梅马上瞪圆了眼睛,忙不迭喊了一声:"大太太!"

"真的是啊?"小眼睛这一句,算是给刘彩云打帮帮腔。

金雨天也跟着放下了一个大包袱似的,一身轻松的感觉,说:"恭喜喽!恭喜喽!"

对于赵青梅,只有胡瓜的婚姻,才会成为她的头等大事。这一辈子就养了文霏霏这么一个女娃儿,在二老爷家这边就已经受了一辈子的气了。那年文霏霏得了胡瓜这么一个端端正正的儿子,虽然娃儿的名字没如她的意,但是赵青梅还是理直气壮地扬眉吐气了一回,只是好景没有得到应有的持续。十年前,完成学业之后的胡瓜竟然在择偶问题上为难了外婆一回。

从美国归来那年,胡瓜二十六岁,正是成家立业的青春好年华。按照赵青梅的思路,赶紧找一个好人家把婚事办了,再养他个一男半女的,她这一辈子就算完成了任务。没想人家胡瓜不干,说一个完完全全的感情问题怎么就成了你老人家的"任务"了?于是,从今往后在这个问题上处处设置障碍,说什么也不去相亲,特别是外婆那边介绍过来的。自己虽然有一搭没一搭地跟他看得上的女孩子该谈也谈,该散也就散。从旧社会一直谈到新社会,竟没有一个到达谈婚论嫁地步的。肯定嘛,着急的不仅仅赵青梅,胡家那边应该比赵青梅更急。虽然不指望这个孙子传宗接代,但是一个三十好几的单身大男人在你面前晃来晃去,还一晃十几年,谁心里能好受?

所以,当胡瓜决定结婚的消息传来,赵青梅能不春风满面吗?三十六岁了,不论用新观念还是老观念来衡量,胡瓜都过分了一点。

但是,赵青梅也有苦衷。

这事要是放到旧社会,胡家那边就不用说了,文家这边也得扎扎实实办他一台酒席的。现在不行了,文家办酒席的心还在,只是已经没这个力了。

"唉——"赵青梅长长地叹了一口气,说,"真是时过境迁了!那时候老太太还在,有个什么事情首先搭台子唱戏,吃一顿饭喝一台酒什么的,算个哪样事情嘛?"

"哎呀!"刘彩云连忙摆手,说,"青梅呀,人生啊,跟世间万物一样,有长有短才平衡,有苦有甜才般配嘞!不是说穷人有穷人的欢乐吗?富人自然也有富人的愁苦。有哪样嘛?把他们都喊回家来,有什么吃什么,家常便饭,两杯茅台烧一下肚,重要的是图个高兴。你觉得呢?"

赵青梅眼圈红了，抬手抹了一把脸，像是在鼓励自己，说："所以啊，我这辈子就和你大太太亲近呢？行，就这么定了！"

现在，二老爷家那边但凡有个大物小事，最后拍板的都是文心雷。一来人家是共产党的干部，对政策把握得准，知道的情况多，相对于只晓得窝在家里打麻将的大婆、二婆、三婆，人家有这个发言权；二来人家姑爷还是个领导干部，这好比从前你们家有个当警察局局长的亲戚，那还不等着吃香的喝辣的？就因为张军，二老爷真还在老大面前挺直过腰杆。所以，二老爷对于这个"随爹"的孙女是认账的，是服气的。一来二去，文心雷自然就成了二老爷家的"老大"。

赵青梅当然不需要跟请示领导那样去跟文心雷对话，那样不成体统。她只是把想法给柳月红说了，由柳月红去过话。

其实在这个家里，文心雷只是跟二老爷横，对于其他人，特别是几个女长辈，文心雷总是和颜悦色。还说什么呢？一家人都知道胡瓜的情况。

"怎么能家常便饭呢？"文心雷对二婆说，"你去跟大婆说，没有请客吃家常便饭的道理。不就是几桌酒席吗？还不能比旧社会差嘞！要不共产党领导人民翻身得解放干什么？就是要过好日子嘞！记得那年，大老爷曾经问我，说你们共产党让老百姓翻身究竟怎么个翻法，能不能吃上海龙坝的新米，能不能喝上云辉烧房的茅台烧？二婆，你问问大婆需要办几桌，办就是！我们也喝它一回茅台烧，吃它一回海龙坝的新米！"

连柳月红都觉得自家孙女说"办就是"这几个字时，真有点德范同志当年的气派。当年文德范就是那样天不怕地不怕地跟着共产党走的，现在，该着文心雷了。

地点当然还是在大老爷家那边，到底宽敞。文家人第一次吃到了由二老爷家独自承办的酒席。

胡瓜的新娘子叫马晓福。喝了茅台烧的二老爷红着个脸，说："要是能改成大福，马大福，那就圆满了哈！"

大家就笑。好在文心雷恰好不在场，否则，二老爷肯定要遭批评。

酒过三巡，赵青梅本想请好姐们刘彩云说两句的，没想刘彩云硬是把文家老大推到了前面。赵青梅也不管二老爷垮脸不垮脸，带头拍起了巴掌。

全家人跟着拍巴掌……

老大面带酒红，站起身，看看手里的酒杯，用眼睛扫了一圈，然后说："哎呀！那年周世涛老先生就说过，说我们文家啊，办了那么多的实业，其中功莫大焉者，就是这茅台烧！现在看来啊，老先生真是金口玉言啊！喝了这么多年的茅台烧了，每一次都如同第一次品尝，印象只有那么深刻……"

"哎呀！"刘彩云打断他，说，"人家赵青梅家的喜事，你东拉西扯……"

"大太太！"这回是文心雷打断了刘彩云，说，"你让大老爷说嘛，他那是高兴！"

"就是嘛！你让我说完嘛！"老大看看大家，接着说，"说真的，人啊，一辈子有一桩事情能让大家记住，那叫什么？叫功德！对呀，赵青梅家孙孙大喜的日子能喝上自己家酿制的茅台烧，这叫福气嘞！没剩下几瓶了，喝一点少一点。还说什么呢？干！"

那天晚上，文家喝麻乌的男人，不在少数。

3

1956年元旦节那天，新中国所有的报刊都改成了横排，一下子颠覆了中国人几千年来的阅读习惯。

在中国，产生于商代的以竹木制简，用绳编连成册的文字记录方法而形成的竖着阅读的习惯已经三千多年了，现在一下子改成横着，有一个习惯过程。

文家老大拿着当天的《贵州日报》，横过来看看，再竖过去看看，怎么看都不习惯。就说："哎呀，有哪样嘛，又不多一个字少一个字，横排竖排有哪样区别嘛？都看了那么多年了，干什么非得变一个？当真谁坐天下谁说话哦！"

金雨天说："爹呀，那天文大喜说过这个事情，说是这样符合国际阅读习惯。"

"国际阅读习惯？"老大从老花镜上面看着金雨天，说，"各家有各家的习惯，干什么非得将就他们？他们吃面包，我们吃大米，你怎么不让我们改吃面包呢？吃不来嘛！"

"哎哟！"刘彩云实在听不下去了，说，"你主要是对共产党赎买云辉烧房不满，借题发挥！辛亥革命那年，不是好些人觉得剪了辫子怎么怎么了。怎么了？除了脑壳后面配重发生了一点点变化，还有什么？睡一觉就习惯的事情！"

"你这个人才是嘞！"老大这回真的是借题发挥，说，"人家明明说的是阅读习惯问题，你居然扯成大清朝的辫子问题？你真是能扯嘞！"

"嘿嘿！"刘彩云笑笑，说，"你呀，如果你能把横竖再给我改回来，我就说你有本事！"

"你……"老太爷被老太太噎着了，眼睛都瞪圆了，一时间还找不到什么回击对方的说辞，生生被憋红了脸。

"哎呀！"小眼睛赶紧打圆场，"这种事情还用得着鼓眼睛啊？大太太也是，你就让老太爷发泄一回有哪样嘛？针尖还对上麦芒了，这一回是大太太不对哈。"

"哟哟哟哟……"刘彩云正要说点什么，没想被儿媳妇抢在了前面。

"大太太，"金雨天说，"退一步海阔天空，哈！"

刘彩云说："哦哟！我还成了孤家寡人了？"

老太爷瞪圆了眼睛吼道："你就是！"

"老太爷！"这回该小眼睛瞪眼睛了，说，"我们在这里帮助大太太么，你要配合嘛！不兴火上浇油的哈！"

老太爷斜拉着眼睛一扭头，那样子没服气，不过是听打招呼而已。

刘彩云撑着桌沿站起来，说："行嘛，那寡人退下就是嘛。屙泡尿嘛。"说完一歪一歪走了。

小眼睛和金雨天对视一眼，捂着嘴笑……

就老太爷一个人在那里余怒未消……

2月1日，国家发行了第二套人民币，原先几万几万的、拿出来吓死人的面值全部作废，新的人民币最大面值十元。按照这个算法，那年赎买云辉烧房的1.3亿元等于新货币1.3万元。

第一套"人民币"是1948年12月在石家庄发行的战时货币，本身就是个临时产物，而且面值大，老百姓用起来不方便，最大面值五万元等于后来第二套的五元。新中国建立之后，按照惯例，中国的货币如果跟美元、英镑、德国马克一个思路叫成"中元"之类,也不是不可以。但是,执政者为了体现人民当家做了主人,"人民"二字就不用说了,货币上面的人像也由大多数国家所流行的历史人物头像,变成了劳动人民的形象,要不就是"各民族大团结"之类有象征意义的图案。总之,就是要跟旧社会或者资本主义国家都撇清楚,什么都必须体现并突出一个"新"字。

老百姓当然管不了那么多,叫个什么名称不要紧,图案什么样子也随便,只要能够换回"吃喝拉撒"的一应物品就行。

"也好,总比那几年的金圆券强。"金雨天说,"那一年端午节还是个什么节气,我和李孃去买菜,一大包金圆券,李孃负责挑选,我负责数钱,整死人哦!"

一提起钱,不愉快的事情就跟着来了。

现如今,老大家这边这个家真不是好当的。虽说那年文大同是文家老大有序传承的接班人,只是新社会之后,文家的买卖一样没留下,文大同就成了个光杆司令。只能支配"赎买"具体分配到大院这边的那一坨。节省一点,够一段时间吃喝的,如果想每顿饭都喝点茅台烧,还得另外增加开支。最终,文大同都不好意思婆婆妈妈地这里一点那里一点具体去算,干脆就让金雨天一个人去扒拉,眼不见,心就不烦。金雨天也不是愿意去"扒拉",只是已经归到自家男人头上的差事,总得有人干。况且文大同说的也在理,说女人心细。

年初的时候,徐子写信过来,说茅台镇刘家今年的喜事多,还一样一样数。先说第一件事,由林家漪做主,把刘和天的妹妹,已经二十五岁的刘秀玉嫁了人,时间定在8月1日,是新中国的建军节,还说这个日子是刘承义定的,茅台镇的人都说这是刘副县长的军人情结在老刘家做的一个记号。管他的,还挺好记。第二件事也跟刘副县长有关。他老婆王玉芳又怀上了,预产期也是8月间。这大概也是刘承义要把刘秀玉的好日子定在8月的原因之一,同喜同乐。第三件事,刘和天家也在准备迎接自己的第二个娃儿。

徐子在信中最后写道:如果家里准备礼金不方便,上一年客栈的收入都在,虽然不多,送礼也还过得去。

徐子的这个主意,肯定是对上了文大同的心思的,至于能不能对上几个老人家的心思,文大同不知道。把事情说给金雨天听,金雨天的第一句话就是"应该由老太太来拍这个板"。

金雨天说:"多少年了,茅台镇刘家只要有个什么事情,老文家这边至少两挂马车装着礼物就停在刘家大门外,什么时候变过?现在文家虽然比不得当年了,但是刘家人不一定知道具体情况,厚了薄了的,哪怕私底下嘀咕几句,都是伤和气的事情。所以,让刘家大姑太自己去定,刘家人即便不安逸,也不好意思说。"

文大同能说什么呢?把烫手的山芋丢出去,谁不会?

老太爷一点没含糊,开口就说:"该拿什么拿什么,顶多我们这里勒紧裤腰带就是了!"

老太爷这句话,让刘家大姑太着实感动了一回。刘彩云也发了一回狠,垮着个脸说:"两边都是至爱亲朋!哦,这边勒着肚子,去满足那边的面子?首先我不答应!再者说,那些年文家有钱的时候,你们怎么送,我没说过一句;现在没有了,就按徐子说的办,是个意思就行!而且哈,从今天起,做什么事情都必须量体裁衣,谁要是为了面子而伤了我们文家的'里子',不要怪我大太太翻脸不认人哈!"

文大同看看金雨天,再看看老太爷,只见老太爷用小手指的长指甲抠抠脸,看那样子也是被老太太的话感动了一下的,只是不表现出来,假装思考状。

文大同本来想笑笑,转念一想这个时候自己若是真的笑了,大太太一腔热血那样的感人效果肯定会被打折扣,于是忍住了。

他瞅瞅金雨天,意思该金雨天说两句了。

两个人到底是由演戏结的缘,后来又一起演过"坐宫",戏里戏外都是两口子,只有那么默契了。就听见金雨天说:"若是这样,我就和大同专门跑一趟。这样显得我们文家重视,用徐子他们客栈的收益每家包一个一样大小的红包,面子里子就都说得过去了。不知道老太爷、大太太,还有幺太太是不是同意我们跑一趟?"

你看,仿佛真就是铁镜公主和杨延辉天衣无缝的对白,只有那么妥帖了。

老太太和老太爷还说什么呢?

幺太太说了一句:"老太爷和大太太说了就着数。"

事情就这么决定下来,文大同把情况告知徐子,只等日子到来。

当低矮的杜鹃花和高高在上的石榴花攀比着到底谁更红艳的时节，文大喜的心情也和这满眼姹紫嫣红的季节一样，豁然开朗。

1956年4月28日，毛泽东在中共中央政治局扩大会议提出了"百花齐放、百家争鸣"的方针，即艺术问题百花齐放，学术问题百家争鸣。以期在社会主义三大改造任务基本完成的情况下，团结一切力量进行社会主义建设。这让大家都感觉知识分子的春天来了。

文大喜跟大家一样，觉得自己没有白从美国回来，先前因为胡风事件而一直纠结着的心情一下子敞亮了。如同这个季节竞相盛开的大大小小的五颜六色的花朵，全都是因为等来了一个好时节。

"百家争鸣"不是共产党的发明。大致知道中国历史的人，都知道春秋战国时期知识分子不同思想的涌现，以及流派之间彼此诘难，互相争鸣的局面被后人称为"百家争鸣"。《汉书·艺文志》记载，当时数得上名字的学派有一百八十九家，史称"诸子百家"。后来影响较大，流传较广，最终形成学派的不过十余家，其中最著名的是以孔子、老子、墨子为代表的三大哲学体系，与同一时期的古希腊文明相提并论，对人类文明以及东西方文化都产生了巨大影响。

虽然汉武帝之后推行"罢黜百家，独尊儒术"，让以孔孟为代表的儒家思想成为正统，主导中国思想文化两千多年；那也是百家争鸣，最终优胜劣汰的结果。

周日，文大喜不仅过来得格外早，还带来了一家六口。四个娃儿围着三个老辈子长一声短一声地喊个没完，让老人们乐得嘴巴根本没办法合拢。

等到热闹告一段落，娃儿们由金雨天和柳文君带着串门去了。文大喜这才搀扶老太爷坐下，抬头看见房梁上那块"行德崇文"匾额，心有所动，说："爹呀，百花齐放百家争鸣其实跟行德崇文一样，都是中华文明几千年薪火相传的体现。那时候我之所以从美国回来，一个重要原因，爹，不知道你相信不？"

老大说："哦，你说。"

文大喜说："一个重要的原因，美国再好，那里终归没有数千年来一脉相承的滋养世道人心的中华文明，没有割舍不下的亲情，更没有让你愿意为之献身的广袤天地！大哥，也许你们会觉得我这样说话有点言不由衷。"

"不不不！"文大同忙说，"大喜，你肯定听说过'诗言志'，同样的道理，你从美国回来本身，也是在'言志'。"

文大喜看着老太爷，说："你也这样认为吗，爹？"

老大一闭眼睛，十分坚定地一扬下颚，说："那当然！我们老文家的儿子，行德崇文总是要高举在头顶的。只要时机恰当，一定都是德范同志那样的胸怀！"

文大喜有些激动，右手攥紧了拳头晃晃，说："爹，我决不会辜负文家的祖训！"

大概都是因为年轻才会有的亢奋，文大喜的这个动作，像极了当年文德范信誓旦旦要跟共产党干革命那个劲头。这让文家老大从心底感觉到了满足，他在心里对自己说，行啊，不是只有老二家能出国家栋梁呢！

那天晚上，马伟泊也被临时通知过来打牙祭。于是，茅台烧饮用过量是必然结果，文大喜一家只能留宿在爹妈这里。为了让三爷子喝好吃好还把龙门阵摆安逸，经幺太太统筹安排，除了柳文君和最小的文诗仙睡客房，其余三个娃儿都被见缝插针地安排在每一张大人床上。幺太太说了，这叫小的尽一回招呼老的睡觉的义务。文涛睡老太爷老太太那个床，文诗雨跟幺太太挤，文诗路则去金雨天他们屋。

安排好了家小，小眼睛又回到饭桌跟前。三个男人早已没有了开饭之前的端庄，体态上都呈现出被酒精彻底稀释了的松懈。老太爷更甚，胡须上还附着些劳什子，跟"行德崇文"应该具备的精气神来了个背道而驰。

没办法，幺太太只好喊来文心武和马伟泊，她没好意思去打扰已经八十六岁的文昌寿，人家两口子也累了一晚上了。

等到三个男人被一一送回了屋，马伟泊也去了原先李备住的那个房间休息，已经十二点三刻。小眼睛来到自己房间的门外，先是侧耳听听，再轻轻推开房门，床头的台灯透过咖啡色灯罩漫开去的柔和光线，撒落在文诗雨那张青春脸庞的凹凸面上，居然一下子让小眼睛有些着迷。

她踮着脚尖走过去，在床边站了片刻，慢慢坐了下来……

小眼睛凝视着眼前的这个女孩，一只手缓缓伸向前，那样子是打算用手指的背面碰一下少女的面颊的，最终，手指在距离女孩很近的地方停住，然后慢慢收了回来……

小眼睛的小眼睛里盈满了亮晶晶的泪水,至于这一刻她想起了什么,只有她自己知道。
……

4

阳历年的7月29日,离"八一建军节"还有三天,大暑刚过没多久,正是热的时候。文大同和金雨天搭上了去仁怀县的班车。

按照车票上面标注的号,两个人对号入了座。还好,有一个号挨着窗户,文大同一闪身,让金雨天坐了进去。出门时金雨天准备了一个小皮箱,两个人的换洗衣服加上些必备用品,小皮箱被塞得满满的。上车之前,汽车站的同志专门问了行李要不要绑到车顶的行李架上,金雨天看看车顶绑着几个装鸡鸭的笼子,就说不麻烦了。最终箱子被放置在走道靠自己一侧。

金雨天小声对文大同说:"那顶上鸡屎鸭屎都不说了,晒都晒坏了。"

文大同说:"哦。"

车开起来了,风马上灌了进来,刚刚满车厢的汗臭以及狐臭混合的气味也随之少了些。乡下人大老粗,从来不兴打整自己腋下的气味,大都任凭其祸害别人。金雨天用洒过香水的白色蚕丝手帕捂着口鼻,不管有用没用,展现的是一种生活品质。文大同环顾四周,男女老少大概三十多号人,长相各异,身份不同,随着汽车的晃动歪过来又倒过去,舟车劳顿。

文大同一下子想起了旧社会,想起了李备以及李备的马车。

现在看来,李备真就是一个天生赶车的好把式。他手里的马车如同自己随身的一个物件,驾驭起来得心应手,又快又稳当。当然,比起汽车可以正正规规坐在比较软和的椅子上,马车有马车的缺点,人坐着不舒服,还颠簸得很,但是也有它的优点。比如,没有这么多人,气味也单纯,想走就走,想停就停。另外,马车还有一个特点,不管你们家是不是有意为之,文家的马车一定带着"东家"的气派,无论一挂还是多少挂同行,路边的人们大都会哈一哈腰并且赔上笑脸,特别是在茅台镇。

眼下完全不一样了。混杂在各式各样的老百姓中间向着茅台镇进发,文家这是第一次。更重要的是，除了金雨天手里的白手帕，所有人没有高低贵贱之分，大家自由地、平等地、和睦地前往仁怀县，前往茅台镇。

这是文大同第一次对新社会有了不一样的体验。

在仁怀县下了汽车准备转乘马车时，文大同刚刚将小皮箱递给马车夫，就听见身后有人喊。扭头一看，一辆徐徐驶来的吉普车的窗口有个人探着半个身子，边喊边招手。

等吉普车停下了，那人跳下来，一把抓住文大同的手，大声道："大同哥，认不出我啦？我是刘承义啊！"

文大同和金雨天同时张着嘴巴，表情由惊转喜。

"承义兄弟啊！你怎么知道……"没等文大同说完，刘承义接过马车夫手里的小皮箱往吉普车上放，驾驶员赶紧接了过去。

刘承义说："哎呀，我听徐子哥说了情况，昨天晚上又打电话问了姑妈，知道你们差不多这个时候到。这不是，一找一个准！这是嫂子吧？欢迎欢迎！"

金雨天虽然对于刘承义握手的力度有点意外，照样一脸的笑容。

刘承义接着说："知道你们要来，正好我要去茅台镇，这不是，跟县里要了个车，一举两得。哈哈哈哈！"

眼前的这个刘承义，跟那年文大同陪着德范同志送银票过来，随后被舅舅安排护送一马车的银圆，最终跟着德范同志一走了之的那个刘承义，完完全全没了可比之处。

既然这样，文大同准备给马车夫几个钱，算是自己出尔反尔的补偿。没想被刘承义拦住，说："不用不用，车都没上嘞，不用！"

马车夫似乎也觉得是这个道理，没反对。

仁怀县政府的美式吉普车很来劲，既不颠簸又没有异味，还快。金雨天感觉很安逸，听凭他们两兄弟一路天南海北地聊天，没多大工夫就到了刘青云家大门外面那块上马石跟前。

像是早就等着的，刘和天笑容满面地迎了上来，后面跟着已经九岁的刘家宝。来到屋里，已经满头白发的林家漪端坐在堂屋的正位上，寒暄过后，文大同家两口子被让到挨着林家漪身边的椅子刚坐下，一个男人从里屋出来跟客人打招呼，文大同觉得有点眼生，刘和天忙说："我爹。"

文大同看着对方，跟当年那个在茅台镇叱咤风云的刘广黔怎么都对不上号。不仅人显老，还有点木讷，看人的目光躲躲闪闪的，总之没有底气。

后来听刘家人说，贵州茅台酒厂收编了云辉烧房的所有人员，除了更换一个名称，什么都是原来的，炉子点上火就能出酒。

那一年，刘承义不仅帮着母亲找到了大哥，还把他安排进了茅台酒厂。人人都知道刘广黔一身的酿酒手艺，真不是白拿工厂的钱。刘承义还让他搬回了老宅，让长子和母亲都有了归属感。刘副县长这才心无旁骛地去履行公务。

现在，刘广黔家两爷子加上儿媳妇、老姑娘刘秀珍，还有马上要过门的刘秀玉，包括刘秀玉的准夫婿，全都成了茅台酒厂的职工。文大同说，贵州茅台酒厂差不多都成了你们老刘家的天下。

龙门阵还没摆安逸，徐子和彩珠子就带着三个娃儿到了。一家人高兴得哦，随便说句什么话都带着一连串的笑声，马上让人觉得房间小了，都担心装不下那么多叠加的快乐。

晚饭是刘家的两个媳妇——刘孙氏和许翠玲操办的。文大同还记得许翠玲当年坚决不允许别人称呼她"刘许氏"的掌故，否则婆媳两个就成了"刘孙氏"的"刘许氏"，说出来又是一片笑声。

饭桌上除通常的家常菜之外，最让大家感动的是那一大碗红烧肉。那是刘家祖上传下来的手艺，从高大脚开始，到林家漪接班继续走，经过刘孙氏，现在传到了许翠玲手里了。几十年下来，色香味一样没变，一口下去满嘴跑油，嘴小的许欣还包不住，溢出的猪油顺着下嘴唇流淌，滴滴答答的……

这是老刘家一家人对于幸福和温情最美好的记忆。

酒当然还是那个酒。除商标贴换成了"贵州茅台酒"几个字之外，其余的，全都是文、刘两家几十年风风雨雨、辛勤劳作的见证。

酒过几巡都记不清了，在酒精的作用下，人们的眼睛里本身就布满了血丝，再来点依旧历历在目的、那些搅动心绪的往事，男人们的眼眶里大都有了泪光，女人就不用说了。

文大同没有理会满脸的泪水，把斟满了的酒杯再一次举了起来。在没有文家老大的这个场合，他是老大。

如同文家老大通常的做派，文大同用眼睛扫了一圈，然后才说话："哎呀！那天在贵阳家里，也是这样一个喝酒的场合，老太爷有感而发。说周世涛老先生说的,就是文渊书局原先的那个掌柜,周老先生。周老先生说,文家办了那么多的实业,功莫大焉者,就是茅台镇的云辉烧房,就是茅台烧!老先生……真是金口玉言啊!他说喝了这么多年的茅台烧,每次都如同第一次品尝,让人没办法忘掉!真的!老太爷说了,人啊,一辈子如果有一桩事情能让大家记住,那就叫功德!我们……文家和刘家的功德,就是打造了一种叫茅台烧的好酒!不管现在和将来它怎么变,茅台烧也好,茅台酒也罢,我们文家,我们刘家,功莫大焉!!"

文大同的最后一句差不多是喊出来的。

"我来说两句好不好?"一个不大的声音从角落里发出来,大家循声看过去,居然是刘广黔。

刘广黔大概是被文大同煽动得也燃烧了,只见他慢慢站了起来,端起了酒杯,用力吞了一口唾沫,说:"我……先给文家赔罪!"说完一下子跪了下去。

大家惊呆了,有人要拉,被刘承义喝住。

只见刘广黔将酒杯举至齐眉,大家都看得见杯子里面的酒在抖动,停都停不下来。

刘广黔一脸的油汗,表情既艰难又纠结,他说:"老爹在上,母亲在上,儿子不孝,辜负你们二老了!那年,我刘广黔鬼迷心窍,做出了不耻之事,伤了老人的心,也伤了文家的心!今天,我给大家赔罪啦!!"

刘广黔的最后一句也是喊出来的。紧跟着把杯里的酒在自己面前洒了一圈,随后俯下身去,磕了三个响头。

最先流下眼泪的,自然是林家漪……

建军节那天,老刘家的三台酒席并作了一台,当然以刘秀玉的婚庆为主。刘秀玉家小两口在司仪的宣唱声中进行拜堂仪式时,受拜位子上只有林家漪一个人。刘和天走过去,不由分说把缩在一边的爹妈拉过去,放到老太太身边的椅子上,一边一个。

当司仪高声喊出"一拜高堂"时,刘孙氏竟然泣不成声……

当着林家漪的面,文大同把三个红包分别给了刘承义、刘和天以及刘秀玉,从红包的外形尺寸上看,不偏不倚。茅台镇来看热闹的百姓都知道文家是贵阳的大户,人人都想知道红包里面的具体情况,心里跟猫儿在抓挠似的,痒痒的。

第二天,等送走了文大同家两口子,和茅台镇的老百姓一个心思的林家漪迫不及待想知道的事情就是红包里面多少钱。先问了刘秀玉,再问刘和天,两人都说二十张十元的。

林家漪想想,自言自语道:"二百元?"

刘和天说:"老太太,是刚刚发行的新钞票哦,相当于原来的二百万!差不多可以买……哟,一千三百斤当年的新米哦!"

"哦,"林家漪点点头,喃喃道,"不算少,不算少。"

刘家人不知道的,是文大同和金雨天来茅台镇之前,已经用自己的私房钱,让早先的数字翻了一倍。而存放在徐子那里的客栈红利,文大同请他都换成了"贵州茅台酒",自己带走一些,剩下的让徐子寻机送往贵阳。

5

1956年9月15日至27日,中国共产党第八次全国代表大会在北京政协礼堂召开,这是共产党一次非常重要的会议。

党的八大在分析了三大改造基本完成、国内主要矛盾发生了重大变化的情况之后,得出了"社会主义制度在我国已经基本建立起来,国内的主要矛盾已不再是无产阶级和资产阶级之间的矛盾"的重要结论。

《中共八大关于政治报告的决议》说:"我们国内的主要矛盾,已经是人民对于建立先进的工业国的要求同落后的农业国的现实之间的矛盾,已经是人民对于经济文化迅速发展的需求同当前经济文化不能满足人民需要的状况之间的矛盾。这一矛盾的实质,在我国社会主义制度已经建立的情况下,也就是先进的社会主义制度同落后的社会生产力之间的矛盾。""无产阶级同资产阶级之间的矛盾,虽然在一定范围内还存在,但已经不是中国社会的主要矛盾,而降为次要矛盾。因此,党的工作重点是领导全国人民进行社会主义经济建设,大大发展生产力。实现国家的工业化,以逐步满足人民日益增长的物质文化的需要。"

正如《人民日报》社论所言:"中共八大关于共产党工作重点的战略转移,是对中国革命和建设作出的马克思列宁主义的科学总结。"

假如，中国的国家建设路线图一直按照八大确定的这个大方向前进，没人知道我们的国家会是一个什么景象。要看清楚这样的场景，需要站在社会历史进程的时间制高点上。

国庆节过后，当年和所有社会主义阵营的国家一同祝贺新中国国庆节的匈牙利人民共和国，于10月23日爆发了"十月事件"，又称"匈牙利事件"。这次事件距离中共八大闭幕，不到一个月。

探寻"匈牙利事件"的起因，最早可以追溯到年初举行的"苏共二十大"会议。就在这次会议即将结束时，苏联共产党中央领导人赫鲁晓夫对全会做了一个秘密报告，报告对已经去世的斯大林进行了全盘否定。因为苏联一直都是社会主义阵营的领头羊，赫鲁晓夫的秘密报告在社会主义阵营内部以及全世界范围内引起轩然大波就不足为奇了。

严格地说，"匈牙利事件"应该称为"波匈事件"。

1956年6月，波兰一个地方车辆工厂的工人要求改革税收以及工资制度，因为和国家主管部长进行的谈判破裂，最终导致一万多名工人和市民走向街头示威游行。为此，由最初的利益诉求演变成了要求脱离苏联控制的国际政治诉求，最终发展成为流血冲突。10月中旬，执政的波兰统一工人党顶住苏联的压力，选举了一个主张走"波兰式社会主义道路"的领导人哥穆尔卡为政党领袖。

波兰的这一选举结果，直接刺激了一直在观望之中的匈牙利的大学生和知识分子，他们于10月23日在首都布达佩斯举行了示威游行，以声援波兰人民之虚，行希望匈牙利也能效法波兰脱离苏联控制之实。示威游行最终演变成流血冲突的同时，应匈牙利政府要求，苏联军队于第二天中午便跨过了边界，很快进入首都布达佩斯。

最终，历时十三天的"匈牙利事件"以社会主义阵营的胜利告终。

因为立场不同，世界各国对于"匈牙利事件"的看法肯定也不同。资本主义阵营认为，这是一场人民革命，是匈牙利人民对社会主义制度的反抗；而社会主义阵营则认为，这是敌视社会主义制度的反革命势力与帝国主义勾结，里应外合的结果，目的是颠覆社会主义，复辟资本主义。

中国政府的立场当然是后者，而且坚定不移。

后来，随着时间的推移，"匈牙利事件"在很长一个历史时期内都是一个醒目的政治符号，它对于中国以及中国老百姓的影响，才刚刚开始。

第四十五章

1

每年5月的第二个星期天,是美国的一个法定假日——母亲节。据说有一位美国女性为了追思母亲而号召设立母亲节,并于1913年5月获得美国参众两院通过,再由总统签署成为法案。中国人没听说过什么"母亲节",很少有人知道。但是,马伟泊知道。

自从马伟泊得到幺太太认可,私底下被允许称其为"大妈",他那颗残缺了好多年的心终于得到了抚慰。感激之余,马伟泊打算把自己对大妈的情感依附用一个什么方式固定下来,以方便自己绵延不断地想起并庆祝一下。翻遍了中国所有节日的相关注解,马伟泊没有找到一个适合他这种想法的。

一个机会让马伟泊的愿望得以达成。

翻了年,人民银行即将迎来成立十周年的大日子。单位抽调人员组成专门班子,准备出一本画册,以资纪念。因为是大学生,马伟泊被抽了过去。在查找资料的过程中,马伟泊偶然了解到了美国的母亲节。

哎呀,只有那么合适了,仿佛就是给自己专门预备的,马伟泊马上自己给自己拍了板。

于是,1957年5月12日,就是5月的第二个星期天,马伟泊拎着两包特意让营业员用印花毛边纸包裹得整整齐齐的精致点心,来到了文家。他故意选择了文家人午后休息的时间,就是怕被人撞见,到时候难得给人家绕天绕地去解释母亲节。

终于来到了幺太太的房门外,马伟泊歪着脑袋听听,轻轻敲了两下。就听见里面幺太太的声音："谁呀？"

马伟泊赶紧清理一下喉咙，那儿仿佛突然出现干涩，然后说："我，马……马伟泊！"

没多大一会儿，幺太太开了门。

马伟泊小声道："大……大妈！"

"进来进来。"幺太太让开身子，说，"怎么这个时候过来？"

进了房间，马伟泊示意自己手里已经看得见大片油渍的点心纸包，嗫嚅着说："我……我买的一点点心，大妈！"

幺太太想想，说："什么情况啊，你这是？"

马伟泊又感觉到了喉咙那儿的干涩，只是到了非讲不可的时候了，不能再犹豫，于是说："大妈，我……一直想，想有一个……供奉……不对不对，应该是……"

"哎呀！"幺太太有点听不下去了，说，"有哪样直接说嘛，就我们两个，嗯？"

马伟泊放下点心，总算松了一口气，说："是这样，大妈。我一直在寻找一个固定的、给你老人家磕头的日子。哼哼，最近，我找到了。每年5月的第二个星期天，是美国人的母亲节，今天就是5月的第二个星期天！从今往后，我都会在这一天来看望大妈！如果你老人家不反对，这就算是我们之间的一个……约定？对，一个约定！"

幺太太说："母亲节？"

"母亲节！"马伟泊说话的时候，眼睛盯着幺太太的眼睛。

幺太太想想，说："你的意思，就像我的生日一样？"

"对对对！"马伟泊连连点头，说，"就是这个意思，每年！"

幺太太有点感动，她看看对方，顿了顿，说："有你这么用心，我能反对什么呢？"

马伟泊一下子释然了，心里充满了喜悦。他过去让幺太太坐端正，随后退后两步跪下，抱拳道："大妈在上，请受儿子一拜！"随后磕了三个头。

幺太太上前把马伟泊扶了起来，拉到自己身边坐下，拍拍人家膝盖那儿的土，扯扯中山装上面两个口袋的盖子，再看看"儿子"那双温情脉脉的眼睛，这才开始说话："最近在单位忙什么呢？"

幺太太完完全全是以母亲的口吻。

马伟泊说:"单位要出一本纪念画册,让我参加编写来着。"

幺太太说:"哦,那信贷科呢?"

马伟泊说:"暂时交给其他同志。听我们领导那意思,好像有调我去宣传科的想法。"

幺太太说:"宣传科?跟信贷科比,哪边好呢?"

马伟泊说:"嗯……好像差不多,只是信贷科那边忙一点,工作内容不一样。不过我喜欢宣传科的工作,锻炼人。"

幺太太说:"哦,那就跟着人家领导好好干,争取去宣传科。"

"好。对了大妈,"马伟泊说,"有个事情还真要请你帮我拿个主意。"

幺太太笑了,说:"你们单位的事情,我能有个什么主意?"

马伟泊说:"是这样,大妈。五一劳动节那天,《人民日报》不是刊载了中共中央于4月27日发布的《关于整风运动的指示》的文章吗?决定在全党开展一次整风运动,发动广大人民群众向党提出批评和建议。"

幺太太说:"向共产党?"

马伟泊说:"共产党。我倒是没什么建议,批评……更是谈不上喽。但是我们信贷科的几个同志写了个东西,大致是如何改进工作以及反对官僚主义的一些内容,他们想让我在上面签名,我没有马上答应。我就是打算先听听大妈的意见,然后再决定签还是不签。"

幺太太说:"问我?我咋个会晓得签不签嘛?"

"其实,我还是打算签的,只是我一定要听一听大妈的意见。大妈说签,就签;大妈如果说不签,我就不签!"马伟泊说这话的表情,完全把大妈当成了自己心中的图腾。

马伟泊这么一说,反而由不得幺太太说一些言不由衷的意见了,于是便认真起来,她说:"共产党让你们提意见?诚心不诚心嘛?"

马伟泊想想,说:"这个倒是看不出来。按说……如果不诚心,就不会让人提意见,对吧?"

幺太太说:"那不一定。有些人就是口是心非,明明想要个男娃娃吧,结果生个姑娘,就说也好也好。这就是不诚心。"

马伟泊说:"是有这种人哈。"

幺太太说:"所以,我只是想哈,你参加工作没多久,各方面都需要同志和领导的帮助和照顾。常言说,多栽花少栽刺,多一事不如少一事,都是些做人做事的简单道理。既然这样,都不管人家诚不诚心,我们不去挑别人的不是,不去凑这个热闹。你觉得呢?"

马伟泊没有半点犹豫,说:"好,大妈既然这样说,我就不签!"

2

1957年的这个初夏,让文大喜感觉很放松。作为党的喉舌的《人民日报》刊登的《关于整风运动的指示》,完全对上了一大批知识分子的心思。一个刚刚诞生的新政权,在没有任何经验的情况下实施全面管理,出现这样或那样的问题和错误,自然在所难免。执政党在这个时候能发出号召让别人提意见的,以便改进工作、改进作风、改进方法,自然会得到大家的支持。

好几天了,文大喜都是早早地把手边的工作赶完,剩下的时间就钻进资料室,查资料找数据,好让自己用心推敲的一篇名为《我们的工作容不得三心二意》的署名文章早日上交。

随着时间的推移,好多"谏言献策"的相关文章不断地通过各种渠道交到了相关部门,这让文大喜心里的压力一点一点加大,仿佛有一股力量在背后推着他走,想停都停不下来。

终于有一天,《我们的工作容不得三心二意》完成了,并且第一时间交了上去。怀揣着一颗需要放松的心,文大喜去了老宅。临走时他告诉柳文君,说是去看看爹妈和幺太太。

自从那天他说去看看妈,当爹的追着屁股后面说"还有幺太太",文大喜就记在了心里。现在,只要是对家里人说起爹妈,一定会捎带上幺太太,不论爹在不在跟前。

晚饭的餐桌上,文大同拿出了上次从茅台镇带回来的"贵州茅台酒",另外拿了一瓶文家的茅台烧,一看就是比一比的意思。

茅台镇的酒,你若要分出个高下来,必须将它们放在同一张桌子上,用同样大小的酒杯,倒上同样多的酒,然后一看、二闻、三品、四哑。前面三个过程比较直观,唯独最后这个"咂"字,通俗点说,就是让酒在口腔里面反复吧唧的过程。你必须一样一样把程序一丝不苟地走完,才能大概断出个子丑寅卯来。

老太爷和文大同把两种酒分别顺着程序走了一遍,完了不说话,都看着文大喜。

文大喜因为心情好,也学着父兄的样子,一看、二闻、三品、四咂,走了一遭。

半晌,文大喜说:"差不多啊?没什么差别嘛。"

"错!"老太爷食指和中指并在一起指着文大喜,说,"当然,大原则上没有错,都是我们云辉烧房的老底子,它能错到哪里去?但是,年份上就差得多了。算它五年一个档次,至少三个档次……以上!"

刘彩云笑了,说:"你们家老太爷呀,喝酒都喝成精了。多少个档次都喝得出来,还以上。哼!"

幺太太也跟着笑,说:"都是被茅台烧泡出来的。"

老太爷鼓着眼睛,一脸的郑重,说:"这倒是真的哦!若把你们家老太爷喝过的茅台烧换算成民国三年的袁大头,恐怕真得拉它两三马车哦!"

"好喽好喽!"刘彩云说,"酒已经分出了高下了。现在该文大喜说说,他怎么就想起回家喝一台酒来了?文大喜不会平白无故的。文大喜?"

"哦,妈,是这样,先等我喝了这一杯,把我们家老太爷说的三个档次弄清楚了,再说为哪样回家。行不?"文大喜端着酒杯,一脸茅台烧整出来的水红色。

刘彩云说:"少喝一点哦,你!"

"妈,是这样,人在兴头上啊,酒量要翻倍哦!"文大喜把酒喝了,照例咂了几下,放下酒杯,兴致勃勃说,"妈问我为什么想起回家跟爹和大哥喝这台酒。妈,因为我高兴!国家不是号召大家提意见吗?今天,我就把我的所思所想写成了文字,交给了组织!"

"哦!"老太爷马上来了兴致,说,"都说了些什么啊?"

文大喜说:"爹,不过是些所思所想。看到的,听到的,把自己的想法说一说,提建议的多,顺便把胡风的事情也说一说。"

"对对对!"老太爷说,"其实啊,有胡风这样的人是共产党的福气嘞,兼听则明,偏信则暗嘛。"

文大喜说:"就是,总不能一有人提意见,就一棍子打死。"

老太爷说:"人人都应该学一学孔圣人的智慧,毋意,毋必,毋固,毋我。"

小眼睛说:"这是什么意思嘛?"

老太爷说:"意思啊,做人要避免四种毛病,不要臆测,不要武断,不要固执己见,不要自以为是。懂了吧?"

小眼睛说:"哦。"

刘彩云说:"总体意思,就是要听得进别人的意见,对吧?"

"哟!"老太爷说,"懂的嘛!"

刘彩云说:"你以为只有你一个人读过书!"

眼见着有可能发生冲突,小眼睛赶紧岔开,说:"哎呀,那什么……前些天马伟泊还来问过我,说他们单位有人让他在什么意见书上签个名,他问我要不要签,我说多一事不如少一事……"

"这就是你幺太太的错误啦!"老太爷抢着说,"小青年嘛,发表意见,要求进步是好事情嘛,怎么能说多一事不如少一事呢?"

文大喜说:"幺太太,老太爷说得对哦。"

小眼睛说:"那……意思让他签个名才对喽?"

文大喜说:"不用签别人的意见书嘛,自己写一个,既表述了意见,还能显示自己的文字能力和水平,不是吗?"

小眼睛想想,说:"是哈,那我去跟他说。"

那几天,也不知道忙些什么,家里的事总是东一点西一点的没个完;也许那天幺太太不过是抢着岔开老太爷,并没有真想过问人民银行内部的事情。加上马伟泊单位的事情多,好几天没空过来。幺太太便没有找到跟马伟泊谈论有关"意见书"的机会。

直到6月2日的端午节,又是个星期天,幺太太这才见着马伟泊。

前一天晚上,文家的女人们就把第二天所需的粽子全都包好、煮熟了,为的就是第二天能吃上新鲜的冷粽子。俗话说热糍粑冷粽子,都是人们生活经验的总结。跟热粽子相比,冷粽子本身紧实,有嚼头;加上端午节接近暑热时节,凉凉的粽子蘸着黄豆面与白砂糖的混合物,吃起来只有那么安逸了。

吃粽子不过是应个景,文家的饭桌上到底离不开的,还是茅台酒。

现在，大家也不去分什么茅台烧或茅台酒了，总之都是茅台镇的酒，叫它们茅台酒真也没有错。但是，因为老太爷说的差着三个档次，所以文大同每次还是先拿贵州茅台酒厂的茅台酒，尽可能保住所剩不多的茅台烧。"三个档次"倒还在其次，毕竟那是在万国博览会上得过金奖的地道东西，你要说具有一定的文物价值，也不是不可以。谁真要把文物当成酒一样喝了，像话吗？

那天，来吃冷粽子的人很多。文大喜一家整整齐齐来了。包括文昌寿家两口子，再加上马伟泊，大人娃儿十八个，松散一点坐两桌。于是，章悦和柳文君带着六个娃儿在一桌，剩下的大人在一桌。每种菜都分成两盘，多一点的放大人那边，少一点的给娃儿。

看着桌上势单力薄的那些不成套路的碗碟，刘彩云脸上有了些愁绪，她想起了从前。和小眼睛一问一答，没想还让老太爷批评了一回。

老太爷说："哎呀！想哪样嘛？白替古人担忧！你忘了那年我跟文德范家姑娘还讨论过。我问她，你们共产党的最终目标是什么，是不是让普天下的老百姓都有海龙坝的新米吃，同时还能喝上云辉烧房的茅台烧。姑娘说，差不多。好，到今天，解放也差不多……哟，八年了，我们家不是依旧吃着白米饭，喝着茅台烧吗？说明什么？说明我们家的生活水准并没有因为解放而发生多大变化。这就不错啦！菜嘛，多一点少一点有什么？多就多吃，少就少吃。有哪样嘛？想多了哈，你！"

"对了对了，"小眼睛像是突然想起，当然也是为了岔开老太爷越来越沉重的语气，说，"马伟泊啊，我还忘了说，上次你不是问我签名不签名的事吗？后来你大喜叔他们说啊，可以签，只是不如自己写一篇的好。"

马伟泊一怔，直起身子看着文大喜。

"哦哦，"文大喜似笑非笑地看看马伟泊，再看看老太爷，说，"好像……爹啊，上次说的给共产党提意见的事，好像……最近情况有点变化嘞。"

老太爷说："哦，怎么个变化？"

文大喜说："说不清楚，好像……啧，已经不像刚刚开始那时候了，人们似乎……躲躲闪闪的，写东西的人也不多了。小马，你们单位怎么样？"

马伟泊说："是，都不像开始那样……怎么说呢？不那么热情了。"

"哦！"老太爷歪着头，说，"什么原因呢？"

"不知道。"文大喜和马伟泊差不多是同时说出来的。

过了几天，有消息传来，说6月6日中共中央以文件的形式发出了《关于加紧进行整风运动的指示》。其主要内容是：1. 以大鸣大放为方法的整风，应立即加紧进行；2. 大字报是一种好形式；3. 可以锻炼团员及中间派群众；4. 要动员各民主党派及社会人士大鸣大放，使建设性的批评和牛鬼蛇神都放出来。

共产党的文件通常在醒目部位注明"秘密""绝密"等字样，以区别和限定能够阅读该文件的干部的级别。6月6日的这个文件，至少像文大喜这样的级别是看不到的。虽然能从一些够级别的同志的言谈举止上看到些许征兆，但是，你终究看不出端倪。

能够看到6月6日"指示"的同志，肯定都从那上面看出端倪来了。这已经不是什么"加紧进行整风"了，而是有了另外一番含义。用一个中国人喜欢使用的成语，叫作"欲擒故纵"。

3

1957年6月8日是星期六。一大早，文大喜同往常一样，到办公室的第一件事情是将昨天的茶水倒掉，洗洗已经不是一天两天积累在杯壁上面的赭色，再打开扁形的铁皮茶叶盒子，往茶杯里倒了一些茉莉花茶，就等搞服务的王大姐把新鲜的开水送过来。

和往常一样，文大喜在装有四个圆形弹簧的、上面蒙着暗色花纹沙发布的椅子上坐着，尽管有一两个点已经看得见被磨得发亮的钢丝了，主人不过垫上一个两层帆布加工成的坐垫，依旧使用着。这叫艰苦朴素，是共产党一直提倡的作风。

还是和往常一样，办公桌上照例放着两张报纸，当天的《人民日报》和省报。只不过今天仿佛是送报纸的人有意为之，原先，两张报纸对称平铺着；今天，《人民日报》压在了省报上面，让人一眼就看见《人民日报》头版左侧醒目的大标题，社论：《这是为什么？》。

标题就这么引人入胜，让文大喜不由得眼睛都没眨一下就开始看。

社论的主要内容：一个叫卢郁文的民主党派人士，在整风过程中收到一封匿名信，信中对其在公开会议上的发言进行恐吓。社论旗帜鲜明地认为这"是当前政治生活中的一个重大事件"；"是某些人利用党的整风运动进行尖锐的阶级斗争的信号"；"在'帮助共产党整风'的名义下，少数的右派分子正在向共产党和工人阶级的领导权挑战，甚至公然叫嚣要共产党'下台'"。

文大喜只觉得身体内部不知道从哪里发出的一阵寒噤，倏地一下就漫过了全身，导致一些部位的皮肤出现了一片一片的鸡皮疙瘩。连送开水来的王大姐说话，他都没听见。

这是文大喜第一次看到"右派分子"这个词，他都有点不相信竟然有人写那样的匿名信。不是提意见吗？你恐吓别人干什么？说那些话有什么意义？共产党才把国民党赶下台，你说几句话，共产党就下台了？文大喜一连用了好几个设问，而且从心里鄙视那些被称为"右派分子"的人。

心里虽然这么想，整整一天，文大喜都是在忐忑中度过的。虽然社论抨击的是"右派分子"，是那些想把共产党赶下台，同时妄图自己上台的人。但是，他突然发现同志们好像已经在用异样的眼神打量自己了，都不正面看，似看非看地那么扫你一眼，再迅速将目光移开，有躲的意思。

文大喜心里突然一咯噔，莫非……他根本不敢往下想，赶紧打开抽屉找出那篇《我们的工作容不得三心二意》文章的底稿，从头到尾，一字不落地看了两遍，这才轻松了一点。

自己写的文章自己知道，里面当然不可能有诸如谁上台、谁下台之类的无聊说法，连提出的意见也是人家可改可不改，不会影响钢和粮食产量的工作作风问题。你愿意改，当然好；不愿意改，对老百姓的生活也形不成影响。但是，有关胡风事件的一些意见，虽然出发点是为共产党好，如果……如果人家不认同……

文大喜没法接着往下想了，不忐忑才怪。

好不容易挨到下班了，都忘了跟柳文君说一声，文大喜拔腿就往老宅去，一路上紧三步慢两步的，连走路都没了章法。

到了地方，三步两步来到书房，一看老太爷和文大同正在喝茶聊天等晚饭，文大喜这才长长地出了一口气，倒把那两个吓了一跳。

文大同说："这是怎么了，兄弟？"

文大喜喘了半天才缓过来，说："也不知道是祸是福哦！"

"耶！"老太爷说，"那也要等你说了事情才晓得啊！"

文大喜就把《这是为什么？》和《我们的工作容不得三心二意》说了一遍，最后说："如果有人以小人之心度君子之腹……"

"不是如果有，是肯定有！"文大同说，"而且……我感觉哈，社论既然出自《人民日报》，恐怕……凶多吉少哦！"

"右派？还分子？"老太爷歪着个脑袋说，"想夺权？老蒋那年那么多军队都没打得赢，右派分子都是些什么人嘛？"

文大喜说："应该是指一些……应该是知识分子！"

"哦！"老太爷说，"秀才造反？那不更是拿着鸡蛋往石头上撞啊？耶，这怎么能跟你那个什么'三心二意'扯得上呢？哦……胡风！"

三个男人终于把头绪捋清楚了。

连吃饭都没堵住他们的嘴，只不过事先说好的，不能让女人们知道具体情况，免得她们跟着着急。于是说话都藏着掖着，长一句短一句的，不完整。

虽然小眼睛照例拿来了茅台酒，只是谁也没有心情喝，放在那儿没动。

"耶！"刘彩云说，"稀奇哈。居然说没心思喝酒，太阳从西边出来了？还有，你们几个老是'社论社论'的，什么情况嘛？说清楚也让我们听听，不是说兼听则明吗？"

老太爷"咚"的一声放下碗，面有愠色，说："真是的，吃个饭都吃不清净！"

大太太一怔，根本不含糊，同样把饭碗"咚"的一声放下，吼道："你说哪样？！"

一家人赶紧过来，按的按大太太，拉的拉老太爷，这才把一场眼见着的"火拼"给闷在了始发阶段。

等男人们都走了，就剩下了女眷，小眼睛这才说："老太爷也是，不晓得最近搞哪样，火气硬是大，一点就燃！"

金雨天说："你们发现没有？文大喜也不晓得为哪样，脸色只有那么难看了，像人家该了他二百块钱！"

大太太说："我怎么没有发现呢？"

幺太太说:"那是因为你老人家的注意力啊,全都放到了老太爷身上了。"

"他?"大太太眼睛一鼓,恶声恶气道,"根本不配!!"

第二天,文大喜刚刚走进办公室,还没在弹簧椅子上坐下,报社办公室的一个小伙子就跟了进来。

"文大喜同志,办公室通知,九点钟在小会议室开会。"小伙子背书一般说完这段话,转身走了,都没等文大喜答应一声。

昨天晚上,三个人在老宅已经把情况分析通透了,完全是天要下雨娘要嫁人的事情,躲也躲不过去的,只能是兵来将挡水来土掩了。虽说心里已经给自己打好了"预防针",但是面对小伙子背书般的一通话,文大喜心里马上开始忐忑。

原先,这个小伙子来找文大喜说个什么事情,一定先堆出个笑脸,先叫一声"文主任",连"副"字都省略了的。今天改成了"文大喜同志"不说,还不等人家回应转身就走。这说明什么?说明小青年已经听到了风吹草动,否则他不会那么胸有成竹,头都敢不回一个。

管他的,现在想什么已经没什么用了,既然已经想好了怎么挡、怎么掩,那就走着瞧嘛。

在前往小会议室的路上,文大喜突然想起了马伟泊。那家伙什么情况?人家找他签名,他居然跑去问幺太太!而且幺太太说什么他就听什么!真是有点奇葩嘞!我怎么没去问问大太太呢?也许……

没等"也许"有个结果,文大喜已经到了小会议室门边。

小会议室的两扇玻璃门敞开着,文大喜一眼就看见正面墙上一溜白底黑字的大横幅,上面写着"坚决彻底粉碎右派分子的猖狂进攻",文大喜心里一咯噔,都没等他把思路理一理,就听见里面传出来一个声音,是吼,"进来!"文大喜看看两边,走廊上只有他自己,那么这个声音无疑就是冲着自己来的喽!哟,这就开始了……没等他想完,刚才那个声音又响了起来,这回是吆喝,"文大喜!"

文大喜心里一抖,走进了玻璃门。

所有人都坐着,不过分成了两拨,一拨人多,一拨人少。再仔细看看人少的那一拨,一个个面熟得很,都是当初写过意见书的、曾经被领导表扬过的"整风运动积极分子"。

刚才发出吆喝的,是党办的一个副主任,只见他一指人少的那一拨边上的一个空座,"嗯"了一声。

"哟!"文大喜在心里嘀咕了一下,再想想眼前这个颐指气使的副主任,平常见面也都是客客气气的啊,怎么一夜之间就哼上鼻音了?

文大喜刚一落座,平常大都客客气气的同事们马上直奔主题,开始了口诛笔伐……

文大喜是后来知道的,他这个级别的"右派分子"一共七个人,就是集中在小会议室人少的这一拨;还有高一个级别的"右派分子",在大会议室。

因为文大喜的行政级别排在七个人的末尾,因此那天的大多数时间他都是低着头听大家批判前面六个同事的罪行。一开始心里很紧张,听着听着慢慢就松弛了。发言内容大同小异,口号多,实质内容少。虽然还没有明确他们就是右派分子,但墙上的大横幅已经毫无疑义地将他们圈定在那个范围里面了。同志们也是按照这个界定来组织批判内容的。

过程中居然有人领头举起拳头喊口号,其他人也跟事先商量好了似的,都跟着喊,一时间喊声震天。

终于轮到文大喜了,第一个站起来发言的居然是那个去办公室通知他的小青年。难怪哦,文大喜在心里说。

批判内容也没跑出昨天文家几爷子分析的范围,核心当然是为反革命集团头子胡风鸣冤叫屈,并试图翻案,也有攻击社会主义制度的问题。

之后都是哪些人发言,都说了些什么,文大喜一概没有听进去。他低着头在那儿想,怎么就成了攻击社会主义制度了?不就是《我们的工作容不得三心二意》吗?换言之,不就是说:我们需要一心一意地对待自己的工作吗?

哎呀!文大喜第一次切身体验了一回"欲加之罪何患无辞"。这个出自《左传·僖公十年》的典故,距今已经两千多年了。这么历朝历代、经年累月地去伪存真,那还不是千锤百炼啊?

哦!文大喜在心里长长地叹了一口气,满心悲凉。

此时此刻他唯一能够想到的,是如何面对柳文君和孩子们。那年,自己慷慨激昂,字字珠玑般最终把妻子说得同意了回国,难道等来的就是这样一个

"典故"？

眼泪顺着指缝渗了出来，文大喜赶紧掩饰地处理掉，硬是没让参加批判的、义愤填膺的同志们看出来。

4

下了班，文大喜给柳文君打电话，说了一声想去爹妈跟幺太太那里，便挂了电话。虽然竭力控制情绪，还是让妻子听出了其中的悲情。全报社都知道写了意见书的是哪些人，柳文君不过是被分配去了大会议室，这才躲过了让人难堪的、面对面的尴尬。

一路上，文大喜心情沉重，步履蹒跚。快到大门口了，他突然有些犹豫，因为他想起了那年从美国回到家时，面对父亲说的那些掷地有声的话，那也是写《我们的工作容不得三心二意》的思想基础呢，怎么就……

最终，文大喜抬腿踏上了大门外面的台阶，因为他再没有别的什么地方可以去了。

见到老太爷的一瞬间，一路万般愁苦的文大喜再也憋不住了，双腿一软就跪了下去，眼泪一下子奔涌而出，脸上的五官揪缩成一坨，千言万语汇成一句话，无限哀伤地喊了一声："爹！"

老太爷一把接住悲哀成这样的儿子，已经活了八十个年头的文家老大，这是第二次在家人的脸上看见这种屈打成招的悲情，第一次是文珠出嫁那年。这一回还是个儿子，需要多大的冤屈，才能把一个大男人伤成这个样子啊？

一家人闻讯而来，把书房挤得水泄不通。

女眷们不用说了，都跟着哭。大太太边哭还边数落，从文德范回来要银子开始，一直数落到文大喜一家万里归来……

男人不能跟女人一样，伤心一阵子之后还得想办法，出对策。文大同想起了那年给文大喜接风的那个共产党干部，文大喜的同班同学娄大元。虽然"社论"是从上头下来的，找娄大元不一定管用。这也是没有办法的办法了，只能死马当作活马医一回，也许能打听到一些其他级别听不到的消息，总好过两眼一抹黑。

一家人算来算去，能去完成找娄大元任务的，就剩下了文心武。虽说文心武是个心机重的人，但这回他没有推辞，说好第二天中午跑一趟。

第二天中午时分，老太爷正要躺下去"小憩片刻"，文大同就颠颠地进来了，说文心武打电话回来了。

老太爷一个翻身坐了起来，忙问："找着了吗？"

文大同说："找着哪样？都没进去市政府大院，在门岗那里，就得知娄大元也是右派分子的消息了！"

"哦嚯！"就听见老太爷叫了这么一声，一下子倒在床上，竟然背过气去。

"爹！爹……"文大同正要咋呼，被大太太拦住。

"不急不急！把扇子递给我！"大太太接过扇子，边扇边说，"他这是急火攻心，不能着急。用桌上那个湿毛巾帮他擦擦脸！"

等文大同帮着在老太爷脸上手上抹了一遍之后，老太爷马上有了复苏的迹象，慢慢回过神来。

大太太一边扇扇子，一边埋怨："一大把年纪了，要晓得把握分寸！急得出个结果，没人管你；不可能有结果的，要自持，深深地吸一口气，再慢慢吐出去。循环几次，这叫调理。马神仙的话怎么都忘干净了？"

老太爷皱着眉头苦着脸，说："咋个办嘛？！"

大太太气不打一处来，吼道："咋个办？听天由命嘛！咋个办，我还不相信了，共产党还能把我们家文大喜喝口水吞啦！啐！！"

才眨了个眼睛，不过下了两场雨，真正的暑热便如约而至。

夏天来了，气候的潮热加上心中的焦虑，右派分子们的日子自然更加难过。随着运动的深入，每个右派分子都被人民群众翻来覆去批斗过好多回了，如果没有挖出新的罪证，反反复复说同样的问题，人民群众也会疲劳。所以，相对于开始阶段的如火如荼，现在的右派分子们处于斗争的空窗期。

因为还没有被革职，文大喜照样窝在弹簧背靠椅上——等待。原先编辑部的所有工作被告知暂停履行；每天必然送到桌子上的两张报纸没有了，改成自己去报架上拿，看完了再送回报架去；王大姐每天照例送来新鲜的开水，只是不再特别告知文大喜，放下暖水瓶转身就走。这是为了和其他同志的态度保持一致，以显示自己泾渭分明的阶级觉悟。

对于这一切，文大喜慢慢也习惯了。

另外，文大喜已经不像原来那样，有个什么问题需要思考时，就在办公室里信马由缰地踱过来踱过去，旁若无人；现在不了，需要思考时，右手横在胸前，左手肘部支在右手上，用拳头撑着脑门心，身体前后轻轻晃动着。文大喜偶然发现，即便短暂打个盹，别人也看不出来。

除了看报纸，文大喜还去资料室借了一套《资本论》全三卷，而且不单单是为了打发时间。

这之前，毕业于"中文"以及"新闻学"的美国博士文大喜没有看过一本这方面的书籍，课余读物都是些自己感兴趣的历史或者古典文学之类。现在，自己突然之间成了阶级的敌人，不赶紧看一点和政治有关的书籍充实短板，你会迷失，会失去平衡，就像运动刚开始时那样。

现在回想起来，文大喜觉得自己在家里跪倒在老太爷面前的那一幕，真是有些可笑。虽然那是本色，到底显得幼稚了一些。

这是他在阅读到《资本论》里面的一段话之后，悟出来的道理。

马克思的这句话是这样的，"任何的科学批评的意见我都是欢迎的。而对于我从来就不让步的所谓舆论的偏见，我仍然遵循伟大的佛罗伦萨诗人的格言：走你的路，让人们去说吧！"

四个多月之后的 10 月 15 日，中共中央下发了一个文件，标题是《关于划分右派分子的标准的通知》。不但有"右派分子"的标准，同时还有"极右分子"的标准。人们这才知道，右派分子还有程度上的差别。

根据这个标准，"应划为右派分子"的，有六种情况。报社领导经过研究，给本单位所有右派分子都戴上了一顶准确无误的"帽子"，无一例外。最终落实到文大喜头上的，是《标准》第二条中的"反对对资产阶级分子和资产阶级知识分子的改造"。

后来在单位大会上公开宣布时，宣读人加了一句"即明目张胆为反党集团首恶分子胡风鸣冤叫屈"。宣读人在说"鸣冤叫屈"四个字的时候，声音很有力度，且节奏铿锵，完全是板上钉钉那样不容置疑的气势。

文大喜最终被裁定为"一般右派分子"，按二类处理。一类处理是劳动教养，二类处理是撤销职务，监督劳动。

5

在逆境之中的人，大都无师自通地学会了自我安慰，否则难受的是你自己。比如文大喜，被正式戴上右派分子帽子之后，就想，当初你们安在我头上的两条，一条"鸣冤叫屈"，我认的呀；但是，说我攻击社会主义制度，没有找到政策依据吧？啐！文大喜在心里肆无忌惮地用了一个文家大太太喜欢的感叹词，以表示只存在于自己内心的鄙视。

不管存在哪里，都是鄙视。

这跟"走你的路，让人们说去吧"是一个路子。人要是找不到自我宣泄的渠道，很容易走进死胡同。最终受伤害最深重的，是那些无法面对而又必须痛苦面对的至爱亲朋。

另外，文大喜还从一些渠道得知，全国被戴上右派分子帽子的，居然有五十多万人，其中不乏各界知识分子的代表人物。很多人也跟文大喜一样，都是1949年前后从各个国家回来追寻光明的中国人。

你还忐忑什么呢？莫非这么多人都是唱衰中国的"不良之徒"？那他们回来干什么，直接在异国他乡唱衰不就完了？文大喜又安慰了自己一回。

虽然已经正式被摘掉了"编辑部副主任"这顶帽子，鉴于文大喜那一连串凤毛麟角的学历，报社没有让他直接去参加体力劳动，而是安排在编辑部下属的校对组，"以观后效"。后面这一句是接手弹簧暗纹花布座椅的那个同志说的，有"不一棍子打死"的潜台词。

现在的文大喜，已经不会因为别人的一点雕虫小技就把喜怒哀乐都表现在脸上了。这也反映在回老宅的走路姿态上，放松得很，两只胳膊甩来甩去的，只有那么随性了。

来之前，他先打电话给文大同，说晚上一大家子聚一聚；随后打电话给柳文君，让她把孩子们都带过来。除了少一个马伟泊，十七个人济济一堂。

吃饭之前，文大喜还特意提醒文大同，说别忘了给爹拿一瓶"文物级别"的茅台烧。文大同走过老太爷身边时，俯身低语，说怎么不像被正式戴上右派分子帽子的模样呢？

老太爷捻着胡须捋了几下，眼睛看着文大喜，自言自语："虱多不痒？也不对呀，否则那天不会哭成那样啊！"

文大喜听得见老太爷的话，笑了，端起满登登一杯酒，说："爹呀，还有母亲，幺太太，大哥大嫂，昌寿老伯和李孃，当然还有柳文君，以及所有的人；我知道，大家一直在为我的事情担心着，今天……算是告一段落了！所以，借我们家老太爷的好酒，我敬大家一杯！"

除了文大喜一饮而尽，所有人都没动。

"哦！我晓得，"文大喜点点头，把酒杯重新斟满，两手叠在一起扶着桌沿，这才说话，"那年，我们一家人从美国回来，一不为名，二不为利，说话还都是些印刷体，当时爹还不习惯，说我像共产党的干部。这么多年下来，特别是经过这场疾风骤雨之后，我认为，我是我们国家……一个合格的干部。文诗雨，你去关一下房门。"

"我来我来。"李孃抢着过去关上了通往客厅的那扇门。

面对大家疑虑的目光，文大喜自嘲地笑笑，摆摆手说："都是右派分子闹的。接到刚才哈，我不怕给我下结论的原因就是胡风，我仍然认为胡风先生的所作所为，都在方法论的范畴之内！今天，之所以要感谢我的家人，是因为你们在我最无助的时候，给了我……无限的关怀……"

尽管文大喜事先想得好好的，不再哭泣！到这里还是说不下去了，眼泪夺眶而出，顺着面颊上那些低洼的沟槽，滚滚而下……

没人管得住自己的眼泪，甚至还有人发出了声音……

"所以……"文大喜一下子站起身来，抹了一把脸，举起了酒杯，说，"从我们家老太太蔡花蕾开始，茅台烧一直都是我们文家悲欢离合的见证！那就让它再见证一回，见证我们文家人，长期以来对于'行德崇文'的那份执着！那份坚守！！"

这一回哭得最凶的是老太爷。哭归哭，老太爷并没有忘了将茅台烧一举倒进张得很大的嘴里，只是顺势就囫囵吞了下去，完全忘了咂它一咂。

屋子里到处都是"嘤嘤"的哭声……

不论反右运动如何轰轰烈烈，也不管文大喜戴没戴上右派分子的帽子，老百姓的日子依旧柴米油盐，吃喝拉撒，一天一天过。

自从前年7月，国家颁布了第一部《中华人民共和国兵役法》，把人民解放军由志愿兵役制改成了义务兵役制，现在，文家终于有人跟《兵役法》产生了关联。

刘承义把女儿刘水红送去参了军。之前，刘水红在县供销社当营业员。

已经二十三岁的刘水红，按理已经过了国家规定的十八岁这个年龄；而且家里多数人都不赞同把一个待嫁之年的女娃儿拿去当什么兵，特别是林家漪。之前，林家漪就关照过刘承义，让他赶紧把刘水红的婚姻问题提到议事日程上来，刘承义也答应着，只是一直不见动静。这回林家漪晓得了，说老二用的是暗度陈仓之计。

这个问题出在观念上。

林家漪的观念很传统，男大当婚女大当嫁；刘承义则认为，一个人如果没有当兵的历史，他的人生就是不完整的。更何况现在实行的义务兵役制，就是要让每个公民都肩负起保家卫国的责任，特别是他这样的革命干部，更要做模范执行党的政策的表率。而且林家漪不知道，断断续续一直有人来提亲，都让刘承义给推了。

刘承义的这么一通响当当的道理一出口，肯定让老母亲无言以对，更不要说其他人了。另外，刘水红跟国家规定的征兵年龄差了五岁，刘承义既不打算违背政策规定，又想做响应党的号召的模范，把大龄女青年送进队伍，于是用了点手段。

他先是把县武装部的陈部长拉到家里喝了一顿茅台酒，在人家脸红耳热的时候，说自己有个小难题需要帮助。陈部长二话没说，直接请刘县长下指示。

忘了说了，刘承义现在是仁怀县县长，去年去掉的"副"字。因为共产党历来都是"党指挥枪"，所以排序在县委书记后面，行二。

见陈部长都不知道什么事情就应承了下来，刘承义有点感动，这才把女儿年龄偏大，又必须送去当兵这么个情况说出来。

没想脸庞红红的陈部长一拍大腿，紧跟着站起来，双脚一碰，行了个军礼，高声道："请首长放心，保证完成任务！"

就这么一下，让刘承义一瞬间还产生了幻觉，仿佛又回到了部队。当年在遵义，他第一次穿上军装时，就是这么跟德范同志敬礼的。

后来才知道，年龄大一点点真不是什么大问题，随便在"备注"一栏写一个什么情况，轻轻松松就能通过。完全用不着把陈部长的脸整红就能办妥。陈部长这才知道，那个成天垮着个脸的刘县长，原来是个本本主义。

不过也好，像刘县长这样的干部，打死他都不会成为右派分子。陈部长就是这么想的。

为官一方，还是在自己家门口，那么多双眼睛盯着你，万不能带头违反组织纪律。刘承义就是这么想的。

接兵那天，刘承义带着王玉芳还有刘冀中，包括刚刚两岁的小儿子刘黔中，一家人欢欢喜喜来送刘水红。

刘水红哭了。长期以来，和后妈王玉芳总是隔着一层什么，亲热不起来。现在要分开了，看着王玉芳一脸诚恳的笑容，刘水红一下子就释然了。过去搂抱刘冀中的时候，顺势也把抱着刘黔中的后妈紧紧地搂抱了一把，还轻轻喊了一声妈。

刘承义看在眼里，喜在心头。

第四十六章

1

丁酉年冬月二十八,是1958年元月十七日,数九第九天。气温虽然回升了一些,毕竟还是冬天,呼吸时照例大团大团的雾气往外滚。走在路上你要是不把两只手插进袖笼或者口袋里,任凭寒风抽打,没准就会生冻疱。那样的话,一个冬天你都不得安生。手背红疱的不说,还痒,严重的还会流水,黄颜色黏稠状的水,只有那么烦人了。

文心武家老二文达德两只手都生了冻疱。先被太太金雨天数落一通,紧跟着又被大太太念叨一回。

大太太说:"咦!你这个娃儿啊,说不听嘞!叫你不要玩水你就是不听,叫你戴上手套你也不听,这回好喽,筷子都拿不起,晚上老太爷的生日那么些好吃的,我看你咋个办?"

"大太太好憨哦,我用瓢瓢嘛。"文达德说完,一溜烟跑了。

大太太也不生气,还笑,说:"现在的娃儿啊,一点都不讲究,说我憨?嘻嘻嘻嘻!"

金雨天说:"大太太也是,我本来还说喊他爹收拾小屁儿一顿,你老人家这么一笑,到底收拾呢还是不收拾?"

大太太说:"收拾哪样!人家收拾我们家文大喜,一家人只晓得哭。自家人再去收拾自家人,哪怕他是小娃儿,没意思嘛!唉,不晓得李孃那里准备得如何了哈?"

金雨天说:"大太太放心,只等天黑。"

大太太说："哟，意思只欠东风喽嘛！哎，你们说哈，老太爷之前死个舅子不让办八十大寿，现在突然之间又想通了，仅仅就是因为文大喜的帽子问题？"

"好像也不。"金雨天说，"我听文大同说，年初《人民日报》那个社论，说马上要搞的一个新运动，叫个什么'三面红旗'，老太爷就心有余悸，担心再来一顶什么帽子，还不晓得会落到我们家什么人的头上。不管落到哪个头上，一家人都吃不消！"

幺太太说："不是说三面红旗是搞建设的吗？"

金雨天说："那打右派呢？一开始不也是提意见吗？"

"还有一个事，"幺太太说，"那天文心雷过来一趟，说她已经调动工作去了什么艺术学校，还当了个什么副校长。你不要看老太爷当面又恭喜又祝贺的。晚上悄悄跟我说，说怎么一解放好事都往二老爷家那边跑呢？还说没有好事也就罢了，总不该什么帽子都往我们家人的头上戴啊！也不晓得他是在责怪老天爷呢，还是共产党？"

"所以到了自己的八十大寿，就高低不肯过？"大太太说，"老了老了，糊涂了！已经分不清楚自家的事和人家的事了！要不是文大同两兄弟轮番劝说，我看他真有本事不过这个寿。啐！"

幺太太说："是，承受能力明显不如从前，气性还大，有时候你都不晓得他在跟哪个生气。老小老小！"

金雨天说："共产党也是，搞运动好像有瘾，反右还没搞归一，马上又来一个三面红旗，没完没了嘞！"

"归一"是我们这边的方言，"结束""完"的意思。

"三面红旗"是共产党于1958年提出的一个施政方针，包括"总路线""大跃进""人民公社"三个内容，最初被称为"三个法宝"。

其中，总路线只是一个口号，既"鼓足干劲，力争上游，多快好省地建设社会主义"的总路线。

至于"大跃进"，据说共产党最初的想法是"号召农业和农村工作实现一个巨大的跃进"。没多久，《人民日报》刊登过一篇题为《十分指标，十二分措施，二十四分干劲》的社论，使"大跃进"的温度一浪高过一浪地热烈起来，致使各地竞相"放卫星"。

"放卫星"是在报纸、广播等媒体上通报各地粮食产量的一个俗称。这源于当时的一个著名口号，叫作"人有多大胆，地有多大产"。于是，仅仅存在于人们想入非非的臆想之中的各种"卫星"一个跟着一个出现，小麦"卫星"高达亩产8585斤，水稻"卫星"更甚，亩产130434斤。可能吗？说穿了，就是吹牛。吹牛谁不会？又不花钱。

也不知道谁带的这个头，"大跃进"时期出现了很多有趣的、不用负责任的口号和诗歌，比如，"一天等于二十年！""肥猪赛大象，只是鼻子短，全村宰一头，足够吃半年！""一个萝卜千斤重，两头毛驴拉不动！""跃进歌声飞满天，歌成海洋诗成山，太白斗酒诗百篇，农民只需半袋烟"。搞笑吧？

还有一个小故事是这样描述人们的想象力的。月宫装上电话机，嫦娥悄声问织女："听说人间'大跃进'，你可有心下凡去？"织女含笑把话提："我和牛郎早商议，我进纺纱厂，他去学开拖拉机。"

最后是人民公社。人民公社化是农村合作化运动的延续。

土地改革之后，共产党学习苏联人的做法，打算通过合作化，把中国的小农经济逐步改造成为社会主义的集体经济。从互助组、初级社、中级社，到高级社慢慢过渡，一直到人民公社。是社会主义改造和建设在中国农村的一系列尝试。

那天晚上，虽然老太爷兴致不高，饭桌上的气氛还算过得去。因为大家都拣老太爷喜欢的话题讲，连幺太太这样话不多的角色，都挑了一个有关共产党的问题，还指名让文大喜回答。

"我在想哈，"幺太太说，"解放之后，诸如没收土地、统购统销、合作社，包括现在的三面红旗，共产党究竟是个什么想法嘛？他们到底想怎么样？我想请……文大喜给我们说说？"

大家有些诧异，而且对于幺太太这样的身份，一般人还不好随便拒绝。人们正犹豫着，幺太太又开了口，说："之所以请教文大喜，是因为他是我们文家学识最高、见识最广、品行最端正的人。"

幺太太说这话时，只有那么平静了，仿佛深思熟虑过。也不知道谁带的头，大家居然鼓起掌来，不知道是在赞许幺太太呢，还是鼓励文大喜。

文大喜慢慢站了起来，冲大家点点头，扶了扶鼻梁上面的眼镜架，说："幺太太抬举我了！嗯……其实……我晓得的东西也不多。只不过幺太太说的这个情况，我最近正好有时间阅读有关共产党的书，了解了一点情况。是这样，1949年之后，共产党所奉行的社会主义制度，在世界范围内，特别是在东方，应该是一个新鲜事物。除了苏联老大哥那里有一点也还不算成熟的经验，大多数，都是在摸着石头过河，走一步看一步。正如幺太太说的，土地改革、统购统销、合作化运动，以及现在的三面红旗，应该都是共产党在一个新的历史时期里面，试图找到一条和资本主义完全不同的，兴许比资本主义社会发展更先进、更快速、更有效的社会发展方式的一系列探索和尝试。不晓得大家是不是听得懂哈？"

"嗯嗯！你说你说！"老太爷虽然回答得模棱两可，但是看得出来他有兴趣。

其实，老太爷根本不需要听得懂，只要他的儿子能滔滔不绝地阐述一些哪怕自己根本听不懂的大道理，他的心里都是安逸的。"爱屋及乌"这样的成语都能成立，何况文大喜还是一只"良禽"。

文大喜说："因为是实验，是探索，所以，对和错，本身就是实验的两种可能出现的结果。再加上中国社会有其自身的特点，文化特点、民族特点、地域特点等，一些在苏联行得通的方法，不一定在中国就行得通；反过来说，在美国被认为好的东西，在中国也不一定都被认为好。我是在想，人类社会进步的方式，会不会是人类社会的共同财富？本就没有'主义'之分呢？"

2

快过年的时候，共产党又发布了一个文件，题目是《关于除四害讲卫生的指示》，提出十年或更短一些的时间内，消灭四害。因为是个大众话题，文件封面就没有了"秘密"两个字。

老太爷说："那……何为四害嘞？"

这回该着已经十二岁的、读小学六年级的文达观抢了先，他说："就是老鼠、麻雀、苍蝇和蚊子。"

"哦——"老太爷发了一个往上飘的音，一副过来人的口气，说，"民国二十三年开始的'新生活运动'，不也是满大街的宣传画吗？到处都是'扑杀疫癫及其使者'的口号。"

文达观就喊："老太爷老太爷，哪样叫'疫癫'嘛？"

"疫癫啊，"老太爷说，"就是魑魅魍魉……不不不，我说通俗一点，要不文达观听不懂。疫癫就是老百姓说的妖魔鬼怪；疫癫的使者嘞，就是苍蝇、蚊子、跳蚤！"

文达观做思考状，说："老太爷，苍蝇蚊子怎么是妖魔鬼怪的使者呢？"

"这个啊？"老太爷说，"那你要去问老蒋喽。"

文达观说："老蒋是哪个？"

"哎哟！"大太太听不下去了，说，"文达观啊，是这样。妖魔鬼怪的使者，意思是说，苍蝇、蚊子、跳蚤都是害虫，祸害我们大家，需要把它们统统消灭掉。于是，人们就把它们比作妖魔鬼怪的使者，懂了吧？"

文达观还没完，说："那就直接说害虫不就完了？为什么非要说'疫癫的使者'呢？"

"这个啊……"大太太说，"这个你还真得去问问老蒋了！"

"哈哈哈哈……"老太爷开怀大笑。

这还不算，让文家人烦心的事情还在后头。

于1954年年末成立的居民委员会，是基层组织。民间的保甲制度分多少多少户为一甲，多少多少甲为一保，设保长、甲长，用来管理乡间邻里的大物小事。居民委员会没那么细分，以街道、片区为单位，具体多少户不一定，有多有少，大家选一个热心人担任居民委员，所辖区域老百姓的大物小事都归居民委员管。

文家这一片的居民委员姓徐，是个二伯妈，人称徐委员。"除四害"开始以后，徐委员每天去各家各户通知、分派、落实并检查除四害的任务。

"四害"里面，数麻雀最惨。原本不论怎么算都应该归到飞禽类的一种小鸟，就因为其活动范围在城市，稀里糊涂就成了"害"。而且把麻雀列为"害"的理由很牵强，说麻雀吃谷子。问题是，所有飞禽都吃谷子的啊，为什么偏偏把麻雀列为"害"？相对于另外"三害"，麻雀有麻雀的优势，飞得高，人不容易逮着。但是，再会飞的麻雀也逃不过人类的手掌，就像孙悟空翻跟斗再厉害，也翻不出如来佛的手板心。也不知道是哪个想出来的办法，人们决定用噪声来整麻雀。

徐委员通知每家准备一面锣,没有锣的,破脸盆、破瓦缸也行,总之敲起来能发出噪声的。

那段时间麻雀很累啊,无论飞到哪家房顶,这家人就"哐哐哐哐"地一阵狂敲,有的还把布条绑着竹竿顶上摇晃,用来吓唬、驱赶麻雀。那些刚打算停下来歇歇脚的麻雀被迫一哄而散,没头没脑地朝着另外一个可以落脚的地方飞。麻雀们当然不知道,附近根本没有可以落脚的地方。最终,麻雀因为极度疲劳而纷纷坠落,被人们集中起来装进事先准备好的口袋里面,送到徐委员指定的地点去清点数量,然后造册上报。

大家都说麻雀是被活活累死的。1958年对整个麻雀一族来说,是个伤心之年。

老鼠历来都是害,人们已经总结了各种灭鼠技能,专门等着它们出现,出现一个,消灭一个。苍蝇简单一点,个头够大,人手一个苍蝇拍,看见就打。蚊子就麻烦一些,看都看不见,你去哪里打?而且,即便打着了蚊子,保存蚊子尸体也是个麻烦事,太小,劲用得稍微大一点,就论不成个了。

让文大同心烦的,不仅仅要完成徐委员分摊下来的任务,还要帮着娃儿们完成学校布置的任务。因为文心武家两口子要上班,"任务"只能请老辈子代劳。这个就麻烦。

因为学校的规定和徐委员的不一样。徐委员文化水平不高,就搞个大数目,多少多少"四害",总数对了交上去就完。学校不,他们知道老鼠跟蚊子不是一个体量,于是各归各,每一种"四害"各多少只,十分具体,差哪种补哪种。于是就分配给每个学生很具体的任务,文达观被分配到两只老鼠。你这不是给家长找事吗?哪家的娃儿能够独立自主抓到老鼠?

"很操蛋嘛!"文大同气不打一处来,直接开骂。

气归气,你还得一个地洞一个地洞去找老鼠,总不能干等着让娃儿挨老师的批评。最后多亏了李孃。买菜回来的路上,在大门外面碰到一个提着两只死耗子去居委会交账的邻居,李孃花了点买菜剩下的零钱,这才完成了学校分配给文达观的任务。

关于"四害",后来听说有动物学家提出质疑,称麻雀无论如何算不上"害"。之后国家同意将麻雀从"四害"名单上去掉,换成了蟑螂。我们这边叫"偷油婆",估计是看见蟑螂油光光的背而产生的有害联想。

劳动节那天,文心雷冷不丁来了大院这边一趟。

原先吧,文心雷回老宅,不论接娃儿还是看老妈,隔三岔五总要过来看看这边的三个老人家。自从文大喜被戴上了"帽子",大家再没见过文心雷的身影。一开始还不觉得,时间一长,总会有人发现没按常理出牌的情况。女人们说闲话的时候就分析原因,排除这个排除那个,最后就剩下右派分子的那顶"帽子"。

大家就说,如果真是那样,你还怪不得人家正在仕途上前进着的娃儿。谁不想一帆风顺?谁愿意半途而废?真要是因为文大喜的右派问题耽误了人家文心雷的前程,那就是没法归还的心债。算了,人各有志,不要勉强。

从上一年的10月15日文大喜坐实"右派分子"身份到今天,半年有余,文心雷是第一次过来这边,所以叫"冷不丁"。

文心雷没来这边的原因,很不幸真和人家猜测的一样,的确是文大喜的右派身份。

反右运动如火如荼的时候,文心雷被单位吸纳成为"反右运动领导小组"成员,规划并参加了他们单位反右运动的各个环节,在逐步深入的运动过程中,文心雷对全国以及本单位的右派分子居然产生了仇视。当张军问她原因时,文心雷反问张军说,难道你认为那些妄图篡党夺权的右派分子不可恨吗?

张军能说"不可恨"吗?

所以,当文心雷得知文大喜也被戴上了"帽子"时,最初的愕然慢慢演变成了鄙夷。那么一个风度翩翩的知识分子居然他也……

那时候,因为沉浸在运动带来的亢奋之中,文心雷并没有仔细研究过文大喜被戴上"帽子"的具体原因,便笼统地跟"篡党夺权"画上了等号。从来都疾恶如仇的文心雷,由此再没有踏过大老爷家的门槛。

后来,立场坚定、斗志昂扬的文心雷被调到艺术学校担任副校长,应该也是组织上对她的褒奖。

再后来,文心雷开始履职新工作的过程,也是反右风暴逐渐平息的过程。人们渐渐恢复到正常的工作节奏当中,思绪也渐渐平静下来。在一次宣传部召开的会议上,文心雷的邻座正好是报社的一个女同志,两个人一来二去,文心雷就知道了文大喜的那顶"帽子"是因为胡风。虽说胡风也不是什么好鸟,但跟"篡党夺权"相比，让人厌恶的程度的确不能相提并论。

文心雷是直脾气，心直口快，知错能改的那种人，何况大老爷家一家人都是善良之辈。而且，那年她爹潜伏回来帮红军化缘，大老爷还是很给面子的。文心雷居然在这个时候想起了这段往事。就这样，借着"五一劳动节"放假，文心雷喊上张军，提着些时令水果，领着张土改和张花仙一起跨过了小院门的那道已经凹凸不平的门槛。

对于热情洋溢的文心雷和张军，这边院子的文家人当然同样热情洋溢，这是基本礼仪。寒暄过后，进入拉家常的环节了，大太太冷不丁问了文心雷一个问题。

大太太说："我就是想问一问哈，文心雷……怎么就想起来我们家走一趟了？"

除了张土改和张花仙，这个不合时宜的问题让所有人都有些尴尬，大家你看我，我看你，脸上还都堆着些僵硬的笑容。

"大太太！"文心雷开了口，一脸的笑容看上去很真实，她说，"我的性格就像你老人家，心里面藏不了事情。是这样，那个时候吧，我在我们单位就干抓右派的工作，听得看得多了，立场自然而然就坚定起来。呵呵，也怪，突然之间的事情，我害怕过你们这边来，怕遇见大喜叔，怕话不投机，怕因此损害了大老爷在我心中长期以来的那份敬重。现在我知道了，那都是我的错！因为我对大老爷的敬重是从我爹那里继承过来的，根本不会因为外部情况而有所改变。不会！"

哎呀，这个娃儿啊，只有那么会聊天了。你要是不让这种人当艺术学校的副校长，那是你们共产党的损失嘞！大太太在心里对自己说。

还说什么呢，就剩下冰释前嫌了。

数张军的笑脸最灿烂，在那儿一个劲儿地用家乡声音感叹着，"哎呀！哎呀！"

意思非常佩服个人家婆娘。

3

末伏第九天,是阳历的8月19日,一年当中热得最夸张的几天。文家人正在午休,徐委员带着居委会的二伯妈和半截老者咋咋呼呼就登了门。睡眼惺忪的文大同还没弄明白情况,徐委员已经转去了下一家。

等大太太起来过问,文大同说就听清楚"要大炼钢铁"一句,具体为什么"大炼"以及怎么个"大炼",都没听清楚。

一直到第二天送来了报纸这才搞明白。原来,中共中央于8月17日在北戴河召开政治局扩大会议,通过了一个《全党全民为生产1070万吨钢而奋斗》的决议,由此开始了轰轰烈烈的全民大炼钢铁运动。

后来听说,"大炼钢铁"就是工业生产战线的"大跃进",是让农业生产战线的"大跃进"给逼出来的。农业战线那些一个比一个大的"卫星",还逼出了一个著名口号,叫"超英赶美"。

这事得从头说。

1950年,中国的钢铁产量是61万吨,这还要算上铁匠铺里的生铁熟铁;美国则是8700万吨,是中国的142倍;如果单比钢产量,则是368倍。一人均,中国人每人只有7两,打把菜刀都需要三个人的"人均",没法比。

到了1957年,苏联人乘着首先把人造卫星送上太空的喜悦,提出了一个用15年时间把钢铁产量赶上并超过美国的设想。苏联老大哥有了这样的设想,中国应该也有。这一年,英国的年钢产量是2000万吨,中国大约530万吨。冶金部经过分析研究,认为如果加快一点速度,到1959年中国就能够达到1200万吨,这才有了1958年的1070万吨这个数字。研究结果同时认为,按照这个速度,15年之后,如果英国能达到3000万吨,中国大约就能达到4000万吨。就这样,"十五年超过英国,五十年赶上美国"的口号就被提了出来。

当然,口号只是一句话,事情还得一样一样做。

"大炼钢铁"那段时间,各家各户,机关工厂,只要看见哪儿有块空地,一定就有"高炉"被搭建起来。当然,此"高炉"并非人们见过的钢铁厂那样的正经八百的高炉,而是一些用砖头砌成的、大约两人高的土高炉;如果觉得高炉还不够高，人们会在上面加上一截铁皮烟囱，以增加炉膛里面的温度。人们为这种方法想了一个名称，叫作"土法炼钢"。

整个中国，随便你走到哪里，到处都是一派热火朝天的大炼钢铁景象，包括中共中央机关的所在地——中南海。

那时候时兴喊口号，比如，"你是英雄咱好汉，高炉旁边比比看，你能炼一吨，咱炼一吨半。"虽然句式欠工整，还是很准确地反映了大家的革命干劲。

让文家人头痛的，是徐委员竟然看中了老文家花园与佛堂之间的一块空地，说只有那么合适了，并且好说歹说给建设了一个土高炉。没办法，高炉既然建起了，你得炼啊。于是，除了老太爷和大太太，包括二老爷家那边，全家人一齐上阵，连幺太太都卷起了袖子。

那些天，文家的大门口人出人进的，热闹得很。徐委员又是个热心肠，也不知道从哪里捣鼓来一台鼓风机，第一时间就送到了文家。那还不是如虎添翼啊？徐委员想。

就这样，鼓风机一天到晚都在那里嗡嗡嗡嗡地"歌唱"，把老太爷和大太太的脑眉心都"唱"亮了，就是没等来鼓风机休息的时候。好不容易等到鼓风机休息的时候，老太爷赶紧睡觉，没想刚刚要睡着，鼓风机又开始鼓噪。有时候更气人，等老太爷完全没有睡意了，鼓风机反倒停了。不仅如此，家里的任何地方都弥漫着驱之不散的烟尘，以及任何时候都能闻得到的、刺鼻的，还没办法描述的怪味道，估计是土高炉里面的东西太杂。

这还不算，跟除四害时文大同到处去找老鼠一样，现在一家人到处去找废钢铁。一个读书人家里，哪里来的什么废钢铁嘛？于是，家里那些多少有点缺陷的锅瓢碗盏，一股脑儿都成了废钢铁。最让老太爷心痛的，是那一对不知道成全了老文家多少桩姻缘的、铸着"囍"字的烛台，也被文达观翻出来，直接投进了烧得红彤彤的土高炉里面。等到蹲在土高炉旁边打盹的文大同看见时，已经没有了反转的可能。

终于，钢铁炼成了，只不过是把文家那些有形有款的物件集中起来变成了一坨黑乎乎的铁巴巴。最终，这家伙被徐委员的人用红绸子装扮一番之后，敲锣打鼓地送去了街道办事处。

过了几天，送铁巴巴的一行人又敲锣打鼓地来到文家，将一份"纪念状"颁发给了文大同。

纪念状上规规矩矩地写着：文大同同志在大炼钢铁运动中，工作积极，干劲冲天，发扬了敢想敢说敢干的共产主义风格。为继续发扬革命英雄主义，加速共产主义建设，贡献了力量。特发此状，以资纪念。

后面盖着街道办事处的大红公章。

"哎呀，啧！"老太爷看着纪念状，说，"也行，总之是人家对我们家的一份嘉许。人力、物力、财力，加上精力，特别是那一对烛台，都不说了；好比我们文家那些年送书，你能计较流水一样的那些人力、物力、财力吗？不能嘛！只是有一点，不晓得什么叫共产主义风格哈？"

"共产主义风格是吧？好，改天我了解一下。那……"文大同示意纪念状，说，"和文达观的那些奖状放在一起？"

"不一样不一样！"老太爷说，"这个东西……又不是对娃儿学习成绩的嘉奖，不是一回事哈，放书房。"

过了两天，文大同过来给老太爷扯回销。他说："我问了，爹，人家说这个'共产主义风格'啊，论述起来很复杂，简单一点说，就是四个字：公而忘私。"

"公而忘私？"老太爷想想，说，"看到什么程度喽？那时候我们文家贴钱印书送人，不晓得算不算？"

"这个……嘿嘿，"文大同说，"所以人家说复杂嘞！我觉得哈，爹，至少我们家腾出场地建这个土高炉，应该算是公而忘私。"

后来才知道，大炼钢铁期间，各地方不单单多了一些文家送过去的这种铁巴巴，好些地方原先大树参天的山头，之后都变成了光秃秃的，那些多少年才能长成的大树，眨个眼睛就被切割成若干土高炉的燃料，然后被付之一炬，正所谓：热火朝天。

4

也许是倒腾土高炉累着了，虽然没具体去炼钢，但是屋里屋外那么多事情总要有人做。当然跟居高不下的气温也有关系，再加上一大把年纪了，总之每种因素都有一点，一叠加，文昌寿便一病不起。

现在不比从前了。那时候随叫随到的马神仙，大前年的梅雨季节被蚊子叮了一下，后来确诊为"流行性乙型脑炎"，居然就不治而亡。所以，不论国民党还是共产党都抓紧了消灭苍蝇蚊子，是有道理的。

由于新社会禁止私人行医，马家的传人"小神仙"也进了国家开办的中医院。也对，开辟一个大堂子让很多"神仙"集中在一起把脉问诊，比你一家一家跑，总归轻松些。

大家把文昌寿送到中医院，还认准了挂"小神仙"的号。望闻问切之后，又喝药汤又输液的，让老人家坚持了三天，后来连药汤都整不下去了，就剩输液了。

小神仙把文大同拉到医生办公室，说："继续输液，不是不行。只是……八十八岁的老人家了，怎么算都是高寿。还因为我们两家是世交，所以我才会给你说我私底下的意见。接回家去，在家人身边安安静静躺几天，家人少了奔波之苦累，老人家也安逸，比什么都强。"

还用得着讨论吗？文大同只是把小神仙的话对李孃复述了一遍，等李孃点了头，当天就办好了出院手续，原路把文昌寿拉了回来。

人家小神仙的判断是对的，家里清净不说，还有老太爷和李孃轮番一边念叨一边伤心，也不知道文昌寿能不能听见。但是，至少他能够感觉到。

没人的时候，老太爷想起了那年在安徽老家见到文昌寿的情景。你还不要说，人海茫茫中能把自己家兄长找到，也是需要缘分的。老太爷突然就想起了徐子，也是几十年的交情了，总应该见一面的。把文大同喊来一说，文大同说已经通知了。

文大同说："你也该休息了，爹。这里有我和李孃，你放心。"

送走了老太爷，文大同关照李孃早点休息，便离开了。

半夜里，突然之间就听见李孃的号啕。一直处于迷糊状态的文大同和金雨天一骨碌就坐了起来，一看时间，两点一刻。

文大同说："1958年9月2日的夜里两点一刻。"

不论旧社会新社会，文家有文家的传统。民国十四年，蔡花蕾家的老用人徐孃去世，文家就是在客堂设的灵堂。从那时候起，已经成了文家的惯例，不论什么人，都在那儿吊唁。

这回由文大同主持，天还没亮开来，大家已经在客堂搭起了灵堂。因为经济状况摆在那儿的，跟旧社会相比，整体上就是一个从简的规模。一眼望去，气氛上中规中矩。李孃的儿女们都来了，披麻戴孝之后，也让李孃的心得到了慰藉。当然，文家也做了计划的，假如他们家没人来，文家打算让文心武披麻戴孝一回，充作孝子。目的都一样，慰藉李孃。

天色擦黑时，徐子赶过来了。看着灵堂之上老人家的遗像，在滁州的情景历历在目。掐指一算，居然是光绪二十六年的事情，距今已经五十八年了。徐子点燃一炷香，三叩九拜之后，直接去了书房。

书房里，三个老辈子都在，徐子顺着给爹、大太太和幺太太请安，完了找了个边上的椅子坐下。

按理，该老太爷先说话，不知怎么，大太太抢先开了口。

"哎！人就是这样，"大太太说，"生老病死，都有这么一天！另外啊，徐天媛大后天去学校报到，你……"

1958年的高考季，徐天媛报考贵州大学如愿以偿，按照老太爷的意思，填报了和所有前辈一样的中文系，分专业时，徐天媛选了汉语言文学专业，总之是老文家的思路。

本应该兴高采烈的一个情况，突然之间被文昌寿的事情改变了方向。后来，经老太爷根据"皇历"上面提示的内容进行演绎，把两个情况整成了前赴后继的关系，这样多少缓和了一点文家人情绪上的冲突，也是没有办法的办法。

徐天媛一直住在外公外婆这边，老太爷他们把她当文珠一样抚养。很多不挨着父母生活的娃儿性格很容易偏执，要么娇，要么野。徐天媛两样都没有，一直按照"听话"那么个路子成长起来，和她母亲是反的，这就是老文家的运气。

养娃儿也讲运气。有时候，随便你们家大人下多大力气，全武行都用上去，娃儿就是不听话；有时候碰上了徐天媛这样的，大人连话都不用多讲，成绩又好人又听话。什么原因呢？就是运气！

还有一条之前说过，人家徐天媛专拣徐子和文珠的优点长，该大大，该小小，该长该短的都是恰到好处，只有那么可人了。

要不是因为文昌寿的事情，徐子真不知道女儿哪天去报到，只是听文大同说过考取了大学这个情况。而且，文大同和徐子已经在电话里面商量好了的，由徐子代表文家把文昌寿顺路送去刀把镇，完了直接回茅台镇。

这样的话，还得抓紧安排徐子和女儿见个面。否则不知道一个什么事情一耽误，说不定两爷子又擦肩而过，几年见不着面。

那天晚上，徐子和徐天媛在书房见了面。

还是幺太太心细，竟然想起点燃一盘熏香，缓缓流动的青烟极像是一幅写意的水墨画，让两个人都感觉到了温暖。

两个人对面坐下，中间隔着个条几。

徐天媛说："爹来了？"

徐子说："嗯。"

徐天媛说："妈还好吧？"

徐子说："好的。"

徐天媛说："弟弟妹妹们呢？"

"也好。"徐子见对方没接着往下说，就说，"嗯，听大太太说，大后天就去报到？"

徐天媛说："嗯。"

徐子说："这回好了，我们家也有大学生了。你妈肯定会高兴……哦，我是说……你母亲……"

徐天媛说："我知道的！"

徐子从口袋里拿出一个手帕包着的东西放在条几上，说："这是你妈让我带给你的，说想吃什么就买点，不要委屈了自己。"

"哦，"徐天媛说，"其实……两个太太都给钱的，用不了。"

徐子说："你妈的心意，你就收着。"

徐天媛说："哦！"

说话过程中，青烟一直飘来绕去的，徐天媛都舍不得扰乱了它们优雅灵动的路径，害怕打断了它们连贯着的思绪。

临分别了，都快出门的徐天媛突然停住，说："爹呀！"

徐子站了起来，说："哎。"

徐天媛说："你去刀把镇，能不能替我给母亲上一炷香？"

徐子说："哦，你不说，我也会的。"

徐天媛笑了，说："谢谢爹！"

徐子说："不用！"

徐子看着徐天媛顺手带上的房门，抬起头，下意识地看看上面那些黑黢黢的拼花吊顶。突然一下子跪在地上，两手握拳过顶，小声道："文珠！我们的女儿已经长大成人，你可以安心了！"

文昌寿的棺木由徐子及其李孃那边的一竿子人护送着前往刀把镇，无意中还开了一回洋荤。

原先，文家都是用马车，这回也打算用马车送过去的。没承想李孃的一个女婿是汽车运输公司的驾驶员，因为技术好，最近被领导安排上了新接回来的一台"解放牌"大卡车。那是新社会中国人自己生产的第一款大卡车。

卡车是英文 truck 的音译，因为"解放牌"大，大家就叫它大卡车或者大解放。所有的大解放一色的"邮政绿"，车鼻子上镶嵌一个圆形的、写着"解放"二字的标志，让人感觉到端庄、大气。据说那是毛泽东的手迹。

如果能用"大解放"运送老丈人的棺木，家里家外肯定都是值得炫耀的一件事。最终，运输公司的领导同意把一单空车去遵义拉货的任务添加了一笔，以优惠价格成全职工尽一回孝心。

那天在文家大门外面装车的时候，来围观的很多人都是冲着"大解放"来的。

徐子和李孃坐在"大解放"宽敞的驾驶室里面，棺木和随行人员在大卡车上面。一路上任凭风儿呼啦啦往驾驶室里面灌，徐子的心情被吹得轻飘飘的，很安逸。他想，也对，什么都得欣赏一下。

才半天多一点儿，"大解放"就到了刀把镇文家老宅的大门外。

谢过了李孃家女婿，送走了"大解放"，在刀把镇乡亲们沸腾的人声中，一个下午就办完了安葬的所有事情。乘着大家休息抽烟的当儿，徐子点上特意带过来的一炷香，在文珠的墓碑前面跪了下来。

"嘿！"徐子舒了一口气，小声道，"文珠啊，我来看你，是受我们家女儿的差遣。徐天媛已经考上了贵州大学，过几天就去报到。我知道，这都是你在保佑着我们，辛苦了！"

三叩之后，徐子把那炷香插进了石碑前面的泥土里。

徐子站起身，放眼望去，文家的墓园已经好大一片了。顺着数一遍，老外公、老外婆、老太太、文珠、李备、文昌寿，加上不远处的徐孃以及年纪最小的文龙，文家的墓地已经有了八位成员。这回齐了，打麻将的人有多的，还有人端茶送水搞服务。徐子顺着长幼亲疏，在每一块墓碑前都磕了头，这才转身离去。

走出多远了，徐子再回头看看，暮色中的墓园笼罩在一层轻雾里面，显得深沉而凝重。就在转身的一刹那，徐子突然生出一个念头，要是老太爷文理渊也在这里该多好，聚集一堂呢！

那天晚上，徐子留宿在刀把镇。这次除了送文昌寿过来，还办了另外一件事。临过来的那天晚上，老太爷让他在刀把镇斟酌三口棺木，说人老了，总有一天用得着。他谢绝了乡亲们喝酒的邀请，先去看了棺木，交了定钱，说好完工之后直接送去老宅。

办完了正事，徐子和看守老宅的老人聊聊天，然后提着个马灯，一个人从这个房间出来，再拐进另外一个房间，包括厨房、柴房和院子，很晚了才睡下。

5

国庆节那天下午，马伟泊过来了，让文家人大吃一惊，是因为马伟泊还带来一个姑娘。用老太爷的话来描述，叫"窈窕淑女"，马伟泊自然就是那个"好逑"的君子。

马伟泊原本打算先让幺太太过目的，没想幺太太说这种事情必须大家一起过目。这就使得"过目"这边的一竿子人形成一个扇形，连文达观和文达德都加进来，那边就马伟泊和"窈窕淑女"。直到人家小姑娘被看得红了脸，这边的老少爷们才散开。

姑娘叫侯雅蓝，人民银行信贷科的职员，比马伟泊晚两年进来的，算是师妹。据马伟泊介绍，两个人确定恋爱关系已经大半年了，之所以带来让大家"过目"，是因为他们已经确定了结婚日期。

文家人大都瞪圆了眼睛，大太太脱口而出："什么时候啊？！"

马伟泊说:"下个月8号,那天立冬。"

"立冬?"大太太说,"怎么想起选这么个日子呢?"

"或者说……有什么说法。"幺太太赶紧补充,生怕让人家侯雅蓝误会了什么。

马伟泊笑笑,说:"没有什么说法。就是觉得,嘿嘿……让我们两个的爱情经得起严寒的考验。"

"这就是说法嘞!哈哈哈哈!"老太爷来了兴趣,说,"好好好!只是……到现在我们还没有听见……侯什么蓝?"

马伟泊说:"侯雅蓝,优雅的雅,老太爷。"

"哦,"老太爷说,"这回清楚了,只是……我们还没听见侯雅蓝说一句话嘞!"

一般情况下,老太爷是不会对一个女娃儿产生这么大的兴趣的,授受不亲就不用说了,一个儿孙子辈的女朋友,还是初次见面,老太爷只能端着,哪能那么多话,还那样兴致盎然。

但是,马伟泊不一样,他到底不是文家的儿孙。虽然大家都知道他喊幺太太叫大妈,那也仅限于他和幺太太之间。在老太爷心里,马伟泊终究是个外人。对于一个"外人",老太爷心里自然就没有了解放后被称为"封建礼教残渣余孽"的那些羁绊;另外,老太爷知道马伟泊在幺太太心里的分量,这种时候话多一点,潜意识里面有取悦幺太太的动机,只不过没让大太太听出来,否则自己的耳朵又不清净。

侯雅蓝的脸更红了,小声道:"老太爷好!大太太好!幺太太好!大家好!"

"哈哈哈哈!"老太爷笑得很爽朗,连声说,"好好好!"

那天,马伟泊和侯雅蓝被老太爷留下来吃晚饭一定是水到渠成的事情。当晚餐的菜肴被一一端上桌时,马伟泊才知道掌管文家厨房的人,已经不是李孃了。

那天从刀把镇回来,李孃就来找老太爷大太太,客套话说完之后,李孃就说儿子那边已经说好让她过去一起住,两边自然又客套一番。也是,李孃也七十多岁的人了,文昌寿在的时候,叫老有所依,现在文昌寿走了,依靠很自然就转移到儿女身上去了。还说什么呢?根据文家现在的情况给一些钱,好来好散就是。李孃也推辞一下，最终还是收了钱。

很快，经居委会徐委员介绍，一个叫谢小妹的二伯妈来到文家，六十岁不到，说不想在家里受儿媳妇的气。徐委员说，人家原先在伙食团干过。

现在的文家，已经没有挑三拣四的本钱了，于是让谢小妹炒了两个家常菜，色香味都还说得走，的确有伙食团的做派，这便留了下来。

新社会对称呼也有要求，用人不再叫用人了，叫保姆。

刘彩云就说了一条，说我们家原先的保姆大家都喊李孃，习惯了，能不能也喊你叫谢孃。

谢小妹说："都行的，谢孃就谢孃。"

那天晚上，谢孃做了不少菜，也是谢孃头一次全面展示烹饪手艺的机会。

"嗯，嗯嗯！"老太爷不停地点头，还说，"伙食团有伙食团的风格哈，一样尝一点，不错，不错不错！"

当然，那晚上同样少不了茅台酒，老太爷敞开了喝，好好款待了自己一回。

那天，马伟泊还有另外一个心思。

因为侯雅蓝是贵州毕节人，家也不在贵阳。马伟泊打算问问幺太太，看看能不能把结婚酒席摆着文家，所有花销归他们小两口，主要想有一个"家"的氛围；另外，也是更重要的，是想在大妈身边完成婚礼。

幺太太有点犹豫，不是她不想成全年轻人，而是怕文家人有想法。根据今天场面上的情况，老太爷应该问题不大，其他人……幺太太没有把握，于是跟马伟泊说："不是还有一个多月吗？缓两天再说，好吗？"

马伟泊说："好。"

当天晚上，幺太太就把事情给老太爷说了。你不要看老太爷喝得脸红筋胀的，二话没说就拍了板。肯定嘛，幺太太的事情，老太爷什么时候说过二话？

"至于大太太那里……"老太爷想了想，说，"这样，今天我就去大太太那边睡，多睡几天，等她老人家心情安逸了，你再去跟她提这个事。就这样！"

幺太太就笑。

老太爷说："哎，你不要笑嘛，大太太嘞，心不坏，只是脾气陡一点。"

幺太太说："我晓得。只是有时候又觉得吧，还是一夫一妻好。"

"咦！那倒未必，哈！"老太爷说得意味深长。

过了几天，吃早饭的时候，幺太太看见老太爷冲她歪了歪脑袋，幅度控制得恰到好处，不知道原委的人根本看不出来。

于是，幺太太找了一个金雨天在场的时间，把事情说了。在幺太太心里，金雨天一定会打帮帮腔。幺太太故意把"小两口自己出钱"说在前面，为的是不让对方误解。

老太爷装憨，说："哎呀！还有这样的好事啊？"

金雨天果然打起了帮帮腔，说："哦，就是就是，两家都不在贵阳，是哈。那……就听大太太一句话喽！"

大太太还有说"不"的余地吗？不光如此，还得有姿态。

大太太说："不就是请几桌客嘛！客在我们家请，钱也我们家出！"

幺太太马上说："不行不行！人家娃儿说了的，自家拿钱是前提，主要是借我们文家一块宝地！"

"这样的话……"老太爷说，"我们就依了他们两个。钱，他们出；酒，我们拿。行不？"

大太太说："那有什么行不行呢？反正是你的酒。还有，幺太太哈，可能你要跟马伟泊他们说一声，反正就是谢孃那点伙食团的手艺，肯定不能跟大厨比，期望值不能太高哦！"

幺太太说："哦，这个他们知道。"

要是换成从前，文家根本用不着绕这么多弯子。幺太太想。

立冬那天，虽然气温有点低，但是气氛很热烈。大门外挂了两个贴着金色喜字的红灯笼，两挂三百响的红皮鞭炮顺着台阶两边铺开之后被点燃，淡蓝色的烟尘和红色的碎屑到处飞，让街坊邻居们马上又有了话题。

这个说："这个文家嘞，就数他们家好事多！"

那个说："哎，说是那年嫁给何家的那个姑娘，后来死了？"

马上有人说："你说的哪年的事情哦？"

这个说："听我爹说的，说新郎官骑马带花，威风得很哦！"

那个说："你不要说，虽然新社会打倒了地主资本家，人家照样威风不减哦！"

等到人民银行的年轻同事们簇拥着马伟泊以及载着侯雅蓝的花轿，在百鸟朝凤的欢喜鼓乐中出现时，街坊四邻大都露出了笑脸，一副"情况都在他们掌握之中"的表情。只是他们不知道，这是老文家幺太太对新郎官的唯一要求，一定要有花轿，一定要吹"百鸟朝凤"。

对，两个要求。

6

马伟泊的这台酒席，应该说来赴宴的绝大多数人都是高兴的，只有一个人例外：二老爷。虽然二老爷跟大家一样，把谢孃的手艺一样一样尝了个遍，整得酒足饭饱的，他还是有怨言。当然，二老爷是回到自己家屋里才说的。

二老爷说："我看老大脑筋有点荡嘞！又不是自家儿子，非要死乞白赖搞得跟自家儿子一样，有哪样意思嘛？"

"脑筋荡"是我们这边的方言，脑筋不好用、憨的意思。

"老头子。"柳月红说。

柳月红现在改称二老爷为老头子，是因为大家都觉得如果再跟从前一样"老爷老爷"地叫，有点不合时宜，而且吧，新社会新编的戏剧呀、小说呀等文艺里面，大都把财主称为"地主老爷"，明显是贬义。文心雷回家的时候，柳月红把自己的这个想法一说，马上得到孙女和孙女婿的支持。现在在二老爷家这边，文心雷和张军的政治取向直接左右着一家人的政治取向。

"老头子，"柳月红说，"那个小马……就是新郎官，是人家小眼睛的前夫典回家来的女人生的儿子，他喊小眼睛叫大妈，对吧？小眼睛又是他们家老太爷明媒正娶的二房，对吧？现在我问你喽，是不是绕山绕水都有一点扯不断的关系呢？大老爷真要是把小马当成自己的……哪怕就算个干儿子，有哪样不应该？"

"哦！"二老爷捋一捋思路，说，"就是那个娃儿哦？那……那也不对啊！关他老大哪样事情喽？我就是看不惯他，什么事情都跟他们家扯得上关系！不就是喝顿酒嘛，我在哪里不能喝？"

"老头子，这就是你的不是了，你吃饱喝足了才说这种话？有本事你吃之前说啊！"柳月红说，"关键我看你吃得一个劲嘛，不比哪个少！怎么吃完了就挑人家的不是嘞？文心雷要是知道了，我看你跑得脱？"

"她……"二老爷晃晃脑壳，眼光凶巴巴的，最终不过只是"哼"了一声。

"我说你这个人啊，"柳月红揪着眉头说，"小心眼！你真要跟老大比，也要堂堂正正地比。文心宽他们实习不是快回来了吗？摆一桌，那才叫……嗯！"

"耶！"二老爷说，"我咋个没有想起来嘞？"

柳月红说："所以我说你是小心眼嘞！"

二老爷家的独根独苗——文心宽，终于也大学毕业了。并且直接被组织上安排去了一个县的公安局，实习三个月。说了，回来就分配到省公安厅，干保卫。这是组织上培养革命接班人的一种规定模式，深造——重点培养——担当重任。

"哎呀，你的这个思路很好嘞！"二老爷对柳月红说。

柳月红说："你不忙着高兴，还要问问文心雷看。"

"问她？"二老爷鼓着个眼睛，说，"花我自己的钱，凭哪样问她？"

柳月红也不跟他争，她知道二老爷就那两下，眼睛一定是要鼓的，大话也是要说几句的，最终的决定权，还是在文心雷那里。

果然，人家文心雷不仅不同意，还有理有据。

文心雷说："还不要说那是人家幺太太的心愿，即便马伟泊非亲非故，只要他们家老太爷和大太太高兴，谁也阻拦不了他们在自己家办一台酒。但是，你如果因为文心宽的事情，就想攀比着人家办一台，不行！"

二老爷的眼睛顿时鼓了起来，正要发作，就看见文心雷抬起右手，掌心冲着自己晃了两下，那意思你不要急。

"二老太爷，"文心雷心平气和地说，"且不说两兄弟之间比来比去不得体，还要看比什么。人家幺太太的干儿子，婚姻大事办一回酒，天经地义不是？你怎么马上就想找个事情比回来呢？你想把什么东西比回来？无非就是个虚荣心！而且拿文心宽大学毕业说事，你就不怕说出去别人笑话吗？我多说一句哈，翻了年，二老太爷你也八十岁了，少想点那些让自己不愉快的事情，开开心心等着文心宽娶妻生子，颐养天年。好不好？"

柳月红够机灵，这就听出了文心雷话里面的话，马上说："其实也不嘞，你们家那两个也乖哦！"

文心雷说："是，也乖。问题是他们不姓文啊！行了，二老太太多开导二老太爷，颐养天年，哈？"

　　等文心雷离开了，二老爷还在那里回味，想想说："也是，就指望文心宽了！哎哎哎！都忘了给她说一声了，叫她，还有张军，留意给文心宽说一个对象嘛，二十三了嘞！"

　　柳月红说："哎，这算一个正经事。"

　　虽然二老爷家传宗接代的"正宗路线"还不知道要等多久，"旁系路线"倒是很快有了结果。

　　"大雪"那天，天上不一定下雪，却给二老爷家送来了一个新希望。

　　一大早，文霏霏就跑过来报信，说胡瓜家的生了一个女儿。虽然文霏霏一个劲说自己就喜欢女儿，但是大家都听得出言不由衷来。只是大家都不吭气，都说："恭喜喽！恭喜喽！"

　　只有赵青梅的喜悦是由衷的。

　　男女都不管喽，有生之年能看到第四代降生，也是福气！况且，有一就有二。这个"希望"是在赵青梅苦苦期盼的过程中出现的，因此尤其显得珍贵。

　　赵青梅也是一肚皮的苦水。

　　那年，好不容易得到老婆婆蔡花蕾的"钦点"，成为大户人家的儿媳妇，没想二老爷是个花心萝卜，当然跟自己只生了文霏霏这么一个女娃儿，从此便杳无音信有一定关系。后来终于盼来胡瓜那么一个男丁，本来该解解气的情况，没想这家伙居然三十六了才谈婚论嫁，三十八岁才有了动静，还是个女娃儿。能怪谁呢？只能怪自己命苦。不论旧社会还是新社会，赵青梅都相信一句话，"命苦，你就不要怪政府！"

　　两娘母相拥而泣的时候，哭的都是自己的命。

　　二老爷当着文霏霏和赵青梅的面，只能说点貌似高兴的话，等到她们两娘母离开了，二老爷就说："这些我不管，只要文心宽将来能生个儿子，就行！"

　　仅仅过了几天，文大同接到一封文心志从美国寄来的信，一看，跟文霏霏跑回娘家报告添人加口的消息一样，文心志也是来报告他们家添人加口的消息的。

　　大概是老天爷眷顾老大家，觉得人家平白无故被划了一个右派分子，总应该找个机会弥补一下。让文家人格外高兴的是，美国媳妇安吉拉竟然给文家生了一对双胞胎，而且都是"丁"。来信除了报告消息，还点名让老太爷给"二丁"取名。

"狗东西的！"老太爷有心无肠地骂了一句，说，"就晓得给老太爷添麻烦！还一回整两个，你以为取名字不费工夫啊？妈嘞呦！"

和"喜极而泣"差不多，老太爷这是喜极而"骂"。当天晚上，就把两个名字工工整整写在信笺上，交给了文大同。

文大同一看，念道："文达远、文达航。"

金雨天说："老太爷应该有个说法的！"

文大同马上附和："那必须的嘛！"

没等别人邀请，老太爷脱口而出："最后两个字是'远航'，就是希望两个兄弟有一天乘风破浪，回来看一看我们这个历史悠久的国家，看一看我们这个同样历史悠久的家！"

文家老大虽然没有说，但是在翻字典想名字的时候，心里闪现的竟然是戴着右派分子帽子的文大喜。也怪，就那么个不甘、不服，他也没有把国和家分开。

第四十七章

1

上一年入冬之后,雨水就感觉偏少,时间一长,真还出现干旱态势。翻了年,惊蛰都过了,老天爷还是没有缓解一下的意思。红彤彤的太阳一直挂在天上,不可避免地加重了极端天气的危害程度。

仅仅天气危害也就罢了,1959年3月,西藏传来消息,那里发生了以藏传佛教格鲁派两大活佛之一、时任全国人大常务委员会副委员长、西藏自治区筹备委员会主任委员的达赖喇嘛·丹增嘉措为首的武装叛乱。

直到17日夜晚,达赖喇嘛一行在拉萨河渡口登上牛皮船,渡过雅鲁藏布江,去往山南方向。一路上,他们通过电台不断和境外通报联系,第二天,叛乱分子在拉萨街上贴出了"西藏独立国"的布告。

这是达赖喇嘛试图从共产党手里接管政权的一次尝试。不过,仅仅过了五天,拉萨城里的武装叛乱分子就举起了白旗。之后,解放军利用当年在内地剿匪积累起来的经验,一个地方一个地方攻克、推进,很快便彻底平息了叛乱。达赖喇嘛一干人马最终逃亡国外。

事后看,这个叫丹增嘉措的西藏地方宗教领袖低估了共产党捍卫领土完整、维护民族团结的决心,来了一回螳臂当车。达赖喇嘛手下的那些"武装",打压手无寸铁的当地百姓绰绰有余;跟已经把老蒋的几百万军队赶去台湾的解放军比,根本不是一个量级。当然,失败也是他过高地估计了宗教在藏区的号召力的结果。

西藏距离内地很遥远,内地的老百姓对西藏的了解也不多,比较之下,大家更关心发生在内地或者当地的事情。假如再跟自己的家族有点瓜葛，人们只会把西藏发生的武装叛乱当成茶余饭后的谈资，仅仅聊天的时候用。茅台镇的刘家就是这样。

刘承义又进步了。

共产党内部把升官叫作"进步"，比原先的官职"进了一步"，也对。那几天只要碰着个熟人，对方就嚷嚷，"听说你老刘又进步了？"刘承义大都面色和善地笑笑，既不肯定，也不否定。

刘承义被组织上调往遵义，担任地委副书记。那个时候，共产党的干部大都年轻，你很难指望前面有老同志退休之后，去顶上那个"萝卜坑"。刘承义的情况不一样，本身"老红军"就是一个很光荣的资历，加上一直以来兢兢业业地为党工作，历次运动均立场坚定，凡是共产党提倡的诸如艰苦朴素、全心全意为人民服务等，刘承义都模范地遵循着；这样的同志你不提他当地委副书记你提谁？

即将举家搬去遵义之前，刘承义不止一次前往茅台镇，就是想说服老母亲跟他们一起走。

结果林家漪高低不依。

你要说"故土难离"吧？林家漪是广东人，茅台镇本不是她的故土；但是刘青云埋在这里，刘家的长子、长孙都在这里，不怕刘广黔和家里磕磕绊绊了那么多年，但他长子的身份永远都变不了的，加上长孙刘和天以及长重孙刘家宝，诸多理由让林家漪最终选择了茅台镇。

临行前的那个晚上，刘承义陪着林家漪坐到很晚，没什么事，不过是断断续续说一些家常话。在刘承义心里，那年不辞而别一走那么多年，自己一路牵挂的就是母亲。所以，后来组织上让他去仁怀县任职，应该叫正中下怀。现在再一次离开，虽然也是组织决定，刘承义没有说"不"的权利，但心里总是不舍，总觉得欠着母亲点什么。

第二天天色蒙蒙亮的时候，刘承义穿戴整齐之后来到林家漪屋子门外，正正规规行了一个已经有点生疏的军礼，然后直接驱车前往遵义。好在是遵义，真要想母亲了，一趟吉普车也很方便。

1959年该涨端午水的时节，不光大雨没有如约而至，还延续着年初的异常气象，天天大火红太阳无遮无挡。好长时间了，人们只要听到广播里面的天气预报说哪天哪天有雨，大家都会奔走相告，仿佛多重大的一个事情似的。有时候也来一次两次小雨、中雨，无奈雨量不够，浇不透土地，解决不了问题。

那些干旱严重的地区，政府就组织抗旱，人力、物力、财力一起上，至于效果怎么样，因为不是立竿见影的事情，只能等着瞧。可以肯定的是，人在这样的异常环境里面，容易出状况。

赵青梅就出了状况。

一段时间了，赵青梅总是食欲不振，还以为是天干物燥的原因。慢慢地，"不振"变成了减退，还伴随腹胀、腹痛的情况，这才让文霏霏陪着去了中医院找小神仙。小神仙一问一切，已经大概知道是个什么病，确诊之前申请了几个相关科室的同人会诊，再经过一系列检测验证，最后确定为胃癌晚期。鉴于这类疾病没有什么有效的治疗办法，加上赵青梅翻了年就虚岁八十了，小神仙就给文霏霏推荐了类似文昌寿的方法，治疗一段之后——回家。

其实，"治疗一段"不过是表明医院的一种态度，意思并没有见死不救，只是没有实际意义。小神仙说得很通俗，说这种疾病住院治疗，花钱倒还在其次，无非是后来的病人看先来的病人撒手人寰。

就这样，赵青梅被接回了家。

当大家都知道了赵青梅的情况，文霏霏还说了没让母亲知道核查结果，一家人反而为难起来。去看吧，怕给病人加重思想负担，不对；不去看吧，赵青梅又是人命关天的情况，也不对。大家商量下来，只能隔三岔五去一个看看，尽可能不让当事人警觉。

还有一个让家人为难的事情。通常情况下，家人都会给时日不多的病人尽可能做些好吃的，吃一顿少一顿的意思。但是赵青梅吃不下，这就让人多了些额外的怜惜。

那天刘彩云过来，见着赵青梅日渐消瘦的脸就想哭，又不敢哭，直憋得心里面难受。没想赵青梅反过来安慰她，搞得刘彩云更加难受。想想无非就是个"死"字，刘彩云心一横，懒球管，便拉住赵青梅的手开哭。等两个人都哭安逸了，这才开始说话。

赵青梅说："其实我晓得的，那天小神仙一说，我就猜着了几分。我只是在配合文霏霏不让我知道的那点善良愿望，我们姐妹之间就不瞒着了！"

刘彩云说:"想吃点哪样嘛?我让谢孃给你做!"

赵青梅摇摇头,说:"吃是吃不下喽!只是有个心愿。"

刘彩云赶紧说:"你说。"

赵青梅说:"文霏霏那边……如果能生个儿子,你记着告诉她……到我坟头上说一声!"

刘彩云说:"这个可以直接给她讲啊?"

赵青梅说:"那样就露馅了,她就晓得我知道了情况!"

刘彩云的眼泪又涌了出来,拉起赵青梅的手搓捏着,点了点头。

回来之后,刘彩云让谢孃把家里两只老母鸡里不怎么下蛋的一只杀了,放点姜块,小火炖了两个时辰,放凉之后揭开锅盖,上面一层黄锃锃的鸡油,只有那么馋人了。刘彩云指挥谢孃卸下一大块鸡腿,装进一个半大钢精锅里面,再倒上些鸡汤淹至鸡腿一半,盖上锅盖,交到了小眼睛手里。

刘彩云说:"鸡腿肯定是吃不下了,闻闻味道,喝点鸡汤,总是我们的一点心意!还有,她已经知道自己得了什么病,只是在配合家人的好心。你也装憨喽,说点高兴的事。唉,可怜哦!"

小眼睛说:"好。"

一个月之后,由文霏霏和胡瓜护送,赵青梅被送进了刀把镇文家的墓地。大院这边,大太太指派文心武作为代表,全权处理在刀把镇的一应事务。

那天晚上,刘彩云做了一个梦。她梦见赵青梅刚嫁过来文家那时候的模样,穿着件素色的紧身旗袍,鬓边别着一朵白色的花,跟梨花相似,但是比梨花大,没人叫得出花名,衬托在赵青梅那张青春洋溢的脸上,一颦一笑只有那么媚了,让一家人都不得不佩服蔡花蕾的好眼力。

2

7月了,热的大趋势并没有改变。连中共中央政治局的扩大会议都选择了在江西的庐山召开。

庐山是中国的名山之一，以雄、险、奇、秀著称，自古有"匡庐奇秀甲天下"之美誉；节令也有特点，春迟、夏短、秋早、冬长，是中国著名的避暑佳境。当年蒋介石在山上建了很多别墅，1949年之后全归了新政权。所以，在闷热的7月里开会，庐山是不二之选。

后来得知，在7月14日的"庐山会议"上，时任国防部部长的彭德怀写了一份"万言书"交给中共中央主席毛泽东，反映"大跃进"中出现的若干问题。

人们知道的，当年红军到达陕北之后，1935年10月21日在吴起镇的一次红军和白军的战斗中，红军歼敌一个团，击溃三个团并缴获大量武器，指挥红军进行这次战斗的就是彭德怀。胜利的消息传到延安，喜爱用诗词抒发胸臆的毛泽东大喜过望，欣然写下了一首六言诗，"山高路远坑深，大军纵横驰奔。谁敢横刀立马？唯我彭大将军。"据说当年彭德怀收到诗稿后，将最后一句修改为"唯我英勇红军"。

这是往事。

1959年7月23日在庐山召开的大会上，毛泽东指责彭德怀的"万言书"是"资产阶级的动摇性"，是"右倾性质"的问题。根据毛泽东的意见，会议开始对彭德怀等人进行批判。

"等人"，是指在小组讨论会上分别发表了赞同"万言书"的言论黄克诚、张闻天、周小舟，三人均是共产党的大员，特别是张闻天。1935年的"遵义会议"期间，张闻天是"三人团"里面排名第一位的中共中央领导人。

于是，庐山会议随即展开了对"彭德怀反党集团"的斗争。"批判他们有计划、有组织、有目的地反对总路线，反对党中央，反对毛主席的一系列问题。"

紧跟着，共产党的八届八中全会于8月2日在庐山召开，最终形成了一个《关于以彭德怀同志为首的反党集团的错误的决议》。

所有这些，老百姓都是若干年之后才知道的事情。而老百姓的生活，照样柴米油盐、吃喝拉撒，一天一天过。

没多久，国家的一份文件终于跟文家人发生了交集。

9月17日，中共中央发出《关于摘掉确实悔改的右派分子的帽子的指示》。决定在新中国成立10周年的大喜日子里，摘掉一批右派分子的帽子，同时准备继续分期分批进行这一工作。

文大喜得知这一消息的途径不是组织途径，而是他的老同学、同样是右派分子的娄大元。娄大元得知这个消息之后首先想到的就是文大喜，因为他不单了解文大喜的性格，同时还参与了当年撺掇这个海外学子归来参加社会主义建设的一系列策划。"撺掇"是娄大元成了右派分子之后的用词，之前叫"做工作"。为此，娄大元心里一直愧疚，所以一听到相关消息，赶紧专程跑一趟，告诉了老同学。

可想而知，两个人搂抱在一起庆祝一下的心情都是有的，只是没敢那么做，怕被人家看见又多出个什么"莫须有"的情况，划不来。正因为有这样的担心，两个人站在街角说话的时候一直左顾右盼的，反而显得鬼鬼祟祟。

文大喜回到报社，压抑着激动的心情，有几次差不多都笑起来了，急忙忍住。一直挨到下班的电铃"叮叮叮叮"地响起。

文大喜头都没有回一次，就这么赶回了老宅。一开始他想在报社大门口等着柳文君出来，把消息第一时间告诉妻子，然后两人一起去的。后来他想起了那四个要吃要喝的娃儿，便一个人上了路。

在登上老宅大门外面台阶的当儿，文大喜突然犹豫了。

"如果……或者假如"，文大喜一个博士学历的人居然在这两个同义副词上纠结起来，可见其内心的煎熬。"假如这一次自己不属于'确实悔改的右派分子'呢？"文大喜想起了娄大元说的"继续分期分批进行这一工作"这句话。要是那样，今天这样兴冲冲回家报告消息又成了笑话还不怕，家里三个老人再遭受一次心灵打击，那才伤人！

文大喜突然觉得两腿无力，身子一沉就坐在了台阶上。

也不知道坐了多久，反正等他想清楚了决定打道回府的时候，天已经黑了下来，路灯也亮了起来。

既然这样，他在回家的路上吃了一碗开水面，免得回家再麻烦人家柳文君是一；其二，他只能说在老宅那边吃的饭。

好几天了，报社这边一直没有动静。偶尔好像隐隐约约听见有人议论来着，只是见到自己靠近时，人家便停止了。毕竟关系到自己的政治前途，说"生死攸关"都成立，一时间，文大喜连《资本论》里面马克思的名言都忘记了，一心只惦记自己头上的"帽子"。

终于，有人通知文大喜去党委办公室。

先是如释重负，还没一分钟，心马上又提了起来。文大喜在这样的心境之中推开了党委办公室的玻璃门。

"哦，你来了？"一个党委成员指指办公桌前面的椅子，说，"你坐。"

文大喜过去，半边屁股挨着椅子，关键他一点不觉得别扭，就那么悬着。

党委成员清了清喉咙，说："大概你也知道了中央的指示精神，这也可以看作是我们党惩前毖后治病救人的一贯方针。怎么说呢？应该说，这是一个长期的、艰巨的工作，甄别过程细致而又复杂。当然喽，主要还是看你们自己的表现嘛。但是请你相信，人民群众的眼睛一定是雪亮的，所以……假如这次……一些人的'帽子'没有被摘掉，只能在自己身上找原因，决不能怪这怪那。说到底，心态一定要端正！"

文大喜终于把整个屁股挪到了椅子正中间，这时候他才觉得因为刚才那样悬着，腰杆都有了酸胀感。

"鉴于一段时间以来你的表现，"党委成员继续开讲，"组织决定，不把你纳入这次摘帽名单。希望你多检查自己，把这次契机看成一种动力，兴许坏事就能变成好事。好吗？"

文大喜说："好。"

出了党委办公室的门，文大喜一身轻松，一开始的患得患失心理在屁股坐端正的那一刻就烟消云散了。细想一下，人要是没有了欲望，包括当年回国时候的那些想法，不说解脱，至少痛苦会少些。他甚至都不知道假如这次名单里有他，他会是怎么个……

文大喜用力晃晃脑袋，打心眼里鄙夷自己这种落河是命上岸是财的市侩心理。

这之后，他没有跟老宅那边任何人提起过这件事，倒是给柳文君说了来龙去脉。毕竟是朝夕相处之人，又在一个单位。文大喜这时才觉得后悔，后悔当初同意柳文君跟自己在同一个单位的那个决定。

后来，当文大喜得知那些被摘了"帽子"的右派分子，仍然被人们称为"摘帽右派"时，心里也五味杂陈。他想，摘帽右派？这不是给人家做一块标记贴在脸上吗？到底让不让人有出头之日哦？！

再后来，文家人是从十三岁的文诗雨那里得知文大喜没有被"摘帽"的消息的，文诗雨则是偶然听到爹妈的对话知道的。

文家人很生气。因为就在公布"摘帽右派指示"的同一张《人民日报》上，还刊载了中共中央的另外一个决定，《关于特赦确实改恶从善的战争罪犯的决定》，并由国家主席刘少奇签发了特赦令。虽然老百姓还不知道被特赦的都是谁，但有一点大家是清楚的，战争罪犯嘛，肯定都是些双手沾满了人民解放军战士和老百姓鲜血的刽子手。

12月4日，具体名单出来了，排在第一的是原国民党徐州"剿总"中将副司令杜聿明，第一批一共33人，一水的"刽子手"。

"哎哟！这就有点搞不懂了嘞？！"文家老大说，"别个我不晓得，杜聿明我晓得啊！1948年年底的淮海战役，周世涛在《黔报》上面编过一个特讯，说的就是国军战区副司令杜聿明被解放军俘获的事。周世涛还有数据嘞，我记得清清楚楚，说国军死伤17万多人，共军死伤13万多人；还说国共双方死、伤、俘虏之比是4∶1。怎么了？这种指挥屠杀了13万解放军的刽子手都特赦了，我们家文大喜不过说了点共产党不愿意听的话而已！哦，摘个帽子都不行吗？！"

文大同说："真的有点欺负人了嘞！"

大太太更火翻："找他们领导说理去！问问还有没有个王法？！"

幺太太说："确实有点过分！"

金雨天说："还有嘞，都说吃柿子按到软的捏！你一次不讲二次不讲，人家就一直把你当成烂柿子了！就凭当年我们家老太爷在红军最困难的时候慷慨解囊，不看僧面你要看佛面嘛！"

大太太说："没有老百姓的帮助，他共产党今天能坐这个天下？啐！"

"就是嘞！"文大同说，"就凭这一条，麻烦他们说一个幺二三！"

"我去！"老太爷吼道，"老子今天还不相信了！！"

"哎呀！"大太太说，"你嘛，吼两声就够啦！这种事情嘛……"

"我去！"文大同的声音里面带着义不容辞的担当。

"对嘛！"大太太说这话的表情，有对大儿子的赞许。

第二天一早，文大同来到报社，门卫问清楚了缘由，报告给行政负责人，行政负责人再上报给相关领导，最后决定由上次给文大喜宣布组织决定的那个党委委员出面接待。

党委委员耐心地听完了文大同的叙述,说:"你刚才说一万银圆是吧,是哪一年的事情?"

文大同说:"1935年啊,你们共产党在遵义开会那年。红军北上抗日,路过遵义。否则我们家德范同志也回不了家!"

党委委员当然知道"遵义会议"那么一个在中共党史里面相当著名的会议,如果文大喜的家庭真的跟"遵义会议"有什么关系,那还真的不能处理得随随便便嘞。他说:"你说的这个'德范同志'……是个什么人?"

文大同说:"文德范啊,我们家二叔的长子,老红军;那年八路军在山西黄土岭打日本人牺牲的,革命烈士!"

党委委员是第一次听说右派分子文大喜的家庭有这么一个情况,如果真是这样,最好还是先请示一下比较好。万一什么地方出了差错,那也是组织决定,个人不担责。

于是,党委委员说:"那这样,我……你先坐坐,我有个事情先前约好了的,去去就来,去去就来。"

没多大一会儿,党委委员回来了,脸上堆起了一点笑脸,说:"让你老人家久等了哈!是这样,你刚才说的你们家捐给红军一万银圆,有什么证据吗?比如,借据什么的。"

文大同愣了一下,他皱着眉头想了一圈,眉头也没舒展开。在他的记忆里面,确实听老太爷说过文德范要写借据的事情,同时也确实记得老太爷说的"要那玩意做什么"。

"那……"文大同在组织着措辞,"你们的意思……如果没有借据,这个事情就……怎么样呢?"

党委委员说:"如果没有借据,你们家怎么证明当年给了红军一万银圆呢?"

文大同马上瞪大了眼睛,说:"问题是我们家确实给了的呀!而且是我亲自陪着文德范去茅台镇我们家的烧房拿的银圆,对啦。当年我们家帮着送银圆到遵义的一个亲戚就此还参加了红军,现在在遵义地区当一个副书记还是什么,你们可以问他呀!"

党委委员想想,说:"遵义地委副书记?现在的?"

文大同说:"当然现在啊!"

后来,文大同又去了报社一回,那是半个月之后,是报社让文大喜转告文大同的。还是上回那个同志,开门见山直接说了他们关于"银圆"的调查结果。根据调查,文家确实于1935年有过捐助一万银圆给红军的情况,只是跟后来文大喜的右派帽子是完全不同的两件事情,不存在因果关系,说桥归桥路归路。

3

1960年的春天裹挟着燥热的风,姗姗来迟。仿佛是突然之间发生的,市面上粮食跟副食品开始短缺。

粮店里面计划供应的粮食中,细粮和粗粮的比例在悄然发生着变化。大米、糯米、白面,总之人们吃着顺溜、可口的,都是细粮;粗粮的种类比较多,最常见的就是苞谷沙,是将玉米打碎成绿豆大小的颗粒,既可以煮成干饭,也可以熬成稀饭;另外还有苞谷面、高粱米、小豆、红薯干等。粗细比例会因供应情况进行调整,当然是朝着粗多细少那么调整。每户一个购粮本,上面将粗细比例和每人的定量等信息记录得一目了然。

那些卖饮食的店铺,计划内也有一定比例的粮食供应。只是原先一天到晚都开张的,现在开个大半天东西就卖光了。而且要排队,买什么都排队。排队还要看运气,也许排到了地方能买到;也许你就白排一通,实在想吃想得老火,只能第二天赶早。不光排队,购买任何食品除了给钱,还需要给粮票。"粮票"是用购粮本上面的"定量"等量兑换得来的,除了购买食品,下乡、出差什么的,都得带上粮票,否则你没饭吃。

老百姓再没有下馆子一说了。一是贵,老百姓的收入养家糊口也许够,大都没有了下馆子的富余钱。这样的情况时间一长,馆子也只能做些大众化的食物,包子、馒头、花卷之类,外搭一些脆臊面啊,红肉面啊,甚至"滑面"。

顾名思义,滑面就是没有臊子的面,又称光面、阳春面。这个时期,下馆子对大多数人家来说,都是奢望。

还有蔬菜。各个街道大都设有属于国营蔬菜公司的供应点，汽车拉来什么卖什么，萝卜、白菜、洋芋之类的大路菜，大都没有清洗打整过，如果你不想带着泥土一起过称，那你就得把泥土抠下来，抖干净。至于香葱、蒜苗、芫荽一类的细致菜，十年逢难遇来一点，多数被男女营业员们私底下分掉，剩一点往门口的木头架子上的簸箕里面一放，很快便一抢而空。人们大都是碰见什么买什么，根本没得选。

　　再说肉类。

　　因为短缺，于是紧俏，政府想到了发票的办法。每人每月一张票，一张票一斤。以猪肉为主，有时候也有一点牛羊肉供应。如果你们家喜欢吃牛羊肉，除了要早起，也要看运气。卖肉的店铺属于国营食品公司，以城区划分，一般大一点的菜场才有肉铺。

　　因为紧俏，能当上一个肉铺的营业员也相当翘势。"翘势"是我们这边的方言，得意、骄傲的意思。

　　为什么呢？因为只有肉才有肥瘦之别啊。其他粮店啊，饮食店啊，包括菜市场，卖的东西大都差不多，萝卜什么的顶多个大个小，味道则是一模一样，分不出三六九等来。猪肉则不一样，一张票买来的肉，给你割瘦一点、皮子多一点是一斤，割肥一点、皮子少一点也是一斤，没人规定肥的多少瘦的多少皮子多少，全凭营业员的一双手。当然，手上的分寸来自人心。两只手随便长个眼睛，就能让一些顾客高兴，一些顾客不高兴。

　　所以，卖肉的营业员不论男女，都很翘势。你只要去到肉案边，一定听得见顾客们的喊声，这个说："刘姐，给我割肥点哈"，那个喊："老李哥，搞哪样喽？咋个我的这块这么瘦？长了眼睛的是不是！"

　　因为生活缺少油水，于是大家都想吃肥肉。一来肥肉一嚼满口油，香；二来你还可以熬成猪油，下面、炒菜什么的放一点，都有一股猪肉气气。

　　这是城市，农村更严。

　　因为农村没有被纳入国家的计划供应体系，但是又全面推行了社会主义公有制的最高形式——人民公社。土地改革时期分给农民的那些土地，从互助组开始，又一点一点收回去，最终到了人民公社时，全部收归国有。相当于农民出劳力，国家出土地，每年的收成按照一定比例，先交公粮，再卖余粮，最后剩下的，按照人民公社社员参加集体生产劳动得到的工分，以及家庭人口等情况，分得相应数量的粮食。

贵州地处高原，因为没办法储存住水肥，土地大都贫瘠。旧社会就流行的那句"天无三日晴，地无三里平，人无三分银"，并没有因为社会的变更而改观，一直属于国家的"老少边穷"地区。

所以，往年年景好的时候，那些一年产两季乃至三季水稻，且土地肥沃的省份，那真正叫卖余粮。我们这边很多地方其实没有余粮可卖。你卖了余粮，农民的口粮就成了问题。

更不要说现在是灾年。

随着时间的推移，灾害的形势越发严重，很多地方甚至出现了饿死人的情况。

人和其他动物一样，填饱肚皮之后再繁衍生息。当"填饱肚皮"都发生困难之后，人们能够选择的方法很多，首选是"勒紧裤腰带"。

一时间，"胖子"成了稀罕景观。放眼望去，人们一个比一个瘦，还打不起精神。

勒紧裤腰带的具体办法很多，文家跟普通家庭一样，首先选择了"罐罐饭"。就是根据每个人的体量，给每人固定一个大小不同的罐罐，每一次往罐罐里面放入固定数量的米，再加入比平常多一点点的水，为的是让米饭看起来更加饱满、诱人，蒸熟之后备用。等到从菜场买回来的萝卜、土豆之类按照各家的风格做成的菜肴端上了桌，人们会找到早已熟稔于心的、属于自己的那个罐罐，开吃。你放心，没有一个罐罐里面会剩下一粒米饭，而且谁的罐罐外面如果撒了饭，一定属于该罐罐的主人，别人不能乱动。

逢着"劳动力"们在家休息的日子，金雨天会由谢孃陪着，亲自去片区大菜场割一两斤肉回来。因为不认识肉店的营业员，谢孃拎回来的猪肉大都肥少瘦多。

谢孃有谢孃的办法，她把所有猪肉一次切成肉片、肉丝之类，炒熟了之后装进一个个二碗，备用。然后在蔬菜差不多炒熟的时候，加入少许肉片或肉丝，人们称这种放一点肉的方法叫"撬"，谢孃就擅长"撬"菜，是伙食团通常的办法。

每次逢着经谢孃"撬"过的菜端上来，老太爷总要先夸奖谢孃的手艺，之后再往几个娃儿的罐罐里面夹大致同等数量的肉，特别是文大喜家几个娃儿过来的时候,最后才满心欢喜地招呼大家:"吃嘛吃嘛!大家一起吃嘛!"

也许真是老了,每每碰上这样的情形,大太太都想哭一场。后来她跟幺太太说过,说可怜几个娃儿哦,小小年纪正是长身体的时候,饭都吃不饱,造孽哦!

这种时候,要是有一碗肥嘟嘟的红烧肉,就是那些年老大去茅台镇的时候,高大脚做的那种,还有那年德范同志回来筹款,蔡花蕾让李孃做的那种,吃一口满嘴跑油那种,现在只能是奢望。

有一天,一次差不多即将变成现实的"奢望",竟然与文家人擦肩而过。

坦白说,这个时候能端出一整碗红烧肉的,只能是单位。因为短缺,一些有能力、有场地的单位大多自己养猪,之后找个什么理由抓一头半肥不瘦的猪杀了,那就是整个单位打牙祭的日子。那天,报社就打了一回牙祭。

一个半大的、通常盛菜的那种"二碗",满满一碗油锃锃的红烧肉,被文大喜指派十二岁的文诗雨送往老宅。是因为两个大人都走不开,任务就落在大女儿头上。柳文君还怕沾染了灰尘,拿了一张报社的稿子纸盖在上面。盖之前看见油锃锃的红烧肉就吞了一口清口水的文诗雨,两手端着前往老太爷家路上时,因为心有向往,脚底下难免就轻快,没料到那张稿子纸被风掀了一下,文诗雨一下子没按住,稿子纸便随风而去,眨眼之间跑得无影无踪。就在这一刹那,一只脏兮兮的手从侧后方伸过来,接过文诗雨手里的碗,另外一只手的五个手指直接顺着碗沿沉下去,兜住了全部红烧肉,随手把碗丢在地上。

文诗雨只晃见一个衣冠不整的男人顺势蹲了下去,两手捧着人家机关好不容易照顾的"牙祭",呼噜呼噜就吃了起来,完全无视在一边惊愕不已的小姑娘。

文诗雨是一路哭着回家的,离开伤心之地的时候还没忘记捡起地上那个二碗。到了老宅,已经是个泪人儿了。

文诗雨伤心伤意地边哭边诉:"来的时候人家就想吃一坨的,都没舍得!呜呜呜呜!"

几个大人一起安慰,这才让小姑娘转为抽泣。

文大同也不知为什么就想笑,又不好意思当着依旧伤心的侄女,最终憋成了骂:"狗东西的,太不像话了!光天化日之下,还有没有王法?"

老太爷说:"你还不要说,能明目张胆做这种事,脸都不要了,肯定也是饿老火了。"

大太太就吼:"饿老火你也不能抢娃儿的东西嘛?土匪啊?!"

老太爷说:"我没说可以抢娃儿的东西啊,只是在分析情况。文大喜也是,一碗红烧肉么,你们家几爷子吃了就完了,何必浪费人力端来端去?"

大太太突然想起,说:"哎哟!幺太太嘞,不晓得现在还买得到肉不?"

幺太太的反应还是那么快,说:"大太太的意思……买一点来补上,免得文大喜他们回来又生一回气。"

大太太用手点着幺太太,一脸不得不佩服的表情,说:"不佩服都不行!要不说老姐妹几十年了……"

"好喽好喽!"幺太太止住了大太太的恭维之辞,放下手里的针线活,起身就走,边走边说,"现在只怕没什么好的了,管他的,做成红烧肉估计文大喜也看不出来。"

那天晚上,文大喜真没看出此红烧肉非彼红烧肉,还一个劲地劝大家,说:"爹,妈,还有幺太太哈,你们多吃点!这种好事我们单位也不是经常有,你还不要说,味道还行哈?"

文诗雨到底是娃儿,眼窝浅,听着听着眼泪就出来了。

文大喜不解,说:"哟!咋个嘛?也是也是,好久没吃了……那也不至于哭啊?"

大太太赶紧打圆场:"你以为喽!人家小姑娘一个人端那么远,手杆肯定酸嘛!"

"哎,大喜啊,"老太爷马上接住话茬,说,"你们单位不是办报纸吗,怎么还养起肥猪来了?"

文大喜说:"不是困难时期吗?原先囤放纸张的仓库,空地上修一排猪圈,伙食团的残汤剩饭都往那里送,一举两得的事情,这不是见着效果了吗?"

"还有还有……"见文大喜的脸又准备转向文诗雨,老太爷赶紧,"听说啊……最近苏联人跟我们干上了?"

文大喜只得把脸转了回来,说:"听说是。"

"怎么会呢?"老太爷没让文大喜再顾及其他事情。

文大喜说:"我也是道听途说哈,是这样,6月下旬的事情,社会主义国家的共产党和工人党在罗马尼亚的布加勒斯特开会。我们国家是北京市市长彭真率中共代表团参加的。据说大会前夕,苏共代表团突然公开散发苏共中央于

6月21日致中共中央的通知书,对中共进行了全面攻击,而且由赫鲁晓夫带头对中国共产党进行围攻,赫鲁晓夫是苏联的一把手,和毛主席一样。到了7月16日,苏联政府突然照会中国政府,单方面决定撤走全部在华的苏联专家,撕毁几百个协定和合同,停止供应重要设备。不用说,肯定就加重了我们国家眼下的经济困难局面。"

"耶!"老太爷一脸不解,说,"那时候不是说'苏联老大哥'吗?"

"哎呀!那是两家好的时候喽嘛!"大太太说。

老太爷说:"哦,意思现在是不好的时候?"

文大喜说:"对。"

"看来还是罗贯中那句话,"老太爷摇晃着脑袋说,"天下大势,分久必合,合久必分啊!哈哈!"

没人知道老太爷的"哈哈"是什么意思,不知道是在赞许罗贯中论断的精辟呢,还是在表扬自己恰到好处地加以引用。

4

无论政府后来如何定义这个时期,"三年自然灾害"也好,"三年困难时期"也好,老百姓都用最切身的体验说话,他们称这几年叫"饿饭那几年"。

的确,人是铁饭是钢,一句话就说明白了"饭"和人的关系。老百姓通常也是拿"饭"来说事。比如,哪里出现了一个恶人,老百姓就说,"三天不给他饭吃,你看他恶不恶!"

为了一口吃的,人们想尽了办法。乡下人只能向土地伸手,地里有什么,能吃的和不能吃的都试一试,断粮的时间一长,吃什么的都有。城里面好一点,每月的几十斤粮食不论粗细,没断过。另外,人们还不断寻找一些能够食用的替代品,比如,小球藻。

用搞生物研究的人的话说,小球藻是一种球形单细胞淡水藻类,直径3至8微米,是地球上最早的生命形态之一,是一种光合植物,以光合自养生长繁殖,其分布很广。小球藻的另外一个特性是生长繁殖速度快,是地球上动植物中唯一能在二十小时内增长四倍的物种。除此之外,小球藻的蛋白质、脂肪以及碳水化合物的含量都很高，还有多种维生素。这就是人们相中小球藻作为替代食物的原因。

跟大炼钢铁的情形类似，哪里只要有一块能充分接触阳光的空地，都被人们搭起一砖头高矮的长方形小池子，用来培养小球藻。

报社楼顶阳台的大片空地就被充分利用起来，小池子如雨后春笋般出现。很快，小池子里面的水变成了绿色，密度也渐渐增大，等到稀饭一般黏稠度时，人们开始有了"收成"。

"成熟"的小球藻被用来加工成各种食品，有和面粉一起做成的小球藻饼干，还有小球藻牛奶。其实小球藻牛奶里面没有牛奶，不过是往小球藻里面加一些甜味剂，充分搅拌之后装入牛奶瓶，被命名为"小球藻牛奶"的营养饮品。

因为"饿饭"导致的营养不良，很多人都得了浮肿病。症状就是脚杆泡泡的，亮亮的，一按一个坑。各单位就把因地制宜生产的小球藻牛奶和饼干分给得病的同志，以补充营养。当然，没有生病的同志也有加强营养的需求，以防止浮肿病。这样，文家人就尝到了从未听说过的、绿颜色的小球藻牛奶和饼干。

老太爷嚼着小球藻饼干，还评论："嗯嗯！还行哈，是饼干的味道，就是颜色有点怪，绿茵茵的。倒是'牛奶'言过其实了，哪里有什么牛奶的味道嘛？还是甜的，都不用放糖了。"

娃儿们当然高兴，不仅好吃，还是从没听说的东西。一个个都像牢里放出来的，生怕自己吃少了。

大太太就喊："哎哎哎，有点样子哈！"

幺太太说："有个单位靠着还是好，原来听都没听说过的东西，现在都能尝一点。"

大太太一听就来气，说："好哪样好？给你一点绿颜色的饼干，然后把你家儿子打成右派！"

幺太太不紧不慢，说："那倒是不应该。但是，是右派在前，小球藻饼干在后。"

大太太吼道："你管他谁先谁后，总之是他们没有道理！"

"哟，大太太还跟我吵上了？"幺太太声音仍然不大，完了还马上把话题转移开，说，"耶，不晓得谢孃的罐罐饭上锅了没有？文大喜家几个今天过来吃饭，我看看去。"说完走了。

大太太自己都觉得没趣，解嘲道："我主要是讨厌人家整文大喜！"

"你呀，"老太爷说，"这种话吗，人家在的时候说嘛。人都不在了，说来哪个听嘛？"

大太太气不打一处来，吼道："我自己听，行不！"

老太爷说："好好好！行行行！你这个人才是……"

"我晓得喽！"大太太直接打断对方，粗着嗓子说，"我当然没得人家幺太太……"

大太太和老太爷的"战火"眼见着要被点燃的一刹那，被文大喜一家人的到来给终结了。就听见四个娃儿"老太爷大太太"地喊成一片，搞得两个人的耳朵根本不够用。

文大喜把一个小布袋放到大太太身边的桌子上，说："妈，这是今天我们几个的米，你收着。"

大太太说："哎呀！哪个兴搞得这么一丁一卯的哦？"

"妈——"柳文君一直说一口福建口音的普通话，多少年了，改不了。她说："我听大喜说过，要是从前，没人跟家里人吃饭算账的道理。现在不是困难时期吗，不过是把应该在家煮的米，拿到这里来煮。是吧？"

大太太想想，说："好好好，就依你们一回。"

文大喜说："按道理还该拿一点菜金的……"

"嚯哟！"老太爷听不下去了，说，"你们也是越说越不像话，菜金都出来了！"

柳文君马上说："大喜是在开玩笑呢。"

老太爷说："开玩笑？那还差不多。耶，你们家今天……倾巢出动嘞，是个什么题目啊？"

文诗仙马上接茬说："老太爷，今天是阴历八月初二，我满七岁！"

"哎哟！哎哟哎哟哎哟！"老太爷一边叫，一边把文诗仙拉到怀里，抱紧了说："原来是个小寿星哦！这回好了，老太爷必须喝一台酒了！来来来，先在老太爷脸上亲一嘴！"

长得小乖小乖的文诗仙马上在老太爷脸上"啵"地来了一下。又跑过去在大太太脸上来了一下。恰好幺太太进来，小姑娘根本不用吩咐，上去把幺太太拽得弯下了腰，一边脸上来了一下。

幺太太做惊讶状，说："哟，这又是一个哪样情况嘛？"

老太爷马上接茬："人家今天是寿星！"

"九月初九？我说嘛！"幺太太用手指勾引着小姑娘，说，"过来过来。"

等文诗仙过来了，幺太太一把抱住，在她脸上一边还了一下，还发出很夸张的声音，"嗯啊！嗯啊！"

文家的规矩连柳文君都知道。等到谢孃把当天所有"撬"菜都起锅之后，她去厨房给文诗仙煮了一碗宽汤面，然后煎了两个荷包蛋，用筷子把两个鸡蛋在面条上面摆成自己心仪的样子，两手端着，亲自送到了文诗仙面前。

是金雨天带的头，大家鼓起了巴掌……

大圆桌中央分散摆着五个菜碟，中间一钵素瓜豆，据说这是谢孃一大早去卖肉的那个菜市场"抢"来的。包括谢孃，文家的十五个老少爷们把大圆桌围得紧紧实实的，每人面前一个罐罐。大家都等着，等老太爷发话。

"哎呀！没想到我们家文诗仙都七岁了哈！一眨眼就到了上学的年纪。我还记得那年四家人一起办的满月酒，抱在怀里面眼睛鼻子都分不大清楚！现在好了，长大了，可以去打酱油了！就为这个，我们也得整一杯。桌子上面虽然简单一点，那也是人家谢孃辛苦了一天的成果！来，为我们……一家人……不断地团团圆圆，干杯！"老太爷端起酒杯一仰脖，吞下了几十年一成不变的茅台烧。

吃完了罐罐饭，乘着人齐，老太爷提议顺便来个"神仙会"。

神仙会的前身就是"形势分析会"，是老太爷说神仙会更简单明了，大家都觉得确实更符合"聊天"这样的民间聚会，于是改了过来。

文大喜想想说："可以的，只是稍微早一点收，我怕几个娃儿困了……要不我让他们先回去？"

老太爷说："也行，两边都不耽误。"

老太爷之所以想开会，是因为上一年的3月，因为武装叛乱被中央人民政府下令解散了西藏地方政府，取而代之的是西藏自治区筹委会。10月25日，西藏自治区筹委会举行第35次常委扩大会，会议通过了《关于颁发土地所有证的指示》以及《关于赎买未参加叛乱农奴主及农奴主代理人的多余生产资料的赎买金的支付办法》等文件。

报纸上把这个消息放到"地方要闻"里面，但是文家老大只看"赎买金的支付办法"这个关键词。特别是"1300多户未参加叛乱的农奴主和代理人的90万克（15克相当于1公顷）土地和82万头牲畜由国家支付赎买金4500多万元"这一句，让这个曾经也被赎买过的"地主兼资本家"产生了想法。

　　老太爷说："都是赎买，而且赎买的同样是土地和牲畜，我就不明白喽！农奴主应该就是我们这边的地主吧？"

　　"是。"文大喜说。

　　"那么，"老太爷说，"西藏的地主，赎买土地；我们这边的地主，没收土地！为什么不一样？"

　　"爹呀，"文大喜说，"你说的确实是这么个情况，是这样，据我所知，因为土地改革和西藏的民主改革，时间上差了……差不多九年，这期间，各项政策都在不断调整、改进，就是说政策有了变化，这是一；二、共产党历来对于少数民族地区都有政策倾斜，这叫民族团结。所以，两个时期的两个事情不能混为一谈，各是各。"

　　"各是各？"老太爷好像明白了，说，"耶！你是戴着帽子的右派分子嘞，怎么帮着共产党讲话呢？"

　　文大喜摆摆手，说："爹呀，《道德经》里面有一句话，'天地不仁，以万物为刍狗；圣人不仁，以百姓为刍狗'，我的理解，不论天地还是圣人，对万物和百姓都是一视同仁的；反过来，做百姓的就能为了一己之私而信口雌黄吗？假如那样的话，我们家也不配挂这块'行德崇文'的匾！反过来说，正因为我们家长期以来的堂堂正正，因此，我们家才配得上这块'行德崇文'匾！"

　　文大同看着爹，老太爷看着文大喜，文大喜看着匾，最终，三个人的目光都落在匾额上……

　　这当儿，大太太和幺太太相携而来，一见三爷子那阵势，大太太就说："哟，那上面怎么了嘛？"

　　老太爷说："没怎么，看看。"

　　"嚯！"大太太说，"三个人一起看匾，有点稀罕哈。"

第四十八章

1

当 1961 年元旦的第一缕曙光照亮中国的山川平原时,人们当然希望同时也带来一点新气象,或者说带来一点转机。太多的中国人都盼望着能有一顿饱饭吃,不再饿饭就是他们最大的幸福。

很多时候,人的心愿很渺小,渺小得都不好意思说出口,怕人家笑话。

除了光亮,曙光确实没有给人们带来别的什么。不仅如此,随着粮食及副食品供应的日趋紧张,日用工业品也出现短缺,很多地方出现了小商品生产下降和市场供应紧张的现象。市场上的锅、碗、瓢、盆、筷子、鞋钉、奶嘴儿、卫生纸、食盐、火柴,甚至缝衣服的针,都出现了供应不足,甚至脱销的现象。说穿了,是"计划经济"没顾上这些针头线脑的小事情。

于是,国家按照供应食肉那样行之有效的办法,各地对紧缺商品也实行凭票供应。以居委会为单位发票,按人头每人先发一大版编号从 1 到 100 的购物券,然后再根据需要,规定几号票买棉线,几号票买蜡烛,几号票买香烟。一般不是顺着编号走,而是临时出一个通知。比如,这个月买香烟用的是 17 号票,下个月再买香烟也许就成了 43 号。所以,每家的整张购物券上面都是东一个窟窿西一个窟窿,巾巾吊吊的。

吃的东西更不用说了,盐巴、酱油、醋,凡是跟吃有一点点关系的,全都凭票供应。

1 月 7 日,中共中央批转了轻工业部《关于紧急安排日用工业品生产的报告》。报告说,为了解决脱销问题,对日用工业品,特别是小商品生产,必须按市场需要，区分轻重缓急，按行业、按品种进行全面安排。

计划经济最大的特点就是"计划"。包括火柴、缝衣针、鞋钉，都按照国家事先制订的计划生产，无关巨细，没有例外。这个方法是从苏联人那里照搬过来的。办法是苏联人按照"有别于资本主义"的思路设计的，之前没人用过。行不行、好不好用都不知道，他们自己也在试。相比于资本主义国家市场经济的按需生产，现在看出计划经济的弊端了。

鉴于国民经济面临的严重困难，1月14日，中共八届九中全会在北京召开。会议决定从1961年起，对国民经济采取"调整、巩固、充实、提高"的八字方针；同时决定建立东北、华北、华东、中南、西南、西北六个中央局，全称比如"中共中央西南局"，在原先中央和省的建制中间，新增加了一级机构。

日子再艰难，有些事情你还不能停，该做还得做。比如，二老爷家的独巴丁——文心宽的婚事。

文心宽已经二十七岁了。换到旧社会，兴许妾都有了，真到了不能再拖的年纪了。

大学毕业第二年，张军遵照二老爷的叮嘱，介绍了一个他们单位叫王晓芳的女警察和文心宽谈起了恋爱。姑娘倒说不上漂亮，但是身材好，高挑个子，皮肤也不错，细细的，白白的，人也大方，"爷爷奶奶"地不停嘴，喊得二老爷心情相当好。

二老爷当然不看重嘴巴甜不甜，关键赶紧把事情办了好接着往下"走"，但是事与愿违，人家当事人不干。细想一下，除了年轻时候讨老婆，二老爷在这个家里真没有什么事情是随了他的意愿的。一来，人家文心宽刚刚参加工作，不说仕途么，努力工作肯定是本分。二来，人家新青年都讲究享受谈恋爱的过程，花前月下的，你侬我侬，多好！三下两下就把婚给结了，多没趣啊。三来，文心宽跟文心雷一样，不想让二老太爷牵着自己的鼻子走。

所以，文心宽给二老太爷的答复是："你老人家不急，哈！婚姻是爱情的坟墓呢，急哪样喽？"

"嘿！"二老爷说，"你倒是不急哦！"

文心宽说："对啊，我都不急，你老人家急个哪样嘞？"

而且，文心宽之所以底气十足地跟老人家唱反调，是得到了文心雷的鼎力支持的，这也是二老爷无可奈何的原因。

去年，恋爱也谈了一年多了，理论上"结"也行。但是，越发严重的困难局面让一直力挺二老爷的柳月红都没了底气。一家人围成一圈吃饭，每个人面前一个让人伤心的罐罐，吃了比不吃好一点，根本没办法消除时时刻刻都如影随形的饥饿感，哪里还有心肠办喜宴嘛？而且，每人每月24斤粗细粮食、一斤肉、二两菜油，你拿哪样东西给客人吃？二老爷内心再煎熬，也只能等待，等的时间一长，心烦意乱是肯定的。

所以，当辛丑年的元宵节到来时，二老太爷准备乘着一家人团聚的机会，再来一回旧事重提，心烦意乱也要提。

元宵节是阳历年的3月1日，八九第七天，惊蛰还差几天。因为不是休息天，柳月红计划好了的，晚餐除了罐罐饭，一人外加一碗汤圆，白糖花生馅，一碗六个。

自从赵青梅归了刀把镇，二老爷家这边再没有跟二老太太比高低的人了，虽然之前也一直当家做主来着，现在连心里的阴影都跟搬石头一样搬开了，当然会敞亮得多。现在二老太太的一些决定，连二老太爷都不敢吊歪。

"吊歪"也是我们这边的俚语，轻视、不理会、顶撞等意思，看你用在哪里。

那天，二老太爷家这边也是聚集一堂，二老太太还把文霏霏和胡瓜一起喊了过来，以彰显当家人的胸怀。现在二老爷家这边，平常吃饭的人不多，做饭的事情以谢知雨为主，二老太太和三老太太帮着，从买、做到收拾，三个人商商量量地进行，一点看不出婆媳关系难得整的情况，一直和谐来着。

文心宽的对象王晓芳也来了。见着人就喊，还笑嘻嘻的。时间长了，一家人都喜欢这个在公安局搞痕迹检验的女警察。当然，王晓芳来二老太爷家吃饭不用自己带粮食。只是二老太太自己觉得用罐罐饭招待客人不雅，有限制人家肚量的意思，又想不出其他办法，只能用笨办法，就在王晓芳的那个罐罐的沿口上贴一小块白胶布，以示专属。贴了白胶布的罐罐里面每次都比其他罐罐多放一点米，放上同样多的水，让这个罐罐里面的饭一定比其他罐罐扎实。这已经成了惯例。二老爷家人人都知道这个情况，唯独王晓芳不知道。

文心雷家一家一定不会空手来，只是不用拿米，而是用粮票，也不是来一次拿一次，一个月差多少，文心雷一次性补上。

那个阶段被老百姓称为"困难时期"，搞得大家饿肚子，很多时候连该有的风度都顾不上了，特别是小娃儿，没有一天听他们说过"吃饱了"三个字。不过那天还好，圆滚滚的六个汤圆扎扎实实的，连汤带水整下去，至少暂时缓解了饥饿感。

文心雷摸出一块叠得方方正正的白手帕，展开了擦擦嘴，说："耶，不是二老太爷有话要说吗？"

"是是，"二老太爷马上说，"是这样，还是我们家文心宽的老话题。我和二老太太商量下来，娃儿今年二十七了，我那个时候……"

"二老太爷，麻烦你说我们这个时候！"文心雷打断二老太爷，她怕二老太爷当着王晓芳的面冒出点什么不该说的话来。

"哦，"二老太爷说，"我们这个时候……哎呀！不要打岔嘛！去年就说了的，文心宽的事情等日子好转一点再说。好，现在看来，莫非我们今年再说一遍同样的话？那要是明年还不行呢？等到猴年马月啊？对不对？所以，我和二老太太、三老太太，我们三个老人家的意思，今年一定把事情办了！就是家里人聚一聚，吃什么不打紧，关键娃儿拖不得了嘛！"

"确实！"柳月红打了一回帮帮腔。

文心雷看着母亲，说："妈。"

谢知雨眼睛看着桌面，脸上没什么表情，说："也是，二十七了，也该。这日子什么时候能好转，确实没个准头。"

文心雷看看周慧敏，说："三老太太呢？"

周慧敏说："应该的，应该的。"

张军一看老辈子都轮完了，马上说："这不是万事俱备了？挑个日子就中。"

二老太爷一听，马上说："我和二老太太已经找人看过了，阳历年的5月4日……"

"那不是五四青年节吗？"文心雷说。

二老太爷说："就是！"

文心宽说："那为什么不选五一劳动节呢？"

二老太爷说："看了的，青年节那天是辛丑年壬辰月的丁酉日，宜祈福，宜祭祀，宜嫁娶！"

文心宽说:"这样哦。"

"好!"文心雷说,"那我们就按二老太爷说的办!"

就这么一句多少年都没听过的暖心话,二老太爷身体里面的热血直朝着脑门心那儿冲,感动得不行。就为这句话,虽然那天饭桌上的菜肴远远谈不上丰盛,二老太爷仍然把自己灌了个酩酊大醉,根本没人喊得住。最后是张军、胡瓜、文心宽三个孙辈把他抬到床上去的。

2

五四青年节的源头是1919年在北京举行的反帝反封建的五四运动。1939年,共产党领导的陕甘宁边区"西北青年联合救国会"把5月4日规定为陕甘宁边区青年的节日。1949年12月23日,中央人民政府政务院正式颁布通告,5月4日扩大为新中国全体青年的节日。

二老太爷知道有这么个节日,但是并不知道它起源于1919年的五四运动,他只关心黄历里面的"宜嫁娶"三个字。

在中国,最早由皇帝颁布的、带有每日"吉凶宜忌"的历书叫"皇历",辛亥革命推翻了帝制,取谐音成了"黄历"。黄历的主要内容为二十四节气,以及每天的宜忌,以及干支、值神、星宿、月相、吉神凶煞等。就是一本预知未来的书。这当然有个前提,就是你要相信黄历上说的。二老太爷就相信,而且是笃信。随便一个什么事情,都要翻一翻黄历,看看是否适合办事,都成了生活必需了;如果碰上的事情大一点,还要请算命先生仔细推演。

由于新社会取缔了算命这个行当,二老太爷就自己翻黄历,自己推演,反正宜什么忌什么上面都写得清清楚楚的。

据载,唐太和九年(835)就有了木板刻印的皇历。到1961年,已经1100多年了。

为筹备文心宽的这一台喜酒,二老爷家一家人费尽了心机。

元宵节那天,二老太爷当着全家人红口白牙说的"就是家里人聚一聚,吃什么不打紧",现在已经不作数了。

二老太爷说:"那个?那时候你不把事情说得轻描淡写一点,不容易通过嘛。你想想看，家里面就这么一根独苗苗，这辈子也许就讨这么一个老婆，对吧？再困难，三亲四戚你总要请吧？否则人家说你看不起人是轻的，背后骂你一顿，影响不好嘛！对吧？"

柳月红说："哎呀！颠来倒去说了多少遍了，大家不是都同意你办一台酒席了吗？"

二老太爷说："我是说给三老太太听的！"

周慧敏就说："那也多少遍了呀！"

"耶！"二老太爷说，"当真解放了是不是？一个个都翻身做了主人了？"

"我们原本就是主人，哈！"周慧敏说完，头也不回走了。

二老太爷就骂："咦！老子真嘞撞到鬼喽！婆娘婆娘这样，孙子孙子那样！咦！"

吵归吵，那些结婚筵席上必需的东西还得一样一样去找。首先头痛的是肉票，一家人只能提前数月就停止买肉，把肉票集中起来等着"青年节"用。为此，二老太爷还怂恿柳月红去隔壁大老爷家借一些，说以后还。

柳月红说："这种事情还是你老人家亲力亲为的好。"

二老太爷就念叨："哎！要是赵青梅还在……啧！"

"你这个人啊，落河是命，上岸是财！现在想起赵青梅来了？真是的！"柳月红说完摆摆手，意思懒球跟你费这些口舌，走了。

因为两个院子中间只隔着一道矮墙，什么话飘也飘过去了。也不知道刘彩云怎么就得知了隔壁院的情况，二话没说，集中了那边院子大小人头的九张肉票，为了凑个整数，还跟柳文君要了一张，让金雨天送了过去。

柳月红接过肉票，说："哎呀！怎么能连累你们家嘛？"

金雨天说："二老太太，一家人不说两家话。大太太说了，这是我们家对德范同志的一点心意。虽然微不足道，急人之难总是人之常情。大太太还说，如果需要，我们把该给的礼金提前送过来，也方便你们这边安排。"

"哦哦。"柳月红笑笑，除了客气一下，也是认可大太太想得周全的意思。

金雨天懂的，说："那好，我会转告大太太。"

等金雨天走了，二老太爷问："哎，她怎么知道你笑笑就等于点了头呢？"

柳月红说："这些么，京剧里面都有的。也不晓得你当初看那么多戏，都看谁去了！"

"耶！"二老太爷说，"怎么又转到我这里来了？"

五四青年节那天，风和日丽。

一大清早，东边山峦那儿比往常都亮，就预示着今天的太阳好，而且出得早。好天气能影响人的心情，心情一好，其他方面弱一点也容易被忽略，再加上晚餐时间有一台酒席等在那里，这对收到二老爷家请柬前来赴宴的客人来说，无疑是对饿了好长时间饭的人们的一次犒劳。

因为人客多，大老爷家这边又被借用了一回。

这一次谢孃打下手，大师父是艺校京剧班学花脸的一个学生的家长，听说结婚的是文校长的兄弟，人家连红包都不打算要，说"纯帮忙"。另外，张军的一个熟人头天晚上按桌数送过来五条一尺长短的鲤鱼，说是水库里养的，这才是画龙点睛的事情。文家人上一次吃鲤鱼，至少是两年之前的事情了。而且人家学生家长说了，一定让大家尝尝自己的看家本事——一道酸甜味的"菊花鱼"。

办酒席很费原材料，即便二老爷全家忍了两个月的嘴，加上大太太给的十张肉票，办成五桌酒席仍然很难有一个诸如红烧肉、回锅肉那样的全肉菜，只能退其次整成谢孃那样的"撬"菜。当然，谢孃的"撬"跟人家学生家长的"撬"肯定有相当的差距。本身手艺不用讲，再加上混杂着讨好文校长一回对自家儿子的前程有帮助的"想法"，最终端上桌子的菜肴，谢孃的"撬"菜不是差着一点两点。特别是那道"菊花鱼"，颜色金黄，香气扑鼻，让所有来宾啧啧称奇不说，个别心急的居然流下哈喇子来，趁人不注意，赶紧抹掉。都是饿饭饿老火了。

那天晚上，二老太爷穿戴得很精神。虽然文心雷之前打过招呼，请他老人家不要打扮得跟地主老财似的。无奈二老太爷的衣服全都是地主老财的款式，最终由二老太太帮着找了一套相对朴素一点的，只不过人人看了都说依然是个地主老财。没办法，谁叫他们文家一直都是地主老财来着？

二老太爷家这边能来的都来了，另外还请了几个旧社会相识的老朋友，二老太爷除了"亮绍"一下自己家的这个单传独苗的"成人大礼"，也是请老朋友喝一台酒的意思。除了茅台烧，没想到还有"菊花鱼"，无疑是困难时期的高级礼遇了。

老太爷家那边当然一个都不少，文心雷还请幺太太通知了茅台镇大姑爹一家。那天徐子带着小女儿徐天仙来，还被大太太埋怨了一通，说为什么不都带来？

徐子笑笑说："都上学呢。"

文心雷过来口头通知那天，幺太太就多了个心思，她问文心雷能不能把徐天媛和马伟泊家小两口都喊上，说娃儿们也是饿老火了的。文心雷当然满口答应，说麻烦幺太太再想想，别再遗漏了谁。

茅台烧是二老爷家前些年囤下的，本来够他一个人喝一阵子的，为了独巴丁，二老爷也豁出去了。更重要的，是那天破天荒没用罐罐蒸饭，柳月红想好了的，就寅吃卯粮一回，吃完了这一顿再想办法。

那天晚上，还出了一个小插曲。

因为筵席照例摆在小戏台那儿，事先牵了好多盏电灯，到处照得亮堂堂的。桌子一摆开，人声一起，居然让老太爷走了神。恍然有了点老母亲蔡花蕾做寿那样的热闹；仔细一听，连"麻姑献寿"里面的锣鼓点子都出来了。后来才知道，都是老太爷的幻觉。

是嘞，八十四岁的人了，有点幻觉莫非不正常？

多少年了，小戏台再没有了当年的风光；曾几何时，这里上演了多少人间悲喜剧，一幕一幕，仿佛都在眨眼之间。一眨眼，画面感十足的往事浮现；又一眨眼，马上变成了眼前有点炫目的灯光……

是幺太太发现了老太爷眼睛里面的泪光，赶紧碰了他的手臂一下，小声道："哎，这是二老爷家酒席哈！"

"哦！哦哦！"老太爷回过神来，说，"我怎么好像听见了母亲的声音？"

幺太太从口袋里摸出一块手帕塞给他，用手挡着自己的嘴巴，说："擦擦你的眼睛。今天是文德范家儿，文心宽娶媳妇，想起来了吧？"

"哦——"老太爷点点头，这回真的想起来了。

3

五四青年节那天的结婚筵席上，幺太太还得知了一个消息，让她有点为难。

马伟泊告诉她,他被人民银行安排到农村去锻炼。

这个时候到乡下去,明摆着就是去吃苦,"吃苦"就是锻炼。这对于马伟泊这样的小青年不是坏事,但对于他的那个小家庭就是个大事情。因为侯雅蓝怀孕了。

结婚两年多了,侯雅蓝的肚子一直没动静,小两口都开始梳理家族里面是不是有不孕的先例之类的先天原因了,排除之后再去医院,男生女生都检查一遍,结果竟然是少精症。

少精症比无精症强一点点,至少有一些。医生说了,假以时日是可以治好的。造成少精症的原因很多,马伟泊也懒得一项一项去排查,准备找一个中医先治治看。他知道文家的世交小神仙在中医院,但是他不敢去找,怕事情传到文家人的耳朵里面去。他不是担心自己的脸面,而是担心大妈知道了会产生不必要的联想,而且,她肯定会联想。

于是,马伟泊找了个跟文家没有关系的老中医,拣了中药回来慢慢熬。自打那天起,只要有人问起生娃儿的事,两口子统一口径说女方准备缓一缓再说,包括对大妈。

终于有一天,药汤不负有心人,侯雅蓝突然发现有一段时间没来桃花癸水了,赶紧挂号找老中医把脉,人家一句"恭喜了",让两个人当着人家老先生的面抱在一起哭了好半天。

马伟泊小心翼翼搀扶着侯雅蓝回了家,立马将对方当作重点保护对象保护了起来。凡事亲力亲为,决不让侯雅蓝碰一个手指头。这也符合做了"错事"的男人的心理。

哪知道就在这个当口,单位通知马伟泊下乡锻炼。领导还煞有介事地小声告诉马伟泊,说这是组织考验的一部分。这让马伟泊已经到了嘴边的"托词"硬生生又咽了回去。回家跟侯雅蓝一说,侯雅蓝也觉得该"咽"。

"咽"一回托词倒是简单哦,接下来的一系列事情可就麻烦了。

首先,侯雅蓝的爹妈正当年,各自在家乡的单位干得正带劲,根本不可能过来照顾女儿;家里有个老外婆吧,无奈侯雅蓝的下面还有三个弟弟妹妹需要照顾,加上一家人的一日三餐,意思侯雅蓝娘家那边没有人选;侯雅蓝的爹老家在山西,参加解放军跟着部队南下过来的,在这边没有一个亲戚。

马伟泊家这边更不用想,后妈决不会抛下自己家儿女来照顾别人家的儿媳妇，这是一；二，即便马伟泊的爹愿意来，老公公照顾儿媳妇？那也不成体统啊。所以，死马当成活马医一回，马伟泊决定找大妈。而且他跟侯雅蓝悄悄说，说估计大妈不会拒绝。

果然，幺太太没有拒绝，说容她考虑考虑。

家里平白无故添一个不是自家人的孕妇，幺太太肯定为难，必须考虑考虑。当然，需要考虑的只是和文家人的关系问题，因为幺太太是愿意承担起照顾侯雅蓝的责任的，还不要说马伟泊下乡事关娃儿的仕途，即便没有，幺太太也是愿意帮这个干儿子一把的。只不过，之前需要给大太太做好工作。

解放的时间一长，连幺太太都学会了共产党的"做工作"。

还是老套路，先给老太爷一五一十说清楚，然后再根据大太太的心情相机行事。同样，金雨天的配合也是重要因素。这一回，幺太太干脆事先给金雨天一五一十说了，就等老太爷那边"相机行事"。

那天，家里的气氛很融洽，没有什么让人心烦的事情。大家闲言闲语的时候，幺太太看准机会一五一十把事情一说，仍然是老太爷首先发言，说："哟，不晓得生个哪样哈？"

金雨天跟着就说："耶，侯雅蓝终于想生娃娃了？"

大太太看看金雨天，再看看老太爷，想想说："我咋个觉得……就我一个人被蒙在鼓里的意思嘞？"

幺太太赶紧说："大太太多心了，都是刚刚才晓得！真的都是刚刚才晓得！"

大太太说："而且……他们两个那意思，好像都同意在先了，就等我来拍板似的？"

老太爷说："哦哟！天地良心，真是你多心了！"

大太太对着金雨天，说："当真？"

金雨天一脸虔诚，说："千真万确！"

大太太说："要是这样，莫非我刘彩云会憨到当一回恶人的地步？"

老太爷马上说："呃！我们家大太太就是这点好，仁慈……"

"打住！"大太太说，"我不管你们商量没商量，说一点真心话哈。那年，文家老大奄奄一息的时候，人家小眼睛二话没说，站出来就帮你冲了喜！我那个时候就想好了的，从那一天起，今后只要是小眼睛的事情，我刘彩云，绝不会说半个'不'字！这叫什么晓不晓得？叫情义！"

"大太太！"幺太太先哭。

紧跟着金雨天的眼泪也流下来了。

老太爷的眼睛也红红的。

只有大太太，一脸的笃定，说："幺太太今后也不用绕弯弯了，有什么事，尽管说！"

就这样，侯雅蓝在马伟泊下乡的那天搬了过来，就住在文珠当姑娘时候的那间屋子，不要说侯雅蓝一个人，他们两口子住都宽宽敞敞。铺盖笼帐都是现成的，用老太爷的话，带上饭票就行。

侯雅蓝不光把购粮本上的定量换成粮票如数交给幺太太，还按照大太太说的一个标准，每个月开支那天把菜金交给幺太太。

"多双筷子多个碗的事情，有哪样嘛？这要是换到从前，哪个敢问人家收饭票，我腿都给他打断！"老太爷说完这话，眼睛扫了一圈，意思这个地方应该有人配合一下。

大家果然咧着嘴笑笑，也算是配合。

就为这个事情，大太太请张军托关系买回来一只大红公鸡，和那只一直下蛋的老母鸡配成了一对；配对之后下的鸡蛋用铅笔做一个记号，放在一个专门的小竹篮里摆好，直到母鸡赖抱。大太太让谢嬢把画了记号的十五个鸡蛋放进新打造的孵蛋窝里，老母鸡便开始工作。

全家人都知道，这是大太太为侯雅蓝准备的。

侯雅蓝在给马伟泊写信时，如数家珍一般把事情描述之后，说爹妈对她也就是如此了。马伟泊回信说，"大妈就是我们即将出生的娃儿亲亲的太太"。

20多天之后，鸡娃们争先恐后出了壳，一家人高兴得不得了。老太爷想想，这是他们文家自光绪二十六年（1900）搬到贵阳之后，第一次有小鸡娃诞生。

高兴了一段时间，问题出来了。15只鸡娃包括它们的爹妈，一天的食量不比一个娃儿少。原先家庭养鸡，剩饭剩菜为主，添加一些苞谷高粱什么的就行。现在不行啊，根本没有剩饭剩菜不说，苞谷高粱都在购粮本的定量里面，给鸡吃了，人呢？而且小鸡娃吃不下整粒的苞谷，于是只能喂苞谷沙。如今罐罐饭里面早就掺和苞谷沙了，也就是说，省是省不下来的，如果想继续养鸡，必须想别的方法。

文家这种一直衣来伸手饭来张口的家庭，这方面的智商真不怎么样，想不出替代鸡饲料的办法来。最后还是张军，人家农村出来的娃儿这方面的思路就是开阔，根本用不着想，就看中了酒厂的下脚料——酒糟。那东西本就是粮食，不要说鸡，憋急了人都能吃。放到三年困难时期这样的大环境里，树皮草根都要吃，酒糟还真能救人一命。

只不过比起前些年，酒厂得到的粮食指标少了许多。东西一少，酒糟也成了抢手货。张军找了关系，一次买了五十斤酒糟回家。

张军通过关系买回来的酒糟，是人家一个养猪场已经定好了的，就因为有关系，生生截下五十斤，让人用板车送到了文家大门口不说，还帮忙搬到谢孃指定的地方放好。

老太爷说："钱呢？"

文大同说："人家说了，张局长已经给了。"

"哦哟！"老太爷撇着个嘴，说，"难怪隔壁二老太爷那么跩哦！你还不要说，当年要不是我给文心雷拍了这个二婚男人的板，我看他现在拿什么跩？也对也对，人家文德范连命都舍了，这就是后福！该！"

那两天，院子里到处都飘散着闷人的酒糟气味。谢孃负责把那些混合着苞谷、高粱、麦子的酱黑色的酒糟晒干，以便长期使用。

刚开始，小鸡不吃，大红公鸡吃了一些，居然出现晕乎乎的情况，走不稳，偏来偏去的，谢孃说，怕是整醉了哦。

没过多久，大红公鸡吃多少酒糟都照样挺直了身体走路，打鸣、交配、巡查领地什么的，一样不耽误。

老太爷就说："这家伙还整上瘾了。"

4

8月里，有消息传来，说民主德国政府根据人民议院 1961 年 8 月 12 日通过的一项法令，在德国的首都柏林，沿东、西德国的分界中心线砌了一道墙，一夜之间矗立在东、西德国老百姓面前。

中国的老百姓就说，隔得太近是不行，哪里像我们，隔着一条台湾海峡，哪边打哪边，都要费点脑筋。

虽然吃饭这一块出现了困难，也没让老文家几十年一直保留着的传统——"神仙会"停下来。只因为马伟泊去了乡下，老太爷原打算将文大喜吸纳进来，没想文大喜说校对的事情工作量大不说，还不能出错，所以……虽然没了下文，老太爷也能理解。确实，一个有理想、有抱负的人无端被戴了一顶"帽子"，一肚皮的委屈，哪里来的"议政"热情？没办法，只剩下了形只影单的两爷子了，缺了一只脚。

老太爷说："管他的，两个人就两个人。"

"好。"文大同说，"围墙都修起来了，莫非还是罗贯中那句老话不成？"

老太爷说："罗贯中？你是说'天下大势'？"

文大同说："对呀。"

老太爷说："你放心，一定是！包括中国。你不要看中间隔着台湾海峡，分久必合，早晚一天的事情！"

文大同说："爹呀，你说……老蒋喊了多少年的反攻大陆，怎么突然就不喊了呢？"

老太爷说："那不是明摆着的吗？喊不动了嘛。你想嘛，好比一个人一天到晚反反复复就说一句话，突然没了动静，不是人家听烦了，而是他自己喊累了。"

其实，文大同哪里会不懂得这些简单道理？不过是老太爷几十年养成的"议政"嗜好，假装自己不懂，配合一下，让老人家高兴，何乐而不为？说到底，这就是孝顺。

另外，两个大男八汉的窝在家里足不出户，既不做家务也不办业务，你总要让那些多余的精力有个去处。好比那些干完了这里又去忙那里的女人，总之不让自己闲着，男人"议政"也是一样的道理。

"哎，"老太爷说，"你说这个饭啊……究竟要饿到哪天哦？"

这是一个女人可以参与的话题，大太太马上说："哪天？你没有听说定量又要下调吗？"

老太爷说:"又要下调?!"

金雨天说:"听说幅度不大,一两斤,调一个意思。"

文大同瞪圆了眼睛,说:"意思?六亿五千万人,一人一斤就是六亿五千万斤,一人两斤就是十三亿斤!"

金雨天说:"你跟我鼓哪样眼睛喽?又不是我说的下调!"

"我估计啊,"幺太太总是在这种时候插话,说,"也是没有办法的办法,意思一个调剂一点,省下来给那些饿饭的人。听说饿死不少人,也可怜哦!你想嘛,生生被饿死,晓得是个哪样滋味哦?"

大太太说:"这个事情要问徐子,他晓得!"

"是,只有徐子体验过。"老太爷说,"就跟那年马神仙开粥棚差不多,区别只是这回是国家开粥棚。"

大太太说:"哎,幺太太啊,我看那个小什么……马伟泊他老婆。"

"小侯!"老太爷说。

"对,侯雅蓝,"大太太说,"也造孽哦!两个人的饭量,也是那么一罐罐!我看她吃得舔口舔嘴的。干脆给谢孃说一声,每天给人家加一点,你不能让娃儿挨饿嘛!"

"加!"老太爷第一个表态。

"该该该!"文大同马上跟着。

"好,"幺太太说,"那我就给谢孃说哈?"

大太太说:"说!"

"我在想嘞,"老太爷若有所思,说,"这个娃儿真要生下来了,还得起个名字纪念他家妈费七八力这一段!"

"是嘞,"金雨天说,"这种事情老太爷最拿手。"

幺太太说:"对,就麻烦老太爷一回!"

"这个啊,"老太爷做思考状,说,"那……一定要和饿饭有关系,饿饭哈?那就叫一个……满仓?"

"满仓?"大太太说,"马满仓?太老气了吧?人家一小滴滴个娃儿,你来个马满仓,万一是个姑娘呢?更难听,不行不行!换一个思路!"

"换一个思路哈,"老太爷又做思考状,说,"要不就……哎呀,'满仓'其实不错的!你想嘛,小侯现在最大的心愿是什么?不就是肥猪满圈粮满仓吗？对不对？"

"对！"幺太太说，"就肥猪满圈粮满仓了！大太太，我们不加那个马字，算娃儿一个小名，小满仓，不是很好吗？"

"不行不行！"大太太在这个地方故意喘了一口气，等大家都瞪起了眼睛，然后才说，"既然都忍痛叫'满仓'了，必须是大满仓！"

后来侯雅蓝给马伟泊写信的时候，把老太爷给的这个名字说了。

马伟泊回信时，说都不知道是男是女，要是个女生呢，"大满仓"？是不是夸张了一点点？

侯雅蓝再去信的时候，说她就喜欢"大满仓"，而且不论男女。马伟泊回信的时候就说，行行行，大满仓就大满仓。

真的，等到1962年的大年初二侯雅蓝在妇幼保健医院顺产生下一个女婴之后，还没等人家小娃儿睁开眼睛，一家人就"大满仓，大满仓"地喊开了。搞得人家隔壁床的产妇和家属都以为这边生了个男娃娃。

不光喊，还不同意马伟泊家两口子搬回家，说必须在这边坐月子，还说不把"大满仓"玩安逸了，绝不放行。这是大太太的话。

另外，大太太上一年张罗的鸡娃全都长大成"鸡"了，她让谢孃帮着挑了一只最大的，上锅之前还找出早年剩下的两个天麻，洗干净切片放进了大锅，几小时之后，鸡熟汤浓，大太太当众宣布，侯雅蓝专属哈，其他人只能闻。

只是侯雅蓝坚决不干，她也不跟大太太顶，而是去和幺太太耳语，直说得幺太太频频点头。那天晚上，每个人的罐罐里面都泡上了漂着一层黄铿铿鸡油的鸡汤，还有一块不大不小的鸡肉，包括谢孃。

因为幺太太事先已经给大太太做了工作的，所以一家人高高兴兴地喝着鲜美的鸡汤，发出一片唏呼声。

加上新春佳节，真正的双喜临门，让老文家着实高兴了一阵子。虽然餐桌上面菜肴品种依旧单调，"撬"菜总是吃安逸了的。加上那几天没用罐罐蒸饭，让几个憨吃傻胀的娃儿几乎到了往医院送的边缘，幸亏及时买来消食化气的药丸，这才缓解了一些。

吃饭的时候大太太就打过招呼的，让他们"注意点吃相"。现在又该大太太数落一回了。

大太太就喊:"哎呀,牢里面放出来的一样!"

马伟泊是春节之前结束下放锻炼的,现在又被大太太"勒令"住在这边,根本不用人劝,很自觉就参加了老太爷的"神仙会"。主要是说一说乡下的所见所闻。

"没有不得浮肿病的人!你想嘛,肚子里面空落落的,没有任何东西,喝点水吧,走起路来都听得见胃里面哐啷哐啷响。不用说干活路,坐都坐不住,只能躺着。又睡不着嘞,只能算是养精神喽。"马伟泊说得绘声绘色。

"啧啧啧啧啧!"老太爷说,"造孽哦!"

马伟泊喝口水,接着说:"那些浮肿病严重的,脸上一水的菜色,每天早上醒来感觉没有精神,萎靡不振的,疲倦得很;因为腿软,走在路上就掉进了水沟里。都说好死不如赖活着,没有吃的,赖也是很难受的赖!"

"也是哈。"文大同说,"那你们下去具体干些什么呢?"

马伟泊说:"就是去体验农民的生存状态。平时住在公社,交钱交粮票,跟着公社干部吃喝,所有公社干部该干的工作,我们都干,该下乡下乡,该发救济发救济,就是一个临时的人民公社干部。下去的时候就说去锻炼,确实,扎扎实实锻炼了一回!"

文大同说:"你回来了,下面就没人了?"

"有啊,分期分批,另外一批又下去,只是不晓得还去不去我们那个公社。"马伟泊说,"对了,大同哥,有个情况看看是不是对我们家有用。"

文大同说:"哦?你说说。"

马伟泊说:"我们一起下乡的一个省外办的干部,回来的路上给我说,说国家最近出了两个政策:一是默许有海外关系的人接受海外亲友寄回食品;二是号召劳逸结合,减轻工作负担,保存体力,不再鼓励全力以赴工作。"

"哦,"老太爷的嘴噘得很圆,说,"外办?"

马伟泊说:"省政府下面专门搞对外交往的一个部门。"

"哦,"文大同说,"只是默许?"

马伟泊说:"他是这么说的。我就想,我听大妈说过,说大同哥的……儿子?"

文大同说:"儿子,文心志,在美国。"

老太爷说:"你的意思……喊文心志邮寄点什么东西回来?"

马伟泊说:"关键是国家默许!"

老太爷说:"这个事情……远山远水的,邮寄一点吃的回来,怕是半路上就坏了!算了,算了算了,不去找那些麻烦!"

文大同若有所思,说:"也是。"

马伟泊说:"哦,我就是想起有这么一个事情,呵呵。"

这次"神仙会"之后,文大同总是忘不了马伟泊说的"默许"。突然之间就联想到那年老祖太让去刀把镇老宅挖金子,随后送儿孙们远赴美国的事情。

眨眼之间,物是人非,老祖太驾鹤西去,算算已经差不多二十个年头了;老太爷、大太太也是八十好几的耄耋之人,文心志是唯一一个没有回来的子孙,无论如何,总应该有个什么形式孝敬两个老人家一回。否则再过几年,怕是想孝敬都来不及了。

想法给金雨天一说,人家就说了一个字,"该!"

具体弄个什么东西,既表达了对老人家的孝心,也不会影响了娃儿们在外面的生活质量,两口子想了很久,最终也没个结论。确实,他们不知道美国都有些什么。

金雨天最后说:"让他们各人研究一回!"

文大同第二天就把信寄了出去。

一个月之后,文大同收到了一个来自美国的包裹。那天,文大同把文大喜家一家人都招呼了过来,当着全体老少爷们的面,文大同先把木头盒子撬开,扯出填塞在四周的美国旧报纸,再打开作为包装布的一块半旧毛巾……

"哎哟!"大太太惊呼道,"到底哪样金宝卵哦?"

"不急这一哈哈,妈。"文大同边说边拆开一层牛油纸,现出一个彩色包装盒子,上面全是英文。

"文大喜文大喜,赶紧翻译喽!"大太太喊道。

文大喜正在看美国旧报纸,就说:"大太太还不知道啊,我们家除了两个小的,都看得懂。"

"我看看,"文诗雨接过盒子,读道,"transistor radio,半导体收音机。"

"半导体？"老太爷问。

"哦，这是个好东西嘞。就是晶体管收音机，不用插电，用电池，随身带着走，到野地里都能听广播。"文大喜一口气说完了半导体收音机的所有特性。

文大同打开包装盒，小心翼翼取出里面的半导体收音机，捧在手里，说："老太爷、大太太，还有幺太太，这是你们的孙子文心志，从美国寄过来专门孝敬三个老人家的！是他的一片孝心！"

"哎呀！哎呀……"老太爷一个劲地"哎呀"。

"哎呀哪样嘛？"大太太说，"接到嘛！"

老太爷两手在衣服上擦擦，接过来文心志的"孝心"，翻过来看看，转过去看看，然后说："你给文心志说，就说老太爷、大太太、幺太太，谢谢他了！"

"啧！"大太太说，"应该是谢谢'他们'！文心志家那个对象……叫什么来着？"

金雨天说："哦，安吉拉。"

老太太说："对嘛，人家是两口子！"

老太爷说："好好好，都谢，都谢！"

5

清明节之前，老太爷找来文大同，说今年是老祖太的二十周年祭，乘着你还能跑，能不能亲自去拜祭一次。

老太爷说："从今往后，我就不再提这个事了。"

"哦，对了，爹，"文大同说，"四年前，徐子送昌寿老人去刀把镇那次就提起过，说如果将百花山老太爷的坟迁到刀把镇去，方便祭祀不说，一大家子相聚一堂，也热闹些。那次给你说了，你说考虑考虑，不知道……"

老大顿了顿，说："是啊，热闹是肯定的。我也考虑过了，那年之所以把你家老太爷葬在了百花山，是因为刀把镇毕竟是老蔡家的墓地。老太爷虽然没有直说，但是绕山绕水给我说起过他入赘蔡家的往事，话里话外啊，有另外选择墓地的意思。所以，我都没跟老太太说，就以方便拜祭为理由，为老太爷做了一回主。"

文大同说:"哦,这样哦,那就算了。"

"也不也不,"老太爷拦住儿子,说,"徐子的说法也成立的,只是……大动干戈地迁坟,就我们文家现在这个情况,人力财力都是问题。所以我就想,能不能这样呢?"

"嗯嗯嗯。"文大同拉了根凳子过来坐下,洗耳恭听。

"我在想哈,"老太爷说,"那年孙中山不是死在北京吗,后来不是埋在南京吗,中间在北京的碧云寺暂厝了四年多,南京的陵寝落成之后,他老人家……"

文大同拦住他爹,说:"爹的意思,我们也在刀把镇搞一个衣冠冢,既相聚一堂了,又没有违背我们家老太爷的意愿,还节省了人力物力!"

文家老大龇咧着嘴,在文大同肩头上重重拍了一下。表扬儿子机敏的同时,顺带也有嘉许自己一回的意思。

文大同接着说:"我争取叫上我兄弟一起,到老祖太坟上磕个头。那年他们几个前脚登上去美国的轮船,老祖太那一年就离开了我们,再没见着过一面。"

老太爷说:"那当然最好喽!"

文大同说:"我先通知徐子把所需东西准备好,争取把墓碑也搞好,刀把镇的乡亲又热情,我们争取清明节前一天到那里,一天把它搞完!"

老太爷说:"好好好!回头我给你妈和幺太太都说说,让她们也高兴高兴!"

那天下午,老太爷的午觉还没睡到钟点,文大同就急匆匆跑来了,都没等老太爷穿好衣服,开口就说:"爹!你猜我看见哪个了?"

老太爷说:"哪个?"

文大同显得几分神秘,说:"蔡晓波!"

"蔡晓波?"老太爷马上想起来了,瞪圆了眼睛,说,"在哪里?他不是被判刑了吗?"

"放了!"文大同说。

"放了?!"老太爷说,"到时间了?"

文大同说:"我正在买东西,旁边一个人喊我,我一看,居然是蔡晓波!我也跟你一样惊奇,蔡晓波却是一脸的笑容,我当然也没有不理会人家的道理。

一说，这才把来龙去脉搞清楚。上一年的12月……中旬吧，全国人大常委会不是特赦了第二批战犯吗？其中……"

"蔡晓波作恶多端嘞，"老太爷打断文大同的话说，"问题是……他算得上战犯啊？"

"你听我说嘛，"文大同说，"我也这么问他，他说特赦令里面有一条，凡是关押满了十年，确实改恶从善的，予以释放。他说他虽然够不上战犯，但是，各省也根据中央的精神释放了一批本地关押的国民政府人员，他说他因为在里面表现好，政府就宽待了他。"

老太爷摇摇头，不说话，显得很生气。

"爹，"文大同说，"我晓得你会生气，但是这个事情不给你说吧……肯定不行。但是，你如果因为这个气病了，药汤还得我们自己一口一口地吞，划不来嘛！共产党不是说了要继续摘帽吗，我们就等嘛！总有一天……我就不相信文大喜的那顶帽子能戴他一辈子！"

老太爷没动，一脸的迷惑，摇摇头，喃喃道："我是怕我活不到那一天哦！"

清明节前一天，文大同带着文心武，文大喜带着文诗雨和文涛，拿着准备好的祭祀用品，乘上了前往遵义的班车；到了遵义再转去刀把镇的车，晚饭之前便到了老宅街上的旅社门口。因为娃儿们都是请假来的，不能耽搁太久，下了车就直接去了墓地。

这之前，文大同已经和徐子商量着把文理渊的衣冠冢在刀把镇的墓地完成了的。老大找了老太爷的一顶帽子交给文大同，徐子则找人专门做了一口杉木薄棺，左边挨着老外公，右边挨着蔡花蕾，梁山泊英雄般排了一回座次。坟冢尺寸跟老外公的差不多，只是墓碑没那么大，简简单单"文理渊老大人衣冠冢"几个字，没了生殁时间以及儿孙名字等通常的内容，倒也显得清清爽爽。

虽然已近黄昏，文诗雨和文涛都是第一次上坟，什么都感觉新鲜，几朵野花或者一个金龟子就能让他们滞留好久，大人们就由着他们撒欢，文大同、文大喜和文心武干正事。不一会儿，就在蔡花蕾和衣冠冢中间铺展开了一块祭祀场地。

因为是衣冠冢落成，加上蔡花蕾的二十周年祭，文大同在供奉的物品上总体朝蔡花蕾这边倾斜一点点，场面上就分出了孰轻孰重。

香蜡纸烛点燃了之后，文大同分给每人一炷香，让大家排成两排，大人在前面，三个娃儿在后面。

文涛说："大伯，为什么我们不排成一排？"

文大喜说："听说过梁山泊英雄排座次吗？"

文涛说："我们家有《水浒》的小人儿书啊，你说的是'忠义堂石碣受天文，梁山泊英雄排座次'吗？"

"哟，晓得哈。"文大喜说，"为什么晁盖、宋江他们坐首席，而其他人只能顺着坐下面？"

文涛说："晁盖和宋江是大哥呀。"

文大喜说："对了，同样的道理，我和大伯是长辈，所以我们在前面，你们和文心武哥哥只能在后面。"

文涛说："哪个规定的？"

"哟，你还真把我问着了！"文大喜说，"中国人几千年一脉相承传下来的，老规矩了！比如，在忠义堂，'立地太岁'阮小二如果要坐晁盖的那把椅子，其他人能答应吗？"

文涛想想，说："不能。"

文大喜说："我们这里也一样。懂了吧？这就是规矩。文诗雨知道这个道理吗？"

文诗雨说："我知道啊。"

"你们三爷子完了吗？"文大同说，"要不然我们换一炷香，你们接到说？"

文大喜说："开始吧，哥。"

文大同双手执香过头，高声念道："祖宗在上，文理渊、蔡花蕾老大人在上，儿孙文大同、文大喜、文心武、文涛、文诗雨给老祖宗磕头了！跪——"

文大同带头跪下，其他人纷纷效仿……

返回的路上，文涛问文诗雨："你是大姐，大伯为什么先念我的名字？"

文诗雨说："因为你是男生。"

文涛说："男生就要排在前面？"

文诗雨说："重男轻女，莫非这个你也不懂？"

文涛想想，点点头，似乎懂一点，似乎也没全懂。

　　1962年的冬天来临之前，中国的西部边境发生了一个大事件。

　　在和印度接壤的边境线上，印度人以所谓中国历届政府均不承认的"麦克马洪线"为由，一再提出领土要求，于10月17日悍然挑起战争，妄图以武力达到他们的政治目的。

　　"印度人？"老太爷说，"难道他们不知道中国人在朝鲜跟美国人打的那一仗？"

　　马伟泊说："那不会！而且我们国家有证据显示，连那个'麦克马洪线'都是英国人和印度人编造的。"

　　文大同说："哦，那这回好了，老账新账一起算！"

　　老太爷说："问题是……明明晓得打不赢，为什么还要打呢？"

　　文大同笑了，说："爹，才开始嘞，你怎么知道谁赢谁输？"

　　"其实我真不知道能不能打赢。但是，凡是要讲个理啊！如果那个麦克马洪线真是编造的，加上他们先动的手，再加上……你们觉得这两条还不够吗？失道寡助嘛！对不对？"老太爷说。

　　马伟泊说："我同意老太爷的观点，我们站在道义的制高点上！"

　　"对嘛！"老太爷说，"那还说什么呢？一定赢嘛！"

　　35天之后，11月21日，在取得全面战果之后，中国政府主动宣布单方面停火，脱离军事接触。

　　在文家，老太爷是赢了一回，可是中国和印度从此结下了梁子。

第四十九章

1

1963年的元旦和春节在同一个月,加上四个礼拜天,一个月里面有八个休息天,这让有工作的人喜出望外。另外,除夕那天明里说是继续上班,但是所有人整个下午大都"溜号"在家准备年夜饭,领导也睁一只眼,闭一只眼。加上顺延的一个礼拜天,春节的假期就成了四天半。

家人聚会的时间多了,让赋闲在家的人跟着高兴。政府也想方设法增加一点节日气氛,组织了一些活鸡、活鱼充实市场,凭票供应,当然要排队,先去先得。虽然杯水车薪,起码大街上能看到拎着活鸡活鱼回家的幸运儿了,也是好多年没见着的景象。

文家人又一次沾了张军副局长的光,有人把两条活蹦乱跳的草鱼送到家里,来人说了,两个老太爷家一家一条。

中国人有个讲究,每年除夕晚上的那一餐,想方设法都要弄一条整鱼,清蒸红烧都可以,找个能盛下整条鱼的盘子端上桌,寓意"年年有余(鱼)"。加上四天半的小长假,这个春节文家大院两边院子全都有吃有喝,大家很愉快。

吃饱喝足之后,要是没有多余的想法,人也很容易满足。好比文大喜,跟一家人其乐融融地生活了几天,原先一直闭锁着的心居然也慢慢松弛开来,仿佛忘记了头上还有一顶"帽子"。

正月初四是假期之后第一天上班,恰逢星期一。文大喜第一只脚刚刚踏上报社大门的石台阶,奇怪得很,心里那顶"帽子"眨眼之间又飞了回来,呼地一下扣在头上,不大不小,只有那么合适了。不用说,这几天积攒起来的好心情顿时一落千丈。已经踏上台阶的那条腿跟灌了铅似的,沉重无比;后面那条腿更是生了根一般,他都想顺势坐在台阶上算了,管球它体统不体统。

就在这个时候,身后一个声音在说:"怎么了,文大喜?"

文大喜扭头一看,居然是那个屡次左右了自己命运走向的党委委员,文大喜一时语塞,似答非答"哦"了一声。

"一会儿来我办公室一趟。"党委委员不咸不淡说完话,头也不回地走了。

等人家走远了,文大喜才想起不论自己什么心情,这个地方都应该扯个回销的,于是又"哦"了一声。

一路走进校对组办公室,拿起那个跟随了自己多少年的扁平茶叶盒往茶杯里倒了一点茉莉花茶,抓起暖水瓶,打开瓶塞,往茶杯里倒水。整个过程文大喜都在想党委委员的话,直到发现暖水瓶是空的,这才想起送开水的时间还没到,他使劲晃晃脑袋,强迫自己回到现实环境中来。

就因为党委委员的"不咸不淡",文大喜在前往党委委员办公室的路上一直在回忆自己一段时间以来的言行,即便有一点牢骚话,也只会发生在自己家那个小范围里面,安全可靠不说,根本不存在通往报社的哪怕一丁点儿渠道。

尽管没找出破绽,文大喜还是感觉党委委员办公室那道玻璃门很沉重。

党委委员端坐在办公椅上,桌上的茶杯没盖盖,隐隐能够闻到一丝茉莉花的清香。原来这家伙也好这一口,文大喜只能想一些和当前这个环境挨不着的事情,以显示自己已经有了兵来将挡水来土掩的思想准备,都没去想党委委员办公室的开水比校对组办公室的开水到得早的情况。

党委委员说:"请坐。"

文大喜瞄了一眼,竟然还是那年半个屁股挨着的那张椅子,于是说:"不用,谢谢!"

党委委员笑笑,起身,拿起自己面前的一张纸。文大喜从背面大约看得见顶上一行透过来的一溜红字,这是党组织文件通常的格式,没戴帽子之前他经常看,之后被取消了资格。

党委委员身体侧成四十度,一只手捏着文件一角,一只手搭在办公桌上,这是电影里面常见的"宣读者"的标准姿势,很符合眼下这个场景。

党委委员念道:"鉴于文大喜同志一段时间以来的表现,已经符合党中央鉴别改正了错误的右派分子的标准,经报社党委会研究,决定摘去右派分子帽子,留校对组工作。1963年1月21日。"

1月21日?1月21日是春节之前嘞!怎么现在才……

没等文大喜想完整,党委委员又开了口:"之所以现在才宣布,是因为春节之前事情太多,防火防盗喽,职工福利喽,乱七八糟一堆事,所以一直拖到现在。你没有意见吧?"

"啊?"文大喜像是被别人看穿了心思似的,有一点小尴尬,转念马上说,"没有没有!感谢组织,感谢组织!"

党委委员等了片刻,说:"你不想……表示一下心情?"

"啊?哦,"文大喜说,"感谢组织,我一定一如既往改造思想,努力工作,发挥主观能动性,积极钻研业务,提高工作效率,更好地为社会主义建设事业贡献自己的力量。"

党委委员说:"很好嘛,关键是改造思想。对不对?"

文大喜说:"对。"

中午下班的铃声响起之前,文大喜已经收拾好了一切,只等铃声一闹,就按照事先设计好的路线一步一步走。先回家,不管娃儿们在不在,抱住柳文君好好来两个"kiss",再分别拥抱四个娃儿,或者抱在一起;然后飞奔回老宅,梁山泊英雄排座次顺着拥抱一圈,包括谢嬢……

正想着,校对组一个同事把一沓稿件丢到他的桌上,说:"老文,恭喜你哈!按道理你该请我们吃饭的,只不过这是下午要的急件,组长让我交给你,辛苦哈。"

文大喜愣了一下,马上堆出一个笑脸,冲那个同事摆摆手。

那天,文大喜一家人的晚饭是在老宅吃的,饭桌上,他把"摘帽"的事情当众宣布了。饭后,文大喜先把柳文君和娃儿们支回家,完了把三个老人家邀约到书房,顺手关上了门。

文大喜扶着老人们的手臂安排老太爷坐中间,大太太和幺太太分坐两边。眼看着文大喜随后在他们面前跪下,大太太正要说话,被老太爷拦住。

文大喜磕了三个头之后,身体向后坐在自己的小腿上,两手放在膝盖上面,开始说话："老太爷、大太太、幺太太，从1957年到今天，儿子不孝，让你们三个老人家受苦了！"

幺太太一下捂住了嘴，眼睛里面有了泪光……

文大喜说："我晓得，父母生我养我，不是为了看我的眼泪的，而是希望我能为国家做一点事情，希望我能像德范同志那样，成为一个让人敬重的楷模！但是我没有做到，我让你们失望了！"

大太太开始流泪……

文大喜说："但是，我不会因此倒下，今天，这顶帽子摘了之后，我仍然希望……能用我一点一滴的工作，让自己成为对国家有用的人，以至于有一天希望你们会由衷地觉得，这个儿子没有白养活！"

"大喜啊，"老太爷揪了一把下巴上的胡须，顺势一捋，朗声道，"你这个儿子啊，我们……你妈，还有幺太太，没有白养活你这个儿子！从来没有！！"

"没有！没有！"大太太哭着说。

幺太太说不出话来，一个劲点头……

四个人各哭各的……

2

3月1日，中共中央发出《关于厉行增产节约和反对贪污盗窃、反对投机倒把、反对铺张浪费、反对分散主义、反对官僚主义的指示》，也是五反。为了区别于解放初期的那个"五反"，这次被简称为"新五反"。

"新五反"和原先的"老五反"究竟有什么区别，老太爷是在"神仙会"上得知的。

现在，文大喜终于成了"摘帽右派"，虽然整体认知上仍然没有撇清楚和右派的干系，毕竟没了"分子"两个字，本质差别还是让他有了挺直腰杆做人的底气。所以，文大喜顺理成章加入了"神仙会"。加上马伟泊，这回成了四足鼎立，也很稳当。

文大喜说："'老五反'其实是八反，前面三反，贪污、浪费和官僚主义；后面五反，反行贿、偷税漏税、盗窃国家财产、偷工减料和盗窃国家经济情报。

'新五反'呢？贪污盗窃、投机倒把、铺张浪费、分散主义、官僚主义。"

文大同说："好像'分散主义'是个新鲜名词哈？"

老太爷说："嗯，好像是。"

文大喜说："分散主义是指违反民主集中制原则的一种无组织、无纪律的错误倾向。表现为不尊重中央或上级的决定，不愿意接受组织的统一领导和监督。"

"完了？"老太爷说。

文大喜说："完了啊。"

"我来补充。"马伟泊抢着说，"我们单位的领导说得要具体一点，说资产阶级思想滋长的具体表现在于，损大公，肥小公，还有打埋伏、耍手段、假公济私、走后门、损人利己，还有破坏制度；还有……投机倒把、长途贩运等。反正我觉得吧，就是三年自然灾害饿饭饿老火了，老百姓为了填饱肚子不得已而出现的一些行为……"

"哎哎哎哎！"文大喜赶紧拦住马伟泊，煞有介事地说，"这种话在单位千万不能讲哦！要命哦！"

马伟泊说："这个我晓得，这不是在家里吗？"

"家里……"文大喜说，"最好也不要这么想，什么时候一不小心出溜出去了，祸从口出！"

"对对对，"老太爷说，"这方面你大喜哥有教训，相当深刻！"

马伟泊说："哦，我知道了。"

老太爷说："现在好了哈，文大喜也加入了，打麻将都凑成了一桌，四平八稳，嘿嘿嘿，真正的'神仙会'嘞！呵呵呵呵！"

文大同说："还有嘞，最近这个'学雷锋'活动搞得热火朝天哈？热闹得很！"

文大喜说："是，一个时代要有一个时代的精神风貌，反对什么，倡导什么，一目了然。"

1963年3月5日，毛泽东"向雷锋同志学习"的题词在《人民日报》发表，同时每年的这一天成为"学习雷锋纪念日"。

雷锋精神的核心，是"全心全意为人民服务"，这也是共产党一直倡导和追求的目标。你不要看只是一句话，真正要达到这个目标，压根就不是个容易的事情。

从这一天起，雷锋成了中国家喻户晓的人物。

说完了雷锋，话题转到徐天媛头上。

马伟泊说："哎，听说徐天媛要当新娘子了？"

老太爷说："那你肯定是从幺太太那里听来的！"一段时间以来，老大家这边一直在筹备一件大事，23岁的徐天媛已经成了待嫁的新娘。

去年，徐天媛大学毕业之后被分配到市文化局的人事科。文家人直到这时才知道，徐天媛已经恋爱多少年了。对象是一个叫赵光辉的同班同学，老家在遵义北面的桐梓县，说起来和高大脚娘家有一点儿"拐角亲"，高大脚的一个远房舅妈，赵光辉喊她四姑太。五百年前是一家都能扯上亲戚关系，还不要说人家明明白白地喊"姑太"。

都不考虑一表人才什么的，大太太那里首先就点了头，说这叫亲上加亲。多少年之后人海茫茫中能够牵上手，除了缘分你还能说什么？

况且人家赵光辉真还一表人才。高高大大的，眉毛尤其生得好，像一把反过来的柳叶刀，相当醒目，一看就是电影里面饰演侦察排长之类角色的好材料。毕业后分配到市商业局，没多久就向领导递交了结婚报告。原先只是让组织批准一下，没想到管公章的老阿姨当即给他透露了一个小道消息，说可以在单位申请房子。没想单位管总务的一个女科长同样爱才心切，很快便想方设法让人腾了一间房子出来给了赵光辉。如同美女找男科长容易办事一样，帅哥找女科长一样容易办事。是啊，一眼看上去心情好和一眼看上去心情不好，办事效果肯定不一样嘛。

就这样，又是一个只欠东风的情况。

现在的年轻人不看吉日，只选节日，节日就是吉日，于是把时间定在了五一劳动节。要不说解放后结婚扎堆呢，就是因为节日太少，都集中到了那几天。当然，确定大日子是需要长辈认可的，徐天媛和赵光辉也是规规矩矩地过来征求三个老人家的意见。

老太爷捋着胡须，最近这都成了老太爷说话之前必需的规定动作了，胡须捋安逸了，才开始说话："嗯，好，劳动节是普天之下劳动人民的节日，好！但是，主要还要听听两个太太的意见。"

"喝水喝水，你们喝水。"大太太说，"哎……我们家的事情呢，都是老太爷说了算，多少年了。既然老太爷都点头了，劳动节就劳动节，也很好的。但是……"

"哟，大太太和老太爷到底是一家人，都'但是'一回哈？"徐天媛打趣道。

老太太说："那当然啊，男女平等哦！但是，我们家现在管事的是幺太太，所以，幺太太不点头不作数，哈！"

"没有没有！"幺太太急忙说，"是这样，既然老太爷和大太太点头在先，我就附和一声，主要是徐天媛和小赵，你们觉得好，就好！另外嘞，我提一个建议，酒席嘞，还是在家里面办好一点，一来方便长辈；二来在熟悉的环境里面，大家更容易交流；当然也节俭一些。"

"对，"老太爷说，"就按幺太太说的办！"

赵光辉笑盈盈地看看徐天媛，意思他听徐天媛的。

徐天媛就说："我们听老人家的。"

赵光辉点一下头，说："对，我们听老人家的。"

"那……你们什么时候去茅台镇呢？"大太太问。

徐天媛说："跟我爹说好了的，五一节之前我们过去接他们。"

虽然现在各方面的情况比前几年好一些，文家仍然需要把两个月的肉票存起来集中使用。你还不好意思去跟二老爷家那边吹个风什么的，免得人家说你催债。因为需要动用张军的"关系"弄点活鱼之类，自然而然就让柳月红知道了。

柳月红懂得有借有还的道理，只是在考虑，是就还十张呢，还是高姿态多给两张。她既不愿意就这个事情和别人商量，也不愿意痛痛快快就来个"高姿态"，纠结得内火上升，都导致牙龈发了炎，咀嚼都有了痛感，最终还是决定只拿十张。终归体现了"有借有还"就行，毕竟这边院子的大人娃儿想吃肉也不是一天两天了。而且大院那边不差这两张肉票，放到我们这边那可是扎扎实实的一顿荤，柳月红就是这样思考问题的。

就这样，她让谢知雨把肉票送了过去，这也跟金雨天送肉票过来，礼节上是对等的。

五一劳动节前两天，徐子家一家人在徐天媛家小两口的陪同下，自搬到茅台镇之后第一次倾巢出动，浩浩荡荡到了贵阳。之前因为要照顾小客栈的生意，彩珠子大都不会跟着徐子跑，各忙各的。这回不行了，徐天媛的终身大事，虽说不再进行一拜高堂那样的老款仪式了,妈不在场终归不好。再者,大太太也说好久没见着彩珠子了,这便来了个"倾巢出动"。

就因为这个,文家第一次把那一年前后月出生的四个小仙女聚集在了一起。徐天仙、文诗仙、李云仙和张花仙,四个花朵一般的娃儿,到哪里都能引来一片笑声,成为那几天的一道好景色,把老太爷和大太太高兴得,嘴巴都合不拢了。

为了避免老太爷再出现上次那样的幻觉,大家决定把酒席摆在屋里。是嘞,多喜庆的一桩事情,如果文家老大的情绪反而出现波动,对不起大家辛辛苦苦忙碌一回。因为这个决定,还导致文大喜生出一个想法来,让老太爷扎实高兴了一回。

既然不在小戏台前面摆桌子了,文大喜决定乘着全家人难得的整齐,拍一张全家福。文家之前的全家福已经是多少年前的事情了,机会难得。

文大喜先在单位摄影组借了一台德国产的禄来弗莱双镜头相机和三脚架,买好了胶卷,将所有摄影器材装进一个旅行袋,事先没让家里人知道,准备来个一鸣惊人。

开席之前,文大喜先是让柳文君带着三个大娃儿搬了些椅子板凳在小戏台跟前一溜排开,把照相机架好,还让文诗雨守护着,这才去通知大家。

当文大喜说明了来意,的确是"一鸣惊人"的效果。光文家两边院子就差不多四十个人,加上赵光辉家一桌,同事、朋友两桌,七十多人先来一个大合影,然后分院子、分家庭、分年龄等,只要你想得出名目,都来一张。一卷120胶卷正规拍十二张,技术好的师傅还能偷一张,文大喜也不去"偷"那一张了,规规矩矩拍十二张,已经是欢天喜地了。

剩下最后一张了,文大喜让三个老人家坐中间,以徐天媛和赵光辉为首的孙子辈的十多个娃儿围在四周,包括幺太太怀里的大满仓,来了一张"祖孙同乐"。名字是老太爷后来想的。

那天晚上,虽然还是"撬"菜,但是看得出来,人人心花儿开放,包括二老太爷。

张军操着家乡口音对文心雷说:"哎呀,相当不容易哈!"

3

5月间，共产党决定在全国开展一个名为"城乡社会主义教育"的运动，简称"社教"。后期发展成为在农村开展"清工分、清账目、清仓库、清财物"，在城市开展"清思想、清政治、清组织、清经济"的运动，统称"四清运动"。

后来得知，"四清"运动是新中国建立以来历时最长、涉及人员最广的一次运动。之前，毛泽东在杭州召集部分中央政治局委员和大区书记参加的小型会议上，就制定出了《关于目前农村工作中若干问题的决定》（草案），因为决议内容共计十条，再加上后来又公布的另外一个十条，杭州的这个决定被称为"前十条"。

"前十条"对"四清"运动的任务、政策、方法做了明确规定，认为中国社会已经出现了严重尖锐的阶级斗争情况，资本主义势力和封建势力正在对党猖狂进攻，要求全党重新组织起无产阶级的革命队伍，坚决把反革命的气焰打压下去。

9月，中共中央在北京召开了工作会议，讨论制定了《关于农村社会主义教育运动中一些具体政策的规定（草案）》，也是十条，这就是"后十条"。

11月14日，中共中央又发布了一个《关于印发和宣传农村社会主义教育运动问题的两个文件的通知》。此后，各地在试点的基础上，在部分县、公社开始进行社会主义教育运动。"四清"运动对于解决干部中存在的作风问题和经济管理方面的问题起了一定的作用，但由于把多种性质的问题简单归结为阶级斗争或者阶级斗争在党内的反映，致使不少基层干部遭到错误处理。

从11月14日中共中央发出《关于印发和宣传农村社会主义教育运动问题的两个文件的通知》作为起点，"四清运动"距离3月1日开始的"新五反运动"仅仅八个月。

解放后接连不断的一系列运动，让文大喜看清楚了一个规律，不论什么运动，只要它来了，大家都要一起"运动"。只有等运动慢慢平息，人们这才艰难地、一点一点地恢复常态。

因此，那天在文家的"神仙会"上，文大喜特别压低了嗓音，说："哎呀！一个运动接着一个运动，确实不是我们老百姓能够左右的。小马也是自家人，我就不避讳了。总之记住一句话，多观察，不表态，才是我们对待所有'运动'的正确方法。"

马伟泊说："我知道。"

文大喜接着说："其实啊，阶级斗争的核心是'斗争'二字。去掉这两个字，只留下'阶级'，就像我们家老太爷和幺太太，虽然一个地主一个丫头，不也是相濡以沫，白头偕老吗？哪里来的斗争嘛？所以啊，共产党在'八大'上面提出来的治国理政主张，那才是老百姓真正愿意看到的好主张！"

"就是就是！"老太爷也压低了声音，说，"是，特别是小马，在单位……应该说，出了这个大门，一个字都不能说哈，都有前车之鉴！"

马伟泊说："一定一定！"

"这样这样，"文大同说，"我们说点别的。那天啊，徐子写来一封信，说是刘承义家大姑娘，就是当了解放军的那个刘水红，结婚啦！"

马伟泊说："哦！在茅台镇见过的，年纪应该……比我小。"

老太爷说："而且是前年的事情。你说这个刘承义，你吭个气嘛！不是喝一台酒吗，至少你要让大家知道个来龙去脉嘛！"

文大同说："不要说我们家大太太，连他们自己家老太太林家漪都不知道。说是一年多了，刘水红这才和新郎官去了一趟茅台镇，一书包的糖果倒在两个大盘子里让每人挑几颗，就算结婚了？岂有此理嘛！"

"嘿嘿嘿嘿！"老太爷笑笑说，"真是的，这叫个啥子嘛？枉自还是茅台镇出去的人，也不怕别个笑话！"

文大喜说："也许人家部队上有规定呢！"

老太爷说："规定？那是在部队！你都已经回到茅台镇了，喝它一台酒，回去之后难道部队的同志会闻你的嘴巴有没有酒气？啐！"

文大喜说："我们家老太爷三句话不离本行哈，开口闭口都是茅台镇的酒。"

文大同说："那必须啊！想当年我们家云辉烧房，那是头牌嘞！不论规模、质量、口碑，方方面面，都是头牌！"

老太爷来劲了，说："那年桐梓人周西成当省主席，不就流传着一句话……"

"有官皆桐梓，无席不茅台！"文大喜抢着说。

"哟，连你都晓得哈？"老太爷说。

文大同说："另外，刘承义家还有一个事，他们家老二，就是那年南下带回来的那个刘冀中，今年考上大学了！"

马伟泊说："考上什么大学？不会又是贵州大学嘛？那样我们家贵大的校友会又壮大了嘞！"

文大同说："徐子说是西北的一所大学，叫什么……西安交大？西安交大。"

文大喜说："哟，那相当有名哦！我想想……应该是……1896年创办的上海南洋公学，1956年内迁到西安的，中国最早的高等学府之一。"

文大同说："我就说这个娃儿不简单哦！"

老太爷一下来了精神，说："小马呀，大太太刘彩云本就不是个等闲之辈哦！他们家的子孙能简单吗？听说过当年老太爷在茅台镇掉进大酒缸的故事吗？"

马伟泊说："我爹好像提起过，不具体。"

老太爷一捋胡子，说："那就听老太爷给你说一回具体的。那一年啊，老太爷九岁，跟我爹去茅台镇办事情，闲得无聊就去茅台镇的大街上逛，那时候茅台镇就那一条街。而且茅台镇所有酒铺都允许免费品尝，先尝后买。我就一家一家走，一家一家尝，最后来到大太太家的酒铺，人差不多也喝麻乌了。你猜怎么的？"

马伟泊说："怎么的？"

老太爷这一招在说书人里面叫"砸板"，每当重要段落即将出现的时候，砸一回板，相当于举起惊堂木砸在桌子上，提示大家注意听。

老太爷砸了一板之后接着说："嘿！你们家大太太居然让我站到板凳上，自己去打酒！你说，我能含糊吗？"

马伟泊说："那肯定不能啊！"

"啐！"老太爷一脸的不屑，说，"于是，老太爷跳上板凳，一弯腰，只听见扑通一声，一个大活人掉进了大酒缸！"

"哦哟？！"马伟泊瞪大了眼睛，喝了一回彩。

老太爷说："说时迟那时快，你家大太太举起板凳朝大酒缸砸去，只听见哐啷一声，随后哗哗啦啦——"

马伟泊抢着说："老太爷因此捡回来一条命！"

"哎呀！你这个娃儿，"老太爷说，"你等我自家说嘛！"

几个人哈哈大笑……

"这就是我们文家的掌故，多得很！"文大同说，"趁着大家在哈，有一个事情我没弄明白。原先说……打倒美帝，这个大家都知道，美国人是敌人嘛。最近怎么又出来一个'打倒苏修'？苏联怎么就成了修正主义了？他们修正了什么？"

大家都看文大喜。

文大喜看看老太爷，再看看文大同，说："好像我这里有个百宝箱哈？"

老太爷说："能者多劳，能者多劳！"

"修正主义是吧？"文大喜说，"按照报纸上面的说法，修正主义是共产主义运动内部专有的一个概念，是指共产主义运动中歪曲、篡改、否定马克思主义的一类机会主义思潮和势力。不晓得我说清楚没有？"

"不是太明白。"老太爷说，"都不管他什么主义了，问题是世界上两个最强大的国家，你说打倒，就打倒了？"

文大喜说："不是非要打倒，但是你要有个态度。"

"哦！"老太爷说，"意思具体能不能打倒不重要，重要的是有没有态度？"

文大喜说："对。"

4

你不要看文大喜肚子里面有个百宝箱，他其实很悲哀。

学富五车、不愁吃不愁穿的一个有为青年，那一年之所以选择回来报效国家，完全是精神追求。有别于传统意义上的学而优则仕，文大喜的思想里面没有需要别人回报的意思，从来没有过。所以那顶右派分子的帽子如同祸从天降，把一个莘莘学子的报国理想打得稀巴烂不说，还让自己一贯温文尔雅的形象在妻儿面前一下子变得很不堪，几近猥琐。戴上"帽子"之后，只要一想起在美国那个舒适的小家后院的草地上跟柳文君侃侃而谈报国之道，最终说服人家的情景，文大喜心里就难过，说不出来的悲凉。更不要说曾经侃侃而谈、一直都是自己精神偶像的文家老大了。

文家老大在文大喜心里，不是顶天立地，不是完美无瑕；而是一个近乎倔强的、散尽千金只为追求心灵安静、平顺的一个普通人。不知道从什么时候开始，文大喜就愿意做一个这样的普通人。也许压根挨不上"高远""豪迈"之类形容词的边，但这确实就是文大喜的志向，是他长期以来的追求，直到被戴上"帽子"。

　　你不要小看那顶"帽子"，直接把文大喜压成了"只敢半边屁股挨着椅子"的人，跟"压垮"差不多。

　　现在，摘掉"帽子"的文大喜成了"摘帽右派"，如同搬掉一块石头之后又压上了另外一块石头，质和量均相同，没有区别，见人矮三分。饱读诗书外加一副好口才，如今唯一的用途就是在小家庭的"神仙会"上释疑解惑。能不悲哀吗？

　　那天晚上从老宅出来已经很晚了，初冬的大街上行人不多，昏黄的街灯悬在深褐色的木头电线杆上被夜风吹得摇摇晃晃，导致文大喜细长的身影也跟着在街道上扭来扭去。

　　人心不舒畅的时候，你一定能从他走路的姿态上看出些端倪。有时候明明一马平川，平白无故脚底下就有可能崴着一下。为什么呢？因为疙瘩在心里，别人看不见。

　　就这么走了很久，快到家了，远远看见那栋熟悉的红砖宿舍楼三楼角上那扇窗户的灯光依然亮着，文大喜心里突然一热，那是柳文君专门给自己留着的，多少年了，只要他归途晚，那盏灯一定就亮着，一直到他回家。

　　文大喜顾不得眼睛酸辣不酸辣了，快步跑进宿舍大铁门，奔上楼梯，也不管脚步声大不大了，冲进房间之后再变成轻手轻脚地往里间屋的大床迂回过去，他怕惊动外间屋的孩子们，而且故意没关房门，这是怕娃儿们生疑。关灯之前他已经把脱下来的衣服裤子搭在了床头，掀开被子钻进柳文君那边已经相当温暖的被窝筒子，将迷迷糊糊的妻子紧紧抱住，柳文君刚要说话，文大喜的嘴唇迅即压了上去……

　　文大喜的家是解放后新建的一栋三层宿舍楼，红砖黑瓦，每层楼有一个盥洗间，挨着盥洗间是一个公用厕所，供每层楼的十多家住户共用。那时候建筑设计理念非常平庸，没有设计每家独立的厨房，于是人们大都在自己家大门一侧垫一些砖头，上面盖一块四方石板，放一个外面箍着铁丝网的土红色炉子，权当厨房。所以,每天做饭的时间段,楼道上一定乌烟瘴气,人声嘈杂的同时还把每家当天的菜谱明明白白地公之于众。主妇们大都在做饭的时间顺便拉拉家常,于是,单位那边无论什么消息,一定在第一时间传遍整个宿舍楼。

因为文大喜是投奔新中国的海外知识分子,这才破格分配了两间原本只分配给级别较高干部的"红砖楼"。说是两间,其实是一个大通间中间有一道木板隔断,隔断上开一个窗户一个门。这样的简单隔断,其隔音效果可想而知。由此,文大喜和柳文君每每有了温存一下的想法,总是一个艰难困苦的过程。既要控制住人声,还要控制普通木架床随便一个什么动作便会发出来"叽咕叽咕"的声音,伤透了脑筋。于是,要么等娃儿们不在家,要么等娃儿们都睡着了。如果哪天某个娃儿一直新鲜睡不着,那晚上就完蛋。

刚回来的那些年还好一点,最大的文诗雨才四岁,什么情况都有可能糊弄过去。现在不行了,最小的文诗仙都十岁了,再出现"叽咕叽咕"的情况,不懂的娃儿要问你个幺二三,懂的呢,更尴尬。

有一次文诗路在和柳文君擦肩而过时,居然垮着个脸小声说出"你们不会轻点啊"这样的话,搞得柳文君无地自容了好几天。

二小姐尚且这样无师自通,更不要说大小姐了。所以,昨晚上柳文君虽然迷迷糊糊的,也知道文大喜没洗没漱就拱进了被窝,只能睁一眼闭一眼接受了鲁莽的丈夫。你真要让他一五一十把脸脚什么的都洗干净,其间导致一至两个娃儿被吵醒,那不是前功尽弃啊?

外地人总结福建女人的特点,其中一条就是教养好,说她们"淑德贤惠起得早",这一条安在柳文君身上很恰当。文大喜曾经问过妻子对"帽子"的看法,柳文君说,你真要做错了什么,我肯定会后悔千里迢迢跟你回来。

文大喜想想,说:"意思你没有后悔?"

柳文君说:"你觉得呢?"

文大喜一副相见恨晚的表情,说:"都说福建女人淑德贤惠起得早,我看还得加上一条。"

柳文君说:"哪一条?"

文大喜一把搂住柳文君,在她的耳边小声道:"爱都爱得那么有条有理!"

柳文君不说话,只是闭上了眼睛,把男人搂得更紧了。

文诗仙之后，柳文君又怀了两次孕的，只是那样的住房条件，如果任其发展无疑是给自己添堵，就去做了堕胎手术。1962年国家开始提倡计划生育，文大喜和柳文君都有了就此打住的念头。一来国家提倡，二来虽然"筷子"还没成双，但是老天爷把男生女生也算配置得比较恰当的了，爹妈面前交代得清清楚楚的，这就行了。

所以，文大喜尽管一直心累，但是回到那个小家庭的时候，他一定会尽量做出满面春风的样子。因为是曾经的"学霸"，四个娃儿的所有学习问题都由他负责；逢着休息天，两口子总是想方设法找到出游的理由，然后一家人不是去公园游游，就是去电影院瞅瞅，总之全体出动一回。大凡这种时候，文大喜换了一个人似的，全身心投入自己努力营造的那个情景当中去，关键还顶着那顶让人伤心的"帽子"。这也是柳文君爱他的原因之一，负责。

娃儿们都知道"右派分子"是些干了坏事的人，同时知道父亲也是个右派分子，但是他们不知道右派分子究竟干了些什么坏事，加上他们从来都觉得文大喜是个好父亲，大人娃儿之间没有因为一顶"帽子"而产生隔阂。

文大喜一直努力把自己的爱尽可能平均地分给每一个娃儿。扪心自问，在中国传统文化熏陶下成长起来的男人，对子女的爱根本不可能平均，无论如何，一定偏爱儿子。那些嘴巴上说的爱这个姑娘爱那个女儿，其实都是为了掩盖其真正的意图。好在文大喜有文化，作假的时候总会做得聪明一点，尽量不留痕迹。

也许因为母爱是不讲条件的，柳文君就没有那些羁绊，男生女生一律喜欢，没有区别。

四个娃儿里面，文诗雨听话，文诗路率真，文涛心眼多，文诗仙乖巧，这样最好。各人有各人的可爱，不会重复。

中国还有一句老话，叫"女大避父"。都不用人教，两个大姑娘在和文大喜亲热时已经有了分寸感，特别是文诗路，要不她会垮着脸对柳文君说那样的话？只有文诗仙，跟文大喜撒起娇来不分青红皂白，比和柳文君还放肆。当然，文诗雨和文诗路也是这么过来的。

总体上看，虽然男主人一时半会儿没办法彻底释放自己的哀与愁，他还是成功地营造了一个其乐融融的小家庭。

5

这一年的秋收之后,连续三年的"困难时期"总算有了缓解的迹象。乡下人都回到乡下去了,在人民公社这个大集体里面继续日出而作日落而息的日子,吃饱饭依然是奢望,只是没人再四处逃荒了,干点稀点总能吃上。

城市里面向好的情况自然更多些,供应不再那么紧张了。虽然仍然凭票,但是花色品种多了,有时候还能挑挑拣拣,这就是进步。原先买什么东西不由分说都是抓起称,现在可以挑选了,就这么一点点变化,人心也就跟着变,大家觉得有了盼头。

"盼头"是个很不具体的概念,没有实际内容,也没有大小之分,更没有好和坏的差别,一点一滴都在老百姓心里。那不过是老百姓衡量执政党执政能力的一个标准,一把小小的"尺子"。

在这样的境况中,二老太爷家也有了相当具体的"盼头"。

1964年2月4日,阴历癸卯年的腊月二十一,王晓芳不负众望,在人民医院为二老太爷家产下了一个六斤八两的男婴。一家人兴高采烈,二老太爷直接"押着"文心宽家两口子,抱着还没命名的重孙子去了位于黔灵湖畔的人民英雄纪念碑前,非说娃儿家爷爷就在那里埋着。

谢知雨想想,觉得这也是个道理,必须给德范同志一个交代,总不能跑到河北那个黄土岭去。于是也跟着去了一趟黔灵湖畔。

黔灵湖是1954年建设的一个人工湖,是城区饮用水水源。人民英雄纪念碑面湖矗立,背靠着满是松柏的黔灵山麓,风水上佳,的确是个安放忠骨的好地方。纪念碑里面当然没有"忠骨",但是二老太爷这么假设也是成立的,高耸的纪念碑就是让人寄托哀思的地方。

张军为此借了单位一辆小包车。那个时候大家管小轿车叫小包车,大都是社会主义阵营国家的产品,品牌都是他们国家的地名,如"华沙""伏尔加"等。张军借的就是一辆"华沙",比起刘承义在仁怀使用的吉普车,无疑又高了一个等级。

"华沙"把谢知雨一行四人拉到了纪念碑前面的车道边。柳月红原本也想跟着来的，是因为小包车无论如何挤不下五个大人一个娃儿，这才没来。

烈士后人顺着翠柏夹道的台阶拾级而上，马上就有了庄重肃穆的感觉。难怪纪念碑前面都设计成阶梯哦！就是要在向上行走的过程中让你动情，慢慢进入角色。谢知雨想。

到了纪念碑跟前，文心宽抱着娃儿跪下，王晓芳马上跟着跪，谢知雨则照着跟文家人上坟时学来的程序，将两手抄在面前，低眉含胸，面色凝重。

她说："德范同志，我们看你来了！那一年……你走之后生下的儿子文心宽，现在已经结婚生子了！我不知道……如果你还在，会给孙孙起一个什么名字？我们刚刚走上台阶的时候，两边的柏树好像两排站岗的士兵一样，让人心生感激，说明国家没有忘记你们！德范同志，如果我给孙孙……叫'松柏'两个字，不晓得你会不会同意？"

恰巧就在这时，不知道哪里吹来一阵风，把满山的松柏舞动得哗哗啦啦……

"妈！"文心宽急着说，"你听你听，这就是我爹的回音呢！"

"德范！！"谢知雨突然忘情地冲着群山大声呼喊道，眨眼之间，泪如倾盆雨……

谢知雨仍然记得，1939年，当得知文德范牺牲的消息时，她抱着十一岁的文心雷和四岁的文心宽，也是这么泪如倾盆雨……

回来之后，文心宽把文松柏的故事当着大家说了一遍，二老太爷很高兴，说不论叫个什么，都是他嫡传的子孙。

谢知雨一行四人随后去了大老爷家那边，大太太把文松柏横过来竖过去看，摸摸都怕下手重了，一个劲喊乖。

听文心宽把"人民英雄纪念碑"又叙述了一遍，老太爷捋了捋胡须，说："是嘞，德范同志在那边肯定听得真真切切的，而且还相当高兴！你们信不信？"

"信！"文心宽说，"我听我妈说，当年我爹只佩服一个人，就是大老太爷！"

"不对不对！"老太爷摆摆手，说，"应该反过来，是我们敬佩德范同志嘞！为什么呢？因为他是楷模，是国家栋梁，是人民英雄！晓得不？"

1964 年 10 月 16 日，中国第一颗原子弹在新疆罗布泊引爆成功。反应最快的是美联社。美联社的报道说："在亚洲，核力量不论多么粗糙，都是一种国际地位的象征，是科学技术和军事力量的象征，它既是动人的，也是吓人的。"

　　吃惊的不光是"美帝"，"苏修"也吃惊。

　　人们当然记得 1945 年 7 月 16 日，世界上第一颗原子弹在美国新墨西哥州的沙漠上实验成功，21 天之后，美国人就把加班加点赶出来的、命名为"小男孩"的原子弹投向了日本广岛。事后统计，广岛 60% 的建筑物被摧毁，伤亡约 8.6 万人，占全市人口的 37%。

　　那时候，全世界爱好和平的人都为大规模杀伤性武器的实际运用而欢欣鼓舞。人们当然不是为武器欢呼，而是欢呼那个曾经张牙舞爪的战争恶魔罪有应得，欢呼由此看到了和平的曙光。

　　在文家的"神仙会"上，四个人分成了两派。老太爷和文大喜认为，因为大规模杀伤性武器太血腥，还是用常规武器相对温和一点；文大同和马伟泊则认为，看和谁打，对于日本那样的顽固分子，不用大规模杀伤性武器真还解决不了问题。

　　文大喜就说："我们争论的不是一个问题，我们说的是武器的性能，你们说的是武器使用的对象，扯不到一起嘛？"

　　还没扯明白，幺太太过来喊吃饭，几个人余兴未了，留在饭桌上面继续扯。

　　从上一年年底开始，使用了三年多的罐罐终于退出了文家的饭桌，虽然菜肴的烹饪方法依然以"撬"为主，人们都觉得不用勒紧裤腰带的日子就是好日子。

　　大太太最烦他们几个男人吃饭都吃不清净，就用通常申斥娃儿的话申斥他们，说："哎呀！饭都堵不住你们几姨妈的嘴是不是？"

　　老太爷没工夫搭理她，继续着刚才的话题，说："依我看啊，原子弹就不是个好东西，要它干什么吗？"

第五十章

1

1965年5月22日,全国人大常委会决定取消军衔制。国务院公布了我军新的服装样式,实行陆、海、空三军服装一种样式,戴解放帽,配上一颗红星帽徽和两面红旗领章,称为"六五"式服装。规定于同年6月1日开始实施。

自1955年第一次授衔,十年之后被取消。至于为什么要取消,主流的说法是为了"官兵一致"。从此以后,官和兵的区别外观上很微小,只是军官的上衣是四个口袋,而士兵只有两个口袋,以及军官扎咖啡色人造革皮带,士兵是草绿色帆布皮带,其余全部一样。真要有了必须搞清楚军人级别的场合,只能看"军人证"。

这个事情倒是跟老百姓无关,跟老百姓有关的,是这一年的高考季。

1965年的高考,对文家来说是一个大事件。五个娃儿扎堆参加考试,前所未有。文心仪家李飞龙、文大同家文达观、文大喜家文诗雨、文诗路,外加徐子家的徐文。

1937年秋考时,文大喜、文心仪、文心志和胡瓜四个人同时考入内迁到贵州湄潭的浙江大学。28年后,他们的下一代也面临高考,而且比那年多一个人,一家人都感觉到了长江后浪追前浪的喜悦。

文大喜家老二文诗路虽然比姐姐小一岁,但是姐姐读书那年文诗路吵着非要跟着去,爹妈一盘算,也好,一来学习上可以互相帮扶,二来上学路上两个人一起,是个照应。加上那时候对娃儿的上学年龄要求不严,只要父母愿意,大一岁小一岁都无碍。后来的经历证明两人不单单帮扶,还相互竞争,双双进步。另外，还有一个好处是文大喜一次辅导两个人，事半功倍。

考试前的三个月是关键期，冲刺一下，差一点的也许就能上线。文诗雨姐妹不担心上不了线的问题，而是冲一个高分以争取得到那些名校的青睐。

文诗雨和文诗路都是天生喜欢读书的那种娃儿，即便文大喜不辅导，两个人的成绩也一直处于班级前列。文大喜也看在眼里，很多时候的辅导是因为他自己觉得娃儿们学习很辛苦，有陪伴的意思。天热的时候递个毛巾啊，扇两下蒲扇啊，或者端出来两碗凉得透透的绿豆汤啊，都让娃儿们感受到爹妈在后面抵着腰杆的那种"踏实"。

相比文诗雨姐妹，文达观就显得吃力一些。

对于读书，文达观谈不上喜欢不喜欢。生在这么一个家庭，上下左右全都是读书人，唯独他一个人不读书，肯定是自己找来不痛快。文达观脑筋够用，死磕也能把成绩搞上去，但是他不。有和大人对着干的意思，只是不敢使用公开的方式。日积月累下来，到了高考时节就看出了差距。一听说这个考试季家里同时五个人开考，他又担心自己真要落了榜，抛开大人的因素，自己脸面上至少挂不住，这才下决心恶补。

好在现在粮食供应各方面都有了起色，金雨天就叮嘱谢孃去菜市场时多买些补脑的食材回来，给文达观补一补。

谢孃不知道哪些东西补脑，只能凭直觉，就说："要不……托人买两个猪脑花？"

金雨天想想，说："你的意思吃哪点补哪点？"

谢孃说："我是这样想哈，都是一样的东西，至少……吃脑花总不会治脚气，对吧？"

金雨天说："那倒是。问题是……菜市场你有熟人？"

谢孃说："我托居委会的徐委员看看，她认识的人多，又是个热心肠。"

金雨天说："也是，徐委员安排的事情，我们家什么时候都没含糊过。除'四害'，大炼钢铁，什么时候都是我们家顶在前头。"

谢孃说："那我就找她了！"

除了猪脑花，还听说鱼和核桃也补脑，于是想方设法都买些回来试试，不管有用没用，总是爹妈的一个姿态，到时候即便落了榜，不能让娃儿找到自己不努力之外的理由。

除了三个文姓子孙，老太爷也需要关心关心那两个异姓子孙。因为李飞龙有李家老太爷关照着，文家老太爷就象征性地关心一下，打个电话问问文心仪，娃儿怎么样，学习怎么样，身体怎么样，等等。

对于徐文，别看远在茅台镇，血缘上的关联也很牵强，但是有文珠千丝万缕那么牵扯着，老太爷就不能像对李飞龙那样走马观花了，必须一五一十搞清楚。

至少读高中，徐文是可以在贵阳随便一个什么学校就读的，但是徐子不同意。徐子觉得徐文跟徐天媛不一样，一来徐文和文家没有血缘关系，不能像徐天媛那样再麻烦人家；二来文家也不像在旧社会那样富甲一方了，"赎买"给的那些旧币到现在早已没了踪影，很多时候都捉襟见肘，多一个人就多一张嘴，人家不说，你要懂事，就是人们常说的"懂事好处"。

不过徐文还不错，跟文诗雨家两姊妹差不多，读得进书。在茅台镇读完小学之后，去仁怀县城读的中学。去的时候托远房亲戚刘县长找了一个关系户，连吃带住，徐子按季度把伙食费、住宿费都交给关系户，放心得很。所以老太爷邮寄来"关怀"的时候，徐子就在回信中把情况一五一十说一遍，老太爷也跟着放了心。还把文达观用于补脑的那些偏方给徐子说了，让徐子也买一些给娃儿补补。

徐子去仁怀看徐文的时候问需不需要猪脑花和核桃补补脑，徐文说真要考不起，吃什么都考不起，还不要说"急时抱佛脚"是因为平日烧香烧得不够。

徐子说："听你这口气，成竹在胸？"

徐文说："那倒不是，如果考试就考我们学过的东西，我肯定能考取。"

徐子说："真的？"

徐文说："真的。"

终于挨到考试了，各家各户把自己家的娃儿送出家门时，大都说一些"慢慢考，不要急，不要漏题"之类的话。

等考完了，大人们又说一些"好喽好喽，人生的第一阶段终于走了一半了，歇一歇喽"之类的话。

20天之后，分数出来了。文家的五个娃儿都上了分数线，由高到低依次为：文诗雨、徐文、文诗路、李飞龙、文达观。当着娃儿的面，老太爷就说"哎呀，都有本事哈"，等到就剩下三个老人家了，他就说："还是两个姑娘和徐文本事大！"

那天晚上，文大喜一家人倾巢出动，过来征求老人家对于填报志愿的意见。

老太爷先咧着嘴巴笑一回，笑安逸了又开始捋胡须。

文诗路就说："哎呀！我们家老太爷的过场也多了点哈！"

大太太说："就是！就那几根胡须捋什么捋？"

"哎！这你们不懂了吧？"老太爷一脸的志得意满，说，"这叫调整心情，晓得不？你若是不把心情调整安逸了，表达不了老太爷高兴的程度嘛，那不是白高兴一回啊？你以为哪家都有五个娃儿一起考上大学的好事情啊？啐！"

文大同说："就是就是，必须让老太爷把情绪调整到最佳，不急这一哈哈！"

文达观说："早晓得这样么，应该把李飞龙和徐文喊过来的，请老太爷一个一个分析！"

"嚯哟！你想累死你家老太爷啊？嘿嘿嘿嘿！"老太爷说，"其实嘞，大主意还得由你们家爹妈拿。老太爷就一个意见，能填好的，绝对就不填差的；能填更好的，就不填好的。就这个，听明白了吧？！"

文诗路说："我晓得了，老太爷的意思，与其累他老人家，不如累爹妈。对吧，老太爷？"

老太爷说："你看你看，还是你们家二丫头聪明！哈哈哈哈！"

之后，爹妈娃儿一起上，把什么样的分数线跟对应的大学结合在一起进行推演，再结合自己的爱好以及大人的意见，文诗雨和文诗路两姊妹填的是北京大学，徐文和文达观填的是贵州大学，李飞龙填的是同济大学。

老太爷问过徐文，为什么也填贵州大学，徐文说因为贵州大学有"酿酒工程专业"，他喜欢。

老太爷说："哦哟！你的意思……接你爹的班？"

徐文说："那倒不是，但是我确实喜欢赤水河边的酒香。"

大太太说："那也是个好志向哦。"

老太爷说："问题是……大学也有学酿酒的？"

徐文说："有。"

"就是就是！"老太爷说，"看来梁启超的那句话真是至理名言嘞：'少年强则国强，少年雄于地球则国雄于地球！'不是吗？"

大太太想想，说："也是。哎，梁启超最后怎么死的？"

文大喜说："病死的，五十六岁那年病死的。"

"可惜了！"大太太说，"那么年轻，哎！倒是我们这样一无是处的人活这么久！"

"说什么呢？！"老太爷突然一下子火了，申斥道："人活一世，各人有各人的道理，各人有各人的活法。什么叫'活这么久'？那是你的造化，是你刘彩云的福气嘞！晓得不？"

文大同说："就是就是，大太太这句话不对哈！"

幺太太说："就是，肯定是福气嘛！大太太嘞，福气不是哪个想有就有嘞！"

"是喽是喽！"大太太说，"我的意思，像梁启超这样说得出至理名言的人，老天爷应该让他活得久一点，对国家的贡献才大。这个意思！"

老太爷说："那你也不该在娃儿考大学填志愿的时候说什么死啊活的，不吉利嘛！"

"是喽！就数你的名堂多！"大太太说。

大太太说梁启超的这个话，和娃儿考大学本身没有一点关联，风马牛不相及。但是，因为后来娃儿们考大学的事情半中拦腰出了状况，人家不说，也让刘彩云后悔得去死的心都有了。

填报志愿之后，还有一个程序是必需的，那就是政审。

政审是"政治审查"的简称。参加高考的学生一人一份"政审表"，里面除通常的个人信息之外，最核心的一栏叫"家庭成分"。通俗地说，就是学生家长在旧社会从事什么职业。旧社会你爹是工人，家庭成分一栏你就填"工人"；比如刘水红和刘冀中，就填"革命干部"；比如徐文，就填"旧职员"；再比如文达观，只能填"地主兼资本家"。文诗雨姐妹更复杂一点，家庭成分一栏填"干部"，但是"社会关系"一栏，爷爷和伯父都是"地主兼资本家"。

政审表的主要功能，就是看你是不是无产阶级队伍里的人，如果不是，比如，文家的三个娃儿，政审就叫不合格。

除了保送生，政审结论分为四类：1.可录取机密专业；2.可录取一般专业；

3. 降格录取；4. 不宜录取。凡是政审结论不合格的学生，负责政审的部门就会在政审表上写下几个字：不宜录取。

2

土地改革那年，徐子是云辉烧房的掌柜，因为云辉烧房不是他的，成分肯定不能填成"资本家"，如果能细分，填成"资本家代理人"比较准确。但是土改那年没分这么细，于是就参照供职于国民政府的那些人，填了一个"旧职员"。把"旧"字放到"职员"前面，听起来也不是什么好成分。不仅如此，负责搞政审的同志还在"社会关系"一栏里看见其老丈人是云辉烧房的老板，那是确定无误的"资本家"。再加上那200亩水田，这就坐实了"地主兼资本家"。因为政审表就是要看你的直系亲属和主要社会关系的情况，娃儿的老外公是"地主兼资本家"，徐文最终也被划到"不宜录取"之列。

这回问题来了，因为爹妈在旧社会的职业就剥夺了学生读大学的资格，文家人闻所未闻。那几天，文家的"神仙会"完全乱了套，压根没有了"神仙"的心情，大家都在绝望中挣扎。

老太爷眼睛红红的，还有些混沌，说："莫非这就叫阶级斗争？"

文大喜一直显得懒心无肠、萎靡不振，回答也明显带着情绪，就说："哎哟！晓得他们是咋个算的哦！"

老太爷说："问题是我们从来没想过要跟谁斗争啊！"

文大喜说："爹呀，阶级斗争是阶级之间的斗争，只要斗争开始了，没人去细分谁参加谁没参加。"

"这个咋个办嘛？！"文大同说，"俗话说天无绝人之路，莫非连老天爷都无力回天了？"

文大喜说："看吧，也许徐文还有一点希望。我已经给徐子写了信，告诉他徐文的生母是彩珠子，一个用人而已！按道理已经跟我们文家没了关系，你总不能胡子眉毛一把抓，把徐文的成分算到老太爷头上。至于我们家姓文的三个娃儿，大概已经板上钉钉，无力回天了！"

"我就说嘛！！"老太爷是突然之间爆发的，只听他大声吼道，"你家妈那天半夜想起歌来唱！想精想怪想起个梁启超的死！我就说她是个败家的东西你们还不信！！我就说……"

文大同和文大喜赶紧上前拦住老太爷，老太爷挣扎着还要吼，两兄弟极力阻拦，老太爷这才慢慢收住，仍然悲愤满腔……

文大同这才想起这次"神仙会"之前，老太爷交代让文大同找理由不让大太太和幺太太旁听，同时也没有通知马伟泊，现在明白了，老太爷这是打好了主意要借题爆发一回的。

文大同说："爹呀，我们自己不能再说这样的话，你伤心，妈也伤心呢！"

文大喜说："爹不是冲着我妈，没办法，问题是他只能冲着我妈！"

"那……"文大同说，"1958年徐天嫒考上大学时，没听说有政审一说啊？"

"有，一直都有。只看是不是提到议事日程上来。还有……"文大喜突然停住了，脸上随即显出惊愕之色……

文大同顺着文大喜的目光转过去，只见老太爷一只手撑着旁边一把椅子，一只手肘支在桌上，有点佝偻的身体呈难以支撑的扭曲状，满是悲切的脸上两行亮晶晶的眼泪顺着面颊上那些皱纹弯弯曲曲地流淌着，然后坠落下来，滴在那件穿了多少年的深灰色大褂上。

兄弟两个不由得膝盖内侧一软，双双跪在文家老大面前……

茅台镇那边，徐子根据文大喜讲述的内容，连夜写好了申诉材料，第二天一早就跑到贵州茅台酒厂的政工科，把情况仔细叙述了一遍。鉴于徐子所述徐文跟文家没有血缘关系是个不争的事实，加上徐子一贯本分老实，政工科的李科长便在材料上盖了个公章。

最终，贵州茅台酒厂政工科的那枚公章真的起了作用，学校搞政审的部门对于有公章确认的材料也给予了确认，经过学校办公会议研究批准，徐文的材料被补送去了贵州大学。没多久，徐文收到了封面印有"明德至善，博学笃行"字样的录取通知书。

徐子不敢耽搁，马不停蹄赶往茅台酒厂，再征得他退休前供职的部门科长同意，给文家挂个了长途电话。

那头接电话的是幺太太，幺太太放下电话又马不停蹄小跑到书房，把消息告诉了大家。

老太爷铜钟似的坐在那儿，一言不发，搞得大家面面相觑。

大太太实在憋不住了，敲敲桌子，说："哎，你倒是吭个气嘛！"

老太爷舒了一口气，说："既然这样，当初为什么不搞清楚就灭了人家呢？我是在想，另外那三个娃儿……到底咋个办哦？！"

幺太太说："大喜那天不是说了，他准备让两个娃儿休息一段时间，看看有什么好一点的街道企业先干着，骑在马上好找马，最好找一家对政审不那么严格的国有企业……"

"找哪样哦找！"老太爷打断幺太太，鼓着眼睛吼道，"老子养她们两个一辈子！！"

"啧！"大太太说，"老太爷，这真不是养不养她们的问题，还有文达观呢，三个一起养？"

"一起养！"老太爷又吼。

幺太太说："老太爷，我也说两句哈。俗话说常在屋檐下，不得不低头。你作为一家之长，风浪吹打过来的时候，大家都指望你老人家能带着我们顶住，光说气话不仅没用，还会伤了身子。现在已经这样了，扳不弯嘛！那我们就要有应对'扳不弯'的对策！旧社会有旧社会的难，我们家不是一次一次都走过来了吗？新社会也有新社会的难，我们还要靠你老人家把大家拢成一团，继续往前走呢！不是吗？"

老太爷不说话。

文大同说："爹，幺太太说得在理。听文大喜说，阶级斗争已经成为共产党的执政纲领了，会在从今往后的所有地方体现出来。文大喜还说了一句话，叫作'不以人的意志为转移'。所以，如同幺太太说的，文家人能不能拢成一团，关键看你老人家嘞！"

老太爷沉吟片刻，说："那年……不是已经把这个家……都交给你了吗？"

"我……"文大同一时语塞，随后说，"爹，妈，幺太太，三个老人家都在，我想说……现在看来啊，真正能担起我们这个家的人……"

"非文大喜莫属！"金雨天抢着说。

"哎呀！"文大同惊诧地看看金雨天，说，"我可没有和金雨天扎媒子哈！"

"扎媒子"是我们这边的俚语，串通、事先商量好的意思。

老太爷看看大太太，大太太点点头；老太爷再看看幺太太，幺太太也点点头。

老太爷说："既然这样，我们就把文大喜喊来说清楚！第一，我的年纪老早就大了去了，这毋庸置疑；第二，我的确沉不住气，每每来了风浪，我首先发一通脾气，什么事情也办不成！看来啊，那年交给大同还是旧社会的事情；现在新社会了，什么都在变，文大同足不出户，他应付不来这些。看来啊……是得交给文大喜嘞！"

当天晚上，文大喜应召来到老宅，先由文大同把一家人白天的意见说了一遍，等到文大喜终于点了头了，扩大了的"神仙会"随即在书房进行，包括随后赶来的马伟泊。

一家人齐齐整整地围成一圈。

老太爷用目光转了一圈，说："那一年，之所以把家里的权力交给文大同，是因为文大喜不在；现在都新社会了，到处都是天翻地覆的变化！我们耄耋之人每天蜷缩在家里，完全跟不上这样的变化。所以，我们三个老人家的意见，从今天起，我们文家，由次子文大喜……接着，由他负责处理文家自解放以后留下的……这个烂摊子！"

所有人的目光都转向了文大喜。

"吭吭，"文大喜清清喉咙，看看老太爷，再看看大家，说，"其实，不用搞得这么正式。爹、妈，还有幺太太，只要说一声，即便赴汤蹈火，也是做儿子的本分！我现在晓得了，因为我们文家，旧社会干了几桩大买卖，现在不经历个九九八十一难……就不算完！其实，我也想不出比兵来将挡水来土掩更好的办法了，一步一步走着看吧！虽然我没有参加过文家产业的经营，但是直到今天，我从来没有觉得我们文家的那些产业有什么不好！云辉烧房、文渊书局、丰汇盐号，哪一个不是那个年代响当当的名字？都是一方百姓安身立命的依靠！为此，我必须感谢老太爷，感谢我的兄长文大同，如果没有你们的呕心沥血，前赴后继，就不会有今天让我文大喜引以为傲的本钱！！"

"老太爷、大太太、幺太太、大哥大嫂在上，"文大喜双膝跪下，高声道，"请受文大喜一拜！！"

文家老大端着个铁青的脸,三个女人已经泪流满面……

3

"不宜录取"的后果没有在看似弱小的文诗雨两姊妹身上体现出来,反而在差不多算是个男人的文达观那里出了状况。

文达观说得很通俗,直接将自己没能通过政审怪罪于文大同。这没错,确实是因为文大同继承过来的"地主兼资本家"身份,导致了文达观没能通过政审。直到文达观狠狠地说出"就怪爷爷文大同"那样不近情理的话,文心武这才想起一个事情,娃儿的成分不是父亲的职业吗?这回怎么跳过父亲算成祖父了?文心武填成分才填文大同,而文达观填成分,无论如何都该填个"干部"啊!这么重大的事情怎么能够"哪壶不开提哪壶"呢?

已经关乎娃儿的精神状态了,文心武不敢耽搁,马不停蹄找到学校教导处,要求他们解释关于成分的有关规定。

一位政审组的成员接待了文心武,他说:"所谓成分,是指家庭成分。就是说你们家土改时划的什么成分,你们家的子子孙孙都是这个成分,国家并没有规定成分可以变更,也没有规定到哪一代可以变更。所以,成分就是阶级烙印……"

"与生俱来,死不带走?"文心武打断对方说。

政审组成员想想,说:"应该是这样。"

"那我请问喽,"文心武说,"我家二爷爷是地主,二爷爷的儿子是国家公认的革命烈士。请问,二爷爷的孙子的成分,怎么填?"

政审组成员说:"家庭成分还是地主啊,只不过你家二爷爷教育有方,为国家培养了一个革命烈士而已!"

"而已?!"文心武说。

"对呀。"政审组成员说,"国家肯定给了你们二爷爷家革命烈士的相关证书,同时还有规定的抚恤金等优抚措施。青红皂白,清清楚楚的啊!"

"这……"文心武语塞了,最后摆摆手,转身走了。

回到家,文心武把政审组成员的原话跟爹妈说了一遍,说看来是我们不了解共产党的章程，他们那里子丑寅卯，哪样都写得清清楚楚的。

金雨天忧心忡忡，说："如果这样，文达观的事情还不能像文诗雨她们那样随便找个工作，只能从长计议喽！"

"先休息一段时间，慢慢再说！"文大同也一脸的忧心忡忡。

文心武说："文达德也十四岁了，眨个眼睛的事情！"

"啧！"金雨天说，"唉——晓得咋个办哦？！"

"唉——"文大同同样一声长叹，说，"这个事情就不要让老太爷他们知道了，一说，又是麻烦！"

金雨天说："可能吗？早不见晚见的，早晚会晓得！"

文大同说："那就晚一点晓得，让他们缓一缓，避开风口浪尖这一段！"

仅仅过了两天看似没有风浪的日子，"风浪"便再次袭来。

那天，总感觉心里愧疚的大太太，觉得既然是老一辈的原因害了娃儿，不说弥补么，至少过去说几句宽慰的话，总好过几个老年人扎堆哀叹。

大太太来到文达观两兄弟的小房间，从门缝望去，文达观一个人和衣斜躺在床上，皱着眉头，正在捣鼓老太爷的那个半导体收音机，咿里哇啦的。之前为了安慰娃儿，老太爷让文大同把半导体收音机送到娃儿屋里，也是一种对于愧疚的弥补。

大太太轻轻推开门，堆着笑脸，声音也憋成年轻状态，说："你在搞哪样啊？"

文达观斜了一眼，厌恶之情溢于言表，翻身起来，不由分说伸手将房门一掀，紧跟着大吼一声："你们来干什么吗？！"

房门在大太太的鼻子跟前撞了一下，差点碰着，都能感觉到一股风，发出很大的声响——

猝不及防的大太太先是一怔，"呃"了一声，随即脸色发白，眼泪涌了出来，满腔痛苦，口齿不清地"呃呃呃"了几声，身子一软，倒在地上，晕厥过去……

大太太醒来时，满眼白花花的，一股酒精混合着消毒药水的味道直顶着鼻腔，搞得头皮都麻了一下；眼前人影幢幢，还听见高一声低一声地有人喊，定睛一看，原来是以文大同为首的家里人，金雨天、文心武还有章悦。

见大太太醒了，大家都松了一口气。文心武赶紧招呼一直蜷缩在墙角的文达观过来，说："过来过来，赶紧给大太太赔礼道歉！"

依旧犟着的文达观来到病床跟前，梗着脖子说话："对不起！大太太，都是我的错！"说完扭头走开了，敷衍了事的样子。

金雨天弯下腰凑近大太太说："妈，他晓得错了，以后他不敢了！心情不好的人容易出乱子，你老人家要原谅他！"

大太太觑着个眼睛，有气无力的声音里还带着些埋怨，说："怎么把我弄到医院来了？是医院哈？"

文大同说："是医院，妈，你好好休息！"

"啧！"大太太说，"花这个钱干什么吗？我就是脑壳昏了一下，其实就在文达观的床上躺一下，就行！文达观呢？"

"文达观，文达观！"金雨天赶紧招呼文达观。

文达观绕到病床一侧金雨天旁边。

大太太拉着文达观的手，说："文达观啊，是我们把你耽误了，对不起哈！文达观！"

当大人们争先恐后地表示反对大太太的说法的当儿，文达观的眼里倔强那劲头终于缓和了一些，两只手反过来握住老太太那只孱弱的手的同时，轻轻摇了摇头。

那天，大太太只在医院躺了一个晚上，要不是正输着液，当场她就喊回家。还说不习惯冰凉冰凉的盐巴水往血管里面灌的那种感觉，她只认神仙家的温热药汤。

回家后，文大同去中医院找到小神仙，把大太太无法过来诊脉的原因说了，小神仙答应破例跑一趟。小神仙还解释，说不是我不给老朋友面子哈，而是医院规定不能出私诊，被举报了要遭。

那天下班后，小神仙自进了中医院之后第一次踏进了文家的大门。望闻问切一通过程走完，开始写方子，边写边说话。

"老太太这是气血阻滞，气虚血瘀。我这个方子活血通络，益气补肾。先抓四服，完了看情况再说。忌生冷，少吃辛辣，最主要的是不要生气。"小神仙公事公办地说完，收起钢笔就要告辞。

文大同拦住对方，说："先生请留步，家父略备薄酒，万勿推辞！"

小神仙笑了，说："文先生客气了！只是好久没有听见这样的语言，真的感觉亲切。只是家中有事，再找机会吧！请代我谢过老太爷！"

送走了小神仙，文大同去给老太爷回话。

"哦，你看，到底是神仙家的后人，中规中矩！"老太爷说，"倒是我们家的这个子孙啊……啧！算了，不说了！"

文大同能说什么呢？只能苦着个脸，垂着个头。

文大同心里只有那么愧疚了。

原本，阴历五月端午是大太太的生日，文大同只要提议给母亲的九十大寿办一台酒席，谁能说一个"不"字？没想事先得知了几个娃儿"不宜录取"的情况，大太太就主动放弃了这个想法。几个娃儿平白无故遭此打击，一家人悲悲切切的，没有心肠还在其次，到时候不论哪个娃儿因此随便出个什么状况，那还能叫"寿宴"？

就因为这个，文大同家两口子已经觉得亏欠大太太了，没想文达观还来这么一出。金雨天连抓住"小屁儿"，在屁股上狠狠掐两爪的心都有，管他有没有指甲印，恨得直咬牙根。

文大同也咬牙根，只是咬咬之后随即摆摆手，说："算了！长房长孙在美国，远天远地地指望不上！眼面前就这么两个重孙，还事出有因，你能怎么样？哎呀——都是命哦！"

金雨天最听不得这种没有担当的话，就说："不要把什么都推给命。子不教，父之过！没听说过？！"

"这个账我认！"文大同说，"但是，中间还隔着一个文心武喽嘛！你让我咋个办嘛？！"

"咦！"金雨天脑眉心都气亮了，狠狠一甩手，走了。

4

1965年，文家也不都是糟心事，也有让人高兴的情况。

天高云淡、秋风送爽的时节，徐天媛和赵光辉的宝宝来到了人世间。9月

8日那天是白露，差两天就是中秋节。宝宝是个男生，很沉手，八斤差一点点，还是顺产，徐天媛在妇幼保健医院住了三天就回家了。大太太喊他们到老宅来坐月子，说老人家有经验，人多也方便。只是徐天媛他们道听途说，已经知道了三个娃儿被"不宜录取"的事，哪里还敢给大太太他们添麻烦。就让赵光辉他们家在桐梓那边请了一个"四姨妈"，专程来贵阳伺候月子。

"但是，"徐天媛在幺太太和金雨天过来参观宝宝的时候说，"无论如何，请老太爷在百忙之中给宝宝斟酌一个官名；另外请告诉大太太，满月那天，我们一定抱娃儿过去让老太爷和大太太参观。"

幺太太抱着宝宝横过来竖过去，左一下右一下地亲个没够，还咬着牙关说话："咦！硬是想咬他一口！"

回来之后，幺太太把徐天媛的心愿给老太爷一说，老太爷不点头也不应承，直接去书房搬出《词源》，放在书桌一边，笔墨纸张都准备好，马上开始斟酌，脸上没有一丝笑意，有点当年审批账目时候的专注和严肃。大约一个钟头之后，一张染了墨迹的信笺放到了刘彩云床榻旁边的小茶几上。

"赵民生？"半卧着的大太太念道，抬头看看老太爷，说，"倒是个男娃儿的名字，只是……平了一点？"

正说着，文大喜进来了，他是来看大太太的，脚步没停下就问："大太太好些了吗？"

大太太说："快来快来，看看你家老太爷给徐天媛家宝宝起的这个名字。"

"爹，幺太太！"文大喜接过信笺，念道，"赵民生。"

大太太说："我觉得好是好，只是平了一点。"

文大喜看着老太爷，想想，说："如果让我猜，老太爷的意思……应该是……不能乱说！不能乱说！"

"哎！说嘛，这是在家里！"老太爷说，"我还真想听你说说看，看看你是不是真能猜着我的心思！"

幺太太也说："说嘛说嘛，让我们也听听嘛！"

大太太说："说嘛。"

文大喜顿了顿，说："我晓得，当年孙中山提出'三民主义'，里面的民生指的是平均地权；老太爷这个时候想出来个'赵民生'，是不是觉得……今天的执政党如果把工作重心放到民生上面……"

"浅尝辄止！"老太爷一抬手，掌心对着文大喜，一脸的惊喜之色，点点头说，"到底留过学哈，不服都不行啊！"

文大喜说："老太爷果真是这个意思？"

"果真是！"老太爷说，"哎呀！大喜啊，那年你母亲怀了你，完完全全就是个意外！今天看来，你着实让我意外啊！好好好！好好好！文家有你文大喜把这个家担起来，文家老大死而无憾哪！哈哈哈哈！"

听见这笑声的人全都觉得诧异，因为文家人好久没听过老太爷笑得这么由衷，这么舒心了，有一种如释重负的畅快感。

赵民生是老文家第五代的头一个，虽然不姓文，但是终归是文珠的血缘接续下来的儿孙，老太爷和大太太尤其珍视。满月还差几天就打电话到赵光辉他们单位，让小两口记着抱娃儿过来参观。到了日子，徐天媛家小两口如约抱着赵民生登了门。

一家人把赵民生翻过来调过去地看，大太太一番鼻子像谁眼睛像谁的评头论足之后，还问了一通奶水好不好，多了怎么办，少了怎么整等很专业的育儿问题。等到娃儿传递到幺太太手里去了，大太太把徐天媛拉到一边，小声说："知道老太爷为什么取叫赵民生了吗？"

徐天媛点点头，说："听舅舅说了，说是有关执政党工作重心什么的。"

大太太说："不要听他乱说！就是一个名字，大号而已！怎么还跟执政党扯上关系了？我看他是越老越糊涂！"

徐天媛说："我晓得，大太太。你老人家放心，我和赵光辉都觉得就是个大号。"

大太太说："对嘛！扯那么远有什么意思嘛！而且，马伟泊家老二也就是这几天的事情，我看他还扯个哪样？真要是个儿子，干脆叫个马执政算了！"

徐天媛不明白，说："为什么叫马执政呢？"

大太太说："耶，高低跟执政党扯上关系嘛！"

徐天媛笑了，说："回头我给马伟泊说，就说大太太给你们家老二的名字都想好了……不对呀，大太太，如果是个女生，莫非也叫'马执政'？"

大太太说："那怕什么？老大叫大满仓，老二叫马执政，多好？但是，马伟泊想要个男娃儿也不是一天两天的事情了！"

确实，马伟泊想要个男娃儿，真的不是一天两天的事情了。

因为后妈连着生了两个姑娘之后就没再生，马伟泊也是他爹马大宏的独一根血脉。你不要看马伟泊受过高等教育，但是"无后为大"在他心里也结结实实扎下根了的。生大满仓时，因为是第一个娃儿，想着后面接着还会有，加上给大家带来了无限欢乐，马伟泊还是很喜欢大满仓的。等到得知侯雅蓝又怀上了，马伟泊从那一刻便开始祈祷，希望老天爷和天底下的所有菩萨一起保佑，让老马家的香火能够延续下去。让马伟泊特别渴望老二是个儿子的另一个原因，那就是他和侯雅蓝的经济情况好像不允许一而再再而三地这么生下去，能否养活还在其次，关键一家人的生活质量会因此大打折扣。如果老二是个男娃儿，一女一男，品种齐全生活还没压力，最好。所以，马伟泊连做梦都梦见侯雅蓝生了个大胖儿子。

但是，老天爷真要遂了马伟泊的愿，苏东坡就不会写下"人有悲欢离合，月有阴晴圆缺，此事古难全"那样的"水调歌头"了。

按照医生推算的预产期，侯雅蓝住进了妇幼保健院。自打护士将侯雅蓝推进分娩室那一刻起，马伟泊就开始急，坐一会儿站起来，站一会儿又蹲下去，火烧了眉毛一般。好不容易熬到护士抱着个包裹得严严实实的包袱出来，那护士居然轻飘飘说了一句"是个姑娘"。这直接导致马伟泊心里的天平一下子倾覆殆尽，脑袋里面瞬间白茫茫一片，腿一软，蜷缩在分娩室的玻璃门角上，不能自已……

对于孟子的那句"无后为大"的"后"字的解释，据说学界存在两种观点：第一种是古典派，就是马伟泊的这种直白观点：儿子；第二种是现代派，认为应该理解为，尽后代的责任。估计中国的绝大多数男人都是"马伟泊派"。多少年代了，诸如"有儿穷不久，无儿富不长"这样的说法一直左右着中国人的生育观，你说，马伟泊的腿能不软吗？

不光马伟泊的腿软，侯雅蓝也跟犯了多大错误似的，一直在自责。要不是幺太太差不多都发了火，两个人还在那里悲悲切切地把原因往自己身上揽。

幺太太说："还不要说人人都必须晓得的'适可而止'几个字，两个大学生喽嘛，咋个比我这个丫头出身的人都不如哦？多好的一个娃儿，眼睛还没有睁开就被爹妈数落,有你们这样的道理吗?!"

跟那年生大满仓一样,幺太太坚持让侯雅蓝到老宅来坐月子。说什么东西都是现成的,困难时期都过来了,现在方方面面都好了许多。

"况且,"幺太太私底下跟马伟泊和侯雅蓝说,"有个小娃儿过来,也冲淡一点老太爷他们对几个娃儿'不宜录取'的纠结,一好加两好,晓得了吧?从现在起,谁要再提不利于小娃儿成长的憨包话题,今后不要喊我大妈!真的是!"

幺太太后面这一句是垮着脸说的,这对于马伟泊很有威慑力。

幺太太抱着马伟泊家二丫头边摇晃边说:"可怜哈!他们欺负你啊?他们不理你啊?讨厌哈?我们才不理他们嘞!哼!"

马伟泊家两口子当然要听大妈的话,人家有道理不说,加上二丫头那张有白有红的小脸水豆腐一般柔嫩,多摸两下,人心里面的疙瘩也就融化开了。

幺太太和侯雅蓝都不知道的,是马伟泊心里有一个小九九。

很早之前,马伟泊就读过发表在《人民日报》上面的一个叫马寅初的人撰写的《新人口论》,虽然马寅初后来被打成了右派,但是《新人口论》里面的专家观点的确有理有据。新中国成立这么多年了,即便是那些反应迟钝的老百姓,也都知道了《人民日报》是共产党的"喉舌"。什么事情只要经《人民日报》一刊载,倡导什么,反对什么,马上一目了然。所以,《人民日报》既然发出了"有计划地生育"这样的信息,应该是符合中国的具体情况的。

马伟泊觉得,哪一天国家真的开始提倡计划生育了,那就叫顺理成章。真要到了那一天,你再来想"无后为大"的事情,养得起养不起是小,因此违反了国家政策,有意思吗?

马伟泊的这个考虑不知道是不是杞人忧天?

5

仿佛是在配合马伟泊的思考,刚刚翻了年,1966 年 1 月 28 日,国家正式提出:实行计划生育是一件极为重要的大事。宣传口径也高度统一,叫作"一个太少,两个正好,三个多了"。

马伟泊在心里对自己说：这就顺理成章了。

虽然眼看着"无后为大"的箴言有可能在马伟泊这里成为现实，但是生育这事情是急不来的，是一个顺其自然的过程。要不然皇帝那时候三宫六院七十二嫔妃？打的就是"总有一个能生儿子"的主意。

"三个多了？"马伟泊把这四个字整成一个设问句，是在国家的计划生育政策出来之后。

"计划生育"这个概念最早出自一个英国牧师马尔萨斯于1798年发表的《人口学原理》。牧师预言：人口增长一旦超过食物供应，会导致人均占有食物的减少；并认为只有自然原因、灾难（包括战争）、罪恶和道德限制等，才能控制人口的过度增长；牧师倾向用道德限制的方法，比如，晚婚和禁欲来控制人口增长。

1957年，时任北京大学校长的马寅初发表的《新人口论》则主张用避孕的方法来控制人口，虽然他被指责为"新马尔萨斯主义"，但就控制人口增长的方法而言，《新人口论》的主张是一个进步。

从北宋晚期人口过亿开始，中国一直都是世界上的人口大国。要不要控制人口增长速度，一直都在争论之中。到了1966年，计划生育终于被提上了议事日程，成为一项国家政策，人们也是议论纷纷。计划生育好不好，应该不是立竿见影的事情，也许需要几年，也许需要几十年，才能看到最终结果。

人们常说"车到山前必有路"，马伟泊也是到了"三个多了"这座"大山"前面了，才开始感觉到了压力。晚上睡觉之前把所思所想跟侯雅蓝一说，对方马上也有了紧迫感。两人商量下来，决定在不轻视两个女儿的前提下，先研究出一个生儿子的可行办法，然后加紧实施。

那天晚上，马伟泊竟然暗自羡慕起皇帝来。确实，一个不能生，总有一个能生。马伟泊想。

马家的二丫头当然不可能按照大太太的戏谑取名叫"马执政"，而是把这个活路郑重其事地拜托给了老太爷。老太爷根据《词源》的释义，最后用毛笔在信笺上写下"马馨玥"几个字。还解释说，馨，是散布得很远的香气；玥，则是古代传说中的一种神珠；两个字结合起来，就是"带着香气的神珠"。

老太爷说："这个名字啊，我很是费了一番脑筋哦！之所以这样，也是弥补一下之前给大满仓取名字的轻率。"

大太太说:"咦!怎么就'轻率'了?多好听的一个名字!"

老太爷说:"好听是好听,丰衣足食嘛。但是,名字可不能仅仅图个好听。'龙王'该好听吧?神兽呢,还腾云驾雾,能当名字吗?"

"马龙王。"大太太试着说说,自己都觉得好笑,还笑得嘿嘿嘿嘿的。

"所以啊,"老太爷说,"人家小马家两口子之所以同意大满仓这个名字,那是人家尊重我们老人。大满仓也就算了,听说你还来了个'马执政'?"

大太太、幺太太和金雨天,外加侯雅蓝,四个女人直笑得前仰后合……

1966年春天,太行山以东的燕赵大地严重干旱,上一年入冬之后就没有正经下过什么雪。也不知道是不是老天爷提前发出的警示。3月8日以及14天之后的22日,河北邢台地区的隆尧县和宁晋县分别发生了6.8级和7.2级地震,造成8000人死亡、3万多人受伤。

也不知道为什么,地震之后该地区竟然下起了漫天大雪,把憋了一个冬天的雪水全都洒向这片刚刚遭受了蹂躏的大地。

据亲历者回忆,"一阵巨响惊醒了沉浸在睡梦中的村庄。时而如怪兽嘶吼,时而如闷雷滚过,时而如巨潮袭来。人们正在纳闷时,大地猛然剧烈地晃动起来。村民们叫喊着、摸爬着往屋外奔,哗啦啦……房子纷纷倒塌了。跑出来的人们或趴在地上,或死命抱住树木,看见一切景物都像在浪尖上打滚似的晃个不停。房子跟那大风里的麦子一样,一晃朝着西边倒了下去,一晃又朝着东面倒了下来,再一晃,房子散架了。天上刮着黑风,响着怪雷,就像谁把老天捅了个窟窿似的……"

第五十一章

1

1966年5月16日，农历丙午年的闰三月二十六日。

这是个再平常不过的星期一，人们早早地走出家门，该上学的上学，该上班的上班。文大喜准时来到办公室，照例泡了一杯十几年如一日的茉莉花茶，在端着茶杯回到自己办公桌的半路上，顺手拿起报架最顶上用木制报夹归顺在一起的一沓《人民日报》，习惯性地用纸拂了几下硬木椅子面上的浮尘，这才坐了下去。

校对组的事情虽然繁杂，但是不需要过多的智慧，细心一点就能胜任。写稿的人经过多年历练，文字错误大都被扼杀在了"摇篮"，能让校对组的同志挑拣出错误来的情况不多。所以，文大喜每天校对完属于自己名下的版面之后，还富余大量时间。于是，把每天的大小报纸事无巨细地通读一遍，成了文大喜打发多余时间的简单方法。

文大喜吹掉浮在茶杯口沿一圈浅色泡沫的同时，余光随性地飘落在展开的《人民日报》头版头条两个加粗加红的黑体字上面，"通知"；下面一行用小字写着"中国共产党中央委员会"。

都不用看内容，早已习惯了揣摩《人民日报》版面设置的文大喜，心里不免一震。在他的记忆里，中共中央只冠以"通知"两个字的文稿，而且以公开的形式发布，同时还加红加粗，这是第一次。

将标题套印成红色，"强调"的意思显而易见，旧社会就有。文大喜都顾不得呷一口已经香气扑鼻的茉莉花茶了，立马开读。

对于这样经过特别强调的文章，你必须一字不漏地顺着读，才能大致做到准确理解。当读到"中央决定撤销 1966 年 2 月 12 日批转的《文化革命五人小组关于当前学术讨论的汇报提纲》，撤销原来'文化革命五人小组'及其办事机构，重新设立文化革命小组，隶属于政治局常委之下。所谓'五人小组'的汇报提纲是根本错误的，是违反中央和毛泽东同志提出的社会主义文化革命的路线的，是违反 1962 年党的八届十中全会关于社会主义社会阶级和阶级斗争问题的指导方针的。这个提纲，对毛泽东同志亲自领导和发动的这场"文化大革命"，对毛泽东同志在 1965 年 9 月至 10 月间中央工作会议上（在一次有各中央局负责同志参加的中央政治局常委会议上）关于批判吴晗的指示，阳奉阴违，竭力抗拒"的字句时，文大喜的额头开始渗出了毛毛汗。

"我国正面临着一个伟大的无产阶级文化革命的高潮。这个高潮有力地冲击着资产阶级和封建残余还保存的一切腐朽的思想阵地和文化阵地。

"……混进党里、政府里、军队里和各种文化界的资产阶级代表人物，是一批反革命的修正主义分子，一旦时机成熟，他们就会夺取政权，由无产阶级专政变为资产阶级专政。这些人物，有些已经被我们识破了，有些则还没有被识破，有些正在受到我们信用，被培养成为我们的接班人，例如，赫鲁晓夫那样的人物，他们正睡在我们的身旁……"

这是文大喜第一次看到"无产阶级文化大革命"这个词组，以及"党内走资本主义道路的当权派""现代修正主义""夺取领导权""无产阶级左派""你死我活的斗争"等一连串看看都能让他这种背负着"摘帽右派"身份的人心跳加速的词句。

这个通知后来被称为《五一六通知》。有关开展"无产阶级文化大革命"运动的来龙去脉，老百姓是多少年之后才慢慢知道的。

这之前，1965 年的 11 月 10 日，上海《文汇报》发表了署名"姚文元"的《评新编历史剧〈海瑞罢官〉》的文章。文章点名批判了时任北京市副市长、明史专家吴晗。文章认为，《海瑞罢官》借古讽今，通过描写"平冤狱"，为被打倒的彭德怀翻案；剧中的"退田"情节则是为"单干风"做舆论准备；同时认为该剧的实质是阶级斗争在意识形态领域的反映。

这篇文章后来被历史学家称为"文革"的"导火索"。

文章刊出之后，全国各地大小报刊纷纷转载，在政治及其意识形态领域引起了极大震动。震动归震动，但是人们并不知道"文革"即将给我们这个千年文明古国带来的是什么。

《五一六通知》出台的三个月之前，1966年2月，于1964年为文学艺术界整风而成立的中央"文化革命五人小组"就姚文元文章引发的社会现象在北京开会；会后，五人小组组长、北京市委书记兼市长彭真向中央报送了一份《关于当前学术讨论等汇报提纲》，后来这个提纲被《五一六通知》提到，简称为"二月提纲"。

"二月提纲"试图把对《海瑞罢官》的批判，局限在学术范围之内。5月4日，《解放军报》发表题为《千万不要忘记阶级斗争》的社论，针锋相对地跟"二月提纲"唱起了反调。5月9日，《解放日报》和《文汇报》同时发表姚文元的题为《评"三家村"——〈燕山夜话〉〈三家村札记〉的反动本质》的文章，把笔名为马南邨的《人民日报》社长兼总编辑邓拓的杂文集《燕山夜话》以及由吴南星（邓拓、吴晗、廖沫沙三人共用的笔名）合署的《三家村札记》说成是"经过精心策划的，有目的、有计划、有组织的一场反党反社会主义的大进攻"，将矛头直接对准了党内的一些领导人。中共中央召开政治局扩大会议，于5月16日通过了《五一六通知》。

5月16日的中共中央政治局扩大会议决定撤销彭真、罗瑞卿、陆定一、杨尚昆的职务。这四个人后来被简称为"彭罗陆杨"，是"文革"初期最早被揪出来的党内走资本主义道路的当权派（简称"走资派"）。

会议撤销"五人小组"的同时，另外成立了一个"中共中央文化革命小组"来领导"文革"，简称"中央文革"，隶属政治局常委。

《五一六通知》标志着新中国继之前的历次政治运动之后，又开始了一次"史无前例"的大运动。

时值夏初，气温其实不算高，但还是让文大喜长袖衬衫两边的胳肢窝那儿都透出了汗渍，因为衬衣里面套了件汗背心，阻挡了前心后背的汗液，所以别人只能看见他集中在腋下的情况。

文大喜用力闭紧了眼睛，试图缓解一下一直竭力控制着的心脏异动。他知道，在校对组这样的场合，以他"摘帽右派"的身份，万不能把自己此时此刻的心情表露出来。于是，只能借助一次次深呼吸来调节内心的紧张。之所以紧张，源于《五一六通知》对他这样身份的人天生具有的一种震慑力。"右派"前面还加上了"资产阶级"这样一个强调属性的定语，立马就和"无产阶级左派"形成了对峙之势。在一个即将到来的、谁都不知道结果的运动里面，他这样的人会有好果子吃吗？文大喜马上想起了前车之鉴，想起了从反右运动之初一直到眼下自己所经历过的一切，让人的头皮发麻。麻痹感最终艰难地消散在文大喜脸上骤起的鸡皮疙瘩毛孔的顶端。

还好，鸡皮疙瘩归鸡皮疙瘩，今天的文大喜已经没有了当初反右运动时的惶恐，这表现在他中午下班时候往家行走的步履上。稳稳当当不说，该快该慢都显得十分自然，完全没有雕琢的痕迹。

当文大喜在宿舍走廊上看见已经在小灶台那儿忙活着午餐饭菜的柳文君时，妻子的脸上分明挂着已经阅读过《五一六通知》之后的不安。文大喜则假装若无其事地继续往前走，与柳文君擦肩而过都没有犹豫一下，直接拐进了房门。等到进了门，确定即便走廊上有人也肯定看不见自己了，文大喜这才转过身子冲外面的柳文君招招手，点点头。柳文君小心地看看走廊两侧，都没想起把锅铲放下，就弯进了房门。

文大喜小声道："你也看了？"

柳文君点点头，说："这一次好像比……"

文大喜马上将食指压在嘴唇上，拉着柳文君的袖子往屋里又深入了两步，这才说："比之前所有的都来得猛烈！"

柳文君忧心忡忡，说："你没事吧？！"

"暂时还没有，但是直觉告诉我，一定会有！你不用担心，其实……都老生常谈了。"文大喜故意将语气处理得平淡无奇。

柳文君正想说点什么，就听见外面文涛的喊声："妈！菜糊啦！"

柳文君这才想起火上的韭菜炒鸡蛋，而且马上就闻到糊了的韭菜混合鸡蛋的怪异味道。

"完了完了完了！"柳文君忙不迭冲了出去。

这时候就听见走廊上远远有人喊："哪家的菜糊啦！"

2

"无产阶级文化大革命？意思……一个新的运动……又来了？"这是文家老大听完了文大喜表述之后的第一句话。

文大喜点点头，说："动作倒是还没见着，但是言辞之激烈，大有摧枯拉朽的势头！"

"哎，不是……'四清'运动不是还没完吗？"文大同有点急，以至于遣词造句都有点乱。

文大喜说："跟'四清'运动的清思想、清经济相比，这回不是一个量级！"

文大同说："那跟反右运动比呢？"

文大喜想想，说："反右主要是反党外……"

"你的意思这次是反党内喽？"文家老大抢着说。

"不是我的意思嘞，爹！"文大喜说，"是《五一六通知》的精神！通篇只有那么义正词严了，仿佛……仿佛两边面对面干仗那样的水火不相容！你死我活！"

文大喜是在吃了晚饭之后，一个人溜溜达达过来的。这次他故意没有通知马伟泊，因为他感觉这回这个势头太猛了些，猛得都让人想起了回避外人的程度。多少年了，文家的什么话一直都没有回避过幺太太的这个亲眷，大家也都一直觉得娃儿可靠。但是这次，文大喜心里结了个疙瘩，至于因为什么，他也没想清楚，总之犹豫着。于是自己给自己找了个借口，对自己说，马伟泊他们小两口忙两个娃儿的事情去了，哪里还有时间参加"神仙会"？

老太爷仰着脸，想想说："无产阶级文化大革命？为什么还加一个'大'字呢？"

文大同说："总是……强调跟别的革命不一样？你说呢，大喜？"

文大喜说："这个……我真还不知道。"

"街上有什么情况没有？"老太爷问道。

文大喜摇摇头，显得心事重重，说："好像还没有！"

老太爷说："好像？"

文大喜吹了一口气，再深深地吸进一口气，这才说："我的意思……应该只是暂时现象吧？山雨欲来风满楼，至少风是刮起来了的！"

老太爷满心忧虑，说："那……你在单位要小心哦！该说不该说的，你都不要说，让别人说去，凡是多一事不如少一事！我们也帮不上你什么，你就把它看成……是另外一次反右？总之牢记一句话，祸从口出！"

文大喜看看老太爷，说："你放心，爹！久病都能成医，何况那样的切身之痛？而且，从眼下的情况看，'文革'会如何进行，大家都还不晓得。还是那句话，兵来将挡水来土掩。哎呀，我本将心向明月，奈何明月照沟渠啊！你能怎样？"

"儿啊！"老太爷有些感慨，说，"也不能过于悲观哈！你们的路还长，中国这么大一个国家，人心向善的，总是大多数！啊？"

文大喜点点头，说："你放心，爹！"

老太爷抹抹嘴皮子，像是想起了什么，喃喃道："其实，老百姓啊……无非是想过一点儿平平静静的日子，难道……难道我们连这点权利都没有了吗？"

后来，历史学家一致认定，《五一六通知》的发布是"无产阶级文化大革命"正式开始的标志。

一开始，各地方、各单位的"文革"还都是在党组织领导下进行着，虽然有风有浪，总体上还算循序渐进。5月25日，北京大学哲学系党总支书记聂元梓以及哲学系另外六名教师，在北大校园张贴的一张抨击北京大学党委和北京市委大学工作部阻碍"文革"的大字报，后来被毛泽东誉为"全国第一张马列主义的大字报"。6月1日，《人民日报》头版头条发表了题为《横扫一切牛鬼蛇神》的社论，号召广大人民群众起来横扫一切牛鬼蛇神。6月2日，《人民日报》全文转载聂元梓等人大字报的同时，发表了题为《欢呼北大的第一张大字报》的评论员文章。

这之前的5月29日，清华大学附中的一些学生自发成立了一个学生组织，取名"红卫兵"。红卫兵们认为"革命的后代有责任行动起来，积极参加'文革'，批判修正主义，保卫党中央，保卫毛主席，保卫红色江山"。由此，红卫兵作为以"红五类"子弟为主体的革命群众组织，其影响在全国范围迅速扩大，红卫兵组织如雨后春笋般遍布了中国的城市乡村。

"红五类"是指革命干部、革命军人、革命烈士、工人和贫下中农。与"红五类"相对应,地主、富农、反革命、坏分子以及资本家就是"黑五类",加上后来的右派,以及眼下被提及得越来越多的"走资派",统称为"黑七类"。后来还有人创造性地增加了几个类型,诸如修正主义、现行反革命什么的,一度达到九个类型,即"黑九类"。

有人说,"文革"是自下而上开始的,也有人说是自上而下开始的,不论从哪里开始,"文革"都轰轰烈烈地横扫着中国大地,所到之处,摧枯拉朽……

各地纷纷成立的红卫兵组织,首先揪斗各自所在学校的领导和教师,直接导致教学秩序由混乱到停滞,直至瘫痪。学生们身穿着从各种渠道得到的草绿色军装,头戴军帽,腰间扎着军用皮带,把自己打扮成革命军人的大致模样,左臂套上一个印着"毛泽东思想红卫兵"的红底黄字袖套,有路子的再斜挎一个军用帆布书包,手里拿一本被称为"红宝书"的《毛主席语录》,摆一个左手拿着红宝书在前,右手飘逸地悬在身后,两腿呈前腿弓、后腿绷的"勇往直前"的造型,意思所向披靡。

二老爷家的外孙张土改就是穿着这么一身草绿色,所向披靡地回到了文家老宅,让老文家两边院子的所有人都刮目相看。

在文家,与张土改年龄相仿的娃儿有好几个。远的不说,文心武家老二文达德跟张土改同岁,读同一个学校的初中二年级;文大喜家文涛大他们两岁,读高一。但是,能够加入红卫兵组织的,只有张土改一人,原因就在于红几类和黑几类之分。

自打解放后,张土改家老外公文德范烈士的那块金字招牌一直管用,到了"文革",竟然格外地管用起来。

另外,张军的几个老战友都在部队当着军官,搞几套军装什么的不过是"小菜",所以,张土改的红卫兵"装备"一水的军队被服工厂的真家伙,一眼就能看出跟那些自己买布做的假军装的差别来,这大概也是张土改腆着胸脯走进文家大院的原因之一。

文家的大人们大都是看热闹,只有文达德看门道。

同一个学校那么多学生,都不太明白原因就被分成了三六九等。原来全都混杂在一堆读书、玩耍的小伙伴,现在一些人穿着好看且威武的军装所向披靡地参加各种革命活动,而另外一些人只能躲在边上旁观,什么心情?

因为羡慕，因为不甘，文达德对于自己不能"装备"的军服就特别上心。他不光能分辨出军队里干部和战士着装上的区别，还能一眼看出皮带的不同。

前面说了军用皮带也分等级。除了皮带扣都是方便快速系扣的镀铬金属扣，中间一个五角星里面镌刻着"八一"二字，其差别在于干部的皮带是咖啡色的人造革，而战士的皮带是草绿色的加厚帆布。所以，当张土改出现在文达德面前的那一瞬间，文达德的眼睛首先落在了张土改腰间那根咖啡色人造革的皮带上。前几天都还是帆布的，这家伙怎么一下子就变成人造革的了？特别是张土改走过瞠目结舌的文达德身边时，有意无意地用两只手向后捋了一下皮带，完全是挑衅的意味，这让文达德的牙根直痒痒。

更让文达德生气的是，张土改擅长出幺蛾子。"幺蛾子"虽然是北方话，但是其含义既准确又通俗，南方人也喜欢用。

比方，戴军帽，别人扣上去就完了，张土改不，他动脑筋想办法，把半张报纸折几折，整成一寸宽的条形，再把纸条顺着帽子里面围一圈，帽子外面被支棱起来，有棱有角，看上去就跟别人不一样，显得很精神。幺蛾子吧？

你不要看文达德和文达观是两兄弟，而且只有十五岁，跟当年文达观没能读上大学找大太太发脾气不同，文达德对于自己没能加入红卫兵组织没有怨天尤人，他觉得黑几类、红几类什么的，那都是天生的，你降生在谁家，红与黑早早就已经确定了，不会因为自己愿意与否而改变。当然，如果自己也能有穿军装扎皮带的资格，他一定会想方设法寻摸一根人造革的。认命的同时，文达德也有不着边际的憧憬。

那天晚上，文达德辗转反侧到深夜才稀里糊涂地睡了过去。梦里居然看见一个身着草绿色军装，扎着根咖啡色人造革皮带，而且领章帽徽一样不少的年轻军官朝自己走来，停下之后敬了一个正正规规的军礼。文达德定睛一看，顿时吓了一跳，那个青年军官居然就是自己……

3

除了大学、中学有红卫兵组织，小学生也不甘寂寞，组织成立了"红小兵战斗队"，一个个穿着爹妈连夜赶制出来的小几号的假军装，也加入浩浩荡荡的"文革"队列之中。

文大喜家老四文诗仙恰逢小学六年级，读书读得正起劲的时候，一下子开始搞革命了，顿时没了主张。回家一哭诉，文大喜和柳文君赶紧安抚，说其实也没什么，古时候读书人大都是在自己家里读，还清净，懒得跟他们闹腾去。

文诗仙还能怎么？那是她自己能决定的事情？

等到红卫兵们在学校里面"闹腾"得差不多了，一些地方的红卫兵组织开始冲击党政机关，眼见着将革命行动推向了全社会。

机关不像学校，机关都是成年人，有自己差不多已经固定了的人生观，对于学生冲击党政机关的行为有自己的看法，有些还付诸行动，站在机关的立场上跟学生们摆事实讲道理。问题又来了，因为两边都属于人民群众，于是就分出了派别。跟学生站在一起的叫"造反派"，另外一边的则被称为"保皇派"。在和"走资派"做斗争的间隙，也会发生革命群众之间的派系斗争。

鉴于异常迅猛且不断变化的势态，时任国家主席刘少奇和时任中央书记处总书记的邓小平做出决定，派工作组到大学、中学去协助领导"文革"运动，其目的是希望局势稳定下来。但是，他们的这个决定跟"中央文革"的态度显然格格不入。于是，中国共产党第八届中央委员会第十一次全体会议于8月1日在北京召开。会议期间，毛泽东主席的《炮打司令部——我的一张大字报》以文件的形式印发给了全体与会者。

大字报说："从中央到地方的某些领导同志，却反其道而行之，站在反动的资产阶级立场，实行资产阶级专政，将无产阶级轰轰烈烈的'文革'运动打下去，颠倒是非，混淆黑白，围剿革命派，压制不同意见，实行白色恐怖，自以为得意，长资产阶级的威风，灭无产阶级的志气，又何其毒也！联系到1962年的右倾和1964年形'左'而实右的错误倾向，岂不是可以发人深省的吗？"

可想而知，全会马上转为集中揭发批判刘少奇和邓小平破坏"文革"的罪恶行径。到12日会议结束时，全会讨论并通过了《中国共产党中央委员会关于无产阶级文化大革命的决定》，因为其内容共计十六条，《决定》被简称为"十六条"。

"十六条"规定，"文革"的目标是斗垮"走资本主义道路的当权派"，批判"资产阶级反动学术权威",以"大鸣、大放、大字报、大辩论"作为武器,把领导权夺回到无产阶级手里来。

全会同时改组了中央领导机构。之后,中央政治局和中央书记处的大部分权力,逐渐为"中央文革"所掌握。

根据"十六条"的指示精神,北京的红卫兵组织宣布要"砸烂一切旧思想、旧文化、旧风俗、旧习惯",简称"四旧",由此走上街头,开始"破四旧"。著名的东交民巷被红卫兵贴出的大字报命名为"反修路";老字号店铺被更名为"东风商店""卫红商店"之类;学校则挂上了"红卫兵战斗学校"的牌子。红卫兵小将们充分发挥想象力,拿着剪刀走上街头,把一些人的"小裤腿"由下而上剪开;理着"飞机头"的一些"闲人"被强迫修理成"板儿寸";尖头皮鞋被称为"火箭鞋",也被毁坏之后扔掉,总之乱了套。至于被列为"资产阶级反对学术权威"的一大批学者、文学家、艺术家、科学家,统统被揪斗,被游街示众,被打翻在地。

曾经写过《茶馆》等作品的著名作家老舍,就在第一波斗争风潮中因为不堪忍受批斗,而在被称为"燕京新八景——太平观荷"的太平湖投湖自尽。

这股浪潮迅速漫向全国,各地红卫兵小将争相效仿。冲击寺院、捣毁神佛塑像、牌坊石碑;查抄、焚烧藏书、名家字画;毁坏文物,烧戏装、砸道具;把被划为"牛鬼蛇神"的黑五类从城市赶到农村;禁止一切宗教活动,强迫和尚尼姑还俗……

总之,浪潮席卷之处,什么事情都有可能发生。

4

终于有一天,"浪潮"漫过了文家大院。

那是一个星期三的上午,十点多,平常人们上班、上课的时间。在没有任何征兆的情况下,一队红卫兵小将在一杆印着"毛泽东思想红卫兵革命战斗队"的大红旗引导下,来到了文家。

之前,文家人吸取了以往运动的教训,总结成"一多二少",即多做家务事,少打听,少说话。为此老太爷还下了封口令,说无论看到什么情况,三缄其口就是，包括容易被人家误解为"认可"的诸如点点头啊，哼个鼻音之类。后来干脆紧闭大门，与外界隔绝起来，免得惹是生非。没承想，人家红卫兵自己找上了门。

红卫兵小将们是唱着《语录歌》来的，虽然是参差不齐的"大齐唱"，但是架不住人多，人声一高亢，气势和威风就被烘托了起来。

"马克思主义的道理

千条万绪，

归根结底

就是一句话，

造反有理！

根据这个道理，

于是就反抗，

就斗争，

就干社会主义！"

这段毛主席语录，是毛泽东于1938年12月在延安各界庆祝斯大林六十寿辰大会上的讲话。因为"造反有理"几个字跟当下的革命形势很合拍，就被人们谱以乐曲，马上成了人人耳熟能详的革命歌曲，走到哪里都能听见。

红卫兵小将们愤怒的拳头砸在文家大门上的同时，歌声一直没断，那样的磅礴气势立即惹得街坊四邻纷纷出来看热闹，跟之前文家一次又一次的婚丧嫁娶一样。一时间，文家大门外面黑压压地挤满了人民群众。

起先，文家人都以为是过路的造反派队伍整出来的动静。听了一会儿感觉不对，嘈杂声分明固定在大门外面没移动，加上砸门的声音越来越真切，最后确定是自己家大门外面出了情况。

文大同都来不及请示汇报了，颠颠地就朝大门那里奔。隔着一道木门，外面的声势让文家的这个"孝子贤孙"大有招架不住的感觉。

文大同怎么就"孝子贤孙"呢？情况是这样，前几天，文大喜家一家人过来看望长辈，十三岁的文诗仙冷不丁问了老太爷一个问题，说什么是孝子贤孙？老太爷问她为什么想起问这个？

文诗仙说："大字报上面说我们校长和好几个老师是资产阶级的孝子贤孙。"

老太爷呵呵了两下,说:"这样啊?其实……孝子贤孙是个好词嘞,是对人的褒奖。比如,你大同伯伯,还有你爹,都是我们文家的孝子贤孙。这是好事情,明白了吧?"

文诗仙摇摇头,说:"那他们干什么把校长抓起来,手杆朝后面搬着,还斗争?"

老太爷看着孙女,摇摇头说:"这个嘛……呵呵……老太爷还真不晓得,嘿嘿!"

尽管心里七上八下,"孝子贤孙"文大同还是打开了大门。

刹那间,如同泄了闸的大水,红卫兵小将们一拥而入,一下子将文大同掀翻在地,文大同赶紧滚朝一边,动作稍微迟缓一点,也许……真不知道会出现个什么情况。

一时间,文家乱成了一锅粥……

红卫兵小将们分工合作,一些人在文家上上下下挨着房间搜查,一些人则把连同文达观和文达德在内的所有人,全都押解到了客厅外面的小院子里。那天文心武和章悦上班去了,否则一定也会被"押解"。

不知道是哪个小将发现了后面院子的小戏台,马上跑来报告,说后面还有一个资产阶级的小戏台,特别适合开展革命行动。于是,小将们押着老文家一群"地主资产阶级的孝子贤孙"来到了后院,悉数推上了小戏台。

小将们也懂得男女有别,男红卫兵押男的,女红卫兵押女的,两个押一个,把老太爷、大太太、幺太太、金雨天反剪着双手,一个个弯着腰杵在小戏台上。两个孙子大概因为还够不上"资产阶级"这个称呼,被红卫兵小将们网开一面,站在边上"陪斗"。等文大同从地上爬起来,颠颠地跑过来,指着小戏台上面的情况刚要开口说点什么,马上被两个男红卫兵小将不由分说就押着上了小戏台。还没等分清楚东南西北,就听见有人带头喊口号:"打倒地主资产阶级的孝子贤孙!"

大家就跟着喊:"打倒地主资产阶级的孝子贤孙!"包括那些随大流涌进来看热闹的街坊四邻。

领头人喊:"革命无罪!造反有理!"

大家跟着:"革命无罪!造反有理!"

领头人喊:"坚决把无产阶级文化大革命进行到底!"

大家跟着喊:"坚决把无产阶级文化大革命进行到底!"

领头人是个女学生,白白净净的,和张土改的装束一样,也扎着根军用皮带,只不过是帆布的。只见她一抬手,小戏台底下马上安静下来,女学生也不讲话,比好了打拍子的动作,直接开唱,"下定决心,预备——唱"。

又是大齐唱:

"下定决心,

不怕牺牲,

排除万难,

去争取胜利!"

这也是一首毛主席语录歌,在红宝书里能找到。是毛泽东于1945年6月在延安杨家岭召开的中共七大闭幕词里的一段话,"我们宣传大会的路线,就是要使全党和全国人民建立起一个信心,即革命一定要胜利。首先要使先锋队觉悟,下定决心,不怕牺牲,排除万难,去争取胜利"。

"红宝书"是收录了毛泽东在各个历史时期言论的一本红色塑料封皮小册子,很多语录对当下的文化革命运动依然具有现实指导意义。"文革"期间,中国人人手一册"红宝书",包括那些"黑五类"。因为"黑五类"更需要对照着《毛主席语录》来改造自己的世界观。

就在小戏台上的"戏码"一出接着一出演绎的时候,那些负责抄家的红卫兵小将则陆续将在文家大院"破四旧"的革命成果一一搬了过来。

书房里的所有线装书首当其冲,那是文家老大和他爹文理渊多少年来的心血,无一遗漏地被搬到了小戏台前面的空地上。加上文家那些积攒了多少年的字画,以及一些带着历史印记的物件,比如,雕刻着"封资修"图案的老家具,镌刻着"福禄寿"的玉石挂件,绣着百鸟朝凤以及花好月圆图的被面等,全都被堆在那些善本的上面。

在一旁"陪斗"的文达德真真切切地看见,就在红卫兵小将点燃那一大堆"四旧"的一瞬间,老太爷的眼泪夺眶而出,如同雨下,那张满是皱纹的老脸上只剩下了痛不欲生的神情,紧接着眼睛一闭,便晕厥了过去。要不是两个男红卫兵小将抓得牢靠,文家老大就栽了下去。

在红卫兵小将和街坊四邻的呼喊声中,大火越烧越旺,热空气翻卷着那些已经变成灰烬的残余物，纷纷扬扬向着高处升腾，飘向高空，飘向远方……

押解老太爷的那两个男红卫兵小将撑了一会儿，最终松了手，文家老大如同一摊烂泥，趴在那儿一动不动。

被批斗的其他人自然无能为力，谁也没有料到的是，没被束缚的文达德疯了一般冲了过去，趴在老太爷身边，摇晃着，呼喊着……

在人声鼎沸的现场，文达德的声音显得很弱小，没人听得见。

被押解着的大太太、幺太太、金雨天和文大同，除了满面泪水，什么也不能做。最终，大太太也昏了过去。

就在这时，有人来到领头的女红卫兵跟前耳语，估计是在告诉她小戏台上发生的情况，女红卫兵扭头看了一眼，舒了一口气，突然两手高举，小戏台下面又一次恢复了平静，只剩下那一堆被烧残了的东西发出的响声，噼里啪啦……

"大海航行靠舵手，预备唱！"女红卫兵起了个头，同时打起了拍子。

所有人的大齐唱再一次响彻文家大院，响彻天宇……

"大海航行靠舵手，

万物生长靠太阳，

雨露滋润禾苗壮，

干革命靠的是毛泽东思想。

鱼儿离不开水呀，

瓜儿离不开秧，

革命群众离不开共产党，

毛泽东思想是不落的太阳。"

这首名叫《大海航行靠舵手》的歌曲，在整个"文革"运动过程中几乎随时随地都能听见。哪怕你在家里，也能听见街上架设的高音喇叭里传出来的歌声。大大小小的会议开始之前和结尾，播放的一定就是这首《大海航行靠舵手》，成了那个时代的标志性歌曲。

等唱到差不多一半时，只见女红卫兵抬手朝大门的方向一挥，红卫兵小将们马上朝那个方向鱼贯而出，街坊四邻跟在红卫兵队伍后面，一起离开了这个刚刚被洗劫过的大院，随着依旧高亢的歌声……

后来，文家人算了算，最年轻的幺太太也满了七十了，情何以堪？

那天晚上，等文大喜带着文诗路和文诗雨赶过来时，文心武家两口子也下班回来了，老太爷和大太太都苏醒过来，两个人直愣愣地躺在一张大床上，不知道情况的人，真的不明白是什么情况让两个老人同时那样一蹶不振的。

一家人除了相拥流泪，还能做什么？眼泪流得差不多了，你还得把那些被倒腾得乱七八糟的大院从头到脚一样一样收拾整理一遍。

也怪，等哭声停止之后，偌大一个宅子居然没有一点声音。文家人进进出出，收拾这收拾那，全都轻手轻脚的，仿佛害怕弄出声音来惊扰着谁似的。

还是文诗雨突然想起的，她抓住文大喜的手臂小声问道："爹，他们怎么没去隔壁二老太爷家？"

文大喜也觉得是个问题，马上来到文大同身边，把同样的问题小声说了一遍。

文大同想想，摇摇头。

文大喜说："压根没有？"

文大同说："压根没有！"

文大喜说："那就是说，他们事先了解过情况，知道文德范的事情。"

文大同说："也好也好，否则啊……还要再多几个人陪斗！"

文大喜想想，说："不对呀？他们……我是说隔壁，肯定知道这边发生的情况啊！怎么至今没一点动静呢？"

所有人都明白文大喜说的"动静"是个什么动静，文大同正要开口，就听见手里一直没停下的幺太太开了腔。

幺太太说："算了吧，怪不得谁！家家都有难念的经呢！这么个乱法，他们能把自己门前那点雪……扫干净了，就不错！"

5

俗话说，是福不是祸，是祸，你想躲也躲不过。

二老爷家之所以没被红卫兵小将冲击，的确是因为红卫兵组织事先去街道做了调查研究，得知了二老爷的独子是老红军，而且是牺牲在抗日前线的革命烈士。所以，尽管隔壁院闹腾得轰轰烈烈，小将们压根没有朝二老爷家那边瞅一眼。当然，二老爷家那边也看清楚大趋势了的，听见那么大个动静，自始至终没人敢吭气。

红卫兵小将们撤退之后的第二天晚上，谢知雨领着张土改的妹妹张花仙悄悄去了隔壁院。之所以"悄悄"，一来是因为不论有多少理由，隔壁老大家那种情况下你一直无动于衷，于理于情都是说不过去的；二来一群人擅自进入别人家，还恣意把人家的东西翻出来，再明目张胆地烧掉，无法无天的事情呢，文家人前所未见。这么一个混沌无序的时期，当然需要处处小心谨慎。只能在外人不知道的情况下来一点人之常情，所以，只能"悄悄"。另外，谢知雨之所以带上张花仙，是因为张花仙没有参加任何红卫兵组织。

张花仙和文诗仙同岁，都在读小学六年级，两人虽然不在一个学校，但都因为校长、老师被批斗，学生全都"放了羊"。张花仙并不是不想参加红小兵组织，而是她爹妈不让。张军说，你哥参加就行了，一个女娃娃家，还是小学生，别跟着瞎掺和。张花仙还想犟一犟的，没想文心雷跟谢知雨都同意张军的说法，这才断了张花仙的小念想。

过来之前，谢知雨也想过带上张土改的，两兄妹一起过来，慰问嘛，人多点总显得心诚。后来一想张土改那一身草绿色军装以及腰系人造革皮带的架势，没准把人家大老爷再气着一回，反而弄巧成拙，这才放弃了张土改。

跟大家见面之后，谢知雨当然不能提人家遭劫难的茬，只能照着慰问伤病员那样，说一些深表同情之类的宽慰话。

老太爷家这边的人呢，觉得同样身份的两家人就因了文德范而被不同对待，不说不甘，至少心里面有个疙瘩。两边都这么疙瘩来疙瘩去，气氛上就难免尴尬。没坐多大一会儿，谢知雨便起身告辞，金雨天把谢知雨家两个送到院子里，谢知雨顺势拉着金雨天的手，皱着个眉头说话："多安慰安慰几个老人家！"

金雨天说："谢谢你们家了！"

"唉！"谢知雨叹口气，说，"家家都有难念的经哦！"

按说，谢知雨这个时候说这句话，不过是一句感叹，充其量是客套一下，让人没想到的是，竟然一语成谶。

几天之后，文心雷供职的艺术学校传来消息，和所有学校之前经历的过程一样，文心雷由学校的一些老教师陪着，被身着草绿色军装，腰间扎着军用皮带的红卫兵小将揪上了艺术学校用于演出的大舞台。

艺校跟普通学校不一样，因为学习戏剧、美术、音乐之类的艺术专科，有一个基本功的训练过程。因此学制比较特殊，八年制。比如，学习京剧的学生，前几年都是学习基本功，无论身段、腿脚，还是嗓音，都从最基础的一点一点练习，注重的是"扎实"；到了后几年，才由老师一颦一笑、一弯腰一点头地开始教；完了再说戏，先教片段，再学折子戏，最后教大戏。对学老生的教《失空斩》《武家坡》；对学武生的教《挑滑车》《八大锤》；学青衣的戏更多，白素贞、秦香莲、王宝钏都是青衣。

当初十一二岁进入艺校，到了1966年大都二十出了头，成熟得很。这还不算，普通学校只是学习基础文化知识；而艺校的后几年开始学戏，那都是一段段的人生故事啊，生旦净末丑，谁奸谁忠，有头有尾，完整得很。所以，艺校出来的学生，社会经历不可避免就丰富，一个个不用粘毛就是猴精，其他学校的学生根本没法比。

现在，这一个个的"生旦净末丑"再穿上草绿色军装，扎根人造革军用皮带，戴一顶军帽，手臂上套一个红箍。你想，文心雷是他们的下饭菜吗？

文心雷只是在二老爷跟前横，在她的那些学生面前，直接成了待宰的羔羊，完全没有了一丁点儿威风。

那天，批斗会还没开始，有人不知从哪里找来一个生了锈的理发推子，文心雷被几个练过功夫的男女红卫兵按压在一张课桌上，一个姓李的女红卫兵撸起袖子直接开剪。这本身就够人流一回眼泪的了，更不要说生锈的推子在文心雷的脑袋上生生制造出来的疼痛。除了眼泪汪汪，文心雷的大脑完全麻木了，一片白茫茫的底色前面，竟然是穿着军装的张土改一张讪笑的脸蛋，她急忙用力晃晃脑袋，因为脑袋被别人固定着，文心雷只是腰那儿扭动了几下。

等到红卫兵小将们完成了文心雷的"发型"，那个曾经风姿绰约的女干部被彻底颠覆了。因为那根本不叫剃头，而是随心所欲地深一个坑浅一道沟，整成个狗啃癞子头。这还没完，想象力丰富的红卫兵小将拿来一盒戏剧化妆油彩，由一个学习花脸的男红卫兵小将在文心雷脸上画了一个盗过御马的窦尔敦、以蓝色为基调的脸谱。完成之后，这样一个脸谱配上那样的发型，对那些学习过艺术或美术的学生来说，当然很是可笑。还有人专门找来一个小镜子，文心雷被强制着看了一眼小镜子里面的那个"窦尔敦"。

后来，文心雷无数次回忆自己那张面孔，每次她都想，天地良心都去了哪里？

教师们也不例外，男的被画成女妆，女的跟文心雷一样。中国戏剧里的脸谱多的是，各种各样，形形色色。

而且，这仅仅是个序幕。

之前，艺术学校的礼堂是学生汇报演出的地方，多少人间悲喜故事都在这里上演，同时接受教师以及相关领导的评审，最终将学生们送上各种各样的人生舞台。现在变了，变成了批斗相关领导以及教师的战场。

舞台的第一道幕帘上面拉开一条横幅，上面白纸黑字写着"批斗走资本主义道路当权派文心雷及其牛鬼蛇神大会"，"文心雷"和"牛鬼蛇神"几个字被写得颠来倒去的，还用红色颜料打了几个大叉叉，红颜色流淌下来，像极了血滴，让人触目惊心。

主持会议的红卫兵头头大声喊出："把走资派文心雷及其所有牛鬼蛇神全都押上来！"

文心雷胸前有一个八十厘米见方的厚纸板牌子，用绳子吊在文心雷纤细的脖子上，上面写着"打倒文心雷"几个大字，同样加上了大大的红叉叉。两个男红卫兵反剪着文心雷的双手，迈着舞台上常用的小碎步上场，即小步幅快频率，通常还伴着锣鼓点子的那种台步。文心雷双手被反剪着，两腿半蹲着的姿势，无论如何也赶不上人家"碎步"的速度，她差不多是被拖上来的。

文心雷还算年轻，一起被押上来的那些"牛鬼蛇神"，大多跟金雨天一样旧社会就从艺的，好几个都头发花白了，也被押着推到了舞台前沿。

跟批斗的程序上差不多，也是先唱歌、喊口号什么的，不同的是舞台下面的所有学生跟舞台上面被批斗的所有对象只有那么熟识了。不论学生、教师，还是文心雷，人人都记得那些并不久远的课上课下的往事……

初来学校时，为了熟悉自己的工作环境，文心雷总是早早来到学校，走一走，听一听，看一看。数也数不清的清晨，当催促起床的钟声敲响时，老师们挨个叫醒那些热被窝里贪睡的顽童早起练功。在练功房沿墙根一溜倒立着的男女学生里面，总有几个偷奸耍滑的小子要被老师用鼓槌敲打几下。学生们唯一的心愿就是老师伴奏的单调鼓点早点结束，然后大家敲打着碗筷冲向食堂，在一片唏呼声中完成永远没个够的早餐、中餐、晚餐；在那些日复一日的悠长岁月中，情谊便成了师生之间的必然产物。要不老话说"一日为师，终身为父"？

仿佛只隔了一个夜晚，人与人之间，就只剩下了斗争。

在一浪高过一浪的口号的间隙，红卫兵小将们纷纷上台，控诉资产阶级教育路线对他们的迫害，那些"从热被窝里叫醒"，以及"鼓槌敲打几下"等，都成了活生生的例证。至于谁反对了"文革"，反对了社会主义制度，学生们并不一定关心。

再看文心雷，因为双手被反剪而动弹不得，鼻涕眼泪跟窦尔敦脸谱的蓝颜色混合在一起，下垂有一寸多长，吊在那儿还不断，晃来晃去地让人不忍目睹……

批斗会持续了多久，没人看表，反正直到负责押解的红卫兵小将们都感觉到了疲乏，会场里才响起了高亢的《大海航行靠舵手》……

6

8月18日，毛主席在天安门城楼上接见了前来北京进行"革命大串联"的红卫兵小将。

天安门广场很大，天安门城楼距离广场最近的一边都有相当的距离，如果你是站在人民英雄纪念碑一带看城楼上面的人，应该只能看到一个小小的点。但是，这依然没有减少红卫兵小将们的革命热情。他们流着滚烫的眼泪，一遍遍呼喊着，抒发着对伟大的领袖、伟大的统帅、伟大的导师、伟大的舵手毛主席的无比崇敬的心情，一遍遍地祝福他老人家万寿无疆，一遍遍地呼喊着在中国已经沿用了几千年的颂扬词组，"万岁！万岁！万万岁！"

到这一年的11月26日，毛主席在天安门广场第八次接见了来自全国各地的红卫兵，无疑将"文革"的气氛连同进程推向了一个又一个的新高潮。

这里说的"革命大串联"，是起源于北京大专院校的红卫兵到全国各地去煽风点火，动员广大人民群众加入"文革"运动中的一次大规模行动。

　　《礼记·曲礼上》有一句名言，"来而不往非礼也"。于是，各地的红卫兵便寻着这个说法，也成群结队地登上了开往北京的列车，理由也很站得住脚，"去北京为革命取经"。"中央文革"很快表态，支持红卫兵小将的这一革命创举，除了提供来去的交通工具，食宿还统统免费。一夜之间，全国各地的"红卫兵接待站"如雨后春笋般挂起了招牌。就这样，进行大串联的革命师生遍布中国城乡，到处都是拿着红宝书的、取经的红卫兵小将。

　　文达德虽然被界定为"黑五类"，但是文达德性格里的本分、仗义等特质，让那些从前上学时一直要好的"红五类"同学并不嫌弃他，私底下该是哥们还是哥们。于是，文达德从那些串联回来的"哥们"那里得知了革命大串联的真谛，那就是免费的衣食住行，吃喝拉撒。

　　这让文达德心里很痒，好几个晚上居然失眠到大半夜，一个人琢磨，一个人憧憬，盘算着自己怎么才能进行一回"革命大串联"以及去哪儿大串联。终于，用睡眠换来的"规划"有了一个雏形。

　　你不要看文达德年纪不大，规划却很周密。和谁去、怎么跟家里大人说、去哪里、怎么玩、最后怎么回来，全都一五一十地写在一个小本本里面。

　　他先盘算了一圈，把文家屋里屋外有可能与他同行的人选想了一遍，最后确定了文涛。隔壁院的张土改按说很合适，个头年龄什么的都对，但是两个人在同一个学校，互相知根知底。在文达德的"规划"里面，有一个环节是去学校开革命大串联的介绍信，这必须隐瞒掉自己的"黑五类"身份。这事如果让张土改知道了，可能会是个什么结果，他心里没底，从张土改走路都耀武扬威那劲头看，大概凶多吉少；再者说，文达德很看不惯张土改扎了人造革皮带就目中无人那德行。于是，文达德就"串联"上了二爷爷家的独子——文涛。

　　文涛虽然只比文达德大两岁，但是两个人差着"辈分"。文涛是叔，文达德是侄儿。因为年龄相仿，文达德压根就没理会过跟文涛的这种差异，平时都直呼其名不说，该吵该闹，从来不会客气。文涛也一样，从来不会因为自己是老辈子而谦让一二。文达德之所以相中文涛，是因为彼此家庭成分平等，同病相怜，谁也不会小看谁；更重要的是，文涛同样渴望免费地走州过府，于是，两叔侄一拍即合。

去学校开证明比较简单，因为开证明的老师哪里分得清楚几百上千号学生哪个是什么"类"，同时也不知道文涛是不是本校学生，文达德就这么稀里糊涂把两个人的名字一报，证明便拿到了手。只不过到了该出发的时候，两个"黑五类"才想起来没钱。

1951年两家人按人头分配的那笔1.4亿旧币的"赎买费"就不用提了，平时就靠文大喜和文心武的那点工资有气无力地支撑着，而且两个家庭除了养娃儿还得养活几个老人家，捉襟见肘是肯定的。这个时候想跟家里要钱去走州过府，困难是显而易见的。想来想去，只能因陋就简。比如文达德，把自己的钢镚罐子里面的小钱倒腾出来，换成了两张十元的大票，藏进了章悦临时帮他缝制在内裤内侧的小布袋里。文涛的情况也大同小异，因为柳文君也听说了"红卫兵接待站"吃的喝的有人管，于是给个一二十元，能应个急就行。

只是两家大人有个共识，必须瞒着三个老人家。

终于来到了早已拥挤不堪的火车站，踏进绿皮车厢的那一瞬间，文达德和文涛都惊呆了。这哪里是客运车厢啊？整个闷罐子车皮！除了天花板顶上没办法驻留，其他所有地方都挤满了人。法定能坐三个人的座位上至少挤着五个人；行李架上横着竖着都是人；走道挤满了人是肯定的，连座位与座位之间原本只是用于放脚的那一点点地方都坐了人，包括椅子中间的靠背上不过两指宽的一点点地方也坐上一个人，只是他必须紧紧抓着行李架最外面的杆子，否则一个急刹车，不掉下来砸着座位上的革命战友才怪；还有人把座位底下铺上报纸，钻到下面去躺着。不是有句话吗？"好吃不过饺子，好受不过躺着"。文达德就跟一个"占领"着"座位底下"的戴着红箍的正牌红卫兵说得投机，人家就允许他钻进去躺了几小时。出来后文达德跟文涛说："只有那么安逸了！"

至于吃饭喝水什么的，全靠自己带点干粮，再带上个搪瓷缸子接厕所里的自来水喝，但这还得眼疾手快，列车员刚刚上满的一水箱水，火车开动没多久就告罄。整个车厢唯一一处不挤的地方就是厕所，因为那里面容不得外人，只是你得捂紧了鼻子，憋着一口长气直到把尿屙完；假如你来个"大"的，那就只能忍受没法再忍受的空气了。即便这样，对在车厢里被挤老火的大多数人来说，上厕所绝对是一次短暂的"享受"。"两害相权取其轻"喽。

因为各地发出的大串联专列多而杂乱,早已没有什么正点时间了,一路上说不准什么时候就停下来等别的列车,什么时候再走也没个准头,就这么走走停停、摇摇晃晃,哐哩哐啷、哐哩哐啷……

一天,列车终于到达了杭州站。对了,文达德和文涛规划的第一站就是杭州,这是冲着"上有天堂,下有苏杭"的说法去的。

在杭州,他们被安排在临时设在始建于东晋咸和元年的灵隐寺的"红卫兵接待站"。睡在灵隐寺挂着"人生哪能多如意,万事只求半称心"对联的偏殿的大通铺上;吃的跟和尚不一样,菜里面间或有一点肉丝肉片什么的。对此,两个人已经相当开心了。

第二天出行之前,文达德变戏法一样,居然戴了一顶军帽,扎了根帆布皮带,虽然左臂上少个"箍",总体上一下子精神了许多。文涛一打听,才知道都是他们学校那些"红五类"哥们送的,拿回来那天一个人偷偷在家里对着镜子试过一回,之后就一直藏着,终于在远离家乡的地方派了用场。文涛说:"管他的,反正没人知道。再者说,谁也没规定军帽什么人能戴,什么人不能戴!"

就这样,两人腆着胸脯踏上了前往西湖的道路。

身处闻名遐迩的西湖,随便你的眼睛朝着哪个方向看,全都是美景。要不苏子瞻会留下"欲把西湖比西子,淡妆浓抹总相宜"的诗句?当然,两个人也有停下脚步在路边观看一下大字报的时候,其实他们并不想看,只是怕被别人看出"逍遥"的端倪来,总之不是文家人严谨有序的做派。

那时候人们把持观望态度的人称呼为"逍遥派",虽然不是贬义,但是在那个人人都崇尚"革命"的年代,总之不是什么好称呼。

对文涛来说,看大字报也不是什么坏事,他会把一些新名词、警句之类抄录在随身携带的小笔记本上面,上面已经记录下了灵隐寺里"人生哪能多如意,万事只求半称心"之类的内容,这符合老文家一贯以来对中华文化从未间断过的求知欲。

至于文达德,心思压根就没在"革命"上。就记着不知听谁说的,老太爷和徐子姑爷爷那年来杭州时,曾经品尝过著名的"西湖醋鱼"。眼下,因为囊中羞涩,两个人只能站在挂着"西湖醋鱼"幌子的饭店门口隔着玻璃朝里面观望,想象一下"西湖醋鱼"甜中带酸的滋味。

没两天,两个人就把以西湖美景为中心的杭州玩了一遍,紧跟着直奔苏州。

除朗朗上口的民谚"上有天堂，下有苏杭"之外，文涛还读过宋人姜夔的《姑苏怀古》，"夜暗归云绕柁牙，江涵星影鹭眠沙，行人怅望苏台柳，曾与吴王扫落花"。

其中的"苏台"，诗词注释里面说是"吴王宫"，即李白的诗句"吴王宫里醉西施"的地方，其旧址就在苏州西南的灵岩山上。离开家的那天晚上，文涛就已经决定要去灵岩山看一看。给文达德一说，扎着军用皮带的文达德立马点头称好。只要是玩，文达德都没意见。

到了苏州，被当地政府安排下榻在观前街上的一个红卫兵接待站。一打听，距离张继《夜泊枫桥》中的那个寒山寺不远，二人不免窃喜。

第二天一早，在享用了接待站提供的稀饭馒头外加江南咸菜"雪里蕻"之后，两人手执介绍信乘上了开往灵岩山的公交车。先远后近，这是他们昨晚上确定的旅游方针。

到了灵岩山，沿着乾隆爷当年登山时修建的御道拾级而上，到了海拔182米的制高点，虽然远远谈不上壮阔，至少也是江南版的"一览众山小"。

灵岩山怪石嶙峋，松林满山，殿宇古塔，多是吴宫遗址；山顶有灵岩寺，便是吴王夫差为西施修建的"馆娃宫"旧址。因吴人称美女为"娃"，"馆娃宫"因此得名。虽是遗址，依然能看到吴王井、玩月池、琴台、西施洞等当年遗存的景观。

苏州好玩的地方比较多，光是那些个千姿百态的园林就够他们玩上好几天的，反正对红卫兵小将都不收门票，买张旅游图，顺着路线玩就是。

没几天，问题来了。任凭两人下了大力气厉行节约，"囊中"最终还是羞涩了。再是有吃有喝，你口袋里不能空空如也不是？还好，文涛到底长着两岁，眼珠子一转，居然就想出个找接待站借钱的办法来。后来文达德才知道，这是文涛在厕所拉屎时听隔壁蹲位的两个家伙对话得到的信息。

他们在接待站办公室拿到了一张格式借据，家庭地址学校姓名什么的一溜填好，每个人立马拿到了二十元。当接待站负责人问他们够不够时，两个人赶紧点头。他们压根没敢多借，怕回去之后还不了。

这回又有钱了，而且总能一直这么借着往下走，文达德心里很高兴。没想那天晚上，文涛居然跟他说他想家了。

文达德惊得瞪大了眼睛，一把抓住军帽往通铺上一甩，大声说："这才第十天呢？！你……你至少让我们再走一走南京夫子庙啊，无锡太湖啊什么的？人家管吃管喝呢，我的文涛老兄？"

"哎呀！"文涛确实有些不好意思，说，"也不知道怎么搞的，就是想回家！要不我回去，你……接着走？"

"什么话？！"文达德再一次瞪大了眼睛，说，"你还是老辈子呢，怎么连晚辈都不如！"

"老辈子"的确无话可说，只能接着使劲地埋怨自己。

第二天，两个人挤上了由苏州开往昆明的红卫兵专列。文涛虽然被挤在车门最外面，脸差不多是贴在车门玻璃上的，表情居然还美滋滋的，把文达德气得不轻。

第五十二章

1

成书于明代万历年间的《增广贤文》里面有一句格言,"两耳不闻窗外事,一心只读圣贤书"。谁说的不知道,原意是告诫读书人少管是非,多钻研学问。没想被马伟泊借用了一回。

轰轰烈烈的无产阶级"文革"刚刚开始的时候,马伟泊真就是"两耳不闻窗外事",但是他并没有"只读圣贤书",而是一心一意在等待着他和侯雅蓝的第三个娃儿的降生。虽然二丫头马馨玥才一岁多一点,家里家外各方面的情况都还没稳定,比如,侯雅蓝的身体情况啊,马馨玥的抚养情况啊,都还顾此失彼,马伟泊家两口子就迫不及待地把小老三给怀上了。当然,一切都是在侯雅蓝心甘情愿的前提之下进行的。除国家已经开始提倡计划生育这个因素之外,大家都知道马伟泊想一个男娃儿不是一天两天了。

除了让中国人痴迷的"无后为大",马伟泊家的具体情况确实也需要他一直惦记这件事。

中国人跟外国人不一样。外国人崇尚自我,大都以自我为中心,"丁克"就不用说了,甚至还有中国人连想都不敢想的什么"同性婚姻"合法化之类的事情。生怕"无后"的中国人,除香火延续的思考之外,几千年农耕文明造就的传统生活方式,也是家里必须有男丁的原因之一。谁家里如果没个劳动力吧,自己家的那一亩三分地没人耕种不说,担个水,劈个柴之类通常需要男人承担的重体力劳动如果都推给女人,那不得累死人家啊?所以,这样的思维方法直接导致马伟泊好几年心无旁骛地单单琢磨这一件事。

为此，马伟泊四处奔走，寻医问药。在服用了若干有关"多子"的验方偏方、还分男生服用和女生服用的中药草药之后，侯雅蓝又怀上了一个。不知道的人都以为这是再正常不过的一次偶然"着床"，没人晓得马伟泊家两口子为此扎扎实实下了一番大功夫。

让马伟泊家两口子欣喜的是，侯雅蓝这一次的妊娠反应跟前两次有所不同。具体要说怎么个不一样，侯雅蓝自己也说不太明白，也许她是在安慰马伟泊，也许就是在安慰自己。一个人的时候，侯雅蓝经常默默祈祷，恳请老天爷保佑他们家能够如愿以偿。

至于如火如荼进行之中的"文革"，侯雅蓝以妊娠的名义轻轻松松就脱了干系；马伟泊实在找不到借口，只能有一搭没一搭地跟着大家参加一些"革命活动"，总之随大流。既不跟"造反派"发生冲突，也不和"保皇派"走得太近，又不是完全意义上的逍遥派。多好！

而对于文家人，特别是大妈，马伟泊则一以贯之地上心。

红卫兵抄了文家大院那天，马伟泊白天道听途说，了解了一点情况，晚上就悄悄去了文家。

"文革"进行到现在，马伟泊终于切身体会了"欲加之罪"的含义。所以，惦记大妈的心再切，"防人之心不可无"总还是应该的。于是，马伟泊没敢走文家大院这边的门，而是绕道二老爷家那边进入的。谢知雨出来开门，一看是马伟泊，先是一愣，等到马伟泊小心地指指隔壁院，谢知雨大致也明白过来，也没多问，揪着个眉心点点头，算是"尽在不言中"了。

马伟泊轻手轻脚地行进在通往大院的小径上，像是担心惊动了谁。当他推开分隔开两个院子的那道小门时，嘎吱一声响，像极了电影里面故意制造毛骨悚然气氛的配音。加上大院那边整体黑暗，好像只有大妈的那间屋子亮着一点昏黄的灯光，不禁让马伟泊打了个寒噤，起了一身鸡皮疙瘩。

马伟泊看看带夜光的手表，才九点过一点儿，马上加重了疑惑和担心，脚步自然也快了许多。

到了地方，大妈的房门虚着一条缝，顺着看进去，只见大妈和衣坐在被窝筒子里，像是在发呆。马伟泊轻轻在门框上敲了两下，就听见了大妈的声音："谁？"

"大妈，是我。"马伟泊小声说着，推门进了屋。

幺太太原本靠着床头，马上挺直了腰杆，眼睛盯着站在床前的马伟泊怕有三秒钟，眼睛眨了一下，眼泪一瞬间便涌了上来，开了闸门一样没办法阻挡……

其实，幺太太看到马伟泊的那一瞬间并没有想哭。整整一天雪压霜欺的，人都麻木了。之前在小舞台上看见老太爷烂泥一般趴在地上的画面，她哭了；后来红卫兵小将们走了，全家人哭哭啼啼地一手一脚收拾残局的时候，按道理也应该跟着大家痛痛快快哭一场的，因为这事那事给耽搁了，她反倒没有哭。晚上，等大家把老太爷和大太太安排得差不多了，已经没有了哭的心情；回到自己的住处，形只影单，也没有伤心的氛围。所以，当她见到马伟泊的那一瞬间，应该是积少成多的眼泪一次性迸发。

马伟泊一下子跪倒在大妈床前，一把抓住大妈的双手，看着看着眼泪也跟着下来了。

人的情绪是互相传染的，你都用不着知道对方哭泣的原因，只要看见对方哭得够伤心，很多人都会跟着哭两下，至少迎合上那样一个氛围，还不要说马伟泊跟大妈曾经那么多的前因后果。

两个人你一言我一语地边哭边说，哭得差不多了，这才想起该去看看两个老人家，一看手表，差不多十点半了。

幺太太说："要不……换个时间？现在就不去打扰他们了！"

马伟泊说："我听大妈的。"

幺太太说："那你也早点回去，小侯一个人看两个娃儿呢！"

"对了，大妈，"马伟泊这才想起说，"小侯又怀上了。"

幺太太有一点点意外，转念马上说："是，知道你就想个儿子。也对，高堂面前有个交代。只是……就能确定是个儿子？"

马伟泊说："确定不了，不过是朝着儿子那样努力的。真要再是个姑娘，我也……反正看吧。人心尽到了，成事在天。对吧，大妈？"

幺太太说："就是就是，心诚则灵！"

也许就是大妈的这句"心诚则灵"，冬至前一天，12月21日，侯雅蓝在妇幼保健医院产下一名男婴。一直守候在产房外面毛焦火辣的马伟泊，看着白衣白帽的护士长抱着一个包裹得严严实实的、酷似炮弹的白色小包袱出来时，心脏已经提升到了嗓子眼儿，都不敢问一句是男是女，就那么憨痴痴地在那儿傻看着。护士长瞥了他一眼，也不忍心再刺激这个男人了，便直奔主题地喊了一句"是个男娃儿哈"。

马伟泊如同触电一般，两腿一软就跪了下去，方向具体朝着哪儿也顾不得了，就那么跪在产房通往育婴室的通道上，一边磕头一边哭……

2

1967年的元旦节刚过，1月5日，上海那边传来消息，造反派不光相继夺取了《文汇报》和《解放日报》两个舆论阵地的权，还以造反派组织"上海工人革命造反总司令部"（简称"工总司"）的名义，于1月6日组织召开了一个"打倒市委大会"，顺带着把上海市的党政大权也给夺走了。上海的这次行动被称为"一月革命风暴"。

"工总司"的头头叫王洪文，原先是上海国棉十七厂保卫科的一个干部，"文革"开始后，以造反起家，很快走红。"一月革命风暴"之后，王洪文成为取代市委市政府的"上海市革命委员会"的副主任，相当于原先的副书记、副市长之类。被称为"坐着火箭上来"的一批干部。

由此，"夺权"便成了那个冬天使用频率最高的词，风靡全国。各地造反派组织纷纷夺取了大大小小"走资本主义道路当权派"的权力，从乡镇到省城，随后成立了大大小小的"革命委员会"。

而绝大部分"走资派"都被"造反派"关进了"牛棚"。

"牛棚"是关押"牛鬼蛇神"的处所的简称，是各单位把"牛鬼蛇神"们分男女集中拘押在固定的场所，派人把守着，有人监督着吃喝拉撒。白天参加劳动，比如，打扫卫生、搬运之类原先是临时工干的活路，有锅炉的单位还被派去烧锅炉。晚上通常是"牛鬼蛇神"们集体写检查的时间，自己的罪行检查完了，再揭发别人的罪行，总之不能闲着。那个时期有一句比较流行的话，叫作"无产阶级'文化大革命'是一场触及人类灵魂的大革命"。这话真不假，在那么一个惊涛骇浪的巨大旋涡之中，无论你是"走资派""造反派""保皇派"还是"逍遥派"，没有一个人的灵魂能够无动于衷。

文大喜虽然不是走资派，但是"地富反坏右"顺着一数，同属于黑几类，无论你有没有被"摘帽"，都是牛鬼蛇神，被一股脑儿关进了牛棚。牛棚就是关坏人的地方。

　　到牛棚报到的第一天，文大喜偶然发现跟他睡上下铺的，竟然是给他戴上又摘下右派分子帽子的、"文革"前升任了副总编辑的那个党委委员。文大喜想笑笑吧，又害怕对方不理解成"自嘲"，假如歪着理解成其他，因此心生芥蒂，还不如少一事的好，于是就欠了欠身子，算是打了招呼。

　　因为相对年轻，总体上属于"气饱力壮"，文大喜被革命委员会负责后勤的头头一句话安排去了锅炉房，给两个专业烧锅炉的工人师傅打下手，运煤、出渣等，工人师傅不想动弹的时候，他也帮着往红彤彤的炉膛里加几铲煤，或者拿起长长的钢钎捅到炉膛下面往上翘几下，以便让炉火充分燃烧。总之，重活累活都交给了这个前来改造世界观的男人。

　　锅炉房有两个功能，一个是烧洗澡水，一个是为伙食团蒸饭蒸馒头提供蒸汽。运煤和倒煤渣的人力板车每次都从伙食团门口经过，其间有一段坡道，上下都很考验人，下坡不容易驾驭，上坡则需要花费相当大的力气。

　　一天，文大喜肩头搭着板车通常都有的一根助力的皮带，身体呈45度角向前倾斜，正拉着一车煤渣艰难地往坡上走，眼睛的余光偶然瞥见路边停着的四只脚，两大两小；正打算继续往前走，文大喜突然觉得那两双鞋很眼熟，而且很快便想起来了，那是过生日时，他和柳文君给文诗雨和文诗仙分别购买的礼物，文大喜心里一紧，脚下跟着就一滑，板车马上向后溜；他一瞬间跪在地上，两手用力将车把压在地上，只见板车"突突"了几下，最终停了下来……

　　文大喜第一时间抬起了头，果然是文诗雨和文诗仙。只见文诗雨左手拿着一个有盖的搪瓷钵钵，右手牵着文诗仙。

　　她们是来伙食团打菜的。这样柳文君就可以热一点前一天的剩菜，另外打一两个伙食团的菜，中午就不那么忙前忙后了。

　　让文大喜万万没想到的是，文诗雨忽地将搪瓷钵塞到文诗仙手里，过来一只手抓住车把，另外一只手抓住了文大喜的腋窝，全力向前……

　　文大喜什么也没说，也跟着全力向前；他只是感觉到女儿的眼泪一点一点地滴落在自己那只满是污渍的右手上，留下一点一点的痕迹，就像滴落的雨点在满是尘埃的大地上留下的圆形印迹……

板车终于到了坡顶，文大喜还没直起身子，文诗雨已经撒手跑向了一直在那儿站着的、满面愁容的文诗仙。文大喜看得见文诗雨擦眼泪的动作，看得见文诗仙回头探望的、那张稚嫩而惶惑的脸。

那天晚上，无论检查自己还是揭发别人，文大喜面前展开的稿纸均是一片空白，没留下一个字。还是同桌的"副总编辑"敲了几下桌子，才把他从愁绪中拽了回来。

副总编辑小声说："今天怎么了？累的？"

文大喜看看左右，也小声说："没有。不知怎么的，脑壳有点痛。"

副总编辑马上停下了手里的钢笔，小声说："我这里有阿咖酚散，要不要来一包？"

文大喜说："什么散？"

副总编辑依旧小声说："哦，就是头痛粉。你知道我们家那位是大夫，都说学名。头痛粉来一包？"

文大喜原本就不是头痛，于是说："不用不用，我……不严重！"

副总编辑说："那你就早点休息，正好今晚上人不多。"

文大喜回房间前已经发现原本住了十多个男"牛鬼蛇神"的大通间里只剩下他们两个，刚才只是不愿意打听，现在人家主动说到这个话题了，便小声问："人呢？"

副总编辑小声回应，说："下午拉到农场去了，说是来了一批新闻纸，卸货去了。估计快回来了。"

文大喜不由得暗自庆幸。锅炉房是个离不得人的地方，那里通常都会挂一块"锅炉重地，闲人免进"的牌子，现在看来，在这个地方劳动改造，也有别人不易察觉的优点。

文大喜突然想起问："哎，王副总编，你怎么没去呢？"

副总编辑姓王，叫王东进，山东人，那年随二野五兵团南下来到贵州就没换过地方，到贵州多少年了，说话跟张军一样，表示认可也是一个"中"字，不抽烟也不喝酒，就爱喝一口茉莉花茶。还别说，要不是"文革"，两个人还真凑不到一堆去。

王东进说："哎呀！快别这么喊，已经被撸了不说，一会儿被革命造反派听见了，一定说你贼心不死！"

　　"也是也是！"文大喜忙说。

　　"我怎么没去参加卸纸是吧？"王东进点一下头，说，"我今天真的拉肚子，不仅吃了药，还在医务室开了病假条。"

　　文大喜好像听出来王东进话里有话，赶紧说："我确实……有一点点脑壳痛，只是没到非吃头痛粉不可的地步。"

　　王东进没说话，笑了笑，只不过笑得有一点点诡异罢了。

　　没办法，同是天涯沦落人，不论之前文大喜跟这个人有多少芥蒂，在看到王东进那种笑脸的一瞬间，全都融化掉了。

　　之前，两人虽然睡着上下铺，心毕竟隔得很远，再加上牛棚里面的人都害怕节外生枝，对话时大多是些鸡毛蒜皮的话题。一段时间的"上下铺"接触之后，因为都不是坏人，松弛是很自然的事情。这个时候王东进居然出来那么一个笑容，让文大喜打进来那天一直怀揣着的警觉一下子就消失了。

　　"哎，"文大喜突然想起一件事，一件在他心里憋了多少年一直想搞清楚的事，他往前挪了挪身子，再看看四周，放低了声音，"东进同志，"这是一个眼下最容易缩小彼此距离的称呼，文大喜说，"我想问一问哈，嗯……1957年反右的时候，我曾经听说……有指标！是否属实？"

　　"指标？"王东进用一个手指顶了一下鼻梁上的眼镜，同样压低了声音，说，"你的意思……必须完成多少多少……右派？"

　　文大喜点点头。

　　王东进想想，说："那倒是没有，我是说我们报社哈！至于其他单位有没有，我真不知道！"

　　文大喜说："那……编辑部那么多人，为什么偏偏就选中了我？仅仅因为我说了关于胡风的那些话？"

　　王东进想想，说："好像就是！因为那个时候吧，胡风案是已经被定了性的反革命集团案，所以……"

　　正说着，就听见大通间的玻璃门被推开的声音，是参加卸纸的"大部队"回来了。文大喜和王东进赶紧坐直了身子，把面前的稿纸摆正，装出没事的样子，然后对视一笑。

那天晚上，文大喜辗转反侧，什么姿势都用遍了，就是睡不着。只要一闭上眼睛，家人的模样就会轮番着跳出来，一会是文诗仙，一会是文涛、柳文君、文诗雨、文诗路，一个接一个不停歇；完了大院那边也一个个挨着走一遍，老太爷、大太太、幺太太，最后连马伟泊跟大满仓都跳了出来；还都是一张张笑脸，老人家慈祥，小娃儿活泼，只有那么可爱了。就是这些可爱的人，因为自己的愚钝，为已经被定了性的反革命集团首要分子说话，让他们跟着蒙受了多少委屈和痛苦哦……

文大喜不由得鼻子一酸，眼睛里面跟着就有了酸涩感，眼泪很快朝着那些包裹得不严实的地方挤了出来，顺着眼眶两边深深浅浅的鱼尾纹流淌下来，没完没了……

3

接近开春时节，春分还差两天，革命形势似乎有了一点变化。3月19日，中央军委发布了《关于集中力量执行支左、支农、支工，军管、军训任务的决定》，简称"三支两军"决定。

《决定》要求"军委各总部、各军兵种机关要视情况抽调三分之一至三分之二的人员，立即投入三支两军工作"。

同日，中共中央发出《关于停止全国大串联的通知》。《通知》指出，目前正在实现无产阶级革命派大联合，需要建立三结合的临时权力机构。马上停止全国大串联，并取消原定的春季回暖后继续进行革命大串联的计划。

虽然乍暖还寒，气温还是艰难地一点一点往上爬升着，尽管慢一点，总给人以春天的气息。文家老大终于有了复苏的迹象。

自从遭么一劫，到底是八十九岁的年纪了，没有立马被阎王爷收了去，已经是福大命大了。

那天，眼睁睁看着文家几辈人积攒起来的心爱之物被付之一炬，文知辉不要说身体难以支撑，连纵身一跃融进那团烈火，随灰烬飘飘而去的心都出现了好多次，只是力不从心。否则，眼睛一闭，一定好过任人宰割。

倒地的那一瞬间，老大的眼底好像出现过老太爷文理渊的影子，而且是自己年轻的时候跟着他第一次去送书的情景。山路弯弯的，草木葱葱的，人影晃晃的，日头暖暖的，一切都那么祥和，那么温暖。只是幻影的时间不长，仅仅几秒钟，随之戛然而止。

等他苏醒过来，已经是第二天的傍晚了。大太太比他先醒，喝了一点幺太太亲自熬煮的稀饭，总算有了点精神。这之后，全家人便轮番守在老太爷身边，等他苏醒。耳朵凑近了听听，呼吸什么的都对，如同睡觉一般，就是不醒。

其实，老太爷不是不醒，是不愿意醒。当他突然能够听到周围的人声了，就意识到自己顺着阎王殿边上溜达了一圈又折返回来了。

回来搞哪样嘛？已经都蹬了腿的了，直接去阎王爷跟前报个到就完了，干什么又死乞白赖折回来吗？哎呀！人世间到底还有哪样好留恋的吗？真不如去刀把镇陪着几个老人家，爹妈面前端个水倒个茶的，即便无所事事守在他们身边，也好过在这样的乱世中被侮辱、被摧残、被……突然之间，仿佛从哪儿飘来一阵低低的人声，这声音不是耳朵听到的，而是来自很深很远的地方，随着人声越来越大，老大这才听真切了，那是母亲蔡花蕾的声音，声调和口气都对，只是声音不那么清晰，带着些回音，嘤嘤嗡嗡的……

老大马上挣扎着朝着声音传来的方向奔跑，没跑了几步，就被什么东西给绊住了……

就听见耳边乱麻麻的一片人声，眼睛一睁，原来是幺太太和文大同正抓着自己胡乱挥舞着的两只手，强行压在了床上。

……

尽管病去如抽丝的过程很漫长，老太爷的身体还是在好转着，都有精神继续整"神仙会"了。

文家的"神仙会"因为"文革"这样特殊的大环境，最终又一次只剩下了老太爷和文大同两爷子。

几十年养成的老习惯不是说改就能改的，没办法。虽然无产阶级文化大革命这样的环境中对于"谁说了什么"高度敏感，同时还特别计较，但只要把握好分寸，严格控制范围，也不是不可以。人嘛，总需要一个宣泄情绪的通道，哪怕"文革"期间。

自从文大喜被关进了牛棚，加上马伟泊家添丁，"神仙会"的规模只能因陋就简，被压缩到了不能再小的规模。再小就不叫"会"了，叫自言自语。家人也觉得摆一摆龙门阵，有利于老太爷把心思转移到其他地方去，有利于康复，这也是文大同同意来一回"二人神仙会"的初衷。

多少年了，最早大清朝，后来民国，现在共和国，哪个时代都让文家的"神仙会"有着说不完的话题。

"按照你的意思，"老太爷说，"三支两军是因为地方干部已经无法进行有效管理了？"

"要不干什么三支两军？"文大同说，"听文心武回来说啊，军代表那一身草绿色军装明显就是一种威慑力，一举手一投足都带着让你无法小觑的正义和庄严，开口伟大领袖，闭口党中央，谁敢吊歪？"

老太爷说："也是，要不然那些娃儿真没人管得了！哎呀，造反有理！都有理？我看未必！"

文大同说："所以呢，革命大串联就被叫停了嘛！"

"那个情况真的是无法无天哦！"老太爷说，"还有我们家这两个，你们大人居然还帮着隐瞒，为虎作伥啊！"

"是怕你们老人家跟着着急嘞！"文大同说，"我们着急也就算了，还好，两个家伙不但空手套白狼游览了天下最美丽的两个地方，还跟人家接待站贷了款，真的是又吃又拿。"

老太爷说："真该把利息也给人家算清楚的！"

文大同笑了，说："我听文达德说，单单他们学校，就有好些人回来之后没还钱的。"

"你看看！"老太爷说，"这叫什么嘛？还有文大喜那个牛棚，什么时候能放出来？有没有个期限？总不至于'无期'吧？"

文大同说："那个都不怕喽，总还衣食住行有人管着。怕是怕那些'未知数'！有一天冷不丁又来个什么……哎呀！来什么我们不都得扛着吗？所以说爹啊，包括大太太、幺太太，都要有个心理准备。免得突然又来个什么情况，猝不及防！"

"我还好，"老太爷顿了顿，说，"都逛过好几回阎王殿的人了，顶多再多一回。不怕！"

"爹呀，不怕归不怕，防人之心不可无，总还是应该的！现在天下这么乱，信口雌黄，断章取义，乃至目无法纪都到了无以复加的地步了！中国字原本就多音多意，那还不是需要什么就解释成什么啊？前些时候，伟大领袖毛主席他老人家的那个'最新指示'，"文大同顺手拿起一张报纸，找到相关内容，用手指点得报纸嘀嘀铎铎地响，说，"就是这个，你听哈，最新指示，'在需要夺权的这些地方和单位，必须实行革命的、三结合的方针，建立一个革命的、有代表性的、有无产阶级权威的临时权力机构。这个机构的名称叫革命委员会好'。这里这个'好'字，明白无误是'比较合适'的意思。结果就被断章取义整成了'革命委员会好'！听说还满大街举着最新指示游行！毛主席老人家的最新指示都敢断章取义，天底下还有什么事情不能做？！"

文大同的最后这一句是逐渐降低了音量说出来的，最终只有跟老太爷这样的距离能听见。

"就是就是！"老太爷摆摆手，同样压低了声音说，"但是哈，切不可为这些事情生气哈，划不来嘛！耶，说到'三结合'，不晓得在遵义当官那个刘承义是吧？被结合了没有哈？"

"哎，这个还真有一些消息！"文大同把椅子往老太爷那边挪挪，身子还凑了过去，说，"不晓得爹知不知道他们家前妻生的那个姑娘？"

"你等等！"老太爷抬手捋了一把胡子，说，"是不是……叫个什么红？"

"刘水红。"文大同说，"你猜猜这丫头现在是个什么情况？"

"哎！"老太爷一甩脑袋，说，"猜哪样嘛？直接说！"

"直接说直接说。"文大同说，"丫头现在是文心雷他们学校的军代表！"

"文心雷他们学校？！"老太爷想想，说，"就是那个……艺术学校？"

文大同勾了一下腰，说："你老人家前几天吃的遵义鸡蛋糕，就是刘水红托人送给大太太的。"

"哦！遵义的鸡蛋糕，"老太爷想起来了，说，"难怪那么软和！"

确实，"三支两军"把刘水红派驻去了艺术学校。

按说，军代表跟走资派是完全对立着的两个阶级。但是，当刘水红得知艺术学校最大的走资派文心雷竟是大姑爹家兄弟的孙女时，不论隔着多遥远的距离，亲戚总是算得上的。而且，在刘水红听过刘承义讲述的革命故事中，那个叫文德范的男主角，就是艺校走资派文心雷亲亲的爹。这个情况真的让军代表刘水红犯了难。

刘水红是个简单的人。她爹离开她们两娘母跟红军北上抗日那年，刘水红刚刚出生没多久；以至于刘承义回到仁怀县当副县长那年，是刘水红第一次见到父亲，自然谈不上什么感情。后来一直跟着后妈王玉芳在城里生活，一个乡下姑娘大多数时候总是合不上人家城里人的节奏，孤独是肯定的。直到刘承义走仁怀县武装部部长的后门让刘水红参了军，开始了完全独立的全新道路，这才慢慢感受到了自己的人生价值。因为爹是老红军，刘水红在部队一直顺风顺水地循序渐进着，到"文革"开始前，调到了省军区不说，还进阶成了中校，在军区后勤部担任参谋。按照部队里的说法，"参谋不带长，放屁都不响"。只是刘水红不这么想，自己差一点就在仁怀县乡下结婚生子的一个女农民，要不是爹还记得乡下有一个亲生骨肉，哪里来的什么中校参谋？懂得知足的人，大都晓得感恩。刘水红就是这样，她感激刘承义的方式其实很简单，那就是按照爹的想法，规规矩矩做人，老老实实办事。一个有这样思想觉悟的女兵，部队首长能不喜欢？能不信任？都没考虑她爹是老红军这一层，"三支两军"第一批派往支持地方工作的名单里就有刘水红，这叫"历练"。历练就是培养，时机成熟之后再被提拔成一个什么什么"长"，应该也是顺理成章的事情。

现在好，艺术学校的"黑帮分子"竟然不仅仅跟自己是亲戚，还是革命先烈文德范亲亲的孙女，完全是一个"剪不断理还乱"的情况！刘水红第一次在自己的人生经历里面遇见了南唐后主李煜当年曾经有过的惶惑，一时间竟没有转过这个弯来。

按理，刘水红责无旁贷应该关心并且照顾文心雷这个远房亲戚的，但是眼下是"文革"呢！疾风暴雨般摧枯拉朽不说，还是非混淆，黑白难分。为此，刘水红专门查看了艺术学校批斗文心雷的相关材料，没什么具体事例，无非是执行了资产阶级司令部的反动路线云云；话又说回来，那时候你在副校长的位置上待着，你有执行其他路线的可能性吗？刘水红同时得知了艺术学校的红卫兵小将们开批斗会时候的种种手段，文心雷能够存活下来，没有走上老舍先生那样的不归路，真的需要一颗强大的心脏。

纠结之余，不知道如何是好的刘水红请假去了一趟遵义，她打算让自己的亲爹来帮着解这道题。

也许仅仅因为自己是老红军，也许还有长期以来秉持的做人做事原则，刘承义无论在哪里工作,对立面都不多。这让他在"文革"的疾风骤雨之中走得还算稳当,既没有被打倒,也没有被结合,属于当权派里面"靠边站"的那一类,跟普通群众里面的"逍遥派"类似。因此,刘承义有大量时间来观察并了解"文革"以来发生在自己身边,以及整个社会的方方面面。所以,当女儿借口过来探亲时,刘承义首先想到的竟是那年文德范来茅台镇拿到了大洋,自己和他同车前往遵义的情景。就是那一路,刘承义义无反顾地投奔了共产党。至于刘水红问他文德范一路上都说了些什么,以至于让他那么义无反顾,刘承义已经不记得了。

刘承义说:"但是,德范同志对于共产主义一定会在全世界取得最终胜利的坚定信念,我是从他的目光里面看到的。所以,如果他的孙女也成了走资派,我……无言以对!只是有一条,无论做人做事,我们决不能以怨报德!"

两人分手时,刘承义说:"你记住,姑太永远都是我们刘家的姑太!姑太的那个家庭,一直有恩于我们刘家,这是不可辩驳的事实!"

返回时,刘水红特地买了四斤遵义鸡蛋糕,分装成两封,托军宣队的一个通讯员送到了文家,一封送给大院这边,一封送去了那边院,点心附带的一个空信封上面写了"刘承义托"几个字。

至于文心雷,在一次军代表和走资派的单独谈话即将结束时,她说:"我知道了,我会努力改正错误的。刘军代表!"

刘水红一脸严肃,说:"错误归错误,但是我们不允许任何形式的人身攻击!今后无论是谁,再有进行人身攻击的事情,你们都可以第一时间告诉我!"

文心雷心里一动,忍不住偷偷抬起头,瞅瞅这位表情严肃的女军人。这之前,她总是低着头听别人训斥。

看着这位远房亲戚憔悴的面容以及那双躲来躲去的眼睛,刘水红突然有了认下这位姐姐的冲动,最终她忍住了。直觉告诉她,这对文心雷不利。

4

5月29日,《人民日报》发表了《林彪同志委托江青同志召开的部队文艺工作座谈会纪要》。座谈会是上一年的2月召开的,选择现在这个时候发表,是为了配合一系列的文艺演出。

被称为"革命样板戏"的八个现代戏剧目，即京剧《红灯记》《沙家浜》《智取威虎山》《海港》《奇袭白虎团》、芭蕾舞剧《红色娘子军》《白毛女》、交响音乐《沙家浜》，于五六月间在北京与广大革命群众见了面。一时间，通过架设在大街小巷的高音喇叭，全国人民都听到了那些经典的戏剧唱段，之后经年累月地反复唱，直唱得家喻户晓。

至于为什么叫"样板戏"，据说除剧本、唱腔、道具、舞台设计、灯光设计、舞台调度等都必须照本宣科之外，连剧中人物的服装哪儿有个补丁、补丁多大、用什么花色的布等细节，全都有章可循。

让人没有想到的是，是艺术学校的走资派文心雷因为需要普及八个革命样板戏而终于脱离了苦海。

由于"文革"之前的文学艺术作品大都被打上了"资产阶级"的烙印，批判的批判，禁锢的禁锢，不创作一些无产阶级的、革命的文学艺术作品出来填补空缺，几亿人的精神需求总归是执政党需要考虑解决的问题。于是，八个革命样板戏便应运而生。而且，不是只有北京、上海之类大城市的革命群众有精神需求，全国各地的革命群众都有需求，你总不能让原创剧团一个城市一个城市地去演出，那要让外地的革命群众等到什么时候啊？就这样，各地的"革命样板戏学习班"纷纷成立。

确实，将舶来的芭蕾舞和交响乐融入中国革命内容里面，的确让人耳目一新。京剧剧目也有类似效果，从前单调的京胡、京二胡、月琴统称"三大件"，现在加上西洋乐器，音域被丰富了不用说，的确具有了推陈出新的效果。

既然各地的革命群众都有需求，原先的剧团都还在，人马也还齐备，什么都是现成的，不过是前些时候搞斗争去了，现在把人心收回来，一直都没完全丢掉的童子功稍微恢复一下，还都是些唱念做打都出色的好角儿。唯一费点劲的是领导班子的组建，原先的领导全都在牛棚里面关着，选谁不选谁，一定是个众口难调的活。

在军代表刘水红心里，这个角色非文心雷莫属。

刘水红看过文心雷的档案，无论翻到哪一页，全都是些"红色"的经历。不用说她爹了，人家从学生时代就是革命的好苗子，参加"土改"，那也是身怀六甲冒着枪林弹雨闯过来的。至于"资产阶级反动路线"，就算她文心雷执行了一回,你还不得给人家一个将功补过的机会,让人家也执行一回无产阶级的革命路线?

刘水红就是这样替文心雷说话的。

她解开军装上面口袋的纽扣,掏出红色封皮的《毛主席语录》,翻开已经做好标记的一页,大声念道:"伟大领袖毛主席教导我们说,'对以前的错误一定要揭发,不讲情面,要以科学的态度来分析批判过去的坏东西,以便使后来的工作慎重些,做得好些。这就是"惩前毖后"的意思。但是我们揭发错误、批判缺点的目的,好像医生治病一样,完全是为了救人,而不是为了把人整死。'这是伟大领袖毛主席1942年在延安整风运动中的最新指示。"

现场没有人能够说得出一个"不"字。

就这样,文心雷被任命为"革命样板戏学习班"的负责人。

样板戏学习班的机构就设在艺术学校,相同的环境,不同的境遇,让差不多在地狱里煎熬了一圈转回来的文心雷恍若隔世。

看着笑盈盈站在自己面前的刘军代表,文心雷突然之间就生出了亲近感。她并不知道刘水红背后为自己做的一切,只是觉得军代表此刻的笑容后面藏着一种深意,一种她无法理解的关爱。

直到她半年多以来第一次踏上文家老宅的门槛,得知刘军代表竟然就是隔壁大太太兄弟的女儿,这才解开了心里一直纠结着的那个疙瘩。

文心雷这时才知道,因为公安局跟军队具有差不多相同的性质,张军因此没有受到太大冲击。而且,听家人讲述了隔壁院被抄家批斗的情况,且这边院毫发无损,文心雷马上涨红了脸,仿佛觉得自己做错了什么事情一样,马上就想过去隔壁院看看。要不是老太太柳月红拦着,文心雷已经拉着张军和两个娃儿过去了。

柳月红说:"不是不让你去感谢人家,而是你刚刚被解放出来,各方面还是小心一点的好!大太太家那边毕竟是个是非之地,真要因为这个再出现一回什么情况,我和你妈难过都不怕,张军跟两个娃儿恼火嘛!等风声松活一点了,再去道谢,也不迟嘛!"

"我看啊,风声松活不了!"二老爷冷不丁冒出来这么一句,居然没人表示不同意见,看来,大家都认可二老爷的这个判断。

"解放"一词在"文革"中被运用,是对于曾经被批斗、被关进牛棚的走资派得到革命群众的谅解后重新回到工作岗位的描述。因为找不到更恰当的词,就把新旧社会更替的那个"解放"拿过来借用一下。你不要说,还真有新旧更替的意思。跟"三结合"是军代表、造反派、革命干部三者的结合一样,都是"文革"特有的词。

6月17日,从《人民日报》到各地方报纸,竞相刊出了一期"号外",套红的大字标题赫然在目,"我国第一颗氢弹爆炸成功"。

人们欢呼雀跃,在红旗和大幅标语的引导下,敲锣打鼓地走上街头,用游行的形式来庆祝毛主席革命路线的伟大胜利,人头攒动,把主要街道挤得水泄不通。

锣鼓喧天,口号震天,每个单位还在游行队伍最显著的位置高举写着单位名称的红旗或者横幅布标,显示其存在的同时还彰显了"旗帜鲜明"的政治立场。从白天到入夜,队伍没有一点懈怠的迹象,人们完全沉浸在对国家日益强大的喜悦当中。

那天晚上,很多人都因为延续到傍晚的亢奋而久久不能入睡。文家人虽然没有什么"亢奋"可以延续,但是街上高音喇叭发出的各种声音无孔不入,致使一家人也都跟着亢奋。

也许是有关核武器的消息刺激的,也许还要加上长期以来对家庭的不满情绪,也许还有一些说不清楚的因素,总之,让文达观在那样一个夜晚想起了一件往事。

文达观那天晚上辗转反侧,怎么都睡不着,东想西想,突然就想起了1964年发生在文家的一件事。文达观记得大概是那年国庆节之后,因为我们国家的第一颗原子弹爆炸成功,文家老太爷曾经在饭桌上说了一句有关原子弹的话。因为印象比较深刻,文达观这小子居然还记得原话。当时,老太爷当着全家人的面说:"依我看啊,原子弹就不是个好东西,要它干什么吗?"

这句话吧,看你怎么分析。如果只是1964年在文家的饭桌上说说,不也相安无事?但是,文达观想起这句话的时间,是"文革"进行得如火如荼,满大街在欢呼第一颗氢弹试验成功的时候。而且,想起了这句话的文达观也不晓得那根筋涨,没跟家里任何人商量,第二天上午就将事情报告给了街道革命委员会负责治安的一个副主任。

自从那年没能进入大学，作为"社会青年"的文达观理论上就归了街道办事处。街道办有个什么活动，或者上面来了什么需要传达到普通老百姓的什么文件或精神，街道都会通知到人。哪里的街道工厂有个招工信息什么的，人家也会过来告知一声，去不去你自己决定。就这么一来二去，文达观虽然压根看不上居委会过来传递消息的那些普通人，但是在他心里，还是默认了街道办事处这个人民政府的最低一级行政机关的。毕竟在找到正式工作之前，自己会一直隶属于这个机关。所以，文达观将自己家老太爷好几年之前说过的一句话报告给街道办事处，也符合上级和下级的隶属关系。

当然嘛，文家老大的这句话即便不是"文革"期间说的，也是经不起街道革命委员会管治安的副主任推敲的。而且，自己家亲亲的孙子大义灭亲，不论什么朝代都一定是个脍炙人口的故事。都用不着报告上级、组织讨论等烦琐的程序了，副主任把具体情况跟街道派出所一通报，派出所当即立案，所长跟副主任直接在电话里就把这个事情的性质给确定了——现行反革命。

所谓现行反革命，是为了区别与旧社会为国民政府工作的"历史反革命"而设立的专有名词，专指那些新社会里反对革命的"分子"。"文革"开始之后，即便造反派内部也都分成了若干派，派系之间互相掣肘，随便说错一句什么话，做错一件什么事，"现行反革命"的帽子马上就飞了过来，结结实实地罩在当事人头上，跑都跑不脱。在那个"现行反革命"的帽子满天飞的大环境中，更不用说文家老大"地主兼资本家"这样身份的人了，货真价实的双料——历史加现行。

那天下午，当四个身着上绿下蓝的"六六式"警服的警察敲开文家大院的大门时，文家人都以为是派出所查户口。等到一个腰间别着一把"五四式"手枪的警察同志亮出了"逮捕证"，一五一十将文达观把文知辉哪年哪月讲了一句什么话举报到了派出所，听得目瞪口呆的老太爷一下子僵住了。

没有任何前兆和铺垫，老太爷的身体突然之间就开始颤抖起来，很快便成为不可控制的情况，随着一声倒抽空气而产生的古怪声音，一大口红滢滢的鲜血喷口而出，溅落在那张逮捕证以及几个警察的脸上和草绿色警服上……

文家老大一下子仰面倒在那张陪伴了他几十年的黄花梨明式圈椅上，只听见他又"哦哦"了几声，像是想说点什么，只是完全力不从心了。随着瞳孔里面的那一团黑色渐渐散开,文知辉的一侧眼角竟然流出了一滴有点浑浊的眼泪,顺着那张老脸慢慢滑了下来,最终因为泪量不足,停留在了皮肤上的那些深色老年斑与浅色皱褶之间……

5

文家老大终于离开了他依旧眷念着的这个世界。

这一天是1967年6月18日,农历丁未年的五月十一。因为"文革"开始之后历书被当作"四旧",早已停止了出版,让人没法了解这一天的"吉、凶、宜、忌"。

对文家人来说,那天无疑有个"凶"字。

由于事发突然,文家老大都没来得及搞清楚前因后果,都没来得及问一问那个告发自己的文达观,究竟是不是文大同家那个嫡亲的二房重长孙。

也好,不明不白就撒手人寰,总强过死不瞑目。

文知辉出生那年,还是皇帝当道的岁月,光绪三年。按照农历,是牛年的十一月二十八,丁丑年壬子月乙卯日;按照公历,则是1878年1月1日,元旦节。一个跨着两个年份头尾出生的人,无论虚岁实岁,文家老大都是九十岁。

在中国,这个年纪被称为"耄耋",出自《汉·曹操·对酒歌》,"人耄耋,皆得以寿终,恩泽广及草木昆虫",这是寿称。九十而亡,则称为"耋寿",是对长寿老人亡故的文雅表述。文家老大恰好在耋寿驾鹤归去,也许就是老天爷安排好了的。

那年,老外公蔡好仁撒手人寰之前,得以跟幼年的文家老大一双水汪汪的黑眼睛对视了一下,走也走得心满意足。之后的老外婆,也是没病没痛,睡一觉起来人就没了。虽然没有老外公那样的心满意足,总之也是平平静静离开的。爹就不用说了,一生最大的愿望就是办书局,尽管没有亲眼看见书局的诞生,但是看见了儿子一直在努力着,说文理渊是称心如意地离开大家的,一点都不过分。母亲蔡花蕾也不错,虽说摔了一跤伤着了骨头,眼面前儿大女成人的一个整整齐齐的大家庭,总体上和和睦睦、相亲相爱,老年人还求什么呢？单单儿孙绕膝这一条，就够她老人家享用的了。这么一路算下来，死得最差劲的属文家老大，至少算个"稀里糊涂"也不错。

要说老大这一生，大大小小的坎坷终究没有阻挡住他将家族事业做大做强。如同那年周老先生为他总结的，功莫大焉者，非云辉烧房的茅台烧莫属。"有官皆桐梓，无席不茅台"都不说了，单单"巴拿马万国博览会"的那块金字招牌，着实让贵州这个"天无三日晴，地无三里平，人无三分银"的偏远穷苦之地在偌大个国家露了一回脸，人海茫茫中唯独他文家老大一人。

细数文家老大这一生，早年在刘彩云眼前掉进酒缸，要不是人家小姑娘眼疾手快，早就成了被酒淹死的第一人；后来被广西的棒老二劫一回道，一路要饭，还大病一场，要不是文昌寿、徐子和李备他们悉心照料，暴死异乡也不是没有可能。蔡花蕾去世那年，平白无故大病一场，若不是小眼睛以身相许，力挽狂澜，没准就跟他老妈一起去了。所以，文家老大这一生，一直都有贵人相助，蔡花蕾、刘彩云、小眼睛、徐子、李备，还有文昌寿，都是他的贵人，否则他走不到今天。让他没有想到的是，最终了结他九十年人生旅途的，也是他至亲至爱之人。这就是命！

回头看看文家老大这一生，最早接手仁怀岸盐务，缓解一方百姓的淡食之苦，没有功劳也有苦劳；后来将云辉烧房做成茅台镇的头牌，让茅台烧誉满天下，功莫大焉；虽然办纸厂办得个一败涂地，但是把纸厂的服务对象——书局，办成西南几省独大，他的确做到了文家堂屋匾额上的"行德崇文"四个字，确实算得上福荫乡梓。所以，老大这一生用一个字便可以总结，值。

但是，俗话说的"人无千日好，花无百样红"，言下之意还有不红不好的一面，而且都在文家老大身后一样一样展现出来。庆幸的是，他不知道。

那天，被喷了一脸鲜血的几个警察眼看着剧情急转直下，正剧整成了悲剧。几个年轻男警察忙乱之中还帮着给老大做了心肺复苏术，紧跟着轮流背着人往医院跑，有救没救是一个问题，警察有没有态度则是另外一个问题。虽然医生最终确定老太爷的死因是脑卒中外加支气管血管崩裂，但是导致这次病变的客观因素，是"警察上门抓人"。

幸亏"文化大革命"是个混沌的年代，凡事无章可循，无法可依；加上"现行反革命"这顶帽子对于文家具有谈虎色变的巨大威慑力，因此没人敢去派出所追究责任，最终不了了之。当然有个前提，那就是警察那边也不再追究"现行反革命"这件事。这也符合中国人的一个普遍认知——人死账清。

跟公安的这笔账无论满意不满意，总算是两清了；但是文家内部的账却没办法清。

狗东西的文达观，因为图自己的一时之快，竟然导致老太爷一命呜呼，这是他事先万万没有料到的。他不过是想出一口高考那年就积攒下来的恶气，没想就捅了一个天大娄子，根本没办法面对文家所有人。于是，出事的第二天，文达观失踪了。没人知道他心里怎么想的，也没人知道他去了哪里，总之在文家的大事件之后又添加了这么一个不大不小的事件。只不过大家都去忙大事件了，一时间都懒得想他。他给文家人的普遍感觉是，一个逆子！

再说大太太。

老太爷奔赴黄泉路那天，大太太不在现场。等听到书房那边传来的异动后赶过来时，老太爷已经被送去了医院。等她看清楚了地上喷溅状的血滴以及幺太太的泪眼，才听金雨天讲了一个开头就厥了过去。大家又掐人中又扇蒲扇好不容易把人喊醒过来，大家正打算喂她两口水的当儿，医院那边又传来了噩耗，大太太一下子又厥了回去。

这回好，老太爷命归黄泉，大太太昏迷不醒，文大喜身陷囹圄，文达观离家出走。一时间，文家如同上演了一台连本戏剧，什么先什么后，连开场收场的锣鼓点子都是连在一起的。

文家乱成了一锅粥。

还好，文家还有个幺太太喽。虽说出身平淡无奇，一个小丫鬟总是千锤百炼才走到了今天。在老文家摔打了这些年，什么场面没见过？关键时候也真顶得上用场。而且幺太太还有一点好，谦虚谨慎。按说她现在是文家最大的牌，一言九鼎；可即便是已经板上钉钉的事情，她也会跟家里人商商量量着办。不光文大同家两口子，连文心武和章悦这样的小一辈，她至少知会一声，让人家感觉到暖心。

鉴于"文革"的现状加上文家的现状，幺太太当机立断：一、丧事从简；二、把大太太送往医院；三、派人寻找文达观。

文达观再操蛋，他总归是老文家的儿孙，没有放任自流、任凭堕落的道理。因此，幺太太的这个决定，至少是对上了金雨天和章悦的心思的。

至于丧事，换到旧社会，文家不论尊卑，在客堂守灵七天七夜是基本程序，然后该送去哪里去哪里。现如今，背着"现行反革命"这么一个骇人听闻的罪名，且还在风狂雨骤的"文革"当中，最明智的选择只能是多一事不如少一事。文家人也顾不得尽孝不尽孝喽，跟眼前严峻的政治形势相比，不要再出乱子就是最大的孝。所以，一切因陋就简。

当天晚上，也不知道从哪里找了块门板，铺上一张直接从老太爷床上揭下来的蓝白格子床单，把已经僵硬的老太爷放上去，盖上一床老太爷用了多少年的轻薄棉被，白色里子朝上，花色面子向下；门板底下放一碗白米，上面坐一个生鸡蛋，插上一炷香；再拿个饭碗倒点菜籽油，找根麻绳浸湿了菜籽油之后点亮，这就是文家老大的灵堂。

该来的，都偷偷地通知来了。自从1963年五一节徐天媛的婚礼之后，文家人没这么整齐过。文心仪家三个，徐天媛和赵光辉，马伟泊、侯雅蓝外加大满仓，柳文君和四个娃儿，加上二老爷家那边十来个人，把个灵堂挤得满满登登的。

接下来，除了在医院的大太太和负责陪护的章悦，以及身陷囹圄的文大喜，文家人循着梁山泊英雄排座次的顺序，由幺太太打头，挨一排二给老太爷磕头作揖，过程中居然没有一点声音，静悄悄的。

带着四个娃儿的柳文君是接到文达德的通知匆匆赶来的。进门之后，金雨天附在她的耳边嘀咕了几句，柳文君马上把四个孩子拉拢过来，说伯娘交代一会儿磕头的时候不要哭出声。

刚进门的时候，柳文君就哭红了眼睛的。倒不是因为老太爷过世，她哭的是老太爷过世而文大喜这样的孝子贤孙居然不能过来尽孝道。文达德过来报丧的时候，就问过要不要告诉二叔，因为假如告诉了文大喜，柳文君不知道他能不能获准奔丧。等几个娃儿都回来了，一商量，大家都觉得如果不能确定是否被批准，还不如不告诉的好。所以，柳文君一路上已经哭了一台了。在柳文君心里，那年之所以举家从美国回来，老太爷是重要原因之一。

估计金雨天跟所有人都有交代，磕头过程中大家都憋着。等到都轮了一遍了，文诗仙突然拉着柳文君的手，带着哭腔问："妈妈，为什么爷爷死了不能哭呢？"

虽然声音不大，但是大家都能听得见。就这么一个引子，也不知道是谁带的头，灵堂上突然就爆发起一片哭声，所有人一下子扑到老太爷身边，尽情尽意地哭了起来……

金雨天能说什么呢？随即也加入了哭泣的行列。

那天晚上，文家大院上上下下一片悲声……

第二天一大早，天边的鱼肚白显现之前，装着老太爷遗体的大卡车静悄悄开上了去刀把镇的路。大院这边文心武和文达德是代表，二老爷家那边文心宽是代表，马伟泊和赵光辉也一同前往。

到达刀把镇时，已经等候多时的徐子、徐天亮和徐天仙三爷子是跪着迎接老太爷的遗体到来的。徐子接到文大同的电话就赶了过来。这之前，他已经找人收拾好了那年置办的三口棺木中最大的一口，只等老太爷到来。

也怪，面对着一生形同父子的两个人，徐子除了一直皱着个眉头，从入殓、下葬到最后培好了土坟丘，竟没有一滴眼泪。

那天晚上，送走了大卡车和必须赶回去的人之后，徐子招呼两个娃儿睡下，一个人又折回去了墓地。

在老太爷的新坟前面点燃了两支蜡烛一炷香，徐子就那么看着。一会儿看看跳动着的烛光，一会儿看看坟丘顶上压着的一块石头，一会儿仰面朝天，漫无目的地看着夜空中卷动的黑云，一会儿又含胸低头，看着面前满是杂乱脚印的土地。就这么折腾了好长时间之后，只见他慢慢跪了下去，身体随之向前匍匐于地，两手前伸，忘情地喊了一声："爹啊！！！"

第五十三章

1

1967年7月22日，中央文革小组副组长江青在接见河南的一个造反派组织的代表团讲话时，提出了一个新口号，叫"文攻武卫"。第二天，这个口号就登上了《文汇报》。从此，全国各地的造反、保皇两个或多个派别之间开始出现了武斗潮。

先是棍棒、藤帽，紧跟着斧钺刀叉梭镖等冷兵器全都出来了，再后来，热兵器也不甘寂寞，长枪短枪先上，接下来机枪，甚至带座位的高射机枪都派上了用场，亢奋的人群你们冲过来我们再打过去，中国由此出现了人民群众跟人民群众"内战"的局面。

亢奋的不仅仅是中国人，在华的外国人也跟打了鸡血似的。有报道称，"文革"如火如荼之时，曾经有四个在中国工作的美国专家贴出了一张题为"为什么在世界革命心脏工作的外国人被推上修正主义道路？？？"的大字报，主要内容是质疑那时国家对外国专家在生活方面的特殊照顾，并要求取消这样的"特殊化"。用一句地道的中国话，叫作"好心当成了驴肝肺"。而且他们熟悉中国文化的程度，从他们连着使用的三个问号可以窥见一斑。三个问号叠加在一起使用，语境里有表达"愤怒"的寓意。

外国人尚且亢奋到了如此地步，人们大概也就没有了苛求文达观的理由。虽然他年满了二十周岁，已经是完全意义上的民事行为能力人了，我们也许只能说，文达观和绝大多数中国人一样，被"文革"的热风燥雨裹挟着，身不由己地做出那些事后自己一定会汗颜的事情。人的思维仿佛眨眼之间就混乱了，丧失了判断是与非的能力。

事后客观地分析，文达观再操蛋，他肯定也不想因为自己的一时之快而葬送掉老太爷的性命。与其说他想出一口憋了很久的气，还不如说那是一次梦魇苏醒之后精神混沌的延续。

中国人把梦魇称作"鬼压床"，指在睡眠时，因梦中受惊吓而喊叫，或感觉到有什么东西压在身上，不能动弹。常用来描述刚刚经历过可怕的梦境，突然惊醒时，肌肉神经还未苏醒，而出现的神志不清，身体动弹不得的现象。

没人希望文家平白无故降临一个十恶不赦的家伙。把文达观检举老太爷的行为解释成"鬼压床"，一定程度上缓解了文家人特别是文大同家两口子已经难以承受的心理压力。

红卫兵冲击文家大院时，文达观也被勒令在小戏台上陪斗来着。眼见着家里那些价值不菲的"四旧"被付之一炬，老太爷因此昏厥倒地，文达观也是看得真真切切的，他非但没有像文达德那样立马冲过去，还有一点幸灾乐祸的意思，只是没有表现在脸上。

四个警察过来抓捕老太爷那天，文达观混迹在文家人中间看热闹。自打去办事处"大义灭亲"回来，他就等着看这一出的。

应该说，那年文达观的出生对于老文家，准确地说是对正式升格成为老祖公的文知辉来说，非同小可。

在文家，虽然文心武行二，但是远在美国的长房长孙文心志天高皇帝远不说，还娶了个外国女人，不是说不行，至少血缘上会有瑕疵，文家因此不敢指望。于是只能退其次，把二房长重孙文达观的降生看成是文家香火接续的大事件。文家老大早早地寻文解字，定了个"达观"。除出生那天恰好是观音菩萨的生日，沾点神仙的仙气之外，希望这孙子胸有大志、事事顺达，一直都是老太爷及其大人们的心愿。虽然成长过程中的一些情况不尽如人意，"胸有大志"的希冀逐渐降低为"没灾没病"，总之是嫡亲的骨肉，只要能体现出一个顺利的"顺"字，也是文家人所希望的。

所以，老太爷无论如何没法承受检举揭发自己"现行反革命罪行"的会是自己家的这个二房长重孙。现在看来，文达观非但没有沾着观音菩萨的仙气，倒是沾了一些魑魅魍魉的戾气。

眼见着老太爷因为自己的乖戾而奔向了奈何桥，文达观如梦初醒，知道闯下了天大的祸事，至少短期内没有了在家里家外露面的可能性了。

躲一躲？想想真还没有能够收留他这种状况的人家户；流浪去？那可不是二房长重孙消受得了的苦。走投无路之下，他想起了办事处革命委员会负责治安的那个副主任。于公于私，他文达观至少还有"大义灭亲"这一说。虽然《汉语词典》里面对于"灭亲"的解释是"对于为非作歹的亲属不徇私枉法，使其受到应有的惩罚"，仔细分析一下，文家老大对于原子弹的"不恭"还真算不上"为非作歹"，于是文达观也就谈不上"大义"。

管他的呢，反正都走投无路了，死马当成活马医一回。

赶过去跟人家副主任前因后果说一遍，副主任脑眉心那儿顿时揪了一个疙瘩，心想办公差怎么还连带了一个"私差"。看着文达观欲哭无泪的模样，确实没有功劳也有苦劳，副主任还是动了恻隐之心。当然嘛，你不能只倡导"大义灭亲"而不管善后，对不对？在副主任眼里，文达观就是大义灭亲。

副主任在综合平衡了该事件以及自己辖区各方面的情况之后，连着打了好几个电话，"老李、老张"的一通哈哈，便将文达观安排去了靠近郊区的兄弟办事处下属的一个机械加工厂，值更的同时兼顾点杂务，解决了"去处"的同时还顺带把食宿给解决了，让文达观马上没有了后顾之忧。

为此，副主任派人专门去了文家一趟，以组织的名义告知文家人，说首先肯定文达观的行为是革命行为，符合整个"文革""揪出并打倒一切牛鬼蛇神"的革命大趋势，虽然中间出现了一点意外，那也不是组织上愿意看到的，希望文家看清楚革命形势，配合组织工作。顺便说了文达观已经接受了组织安排，家里用不着担心云云。

文家人还能说什么呢？即便有什么不甘，你也不敢说，一个个耷拉着脑袋在那儿听副主任"通报"，跟那天参加陪斗的情况差不多。对文大同家两口子以及文心武家两口子来说，知道了那厮的下落，总比"剪不断，理还乱"强。那样一个无法无天的时期，有一个可供查证的去处，至少不用牵挂。所以说天底下的爹妈以及爹妈的爹妈心都很累呢！

老太爷这边刚刚告一段落，一家人马不停蹄又去忙大太太。

自从那天被送去医院，大太太就没再回来过。不仅回不来，还把重症监护室里面的那些家伙事统统派上了用场。远远看过去，这儿几根软塌塌的管子，那儿一组亮晃晃的支架，全都是用来对付大太太的，仿佛被五花大绑着用刑。

不要说九十多岁的老人家是否经得起这样的折腾，就那些价格不菲的"家伙事"用一次多少多少钱，也不是现如今的文家能够承受得起的。

文家眼下唯一一张1500块钱"定存定取"的存单，也因为年初的一个《关于进一步实行节约闹革命，坚决节约开支的紧急通知》的红头文件给"冻结"在了银行。

1968年2月18日，由中共中央、国务院、中央军委、中央文革小组签发的这个《紧急通知》，除规定各机关团体必须冻结上年的年终结余，新财年的所有开支均较上一年减少30%~40%之外，同时规定"叛徒、特务、走资派，没有改造好的地、富、反、坏、右、资产阶级分子和反革命的知识分子在银行的储蓄存款，实行冻结，不准提取"。

文家人一点一点积蓄起来的这笔钱，原本就是应急的。本该发挥作用的时候却遇上这么个情况，着实让曾经高挂起"行德崇文"匾额的文家陷于两难之境。不救吧，肯定不对；救吧，肯定没钱。即便你有砸锅卖铁的心，那个年代也没有敢于出钱收你们家"锅铁"的主。而且，抗战那年为支撑自己家的书局"福荫乡梓"，能变卖的东西大都变卖得差不多了，所剩不多的，抄家那回又被翻了个底朝天。唯一剩下的，就是那年丁宝桢转送给文理渊的那个内圈篆刻着"政乐民仁，光绪钦赐"几个字的羊脂玉扳指。

也得亏这玩意儿最终落到了幺太太手里。

一个丫鬟出身、小心翼翼了一辈子的女人，在得知这东西出自帝王，是皇上钦赐给丁大人，丁大人又转赠给文家老太爷，老太爷又传给了文家老大，文家老大在文珠嫁给何子豪那年，又塞进了独生女儿的细软匣子里面，最终文珠在小眼睛远嫁茅台镇之际，将这个宝贝送给了新嫁娘。

这么一个重情重义的路线图，同时还知道了扳指的价值之后，小眼睛感激之余就将它视为掌中宝。抗战那年大家捐钱捐物，她在刘彩云的授意下捐了几样东西，最终把这个扳指留了下来。平日里总是将它藏在自己屋里最稳妥的地方，不会轻易示人。"文革"开始之后，社会上越来越乱，打砸抢抄什么都在光天化日之下进行，搞得人心惶惶；小眼睛便多了一分担心，于是将扳指用一块红绸包裹着，找了一个小布袋拴在腰间，再不敢离身，正所谓防人之心不可无。就这样，真就躲过了那场劫难。

眼下，当文家急需要钱来支付维持大太太生命的那些"家伙事"的时候，家里就剩下了这么一个玩意儿。大家都知道这东西值些钱，至于去什么地方能把它换成人民币，再一五一十地交到医院的收费窗口，文家没一个人知道。

那边等着救命的钱，这边也只能一点一点地凑。文大同把家里能通知到的亲戚朋友都通知到了，剩下不好意思通知的，比如，马伟泊什么的，就请幺太太亲自出马。对任何人都是说借，只是能送钱过来的人没一个收下文大同开具的借条的。

那天晚上，徐天媛和赵光辉小两口领着儿子赵民生过来送钱，完了顺路看看幺太太。按理他们该喊幺太太叫二婆，只是文家唯独徐天媛这么一个外孙女，懒得另起炉灶去改口，就跟着家孙们一直喊大太太、幺太太。

"幺太太！"徐天媛一把抓住一脸悲戚的幺太太有些粗糙的手，还没开口眼泪就下来了，哽咽着说，"你老人家……一定要保重哦，万不能让我们家没了主心骨哈！幺太太！"

幺太太哪里听得这个，眼泪马上跟着往下掉。心里难受吧，你还得说一些这个时候老辈子该说的体己话，于是边抹眼泪边说："我们也是没有办法的办法，让你和小赵跟着破费！"她抬手拦住正要开口的徐天媛，说："眼下这形势乱得，即便有东西可以变卖，你上哪里去卖？谁敢要？前些天还在跟你舅舅商量，那年我嫁到茅台镇，还是你母亲送给我的一个扳指，现在是我们家剩下的唯一可以换钱的东西了！谁敢要呢？所以，只能辛苦大家了！"

赵光辉一直等到一老一小两个女人把家常话说得差不多了，这才开了口，说："幺太太，你老人家说的那个扳指，我能看看吗？"

幺太太看看徐天媛，除了不太明白，还有征询的意思。

"哦……"徐天媛想想说，"小赵他……一直喜欢收藏，好像也认识一些这方面的人，是吧？"

"对。"赵光辉说，"东西如果好，我还真是有一些这方面的门路。收也可以，寄卖也行。"

幺太太看着赵光辉，想想说："'寄卖'的意思是……"

赵光辉说："急需要钱时，你把东西给他，他给你钱。以后手头宽裕了，还可以把东西再赎回来。"

幺太太说："那……那不跟旧社会的当铺差不多吗？"

赵光辉说："就是当铺。解放后改称'寄卖行'，而且是国营，只不过你想赎回来的时候，要看东西是不是还在，如果已经卖出去了，就赎不回来了。我说的寄卖之后可以赎回，是给私人。"

幺太太顿时瞪圆了眼睛，说："私人？那不是犯法吗？而且……'文化大革命'哪里允许你投机倒把？！"

"是，私人交易……是算投机倒把，小违法。还看你是什么东西。如果价值不菲的话，恐怕……"赵光辉没把话说完，留了一个尾巴。

"不行不行！"幺太太听出了言下之意，马上说，"算了算了，文家真还从来没干过违法乱纪的事情！算了算了！只不过……因为是你们母亲给的东西，可以让你们看看。"

幺太太不好意思当着赵光辉的面撩衣服解裤带，就说："等我一分钟。"说完起身出了房门，等把小布袋拿到手里了，又折了回来。

赵光辉小心接过扳指，当他看清了里面的文字之后，心里不禁一动，想想说："如果按照'文革'之前国家定的一个标准，这至少算一个二级文物，虽然体量不大，但沾着皇家了，价值不菲哦！"

徐天媛马上说："能值多少钱？"

赵光辉想想，说："这个……我真不知道。反正就这么个东西吧，交易时如果被抓到，无论算成投机倒把还是倒卖文物，总之……"

幺太太一把抓过扳指，什么话也没说，重新包好装好，又撩衣服又解裤带地归置到位，根本不管赵光辉在场不在场。完了说："行了，给文家留个念想吧！"

2

一大家人东拼西凑得到的六百三十七元五角三分救命钱送去医院没多久，大太太便离开了重症监护室。从致病原因上分析，因为"惊吓"导致的疾病，一般不会是器质性的，通常不致命。而且清醒过来的大太太说什么也不愿在这种随时都能闻到浓重消毒药水气味的地方多待一天，家里人拗不过，加上都懂得病去如抽丝的道理，便随了老人家的心愿，接回家用小神仙的中药方子慢慢调理。

文家人当然也考虑了另外一个因素的，那就是钱。你好意思一而再再而三地去"化缘"？又不是和尚。儿女们当然会再一次、再二次地勒紧裤腰带，你自己好意思吗？爱心是什么？爱心是双方对应着的相互体贴、关怀，随便少了哪一边，爱心都会缺损。你真以为消毒水的气味难闻到非离开不可了？那是人家刘彩云的爱心。

医院里的那些"家伙事"什么价格，小神仙的中草药什么价格，你不要看已经九十三岁的大太太一脸病恹恹的样子，人家心里跟明镜似的。所以，躺在重症监护室里身不由己的时候没办法，一旦清醒了，谁能拦得住？哪怕自己忍受病痛的时间长一点，总好过一家人拼凑医药费那样的心酸。

再者说，大太太已经知道了老太爷的死讯的，在医院那样一个公开场合，家里人不可以大声武气地谈论这事。真要让旁人把文家不愿意让旁人知道的情况听了去，再惹出个诸如"大义灭亲"之类似的祸端来，比如，对革命委员会和公安机关不满等，那不是找事做啊？所以，回家去关起门来说话，也是大太太急于离开医院的原因。

在家里，至少可以畅畅快快地哭。

当大太太从幺太太口中得知了"大义灭亲"的来龙去脉，当即畅畅快快地哭了一台。悲从中来是一方面，外加一份莫名的压抑感，无疑加重了刘彩云悲情的程度。

确实，当"畅快地哭"都需要选择场合时，你可以想象人心的悲凉已经到了何等地步。

"哎哟！我那兄弟是不是还不知道家里的情况哦？"在悲悲戚戚的氛围之中，文大同也不知道怎么就想起了文大喜。话一出口他就已经后悔了，还得赶紧躲开金雨天斥责的目光。

这样"提醒"的后果可想而知，满面泪痕的大太太先是一怔，紧跟着便呜呜叨叨地数落起来："我那苦命的幺儿哦！爹娘面前不能尽孝也就罢了，连奔丧的权利都被剥夺了！你咋个这么命苦嘛？！呜呜呜……"

这是刘彩云有生以来第一次称呼文大喜为"幺儿"，大家都有些诧异，再看看她老人家完全投入的一脸悲戚，一家人除了扎堆掉眼泪，还能干什么？

由此，幺太太和文大同家两口子那天晚上共同做了一个决定，让文达德第二天专门跑一趟，口头告知柳文君，说无论如何要她把家里发生的情况设法转告文大喜。

第二天一大早,文达德把正要去上班的柳文君堵在报社宿舍楼的通道上。文达德刚要张口,柳文君一个巴掌就封住了侄孙子的嘴巴,先是看看走道两边,确定没人之后还是不放心,拉起文达德往自己家那边走,等进了房间关上了门,这才松开了侄孙子。

二爷爷家四个娃儿都在,正围着铁炉子吃着柳文君早起做好的烫饭。四个娃儿正纳闷当妈的刚出门眨眼工夫又和文达德急唠唠折回来,还鬼鬼祟祟地关了门,就听见文达德开了口。

"幺太太和爹妈让我过来告诉二奶奶……"文达德说,"说老太爷的消息无论如何要告诉二爷爷!"

柳文君想想,说:"我也没说不告诉啊?"

文达德说:"他们的意思,现在就告诉!"

"现在吗?"柳文君问。

文达德点点头。

柳文君的目光一下子有些飘忽,随即还蒙上了一点心酸,像是在对文达德说话,又像是在跟自己唠叨:"是,那一年,我们一家人从美国回来,一个占比很重的理由,就是……就是因为老太爷!"

听到这话,文诗雨和文诗路马上过来依偎在母亲身边,感觉上有"保护"的意思;文诗仙见状也凑了过去,四个女人团在一起,伤心伤意,文诗仙还流下了眼泪……

好一会儿,柳文君才说:"当然,当然……我会让孩子他爸爸知道的,请转告幺太太!"

"妈,你该去上班了。"文涛忽然想起说。

柳文君看看手表,慌忙说:"就是就是!"说着捧起文诗仙的脸庞,快速抹掉上面的泪水,拍拍文诗雨搭在自己肩上的手臂说:"你们两个也该上班了,文涛,看好你妹妹,中午记着把饭煮好,还是一半米一半苞谷沙。我们走,达德……不对不对,你还是和文涛说说话,等我先走。就这样!"

文达德看见二奶奶临出门前特意抹了抹眼角,搓了搓脸颊,把刚才的悲情掩饰得差不多了,这才拉开房门,出去之后还顺手带上了门。

文达德看着文涛说:"二奶奶干什么不让我和她一起走?"

"有吗?"文涛想想,说,"她不是让你跟我说说话吗?"

"那是因为如果你和我妈在一起,说不定半路上会被什么人看见,如果别有用心,说不定什么时候因此就成了整我爹的黑材料!"文诗雨说这番话的时候脸是垮着的。

"黑材料?二奶奶跟侄孙子在一起能有什么黑材料?"文达德有些诧异。

"哎呀!"文涛拍拍文达德的肩头,说,"听说过'莫须有'吗?"

文达德瞪大了眼睛,说:"你的意思我是秦桧?!"

"你什么理解能力?!"文涛说,"我的意思是说,秦桧那样的人哪里都会有,更何况现在是史无前例的'文革'呢!"

文达德还要问,被文涛拦住。等文诗雨和文诗路走了,文涛把文诗仙支到里屋去看书,这才拉着文达德围着铁炉子坐下,小声说:"你知道报社的大字报上怎么说我爹吗?"

"右派?"文达德试探着问。

"那算什么?"文涛小声说,"他们说我爹啊,解放初期从国外回来,是执行美国中央情报局的派遣任务……"

"说他里通外国!"文诗仙从里间屋隔断的小窗户探出个头说。

文达德惊得瞪圆了眼睛。

"看你的书好不好!"文涛大声斥责完了文诗仙,然后压着声音说:"莫须有吧?"

文涛见文达德一脸的义愤,马上换了个不用藏着掖着的话题,说:"哎,你们学校最近怎么样?"

"文革"之前,文达德和张土改一个学校,初中二年级的上半学期还没结束,"文革"就开始了。文涛大一些,在另外一个学校读高中一年级。"文革"一来,"红五类"们大都干革命去了,比如,张土改。剩下他们这样的"黑五类",没有参加革命斗争的资格,大都落得个自在,自由成长。

中间有一段,上面又下来个"复课闹革命"的通知,因为人心都散着,没见上什么课,"闹革命"倒是一直在进行着。好在革命的对象主要是那些走资本主义道路的当权派,没人顾得上他们这样的小角色,只要你不妨碍别人"革命",就行。

"还能怎么样？继续'放羊'喽。"文达德说，"听说学校来了'工宣队'，我去看了一回，那些大标语也跟以前不一样了，云里雾里的，'革命大批判'我知道，另外还有什么'清理阶级队伍''斗、批、改'什么的，我就不知道怎么个情况了。哎呀，反正就是一个阶段一个阶段的革命内容，跟我们没什么关系。"

文涛说："我也去看过，除了各单位走资派的姓名不一样，大同小异。"

"听说已经有走资派被结合进了革命委员会的？"文达德说。

文涛说："好像有，少数喽。还有一个情况不知道你听说没有？"

文达德说："什么啊？"

文涛说："上山下乡。"

文达德说："谁呀？"

文涛说："我们啊，应届毕业生！"

文达德说："上山下乡？我们……去乡下？去干什么啊？"

"嘿，"文涛说，"你这个人，去乡下还能干什么？种地喽！"

3

1968年10月中旬，中国共产党第八届扩大的十二次中央全会在北京召开。会议批准了《关于叛徒、内奸、工贼刘少奇罪行的审查报告》，做出了把刘少奇"永远开除出党，撤销其党内外一切职务"的决定。人们照例高举着红旗和标语牌，敲锣打鼓地涌上大街去游行，从清晨一直延续到黄昏。

这已经成了"文革"独特的风景，只要毛主席他老人家最近说了句什么话，或者中央开了个什么会，大街上马上就会出现游行的队伍，十分热烈地庆祝一番。

同样的情景12月22日又出现了一回，这次是欢庆毛主席的最新指示发表。毛主席这一次的"最新指示"是有关学生的，"知识青年到农村去，接受贫下中农的再教育，很有必要。要说服城里干部和其他人，把自己初中、高中、大学毕业的子女，送到乡下去，来一个动员。各地农村的同志应当欢迎他们去。"

在中国,"上山下乡"不是什么新名词。早在1956年前后,为了缩小"三大差别",即工农差别、城乡差别、体力劳动和脑力劳动的差别,国家就号召知识青年到农村去,从事农业生产。当然,那个时期的"上山下乡"带有积极的理想主义色彩,人们大都是自愿前往。

1968年初冬的"上山下乡",跟以往最大的不同在其规模。

1968年,全国在校的初中、高中应届毕业生,累积起了1966年、1967年、1968年三届,后来被称为"老三届",人数2000万左右。这么庞大数量的年轻人,大都还是"文革"期间所向披靡的红卫兵小将,继续留在学校肯定不叫个事,如何安置?搁谁手里都刨烦。

"刨烦"也是我们这边的俚语,烦躁、糟心的意思。

毛主席的这个"最新指示"让这么一个糟心事迎刃而解。全国各地的"文涛和文达德"们立即斗志昂扬地整装待发,在1968年的初冬,由一辆接一辆安装了篷布的大卡车浩浩荡荡地拉往"广阔天地"。跟城市相比,农村的天地当然广阔。

这次"上山下乡"的另外一个特点,是一锅端。只要你是"老三届",不由分说都得下去,当然也有少数特例,各地还根据自己对于最新指示的理解制定了各地的政策。比如,和文达德同样是68届初中毕业生的张土改就没有被要求上山下乡,理由是"独儿子"。

你不要看新中国成立都多少年了,而且正处于史无前例的、摧枯拉朽的"文革"之中,文家老外公蔡好仁推崇的"无后为大"所包含的那些个公说公有理的因素,依然左右着当今制定政策的人们。

老百姓就说,独儿子就不需要接受贫下中农的再教育了?

文家人气不过的是,同样是独子的文涛就没得到张土改的待遇,仍然被列入了上山下乡的大名单。其原因明明白白就摆在那里的,因为你有个当了右派的爹。这就难免让人家又有了伤心、生气的理由。

文达德过来传达幺太太意见那天,柳文君离开家里一堆儿大女成人的娃儿之后,脑筋里面一天就在打转转,要不要把老太爷的噩耗告诉文大喜。差不多"挣扎"到快要下班了,这才最终决定不告诉他。

柳文君觉得,人都入了土了,按照中国人的传统观念,那就是个"安"字,故人都已经安放、安顿、安稳或者安全了，你这个时候非要把消息告知在水深火热当中备受煎熬的后人，除了在他心口上多插一把刀，还能怎样？一家老小再聚众哭一台？抑或由文大喜跑去刀把镇单独哭一台？除了悲哀，于事无补。与其这样，还不如让他蒙在鼓里，至少他不会再增加一份额外的悲哀，关键这个决定权还掌握在自己手里。

至于为什么都是独子，文涛跟张土改的待遇就不一样，柳文君已经没有找谁去评评理的心思了。且不说不知道找谁，就是找到"谁"了，人家也一定会有一百个理由在那儿等着你。柳文君自己能做主的，就是尽可能让儿子远足的行装里不要遗漏掉什么。

这次"上山下乡"和以往的"上山下乡"不同之处，还在于这次大都是直接落户到农村生产队，即"插队"。同时，为了在革命的大前提之下尽可能照顾一点点个人情绪，学生们被允许自己选择即将组成一个"知青家庭"的人选。由此，文达德和文涛以及文涛的三个同班同学，组成了一个临时家庭。

这让文家人多少得到了一点安慰，两个娃儿起码相互有个照应。

学生们是在各自学校登上装了篷布的大卡车的，文达德因此去了文涛他们学校。一些学生有家里人送行，拉着自己儿女的手千叮咛万嘱咐，说不完的话。文涛和文达德一人戴一顶用红油漆喷写着"广阔天地，大有作为"的草帽，静静地坐在自己的铺盖卷上，缩在大卡车的角落里。其实没谁规定什么样的家庭能送行，什么样的家庭不能送行，"儿行千里母担忧"，不论什么朝代都是如此，人之常情。只是"文革"进行到现在，自卑感对于文家这样的"黑五类"家庭早都已经习以为常了，凡事多一事不如少一事。比如，儿行千里母担忧，你真要被学校的什么人铁面无私地呵斥在现场，当众说一点"没资格"之类的混账话，大人难堪是小，一下子让一些还不知道两个娃儿家底牌的同学知道了其真实"颜色"，那不是找事做吗？所以，文家两个兄弟只能蜷缩在角落里。因为对即将开始的、完全陌生生活有憧憬，文达德并没有在意家里人送不送；文涛不一样，羞耻感直接在他那张愁苦着的脸上显露无遗。

"哎呀！"文达德用手肘碰碰文涛，说，"有什么嘛，那年我们两个去串联，不是也没人送吗？不也走州过府？断桥、灵隐寺、拙政园、狮子林一个地方没少去不说，还空手套白狼来着，你忘了？"

"那怎么忘得了。"文涛悻悻道。

"哎,"文达德就是见不得别人垮着个脸,又捅捅文涛,没话找话说,"你只说了下去有粮食,那吃饭不要菜呀?"

文涛依旧垮着个脸,说:"问了,每个月每人9块钱生活费,这个钱除了在当地购买每人每月的40斤粮食,剩下的就是菜钱。另外,每人有240块钱的安家费,买房、建房随便你家几姨妈,还有72块钱的小农具、小家具费,每人,买点锄头、镰刀什么的。加起来一共420元,每人。"

"了解得很仔细嘛,"文达德说,"这就行了嘛,人家什么都安排好了的,你还愁什么愁?"

"我可不是有了吃喝就没了愁的那种人!"文涛说。

文达德说:"我是,有了吃喝就没了愁!行了吧?"

文涛看看对方,叹口气说:"不晓得哪年哪月才能回来哦!"

"回来?我还真没想过。"文达德说,"我在想,我们要去的那地方会是个什么样子呢?"

文涛说:"听说叫个什么,田湾。"

田湾——就是文涛他们这个"家庭"插队落户的小山村。

大片的喀斯特地貌的大山上树木不多,据说原先也满山翠绿来着,是"大炼钢铁"那年砍没了的。这地方之所以成了村庄,是因为挨着村庄山脚有一眼终年不断的泉水。山坡上到处都是不知道什么年代飞落下来的黑灰色石头,这样的地形地貌注定土多田少,这也就注定了田湾的村民们终年都食用一小半大米掺和一大半苞谷沙的混合饭。比起知青们每月都去公社粮库购买回来一角三分八厘一斤的大米,知识青年们多少得到了一点点心理满足。

也不知道当初谁提的建议,在学校"分家庭"的时候他们家没要女生,虽然后来知道了有女生的诸多好处,无奈木已成舟,没有了更改的可能。好在五个男生也有优点,比如,"建房费",他们便一股脑儿交给生产队,换来了一间原先作为仓库的大房子,两个马凳上面搭上几块丈二长的木方,垫上些稻草,再打开家里给准备的铺笼帐盖,马上就具备了一个家庭最基本的要素——床,通铺也是床。如果有女生,那不还得隔断啊、回避啊什么的啊?麻烦死了!

你不要看文达德才十七岁,田湾的乡亲们都"老文,老文"地喊,其他四个大一点的就不用说了。后来才知道,把"老"字加在姓的前面,在田湾有尊敬的意思。

为了让知识青年们能够"下得来,扎得住",最新指示里面还特地加了一条,"各地农村的同志应当欢迎他们去"。即便没有这一条,田湾的乡亲们也是欢迎文涛他们的。你想嘛,几个半大男娃儿背井离乡过来这里组成一个不伦不类的"家庭",新鲜是肯定的;再加上至少第一年不用村集体负担;还有,从体格上看,几个人基本还都算得上"劳动力",而且一个生产队一下子增加五个劳动力,种地、打谷子、修路、立房子,什么都派得上用场,何乐而不为?

于是,五个人的吃喝拉撒被生产队安排在一个叫"陈伯娘"的苗族大妈家里,这就解决了这个"小家庭"的后顾之忧,符合国家"扎得住"的要求。

4

"无产阶级文化大革命"的"轰轰烈烈",对一些地方的农民来说,几乎没什么影响,这是文涛他们到了田湾才知道的。

如果你让农民去列举"资产阶级反动路线"对他们生活的影响,那真没有老天爷的影响大。老天爷那里不论旱还是涝,时间长了都会成灾,让农民饿肚皮是最轻的结果。等到和乡亲们聊天对了路了,文涛他们才了解到了农民对于1960年开始的大饥荒至今都刻骨铭心,心有余悸。

当然,假如接到上级通知到公社所在地去开传达最新指示大会,农民们也会去,那是因为同样计算工分,壮劳力去一次算十分,次一等的,比如,妇女和老弱算八分。集中到年底都能看得到实实在在分到家里的稻子和苞谷,用城里人的话,这叫"真金白银"。

所以,"文革"运动对贵州大山里面的农村来说,大都限于行政区划上的"区",到人民公社的都很少,更不用说生产队了。到了文涛他们"插队"这时候,田湾生产队所在的公社,领导还都是"文革"之前任命的,根本没动。除了农民的质朴,还有"天高皇帝远"的因素。

在田湾,人与人之间本就没有城里人那样的政治隔阂,再加上乡亲们即便知道了老文家"底牌"的颜色,估计也不会当回事,"老文,老文"叫得多亲热的。

　　这个情况对文涛、文达德两兄弟来说，仿佛一下子卸掉了一个沉重的包袱。看天，天是蓝的；看山，山是绿的，心情突然之间轻松了许多。这对于很长时间情绪没有得到释放的文涛特别明显，居然晚上一个人站在"自己家"门口的石阶上，对着黑洞洞的大山开唱。

　　"朔风吹，林涛吼，峡谷震荡——"

　　这是革命样板戏京剧《智取威虎山》中，那个被称为"203首长"的少剑波的一个唱段。文涛是跟着城里满大街的高音喇叭学会的，一开始只是觉得还顺耳，听着听着就喜欢上了，没"上山下乡"之前也偷偷地小声唱，插队到了田湾时，已经唱得字正腔圆了。再加上心情大好，又是面对着真正的巍峨大山，即便没有戏剧里面那样"林涛吼"的音响效果，此时此刻，文涛的心已经完全沉浸在"林涛吼"那样让人心潮澎湃的氛围之中了。

　　接下来的一句，"望飞雪，漫天舞，巍巍崇山披银装，好一派北国风光——"

　　唱腔设计者把"风光"的"光"字的音调设计得特别高亢，就是为了体现"203首长"满腔炙热的革命情怀。谁也没有想到被文涛在乡村的这个晚上借用了一回。

　　从他知道父亲被戴上右派帽子那天起，这个年轻人今天第一次以这样一种方式释放自己的情感。尽管没有音乐伴奏，文涛依然觉得自己唱得大气磅礴。

　　自打这个晚上起，田湾的乡亲们都知道了晚上是谁在唱"朔风吹"。之后只要再听见"林涛吼"，乡亲们就会笑笑说："听嘛，老文又在号！"

　　插队还有一个好处，那就是看电影不要钱。

　　什么时候接到公社放电影的通知了，一定少不了知青。因为除了看电影，还是跟其他生产队的知青见面聊天的好机会。

　　那段时间，为了让更多的革命群众看到革命样板戏，国家把八个样板戏全都拍成了电影，只不过要在电影开始之前先学一遍毛主席语录。比如，革命现代舞剧《白毛女》的电影，前面就有一段毛主席语录，由一个播音员水平的男生朗读："伟大领袖毛主席教导我们，'地主阶级对于农民的残酷的经济剥削和政治压迫，迫使农民多次地进行起义，以反抗地主阶级的统治……在中国封建社会里，只有这种农民的阶级斗争、农民的起义和农民的战争，才是历史发展的真正动力。'"

这也成了那个时期的中国电影,乃至世界电影的一个奇观。

翻了年,连着发生了好几桩事情。

1969年3月2日,中国和苏联在北边的中苏边界线上一个叫珍宝岛的地方交了火。冰天雪地之中,苏联边防军入侵珍宝岛,打死打伤中国边防战士多人,中国军队被迫自卫反击,击退了入侵之敌。之后又入侵了两次,同样被击溃。由此,世界上两个社会主义大国彻底交恶。

4月1日,中国共产党第九次全国代表大会在北京举行。从八大到九大,历史向前行进了十三个年头。

九大选举了新的中央委员会的同时,还修改了党章,将"林彪同志作为毛泽东同志的亲密战友和接班人"写入其中。这也是第一次在共产党的章程里面确定"接班人"。

"按理哈,党章是一个政党大政方针及行为准则的总纲领,把一个具体的'接班人'写入党章,那林彪同志之后的下一个接班人呢?再修一次党章?"文大同就是这样自己给自己设问的。

打从老太爷归了刀把镇文家的墓园,文家的"神仙会"就缺了角。加上人家马伟泊家得了儿子,两口子一门心思都扑到了儿子身上,"神仙会"就成了文大同的独角戏。文大同之所以"独角"都还在坚持,有缅怀老太爷的意思。在他看来,文家这个几十年一贯制的"神仙会"一直是老太爷的念想,如果在自己手里给弄没了,用一句古时候的话,叫作"大不敬"。文大同曾经也有过"壮大队伍"的想法,盘算了一圈,只有文心武合适一些,没想话才出口,人家文心武想都没想就把当爹的拒之门外。

文心武说:"爹呀,得饶人处且饶人!我们家老太爷已经垂范在先了,莫非你硬是要步他老人家的后尘?"

文大同知道儿子指的是什么,转身就走,文心武还在后面撵着说:"而且我劝你老人家也安分一点,你们能吃能喝没有毛病,就是我们晚辈最大的幸福,哈!"

打那以后,不论文大同心里多别扭,"独角戏"终归名不正言不顺,文家传承了好几十年的"神仙会"只能寿终正寝。每每文大同实在憋老火了,想说一说了，大都坐在书房里老太爷用过的那张花梨木圈椅里自言自语。

不算不知道，文大同也七十四岁了，自言自语也很正常。九大召开的消息就让文大同自言自语了一回。

九大召开的消息传到田湾的同时，生产队也接到了第二天去公社参加庆祝会的通知，通知上特别注明了田湾需要到场的人数。听老乡们说，这就表明九大的重要性了。上一次通知开会并确定人数，还是"全国山河一片红"那次。1968年9月，全中国各地都成了革命委员会，就叫"全国山河一片红"。

即便不给"工分"，田湾的知青们也会去参加庆祝会的。

一来大会被设计在一个赶场天，设计者就是图一个人多势众，方便扩大影响。知青和乡亲一样，开会得工分的同时还可以顺便买一点吃的喝的回来。通常集市上能买到的生鲜农副产品，只有赶场天有，你要是不在赶场天来公社，只能在供销社买点日用百货之类；二来和看电影一样，各个知青点的同学都会聚集过来，说说话，拉拉家常什么的，你胖了，我瘦了，你们那边挑水远不远，他们这里砍柴方便不方便，卖鸡蛋怎么都用稻草捆扎成串，公社所在地居然连个小饭馆都没有……零七碎八的都是知识青年们聊不完的话题。

对文达德来说，去开庆祝会的意义还在于，他喜欢参加跟"文革"有关的会。

还没上山下乡之前，文达德一直很想和同学们一拥而上去参加随便一次什么活动或者会议，根本不用考虑什么内容，重要的是自己具备参与其中的资格。这样的"资格"在"文革"开始以后，跟文家老大这一支的儿孙们便渐行渐远，最终成为一种奢望。好几次，文达德一个人行走在锣鼓喧天的大街上，他都试图假装自己就是经过身边的游行队伍里的一分子，也过一回兴高采烈地呼喊口号的瘾，最终文达德还是却步了。他怕万一被什么熟人看见，最后……若是再连累上家里的那些已经苦不堪言的大人，划不来！

文达德不知道文涛是不是也有类似想法，他没好意思问。

以至于庆祝会进行过程中，文达德跟着大家呼喊口号时格外卖力，格外投入，让坐在他旁边的文涛因此多看了他两眼，目光里面还流露出一点诧异。文达德由此判断，文涛没有自己那样的渴望。

庆祝会上有两个口号让文达德印象深刻，一句是"敬祝伟大领袖毛主席万寿无疆！万寿无疆！"这一句口号之前听得比较多，什么场合都在用，而自己是第一次在正式场合那么振臂呼喊；另外一句是"敬祝林副主席身体健康！永远健康！"这一句最近才听见。

口号喊安逸了的文达德因此心里打了个问号，"永远健康和万寿无疆……有区别吗？"所以，两个口号都让他难忘。

返回时，行走在通往田湾的山路上，文达德的心情格外地好，尽管两只手提着四提稻草捆绑的鸡蛋，他也没让自己的嘴巴闲着。他和文涛一样，样板戏是跟大街上的高音喇叭学会的。现在摇头晃脑还带着点表演，算得上引吭高歌了。

"老乡！"先是念白，然后开唱，"我们是工农子弟兵，来到深山，要消灭反动派，改地换天，几十年闹革命南北转战，共产党毛主席，指引我们向前，一颗红星头上戴，革命红旗挂两边……"

在文达德心里，此时此刻的自己无疑就是那个身着军装、腰间别一把小手枪的革命军人"少剑波"。

"革命军人？"文达德突然想起的这个词组，并由此琢磨开了。革命群众、革命干部、革命师生？怎么到了工人、农民那里就可以不要"革命"二字了呢？"文革"进行了这么多年了，真没听说过革命工人、革命农民这样的说法。要不……工人和农民天生就具备了革命的特质，不需要添加"革命"？文达德不想向文涛求证自己的疑虑，是怕文涛说自己憨。

5

5月刚开始，就是文达德居然在农村找到了归属感的时候，文家院子里的栀子花枝头的白色花朵，且合且开的时候，文家又出了状况。

那天刚刚擦黑，居委会来人通知，让家里派人第二天去办事处开会，来人顺口多了一句，说事关"疏散下放"。

现在的文家，大太太已经当不来家了。九十好几的人，随便来个风吹草动，很可能立即就步了老太爷的后尘。所以，"疏散下放"的事情压根没敢让她老人家知道，幺太太和文大同家两口子直接就商量着办了。虽然谁也不知道"疏散下放"具体是个什么意思,听上去总不是什么好词,那也得去。三个人最后决定让金雨天跑一趟。

按说这种差事比较合适文大同,男主人,理当顶在最前面。但是金雨天担心,假如文大同再出现个什么三长两短,文家连个顶事的男人都没有了,传出去有辱门风。你不要看解放这么多年了,他们的脑筋还是原来的脑筋,弯不过来。

金雨天挺直了腰杆说:"他们总不至于把我一个老太婆怎么样!"

幺太太马上说:"那我去不是更好吗?"

金雨天说:"你是老辈子,家里面一定要有个老辈子,有个什么事情镇得住场面,还是我去!"

"对对对!"文大同转而对着金雨天,说,"你尤其要小心哈!管他们疏散还是下放,听他们说就是,你不要吭气!"

金雨天看看老伴,没说话,点点头。

第二天中午,一家人盼星星盼月亮一般把金雨天盼回来了,这才把"疏散下放"搞了个一清二楚。

还是上一年的12月22日,跟上山下乡的"最高指示"同一天,《人民日报》还刊登了由新华社转发的原载于《甘肃日报》的一篇文章,题目叫作《我们也有一双手,不在城市里吃闲饭》。文章记述了甘肃什么地方一个叫王秀兰的妇女带着媳妇、孙子,在毛主席革命路线指引下,从城镇到农村安家落户,参加农业生产的事情。

"王秀兰?安家落户?"幺太太说,"那喊我们去开什么会呢?"

文大同想想,说:"莫不是……也喊我们去农村安家落户?"

金雨天满面愁绪,点了点头。

"娃儿们不是已经去了吗?!我们也要去乡下?去干什么吗?!"文大同差不多是吼。

金雨天赶紧拦着他,说:"办事处那个同志说,毛主席他老人家说了,'要准备打仗'。"

"要准备打仗?"幺太太说,"跟谁?"

金雨天说:"没说跟谁。估计吧,就那个'社会帝国主义'……叫什么?

苏联，对！3月间不是在北边那个什么岛，打了好几个回合的吗？"

"珍宝岛，"文大同说，"那倒是一直在摩擦着，就因为这个？"

"也许……我说也许哈，"金雨天也不是吃得准的样子，犹豫着，说，"我看见参加会议的人，除了办事处的同志，大都是……上一次参加扫大街的……那些人！"

上一年的春节前夕，街道的革委会集合起属于这一路段的"牛鬼蛇神"们扫过一回大街，那一次文家也是金雨天去的。这一次金雨天自告奋勇去开会，也有扫街那一回积累了一点"经验"的原因。

书房里顿时沉默了。

就因为解放前家里有钱，那你能怪谁去？三十年河东，三十年河西，风水轮流转。而且，跟抄家那一回相比，因为这次是自上而下的、统一的国家行动，至少不会目无法纪。文家人把那次抄家认定为目无法纪。

眼下这种情况，人死了都没地方申诉去，何况搬个家？文家这么一个在无产阶级"文革"中处于社会最底层的家庭，除了承受，还能做什么？

"那他们……"文大同仿佛是突然想起的，大声道，"那他们有没有说，我们走了，这房子怎么办？！"

金雨天轻声说："问了，折一个价，一次性支付给我们。"

文大同瞪圆了眼睛，想想说："那……二叔他们那边呢？"

金雨天说："人家也说了，说如果没有革命烈士文德范那一笔，我们……两边也许都……早就被没收了！"

"没收？！"这回该幺太太大声说话。

文大同的心好疼，摇摇头，旋即又点点头，说："也是，那一年，我们家的二百亩水田，不也是一句话就没收了吗！"

幺太太呐呐道："幸亏老太爷走了！否则啊……又是一出哦！"

按说，这里该大家动情一回的，金雨天等了半天，最终居然没有出现。后来金雨天分析过，说大概是"抄家"和"大义灭亲"那两次打击太重，让后来发生的一些情况没法超越。

"那……那……"文大同"那"了半天，最终没"那"出个名堂。

"我们搬家去哪里？"金雨天接过他的话说。

"呃对！"文大同说。

金雨天说:"这也说了,不能投亲靠友的,由革命委员会统一安排。"

文大同一下子泄了底气一般,有点绝望,带着点哭腔,说:"那……我们家只能听凭人家'统一安排'了?!"

"谁说的!"幺太太突然开了口。

这话让文大同有点猝不及防,在那儿瞪大了眼睛。

没想金雨天也鼓起了眼睛说话:"就是!"

这回该着幺太太的眼睛转过来,停留在金雨天那张清癯而充满自信的脸上。

文大同看看这个,再看看那个,说:"幺太太,你们……莫非已经商量过了?"

幺太太一脸的严肃,说:"真没有!"

文大同再看看金雨天,说:"随便你们哪个先说,我看看我们家除此还有什么去处!"

幺太太说:"金雨天说!"

"不不不,老辈子说!"金雨天说。

"那好,"幺太太顿了顿,直顿得文大同都有些着急了,这才开了口,说,"刀把镇!"

文大同恍然大悟,再看看老伴,只见金雨天点了一下头。

"那一年……"幺太太大概想起了什么,突然之间就动了情,喃喃道,"蔡家的大小姐,我们家的老太太……蔡花蕾,卖了刀把镇上所有的店铺,唯独……她唯独留下了老宅……"

一颗亮晶晶的泪滴在幺太太的眼眶里打转,转着转着,泪水如同从悬崖上跌落的一线山泉,在她那张老脸上面还不算太深的沟壑间流淌起来,一溜一溜,再没间断……

第五十四章

1

人要是背时了,总盼望着新的一天会出现个什么变化。只是文家人做梦也没有想到,这个变化竟是让他们搬出已经居住了差不多七十年的老宅。

"小满"前一天,农历己酉年的四月初五,文家大院这边的所有人一股脑儿搬去了遵义刀把镇上文家的另外一处老宅。不论这个变化你喜欢不喜欢,总比一成不变、死板板的日子强。

十天前,办事处的人送来一个信封,单单薄薄的,没什么分量。来人说了一句"你们家的介绍信",完了走了。信封没封口,意思你们家里人随便看。

文家还是那三个管事的聚在一起,算是个临时会议。

文大同把信封递给幺太太时,幺太太朝他抬了抬下巴,意思男主人来。文大同也没推辞,几个指拇在下嘴唇上抹了点口水,搓了两下,抽出了信封里面的"瓤子"。

一张铅印的格式介绍信,最上面印着红色的"最高指示"四个字,紧跟着的两条内容也是红色:第一条,要准备打仗;第二条,农村是一个广阔的天地,在那里是可以大有作为的。接下来三个黑色的大字——"介绍信"。抬头的一根下画线上面写着"遵义"两个字,然后是"县(区)革命委员会接收安置城市疏散下放人口办公室"。

正文里面,"介绍文大同一户",人数一栏里一个大写的"陆",具体地点"遵义县刀把镇"。

完了是红色的"敬祝毛主席万寿无疆"几个字,最后是贵阳的"革命委员会疏散下放城市人口办公室"的大红公章。

文大同一字不漏念了一遍，苦苦一笑，说："这就把我们打发去了刀把镇？也好，我们家就是从那儿来的！"

金雨天看看幺太太，说："幺太太的意思……"

幺太太抬手捋了捋散在额前的几缕头发，皮笑肉不笑，说："要得，那就去刀把镇嘛，大同安排一下，能带的……都带走吧！我负责招呼好大太太，你们觉得呢？"

金雨天看看文大同，说："行。"

幺太太又说："老太爷、大太太屋里的东西一样不能少。免得用起来找不到，大太太又要发脾气。"

文大同说："好。"

文大同先是给徐子打了个电话，把"疏散下放"的事情说了一遍，还请徐子先去刀把镇看看，给一直住守在里面的陈家二叔说说情况，如果人家愿意继续住在里面，就两家人搭伙住，都是迫不得已的事情，文大同特别让徐子说清楚，文家没有撵他们走的意思。

在打包爹妈屋里的物件时，文大同特别交代文心武和马伟泊他们多找些旧床单和废报纸什么的，将那些用了几十年的老家具、老物件包了个严实。

上路那天，当着那些见证了文家几十年云卷云舒的街坊四邻，大太太刘彩云根本没忍住，安安逸逸地哭了一台。这倒让那些通常过来看热闹的女街坊于心不忍，也跟着红了眼圈。

……

让文家人万万没有想到的是，那两辆装载着文家全部身家的大卡车缓缓开进刀把镇上那条没有多大变化的老街时，住在街市两边的老街坊们齐崭崭地都聚在自家门口，笑盈盈地注视着行进的卡车，不时还挥挥手。你要是说欢迎吧，好像也算得上。单单这个情景，已经足以让刚刚在水深火热之中煎熬过来文家人感激不已了。

细数一下，文家过来的一竿子人里面，除了刘彩云和文大同，没有一个来过刀把镇，更不用说跟现在这些乡亲见过面了。于是大家都在纳闷，心想文家的老辈子当年究竟做了什么，以至于让乡亲们如同见到自己家的亲人一般。

到了老宅，见到已经等候在那里的徐子，得知陈二叔的晚辈也是通情达理之人，人家说当年文家离开刀把镇请他们家老辈子看守老宅，吃的喝的都安排周到了，没亏欠着谁；现在人家主人家要回来，也是政策使然，还不要说叶落归根的因素，全都在情在理。况且他们家在刀把镇也有自己的老宅，很快便搬走了。就这样，在文家人搬去之前，徐子已经将这里归置得有条有理的了。文家人不免又感慨一番，又表扬徐子又夸赞陈家。

到了该卸车的时候，乡亲们如同赶集一般汇聚过来，你搬一根板凳，我抱一床铺盖，没多大工夫，两辆车的东西一样不少都搬进了屋。文家人不是作揖就是握手，根本没有初次见面的生分，只有那么亲切了。

那天晚上，加上徐子，文家人开了个会。

文家就剩下六个人了，按照年龄顺序排一遍：大太太九十六，幺太太七十五，文大同七十七，金雨天八十，文心武四十六、章悦四十二；四个老的两个小的，马上面临的问题是老的得有人照顾。一家人商量下来，决定文心武继续留在贵阳的原单位，章悦专门负责照顾几个老人家，如果能调动工作到刀把镇最好，实在调不了，就只能离开原单位了。同时说好假，等扎下根了，再慢慢想办法。

第一项完了，文大同先把一个蓝皮存折轻轻放到面前的书桌上，往两个老人家那边推了一下，说："这是老宅的……9800元，租车用了180元，还剩……"

"不晓得我们家还有什么可以变卖的！"大太太粗声大气地打断文大同说。

文大同说："妈，那不是卖，是补偿。"

大太太绷着个脸，说："东西拿走，钱拿回来，就叫卖！"

"好的好的，就是卖，一共卖了……还剩差不多9600元。"文大同说。

金雨天赶紧补充："大同的意思，请两个老人家确定一下这笔钱的……处理意见！"

幺太太看看大太太，说："请大太太说。"

大太太说："幺太太说！"

幺太太说："大太太还健在，大太太说！"

大太太笑笑，摇摇头，说："你这个人啊！你的意思，非得等我去了黄土县，你才说？"

在我们这边，人死了被称作"去了黄土县"。

幺太太苦苦一笑，说："好好的，说什么黄土县嘛？长者为大，就你老人家说，不要扯了！"

大太太用手指点了点幺太太，说："好，那就……不要再存银行了吧，交给大儿媳妇收着，什么时候急用了，什么时候用！"

幺太太点一下头，说："行，就按大太太说的。你们觉得呢？"

金雨天说："好。"

幺太太又说："徐子和两个小的呢？"

徐子说："就按妈说的办。"

文心武说："爹妈做主，爹妈做主！"

"那……"大太太用眼睛扫了一圈，说，"会议就这么一个事情？"

幺太太说："就是大家坐一坐，说说话。"

"那行，我先说。"大太太说，"徐子啊，听说徐天亮也去插队了？"

徐子说："是的，妈。就在离茅台镇二十多公里的一个村子，我听大同说了，跟文达德他们形式上差不多，也是吃喝拉撒国家都安排好了的，想回家了，走一段山路就有班车，方便的。"

大太太说："耶，文达德他们，晓得我们搬家吗？"

文大同说："写信告诉了，妈。"

"还有那个……"大太太欲言又止，看看这个，再看看那个……

"大太太是想问……文达观？"幺太太试探着。

"啧，唉！"大太太摇摇头，说，"那还能怎么样？不都是爹妈身上掉下来的肉？"

一时间没人说话，大家都垂下了头，只看见章悦用手搓揉眼睛的同时，鼻子用力"唏呼"了一下。

2

1970年的夏至如约而至。

人们大都知道冬至之后的"数九歌",没承想夏至之后也有"数九歌"。宋人周遵道的《豹隐纪谈》里面就有一首《夏至九九歌》。"一九二九,扇不离手;三九二十七,吃茶如喝蜜;四九三十六,争向街头宿……"说的都是夏天的景象。还有"芒种玉秧放庭前,夏至稻花如白练"之类描绘节气跟农作物生长关系的诗句。

田湾的农作物当然也跟着节气走,因为一年只种一季,这个时候的稻花不说"如白练",至少也东一点西一点地把稻穗装扮得缤纷有致了。

这段时间田里土里的活路都不多,农民们大都做一点自己家自留地里面的零碎活路,该收的收,该种的种。

知青们也分得一小块靠村口路边的自留地,两个勤快一点的家庭成员找老乡要了些南瓜种子,在老乡的指导帮助下种了下去,之后再没人去管过。虽说"种瓜得瓜种豆得豆"的农谚人人都知道,但是种下去之后你得管理,除草啊,施肥啊都得一手一脚去做,完了才能"得"。

当老乡自留地里的瓜豆可以采摘的时候,知青自留地里的杂草长得比瓜藤高了很多,反倒让瓜藤看起来像杂草。虽然藤条上也不负众望结了几个南瓜,只是才鸡蛋般大小,让乡亲们结结实实地笑话了一回,也让五个兄弟真切体会了一回"四体不勤"。

还不要说文家两兄弟那样的少爷坯子,知青家的"小五口"谁干过农活?到底不是土生土长的农民,半中拦腰让城里的学生哥来学种地,不是学不会,而是他们承受不了长期"面朝黄土背朝天"的苦。扛把锄头去坡上挖几下土,谁不会?但是让你把上一年已经板结了的大片土地一寸一寸地翻一遍,真不是知识青年干得了的活路。

一开始,"小五口"也跟着乡亲们一起"出工"去,翻地、下种、施肥、除草、加上收割,什么都意思意思,干一点算一点。至于效果,乡亲们也不敢强求,只是在评定工分时众口一词给定了个八分,跟田湾的女劳力一样。"小五口"也不争辩,明摆着的四体不勤,八分都是照顾,所以他们愿意去公社开会呢。

这之外,知青们还干了一件"四体不勤"的事。

每每年关到来,田湾的家家户户都要杀一头肥猪,除了春节的开销,还要熏制几十斤腊肉,同时将板油和一部分肥肉炼成猪油,油渣和猪油全都装进一个大罐子,这罐猪油和腊肉就是这一家一年到头的"荤腥",一直要坚持到下一次杀猪。之所以将猪油和油渣混合在一起,是为了在后面漫长的日子里偶尔能吃到一颗两颗油渣,正所谓"蚂蚱也是肉"。

等到桃树李树都开花了,该打田的时候,家家户户又会买来猪崽,一点一点喂养,一直盘到下一个春节。

就在乡亲们买猪仔回家的那个季节,知青家也凑热闹一般顺便买回来一头猪崽。看着"哼哼"着满屋子乱跑的小猪儿,知青们差不多把它当成了玩具。一屋子"吃过猪肉,没见过猪跑"的主,直接用木棍在屋子一角围了个猪圈,还专门向陈伯娘请教了喂猪的若干细则,之后一点一点学着做,也是等候"下一个春节"那样的架势。

养猪当然有养猪的学问。

乡亲们每天大清早背着背篼上山去打猪草,差不多中午才回来,把猪草切碎,多少加一点麦麸、玉米麸之类的精饲料,倒进大铁锅里煮熟,放凉,这就是猪儿一天的伙食,这叫"催架子"。等瘦兮兮的"架子猪"长到一定个头了,差不多接近年关了,再给猪伙食里面多加精饲料,这叫"催肥",一直到春节前夕。那些腊肉猪油之所以那么馋人,就是因为乡亲们付出了足够多的辛劳。

"小五口"既不知道山上什么草猪能吃什么草不能吃,也没有大清早上山割猪草那工夫,几个人一盘算,自己家自留地里的那些南瓜藤正好可以充作"猪草"。因为猪儿小,一天吃不了多少,就这么就地取材养了起来。等到自留地里的南瓜藤收割得所剩无几了,刚买来三十公分身长的小猪儿也艰难地长到了六十公分左右了。

几个人把小猪儿上下打量一番,估计无论如何也熬不到年关了,于是共同研究形成了一个决议,直接用不去麸皮的玉米面煮成粥,让小猪儿提前进入"催肥"阶段。

得知了消息的乡亲们都过来围观,还异口同声调侃说:"小猪儿这回惨了!"

还真是,到了请乡亲们过来杀猪的时候,小猪儿才四十多五十斤不到,圆滚滚,肥嘟嘟的,完全不是它这个年纪上该有的体重。

陈伯娘看了好心疼,说我帮你们养嘛。

"唉!"文达德说,"你老人家先尝一尝嘛!这么大的猪……有的比这还小，在广东那边叫乳猪，烤着吃，还是一道名菜呢。陈伯娘，吃！"

两年多了，第一年国家供应的粮食吃完之后，知识青年们大都靠家里寄来的钱在集市上买粮食，吃不了这个苦的干脆回家，住在家里的时间比待在乡下的多。文达德初来乍到时那样另类的感觉，也随着"文革"轰轰烈烈程度的弱化而平静了一些，最终沦为日复一日过日子那样的单调生活。

因为不好意思长时间麻烦人家陈伯娘，现在"小五口"每天借用陈伯娘家火塘做饭。他们先用干树枝将火塘里三脚架下面一直闷着的一棵碗口粗细、两米长短的树干点燃，用一个黑乎乎的铸铁鼎罐放到三脚架上开始煮饭，等水干了把鼎罐提到灰堆边上"闷"的时候，往三脚架上放上一个铁锅，锅热之后学着陈伯娘夹一坨买来的猪油放锅里，油热了之后加水，倒水的时候"刺啦"一声，猪油的香气四散开去，直接刺激着"小五口"的鼻子和胃。水开之后，放入洗干净的时令蔬菜，完了搭一块木板在铁锅沿口，把一个装着胡辣椒面和盐巴的小碗放到木板上，浇上些已经滚开的菜汤，这就万事俱备了。这个过程通常都是一个人操作，其他四个人围在火塘边看。开始享用的时候，你就听见一阵唏呼，用不了多大工夫饭菜都告罄了，这就完成了"小五口"的一餐，无论中午还是傍晚。

在田湾，同样的饮食方式和近似的饭菜已经延续了不知道多少代人。假如有客人来了，农民家那天的饭桌上一定有一盘油光透亮的老腊肉。因为稀罕，主人家必须把人数搞清楚，老腊肉的片数一定是人客的两倍，换言之，每人两片。如果哪个客人那天真就多吃了一片，那一定是主人家省出来的。

文涛他们家因为连小猪儿都养不大，即便来了其他生产队的知青客人，也只有清水白菜蘸辣椒。也好，让人懂得"一分耕耘一分收获"的道理，也算没有白来插一回队。

3

就在知识青年们艰难地适应乡村生活，快要"入乡随俗"的时候，突然从北京传来了"大学招生"的消息。这对经历了"文革"的打打杀杀，之后又离乡背井上山下乡的整整一代人来说，真是如同革命样板戏京剧《杜鹃山》里面赤卫队长雷刚的一句台词:"久旱的禾苗逢甘霖。"

1970年5月27日,北京大学和清华大学联合向中共中央提交了《北京大学、清华大学招生(试点)具体意见(修改稿)》。一个月之后,党中央批转了这个报告,同意"缩短学制,从工农兵中选拔、推荐学生",以及"实行群众推荐,领导审批和学校复审相结合"的招生办法。那些政治思想好,身体健康,年龄20岁左右,具有初中以上文化程度的工农兵同志,经当地革命委员会推荐,政审合格的,就可去读大学。

后来,人们对以这样的方式进入大学的学生有一个专属名词,叫"工农兵学员"。工农兵学员的学制根据专业不同被规定为2至3年,毕业后,原则上哪里来的回哪里去。

那几天的报纸连篇累牍都是这个话题,说这是"狠批反革命修正主义教育路线,推行教育革命的伟大成果",是"无产阶级文化大革命的新生事物"。

无论是什么成果,也无论以什么样的形式,对那些渴望读书的年轻人来说,只要能读书,就是希望的开端。都不说什么"万般皆下品"了,读书至少让你踏上了希望之旅,至于最终能够踏上一个什么样高度的平台,看你的造化。

田湾的"小五口"之中,就有一个人获得了这样的机会,踏上了"希望之旅"。当然,这绝对不会是文家的子弟。

文家人早已看清楚了的,什么事情只要有"政审"一说,永远不会有文家人的份,不论"文革"还是大革命之前。

同样渴望读书的文涛受不了这个刺激,搭上了回城的班车,眼不见心不烦。

文涛踏进家门的一瞬间,第一眼看见的是文大喜那张已经染上了霜色的脸。

按说五十五岁不算老,只是脸上那些之前没有的细密皱纹明显让人看到了沧桑,菜色之中斑驳着一些"劳动红",前额发际线边缘的头发缀着些许白颜色,没成片,仿佛也快了。这些都与文大喜的实际年龄不大相符,准确说已经不是文涛记忆中的模样了。

文涛鼻子一酸,奔过去时随手把旅行包扔了,一把抱住父亲,轻轻喊了一声"爸爸!"

两爷子就那么紧紧地抱着,又拍又打,压低着嗓音开始哭,呜呜叨叨……

那天晚上，这个六口之家出现了一个久违的幸福场景。

一家人围着小饭桌，上面码放着柳文君赶出来的菜肴，一盘西红柿炒鸡蛋、一盘筒筒辣椒炝炒胡萝卜、一碗文涛带回来的老腊肉、一盘油炸花生米、一锅素白菜外加一小碗乡下那样的糊辣椒蘸水。

柳文君夹起一片腊肉放到文涛的碗里，文涛马上把腊肉转移到了爸爸碗里，还说："我们乡下经常吃！"

文大喜夹起腊肉看看文诗仙，文诗仙赶紧用手捂住自己的碗；再顺着看看二丫头，两个姑娘索性都抬起了碗，躲开；文大喜最终将腊肉放进了柳文君的碗里，马上用筷子压着，说："听我说！我们家……妈妈最辛苦！我不在家的时候，操心完了这个操心那个，里里外外，事无巨细，无怨无悔！所以，我们家文涛带回来的这片腊肉，必须妈妈先吃！必须！！"

"好好好，大家都吃！来！"柳文君说着，给每人碗里都夹了一片腊肉。

一家人你看我我看你，目光最后还是集中到了柳文君那里。

文涛说："妈妈先吃！"

"先吃后吃有什么？好好好，妈妈先吃，妈妈先吃！"柳文君说完夹起自己碗里的那片腊肉送进了嘴里，从咀嚼的第一下开始，两行眼泪慢慢滑了下来……

所有人都看得出来，柳文君连眼泪都是幸福的。

文涛后来才知道，就在这次自己在乡下待了差不多半年的时间里，一场被称为"一打三反"的运动已经在全国开展差不多半年了。这个全称"打击现行反革命破坏活动，反对贪污盗窃、反对投机倒把、反对铺张浪费"的"一打三反"运动开始于年初，到11月底，全国各地深挖出来的"叛徒""特务""现行反革命"有180多万人，成为"文革"中间阶级斗争的一个新动向。

文涛都开始纳闷了，哪里冒出来的那么多的坏人？他赶紧找来纸和笔，按照官方公布的8.4亿的全国人口，一算，180万是总人口的千分之二点二不到，也就是说，1000个人里面有一两个坏人，文涛这才安心了一些。心想的确也属于"一小撮"，正常。

文涛这时才知道，文大喜也是在他回来之前半个月被解除关押的。至于为什么就不用再蹲"牛棚"了，没有一个准确的理由。也许革命形势有了变化？

也许上面有了新指示？也许关押本身就不符合政策？总之没人知道具体原因，报社的"牛鬼蛇神"们就得到了解脱，回到了他们每个人唯一的"港湾"。

只不过，文大喜并没有在他那个温暖的"港湾"里"停泊"多久，就被派往了一个叫作"五七干校"的地方。

所谓五七，是源于毛泽东主席于1966年5月7日给林彪的一封信，这封信的内容后来被称为"五七指示"。

"五七指示"要求全国各行业都要办成"一个大学校"，这个大学校"学政治、学军事、学文化，又能从事农副业生产，又能办一些中小工厂，生产一些自己需要和国家需要的产品"，"这个大学校，又能从事群众工作，参加工厂、农村的社会主义教育运动……又要随时参加批判资产阶级的文化革命斗争"。毛泽东的这个思路最早源于抗战时期八路军在陕北的南泥湾开荒种地，自给自足的成功实践。

1968年，黑龙江省革命委员会为安置机构精简多余出来的干部以及"牛棚"里没办法安置的人员，在一个叫柳河的地方办了一个农场，命名为"柳河五七干校"，解决人员过剩问题的同时，还政治、经济双丰收。这个经验得到了毛泽东的认可；10月，《人民日报》刊登了《柳河"五七干校"为机关革命化提供了新的经验》的文章。由此，从中央到地方，大大小小的"五七干校"很快遍地开花。

"五七干校"针对的是所有干部，不论你是革命干部还是"牛鬼蛇神"。也有点小区别，干部们是轮流下去锻炼，而"牛鬼蛇神"们则是长期驻扎在那里"锻炼"。

报社"五七干校"的建设是1971年7月中旬完成的，就设在困难时期养猪的那个仓库。将仓库改造成住房，原先空着的土地整理一下，松松土，施施肥，各种菜籽一撒，水一浇，没几天便星星点点地冒出了绿色。在原先大门的上方横一块"五七干校"的牌子，两拨人分区域安顿好，革命干部这边各方面条件好一点，"牛鬼蛇神"那边稍差一点，总之要体现出待遇上的差别。这对于刚刚从"牛棚"那边搬迁过来的"牛鬼蛇神"们，能和革命干部们同吃同住同劳动，且共同沐浴在"五七指示"的光辉底下，多少也是一种安慰。

跟其他"牛鬼蛇神"相比，文大喜的心情更好些，那是因为文大喜去"五七干校"之前，得到了一次"探亲"的机会。

这个事情跟王东进有关。

报社的革命委员会成立时，因为王东进的履历没有瑕疵，清清白白的，便被革命群众吸纳进了"领导班子"，成为负责后勤的革命委员会副主任。不论王副主任在"牛棚"里面跟文大喜到没到交心的地步，就凭两个人上下铺住了那么久，基本认知还是挺正面的。因此，当王东进看到文大喜逐级递交上来的探亲"报告"时，马上被"父亲猝死""母亲疏散下放"等情况感动了，随即签下了自己的名字。不仅如此，王副主任还让人把文大喜叫到办公室，等到就剩下他们两个了，低声说了一句"代我问候老母亲！"

文大喜先是一怔，紧跟着白眼球立马充血，感激之情溢于言表……

王副主任急忙冲他摆摆手，意思不便声张，顺势将"报告"塞给了对方。

文大喜还说什么呢？深鞠一躬，便转身离去。

文大喜并不是从妻子那里得知父母消息的，而是造反派对他单独训话时，主讲人训诫他不要对地主资产阶级家庭的变故产生负面影响，更不允许有抵触情绪时，道听途说得知了一点点。

那几天，不明就里的文大喜情绪跌落到了谷底，还是请烧锅炉的一个师傅帮忙去找到柳文君，这才得知了原委。

后来，两口子终于见面时，文大喜对于柳文君不告诉实情的理由充分理解，因为他知道，那都是满满的、无法言表的爱意。

人只有因为爱，才会在需要别人分担痛苦的时候独自承受。

文大喜的一只脚跨进刀把镇老宅大门的一瞬间，就开始泪奔，直到由文大同引领着他们一家来到大太太的房间，见着大太太和幺太太了，文大喜跪了下去，后面跟着的家小们马上就地跪下，一家人呜呜啕啕哭成一片……

这一台"哭"已经积蓄了很久了，早一天晚一天的事情。等到这边刚刚喘一口气，一竿子人由文大同带领着又去了墓地。

到了墓地，一眼看过去，八九个墓碑之中有一个特别小的显得格外扎眼，走近了一看，上面竟是老太爷文知辉的尊姓大名，而且墓碑上面落款的地方也因陋就简只写了个"众子女"，完全没有其他比如蔡花蕾的墓碑上那样济济一堂的子孙排序。

人们伤心时,情绪很容易被一些突兀的情况所左右,无端加重了原本已经难以抚平的悲情。就因为老太爷简陋的墓碑,文大喜马上联想多多,一下子竟然晕厥了过去。

场面混乱是肯定的,大家又拍又打又掐人中,终于把文大喜唤了回来,大家不敢久留,马上原路返回了老宅,半路上还给娃儿们讲好了,说不能让两个老人家知道墓地上发生的事情。

第二天,当太阳在远山和枫香树浓密的枝叶间慢慢上升时,先前的雾气开始一点一点消散,直至无影无踪。

经过漫长的夜晚,文家人的情绪也一点一点平复了。就像即耐干旱又耐瘠薄的枫香树,既然不能在黄河以北越冬,那就在黄河以南地无三里平的贵州扎根,照样春天青绿秋天火红地漫山遍野,那叫顽强。

人也需要一点顽强。昨天还哭成那样,今天文大喜就领着全家去街上吃了加鸡肉的辣鸡面。原先都是听老太爷津津有味地描述,这回亲自品尝了,全家人一致认为老太爷没有骗人。

只不过,连文诗仙都看得出这是文大喜刻意营造的"和谐气氛",更不用说其他人了。

4

1971年,如果要排序一下让全体中国人"大惊失色"的事件,"9·13事件"一定排在第一位。

12月11日,中共中央第77号文件《粉碎林陈反党集团反革命政变的斗争(材料之一)》向全国人民公布了一个惊天大秘密。那个已经被写入党章的接班人,时任中共中央副主席、中央军委副主席、国防部部长的林彪,于9月13日乘飞机投敌叛国,最终摔死在外蒙古一个叫温都尔汗的地方。从大方向上分析,林彪的目的地应该是苏联。

老百姓想不通。说你已经白纸黑字被确定成为接班人了,急个什么呢?只能用上"居心叵测",以及"人心不足蛇吞象"之类的老话了。

这之后，全国人民步调一致地批判林彪反党集团的罪行，后来连"牛鬼蛇神"们都知道了林彪摔死在温都尔汗的事情。"牛鬼蛇神"们这回有话说了，"原来还有比我们更坏的人哈！"

"9·13事件"的消息传到刀把镇，文大同硬是等到晚上钻进被窝了，才开始评论，也不管金雨天是不是愿意听。

"看见了吧，'九大'那一年我就说过，把接班人写进《党章》是不对的！现在看见了吧？还不到……两年半，死在温都尔汗了！"

文大同见背着身子的金雨天一动不动，用指头点了她一下。

"哎呀！"金雨天明显不耐烦，粗着嗓音说话，"关你哪样事嘛？"

文大同说："哎！国家大事嘞，跟每一个公民都有关系嘞！"

金雨天说："算喽嘛，文大同，不要过干瘾喽嘛！我问你，你这个消息是哪个传达给你的？办事处？居委会？都不是，对吧？道听途说一个情况，晓得了就完了，有必要再评论一回吗？还半夜三更，不搭理还动上手了！对啦，让你换的粮票换了吗？"

"哟，这个忘了！"文大同说。

"你这个人啊，啧！"金雨天转过身体，说，"文达德的事情你记不住，温都尔汗那么长的外国名字倒记得清清楚楚的，还要和我讨论，真是的！"

"好喽嘛！我明天去办，哈！"文大同也粗着嗓音嘟囔。

金雨天说："哟，意思……不和你讨论还不高兴喽？"

文大同把身体转朝外面，说："我困了，总可以吗？"

"啪嗒"一声，拉灭了悬在屋子中央的电灯的金雨天知道，再说下去不仅没趣，还有可能引发对峙。

两个人在黑暗中"对峙"了没多久，金雨天也用手指点了文大同的后背一下。

"耶！"文大同的声音依旧粗着。

"耶哪样耶？"金雨天将这句满是对峙意味的话用平和淡定的语气说出来，完全没有了刚才那样的得理不饶人。

老文家几十年熬出来的媳妇，一张一弛的技巧早就烂熟于心了的。从蔡花蕾那里开始，该批评帮助时，自己的手指头都可以砍掉，一点情面都不会讲。等把胸臆一五一十地抒发安逸了，脸虽然依旧垮着，话音则风和雨细了。既把持了大原则，又不会伤了和气。现在的金雨天也算是百炼成钢了。

金雨天细声细语说："你刚才说个哪样？温都尔汗是吧？也是，都一人之下万人之上了，那么大的官，连韬光养晦都不懂，那还不是鸡蛋碰石头啊！"

这种时候文大同一定要接招，身子虽然没动，但是话接得快，马上说："就算你长了反骨，卧薪尝胆不会吗？非要明火执仗对着干？不死都说不走！"

"哟，"金雨天说，"你这话经不起推敲嘞，你的意思林彪憨喽嘛。"

文大同马上翻身过来，说："这不是两口子被窝里面说话吗？不要说大庭广众，就是当着家里人，有些话也不能想说就说。就像我们家……"

文大同话都没说全就后悔了，忙不迭"呸呸呸"了三下，说："不说了不说了！哎呀，确实，经不起推敲的话最好不要说！我明天一早就去给文达德换粮票，睡觉！"

新中国成立至今，由于各方面出现的种种原因的叠加，粮食一直不能自给自足，僧多粥少，于是只能定量供应。规定数量的粮食都在每家一个的购粮本里，你们家有人出差什么的，单位开个证明就可以去粮店用购粮本上的数字兑换成粮票，一个萝卜拔出来，那里就剩个坑。文达德他们上山下乡，第一年国家每月供应40斤粮食，第二年之后就没有了，全靠挣了工分由生产队分配。像文达德他们挣不了工分的，只能靠家里接济，统筹兼顾把"定量"换成粮票，再拿粮票到乡下去买粮食。

"定量"分人。就文家来说，大太太、幺太太、金雨天这样的老弱，每月每人27斤；章悦年富力强，和文大同一样，29斤；文心武31斤。你如果在工厂里面干重活，35斤、40斤的也有。总之分门别类，量体裁衣。

也有怎么都吃不饱的大肚汉，实在饿老火了，就阴悄悄去黑市买点粮票，如果被抓住，一定按"投机倒把"论处没商量。因此那个时候的人普遍瘦，假如什么地方真就出了个胖子，都不用仔细研究，一定是病了。

收到家里邮寄来的钱和粮票的时候，文达德正在生气。原因是他们家的另外一个成员最近被省城"财贸系统招工"通过政审录取了，马上返回了城市。虽说去百货公司站柜台不是文达德的志向，但横竖是"回城"，比在乡下等着家里寄钱寄粮票强百倍不是？

当然，文家兄弟没有资格跟人家比，只是这么一会儿走一个、一会儿又走一个给人心造成的撞击，让文达德感到了心酸。不是你不努力，也不是你不聪明，而是因为你们家老太爷在旧社会从事的职业差别导致的歧视，让你眼睁睁看着而无能为力，公平吗？

自上山下乡以来，文达德第一次在心里呐喊了一回。

文达德二十岁了，已经开始用审视同时诘问的眼光看待世界了。虽说初二的下半个学期没上一节课，但是社会这个大学堂，以及文家堂堂正正的行为处事几十年一脉相承，足以让这个青年人树立起正确的人生观。跟煮鹤焚琴的文达观，完全是"正邪同冰炭"。

恰恰在这样的关头，人的思想容易跑偏，真要是跑偏了，再要找回来，就难。

文达德在陈伯娘家楼上的一个杂物间里支了张行军床，把自己关了两天，除了吃喝拉撒没出门半步，最后决定回刀把镇，虽然口袋里装着家里刚刚寄来的钱和粮票。

一来，他还没去过新搬的家，该去看看那些老人家了；二来，在刀把镇也许能找到他需要的答案。

每天经过公社的班车一来一去各一班，若想搭上还要看运气。也许你去的那天好不容易等来了班车，结果没了座位，除非你认识驾驶员，否则只能第二天再跑一趟。文达德运气还行，当天就到了县城，马不停蹄就去县中心车站买第二天一早去贵阳的票。

因为各个公社回贵阳就这一条路，四面八方的知青都汇集到这里，人一多，买票就靠挤，谁挤得凶谁先走。当然也有不用挤的，前提你得认识客车中心站的站长。文达德谁也不认识，只能靠挤。还好，那天也不知怎么个情况，运气从公社一直延续到了客车中心站，不过是出了一身臭汗，没损失什么就买着了车票。晚上在中心站的木条椅上对付了一夜，第二天一早便坐上了开往贵阳的班车。

到了贵阳，原先想好的直接转去遵义的，半路上又有了新想法，文达德拎着小提包直接奔老宅而去。他打算去看看，看看那里究竟变成什么样子了，特别要看看他和文达观的那间小屋现在谁在住。

到了地方，一眼看过去没什么变化，只是门边多了一块牌子，上面写着"区教育局革命委员会"几个字。原先李备住的那个门房成了传达室，两个老伯正在聊天。见文达德进来，一个老伯站了起来，说："请问你找哪个？"

　　"哦……我是知青，想咨询一下……嗯，工农兵学员的问题。"文达德嘴上说着现编的理由，心里却在想：我回家看看不行吗？

　　老伯说："这个啊，你去办公组问问看，楼上左手第二间。"

　　"谢谢哈！"文达德躬了躬身。心里回忆着"楼上左手第二间"，那不是爹妈他们那间吗？听说早年是文珠大姑太的闺房。办公组？办公室多规矩的名字，非得变一变才显得革命？

　　文达德顺着楼上楼下走了一圈，最大的变化就是原先房间里面都是家具，现在都是办公桌椅，只是他重点关注的那一间，居然成了堆杂物的地方，这让他有些愤愤然，旋即自嘲地笑笑，心里说，关你什么事情？

　　出了主建筑，沿着青砖甬道往后面走，等到能看见小戏台了，也不知道怎么的，那年"抄家"那一幕噔地一下就蹦了出来，在文达德眼前晃来晃去，而且还有声音，只是嘈杂得听不真切，嗡嗡嘤嘤的，仿佛还夹杂着些东西烧焦的味道……

　　文达德用劲摇摇头，拔腿就跑，逃之夭夭。急得连小戏台上堆着些什么东西都没看清楚，好像是些桌椅板凳文件柜什么的。

　　经过二老太爷家的那道小门时，文达德这才看清楚原先的门已经被一道灰黑色的砖墙取代了，因为没有抹灰，衬托在原先白色的围墙中间，感觉格外刺目。

　　文达德一溜快步走过传达室，刚才那个老伯的眼睛追着他问："问清楚了吗？"

　　文达德挥挥手，大声说："问清楚了！"

　　出了大门，文达德索性绕到二老太爷家那边，他打算一五一十把情况都搞清楚了，回去好跟老人家汇报。

　　出来开门的居然是张土改，文达德记忆中的"军装军帽武装带"现在换成了一套深灰色的学生装。一问，原来张土改也成了工农兵学员，贵州大学，而且已经去读了三个月的书了。

　　对于二老太爷家这边，文达德肯定算稀客。自打抄家之后，因为说不清道不明的原因，两家人都互相回避着，即便见了面，话都拣简单的讲，哼哼哈哈点点头，不远不近摆摆手，除了大老爷"暴死"见了一回，都怕没事找来的麻烦，怕帮倒忙。之后的上山下乡，疏散下放，原先住在一起都不一定走动，现在分开了，见个面都困难。不是说"夫妻本是同林鸟，大难临头各自飞"吗？夫妻尚且"各自飞"，何况兄弟？

没想到突然见着"稀客"了，一家人高兴得哦，拉着拽着问长问短。文达德是突然之间发现的，二老太爷老得都有点痴呆了，一会儿的工夫，冲着柳月红问了三遍文达德是哪个。

柳月红说："文大同晓得不？"

二老太爷仔细想想，说："老大家长子。"

"对喽，"柳月红说，"这是文大同的二孙子。"

"哦！"二老太爷点点头，说，"那……文大同家大孙子呢？"

柳月红懒得理他，过去拉着文达德的手说："也不晓得乡下是个哪样情况，听说国家供应粮食？"

文达德说："第一年有，之后靠生产队，挣了工分分粮食，挣不了工分，不分。"

柳月红瞪大了眼睛，说："那咋个办喽？！"

文达德说："家里的定量换成粮票，在乡下买米。"

"啧啧啧啧！"柳月红苦着个脸，说，"吃得饱不嘛？"

"吃得饱，老太太。"文达德笑着说。

"老太太，你让我们兄弟说说话，行不？"张土改插进来说。

柳月红说："好好好，你们兄弟说话！但是文达德哈，必须在老太太家住几天，听见没有？"

文达德笑笑，说："可能不行，老太太，我还要赶去刀把镇。"

"赶哪样赶哦！"柳月红说，"又不是去赶考！至少住一个晚上，人家张土改家太太被窝都给你翻出来了！再说，饭总要吃一顿的嘛！"

文达德笑了，说："那我……就听老太太的！"

"这就对了嘛！"柳月红相当高兴。

那天晚上，二老爷家饭桌上围了十三个人。二老太爷，柳月红，周慧敏，谢知雨，文心雷家四个，文心宽家也是四个，只是才一岁多的小儿子文高山不占椅子，加上文达德，满满当当一桌。

在文达德眼里，三老太太周慧敏尤其显老，和比她长五岁的柳月红相比，柳月红看上去是妹。文达德曾经听大太太摆过周慧敏的龙门阵，知道这个外表光鲜的老人家的苦。落座时便过去挨着周慧敏，心想递个碗夹个菜什么的，不论作用大与小，总之是当晚辈的小小心意，让老人家多一点点温暖，总没错。

一家人有说有笑地吃着、喝着、说着，正好让文达德有了观察别人的机会。

变化不大的是谢知雨，虽然六十多岁也老了，但是气质一直保持着，这样的人经老。人老了之后，之前再美丽，心中只要没了底气，没几年就会老得没了样子，如同周慧敏；你要是儿孙满堂，幸福满满的，已经爬上了脸的皱纹都会一点点淡去，就会显得精神，谢知雨就是这种，她在享儿孙的福呢。

再看张土改，那些年耀武扬威那模样也不知道跟现在的学生装有没有关系，至少"吃不完"那劲头没有了，换成了人们说的"城府"，倒是还谈不上深浅，用"旧貌换新颜"也说得走。

倒是张花仙出落得亭亭玉立、落落大方的。人家姑娘会长，一眼看过去，都是张军跟文心雷的优点，同时还没有瑕疵，不漂亮都难。一问，说临时找了个营业员的工作，是为明年的工农兵学员做个铺垫。

他们的爹妈就不用说了，除了往"成熟"那个方向又前进了一步，其他没什么变化。张军依然一口山东腔，别人跟他说什么，他都是一个"中"字。

文达德对文涛可以直呼其名，但是见了文心宽一直都是规规矩矩叫叔，除文心宽本身就是"叔"之外，还有文心宽任何时候都把警服穿得端端正正的，跟文达德这样的小辈打个招呼，除了不苟言笑，一定会欠欠身体，一点不像对待家里人。

张花仙就说："文达德你搞清楚，我家舅舅是职业警察。哈！"

张军马上用山东话说："恁那意思我是业余警察喽？"

文达德说："哎，我突然发现嘞，张花仙如果穿上一身警服……"

"哪！"张军抢着先来了一个感叹词，堆着一脸的得意紧跟着说，"俺这闺女啊，那一定是警界一枝花！"

"那一定！"文达德学着用山东话说，有起哄的成分。

文达德到达刀把镇已经是第二天傍晚了。西边山脊上，落日橙红色的余晖将老宅朝西的那一面山墙渲染得红彤彤的，人们的心情也跟着舒畅起来。

　　没人知道文达德要回来，而且刚刚汇过去钱和粮票，也是有了一时半会儿见不着面的思想准备的。家伙突然一下子冒了出来，立马在平淡无奇的日子里面又添加了一些喜悦，老宅顿时热闹起来。

　　大太太、幺太太两个老人加上文大同、金雨天两个半截老人，把这个孙子围在中间，看也看不够来说也说不够。章悦就不用说了，把家里打鸣的那只大公鸡杀了整成一大锅辣子鸡不说，在厨房里手不闲脚不停地忙活这忙活那的当儿，想起想起笑一回，想起想起又笑一回。

　　等文达德把贵阳老宅的情况一五一十说了一遍，接着把二老爷家情况说了一遍，章悦那边也忙活完了。热气腾腾的饭菜端上桌了，大太太还没听够，非让文达德边吃边说。

　　章悦把两个有型有款的鸡腿往两个老人家碗里一边夹了一个，都没等鸡腿在碗里待一会儿，大太太马上把鸡腿倒腾到了文达德碗里。

　　文大同急忙拦着说："哎哎哎！娃娃以后有得吃，妈！"

　　大太太说："要照你这个说法，这之前我们吃得还少了？你们不是说娃儿在乡下素白菜蘸辣椒水吗？现在回家了，而且你看他那个子，还得长！文达德，你吃！要不然，大太太生气哈！"

　　别人还说什么呢？

　　幺太太趁机把自己碗里的鸡腿退回陶罐里，说："大太太说得对，这个留着娃儿明天吃。而且嘞，非得吃鸡腿才叫吃鸡吗？啐！来来来，大家吃大家吃！"

　　文达德看看文大同，文大同冲他抬了抬下巴，说："那就听两位老太太的，吃吧。"

　　"谢谢大太太，谢谢幺太太！"文达德说。

　　"嘿，搞得你跟客人一样！"大太太想想不对，就说，"哟，是客人哈？"

　　幺太太说："管他是不是客，吃完了再讨论，好不好？"

　　"好，"文达德嘴巴说好，却放了手里的筷子，两手交叉叠在桌子边缘，说，"还要感谢爷爷奶奶，还有我妈。嗯，我这次回来，真有一个事情。"

　　"什么事？"金雨天说。

"是这样……"文达德把财贸系统招工的事情讲了一遍,然后说,"我就是不明白,为什么仅仅因为我们家老太爷,新中国成立之前从事的职业不同,我们都重孙子了,还在一而再再而三地受到歧视,受到不公正待遇!我们……"

"文达德!!"文大同"啪"的一声将筷子拍在桌上,随即对身边的金雨天说了句,"你去把门关上!"

没等金雨天起身,章悦颠颠地过去关上了门。

"文达德,"文大同这才降低了声调,说,"一家人高高兴兴吃顿饭,不容易!莫不是……你就因为这个事情回家一趟?"

"顺便也看看你们四个老人家,还有我妈。"文达德说。

"顺便?!"金雨天说。

文大同正要开口,被幺太太抢在了前面,说:"文达德,至少你先尝一尝你妈妈做的辣子鸡呀,至于歧视啊什么的,等大家把饭吃完了,幺太太和你……交流交流,好吗?"

文达德看着幺太太,点点头。

幺太太一个人住的那间屋子,据说是早年老太爷他们读书用的,木板墙上的据说是蔡家老外婆弄的一个黑窟窿已经被文大同修补好了。贵阳老宅那边幺太太屋里的那些物件,一样不少全都搬了过来,依然显得宽敞。

那天晚上,一老一小对面而坐,高茶几上面一个茶壶两个茶杯,半天了,水还是刚开始那么多,没动。

看那架势,已经交流半天了。

"文达德呀,"幺太太抬手将鬓边白色的散发往耳朵后面捋捋,摸摸眼角,再搓搓脸颊,看那意思在打腹稿,所有过场都做完了,这才开始说话,"那一年,文德范……就是张土改他爷爷,战死沙场,去二老爷家吊唁的人寥寥无几,为什么呢?因为那时候不是共产党的天下,那应该也叫歧视。那天抄家,我们家这边天翻地覆,他们家那边则安然无恙,差不多的原因,只是反过来了,这莫非不叫歧视?我就在想,会不会……以后谁又翻过来呢?或者……有一天共产党也觉得自己错了,不再歧视我们家了?会不会呢?没人知道!但是文达德,有一点我是知道的,那就是人心向善的,任何时候一定都是绝大多数!善良是什么？我说不好哈，反正我说你听。我是觉得，人啊，把自己该做的做好了，其他的都顺其自然，苦难来了，你得学会承受，当真来了富贵，就像我们家老太爷一样，就去福荫乡梓嘛，从送书那样最简单的事情做起，去造福于大家。文达德，我觉得啊，这就叫善良！"

"幺太太，"文达德说，"那要是没完没了呢？"

"你是说……歧视？"幺太太说。

文达德点点头。

幺太太想想，说："那不是还有那句话，叫塞翁失马焉知非福吗？张土改家外婆谢知雨，她知道丈夫的死能带来今天的一切吗？焉知非福！"

"幺太太！"文达德有些疑惑了，说，"你老人家真的没读过书？"

"看你怎么分，"幺太太说，"如果跟着老夫人蔡花蕾读经，《大悲咒》《佛说阿弥陀佛》，能算读书的话，还有《三字经》《菜根谭》《六事箴言》什么的，如果都算的话。"

"那都是些什么书啊？没听说过嘛。"文达德说。

1971年，我们国家还发生过一个重要的国家大事。

10月25日召开的联合国大会第26届会议第1976次全体会议上，以76票赞成、35票反对、17票弃权的压倒多数，通过了阿尔巴尼亚、阿尔及利亚等23个国家提出的要求恢复中华人民共和国在联合国的一切合法权利和立即把中华民国的代表从联合国一切机构中驱逐出去的2758号提案。

这个创建于1945年10月24日的国际组织，中国一直都是其安全理事会的五个常任理事国之一。1949年之前是中华民国的代表，新中国成立之后，由于美国的阻挠、操纵，一直没有恢复全世界人口第一、领土面积第三的中华人民共和国的合法席位。可想而知，不论目前中国国内处于一个什么情况，恢复其在联合国的合法席位对全体中国人民来说,都是一个让人欢欣鼓舞的事情。

第五十五章

1

1973年，农历癸丑年的正月初一，幺太太终于见到了马伟泊家已经上了小学一年级半个学期的儿子马小三。

娃儿刚满月的时候，马伟泊家小两口抱着来过文家一回。那时候"文革"刚开始没多久，到处乱哄哄的，直接导致"底牌"花得见不得人的文家人心情乱麻麻的，都没有仔细看看马小三，走个过场而已，跟那年生大满仓时文家人上上下下争先恐后参观，抱着哄着玩着，简直一个天一个地。这个情况让马伟泊跟侯雅蓝双双没精打采，以至于回到家了才想起请老太爷取名字的事。娃儿半岁的时候，侯雅蓝曾经旧事重提，马伟泊也同意了的，还没等到成行，老宅那边又传来老太爷奔走奈何的消息。这之后，马伟泊家两口子商量了一下，说马满仓和马馨玥都是老太爷取的名字，现在即便老太爷不在了，儿子取名字的事情也不能随意为之，一定给大妈留着。等大妈啥时候有心情了再说，同时决定将就两人随意称呼的"小三"作为娃儿的临时名字。后来，文家一个变故接着一个变故，幺太太的心情始终没有舒展开，事情便一拖再拖，到了娃儿该上学了，课本封皮的名字还是"马小三"。

这回一家人乘着春节赶来刀把镇，除了给好久不见的几个老人家拜年，另外一件事就是给马小三换名字。

来刀把镇的不光马伟泊家小五口，徐天媛家小三口也来了，加上前几天相邀而至的文涛和文达德，家里一下子多了十个人，还都是些娃儿，马上将"刀把镇"已经倾斜了的天平扳了回来，让老人和娃儿的比例临时均衡了一回。

不用讲，几个老人家的嘴一定是合不拢了的。

按理，初一早上该给老人家磕头拜年，然后老人家发压岁钱。因为要等马伟泊一家，就改成了第二天。而且，幺太太说了，改在第二天还有一个原因，就是要让马小三以一个"大号"出现在老辈子的面前，这样显得庄重。至于大号的内容，幺太太打了个埋伏，说你们第二天就知道了。

初二一大早，堂屋里面年三十晚上就点亮了的一对大红灯笼一直亮着，多少驱散了一点先前笼罩着这个家庭的压抑气氛。

在中国，春节作为岁首，祈年祭祀、敬天法祖，一直延续至今。对老百姓而言，一年到头歇一歇，给穿着新衣服的娃儿好吃好喝，祭拜祖先的同时也犒劳一下自己。对于"文革"环境下的文家，假如同时还能放松一下心情，那就是锦上添花。

堂屋中间的四把椅子上，大太太、幺太太居中，文大同和金雨天分坐两边，以文心武为首的一竿子"结了婚的"子孙分列在两侧，马上就有了《水浒》中聚义堂那样的阵势和气氛。

底下，文涛、文达德率领着大满仓、马馨玥、马小三外加赵民生，六个娃儿一排跪下。等金雨天说了"开始哈"，娃儿们才喊了一句"给大太太，幺太太拜年"，没想上面相当于晁盖晁天王位置上的大太太竟然"哇"的一声哭了起来……

大家赶紧过去劝，大太太边哭边说是因为想起了老太爷。

因为六个娃儿还在下面跪着，大太太只能强打起精神把手里的红包发完，这才缓过来。

大太太伤心伤意，说："我是不是老了？"

文达德赶紧说："没有没有，大太太，是我们长大了！"

这句话的调侃意味让大家有点想笑，但是碍于大太太那样的情绪又不好意思笑。还是金雨天机敏，马上整了一句即让大家能笑，又撇开了大太太的话。

金雨天说："我们家文达德就这一点好，花口花嘴！"

大家一哄而笑，连大太太也跟着转泣而喜。

幺太太冲金雨天笑笑，金雨天知道这是在表扬自己，回了一个笑容的同时，高声道："哎哎哎哎，还有个事情哈。是这样，今天乘着大家都在，幺太太给马小三取了个官名，我们请幺太太公布一下哈！"

原本这个程序应该放在发红包之前的，没想大太太突然那么个状况，顺序就被搞乱了，好在顺序是幺太太和金雨天商量的，别人不知道。

文涛和文达德带头拍起巴掌来，完全是在乡下公社开大会那劲头。

文涛说："马伟泊叔叔，这回该你们家五个跪了哈。"

人家马伟泊二话没说，马上领着一家人跪下，还把马小三置于最中间，他和侯雅蓝分两边，大满仓和马馨玥再分两边，完全是"无后为大"那样的排序。

大家在金雨天的指挥下，又回到"聚义堂"的架势。只见幺太太从口袋里摸出一张纸，慢慢打开，再慢慢转过来对着大家。

"马为民"，认识字的差不多是异口同声。

文达德说："我们请幺太太说一说'为民'的意思，怎么样？"

"对对对，说一说！"文涛马上摇旗呐喊。

幺太太笑笑，说："其实很简单，就是为人民服务的意思。"

在一个灵魂激荡的时代，很多人因此把自己的名字换成了与"文革"相关的内容，比如，"卫红""文革""要武"什么的，跟乡下人取名叫"麦苗""菜花""门墩"是一个思路，都是眼面前的东西。幺太太也没能脱俗，加上那回抄家把文家的所有"四旧"都捣毁了的，没有词典可供查阅，便循着老百姓的思路用了这两个字。一来合上了这个时代的节拍，二来也体现了中华文化几千年薪火相传的核心价值取向。不论谁坐了江山，都宣称自己是为了人民。

你不要看"为人民"只三个字，看上去很简单，要不折不扣地照着去做，真不是一件容易的事。

听说徐天媛家小三口去了刀把镇，徐子家小五口初二下午也赶了过来。幺太太赶紧让马伟泊把他们家那三个红包腾出来，重新装了钱，也不管时辰对不对喽，让徐文、徐天亮和徐天仙也跪了一回。这回边上起哄的人多，还把人家徐天仙的脸蛋给搞红了。

跟张花仙一样，同样二十岁的徐天仙也水灵水灵的了。而且人多了脸会红，说明娃儿纯净如水。

徐子赶紧介绍情况，说："女大不由人了！小学该毕业那年不是'文命'了吗，但是这个娃儿就认读书！给她找个工作吧，她说耽误了她的学习。就这几年，自己把初中、高中的课本学了一遍，这不是工农兵学员也要统一考试了吗？就准备今年去考一回看看。"

"就是！我们文家出来的人不去读书，那才叫奇怪！"幺太太说。

"所以呢，"徐子接着说，"徐天亮今年也准备参加考试，管他的，只要考得起，当爹的砸锅卖铁也供他们上学！好在我们家徐文也进了酒厂了，技术员呢！现在不用砸锅卖铁了，够他们吃喝的。"

那天晚上，文家再一次出现了久违的分桌吃饭的情景。老的少的一共二十一个，把已经参加工作和上山下乡的都分到老的这一桌，这边十一个人，娃儿那边十个。

准备开席了，金雨天请大太太说两句。

大太太想想，说："你不要说嘞，我仔细想了想，从我和老太爷成亲那一年算起，一家人这么个济济一堂在刀把镇……还真是第一次！"

大太太又想哭来着，文大同赶紧举起了酒杯，大声说："来来来，就为了我们文家的济济一堂，干杯！"

"干杯！"随着大家的欢呼，大太太的眼泪被硬生生憋在了眼眶里面，也跟着举了举酒杯。

酒过三巡，脸上已经泛红的徐子站了起来，一只手拿酒杯，一只手拿着他这次带过来的茅台酒。只见白色酒瓶外面包着一层白绵纸，白绵纸上面45度斜着印着"中国贵州茅台酒"几个字。

等徐天亮挨一排二给所有人斟满了酒，徐子站了起来，大家纷纷起立。

"大太太，幺太太不用动，我们晚辈站着就行。"徐子大声说着，举起了酒杯，"来哈，用我们中国的茅台酒，敬我们家老太爷的在天之灵！！"说完一侧身、手腕一翻转，把酒洒在了地上。

一家人纷纷效仿。

"大家坐大家坐。"徐子依旧站着，示意徐天亮斟酒，然后说，"今天都是至爱亲朋哈，我想多说几句！是这样，那年我四岁，被老太爷从死人堆里面捡回来……已经整整七十六年了！七十多年来，我们家老太爷认认真真做事，清清白白做人……"

徐子由此开始老泪纵横，直接导致的场面可想而知。

"可以说……光明磊落了一辈子！那年周世涛老先生就说过，说我们家老太爷这辈子功莫大焉的一件事，就是创造了茅台烧！也就是今天的茅台酒！"

徐子抹了一把眼泪鼻涕，接着说，"所以，今天我要说的是，无论我们家老太爷遭遇了什么，茅台镇的这块金字招牌，永远是他老人家的……一块丰碑！！"

徐子端起酒杯一仰脖，把茅台镇的好酒闷了下去。

酒足饭饱之后，一家人仍然围着饭桌，根据自己的兴趣捉对聊天。比如，徐文、徐天亮就和文涛、文达德；徐天仙跟徐天媛家两口子；马伟泊跟文大同和文心武两爷子；小娃儿玩小娃儿的，谁也没闲着。

徐子则跟两个老人家摆龙门阵，说："刘家宝晓得吧，大太太？"

大太太使劲想，然后说："我们老刘家的？"

"那肯定嘛！"徐子说，"你兄弟刘青云的重孙子，刘家宝，去年结婚了！女方就是茅台镇的，她爹也在茅台酒厂上班。"

大太太说："重孙子？记不得喽！"

"另外啊，"徐子接着摆，"刘承义家大姑娘刘水红又生了一个女娃儿，两个都是女娃娃。抱过来给林家漪看，还喊我去喝了一顿酒。"

"耶！"幺太太说，"刘承义家后来那个叫王什么，不是生了两个儿子吗？"

徐子说："听他们家人说了，大的一个和我们家徐文同岁，跟徐文一样大学毕业也参加工作了，听说在遵义；小的一个不清楚，应该比徐天仙小一点？"

"还有一个人，"幺太太看看徐子，用手挡着嘴巴，压低了声音，说，"马大宏。"

"你不知道吗？！"徐子一脸惊讶，看看桌子对面跟文大同他们几个聊得正起劲的马伟泊，小声说，"一家人都搬到四川古蔺去了，马伟泊还去见了一面。你都不知道，那就是他故意没说！"

"这样啊？这个娃儿才是，说一声怕什么嘛？"幺太太脑门心那儿揪成了疙瘩。

2

4月12日，邓小平复出的消息出现在周恩来总理接待柬埔寨国王西哈努克亲王的招待会的新闻里。这个消息对中国人来说意味着什么，普通老百姓不是很清楚。大家都知道的是邓小平个子不高，同时还知道他是中国第二大的"走资派"。

"文革"开始不久，邓小平就被戴上了"走资本主义道路的当权派"的帽子，被排列在"刘、邓、陶"这三个中国最大的走资派的第二位，排列第一的是国家主席刘少奇，第三是国务院副总理陶铸。

据说，邓小平后来被"下放"到革命老区江西省的一个拖拉机修造工厂当钳工，在那里平静地生活了三年。至于他为什么能在这么个风云激荡的岁月里得以"平静"，老百姓不会晓得。老百姓只晓得中国共产党于1935年在遵义召开的那次著名会议上，邓小平以"中央秘书长"的身份参加了的，是个"老革命"。

这一次，邓小平是以"国务院副总理"的身份复出的。后来，这个小个子的复出居然左右了中国国家命运的走向，那是后话。

现在的文家，自己家的稀饭都吹不冷，已经没人再有兴趣谈论国事了。即便文大同有了一点感受，他马上就能记起宋人释智圆的诗句，"静夜独吟空对月，昔年聚话更无人"，完全就是对文大同现如今形单影只的写照。

就在前些天，文心武突然回了一趟刀把镇，和他一起跨进大门的，居然是张土改。文家人的心里马上咯噔了一下，都想不出除了报丧，还能有什么事情是需要张土改专门跑一趟的。

果然，张土改带来了二老太爷文知礼去世的消息。按说，打个电话，或者让文心武转告一下都行。张土改说了，是太太谢知雨非让跑这一趟的，说这样不失礼。的确，要不文家老大当年就认文德范这一支呢，知书达理，还把自己认准的道路一直走出了一个好结果。

想想如梦如烟这几十年，说文家这两兄弟一正一邪，也没错，好多龌龊的根子都在文知礼那里。只是人都走了，再去计较别人的不是，终归不厚道，得饶人处且饶人。

晚上一家人商量下来，决定让文心武陪着文大同和金雨天走一趟。不管怎么说，大面子上不能让人家挑了理。文心武马上连第二天返程班车的钟点都算好了，只等天亮。

到了地方才知道，这一回不光二老爷走了，周慧敏也病入了膏肓，正在医院吊着盐水瓶，据说拔了针管就有可能走人。家人的意图很明显，就是不能同时走两个。真要那样了，单单街坊四邻的难听话你就吃不消；另外，病人躺在医院里没人照看也会有闲话，文心雷数来数去，把张花仙派了过去。好在家里不缺人手，张军和文心宽单位里年轻力壮的小伙子多的是，随便过来一帮警察，没费什么大劲就把灵堂给搭好了。

因为"文革"的"除四旧"，早先那样大动干戈出殡的架势现在已经不允许了，只能因陋就简。棺材前面支一张桌子，二老爷的遗像下面放几个搪瓷盘子，水果、糕点什么的一样放一点；香蜡纸烛也属于四旧的范畴，根本买不到，于是找了两根平时照明用的白蜡烛点上，总之是那个意思。唯一没被列入"四旧"的是花圈，这就不错。起码你让大家知道都是谁过来祭奠过。更重要的是花圈的专属性，棺材两边一字排开，气氛马上就合上了"祭祀"的节拍，这也让柳月红那颗哀伤的心终于得到了一点点慰藉。

也是，跟文知礼夫妻一场几十年，都不论几房了，柳月红是知足的。根本原因就是她给二老爷养下了文德范，虽说是个独丁，就因为这个独丁义无反顾追随了共产党，这才有了解放后二老爷家这一支平平安安、无惊无险的这一路。到了"文革"，更甚，各种好处都在那儿摆着的。

很多时候，柳月红公开或私底下都骄傲过，特别是跟大的和老三，心想要不是老娘，一家人去喝西北风都是便宜的，若像隔壁大老爷家那样来一个"满门抄斩"，二老爷肯定撑不到今天。

后面这几年，当二老太爷人都认不清爽了，家里的大物小事基本上都是柳月红一个人说了算。现在，打了一辈子嘴巴官司的那一半突然之间就没了，仿佛天平的那一头轰然崩塌，心里面落差大是肯定的，也哀伤着，但是不知怎么的，就是哭不出来。有人客的时候，柳月红当然也会显得伤心伤意的样子。就剩家里人的时候，她也懒得装，该干什么干什么。

连嫡重孙文松柏都看出了端倪，跟他爹耳语，说老太太哭起来没有眼泪。

文心宽马上板起了脸，说："乱说，那是因为老太太的眼泪流干了！晓得不？"

十岁这样的年龄段，文松柏不大分得清楚"没有"和"干了"之间的差别，点点头说"哦"。

按照老规矩，人死了一般在家里停三天、五天、七天，都可以，等人来祭奠，或者等远方的亲友赶过来，单数就行。二老太爷家这个情况则宜短不宜长，三老太太那边真要那什么了，两个人扎堆"归西"，除了邻居的闲话，据说还犯冲，对家庭和后代都不好。于是，把二老太爷"走人"那天也算上，第三天一大早就往刀把镇送，等于在家里总共停了一天多一点，理论上也算三天。

当文心雷去问文大同家两口子要不要搭运送灵柩的卡车回刀把镇时，金雨天现编了个理由，说还要去文大喜家看看。

分手前，金雨天把文心雷拉到一边，说："其实哈，我也觉得三老太太真得想个办法，刚走一个又来一个，没有针对谁的意思哈，总觉得那什么，要不……换个地方，比方说……殡仪馆什么的？"

文心雷想想，说："哎，好像是个办法哈。"

"既体面，又……回避了一些情况。"金雨天尽量避开了那些容易得罪人的词语。

"对对对，我跟二老太太说！"文心雷说。

从二老爷家出来，文大同和金雨天漫无目的，看看这里也熟悉，瞅瞅那里仿佛昨天才来过，走着走着就来到了挂着"区教育局革命委员会"牌子的大门外，两个人不由自主停下了脚步。

文大同突然想起问："我们真去文大喜家？"

金雨天说："哪里会？还不要说他们家这个时候根本没人，我说实话哈？"

文大同说："肯定啊。"

金雨天说："我这辈子啊，从来就没有高看过二老爷，宁愿花钱坐班车，决不去沾那种便宜。不安逸！"

"这个意思哦。哎，"文大同用胳膊碰碰金雨天，说，"你说我们要不要……进去看看？"

金雨天说："不用了吧？文达德不是都说得清清楚楚的吗？再者说，人家看门的问你找哪个，你咋个说？说回家？不对。说看看？看哪样喽？"

"也是哈。"文大同看着眼前这一切，叹了一口气，说，"哎！我们文家啊，一辈子行德崇文，最后落了这么个结果！我们家老太爷……难以瞑目哦！"

"小声点！"金雨天拉上文大同，转上了去客车站的路。

没过多久，贵阳传来消息，三老太太果真步了二老太爷的后尘，前后脚被送进了老文家的墓地。听全权办理两单事情的文心宽说，周慧敏是二老太爷送往刀把镇的第三天走人的，文心雷做主直接将遗体送往殡仪馆，在那里租了一个叫"春序堂"的房子，宽宽敞敞一个地方，体体面面在那儿停足了三天，这才往刀把镇送。

那天，刀把镇的三个老太婆在大太太屋里摆龙门阵，大太太在得知了周慧敏的事情之后马上触类旁通，嘟囔道："看来我也差不多了，好在我们这里近，大卡车都不用找，几个娃儿抬着就过去了。咩！"

幺太太说："你老人家说些哪样哦？！"

"耶，小眼睛，"大太太像是突然想起的，说，"我今年多大岁数啦？"

幺太太想想，说："你比老太爷大两岁，18……75年的，哟，九十……八了嘞！差两岁一百岁嘞，你老人家！"

"你看看！"大太太说，"真的该走啦！幺太太，儿媳妇，免得拖累人嘛！"

"要不这样，大太太，"金雨天往前挪了挪身子，说，"你老人家再安安稳稳活两年，凑个整，一百，完了我们送你走。要得不？"

"要得！"大太太一拍桌子，说，"一言为定！"

3

6月下旬，工农兵学员的入学考试即将开始。

这之前，只需要单位推荐、政审合格就行，不用考试。这么干了两年之后，弊端出来了，因为不考试，学员的文化程度参差不齐，直接导致高校的教学质量严重下降，于是又纠偏。4月间，国务院转批了《1973年招生工作的意见》，决定进行"文化考查"。虽然中间换了一个字，妈的妈——老外婆，就是考试。

当然，考查的前提是"政审合格"，这让一度也蠢蠢欲动的文涛和文达德又一次空欢喜了一场。还好，徐天亮和徐天仙两姊妹尽管疙疙瘩瘩，总算通过了政审。之所以"疙疙瘩瘩"，是有人拿"旧职员"说事，说放着那么多工农子弟不选，旧职员算老几？幸运的是，"黑几类"那个标准里面真的没有"旧职员"这一条，加上徐子还拿当年徐文通过大学审查说事，以理据争，外加徐子长期以来本分老实的总体印象，徐家两兄妹的"政审"最终得以通过。

文家终于有人能参加考试了，这让刀把镇的亲戚们也感到了欣慰。关键人家两姊妹功夫下得深，双双通过了"文化考查"。

就是这次"考查"，中国还催生了一个叫张铁生的"白卷英雄"。

这个在中国北方农村插队的知识青年，因为"全身心扑到了农业生产上，没有时间复习功课"，张铁生没出考场就知道自己的成绩没办法通过，于是在试卷背面给有关领导写了一封信，发泄了自己对"资产阶级教育路线"的愤懑。试卷上交之后，居然在全国引发了巨大反响，不仅《人民日报》转载了这封信，张铁生还因此被当地一所大学"录取"，一夜之间成了"反潮流"的英雄。

消息传到刀把镇，文家人小心翼翼将大门关好之后，一家人集体瞠目结舌了一回。

文大同皱着眉头，小声说："当然，学而优则仕……也不是都对。但是，你学都不愿意学，用这样的方法，叫……哗众取宠？就对啦？哎哟，真是越活越倒转了嘞！"

幺太太说："这些都是次要的喽！你想办法给徐子打个电话，问问两个通过考试的娃儿究竟什么情况。总不至于……不挑成绩好的，专挑交白卷的？"

"那倒是不至于！"金雨天转念一想，说，"也是，白卷都敢交，还有什么事情不敢做？明天文大同还是打个电话，真要是只要'白卷'……"

"你能怎样？"文大同抢着说。

金雨天被噎了这么一下，看看文大同，大声说："耶！那你也要问清楚啊，总不能心里头放坨石头嘛！"

"行，明天我去问。"文大同说。

"张铁生事件"无论放到哪个时代，中国还是外国，一定都会被人嗤之以鼻。至于为什么就发生在中国了，进而还受到官方追捧，不是没有原因。据说，这次"文化考查"是刚刚复出的国务院副总理邓小平力推的，是尝试让社会生活恢复正常的一个措施，而与之对立的另外一帮人当然要极力反对，这便整出个"张铁生"来。在中国共产党的历史进程中，这叫"路线斗争"。只不过大多数老百姓当时并不知道。老百姓大致能看出个轮廓的，是革命造反派这一拨，那些被打倒或者曾经被打倒的是另一拨，两拨人遇见事情就互相掐，无论中央还是地方。

这种情况到了8月中国共产党第十次全国代表大会召开时，特别是十届一中全会之后，就越发明显了。因为天下没有不透风的墙，所有"小道消息"也像长了翅膀一般，私底下到处飞。

只要彼此信得过，人们就会找个稳妥的地方，摊开《人民日报》公布的第十届中央委员会政治局组成人员名单指指点点，说这个、这个、这个，一共四个人的名字，然后讳莫如深地说一句"等着瞧"之类的话，马上卷起《人民日报》走人，完全是早先地下党的路数。

文涛就是从田湾他们家最后那个异姓"家人"口里得知的，先前已经走了两个。

按理，两个人的关系不到讲这种"冒天下之大不韪"消息的情分，是因为这哥们刚刚通过了秋季征兵的各个环节，即将成为一名光荣的铁道兵战士了，眼见着这个曾经快乐过的"家庭"逐渐分崩离析，于心不忍，这才把文涛当了一回知己，明确无误地点了四个人。

文涛转过脸就把这个情况告诉了文达德。因为报纸被"铁道兵"拿走了，文涛就把四个名字写在一张纸片上，等文达德惊诧得合不拢嘴了，马上将纸片投入火塘，转瞬间化为灰烬。

那年那月，这样的消息真要被不是"知己"的人听了去，特别像他们文家这样的成分再加上文大喜那样的"帽子"，不光拿当事人是问，一定还要追究父母及家人的责任。

这也是几年之后粉碎"四人帮"时，老百姓自发地涌上大街小巷，由衷欢呼、纵情歌唱的原因，被憋老火了。

这是后话。

眼看着田湾这个知青点的成员就剩下了文家两兄弟，真的让人有点绝望。

虽然他们已经搬离了养过小猪的那间大屋，在陈伯娘家楼上安顿下来，还在陈伯娘一家混吃混喝，但是人心已经被悬在了半空，若浮若沉地飘荡在不远处，无着无落……

过去，说书人口中的剧中人物每每走投无路的时候，大致的套路都是一拍惊堂木，然后大喊一声"说时迟那时快"之后的剧情一定峰回路转，柳暗花明。

文家人万万没想到，文涛和文达德也来了一回"柳暗花明"，这跟张军有关。

张军不是公安局管刑事侦查的副局长吗，因为工作关系跟下面专州县公安局的人就熟。于是就有朋友托他帮忙给插队的娃儿转户口，由农村迁往城市。张军也不知道行不行，试试看喽。那边在省知青办设法开一张"独子"或"无人赡养老人"之类的证明，这边张军给县公安局打个招呼，没想真还办成了。人家带着"户口迁移证明"和"粮食关系证明"，马上在贵阳落了户。

文心雷听说了这件事，突然之间就想起了文家的那两个兄弟，仔细想想，两个家庭都还真是"独子"或者"无人赡养老人"。虽说文达观还在，这么多年也跟"没了"差不多。

关键在文心雷心里，刘水红当年救自己于水深火热的恩情，一直没机会报答；再者说，一笔你写得出两个"文"字吗？

就这样，文心雷在自己心里拍了板，这也相当于张军拍了板。

文心雷对张军说："张军，老大爷家对于我们家……包括当年我爹回来给红军筹款，那都是天大的恩情哦！"

"俺知道。"张军说。

"所以，"文心雷说，"不光要给两个兄弟办，连知青办的证明……你都找个熟人一起办了，行不？"

"你的意思……都不让他们家知道？"张军说。

文心雷说："张军，当年大太太家那个亲戚把我从苦海里面捞到岸上来了，我都不知道她是谁！懂不？"

山东汉子哪里听得这种让眼睛酸辣的话，一拍桌子，喊道："必须的！"

等到托人把"省知青办"的证明开好了，连同两个兄弟插队那个县的公安局一个副局长的招呼也打好了，张军借了下属单位的一辆"反帮皮鞋"（正规称呼应该叫"北京吉普"），还开后门买了些精细点心，找了一个周末的下午，带着文心雷去了刀把镇。

到了地方一看表，晚上九点多。进屋先问大太太在哪里，等一脸诧异的文大同将两个人带到大太太屋里，幺太太正准备招呼大太太睡觉。两个人不由分说把大太太弄到床沿坐下，顺便把幺太太也安排在大太太身边，跟着退后几步，双双跪了下去，一看就是在"反帮皮鞋"里面商量好了的。

三叩九拜的大礼之后，文心雷跪着说："大太太，幺太太在上，那年大老爷蒙难，我们家眼睁睁看着……而无能为力，我和张军在这里给大太太、幺太太赔罪了！"

"哎呀哎呀！讲些哪样哦？赶紧起来！赶紧起来！"幺太太忙不迭说。

大太太说："他们两个搞哪样嘛？"

文心雷从过来拉他们的金雨天和章悦的手里挣脱，说："你们听我把话说完嘛！张军你来说！"

张军从衣服荷包摸出一个信封，想想说："心雷，俺们礼也赔过了，能不能站起来说话？"

"就是嘛，站起来说话嘛！"边上的人赶紧说。

文心雷说："要站你站，我跪着！"

"那中，俺也跪着。"张军说，"是这样的，俺跟文心雷两个……"

那天晚上，一家人虽然没断过眼泪，却是在欢欣鼓舞的气氛中度过的。大太太终于搞明白了来龙去脉，一边一个拉着文心雷和张军的手，也不说话，一个劲流眼泪，两个人就陪着老人家流眼泪。差不多十一点了才松手。其间也尝一点从贵阳带来的精细点心，吃完了又拉起了手。

"等她拉，等她拉！"文心雷有些心痛，说，"可怜大太太哦！那么能说会道一个人，现在就剩下拉你的手了！"

金雨天说："也不是，平常说话也有条有理的，估计是你们这个忙帮得太彻底了，把大太太感动得……无以言表，只剩下了拉手！"

文心雷说："大伯娘，还有一个问题。就是……文涛的户口迁回他们家，没有问题；文达德呢，总不能落在刀把镇吧？"

金雨天说："这个不会，文心武和章悦的户口都没动，迁过去跟爹妈，名正言顺。"

"真有啥问题,不是还有俺吗?"张军说。

幺太太说:"谢谢喽!谢谢喽!这回张军帮了大忙了!"

"甭这么说,幺太太,俺们是一家人呢,对不对?"张军说。

"对对对对!"幺太太忙不迭说。

4

文涛的户口迁回贵阳的时候,文大喜和柳文君正在张罗大女儿文诗雨的婚事,另外文大喜被单位"解放",正所谓三喜临门。

上一年,《人民日报》发表题为《惩前毖后,治病救人》的社论,要求"正确执行党的干部政策"。各地由此"解放"了一大批老干部和专家学者,文大喜也在报社的"解放"名单里面,随后由五七干校"班师回朝",返回了校对组。

文大喜不知道自己这么个一帆风顺跟王东进有没有关系,还不能去问。只是第一天去校对组报到,倒开水时看见王东进在门口晃了一下,他由此判断"有关系"。是啊,到底同甘共苦上下铺那么久,文大喜想。

对文大喜来说,这还不算是一喜?更不用说办喜事了,本身就带着个喜字。

文诗雨去街道的纸盒厂已经七八年了。纸盒厂是个集体企业,理论上也属于"公有制"的一种。那年因为家庭成分没能进入大学,能有一个集体所有制的单位接纳她,文大喜还欠着同学娄大元一个人情。

在一个地方日出而作日落而息这么多年,文诗雨跟同厂一个叫孙继业的技术员好上了。到了该谈婚论嫁的时候,柳文君才知道孙继业他们家不在贵阳。和文大喜一商量,觉得这也不是什么瑕疵,只要他对文诗雨好就行,无非是在贵阳的这台酒席由女方家操办,再多一台男方家那边的酒席就是。

还有一个让女方家长爽快答应婚事的原因,是孙继业的家庭成分是"工人"。"工农兵"里面工人排第一,没有比这再硬的成分了。这个情况对于下一代意味着什么,文大喜和柳文君刻骨铭心。

还让文大喜家两口子高兴的是,承接酒席的汉云楼的经理是旧社会汉云楼老掌柜的儿子，一听说预订酒席的是贵阳文家，几十年的老交情，马上在自己的职权范围内打了个九五折不说，还另外奉送一个硬菜"菊花鱼"，鸡鸭鱼肉，大大小小十八个有名有姓的菜，外加一个甜品"银耳珍珠丸子"，甜的咸的一样不少，你说文大喜家两口子该不该高兴？晚上睡觉之前文大喜还感慨一回，说福荫后人啊！

因为文大喜家这桩婚事是文家这一拨儿孙里面的头一个，加上倒霉了这么多年的文大喜好不容易办一回喜酒，文大同家两口子便作为刀把镇的代表，过来捧一回场。

六桌酒席里面有男方家两桌，文大同家两个被主人家安排在主宾席上。还没坐稳当，就听见有人喊"文大同同志"，等那人走过来手都握完了，文大同也没有想起握的是谁的手。

"我是何子涛啊，文大同同志！"来人说。

"啊！哦……"文大同终于想起了那年去何万年家吊唁，就是何子豪的这个兄弟接待的，多少年了，面目全非是肯定的。

"想起来了？"何子涛说。

"对对对！你好你好！你这是……"文大同指了指场面。

"啊，我是男方孙继业的外公！"何子涛有些疑虑，说，"这么说，文诗雨……是你们家的……"

文大同的脑袋突然之间蒙了一下，嗡的一声，都没听清楚何子涛后面的话，仿佛哪里有根线断了，前后接不上，看着何子涛的目光也是散的，没办法聚焦。要不是主人家招呼大家入席，真就有点难堪了。

等文大同坐下了，金雨天问："这是哪个嘛？"

文大同这才回过神来，凑近了小声说："何子涛，何万年家二公子。"

"何万年家……哎哟！还真的无巧不成书嘞！"金雨天说。

文大同说："关键问题……他是文诗雨家……老丈母的爹！"

"我的个妈呀！！"这回该金雨天的脑袋嗡的一声了。

那天，文大同入席之前还跟金雨天说要尝一尝汉云楼的菜品，看看解放后跟解放前的差别，结果酒席还没结束就匆匆告辞了，在文心武家等到文大喜他们差不多该回家了，便让文心武带路登了门，准备把他们的重大发现尽快告诉文大喜。

等文大喜家两口子听文大同家两口子把文何两家几十年的恩怨情仇说了一遍，文大喜的第一句话让文大同家两口子吃了一惊。

文大喜说："这跟文诗雨他们有什么关系？"

文大同和金雨天面面相觑。

"文珠受苦受难那是旧社会，"文大喜说，"现在是新中国呢。莫非……老辈子的苦难还非得让文诗雨他们继续背着？大哥大嫂，没有这个道理吧？"

金雨天看看文大同，想想，说："大喜，你的意思……无所谓？"

文大喜说："不是无所谓，大嫂，而是……老一辈的过节儿，不应该传给下一代啊！大哥大嫂，我觉得哈，财富，精神什么的，都可以传承，唯独仇恨，不能。那叫冤冤相报！你们觉得呢？"

文大同点着头，说："好像是哈？"

文大喜说："不是'好像'嘞，就是！"

金雨天说："哦！听你这么一说，我们真的是老脑筋了。文大同，看来那年爹妈把文家的事情交给大喜，是爹妈英明！"

文大同说："是，倒是我们白替古人担忧了一回！"

柳文君马上说："不对不对，真要谢谢大哥大嫂，自家人才会多想这么一层，都是为文诗雨好！"

"那倒是！"文大同说。

金雨天说："早晓得这样么，真应该好好品尝一下人家汉云楼的菜品，满脑壳都是文珠如何受苦什么的，味道都没有尝周全！特别是那道菊花鱼，好多年没吃过了。划不来嘛！"

柳文君说："不怕不怕，找个时间把两个老太太接过来，还去汉云楼，专门去吃菊花鱼！"

文大喜说："对对对，专门去吃！对了，忘了告诉你们，大哥大嫂，我们已经商量好了的，今年春节，我们全家去刀把镇过年，包括文诗雨家两个，让两个老太太看看这个……孙子女婿！"

文大同说："那当然欢迎喽！"

1974年，农历癸丑年的最后一个晚上，是"五九"的第五天，民谚有"五九六九隔河看柳"的说法。

柳枝都发芽了，春天也就不远了。人们盼望春天，是因为春天带来的是新的希望。其实冬天也很好，没有严寒将害虫什么的整一遍，春天也会有瑕疵。老天爷之所以把光阴设计成春夏秋冬四段，就是让大家每样都体验一下。真要像海南岛那样一年365天都热，也挺没趣，都不知道衣服穿厚了是个什么体验。人也是这样，单一的生活体验会让人麻木，好的坏的都轮着有一点，你就学会了知足。

文大喜就是这样，在牛棚里关久了，能回刀把镇过年，都能让他欢欣鼓舞一回。

他们一家七口除夕前一天就到了，在大太太跟前先哭一台，到了文诗雨和新郎官给两个老人家"敬茶"的环节，因为文大同事先做了工作，大太太对何万年家这个晚辈也只能接受，只是盯着孙继业看来看去，最后说了句"不像"。

算一算，自打文大喜关进牛棚那年，八年了，文家的餐桌上一直锣齐鼓不齐。这回可以"齐"一回了，大太太就说，这次一定让所有人"集合"一回。于是，除了文达观和远在美国的文心志一家，文家头一次一个不少地集合到了刀把镇，包括文心仪家小四口。

现在文家的聚会，一定跑不脱的是马伟泊家小五口，都成固定成员了。贵阳的、茅台镇的、刀把镇的这么一算，整整三十口子。

晚饭之前，文大喜再一次集合起全家，以老宅为背景拍了一张全家福。跟上一次在小戏台前面的那张全家福相比，多了几个娃儿，少了老太爷。文大喜事先都想好了的，让文达德怀抱着老太爷的遗像坐在大太太和幺太太中间，马上就有了"天地君亲师"那样排位有序的仪式感，也就有了"团圆"的寓意。

中国人不像外国人，我们把"团圆"二字看得很重，只要逮着个机会，想方设法都要热热闹闹整一顿，以示团圆，尤其除夕夜，更是365天里面最重要的一次团圆。

那天晚上，除了老辈子那一桌，另外两桌也懒得分大小了，爱谁谁。但是，三桌筵席跟文家以往的任何一次筵席的唯一共同点，就是那些贴着"葵花"商标的茅台酒。

那天晚上，喝麻乌的不在少数。但凡是个男子汉，大都喝得歪东倒西的，包括新郎官孙继业。因为人人都知道并体验过了茅台酒的一个秘密，人即便歪东倒西了，就是不上头。

5

春节的假期刚刚结束，人们马不停蹄又投入一个新的运动当中了——"批林批孔"。

批判林彪，所有人都可以理解，"叛国投敌"什么时代都是砍脑壳的大罪。至于干什么要捎带上已经故去了两千多年的孔夫子，老百姓大都不知道，说孔子惹着谁了？

中共中央1974年的第一号文件对此做了解释，"林彪的黑笔记、手书题词和住宅里的其他材料以及他的公开言论"，都表明林彪"是一个地地道道的孔老二的信徒。他和历代行将灭亡的反动派一样，尊孔反法，攻击秦始皇，把孔孟之道作为篡党夺权、复辟资本主义的反动思想武器……"

至于为什么称孔子为"孔老二"，除了他本身行二，估计带有市井意味的"孔老二"这个称谓总比"孔夫子"之类的尊称更具轻蔑性。

在中国，以孔孟之道为核心的"儒学"流传广泛，影响深远，已经几千年了，孔孟之道一直都是中国社会的主流思想意识，早已深入人心。现在简单说一个"反动思想武器"，人们还是云里雾里，总感觉不能让人信服。

后来有小道消息传出来，说"批林批孔"的真正用意是针对中国的"大儒"——周恩来，这才解开了老百姓心头的疑惑，原来是借古讽今。

遵义会议之前，周恩来是红军最高领导集体"三人团"的成员之一，后来一直辅佐毛泽东，不论战争还是建设。"文革"那么个疾风暴雨都没有动摇了周恩来的地位，说明了他在人民领袖心中的位置。这样一个忠心耿耿的同志都有人急于除掉，说明路线斗争已经到了剑拔弩张的地步。

文大喜虽然被"解放"回了校对组，但是已经形成并固化了的对政治的敏感度，让他凡事不琢磨出个幺二三来，心里就不踏实，就不舒服。但是，时过境迁，人去楼空，别说神仙会了，摆龙门阵都找不着个对象，这一点他和文大同很像。磨皮擦痒那样子让柳文君看了都有些心痛了，就忍痛当了一回"听众"。

文大喜都有点不相信自己的耳朵，说："当真？"

柳文君说："不就是批林批孔背后的故事吗？你说，我真的想听。"

文大喜的小道消息大都来源于娄大元，同样被"解放"了的娄大元虽然被安排在机关后勤，但是"市革命委员会"那个堂子毕竟消息来源广泛，说什么的都有。娄大元知道的，文大喜一般都会知道。两个人"肠子弟兄"多少年了，况且还经历过磨难，经历过考验。

"肠子弟兄"也是我们这边的一个特有词组，肠子都搅在一起了，你说关系铁不铁？

文大喜说："娄大元说，这回相当于扳上手腕了，就看谁的力量大！"

柳文君说："谁跟谁？"

"嘿！你这个人！说了半天你白听了！"文大喜下意识地看看左右，其实屋里就他们两个，然后小声说，"周总理和另外四个人！"

柳文君也小声说："哪四个？"

"我没有给你说过吗？"文大喜说。

柳文君说："你只说过江、张、姚，还差一个。"

文大喜用手指蘸着自己茶杯里的水，在已经凹凸不平的桌面上写了一个"王"字。

"王……"柳文君看看，想想，说，"政治局……常委？"

文大喜讳莫如深地点了一下头。

"王洪文？！"柳文君的吃惊肯定不是装出来的。

文大喜一拍桌子，然后一指柳文君，算是确认。

第五十六章

1

中国农历的名堂比较多，比如，为了适应寒暑的变化，每逢19个年头就会有7个闰年，于是就出现了一年一个立春的"单春年"，以及一年两个立春的"双春年"和没有立春的"无春年"。无春年又称"寡春年""寡年"。也不知道从什么时候起"寡春年"就被演绎成了"寡妇年"，流传较为普遍的一个说法叫"寡年无春，不宜结婚"，还押着韵。1975年就是这样一个"不宜结婚"的年份。

但是就有人不信邪，就要结婚。

让文家人万万没想到的，那个多少年音信全无的"逆子"文达观，冷不丁冒了出来。

文达观先找到他爹文心武他们单位，当着文心武他们办公室一屋子同事的面，第一句话就把大家惊了一下。

"我要结婚了。"文达观说这个话的时候垮着脸，只是语气平淡，不卑不亢。

文心武红着脸赶紧把"逆子"拉到没人的过道上，看看文达观依旧犟着脖子那神态，他怕这个自己家老太爷都敢"大义灭亲"的家伙大庭广众再整出个什么幺蛾子，影响一定不堪设想，于是说："单位呢，你长话短说行不行？"

文达观一脸的苦大仇深，说："我晓得你们烦我，这回烦不了多久啦！老婆青岩那边的，我去入赘，眼不见心不烦！给我五千块钱，两清！"

"两清？"文心武一听就来气，心想且不说有没有五千块钱，搞得好像老子欠他的!

　　文心武后来才知道，自从搬去了那个街道工厂，文达观再没动过窝。前几年经厂里烧电焊的师傅介绍，认识了师傅的一个叫钱招娣的侄女，家在贵阳近郊的青岩镇，爹是镇革命委员会的一个副主任，这在当地算得上"土豪"。钱招娣是老大，下面两个妹，他爹本打算按照自己的计划继续"招弟"时，没想国家冷不丁就开始实行计划生育，而且当官的还要带头，否则你凭什么要求人家老百姓计划生育？国家的计划一下子打乱了革委会钱副主任的计划，仕途和继续造人只能选一头，钱招娣她爹想了好几个晚上，最终下定决心选择了仕途。钱招娣的爹想通了，万一下一个还是姑娘，那不是鸡飞蛋打呀？于是，等到钱招娣差不多到了该谈婚论嫁的年纪了，革委会副主任便放话出去，说只有一个要求——入赘，跟当年蔡花蕾的爹蔡好仁一样的口气。

　　在工厂的时间一长，文达观的爹不疼不爱这么个状况人人都知道了，这也是烧电焊师傅敢当一回红娘的原因。你真要找一个各方面没有瑕疵的小伙子去入赘，比走蜀道还难。后来听说文家成分不好，革委会副主任也犹豫来着，转念想起了"入赘"这个大前提，两害相权取其轻，便通知对方看人。等看完了人，爹和钱招娣都点了头，根本没人在意文达观特意拎去的一条锡箔纸香烟和两瓶瓶装酒。

　　那倒是，金雨天和文大同的后代，真没有歪瓜裂枣的道理。

　　至于文达观，他还真不在乎入赘不入赘。自己有家不能回那么些年了，当着外人一直都说不在乎，等到一个人的时候了，就把那些没有牙齿的话往肚里咽。一听说女方有一个当革委会副主任的爹，马上想起了之前文家因为"成分"所经历的那些不堪回首的往事，立马应承下来。"不就是换个地方生活嘛，有什么？"文达观这样理解入赘。

　　相处一段时间之后，两边都觉得还行，对方家长就要求接着往下走。文达观来文心武他们单位这回，就是因为对方要求两边长辈见一面，没想就说了那些人人听了都会不舒服的话。

　　也不知道为什么，文达观的所有"仇恨"全都集中在自己家大人那里，跟外人相处一直都还正常，无论小学、中学还是工作，更不用说谈恋爱这种需要两情相悦的事情了。什么阶段男生对女生该做些什么，文达观都循序渐进着，一样不差，否则人家钱招娣的家长也不会那么快就让"往下走"。

文心武是从烧电焊的师傅那里得知这些情况的，还没等到周末就请了半天假往刀把镇赶。文达观再操蛋，当爹妈的那些天然责任你总是推脱不了的。

　　几个老人家听完了文心武的讲述，沉默了好一阵，全都心事重重的样子，这个叹完一口气，那个再接着叹一口气，看那意思谁都不想把最先原谅这个逆子的责任揽给自己。最终，大太太站了出来。平心而论，也只能是她，其实刚才大家都在等她表态。大太太先叹一口气，摇摇头然后说："能怎么的？有这么一个结果，老太爷那颗心也算是落回了原处！你还能怎样？至于……给多少钱，你们商量就是，反正就那么些。"

　　大太太说的"那么些"，指的就是贱卖老宅的那一坨。自打搬来刀把镇，原先大家集中在一起过日子，多少能省一点，现在贵阳和刀把镇分成了两坨，多一边开支不说，还因为章悦辞了工作而少了一份收入，处处捉襟见肘。现在文家的经济分工是，文大喜和徐天嫒的部分收入外加徐子每月送过来的房租养四个老人家，文心武养章悦和文达德，力不从心是显而易见的，假如有个什么额外开支了，就指着那一坨。比如，文达观过来要钱。

　　文心武马上说："我打听了，女方家除了缺个儿子，什么都不缺。"

　　"哦……既然这样，要不……"文大同吞吞吐吐，想想，再瞄瞄大太太和幺太太，说，"办酒席的钱……我们家出？"

　　金雨天紧跟着说："先听听幺太太的意见！"

　　"不用不用！"幺太太说，"大同这个意见就不错，说得走！大太太觉得呢？"

　　大太太说："你们定你们定，若不是新社会……哎呀，不说了，你们定就是！"

　　"嗯？"文大同说，"妈这话哪样意思？新社会？"

　　"大太太的意思，"幺太太抢着说，"这要在过去，不要说办酒，唱一台大戏是肯定的！"

　　"哦哦，嘿嘿，"文大同笑笑，说，"那就……这么定？哎，文大喜他们那回在汉云楼的那种，多少钱一桌？"

　　金雨天说："我问过柳文君，四十五一桌，你按四十块钱好算账，反正没人规定非得多少钱一桌，见得着鸡鸭鱼肉就行！"

文大同说:"也是。那好,这个事情文心武去和他们家商量,一定不能让文达观插手,晓得不?"

文心武说:"晓得。到时候你们老人家……去不去呢?"

文大同看金雨天,金雨天说:"就说我们路远来不了,你和章悦就代表我们家了。"

文心武说:"好。"

春天即将来临时,经毛泽东提议,中共中央任命邓小平为中央军委副主席兼中国人民解放军总参谋长,连同之前的中共中央副主席和国务院副总理,三副一正。

消息传来,文大喜那里又多了些小道消息,固定的渠道,固定的对象。这回是柳文君主动询问,大概是听小道消息上了瘾,只要文大喜说去娄大元那里,回来必须过柳文君这一关。

文大喜说:"跟报纸上说的差不太多。"

"不可能!"柳文君大声说,"从你一进门假装嘘寒问暖那样子,娄大元那边要没得一个有分量的小道消息,我名字倒着写!"

"你小声点嘛。"文大喜说,"哟,看来以后我还得小心一点哈?我一嘘寒问暖你就把底细搞清楚了,厉害呦!"

"赶紧说!"柳文君说。

"是这样,"文大喜说,"第四届全国人民代表大会第一次会议不是在北京举行……"

"你这个人!"柳文君打断对方说,"跟老婆说话,四届人大不就完了嘛,搞什么一字不漏?"

文大喜说:"习惯了习惯了!校对组都这样。不是选举朱德为委员长,周恩来当总理,邓小平当副总理吗?"

"这不都是报纸上的内容吗?"柳文君说。

"报纸上没有的内容是,直接挫败了那四个人的组阁阴谋!"文大喜把"组阁"两个字说成了重音。

"组阁?"柳文君说,"哦,意思……他们几个也想……"

文大喜堆起一副咧着嘴笑的表情,点点头。

"哦哟！那相当于剑拔弩张嘞！"柳文君说。

文大喜用同样的表情再次点着头，突然想起什么："哦，差点忘了，那天文心武打电话来，说文达观他们这个礼拜天结婚，请我们全家，你看咋个说？"

"文达观？就是把老太爷……"柳文君话没说完就被文大喜伸手拦住了。

文大喜说："昨天我和文心武又专门通了一回电话，听他的声音也支支吾吾的，心里总是还有疙瘩，他说办酒席的钱是大太太那里出的，还说几个老人家都来不了。看来刀把镇那边已经……不计前嫌了，所以，老太爷的事就不提了。他说……能不能让我们去代表文家，当然还因为我们在贵阳。你觉得呢？"

"你们家的事，你说了算。"柳文君说。

"我是这样想的，"文大喜说，"既然老人家都点了头了，做晚辈的听着就是。那就……我们两个代表代表？"

柳文君说："你说了算！也是，文心武和章悦夹在中间也挺难过的，还好文达德听话。否则啊……哎，不要光说人家，我们家二丫头也差不多了嘞！"

文大喜："文诗路跟她姐不一样，没有需要我们出面办酒席这一说。现在嫁妆也简单，床上铺的盖的，外加一点生活用品，娃儿自己去买就行。要是他们家看得上汉云楼，我帮着去联系就是，不复杂！况且，他们两个不用急。"

文诗路最早跟她姐姐一个厂，前几年财贸系统招工，文大喜找娄大元走了个后门，让文诗路进了百货公司，没几年又调动去了商业局。百货公司都叫"铁饭碗"，商业局就更上了一层楼。在机关待了没两年，就跟同单位一个叫郑思绪的小伙子恋爱上了。郑思绪的爹是个南下干部，文诗路和郑思绪谈恋爱的时候他爹还是一个什么局的"走资派"，"走资派"和"右派"攀上了关系，黑对黑，两边都不嫌弃。关键郑思绪家"走资派"喜欢文诗路，文诗路家"右派"也觉得郑思绪不错，这就让接下来的事情顺理成章了。

文大喜之所以说"他们两个不用急"，不是因为"寡妇年"，而是因为根据他和娄大元对国家大势的分析、研究、判断，"文革"最后是个什么结果，真没人说得清楚。假如哪一天又"天翻地覆"一回，哪怕仅仅郑思绪的爹被"解放"，总比两边家长黑成一堆强。

2

不论文达观的婚事是不是能够让文家人高兴，文家一下子还有了几个真让人高兴的事情。先是徐天媛三八妇女节那天在妇幼保健院产下一个七斤九两的女婴，成就了赵光辉的"儿女双全"；紧跟着二十九岁的徐文年纪轻轻就成了贵州茅台酒厂的酿酒师。

先说徐天媛。

临生产之前，谁见了徐天媛圆滚滚的肚皮都说里面是个姑娘。这要归功于赵光辉。就因为文家搬去了刀把镇，没办法照看徐天媛了，赵光辉便挑起了这个重担。悉心护理就不用说，伙食还尽善尽美，徐天媛想吃什么，赵光辉一定想方设法去买来，再按照临时买的《中华菜谱》上面的方法，生搬硬套做成菜肴，生怕饿着了徐天媛。要不人家说胖子都是吃出来的呢？连肚皮里面的娃儿都不例外，七斤九两！

生产那天，文大喜家两口子双双请了假，代表"刀把镇"去医院探视，和赵光辉一起守在产房外面。等到护士抱着娃儿用没有一丁点儿色彩的口气说了句"女娃儿"之后，赵光辉一把抓住舅舅的手使劲摇了又摇，兴奋地喊了一句："太好了！"居然还红了眼眶。

当然嘛，真要是"筷子配成双"了，赵光辉肯定也会高兴；但是在国家已经"倡导"计划生育的当下，一男一女搭配得那么安逸，当然值得人家红一回眼眶的。

"七斤九两"降生的第二天，徐天仙陪着彩珠子赶了过来。说徐子也打算来的，不巧那几天伤了风，怕传染给别人，这才临时换成了彩珠子。

彩珠子真心愿意跑这一趟，看望孙孙的同时，顺便还能把徐文当了酿酒师的事情告诉大家，多好。当然，这种话彩珠子不会自己去说，她绕山绕水跟徐天仙提"酿酒师"这个话题，要表达的意思就是让徐天仙去说。

"姐姐，这几天我们家高兴的事情接二连三嘞！不仅多了一个小侄女，哥哥也考上他们厂的酿酒师啦！"徐天仙当工农兵学员都两年了，还能不知道她妈的那点心思？找着个机会，十分自然就把彩珠子想说的话给抖了出来。

自打云辉烧房改换门庭成了"地方国营茅台酒厂"，国家就在一直投资扩建，跟文家老大那年扩大规模是一个思路。1954年年产就达到了110多吨；1957年280多吨，产量最高的1960年曾达到921吨。1955年注册的"车轮牌"，以及后来的"葵花牌""五星牌"，1975年都改成了"飞天牌"。由于生产规模不断扩大，人员也在不断增加，特别是技术人员。

　　徐文是赤水河边长大的娃儿，一直闻着酒香到了该读大学的年纪，他不报考一个"酿酒工程专业"真不能算是茅台镇出来的人。后来，虽然"文革"中断了学业，但是徐文自己不愿意中断。同学们闹革命的时候，他害怕别人扣帽子，因此也跟着扛扛红旗举举标语什么的，"革命"的空闲里，他就看书，一直坚持自学完成了大部分专业课程，1970年毕业时，不管你学没学，国家都承认他们的"本科"学历。进入茅台酒厂之后，自学的那些知识马上有了用武之地，以技术员的身份在酒厂摔打了几年，等到酒厂需要培养自己为酿酒师时，单凭一块本科"酿酒工程专业"的牌牌，徐文就领先了一批人，考试再名列前茅，他不当酿酒师谁当？

　　顾名思义，"酿酒师"就是从事指导酿酒生产工艺设计，以及参数控制等技术工作的人，在酒厂是很跩的职业。不光地位稳定，收入还高。计划经济条件下，一般小酒厂生产的白酒几角钱一斤。有一种八角七分一斤的白酒就被老百姓戏称为"八七窖"。1975年的五星牌茅台酒八块钱一瓶，是"八七窖"的十倍。至于后来茅台酒卖到多少多少钱一瓶，那是后话。

　　就因为茅台酒卖得贵，酿酒师的收入能少了？徐天仙之所以要把她哥当了酿酒师的事情跟徐天媛生娃儿的事情相提并论，就是因为一个"跩"字。

　　就为这个，彩珠子也在自己心里偷偷地跟着"跩"。因为她知道，单单这么一个职位，徐文由此往后的住房啊，待遇啊，男欢女爱啊，全都迎刃而解。不是说徐文找不到老婆，而是挑选的余地瞬间被放大，不成为"抢手货"都不行。

　　徐子一开始不喜欢彩珠子的这种心态，觉得患得患失，小市民。只不过后来仔细想想，人家一个丫鬟出身的女人，兢兢业业在这个家这么几十年，生儿育女都不说了，关键任劳任怨；现在自己家儿子出息了，私底下骄傲一下，满足一点，不应该吗？

　　再仔细想想，除自己在老太爷手底下几十年熬出来的那些毛病之外，多少年了，一直没有把文珠从心里抹去，明里暗里一直拿文珠跟彩珠子比，也是至今仍然苛求彩珠子的原因。

"不厚道吧？"徐子终于这么诘问自己。

自己都高兴的事情，你管人家如何高兴呢？于是就没吭气，任凭他们几娘母骄傲去。

徐子当然该高兴。

自从民国三十三年到茅台镇当了云辉烧房的掌柜，三十一年了，虽然时过境迁，也不论谁在经营，茅台酒终归成了国家的牌牌，天底下无人不知，无人不晓；另外，自己已经是两个孙孙的老外公了，关键徐天媛会生，一儿一女安排得让人只有那么安逸了。要不是家里没人，徐子都想跑一趟刀把镇，把这个好消息亲口告诉文珠，让"老外婆"在那边也高兴高兴。

彩珠子和徐天仙不在家的这几天，徐子让徐文买了两斤五花肉，另外开了张写着一些时令蔬菜的单子，让儿子一并照着办了，然后亲自下厨整了几个色香味都说得过去的小菜，另外炸了一碟花生米，等大小碟子一样一样将吃饭的小桌摆满了，再把平常喝剩下的小半瓶茅台酒拿出来，配上两个酒杯，就等着儿子下班。

徐文回到家里一看这阵势，就知道当爹的又想起了很早很早以前的那些事情。这已经不知道多少次了，只要当爹的人有所思，他们家就打牙祭。这种儿时的记忆，至今没断过。

"爹呀，"徐文一边倒酒一边说，"你是因为姐姐生了个姑娘，高兴的吧？"

徐子端起酒杯，一仰脖就闷了下去，拣了两颗花生米嚼着，这才说话："其中一个原因吧。"

等徐文重新倒满了酒，徐子端着酒杯示意儿子，两人碰了一下，然后说："虽然你姓徐，但是，我们全都是文家老太爷福荫乡梓的直接受益者！没有老太爷，茅台镇固然也会有人办烧房，但是偌大一个仁怀县，只有我们家老太爷有这个能力，把云辉烧房办成了贵州省的头牌！儿啊，今天你当了茅台酒厂的酿酒师，全家都高兴！但是，最高兴的一定是我们家老太爷！因为你用你的勤奋，得到了国家的认可，具备了将茅台酒发扬光大的能力！从这个意义上说，你完成了我们家老太爷的心愿！这还不值得我们两爷子打一回牙祭吗？来，干！"

两爷子又来了个"一口闷"。

"我知道了！"徐文说，"不用喝得这么急，我帮你添碗饭，爹。"

"那怎么行！"徐子示意儿子倒酒，说，"徐文你记住，先吃饭后喝酒，那就不是茅台镇的做派；一醉方休，人家认你是个汉子！假如你跟我们家老太爷当年那样，喝多少都不醉，那就叫豪杰！"

徐文说："我记住了，爹！"

4月7日的《人民日报》第四版刊登了一条消息，"新华社一九七五年四月六日讯台北消息：国民党反动派的头子，中国人民的公敌蒋介石，四月五日在台湾病死。"

这个曾经在中国一统天下、叱咤风云的政治人物终于偃旗息鼓，去了"天堂"，享年八十八岁。对于这个前"国民政府总统"，各种各样的评价都有，用旅居美国的历史学家黄仁宇先生后来出版的《从大历史的角度读蒋介石日记》中的一段话，"蒋介石不是大独裁者，他缺乏做独裁者的工具。他也不可能是民主斗士，他纵有此宏愿，也无此机会"。黄先生因为淡漠了阶级立场，所以评价显得恳切扼要。

如果用文大同的话，"哪个还管得了他哦，一个过气了的前总统"。

从 1927 年的"四一二"开始，共产党跟国民党血雨腥风斗争了几十年，这回蒋先生的离世会不会成为中国一段历史的终结呢？没人知道。

3

农历五月初五，端午节，大太太刘彩云一百岁的生日。

民国十四年，刘彩云五十岁那年，老婆婆蔡花蕾曾经做主给儿媳妇摆过一回生日筵席，听戏的时候因为二老爷和文德范顶了牛，至少气氛上被打了折扣。之后每逢端午节，反正都是过节，加上老婆婆健在，就再没有专门为刘彩云祝寿摆过酒席；一碗铺着两个油煎荷包蛋的宽汤面，就算过了生日。八十和九十整寿时，家里也有人提起过，刘彩云高低不同意，其理由都说和端午节一起过，不另外浪费钱。

眼看着 1975 年的端午节快到了，文家再捉襟见肘，给大太太过一回整寿的想法还是再一次冒了头，毕竟一百岁太难得，大家都觉得不过可惜了。幺太太和文大同家两口子商量下来，决定由幺太太出面主讲，文大同家两个打帮帮腔。

"一百岁呢！"幺太太瞪大了眼睛说，"之前的，我们就不说了，第一，大太太是文家头一个百岁老人，一百岁，你以为那么容易的？第二，你养育了这么多儿子儿孙，百善孝为先，该他们孝敬你老人家一回的了！第三，与'端午节同庆'都说了五十年了，该换个说法了！否则，我这里首先不同意！大太太！"

大太太不吭气，幺太太马上给金雨天丢个眼色。

金雨天马上说："妈，幺太太说得对，不是别家不想过嘞，是因为他们没有能够活到一百岁的老寿星嘞！那都是老天爷给的，不是哪个想得就能得到嘞，你好好想想看，妈！"

刘彩云看看这个，再看看那个，还是不说话。

接下来该文大同，文大同首先把心情调整得心平气和的，然后把声音处理成轻言细语的，说："妈，幺太太和娃儿家妈说的，都对！当年，我们家老太爷为什么要给老祖太过寿？按道理我们家吃的不缺穿的不缺，其实就是找个理由把大家聚拢在一起，说说话，喝点酒，热热闹闹看看戏，要的是一家人和和睦睦那气氛！妈，你老人家只需要点个头，我们家……再来一回那样的和睦气氛，不好吗？"

大太太终于被煽动得有些动情了，幺太太赶紧过去用手掌在她的背上顺着、捋着，说："不急不急，你老人家慢慢想！"

大太太抬头看着幺太太，眼睛里露出些感激之情，点了一下头。

"哎，就是嘛！"幺太太说。

"文革"进行到第九个年头，虽然没有了打打杀杀，冲锋陷阵的场面，但是"阶级斗争"这根弦仍然绷在每个人的心里。文家人有自知之明，你必须要有说不定哪天再有个什么苦难从天而降的心理准备，到时候才不至于被"苦难"击垮。所以，既要操办大太太的"百岁大寿"，又得把心里那根弦绷紧，避免出现差池，否则真的不好把握。

为此，"三人团"开了一个小会，决定把徐子、文达德、文涛喊过来，众人拾柴火焰高那意思，群策群力把特殊条件下的"百岁大寿"办好。现在，大家把幺太太和文大同家两口子称为"三人团"，一来上口，二来确实也是文家的"最高权力机构"。

徐子最简单，抬起腿就能过来。

文达德的户口办回来就落在文心武的户头上，也一直和他爹挤在单位的单身宿舍里，没事看书、练毛笔字，总之想方设法不让自己荒着，一听说"百岁大寿"，既换环境又换心情，何乐而不为？马上去了刀把镇。

麻烦一点的是文涛，跟一个叫冯晓芬的小姑娘搞上对象才半年，正如胶似漆的时候，还不到带着女朋友一起去刀把镇的份上，于是便纠结，青春痘新冒出来好几颗，时间一推再推，都农历五月初三了，这才和冯晓芬依依不舍道了别。

到了刀把镇就被文达德好好挤对了一番，文涛板着个脸说："你这个娃儿才是，我是你叔呢！"

"滚！"文达德说。

"三人团"已经谋划好了具体分工的，他们三个提桶桶，徐子总管，两个小伙子给章悦打下手，总体走简约路线，不浪费，不张扬，和和睦睦就行，三桌的规模，只少不多。文大同还写了个名单，以家庭为单位，让大家一目了然。

一看名单才知道，数徐子家人多，连上徐天媛，吃奶的老二不用座位，八个人，差两个一桌；文心武家三个；文诗雨因为怀孕四个月了，成为家里的重点保护对象，两口子都不来；文大喜家只能来五个；马伟泊家雷打不动的"小五口"；文心雷和张军带上张花仙作为二老爷家那边的代表；文心仪家两口子，外加刀把镇的四个老人家，整整三十人。

一家人的龙门阵都还没摆安逸，端午节就到了。全家人聚集到院子里的一棵石榴树下。

石榴树谁种的已经没人知道了，据刘彩云回忆，她嫁过来那年就有。到现在早已枝繁叶茂，正是红艳艳的花朵开得烂漫的季节，映衬在那些碧绿的树叶上，可谓花枝招展，不由得让人多看它几眼，硬是舍不得把目光移开。这回，文大喜把石榴树当成了拍全家福的背景，只可惜照片没彩色，否则那样的红色真的跟"百岁大寿"的喜庆相当搭，仿佛那些石榴花就为了这一天才盛开的。

因为要贯彻"三人团"的"不张扬"，文大喜特意提醒大家在院子里说话小声一点，结果搞得他在那里指挥、调整大家摆位置的时候只能用动作示意，如同演哑剧一般，使得正式拍照时都没人提示，一家人都笑成一片灿烂。

为了让大家吃好喝好，经"三人团"同意，徐子去街上请了个大师傅过来掌勺，准备给人家五十块钱工钱外加一瓶茅台酒。因为大师傅是老街坊的后代，说什么都不收钱，好说歹说收下了茅台酒，人家还提出自带下手，让文家人端端盘子就行，其他的他们全包。徐子把两包锡箔纸包装的香烟往大师傅看得见的地方一拍，再来几句客套话，便放放心心去了前面。

晚饭之前，金雨天设计了一个简单仪式，循着早年自己在京剧《麻姑献寿》里面饰演王母娘娘的一点记忆，各路儿孙以家庭为单位，分期分批给大太太磕头。因为幺太太也是老辈子，就安排她陪着寿星在上面就座。

仪式由文大同和金雨天先开始，接下来文心仪家、文心武家、徐子家、文大喜家、文心雷家，最后是马伟泊家，都是"梁山泊英雄排座次"那样的亲疏顺序，且一律三叩三拜，除了张军的动作别扭一点，其他人一招一式全都中规中矩，完全把大太太当成了王母娘娘。

大太太眼眶红红的，好几次眼泪差不多快要满出来了，都被幺太太的手帕蘸了去，虽然脸上的笑意有些僵硬，终归是笑着完成了仪式，使得徐天媛特意帮她别在胸前的一朵石榴花显得很贴切，而且温馨。

乘着大家都在，徐天媛抱着他们家老二来到大太太身边，说："我们家姑娘也想沾点老祖宗的福气，借着一家人欢聚一堂，我们请老祖宗给起个名字。老祖宗，麻烦你老人家哈！"

刘彩云笨脚笨手接过重孙女，在幺太太和徐天媛的帮助下把娃儿在自己的腿上放安逸了，这才说："还没得名字吗？"

"就等着你老人家呢！"徐子抢着说。

大太太说："是……姑娘啊？"

徐天媛说："对，女娃娃。"

"女娃娃？"大太太想想，说，"叫个什么呢？要不，干脆……就叫百岁，行不行啊？"

"徐百岁……啊不不不！"徐子马上自己纠正自己，说，"赵百岁，赵百岁！"

大家都笑了起来，这让徐子有些尴尬，只能跟着笑。

"其实，也不是不行哈。"徐天媛这是给自己的爹打帮帮腔，说，"爹，为什么就不能叫徐百岁呢？你说呢，光辉？"

徐子连连摆手，说："不行不行不行！"

赵光辉却说："我没意见啊！姑娘跟妈姓一回，有什么问题呢？"

徐天媛说："你们大家听见的哈？那就这么定了！就叫徐百岁，多好听一个名字！"

也不知道怎么个情况，在大太太怀里酣睡的徐百岁居然咧着嘴笑了一下，估计是在她的梦境里遇见了花仙子什么的，肯定跟取名字没关系。但是，所有大人就当成了因果关系，居然还有人叫好。要不是文大同及时干预，示意大家小声一点，没准大门外面都能听得见。

4

国庆节刚过，茅台镇就传来噩耗，林家漪因病去世，享年九十一岁。

那年，广东来的一个小女子远嫁到茅台镇，就再没有回去过，虽然说话一直带着家乡的口音，最终还是把自己留在了这片滋养了她大半辈子的土地上。

林家漪离不开茅台镇，更离不开刘青云。

已经办完了退休手续的刘承义带着老伴和大儿子刘冀中，第二天就赶到了茅台镇，跟从贵阳赶过来的刘水红会合，担当起了老人家的丧事。

在刘家，刘广黔虽然是长子，因为没有刘承义那样的履历和身份，只能退其次，干一点边边角角的事情。

灵堂就设在刘家的堂屋，跟刘青云走的时候一模一样，相同的环境，相同的摆设。

林家漪的棺材是老早就准备好了的。"文革"初期也有红卫兵过来准备破四旧来着，刘和天跟刘家宝两爷子死顶在最前面，说让红卫兵去打听打听他们家的情况。红卫兵也不是任何时候都所向披靡，当真有人比他们还横，他们也只能去"打听"。后来打听出来刘家的另外一个儿子是当过红军的老革命，早年还是仁怀县的副县长，林家漪的棺材这才幸免于难。

乡下人有乡下人的风俗，人死饭甑开不说，还要请一帮吹鼓手咿哩哇啦地

"热闹"一通,一直闹到"上山"。这要是在城里,革命委员会的人肯定喊你移风易俗。

那几天,茅台镇的这台"白喜事"办得十分热闹,沾亲带故的就不用说了,几级革命委员会的一些领导都过来吊唁,车水马龙,连老刘家大门外面的那块上马石都坐满了人。

虽然刘彩云的"百岁大寿"没有通知刘家,但是刘家老太太的"白喜事"必须通知老姑太,几十年了,这种联系从来没有中断过。

"三人团"商量了一下,决定缓一缓再告诉大太太;另外,算来算去,身体、家庭、工作、代表性各种因素全都考虑了一遍,觉得如果文大喜能带上文涛走这一趟,最好不过。文大同为此专门去邮局发了个电报,言简意赅地把前因后果说了,最后说这是刀把镇两个老人家的意见。文大喜能说什么呢,只要单位准假,责无旁贷。关于请假,"三人团"也是盘算好了的,都已经回到校对组了,应该算是人民内部矛盾了,谁家没个生老病死的情况?单位还能说出个"不"字?

文大喜和儿子都是头一回来茅台镇,对于刘家,也是道听途说,没有完整的印象。文大喜晓得之所以喊他走这一趟,也是让他们认识一下老母亲的故乡。当然,文大喜也打算顺便见识一下老太爷创建的、现在已经名扬天下的贵州茅台酒厂。

徐子早早就去车站接人,把他们送到地方了,一直陪着磕头作揖走完程序,这才告诉他们晚上住在自己家。

初见刘承义,一举手一投足果然是老革命的做派,话本来就不多,一开口,很多都是"印刷体",问个大太太的情况都"啊啊"的,应该是退休之前说顺口了,习以为常。

对于小自己一辈的刘水红,一下子也捋不清楚具体该怎么称呼自己,就让他简单喊个叔叔,辈分上错不了就行。

文大喜听说过刘水红作为军代表解救文心雷于水深火热的故事,一直有见识一下真人的想法,这回跟人家两只手都握在一起了,总觉得不是心目中那个挺拔伟岸的形象,让文大喜一下子想起了"人不可貌相"这句老话。

刘水红说:"那一次就准备去你们家的,因为有些情况不是太清楚,也怕给你们家带来麻烦，所以……还请叔叔给老太太带个话，一旦有机会了，我会去看望她老人家！请叔叔代问她老人家好！"

"一定一定！"文大喜说，"我也早该过来看望你们家老太太的，没想……竟成了遗憾，不好意思哈！"

刘水红说："哪里哪里，姑奶奶和姑老太爷那时候经常过来，听我们家老太太说，姑老太爷最喜欢吃我们家老祖太做的红烧肉，说一次能吃大半碗呢！对了对了，今天晚上就有红烧肉，是我们家二嫂做的，据说都是我们家老祖太的真传！"

"那就太好了！"文大喜说，"哎，你不是有两个兄弟吗？小的那个叫什么来着……没来？"

刘水红说："二兄弟叫刘黔中，前年当兵去了，在云南。大的这个兄弟现在在遵义下面一个区政府当干部，嘿嘿。"

"哦，那就好，那就好！"文大喜说。

"白喜事"是流水席，吃完了这一拨，接着还有下一拨，至爱亲朋一般安排在最后，就是要让其他人吃好喝好。那天晚上，文大喜家两爷子就被安排在最后，仔仔细细品尝了老刘家的红烧肉。真的，怎么评价都不为过，难怪刘水红说得那么津津有味，也难怪老太爷一次能吃大半碗。

不光大口吃肉，还大口喝酒。至于流水席上的酒，真正到了茅台镇，那就不一定非喝茅台酒不可。因为这片土地本就是老天爷赏赐给这方百姓的一个聚宝盆，随便找个堂子架起家什，流出来的就是茅台酒。这是同桌的酿酒师徐文告诉文大喜家两爷子的。因为白喜事用酒量大，徐文还推荐了一家小一点的、集体所有制酒厂的产品，图的就是个便宜。为此，徐文还让刘和天开了一瓶茅台酒，把两种酒对比着喝，一般人根本分不出个子丑寅卯来，比如，文大喜和文涛。

刘和天属于脸红正喝得那种，爽朗，粗着嗓门说："我们家搞了那么多年的酒，我们不晓得好坏啊？国家不让你私人搞，你能怎么样？旧社会我们家老太爷和我爹打擂台，最后拼的并不是酒的质量，而是烧房背后的实力！当年我们家老太爷背后是你们家老太爷，我爹还能赢得了？他必输无疑！"

这个故事文大喜听说过，倒不是打什么擂台，只是谁输谁赢没说错。每每这种时候,文大喜就会心生敬意,为自己的爹叫一回好。

差不多散席的时候,他们这一桌的至爱亲朋除了文大喜,没有一个自己能走路的,包括徐子家两爷子。

彩珠子为他们准备的早餐热了又热,就是见不着人。好不容易起了床,等大男八汉的几个把早餐吃了,收音机里正好传来报时的女声,"刚才最后一响,是北京时间十二点整"。

徐子说:"这回好,把中午饭给省了!"

前一天晚上开席之前就说好了的,第二天徐文带文大喜家两爷子去参观茅台酒厂。吃完饭刚刚出门,徐文临时起意,问他们愿不愿意先去高处俯瞰一下茅台镇。还说参观是看厂房,俯瞰则是看风光。

两爷子异口同声要"俯瞰"。

走在顺山势而上的小路上,随着海拔一点一点升高,茅台镇渐渐变得开阔起来,等到映衬在蓝天白云之下的远山分出浓淡有致的层次了,茅台镇便尽收眼底,万千气象。

远远看去,脚下的赤水河犹如一条碧绿的缎带,温柔地将茅台镇一分为二之后,蜿蜒而去,像极了一条漂亮的项链,犹如老天爷对生活在这里的辛勤劳作的人们的奖赏。

"啊!"文大喜情不自禁发出了感叹。

"赤水河不应该是红色的吗?"文涛突然想起问。

徐文说:"分季节,时而碧绿,时而赤红,像四季那样泾渭分明。"

"你们全都用赤水河的水吗?"文涛接着问。

"全都用,不论生产、生活。"徐文说。

"两千瓶一吨,年产多少吨?"文涛继续问。

文大喜说:"哎呀,你是来搞社会调查吗,儿子?"

"三人行必有我师,不应该吗,爹?多少吨?"文涛说。

徐文说:"去年六百多,一年六七百吨吧。"

"还有一个问题我想问问。"文涛说。

"你问,只要我知道的。"徐文说。

文涛说:"昨天刘家宝的爹拿来的那瓶茅台酒,背面的纸条上写着,茅台酒在共产党的领导下，开展三大革命运动。我知道阶级斗争、生产斗争、科学实验是三大革命运动，生产斗争和科学实验没错，我就不晓得茅台酒的技术进步……跟阶级斗争有什么关系？"

"你想什么呢？！"没等徐文回答，文大喜瞪圆了眼睛吼了一句，扭头看看徐文，放低了声音说，"难道你不知道你爹的右派帽子戴了……差不多二十年啦？！"之所以中间停顿这一下，文大喜是在心里计算年头。

文涛嗫嚅着说："问一问有什么关系喽？"

"问一问！"文大喜涨红了脸，推了文涛一下，说，"阶级斗争跟你有关系吗？吃饱喝足了撑的吧！"

"二舅！文涛就是好奇，问问而已，你不必生气！"徐文过来解围。

"我不必生气？徐文你是不知道……算啦！回去！回去回去！"文大喜说完，头也不回走了。

文涛这是第一次看见爹对自己发那么大的脾气。

你不要看文大喜在美国待了那么多年，中国传统文化在他心里到底是扎了根的。虽然兄长早早就"筷子成双"，让文家的血脉传承有序了的，到他这里已经没什么压力了，但是文大喜还是想生个儿子。嘴巴上跟柳文君说的是"儿女双全"，心里惦记的还是"无后为大"。长期以来，虽然不能当着孩子们表现出重男轻女，但心里的偏向一直都有。文涛这根独苗真要因为政治原因再出现个什么差池，那也决不能是自己教育缺失的原因。

文涛后来也想明白了，爹是怕自己重蹈覆辙，是怕曾经的那样殃及池鱼的痛，害怕再殃及他的子孙。

5

自打邓小平被重新起用，这个历来以"务实"著称的领导人便艰难地展开了一系列恢复国民经济的措施，其成果直接反映在老百姓日常生活的方方面面。

比如，徐天媛，坐月子需要喝鸡汤，前些年你如果不未雨绸缪买几只雌性鸡娃来慢慢养大，到时候只能喝西北风去。现在好了，虽说菜场还是买不着，但是三三两两的乡下人经常会抱着一两只公鸡母鸡假装在街上走，你千万不要以为他们只是路过，直接过去问多少钱就行。乡下人会找一个背静处，先让你捏捏鸡腿，再摸摸鸡腿之间那坨鸡腹肉的肥厚程度，然后讨价还价。比较搞笑的是，等你抱着刚刚成交的老母鸡往家走了，又会有路人过来问你，"多少钱？"

前些年哪里允许？直接按"投机倒把"论处。

另外，购粮本上面粗粮细粮搭配比例的变化啊，国营菜场出售的蔬菜破天荒洗干净了卖啊，凭票供应的锡箔纸包装的好烟渐渐多了啊，副食果品的花样不再千篇一律啊，一点一滴都在显现着国民经济向好的趋势。

实事求是地说，老百姓并不都关心政治，他们关心最多的，还是自己家的油盐柴米酱醋茶。你要让他关心国家大事，那一定先要解决好他们的吃喝拉撒，如果没有解决好，那他关心的国家大事也是什么时候、什么情况下能改善他们家的吃喝拉撒。邓小平懂得这个道理，所以他抓经济。就这一条，他就赢得了老百姓的心。

但是，树欲静而风不止，有人就不愿意看到国民经济向好的这个大趋势，当然，主要是看不惯整个国民经济运行背后的操盘手。于是，一个名为"反击右倾翻案风"的运动于1975年的深秋在全国铺展开去，距离邓小平复出主持中央日常工作，半年多一点。

事情缘起清华大学。

学校的党委副书记刘冰等人给毛主席写信，状告学校的党委书记迟群、副书记谢静宜在思想、工作和生活等方面的问题。因为没有"上书"的渠道，转弯抹角就送到了邓小平手里，请他代为转呈。第一封没有回音，于是又写了一封，这回终于有了回音。

11月3日，清华大学召开党委扩大会议，传达了毛泽东对"上书"信件的批示，"我看信的动机不纯"，"矛头是对着我的"。

这样的文字在"文革"环境下的中国，其"爆炸性"毋庸置疑。很快，中共中央的"打招呼会议"在北京举行，会上宣读了毛泽东《打招呼的讲话要点》。

《要点》说，"中央认为，毛主席的指示非常重要，清华大学出现的问题绝不是孤立的，是当前两个阶级、两条道路、两条路线斗争的反映，这是一股右倾翻案风"；"有些人总是对这次'文革'不满意，总是要算'文革'的账，总是要翻案"。

"不满""算账""翻案",这样的词叠加在一起成为"递进"的语法关系,马上就让人感觉到了肃杀的寒气,虽然冬天还没有到来。

一时间,"文革"初期大字报铺天盖地满天飞舞的情景再一次出现,全国各地,自上而下,大会小会,工农兵学商,无一不在"反击右倾翻案风"。那时候的一条标语言简意赅地点明了运动的中心思想,叫作"走资派还在走"。

跟"文革"初期的轰轰烈烈不一样的,是老百姓已经变化了的心态。

刚开始的"轰轰烈烈"之所以让人死两回的心都有,是因为那时候人们都猝不及防,你不知道发生了什么以及应该如何应对,连"兵来将挡水来土掩"的可能性都没有,挡不住。现在不一样了,横冲直撞的红卫兵都"插队"去了,被"打倒"了的"走资派"也还可以被"解放"回来,只要你们家"底牌"不花,大都只是人民内部矛盾。所以,像邓小平这样被打倒之后又被解放的老革命,假如哪一天再翻转过来一回,完全是情理之中的事情。于是,"反击右倾翻案风"表面上也轰轰烈烈,私底下,人人心里都有的天平已经分出了孰重孰轻。人们不过是在等待。

但是也有例外,这个突如其来的"反击右倾翻案风"让文大喜一下子没了主意。

原先打的郑思绪的爹有希望被"解放"的算盘,随着"反击右倾翻案风"的开展成了泡影,完全没有了等邓小平再被解放一次的心情。即便文大喜愿意等,娃儿的婚事也等不了。两家人一商量,既然那些事情自己控制不了,那就办自己能够控制的事情吧。反正没谁规定两边都"黑"的子女不能结婚,将就眼下的情况办一回婚礼,成为文大喜心中最紧迫的事情。

11月18日,文大喜在汉云楼订了一个可以摆两张桌子的包房,一家一桌。把两个年轻人的爱情定格在了那个充满变数的年代。

虽然文诗路的婚礼不尽如人意,老天爷还是用另外的方式弥补了一下,文诗雨为孙继业他们家生下了新的一代。

11月25日,小雪的第二天,文诗雨生了一个六斤四两的女婴。文家很高兴,但是孙家不高兴。

那时国家已经开始执行计划生育政策了,提倡一对夫妻生育不超过两个小孩。真要超出了，有工作的，由单位处理，批评教育、记过、罚款，直至开除工作籍；没工作的，由街道处理，因为没什么可开除的，最重就是罚款。

孙继业下面有个兄弟，就是说文诗雨并不是非生儿子不可，有缓，况且自己还有可能生第二胎。但是孙继业的妈就因为儿媳妇生了个姑娘，没有明里拒绝，推三阻四就是不过来招呼坐月婆。因为"文革"把"请保姆"也列为"资产阶级生活方式"，叫剥削他人，破四旧那时候就破除了的。柳文君当然怕自己家姑娘在那边受了委屈，跟文大喜商量来商量去，最后决定让原先睡高低床上铺的文诗仙搬下来跟文诗路挤，文涛去睡文诗仙的上铺，把文涛的单人床腾给坐月婆家两娘母。

这还没完，文大喜又找来一块床板，设法加在单人床和墙壁之间，让坐月婆家两娘母宽敞一点，免得挤着了外孙女。

等柳文君把加宽的单人床整理出来之后，再搭上一块新床单，拍拍打打搞平整了，直起身子捶捶腰杆，有点得意地看看自己和文大喜的劳动成果，对一直窝在高低床下铺的文诗雨说："快过来试试看，姑娘！"

文诗雨没动，随后竟然哭了起来，呜呜呜呜……

文大喜赶紧过去，说："怎么呢怎么呢？！"

文诗雨边哭边诉："爹！我们为什么要从美国回来嘛？为什么？！"

第五十七章

1

1976年,农历丙辰年,龙年。这一年是20世纪里面三个有闰八月的年份其中之一,另外两个是1957年和1995年。这一"闰",1976年就成了384天,很漫长。

两个八月其实也不错,能看两回满月,过两回中秋节。被誉为"闽中文章初祖"的唐人黄滔的七绝《闰八月》里就有"无人不爱今年闰,月看中秋两度圆"的诗句。

民间也有说闰八月不好的,比如,"闰八月凶多吉少""闰七不闰八,闰八动刀杀"等。好与不好,看你如何分析,连"闰八月"都是为了避免历法出现的瑕疵而人为设定的,哪还有什么好或不好?都是人们演绎出来的。

但是不幸得很,1976年还真是中国一个多灾多难的年份。

1月8日,中共中央副主席、国务院总理、全国政协主席周恩来因病逝世,享年78岁。

周恩来的经历很传奇,虽然没有参与1921年中国共产党的创立,却在当年就成为该党旅法支部的负责人,共产党最早的党员之一;第一次国共合作期间,周恩来出任由蒋介石担任校长的黄埔军校政治部主任;"四一二事变"那年,周恩来和朱德、贺龙等人领导了八一南昌起义,创立了第一支由共产党领导的人民军队,同时拉开了共产党武装夺取政权的序幕;遵义会议那段时间,他是排序在毛泽东前面的中央"三人团"成员之一;"西安事变"时,擅长运筹帷幄的周恩来作为中共全权代表从延安飞到西安,同被张学良、杨虎城囚禁的蒋介石谈判,最终促成了"停止内战,一致抗日"的第二次国共合作;之后,他一直都是共产党的核心领导成员。到了中国共产党夺取天下,建立了新中国的 1949 年,周恩来出任国务院总理一直到 1976 年去世。"文革"这十年,周恩来作为唯一能够遏制"造反派"势力的老革命,忍辱负重、苦撑危局、左拼右挡,竭力维护国家正常运转的同时,还保护了一大批领导人、民主人士和知识分子,其中就包括邓小平。老百姓把这些丰功伟绩全都看在眼里,记在了心上。

周恩来在这个时候离去,让那些忧心国家命运、百姓安危的中国人顿时感觉倒了一棵遮风挡雨的参天大树,人们不禁悲从中来,痛哭流涕的中国人不在少数。

11 日那天,当装着周恩来遗体的灵车驶过北京的十里长安街时,天色以近傍晚,铅灰色的天空中飘起了雨滴,人们自发地聚集在十里长街两侧,为"人民的好总理"送行,泪流满面,哭声一片……

老百姓终于可以畅畅快快地哭一场了,不仅仅为周恩来,也为他们曾经挣扎着走过来的这十年。你千万不要看简单了老百姓的"泪流满面",那都是民怨累积的体现。如同火山喷发之前,岩浆在地心里面咕嘟、咕嘟地冒泡、翻滚,那就是在蓄积力量,一定会有爆发的那一天。

中国人一定还记得 1919 年 5 月 4 日,北京几所高校的三千多名学生汇集到天安门前,打出"誓死力争,还我青岛""废除二十一条""宁为玉碎勿为瓦全"标语,反对北洋政府卖国求荣,爆发了后来被誉为"新民主主义革命分水岭"的五四运动。

五十七年之后,同样是在天安门前,"火山"终于在 4 月 5 日这一天爆发了。

4 月 4 日是清明节,这个源自上古时代的祖先信仰、春祭礼俗的中国人扫墓祭祖的古老节日,被赋予了人民抗争的内容。那些在长安街上送别周恩来时还没有哭安逸的老百姓,又一次聚集到天安门广场上的人民英雄纪念碑周围,用他们亲手制作的花圈、花篮、花环等能够表达哀思的东西,把纪念碑围得水泄不通。

随着越聚越多的人群,人民群众已经不满足仅仅表达哀思,而且成为反对"四人帮"的强大抗议运动。于是,纪念碑变成了"赛诗会"的会场,人们运用他们熟稔于心的"五言""七律"等诗歌体裁,满载着一腔热血,在天安门广场上播撒开去。

"京城处处皆白花,风吹热泪洒万家,从今岁岁断肠日,定是年年一月八;故园风雨几经年,大厦撑持靠擎天,心志光明同日月,功勋盖世重河山。"

除了悼念,还有呐喊。

"一夜春风来,万朵白花开,欲知人民心,且看英雄碑。"

"欲悲闻鬼叫,我哭豺狼笑,洒泪祭雄杰,扬眉剑出鞘。"

后来,随着天安门广场上聚集的人越来越多,北京市政府出动大量民兵、警察及士兵,强行进行了清理。再后来,这次被称为"天安门事件"的事件被认定为"反革命暴乱"。

"天安门事件"两天之后,在"反击右倾翻案风"中备受煎熬的邓小平被"撤销党内外一切职务,保留党籍,以观后效",而周恩来去世之后担任"代总理"的华国锋,被任命为中共中央第一副主席,国务院总理。

2

没钱的日子真的不好过。

虽然文大喜和徐天媛每月按时汇款过来,终归是人家勒着裤腰带挤出来的。幺太太每每想起,总会觉得于心不忍,觉得徐天媛他们可怜,上有老下有小的,有时候想给小的买点好吃的吧,一想起刀把镇那几个老人家,只能作罢。好几次一咬牙一跺脚,幺太太很想把文家现如今唯一值点钱的玉扳指交给赵光辉卖了算了,能顶一点是一点。犹豫的工夫使劲再想想,又觉得还不到节骨眼上,这时候拿去换成钱吃了喝了,真要再从天而降一个什么厄运,怎么办?又不是没有从天而降过。于是,幺太太再一次将玉扳指重新包裹严实了,在腰间拎了一个牢靠。

既担心钱不够用,又不忍心小辈子们勒紧裤腰带,那就只能自己勒紧裤腰带。现在刀把镇的早餐,大多是前一天晚上多煮一点留下的剩饭,用热水瓶里面的热水烫一烫,下一点章悦自己做的霉豆腐、咸菜什么的,跟早年蔡花蕾的妈在刀把镇想吃什么吃什么不能同日而语,更不用说文家成为"首富"的那些岁月了。

当然,该撑着的时候,比如,大太太的"百岁大寿",你还得撑着。换句话说,你真想打个牙祭了,只能等待寿辰之类的大日子。

就为这个,幺太太给自己破了一回例。

5月的第二个星期日是美国的"母亲节"。1957年的这一天,马伟泊在幺太太的卧室里正式跪拜之后,将幺太太认作母亲,尊称为"大妈"也已经十九年了。十九年来,马伟泊准时在这一天过来文家,给幺太太磕头,最早是他自己,后来侯雅蓝加入了进去;随着小娃儿每次多一个,最终成了"小五口"集体给幺太太磕头。慢慢地,马伟泊在不知不觉当中就把"大"字给更换了,成了"妈妈"。特别是侯雅蓝,叫得那叫一个亲切,直接能把幺太太的眼泪给叫出来。当然,幺太太的确也有让人这么称呼一下的心理需求,以抚慰她那颗寂寥的、受伤了很久很久的心。

1976年的母亲节到来的前一天,周六,马伟泊家"小五口"照例来到了刀把镇。之所以提前一天去,是因为马伟泊有了一个新想法,他和侯雅蓝商量好了的,要把母亲节这一天作为妈妈的生日,并由他们两口子掏腰包请刀把镇的老人家们吃一顿,一来是庆祝,二来打一回牙祭。

从记事那天起,小眼睛从来没有过生日的记忆。爹妈死得早,长大了一直在大户人家当丫鬟,哪里有丫鬟过生日的道理?只知道"庚子国变",八国联军占领紫禁城的1900年,收养她的亲戚说她吃四岁的饭了。按照这个说法往前推演,小眼睛应该是1896年出生的,至于几月几日,没人告诉她。后来"冲喜"成了文家老大的二房,文知辉和刘彩云都问过二太太的生日,无奈人家真不知道,加上执意不肯过生日,导致幺太太成为文家上上下下唯一没有生日的人。马伟泊当然也想起过这档子事,大妈就把前因后果说了一遍,马伟泊也只能作罢。

1976年是小眼睛出生的第八十个年头。

但是,马伟泊不甘心,特别是改称"妈妈"之后,他觉得妈妈说的那些理由不成立,只要有心,还怕找不到一个过生日的日子口?这才和侯雅蓝共同决定把"母亲节"作为妈妈固定的生日,至于如何让妈妈接受并同意实践一回,两口子想了一个办法,准备去刀把镇试一试,这才提前一天离开了贵阳。

马伟泊的三个娃儿，最小的马为民也十岁了，都具备了鹦鹉学舌的能力，大人怎么教，他们就怎么说。头一天的晚饭之后，还没等幺太太离开饭桌，三个娃儿一拥而上，扑到幺太太怀里，"幺太太幺太太"地喊成一片，也不怕大太太吃醋。

大满仓率先开口，说："幺太太，我们一家人这次过来，就是来给你老人家祝寿的。爹妈说了，如果幺太太不同意，我们就……"

"就怎么样？"幺太太假装垮着脸说话。

大满仓看看两个小的，喊道："预备起！"

"砰"地一下，三个娃儿齐刷刷跪在幺太太周围，马为民还说："我们就不起来了！"

幺太太说："哎呀！哪里兴这样的哦？起来起来，赶紧起来嘛！"

三个娃儿根本不听，七嘴八舌喊着："幺太太，你就答应我们喽嘛，幺太太！"

幺太太就喊："小侯小侯，来喊到你们家娃儿哈！"

"你们几个不要烦幺太太好不好？"侯雅蓝的声音一听就不具备威慑力，也不像是在责备，说完还端着刚刚收拾好的碗筷走了。

"马伟泊！"幺太太降低了一个声调，瓢兮兮的声音已经开始有了屈从的迹象。

马伟泊过来，腿一弯就跪在了娃儿后面，面带笑容，说："妈妈，你老人家就答应他们一回嘛，妈妈！"

连金雨天都于心不忍了，说："幺太太，就答应人家一回喽！"

大太太说："你呀，娃儿骨头嫩哈，跪不了多久！"

幺太太看看大太太，无可奈何摇摇头，眼睛里闪着泪光，说："那……你们起来嘛！"

马伟泊起身说："幺太太同意了，起来起来！"

三个娃儿高兴地又跳又叫，大满仓还用手抹去了幺太太眼角的泪水，完了再接着跳。

马伟泊高兴地说："大太太，妈妈，那我们明天找一家饭馆吃一顿……"

"马伟泊！"幺太太打断说，"千万不要！当年老太爷要给我过生日我一直没同意，我今天真的是怕娃儿骨头嫩，心痛他们！既然我答应了，怎么过，得听我的，行不行？"

"好好好！妈妈说了算！"马伟泊家两口子的计谋终于得逞，什么都满口答应。

幺太太说："就在家里。清清静静不说，还节约。"

马伟泊说："行行行，就在家里！明天正好赶场，一早我和侯雅蓝去买菜，回来侯雅蓝当大师傅，我打下手，让章悦姐姐也休息休息！"

"这个可以。只是一条，不要浪费！"幺太太说。

马伟泊说："要不把文达德家两爷子一起喊过来？"

金雨天想想说："吃肥走瘦，算了算了。"

第二天，马伟泊和侯雅蓝在场坝上特意多买了一些肉，外加一只大红冠子的公鸡，心里就打好了整一锅辣子鸡的主意，还顺便买了一口全铝高压锅，除了考虑辣子鸡的香糯软滑，还解了几个老人家从今往后的咀嚼之累。

大太太把亮闪闪的高压锅翻来覆去看，还掂掂重量，说："还重嘞！当真就不用慢火咕嘟了？"

文大同说："妈，说明书上写得清清楚楚的，炖鸡，上汽之后十分钟就起锅！"

大太太一脸不相信的表情，说："十分钟？就好了？我不信！"

"不嘛，晚上我们眼见为实嘛。"幺太太说。

那天从早到晚，小眼睛的心情一直相当舒畅。

原先没有生日的日子虽然也没觉得少了什么，真有儿子孙子的跪在自己跟前了，心里莫名其妙就感觉热烘烘一股暖流，眼眶酸酸的，还控制不住。

这么多年了，老年人最担心的若敖鬼馁的情景居然就这么迎刃而解，即便不是幺太太亲自生的，但是从马伟泊出生前后的各种因素分析，假如老天爷一定要让这个娃儿有个妈，一定非幺太太莫属。

真该好好感谢老天爷一回啊，当然还要感谢大太太一家人，当年要不是人家又出钱又出力"典"那么一回，今天哪里来的"暖流"？

那晚上，大太太不仅亲口品尝了十分钟既软的、香糯可口的辣子鸡，还被幺太太敬了一杯硕果仅存的"茅台烧"。那是文家搬去贵阳时遗漏在老宅的，疏散下放回来打扫卫生时发现的四瓶。从外包装脏兮兮那模样看，肯定不少年头了。

大太太看着被章悦擦干净了的茅台烧，触景生情，免不了又流一回眼泪，侯雅蓝马上给大满仓耳语几句，三个娃儿立即扑向大太太怀里，又擦眼泪又亲热，直到刘彩云破涕为笑。

那晚上，幺太太没让大家敞着喝酒，酒过三巡，就让章悦把酒瓶收走了。

"不是不让你们喝醉，的确是太珍贵！要不是存在刀把镇，哪里留得到今天？所以，把我们家老太爷情有独钟的一点点念想，多少给后人留一点，大家没意见吧？"幺太太说。

金雨天说："幺太太是寿星，今天任何事情都是幺太太说了算！"

马伟泊立马带头鼓掌，随后全体人都加入了进来。

终于，已经八十大寿的小眼睛有生以来头一回过了一次"生日"。

3

1976年是文大喜满六十岁的年份，虽然4月9日的生日已经过了快两个月了，单位仍然没人通知他办手续。

曾经轰轰烈烈的"文革"没见着个头，地富反坏右的帽子照例顶着，每天朝八晚六的"校对组"一天不敢断，要不你凭什么敲钟吃饭盖章拿钱？自从"跟"了王东进，文大喜这些年的日子松活了许多，只要工作中出现两种以上选择的可能性了，最终一定朝好的那个方向走。文大喜知道这都是王东进暗中使劲的结果，想找个机会表示一下感谢吧，又怕让居心叵测的人抓了小辫子，真要那样了，自己吃二遍苦受二茬罪事小，耽误了人家王东进的锦绣前程事大。于是，两个人就这么若即若离着，真要面对面撞见了，堆起满脸笑容弯弯腰，什么都在不言之中了。

现在终于临近退休了，文大喜下定决心见王东进一面，以咨询退休相关事宜为借口，谁也说不着什么。

那天，文大喜把已经想好的措辞默了一遍，径直上了三楼。革命委员会副主任的办公室还是王东进老早那一间，轻车熟路。想想也怪，自己这辈子好些个重要节点都是在这个办公室发生的，退休也算个节点，居然还在这里。虽然自己已经准备了正当借口，文大喜仍然习惯性地看看走道两边，确定没什么异样了，然后再敲门。

"请进。"里面传来王东进的声音。

文大喜清了清喉咙，尽管喉咙里什么都没有，这才推门进去。

"哟哟哟哟！"王东进虽然一时间没有找到合适的称呼，但是情绪上有久别重逢的欣喜。

文大喜快走几步，握住了王东进伸出来的手。

王东进用力晃了几下，先过去把文大喜忘记关上的门关上，然后才折回来在文大喜的手臂上拍了两下，说："你还好吧？"

"好的好的！"文大喜谦卑地笑笑。

"那什么……找我有事？"王东进没有让座，就站着说话。

文大喜当然懂的，两个人如果坐在沙发上谈话，用"促膝谈心"也成立，假如让人撞见，不容易解释清楚。既然暗地里已经帮了那么多了，尽量不让外人产生错觉，也是生存之道。这都是在"牛棚"里历练出来的。毕竟"文革"还在继续，而且文大喜头上还戴着"帽子"。

文大喜弯弯腰，说："是这样，我已经满了六十周岁了，想问一问退休的事情。嘿嘿。"

"哦，已经满了都？"王东进说。

文大喜笑笑说："满了。"

王东进说："那……我让他们看看？该怎么办让他们办一下。好吗？"

"好吗"这两个字这个时候有"送客"的意思，文大喜抓紧瞅瞅房门，往前挪了半步，然后说："一直想对您说"感谢"二字，一直就找不到机会，现在要退休了，我这里诚心诚意对您说一声谢谢！感谢您长期以来对我的关照，谢谢！"

文大喜鞠了一躬，王东进赶紧拦住他，小声说："你应该感谢的是我们在'牛棚'的那一段岁月。"

"就是就是！"文大喜一边说，一边两手合十比画了几下。

"行吧，你退休的事情就这样。行行行！"王东进提高了嗓门，眨眼就变了一副千篇一律、公事公办的腔调，生怕别人听不见。

了了一桩心事，文大喜顿时感觉轻松了许多，至少不用天天按点去上班，不用再去见那些不想见到的人了。而且进入了退休倒计时，就可以随心所欲办一点自己的事情了。眼面前的一个星期六，文大喜拉上文涛去了刀把镇，他准备在路上给文涛说说自己的另外一件心事。

父母退了休，子女可以顶替在原单位参加工作，是解放后行之有年的一项劳动就业制度。相关政策1953年就有了，之后不断调整、完善，到"文革"前早已成熟，对于家庭困难职工的帮助尤为明显。"文革"开始之后，由于大多数企业处于停产或半停产状态，这项制度便陆续停止了执行。1973年，"上山下乡运动"五年之后，国家为了解决知识青年插队中出现的一些问题，招工的同时又恢复了"顶替"，多一条就业的渠道。

就这样，文大喜的退休倒计时，就让他们家有了一个可以顶替去报社工作的名额。但是，文大喜家两口子不知道文涛愿不愿意去爹是牛鬼蛇神的单位工作，假如他不愿意，名额还可以让给文诗路或者文诗仙，这就需要设置一个前提：家里并没有重男轻女，先谁后谁。两口子商量下来，决定把文涛喊到外面去讲，以避免落下埋怨，影响家庭团结。

在开往刀把镇的班车上，听完了来龙去脉的文涛的第一句话是："你让我想想，爹！"

自打户口迁回了贵阳，差不多也三年了，文涛一直没有正经工作。去一个对成分不那么看重的街道工厂吧，文涛不愿意；而那些他相得中的单位呢，人家又相不中他的家庭；再像插队那时候名正言顺吃闲饭吧，自己都不好意思。选择来选择去，最终选择了他们家资源比较丰富的"英文翻译"，一家人毕竟在美国待了那么多年。之前柳文君一直兼职干这个，任何单位都可以把文稿邮寄过来，翻译完了再寄回去，按字数支付稿费。只要人家认可你的水平了，稿件就会源源不断。既能让自己的外国语水平保持并不断提高，又有一份收入，而且不用坐班。相当于母亲把自己的活交给了儿子。

翻译工作的空隙中，文涛和冯晓芬的恋爱进程眼看就到了谈婚论嫁的阶段，这个时候如果能有一份正式工作，那不等于山鸡变凤凰啊？至于"牛鬼蛇神"什么的，莫非因为有人歧视，你就不过日子了？

还没等班车跑出五公里，文涛就做出了决定。文大喜也因此把退休之前的两个心事都了了。

到了刀把镇,文大喜先把三个月的"养老钱"交给大嫂,再把自己的两个心事说了一遍,一家人因此说说笑笑是肯定的。晚饭时,幺太太还让章悦把那瓶脏兮兮的茅台烧拿出来,让文大喜家两爷子一人尝了一杯,随即又盖紧了瓶盖。

幺太太为自己的这个行为做了注解,说:"你们不要笑我哈,大喜家两爷子是稀客,尝一尝是应该的。你们没见吗?之所以大太太的'百岁大寿'我都没拿出来,就是因为人多怕分不过来。我在想嘞,万一……我说万一哈,万一哪天文心志家几个从美国回来了,你能空手空脚的吗?老太爷曾经呕心沥血的这几瓶茅台烧,就是最好的礼物!"

"这样这样,"文大同说,"我觉得哈,这几瓶茅台烧,从今天起,给谁喝不给谁喝,幺太太一个人说了算!大家同意不?"

全体人异口同声喊道:"同意!"

从刀把镇回来,文大喜又找了一回王东进,鉴于上次对方有所顾忌那情形,他这次没去办公室,而是在街上的一个公用电话摊子打的电话。等他背对着电话摊老板娘把该讲的话都讲完了,老板娘直接喊出了价钱,"两块钱"。

文大喜说:"打一次……不是一块钱吗?"

老板娘说:"谁告诉你的?如果你在这里讲它一天一夜,也一块钱?啐!按时长收费,懂不?"

人家说的也没错,文大喜从口袋里先摸出几张十元大票换一只手捏着,再摸出一些零钱放到电话机旁边,数出一张一元、一张五角外加五张一角,将多出来的零碎钱放回口袋,再核对一遍之后,推到了老板娘面前说,"你数数看"。

老板娘懒得理他,从柜台下面拿出个皮鞋盒子,将文大喜的电话费一股脑儿扫了进去。

从文大喜离开电话摊轻轻快快的步履上判断,他和王东进的谈话是达到目的了的。且不说国家政策摆在那儿,单单与王东进的那点"私交",根本不用担心有什么问题。这是自1957年以来,文大喜第一次发自内心觉得该感谢什么人一回。至于这个人是谁,他没有想清楚。

文涛去报社的第三天，就被单位安排去考驾照，车队长红口白牙地说了，哪个最先拿到"本本"，哪个最先上车。这让文家人有了一份额外的惊喜。

那个年代会开汽车相当跩啊，且不说自己家用车的便利，单位里人人都有求于你，特别是那些小姑娘，师傅长师傅短叫得那叫一个甜。这都不算，关键还有去乡下购买紧俏农副产品的便利，鸡蛋啊、老母鸡啊、猪油菜油啊、农副土特产啊，凡是城里头凭票供应或者根本买不到的东西，在乡下都能买到。真比当个半大不细的科长什么的实惠。另外，因为跟当官的距离近，好多内部消息司机都最先知道，真要出现提个干升个官的机会了，不也是近水楼台吗？

文家能不惊喜？

4

7月里，《人民日报》刊出了朱德委员长逝世的消息，享年九十岁。这让人们又一次想起了"闻八月"。

朱德是和毛泽东齐名的革命家，人民军队的缔造者之一。井冈山时期，老百姓称呼工农红军是朱毛的军队，朱德在前，毛泽东在后；后来，朱德一直都是共产党军队的总司令，不论红军、八路军、解放军，老百姓都称呼他朱总司令；1935年的遵义会议上，朱总司令力挺毛泽东，让共产党的"自由之路"得以回到正确的大方向上；新中国成立之后，他是十大元帅之首，后来担任全国人大常委会委员长，"文革"那么个雨暴风狂，也没人敢动朱总司令一根毫毛。

在老百姓心里，朱德委员长是人民革命的楷模，无产阶级革命家，鞠躬尽瘁，死而后已。

没多久，还没等人们从朱德委员长离去的愁绪中恢复过来，7月28日的凌晨三点四十二分五十三点八秒，河北省唐山市发生了里氏7.8级强烈地震，23秒钟之后，百万人口的唐山被夷为平地。

"唐山大地震"导致二十四万人死亡，四十三万人受伤，四千多个娃儿瞬间成为孤儿，死亡人数排在世界大地震之前列，直接经济损失达三十亿元，这在人均工资几十元的那个年代，无异于天文数字。

老百姓不知道我们这个国家究竟怎么了，为什么那么多的苦难没完没了都降临在同一个国度？

人们常常把一些自己不能解释的情况和现象归咎于大自然，这也是人们求助于老天爷，求助于神灵，进而产生了以《周易》为代表的东方玄学，以及以星相占卜、塔罗牌、灵数学为代表的西方玄学的原因。

"闰八月"应该也是玄学的范畴。

解放后，人们把类似的思想和行为称之为"迷信"，比较通俗的解释叫"迷迷糊糊地相信"。那些在科学词典里得不到解释的事情，人们只能求助于"迷迷糊糊"。

"唐山大地震"并不是"闰八月"的终结篇。

9月9日下午四时，安置在天安门广场各处的高音喇叭里传出一个低沉的男声，"中国共产党中央委员会、全国人民代表大会常务委员会、国务院、中国共产党中央军事委员会极其悲痛地向全党、全军、全国各族人民宣告，毛泽东同志于1976年9月9日零时十分在北京逝世，享年八十三岁"。

与此同时，悬挂在天安门城楼正中的毛主席画像被披上了黑纱。

"他为人民谋幸福，他是人民的大救星"，这首最早由陕北民歌改编的《东方红》，自1944年在《解放日报》上发表之后，一直传唱至今，耳熟能详。为庆祝中华人民共和国成立十五周年而排演的大型音乐舞蹈史诗《东方红》，正是以这首歌作为开篇曲。"文革"就更不用说了，《东方红》一直都是对伟大领袖毛主席的庄严颂歌。

在中共中央、全国人大、国务院、中央军委联合发布的《告全党全军全国各族人民书》中，评价毛泽东是"我党我军我国各族人民敬爱的伟大领袖，国际无产阶级和被压迫民族、被压迫人民的伟大导师"。

9月18日，国家在天安门城楼前举行了毛泽东主席的追悼大会，据报道有上百万人参加。

人们在寄托哀思的同时，难免心怀忐忑。他们在猜测、在思索，猜测"文革"是不是应该有个时间表，思索一代伟人离去之后的这个泱泱大国，将去向何方。每个中国人心中的小算盘，一定都在盘算那四个在"文革"中上蹿下跳的人，是不是应该有个了断了。因为他们长期以来的所作所为，老天爷都看在眼里的。不是不报，时候未到。

果然，追悼会之后仅仅十八天，10月6日，中共中央便采取了雷霆行动，一举将王洪文、张春桥、江青、姚文元缉拿归案。很快，最初限定发送到省军级的《关于王洪文、张春桥、江青、姚文元反党集团事件的通知》的中央文件，直接扩大到县团级以及党外群众。老百姓这时才知道，他们一直担心的那个叫"四人帮"的小团体已经被粉碎了。

人们后来得知，1976年10月6日晚上在中南海的怀仁堂，那个曾经是慈禧太后起居、处理政务的地方，正邪双方进行了一场惊心动魄的较量。

当晚，时任中共中央第一副主席、国务院总理的华国锋与共产党军队的元老叶剑英等人，按照已经策划了多日的方案，以召开"研究《毛泽东选集》第五卷出版"等问题的中央政治局会议为名，逐个将王洪文、张春桥、姚文元抓捕，随后在中南海春藕斋抓捕了江青。

紧跟着，在有效控制了电台、电视台、通讯社之后，中央政治局会议于凌晨四点在当年供皇帝游玩、避暑的玉泉山上的"九号楼"召开。会议一致通过华国锋担任中共中央主席、中央军委主席的决议。一夜之间便完成了毛主席去世之后的权力交接。

被民间称为"怀仁堂事变"的这次行动，成为中国历史上屈指可数的、具有不可估量影响的重大事件。

香港《明报》的社评《打垮江青普天同庆》说，"任何国家的政治斗争，双方总是各有拥护者，但要做到江青那样'国人皆曰杀'的地步，那倒也是十分不易的事"。

新华社十月二十一日讯："今天，首都一百五十万军民欢欣鼓舞，豪情满怀，举行了声势浩大的庆祝游行，热烈欢庆一举粉碎王洪文、张春桥、江青、姚文元反党集团篡党夺权阴谋的伟大胜利。"

首都人民的盛大庆祝游行从清晨一直持续到夜晚。

入夜，天安门广场和各高大建筑物上，华灯齐放，辉耀全城。首都八百万人民沉浸在一片胜利的欢乐中。

不仅仅北京，全国各地全都沉浸在一片胜利的欢乐中，人们敲锣打鼓，高举着红旗、标语涌上大街小巷，欢庆人民胜利的这一天。

有人被"打倒"了，老百姓为此普天同庆，这在中国的历史上大概还是头一次。虽然官方还没有正式宣布有关"文革"的最终结果，但是老百姓都觉得打倒了"四人帮",就意味着历时差不多十年半的"文革"就此终结。

实事求是说,中国的老百姓真的被"政治运动"折腾得够够的了。

没多久,知名豫剧演员常香玉将郭沫若老先生有感而发的《水调歌头》配上唱腔,引吭高歌了一回。

"大快人心事,

粉碎'四人帮',

政治流氓文痞,

狗头军师张,

还有精生白骨,

自比则天武后,

铁帚扫而光。"

那段时间,常香玉的歌声响彻了中国的城市乡村,淋漓尽致地抒发了老百姓对粉碎"四人帮"的真情实感。

5

文大喜虽然头上还顶着那顶"帽子",粉碎"四人帮"以及"文革"终于到了头的消息还是足够他欢欣鼓舞的,瞬间就有了喝他两盅的冲动。

十年了呢!三千六百五十多个大多在煎熬中度过的白天黑夜,外加从反右到"文革"之前的九年,文大喜差不多是在"被斗争"的过程中慢慢老去的。若不是家里上有老下有小需要惦记,文大喜死的念头都有过。现在虽然还留着个"尾巴",拨开乌云见太阳的喜悦还是相当激动人心的。

不知道为什么,文大喜突然有些自怜,好想立即就奔往刀把镇,扑到母亲面前好好哭一场,把这么多年的委屈全都对母亲说说,让母亲抚着儿子已经花白了的头发说一些安慰人的话,仿佛那样就能抚平自己那颗伤痕累累的心。

没想真的到了刀把镇,见到了白发苍苍的大太太,文大喜既没有眼泪也没有拥抱,不过是恭恭敬敬喊了一声妈,便和大家聊起了"怀仁堂事变"。

文大喜的小道消息的源头自然还是娄大元,等他绘声绘色、添油加醋把故事讲完了,幺太太反而疑惑了,说:"大喜啊,你说得这么热闹,我怎么听成了宫廷政变了？"

文大喜说："幺太太，宫廷政变通常是指没有权力的一方夺了有权有势一方的权，那叫宫廷政变！四人帮这回是让共产党给清理了一回门户。按照中央文件的定义叫粉碎'四人帮'，而且过程很热闹，结果很心跳！对吧？"

"你说话小声一点，文大喜！"文大同说。

文大喜点着头说："对对对！小心驶得万年船！"

晚饭时，幺太太特意让章悦把那瓶脏兮兮的茅台烧取出来，拿到耳朵边上摇一摇，说："今天大家高兴，'文革'终于结束了，十年呢，值得喝一杯好酒的！你们两兄弟就把这些都喝了吧，高兴高兴！"

文大喜给大家倒满了酒，说："谢谢幺太太！谢谢妈！还要谢谢大哥大嫂！这么多年了，谢谢大家不离不弃，忍辱负重，把这个家支撑到今天！说实话，这已经相当不容易了！我曾经也绝望过，那时候我就想，'文革'到底有没有个头？今天终于熬到了头，我想，一定不仅仅我们文家，中国千千万万个家庭都在庆祝终于结束了那样一个时代，在为我们国家的重生而欢呼！至于国家今后的道路该怎么走，还会不会有'文革'这样史无前例的运动，我不知道。我们老百姓能做的，还是我们家老太爷那块匾上的那四个字，行德崇文！其他的，只能听天由命了！来，为粉碎了'四人帮'，为结束了'文革'，我们干！"

大家一饮而尽，文大喜为所有人再次斟满酒，找来瓶盖盖好，说："对不起大家哈！剩下的，我要去和我们家老太爷喝，让他老人家也高兴高兴！"

"我和你一起去！"文大同说。

两兄弟来到文家墓地时，夜色已经深沉，远近的蛙声此起彼伏，像是在歌唱。文大喜将茅台烧倒在两个小酒杯里，放到老太爷的那个小坟丘前面，点燃一对小红烛，再将六支香在烛火上点燃了，分给文大同三支，两个人三叩九拜之后，起身把香插进红烛中间的泥土里，再退回来重新跪下。

"哥，你说。"文大喜说。

文大同摆摆手，说："大喜啊，那年三头对六面，爹已经把我们文家的事情都交给你了，还记得吗？"

"记得。"文大喜说。

"所以，你说！"文大同说。

"好，"文大喜顿了顿，说，"爹呀，我和兄长今天过来看你老人家，就为告诉你一个事情……那个让你老人家蒙受冤屈的'文革'，结束了！爹，终于结束了！结束了呀，爹！！"

文大喜说完，伏地而泣，没有哭声，就看见整个身体在抖动，停不下来。

文大同看看文大喜，然后将目光移到红烛跳动的火苗上，眼泪慢慢流了下来。

好一阵子，文大喜终于哭安逸了，撑起身子坐在自己腿上，用衣袖抹了一把脸，说："哥，我是不是很没出息？"

"怎么这样说？"文大同说，"你忘了'无情未必真豪杰'了吗？有血有肉才是完整的人。说实话，大喜，你那些事情要是换成我，也许……早跟我们家老太爷去了！"

"哥啊，你说……那年我们全家从美国回来，真的错了吗？"文大喜说。

文大同想想，说："怎么说呢，从你经历的这么些苦难来看，你们是不应该回来！但是……因为你是我们文家的子孙，你又必定要回来！到今天我依然记得你们回来那年，你对爹说的那些话，把'国家有难匹夫有责'说得那么掷地有声！匹夫有责错了吗？不可能嘛！只是当时谁也不知道，会有后来一而再再而三的这一切！"

文大喜若有所思，抬头望着黑漆漆的天空，喃喃道："如果……时光可以倒转，莫非我会像文心志他们那样选择留下？"

"哎呀！"文大同无奈地笑了一下，说，"你自己觉得呢？"

"哥啊，"文大喜说，"假如真的让我再选一回，估计我……还是会选择回来！"

"哦？什么理由呢？"文大同说。

地上的烛火跳动了几下，最终熄灭了，文大喜让眼睛适应适应黑暗，然后看着文大同，说："行德崇文！也不知道我们家老太爷什么时候想起的这四个字！我不后悔，哥，因为我……到今天也没有辜负过这四个字！"

文大同抓住文大喜的肩膀，晃了一下。

"爹啊！"文大喜突然伏地，大声道，"儿子从来没有玷污过'行德崇文'啊！爹！！"

6

刀把镇文家院子里的众多植物中还有一株蜡梅，夏天时，枝茂叶盛，差不多立冬了，树叶开始凋零，等到差不多掉完了，花骨朵儿便在那些光秃秃的枝头上开放，傲雪凌霜那架势不由得让人多看它几眼。有的年份天还没冷透，蜡梅的黄花就抢先在树叶还没掉光的枝头绽放了，真就缺少了"剪剪纤英锁暗香"那样的质朴、俏丽，让人觉得那不该是蜡梅的本来面貌，觉得不纯粹。

还没等文大同和金雨天探究出蜡梅出现异常的原因，文家老宅所有的人就被突然到访的文达观给搞晕了头。文达观不光自己来，还带来了他媳妇钱招娣，钱招娣怀里还抱着个嫩娃娃。

一屋子的人目瞪口呆。

当一屋子的人都尴尬的时候，就需要有人出来圆场，把气氛缓和过来。按说这个事情金雨天最在行，早年戏园子里多尴尬的场面她都能化解掉，还不要说她是这个嫩娃娃亲亲的老祖太。只需要把娃儿接过来抱抱，问问这问问那，场面自然就顺畅了。

但是金雨天没动，她在观察钱招娣。

一家人都是第一次见着钱招娣，虽然名字急功近利了一点，总体印象还算过得去，该对称的对称，该圆润的圆润，单单看形象，值得文达观去倒插一回门。

直看得钱招娣如同身上长了刺，浑身不自在了，金雨天这才走到钱招娣跟前，接过嫩娃娃，等抱顺溜了，才开始说话："我是文达观家奶奶，你好！"

钱招娣如释重负，赶紧说："奶奶好！"

"儿子还是姑娘？叫个什么？"金雨天看着钱招娣说。

"是个儿子，奶奶。"钱招娣说，"我家爸爸给取的名字，叫文富贵。"

"呦……"金雨天嘴里的一连串惊叹号差不多都喷口而出了，硬生生给憋了回去，最后整出来一句，"富贵有余那个富贵？"

钱招娣说："是的，奶奶。"

"你坐。"金雨天说完来到大太太跟前，让两个老人家参观嫩娃娃。

大太太皱着眉头看了一眼，问："哪个家娃儿嘛？"

"嗯……"金雨天从大太太这个问话看,她还没有认出文达观。这就有点为难了,是说破呢,还是稀里糊涂糊弄过去?这个时候老人家如果当场发作起来,那肯定是"难堪他妈给难堪开门,难堪到家了"。但是,你糊弄得了吗?躲得过初一,躲得过十五?况且,文达观操蛋在先,大太太早该发泄一回愤怒的,假如今天大太太真就发作了一回,顶多文达观再操蛋一回,到时候兵来将挡水来土掩,总之躲不过去。这么一想,金雨天也豁出去了,直接说:"文达观家的。"

"文达观?"大太太一开始没反应过来,转眼回过神了,突然激动起来,说,"文达观?!就是那个……那个那个……"

"对,就是他!"金雨天干脆先发制人,转身对着一直站在边上的文达观,垮着脸高声道,"文达观,如果你打算今后在文家还有一席之地,负荆请罪是必须的!晓得不?"

文达观垂着个头,不说话。

文大同赶紧说:"哎呀!来了就好!来了就好!"

"你的意思不用负荆请罪喽?!"金雨天鼓起眼睛看着文大同说。

"我哪里是这个意思嘛!"文大同忙不迭说,"人家……这个谁,头一次来我们家,总不能……对不对?"

金雨天来到钱招娣跟前,把文富贵还给他妈,说:"孙子媳妇叫个什么名字?"

钱招娣说:"我叫钱招娣,奶奶。"

"好。我问你一个问题,钱招娣。"金雨天说,"这么乖的小孙孙,人见人爱哈?假如……我是说假如哈,假如文富贵长大了,对你爹……就是文富贵的爷爷做出大逆不道的事情,你能答应吗,钱招娣?"

钱招娣看看这个,再看看那个,说:"怎么会呢?"

"假如,他就做了一次,假如!你能答应吗?"金雨天说。

钱招娣说:"当然不能!"

"文达观!"金雨天大声道,"你还是不觉得应该负荆请罪一回?!"

文达观那表情,五官都扭曲得不成体统了,明显内心在煎熬,在挣扎,最终,只见他慢慢跪了下去,脑袋歪歪地耷拉着,一副"心字头上一把刀"那感觉。

如果往前推几年，文达观不可能给谁下跪，特别是家里人。自从入了赘，随后文富贵的降生，让这个"逆子"慢慢有了一些改变，也许是正常的家庭生活让他感到了温暖，也许是心智成熟一些了，也许是"养儿才知父母恩"的老话在他身上应验了，也许是"文革"的结束让对峙着的人心回归了平静。总之，文达观渐渐收敛了，进而反省了自己曾经做过的那些事情。这次来刀把镇，一来是钱招娣反复劝，二来他自己也觉得该低一回头了。

文大同赶紧跑到大太太跟前，说："妈，文达观知道错了！他知道了！"

"唉——"大太太长叹一口气，摇摇头，说，"让他去跟你爹说！"

"好好好！"文大同如释重负，忙说，"等一会儿我和你们一起去！也让老太爷看看他们家二房长孙的儿子！起来起来！"

文达观没动。

金雨天直接过去拉起了文达观，小声说："赶紧去给钱招娣介绍老辈子！"

文达观过去扯着钱招娣的衣袖，"小三口"来到大太太跟前。

文达观说："这是我们家老祖宗。"

钱招娣欠了欠身体，说："老祖宗好！"

文达观说："这是我们家幺太太。"

钱招娣也欠欠身体，说："幺太太好！"

幺太太说："过来，我看看文富贵。"

幺太太接过文富贵，看完之后对大太太说："老祖宗，是文家的嫡孙没错哈？你看这个鼻子，跟老太爷一模一样！来，抱给老祖宗看看。"

大太太接过由钱招娣传递过来的文富贵，看着看着，眼泪就流了下来……

第五十八章

1

不知道从什么时候起，满大街又唱响了一首山西风味的歌曲。

"交城的山来交城的水，

交城的山水实呀实在美，

交城的大山里住着咱游击队，

游击队里出了个华政委……"

起先人们不知道"华政委"是谁，唱多了，慢慢便知道了就是粉碎"四人帮"之后担任中共中央主席的华国锋。

1977年被中国的历史学家称为"文革"之后两年"徘徊期"的第一年。之所以说"徘徊"，是因为这一年2月7日的两报一刊发表的社论《学好文件抓住纲》中提出的"两个凡是"，即"凡是毛主席做出的决策，我们都坚决维护；凡是毛主席的指示，我们都始终不渝遵循"。这直接导致了"文革"之后的各项工作停滞不前。

"两报一刊"是指《人民日报》《解放军报》和《红旗》杂志。"文革"中，"两报一刊"社论就是党中央的意志、方针、政策，一言九鼎。这个时候提出"两个凡是"，"'文革'的胜利成果不能动摇"的寓意显而易见。假如这个论断成立，一定是束缚国家前进步伐的绳索。为此，还没有再次被"解放"的邓小平首先旗帜鲜明地提出了质疑，直接引发了后来中国政治思想领域对"实践是检验真理的唯一标准"的大讨论，这是后话。

在老百姓心里，"文革"除打倒这个打倒那个、学生停课、工厂停产、物资短缺、民生凋敝之外，真的数不出一样好来。这个时候出台"两个凡是"，明显是要固定"文革"的一切。不光邓小平不同意，老百姓也不同意。

而且，老百姓对于"交城的大山里住着咱游击队，游击队里出了个华政委"这种形式和内容也有意见，这不又回到个人崇拜上去了？那为人民服务岂不是成了一句空话？

在娄大元的小道消息当中，就有一条是针对"两个凡是"的。说"两个凡是"的主要目的就是压制邓小平，老百姓也不知道是真是假。但是，从老百姓期盼的"邓小平复出"一直拖到打倒"四人帮"之后九个多月才进行来看，你真不能断定那些都是"小道消息"。

7月16日，中国共产党第十届三中全会在北京召开，全会通过了关于追认华国锋任中共中央主席、中央军委主席的决议；关于恢复邓小平领导职务的决议；关于王洪文、张春桥、江青、姚文元反党集团的决议，以及关于提前召开党的第十一次全国代表大会的决议。

几项决议当中，老百姓最关心的是"关于恢复邓小平领导职务的决议"。虽然小道消息还没有传过来，人们已经从结果推论出了过程，即以邓小平为首的一大批开国功臣们取得了胜利。这对历经沧桑的中国人民来说，无异于福音。

谁对老百姓好，最有发言权的当然是老百姓。老百姓不仅不会说谎，还知道感恩。什么人做了坏事，老百姓当然清清楚楚，什么人为人民谋了幸福，老百姓也明镜似的。

8月12日至18日，中国共产党第十一次全国代表大会在北京举行，实际出席会议的代表1502名，代表全国3500多万共产党员。相比较民国十一年（1922）在上海英租界南成都路辅德里625号召开的第二次全国代表大会，出席会议的12个人代表着全国195名党员，已经是天壤之别了。

华国锋做政治报告，叶剑英做《关于修改党的章程的报告》，邓小平致闭幕词。大会郑重宣告历时十年的"文化大革命"结束，重申了建设社会主义的现代化强国的基本任务。

这次会议虽然没能纠正"文革"的"左"倾错误理论、政策和路线，但是老百姓有理由相信，那不过是时间问题。

8月13日，"全国高等教育招生工作会议"在北京召开。这次会议是根据邓小平关于改革高等学校招生制度的指示精神召开的。因为是"文革"之后召开的第一次全国教育工作会议，多年积累下来的问题庞杂，各种意见都有，对峙严重，相互交锋，致使会议开了四十三天之多，创下了"历史之最"。

"高等教育招生"是文大喜特别关注的，一听到这个消息，好几个晚上都是在娄大元家度过的。只要哪一天娄大元没有把"小道消息"倒干净，文大喜有本事不准娄大元上床，非弄个青红皂白不可。特别是娄大元告诉他，会议的其中一个焦点，是"政治审查中如何克服'唯成分论'的问题"时，文大喜那是亢奋得一晚上没睡着，翻来覆去问柳文君怎么看待这个问题。

柳文君当然也兴奋，但是人家第二天要上班，架不住一个退休老者翻来覆去絮叨，最后差不多都红了脸了，文大喜这才改成了默念，自己跟自己絮叨。

文大喜清清楚楚记得在娄大元家的场景，以及娄大元的原话："会议到了9月19日，终于有了进展。这一天，小平同志听取了教育部和会议领导小组的汇报，他说，'你们要争取主动''不要成为阻力''如果你们怕犯错误，你们就辞职！'喊他们辞职嘞，文大喜！并且再次重申，不抓科学和教育，四个现代化就没有希望。小平同志着重指示，从今年开始就要恢复'文革'前行之有效的招生办法，从应届高中毕业生中选拔学生，实行统一考试，择优录取，高考招生主要抓两条，一条是本人表现好，另一条是择优录取。对于政治审查，主要看本人表现，不搞唯成分论。"

文大喜当时听到这里，已经泪流满面了，结结巴巴说："这是……这是小平同志的……原话？！"

"哎哟！你也老年痴呆了是吧？"娄大元去卫生间揪了一溜卫生纸递给文大喜，说，"是不是原话我不晓得，反正人家是这么说的。"

"大元啊，"文大喜擦干净了鼻涕眼泪，依旧捏着纸团，说，"假如真有那么一天，我一定要把小平同志……"

"咋个？"娄大元说。

"供在我们家佛龛里面！"文大喜说。

"供不供的我不管，但是你这个同志也应该考虑一下别人的休息吧？"娄大元说，"今天听安逸了吧？可以回去了吗？"

文大喜起身，指指娄大元说："明天我还来！"

"耶，整起瘾了哈？"娄大元说。

2

从 9 月 22 日在娄大元那里听到"小道消息",到 10 月 12 日国务院正式宣布"当年立即恢复高考",同时将考试确定在一个月之后进行,文大喜理论上比旁人捷足先登了二十一天。不论国家何时开考,相当于每个科目的成绩至少增加五分以上。

文大喜如同捡了一个金宝卵,马上找来文涛、文诗仙和文达德这三个他心目中必考无疑的对象。文涛起先还有点犹豫,在结婚跟考大学之间徘徊着,当爹的也不急于说服,让他先听。文大喜就把小道消息跟《人民日报》的大路消息混合在一起,添油加醋说了一遍,其中的重点当然是关于"成分"那段,好几次文大喜差不多都被自己"说服"出眼泪来了,直说得文诗仙眼泪汪汪的。

文大喜说:"没人会忘记 1965 年的高考!那年,文达观、徐文、文诗雨、文诗路,还有李飞龙,全都通过了考试,结果……文达观和你们的两个姐姐,就因为我们家老太爷的成分,活生生被挡在了大学校园的门外!所以我说,邓小平不成为一个伟人都不行!顶着那么多非议,他老人家就敢把'阶级成分'这道枷锁给砸了!让天底下愿意读书的莘莘学子都能够读书!平心而论,小平同志真比我们家老太爷……还要伟大!"

"二爷爷的意思我们家老太爷也伟大喽?"文达德说。

"那当然啊!"文大喜毋庸置疑那口气,让三个娃儿都有些诧异。

"中国的伟人很多嘞,比如孔子,比如孙中山,很多很多!当然,我们家老太爷不能算是中国的伟人,但是他是我们文家的伟人!谦虚一点,应该叫贤人,贤德那个贤。我们文家能够走出来这样一个福荫乡梓,行德崇文的,高风亮节的前辈,是我们晚辈的骄傲嘞!所以,那么艰难的荆棘路,现在小平同志帮我们推成了坦途,我们有什么理由不去拼他一回!!"文大喜把最后的重音放在了"拼"字上,同时有力地拍了两下桌面,使其感染力得到了叠加。

文涛终于被叠加了的力量感动了,不容置疑地说:"爹!我参加!"

"这就对了嘛!"文大喜一直在等这句话,说,"你们想想看,人这一辈子,机会就这么一次两次,稍纵即逝!而且,因为娄叔叔的小道消息,我们比人家足足多出二十天的复习时间!另外,年龄、婚否、成分,什么都不限制,你不参加,那真的是憨老火了嘛!"

"咦！那我结婚、考试两不误，行不行呢？"文涛说。

"哎哟！可不可能两不误嘛？！"文大喜痛心疾首地说，"总共复习时间加上我们偷来的这二十天，两个月不到，你以为结婚就是吹口气啊？我倒还希望你动员冯晓芬一起考，共同进步，大学毕业之后再结婚，两个都是大学生，又体面又好听，你难道不觉得？再者说，人家小平同志之所以年龄、婚否、成分统统不问，就是在补偿被之前的所有政治运动耽误了的所有人！我们要珍惜啊，同志们！"

文涛说："我只是有点舍不得现在的工作。"

文诗仙说："那就是个司机，哥！就是一份简单职业，人要往高处走，水才往低处流！"

文大喜说："你看你看，还没你妹妹看得远！"

文诗仙说："哥，你又不是不晓得我们的爹随我们家老太爷，无后为大！其实我们都是你的陪衬，是不是，文达德？"

文达德说："这个不会错！"

文大喜一听就笑，说："你们这个思想要不得哈，属于四旧！"

动员完了贵阳这边的，文大喜又开始盘算，看看文家还有哪些是适龄或者半适龄的青年，若不能一一通知到，仿佛都辜负了人家娄大元的"小道消息"和小平同志的英明决策，也辜负了自己退休之后随意支配的闲暇光阴。他怕写信耽误时间，直接去公用电话摊给徐文挂了个长途，言简意赅把高考的情况说了，让他马上通知家里人及早准备。说完快速放下了电话。

文大喜听徐子说过，徐天仙和徐天亮1973年都考取了"工农兵学员"，但是招生办只给了他们家一个名额，说一家匀着点，结果徐天仙就让给了还在乡下插队的徐天亮。之后几年都因为"僧多粥少"，你不得优先考虑那些没人上大学的家庭？哪里还轮得着徐天仙？现在好了，不需要任何人照顾，凭本事读书，那还能少得了徐天仙吗？

最终让文大喜没想到的是，意外收获了文诗路、张花仙和刘承义家的二儿子刘黔中。

文诗路参加进来就说了两条：一条这次高考不问婚姻状况；第二条就是赌当年被拒之门外那一口气。当然还有额外的一条，那就是文诗路至今没怀上一男半女。虽然郑思绪的父母没说什么,这反而让文诗路浑身不自在,有换一换生活的意思。女儿有这样的想法,文大喜当然巴之不得。最让他感动的是张花仙,人家已经读了两年的工农兵学员了,硬生生退学出来重新考,这真不是一般女娃儿下得了的决心。

这么算下来,文家及其周边,这回准备参加高考的娃儿居然有七个,比卢沟桥事变那年文大喜、文心仪、文心志、胡瓜四个人同时考入浙江大学还多出三个,这让文大喜不由得幸福满满,导致他决定马上跑一趟刀把镇,一定要把幸福感分享给家人和故人。

这次考试分文科、理科,都是四门功课,政治、语文、数学之外,文科加考历史地理,理科加考物理化学。文大喜帮着三个娃儿把课本都找齐了,制定了课程表之后,马不停蹄赶往刀把镇。

到了刀把镇,文大喜先是把邓小平的丰功伟绩宣讲一遍,接着把恢复高考并且"不问成分"再说一遍,都没等大太太反应过来,跟着就去了墓地,照着给家里老人家讲的内容再给坟墓里面老人家讲一遍,完了天已经黑尽了。回去刨了两碗剩饭,脸脚都没洗,给两个太太道了晚安,拱进客房的被窝就睡了。

确实,连着从娄大元家回来那天熬的夜,文大喜有些筋疲力尽了。

第二天一大早,匆匆给两个老太太请了安,整了一碗章悦给准备的开水烫饭下霉豆腐,文大喜便离开了刀把镇。正所谓来也匆匆去也匆匆。

让文大喜没想到的,他这几个"匆匆"不要紧,搞得人家幺太太心里犯起了嘀咕。

"这是怎么个情况呢?跟刮风一样,呼一下来了,呼一下又走了,什么意思嘛?莫不是有什么不便开口的话……没说?这个文大喜才是,你说嘛!"幺太太先是自己嘀咕一遍,实在想不出答案,又去跟金雨天嘀咕了一遍。

金雨天就帮着幺太太分析情况,说:"大喜这个人啊,能自己扛着的,绝不给别人说。要不……噫!会不会是……你想哈,幺太太,会不会是他们家一下子去三个,假如都考取了,那不是一大笔开支啊?"

啪的一声,幺太太一巴掌拍在自己的大腿上,大声道:"就是这个!缺钱,他还不好意思说!"

金雨天说:"那他这次来……就是为了向家里开个口,最终也没好意思?"

幺太太一指金雨天："就是这个！"

"那……幺太太的意思呢？反正家里就是那么一坨！"金雨天试探着问。

幺太太想想，说："这个事情吧……必须跟大太太商量，要不，我先和大太太商量商量？"

"要得。"金雨天说。

那天晚上，小眼睛失眠了。

已经翻过了八十那道坡的人了，瞌睡本来就不多，心里面再装进去一个大事情，失眠是必然结果。她没有马上把事情告诉大太太，是因为觉得自己应该先想一想，想好了再说。

想来想去，小眼睛想起了蔡花蕾。

那年，文家的几个少年郎读完了浙江大学，又心血来潮还要去外国接着读，蔡花蕾眼睛都没眨一个就让文大同、徐子和李备去了一趟刀把镇，按照老太太标注的地点，在老宅挖出了二十个打着双"吉"字样的、乾隆年间十两的金元宝。为什么？就因为文家堂屋里那块高悬着的"行德崇文"的匾额。匾额可不是随随便便挂上去的呢，更不是随随便便让人看看的呢，而是要身体力行照着去做，去践行，去光大。徐子不是已经在马伟泊身上践行过一回了吗？文大喜现在不是又在践行吗？

想到这里，小眼睛顾不得已经打湿了一片的枕头，从腰间取下了那个从来没离开过自己身体的玉扳指，紧紧地攥在手里，搓了又搓，捏了又捏，直到天边的鱼肚白泛起的亮光让人看清了窗框栅栏的线条，她的心才平静下来。

幺太太索性翻身下了床，来到厨房告诉刚刚进来的章悦，请她今天无论如何给徐天媛挂个电话，让徐天媛家两口子抓紧过来刀把镇一趟，就说有要事商量。

等到文大喜应幺太太的召唤再次来到刀把镇，看到饭桌上的两捆十元大钞，再听幺太太说了前因后果，惊得张着个嘴巴说不出话来。

"我没有这个意思啊，幺太太！"文大喜一脸的无辜，说，"之所以那么来去匆匆，是因为我想抓紧时间回去辅导几个娃儿，时间紧任务重，两个月不到呢！所以……这个钱我真的不能要！幺太太！"

幺太太看看金雨天，说："大喜啊，你说的这些我们都晓得了。大太太和我，还有你家大哥、大嫂，我们都想好了的，这笔钱，就是文家娃儿们这次读大学的钱，两万元，够不够的，也就这么多了。按月给也可以，一次给到每一家也行。总之你安排，不许推辞哈！好吗？"

"我真的没想过钱不钱的事情……"文大喜继续辩解。

"这个我们大家都已经晓得了。"幺太太打断对方的话，还朝那两坨钱扬了扬下巴。

文大喜看看幺太太笑盈盈的脸；再看看还是笑盈盈的大太太和金雨天，眼圈慢慢红了起来，他还能说什么？

3

1977年的高考，吸引来自全国各地五百七十多万怀揣梦想的年轻人。人们对知识的渴求导致一时间洛阳纸贵，单单上海出版的一套《数理化自学丛书》就销售了七千多万套。你随便走到哪个图书馆，地板、走廊、窗台上若是没有坐满人，眨个眼睛就会被后到的年轻人坐满。人们在动乱的环境中憋了十年了，连一口新鲜空气都显得那么宝贵，珍视并紧紧抓住不放。

文大喜把读书之外的所有事务全都担在了肩上，包括洗完第一道水的碗筷，文诗路过来说帮着清一清，都被他赶回去读书。为了有利于集中精力，文诗路索性搬到娘家来暂住，反正文诗仙的上铺空着，多双筷子多个碗，一家人其乐融融地说话、吃饭、复习，一切都是文大喜心仪的那种景象。

文大喜不单单包圆了吃喝拉撒，谁在复习中有了疑难问题，他还负责研究并解答。虽然"数理化"丢了都几十年了，回忆回忆总能找到线索以及解决的办法。包括文达德，带着问题过来连解惑带吃饭，每次都"钱饱货足"地离开，导致这家伙经常来的都是些文诗仙就能解答的问题，明显是来混饭吃。后来文大喜干脆挑明了，说只要文达德愿意，每天都可以过来。

光阴就在这样充满温情和愉悦的氛围中一点一点流动，逝去。

12月的11日、12日、13日三天，如饥似渴的娃儿们终于迎来了决定他们人生的大考。因为是"文革"之后的第一次，难免匆忙，难免有瑕疵。各省自己出自己的试卷，水平肯定参差不齐，不尽如人意，但重要的是体现了"拨乱反正"这个大命题，本身就是对"文革"最强有力的批判。

一天、两天、三天，等到统统考完了，文大喜和柳文君再次把娃儿们召集过来，顺带叫上文心武，整了一桌好吃的，说犒劳也可以，说庆功也行。

娃儿们将哪道题自己怎么回答的一汇总，马上就分出了三六九等。按照粗略统计，凭感觉判断，文诗路第一，文涛第二，文诗仙第三，文达德垫底。后来分数出来了，四个人均金榜题名，只是文诗仙和文达德的顺序对调了一下，估计是阅卷的语文老师对作文的"色彩"有自己的偏好，仅此而已。

对了，四个人都选择的文科。

这边有了着落，文大喜赶紧跑去电话摊，给徐文拨通了之后，第一句话就是"怎么样怎么样？！"

"很好很好！徐天仙是我们县的前十名！但是……"徐文的这个停顿估计是换气，没想把文大喜急得哦，"怎么怎么怎么怎么？！"一口气说了四个。

"舅舅莫急，莫急！"徐文说，"唯一遗憾的，是刘黔中的分数差了六分！"

"他呀！"文大喜脱口而出，到底是隔了一层的亲戚，心与心的距离就没有徐天仙那么近，尽管徐天仙并不是文珠亲生的，近一点是一点。文大喜又怕电话那头听出了自己语气里"轻慢"的成分，马上补充说："不怕不怕！明年再考就是！"

到了填报志愿的环节，文大喜又把大家召集过来，填志愿连带打牙祭，这回还叫上了张花仙。文大喜之所以没有专门讯问张花仙的考试成绩，是觉得人家张花仙是退了"工农兵学员"过来的，一直没断了学习，必定成竹在胸。等成绩公布了再喊过来，大家商商量量填志愿，热闹不说，也体现了大老爷家这边一贯对家族晚辈的关怀。文大喜就是这么想的。

大家聚拢了一问，张花仙果然比文诗路还多考了3分。

"你看你看！"文大喜说，"我倒不知道她能考多少分，但我知道她肯定能考上！文心雷什么人？什么枪林弹雨没经历过？她的姑娘能差得了？！"

"二爷爷真会夸人，夸奖我一回还捎带上我妈！"张花仙说。

"那必须啊！"文大喜说，"言归正传哈，今天召集大家来呢，一是把志愿填好，二是还要把酒喝好……"

"二叔，"文心武打断说，"怎么说也该我请大家一回了，每次都是你和二婶操劳，不合适嘛！今天我请大家，汉云楼怎么样？"

"好啊！要得啊！"娃儿们欢声一片。

"哎哎哎哎！"文大喜止住大家，说，"今天的主要工作是填志愿，至于汉云楼什么的，下回，哈！今天家里都准备好了，以后用钱的地方还多，节约一点是一点，对吧？"

"对对对！关于这一点，你家二叔说了算，哈！"柳文君说。

根据分数情况，同时参考个人志向，最终文达德填报了厦门大学金融系的金融学；张花仙和他一个学校，填报了厦门大学新闻系；文大喜家三个则全部填写了贵州大学，文诗路填报历史系、文涛填报中文系、文诗仙则填报了新闻系。之后茅台镇传来消息，说徐天仙报考了四川医学院的医学系。

文大喜家三个之所以都填报贵州大学，是因为他们听从了柳文君的话："一家一下子三个娃儿去读书，如果都在省内，吃喝拉撒什么的，总归会节约一点。"

谁不想走州过府去沿海城市的那些著名大学开开眼界？虽然文大喜一个字没说，娃儿们都知道那就是爹妈的共同意愿。已经目睹了他们为这次考试付出的一切，现在妈妈又轻言细语地说这么一通话，莫非你还好意思再让他们为了筹集学费去犯难？虽然都知道幺太太给的那笔钱，但那是人家老人家的心意，心意是能随随便便消费的吗？加上老爹那颗已经被伤得够够了的心，谁忍心哪怕再去轻轻触碰一下？贵州大学其实也挺好的，让文心雷、马伟泊、徐天媛和赵光辉他们一下子多了三个校友，不好吗？

录取通知书下来之后，等三个娃儿铺盖笼帐全都搬到学校了，家里一下子变得空空荡荡的，柳文君竟红了眼眶，文大喜赶紧安慰。

"你这个人，人家秦叔宝唱的'儿行千里母担忧'，那是去了千里之外，你这好，他们学校距离我们家总共二十公里不到，你这里就'母担忧'了？啐！"文大喜说。

"我是觉得怎么会……一个都不剩了呢？"柳文君说。

文大喜说："你的意思，应该留一个给你混眼睛？"

柳文君懒得理他，说："这个礼拜喊他们回来，我给他们做一顿好吃的。"

"这个我同意！之所以让他们都在本地，除了厉行节约，想见就能见着，也是原因之一。哪像那几个，一个学期见一回，还要娃儿们愿意回来嘞！啐！"文大喜一脸的小得意。

1977年冬天的这次高考，全国最终录取了二十七万多个幸运儿，是报考人数的百分之五左右，这预示着中国由此重新迎来了尊重知识、尊重人才、尊重科学的春天。

4

1978年4月5日，又是一年清明雨。这一天是上一年的"天安门事件"一周年纪念日，更是让文大喜终生难忘的一个大日子。

这一天，中共中央批准了统战部、公安部《关于全部摘掉右派分子帽子的请示报告》，将全国剩余的十五万顶右派"帽子"全部摘除。文大喜虽然1964年就摘了帽子，但是"摘帽右派"这个称谓一直如影随形继续跟了他十四年，跟没摘之前差不了多少，总之有顶帽子戴着。算算已经三十一年。

三十一年了！文大喜每天用手往后梳理头发的时候总觉得有个障碍，就感觉上面一直都有的那顶帽子无论尺寸、样式、颜色什么的，早已天衣无缝地紧箍在头上，只有那么稳固了，如同孙猴子的紧箍咒。无聊的时候，文大喜曾经猜想过"帽子"的款型，礼帽那样？或者鸭舌帽那样？要不就是瓜皮帽，对，就是瓜皮帽，那样更容易和"坏人"这个词联系在一起，坏蛋大都戴个瓜皮帽，电影里不都那样吗？直到戴着这顶"帽子"办完了退休手续，送走了读书的三个娃儿，"帽子"依旧没动地方。这顶"帽子"虽然无影无形，让人心里不是滋味，但是文大喜已经习以为常了，很多时候会临时忘记它的存在，该吃吃，该笑笑，习惯成了自然。

直到中央的这个文件发布，摘掉了扣压在所有"右派"脑壳上的"帽子"，文大喜才第一次感觉到了"彻底"。彻底解脱，彻底释怀。

现在猛地一下得以解脱了，文大喜真的有点不习惯，总觉得脑袋上面轻飘飘的，还有风。他赶紧去百货公司选了一顶鸭舌帽戴上，晃晃脑袋，再照照镜子，这才觉得自如了一些。

回到家，见到柳文君的第一面，人家就调侃他，说："哟，你还真的摘不掉帽子哈？"

文大喜无心玩笑，一把抱住柳文君，好半天才说了一句："我们明天再去一趟刀把镇吧！"

"再去？"柳文君想想，说，"哦，你的意思那年已经去过一回了，也行，再去一回。明天……星期四吧？我请三天假，我们多住它几天。"

到了刀把镇，满眼都是春意盎然的景色，桃花、梨花、李花、杏花，到处都是花，姹紫嫣红，美不胜收。文大喜家两口子虽然顾不上赏花，但是这样的环境让人心里特别舒畅、爽朗，连走路都显得轻快了许多。难怪金雨天看到他们的第一眼，就说："哟！你们家两个踩着风火轮了？"

文大喜和柳文君立即停下，规规矩矩给金雨天鞠了一个九十度的躬，异口同声道："大嫂好！"

"哟哟哟！你们两个什么情况？升官了还是发财了？居然还戴上帽子了！"金雨天说。

文大喜笑笑说："有一个比这些都好的事情！请大嫂进来，我们当着老辈子一起说。"

进了屋，文大喜和柳文君将四张椅子在堂屋里摆成一排，安排两个老人家坐中间，哥嫂分开两边，然后双双跪下。

"大太太，幺太太，哥嫂在上，请受文大喜、柳文君一拜！"文大喜说完，两人一起磕了三个头。

大太太问幺太太："这是干什么？"

"不晓得，总是有什么事，听他们说。"幺太太说。

文大喜这才开始说："昨天，国家正式下文，摘除了全国所有右派的帽子。这之前，大家为我……"

"慢着慢着！"幺太太打断文大喜，想想说，"我记得哪年嘞……六三年……春天吧？不是已经摘过一回帽子的吗？"

"幺太太的记忆力真是好！"文大喜说，"是的，那年是把帽子摘了的，但是我一直还是'摘帽右派'！直到这一回，从心里把这个阴影去除了！从今往后……至少我们的下一代终于可以挺直了腰杆做人了，这比什么都强！所以……谢谢母亲！谢谢幺太太！谢谢大家！"

大太太说："他说哪样？"

"大喜啊，头上那顶右派帽子……摘了！"幺太太比了个摘帽的动作。

大太太说："帽子？什么时候戴上去的啊？"

幺太太过去扶起柳文君和文大喜，说："大太太有点糊涂了，等会儿我会给她说清楚的！"

柳文君说："谢谢幺太太！"

晚上，两口子从墓地"汇报"回来，文大喜让柳文君先睡，自己来到大太太门口，贴着门板听了听，便朝幺太太的小屋走去。

幺太太的房门敞着，文大喜在门框上敲了两下，就听见幺太太的声音："哪个？进来嘛。"

"你老人家还没睡啊？"文大喜没话找话。

幺太太说："大喜啊，找我有事情？"

文大喜说："幺太太，是这样，我们刚刚从墓地回来，有个事情想给幺太太说说……"

"是……老太爷的坟吧？"幺太太说。

文大喜有些诧异，说："幺太太怎么知道我……就是就是！幺太太啊，每次我去墓地，老太爷的坟总是让人扎心！今天柳文君又说了一回，让我们无论如何把它……至少尺寸上跟别的大体差不多！至于……国家不是已经拨乱反正了吗？尽一回孝心能有什么错？总不能每次去都让人扎心！所以，不管钱从哪里出，这次我们一定要把它变个样子！"

幺太太眼睛虽然小点，但眼睛里面的慈爱却是明白无误的，直看得文大喜都有点难为情了，幺太太才说话："那年你从美国回来，老太爷不知道在我跟前表扬了你多少回！说你心好，说你识大体，说你懂得取舍，总之高兴得很！说你办事他放心！现在看来啊，真的放心！大喜啊，就按照你的想法搞，钱就在你大嫂那里拿，不够再说！好吗？"

"那好，过两天我把柳文君送回去，马上回来办这个事情！"文大喜说。

"要不要叫上徐子呢？这方面他熟。"幺太太说。

文大喜说："对对对！一定叫上他！"

后来，人家柳文君根本没让他送，自己就回了贵阳。没多久，文家老大的坟丘不仅尺寸上扩大了不少，还用雕琢得方方正正的白绵石石块修葺得有款有型，焕然一新；正面配上一块花岗石墓碑，碑文是文大喜书写的颜体，虽然称不上"书法"，一撇一捺却也工工整整，一丝不苟，立马就显现出了大气、端庄，将原先的压抑一扫而空。关键还没花多少钱，全部账目结清楚，八百元不到。

幺太太过去看了，一个劲点头，说："划算不划算倒还在其次，关键让老太爷挺直了腰杆，这个最重要！"

5

1978年的冬天和往年的冬天没什么区别，到了"立冬"，冷空气便由北向南大面积南下，到了"大雪"，纷纷扬扬的雪花便铺天盖地将大地染成了白色。天寒地冻之中，位于安徽凤阳一个叫"小岗村"的小村庄做了一件让十多亿中国人刮目相看的事情。

十八个村民用立"生死状"的方式，在一份"土地承包责任书"上摁下了十八个鲜红的手印，在中国率先打破了自"合作化"之后一直延续着的"大锅饭"分配模式。

这之前，只要遇上荒年，小岗村的农民们便扶老携幼出去讨饭。十八个农民也是不想再踏上逃荒路了，这才孤注一掷为自己、也为中国农民拼一回幸福。

让小岗村的十八个农民万万没想到的是，共产党迅速做出了反应。

12月18日，中国共产党第十一届三中全会在北京举行。

后来，历史学家把这次会议与1935年在蔡花蕾的家乡举行的"遵义会议"相提并论，说这次会议"结束了粉碎'四人帮'之后党的工作两年徘徊不前的局面，实现了新中国成立以来历史性的伟大转折"。开始了一次思想路线、政治路线、组织路线以及系统地清理重大历史是非的全面拨乱反正。

全会首先冲破了党的指导思想上存在的教条主义和个人崇拜的严重束缚，

坚决批判并否定了"两个凡是"的错误方针，高度评价了"关于真理标准问题"的讨论，指出"实践是检验真理的唯一标准"是党的思想路线的根本原则，从而重新确立了马克思主义的实事求是的思想路线。

在这个大前提之下，全会还实现了：

1. 否定了"以阶级斗争为纲"的错误路线，恢复并发展了中共八大确定的"在新的生产关系下保护和发展生产力为主要任务"的正确方针，开展了对于在新的历史条件下建设有中国特色的社会主义道路的探索。

2. 否定了中共十一大沿袭的"文革"中"无产阶级专政下继续革命"，以及"文革"今后还要进行多次的错误观点。

3. 一大批老一辈革命家重新回到党中央的领导岗位，形成了以邓小平为核心的、新的中央领导集体。

4. 撤销了有关"反击右倾翻案风运动"和"天安门事件"的错误决定。

5. 讨论并着重提出了健全社会主义民主和加强社会主义法制的任务。

6. 做出了实行改革开放的新决策，启动了农村改革的新进程。

平心而论，如果要说对中国老百姓的影响力，十一届三中全会大过遵义会议。

文大喜现在终于体会到了老太爷当年为什么要搞个"神仙会"，说简单点，就是在情怀需要抒发的时候有个现成的平台。对于十一届三中全会，文大喜当然有大量的情怀需要抒发，于是他去了娄大元家。

到了地方，茶水都没喝一口，文大喜便开始口若悬河，说："'文革'那时候多夸张啊？人与人之间根本没有一丝丝情谊可言，只有斗争。亲人之间不需要任何理由都可以拔刀相向，何况路人？所以十一届三中全会特别强调，宪法规定的公民权利必须坚决保障，任何人不得侵犯。为了保障人民民主，必须加强社会主义法制建设，使民主制度化、法律化，同时让制度和法律具有稳定性、连续性和极大的权威性，做到有法可依、有法必依、执法必严、违法必究。"

娄大元将茶杯递到文大喜手上，说："背功不错嘛！"

文大喜说："那必须啊！在学校的时候，哪次考试你的分数在我前面过？"

"是吗？问题是我现在官当得比你大呀！"话都说完了，娄大元才想起不应该踩别人的痛脚，马上转移话题，说，"另外！还有一条小道消息。"

文大喜指指娄大元，算是责备了老同学，说："说啊！"

娄大元说："说是啊，很快要给'文革'当中屈死的那些老革命平反，开追悼会。"

"这算什么小道消息？彭德怀同志、陶铸同志的追悼会不是都开过了吗？你这属于糊弄人哈！"文大喜说。

娄大元说："啧！你这个人，怎么叫糊弄呢？再想想还有谁！"

文大喜想想，往前凑凑，说："少奇同志？"

"你看你，不憨嘛！那你得承认这确实是小道消息！"娄大元说。

"你这个人啊！"文大喜斜拉着脸瞅瞅对方，说，"行！算是小道消息！"

娄大元说："就是少奇同志！据说下面的呼声很高，坚决要求为少奇同志平反！凭什么就叛徒、内奸、工贼了？！完全都是莫须有，信口雌黄！"

"确实嘞，堂堂国家主席尚且如此，我们这些戴一顶两顶'帽子'，确实叫'小儿科'！"文大喜有些感慨。

在文大喜心里，共产党在粉碎"四人帮"之后的一系列动作，让他这个自1957年起一直对共产党心怀芥蒂的知识分子变得犹豫起来。之前，他心中的这个疙瘩没有对任何人讲过，包括自己的爹和老婆。因为怕给家人带来更大的痛苦，所以他不敢讲，只能藏在心里的最深处，痛也只是一个人痛。粉碎"四人帮"之后，共产党一次又一次地拨乱反正，让文大喜的这个想法开始一点一点动摇，莫非一个如此庞大的政党真的能够知错就改？

《左传·宣公二年》里面的"过而能改，善莫大焉"当然是劝人向善，一个政党假如也能如此，至少能让人看见其胸怀。十一届三中全会之后一系列拨乱反正措施的出台，让文大喜决心要重新认识一回当年让文德范无论如何都要加入的这个政党。

十一届三中全会召开的这年后来被称为中国改革开放的世纪元年，它对于中国这个五千年文明古国的巨大影响，是在后来的若干年之后一点一点展现出来的。如果说"遵义会议"奠定了中国共产党夺取全国政权的基础，那么，"十一届三中全会"就奠定了中国共产党带领全体中国人民迈向中华民族伟大复兴的基础。这是后话。

6

终于，一百零三岁的刘彩云走了。

都说冬天是老年人的关口，挨过去了，再活多久都是可能的；挨不过去了，大约都在冬季。

12月的最后一天，是农历戊午年的腊月初一。大太太估计头天晚上睡觉蹬了被子还是怎么的，总之着了凉。早晨章悦帮她穿衣服的时候她说身上冷，吃完早饭之后金雨天找出一包"板蓝根冲剂"，热乎乎的药汤就着一粒维生素C、三粒"银翘感冒灵"吞了，还是喊冷。大家就招呼老人家去睡，把电热毯开成中挡，上面能盖的被褥都盖上，等她老人家说"好一点"了，幺太太这才轻轻把门带上，一家人该干啥干啥。

到了该吃午饭的钟点，饭菜差不多都上桌了，幺太太这才去叫人。先伸手进被窝摸摸，热乎乎的，就喊："大太太，起来吃饭喽！"

大太太没动。

幺太太弯腰看看，大太太平平静静闭着眼睛，正想说点调侃之类的话让她老人家睁开眼睛就有个好心情，突然之间感觉不对，平静归平静，但是那张脸上似乎没有了生气，之外还多了一层平时不曾有过的、淡淡的霜色。幺太太用手背在大太太脸颊上试试，凉的；再试试气息，没了。幺太太抬手在厚厚的被褥上拍打了两下，埋怨道："你这个人呀，急哪样嘛急！！"

刘彩云这一生，可谓"钱饱货足"。

打小家里虽说算不上富裕，也是衣食无忧那么长大成人的；凭着命里面就有的"砸缸救人"那么一出，早早地就把自己托付给了一个好人家，茅台镇的人都说她命好；之后生儿育女，相夫教子，所有中华文化中的"妇道"，刘彩云都做得中规中矩，让那么彪悍的蔡花蕾都高看了她一眼；时兴三妻四妾的时候，丈夫居然坐怀不乱，等到一夫一妻制了，最终留在户口本上的女主人还是她。你说，一个旧式女人还图什么？

虽然"文革"给他们家留下的创痛不容易抚平，但那是整整一个时代，谁也躲不开；上了年纪能有刀把镇这么一处宅邸，春天桃花、夏天石榴花、秋天菊花、冬天蜡梅花，那么安安逸逸住着，一家人尽心尽力伺候着，冷不着饿不着，临走之前还有电热毯那么恰如其分地温暖着，不是"钱饱货足"是什么？是福都让她老人家享受了一遍。

那年老外婆也是在刀把镇这么平平静静走的，现在轮到孙子媳妇刘彩云了，也平平静静就走了。

好在"文革"的十年梦魇结束了，政府不再干涉老百姓按照千百年传承下来的那些老规矩办事了，白喜事该办就办，饭甑该开还得开。一时间，文家人全都汇聚到了刀把镇上，为这个一百零三岁的老人送行。

堂屋按照老规矩装饰一番，黑白黄三色当道，马上让人有了哀伤的理由。正中央的供桌上面摆一张刘彩云"百岁大寿"那年笑盈盈的照片，让哀伤的人们马上又得到了抚慰。文家的、刘家的，远的、近的好几十口子，加上刀把镇的乡亲，把老宅挤得满满的。

刀把镇的几个大厨带着自己的下手过来帮忙，还特别声明是义务劳动。徐子家三爷子带过来的六箱茅台酒，让文家的饭桌立马就上了一个档次。

第一次来刀把镇的刘承义全家包括刘水红家两口子，一直等到三天之后刘彩云的棺材入了土了，才和文家老宅依依惜别。

刘彩云的坟紧挨着文知辉的坟，款型、墓碑全都一模一样，包括墓碑上面的字，照例是文大喜不怎么地道的颜体。

那几天，刀把镇比过年还热闹，反正有地方吃饭，乡亲们来了一回还想来二回，除了吃饭、喝酒、聊天，人们更多的是想看一看"文府"的后人都是些谁、什么长相、什么情况，以便回去之后有龙门阵可以摆。

那几天晚上夜深人静之后，幺太太总是坐在供桌边上，看着刘彩云的那张大照片，想起就有眼泪下来。头两天有马伟泊家小五口陪着，大满仓、马馨玥和马为民轮番挤在幺太太身边，只要幺太太的眼泪下来了，就有娃儿争着帮她擦干。搞得幺太太好为难，不哭吧，情到深处眼泪哪里听你使唤；哭吧，几个娃儿又累。没办法，只能去睡觉。三个娃儿全挤在幺太太床上，说是陪护，搞得老人家不是帮他们扯被子就是帮他们掖被角，生怕谁着了凉，哪里还有睡觉的工夫嘛？当然，幺太太有生以来也是头一遭和三个小娃儿睡一张床，感觉一定是满满的幸福，看着三个睡态各异的可爱脸庞，止不住的眼泪又流了下来。

刘彩云入土之后，人们陆陆续续离开了老宅，终于清静了。刘彩云那张笑盈盈的照片被转移到了堂屋正面的墙上，依旧披着黑纱，让人随时随地都能看到，供大家缅怀。

柳文君年前办理了退休手续，现在两口子都成了自由人，就打算多住几天，陪陪幺太太，陪陪兄嫂。说能陪陪就多陪陪，说不清楚哪一天中间就横起了奈何桥，再想见就只能去梦里了。

大太太这一走，幺太太就"升帐"成了文家的老大，虽然她比金雨天还小几岁，但是长幼尊卑摆在那儿的，顺序乱不了。

之前，一家人围着一笼炭火摆龙门阵时，幺太太的那把椅子一定比大太太的椅子矮三厘米左右，把"大"和"幺"的差别让人一眼就能分清楚，这是幺太太自己要求的。现在不需要体现这种差别了，幺太太就请文大喜把大太太的那把椅子搬走，是因为她不想让人看出她跟晚辈之间有差别，那样会让她不踏实。

自从那年"冲喜"入了文家的门，原先多自在的一个人便小心翼翼起来，注意这担心那，就怕被别人挑了理。她担心的那些事情，也许人家根本没在意，就是自己在跟自己较劲。小眼睛就是在这样一次一次的自我较劲当中成了文家的老大。当然她肯定不会以"老大"自居，只是从今往后她会轻松一些。

当新的一天开始，大家又围拢在枫炭火盆边上了，幺太太凑近了柳文君，说："你那天说，文诗雨顶替了你？"

柳文君说："是的，幺太太。现在娃娃都有个好着落了，我和大喜也安心了！"

幺太太说："那肯定啊！干个什么工作呢？"

柳文君说："在财务上做出纳，不累，适合她一个女娃娃。"

"哟！不会又是大喜那个……副总编辑朋友帮的忙吧？"幺太太说。

文大喜说："估计……这个我真不知道，幺太太。"

幺太太说："其实可以打听一下，别人真要帮了忙，我们该感谢还得感谢人家。如果你都不知道，说明人家那是真心诚意在帮忙，谢字你总要说一个，不能让人家挑了理，对吧？"

"哟！幺太太这一说，是这么个道理哦！我回去就打听，幺太太，就照你老人家说的办！上次我去找他，两个人还偷偷摸摸的，现在好了，大家都是平等的公民，没谁矮谁一截了！"文大喜现在说话，话里话外开始有了自信。

第五十九章

1

刀把镇的冬天肃杀、清冷。

有的植物吧,树叶凋零,掉得个精光,光秃秃一片;有的则照样青绿着,枝繁叶茂,郁郁葱葱,完全不惧严寒。老天爷之所以在冬季让一些植物保持着绿色,大概是不忍心让人们丧失了对春天的憧憬,而故意设计的一个养眼的色块。

农历己未年的正月二十,"立春"之后的第五天晚上,金雨天平白无故做了个梦。她梦见文心志家两口子就站在距离自己三步开外的地方,"妈咪妈咪"地喊个不停,就是够不着。金雨天急着往前奔,没想脚下一滑,摔了一跤,就听见哎哟一声,睁开眼睛一看,才知道那是文大同的声音,刚才那一脚蹬在了人家文大同身上。

文大同睡眼蒙眬,说:"你蹬我搞哪样?"

金雨天翻身坐起来,定定神,说:"你猜我梦见哪个了?"

"哎哟!明天再研究行不行?"文大同翻过身准备接着睡。

金雨天拉了他一把,说:"我梦见文心志家两口子了!"

"那不是扯得更远啊?我还以为你梦见文达德了!"文大同又想接着翻身过去,被金雨天一把抓住。

金雨天说:"问题是我咋个会梦见文心志家两口子呢?"

文大同想想,说:"这个事情恐怕你不能问我哦!"

金雨天躺下,想想,说:"我记得我们家不是有本《周公解梦》吗?不晓得搬家的时候带过来没有？"

文大同说："哪年的皇历喽！那次抄家以后就再没看见过。哎，我是说，这些事情能不能天亮了再讨论？"

金雨天没说话，长长地呼了一口气，再也没了睡意。

梦也是老天爷故意为天下人设计的一个场景，生活里面没办法见面了，就去梦里面见一回，以舒缓思念之苦。

让人万万没想到的是，第二天上午邮递员就送过来一封信。一看封皮，落款是文心武的地址，文大同回到书房慢条斯理地剪开了封口慢慢看，因为他觉得文心武写信不会是什么急事，否则打电话或者亲自过来一趟，都比信件跑得快。没想信封里面还有一个信封，拿出来一看，抬头竟然是贵阳老宅的地址，落款还是美国。文大同马上想起了昨晚上金雨天闹的那一出，忙不迭跑回自己屋里，将信件递给了还在梳妆的金雨天。

金雨天一看信封，立马瞪圆了眼睛喊道："你看你看你看！我说什么来着？日有所思，夜有所梦！赶紧拆开啊！"

文大同赶紧拆了，说："你梳你的头，我念！"

"我哪里还梳得了头？念嘛！"金雨天说。

文大同念道："父母大人膝下，最近有从国内过来的同僚告知，中国近几年的情况大变，有说'文革'已经停止者。年初中美建交，也是开创了自韩战结束后之先河。因为不知道家里情况，故先去一纸，问候长辈的同时也是探路，等到确认之后再告知详细。颂祝，福安！儿子：文心志敬禀。"

"他咋个还都是些老词哦！"金雨天说着，眼泪慢慢流了下来。

文大同说："好了好了！就是来报个平安。也是，'文革'那时候叫海外关系，里通外国，到处都是些折磨人的字眼。现在好了，国家关系都正常化了，老百姓也该着正常化一回，挺好的！"

金雨天擦擦眼泪，用力吸了一回鼻涕，说："你赶紧给娃儿回个信，我去给幺太太说一声！"

"要得要得！"文大同边说边走。

"再不见一面，怕是都要跨过奈何桥喽！"金雨天像是自言自语，又像是说给文大同听的。

是嘞，自打民国三十一年春天，四个娃儿离开家之后，文大同家两口子就再没见过文心志。三十七年了，金雨天只觉得就是眨个眼睛的工夫，自己都八十九了，差不多"鲐背之年"的人，再不回来见个面，说不定哪一天眨个眼睛真就跨过奈何桥去，再想见面，就只能隔着墓碑了。

文大同马不停蹄，当天就把信件发了出去，几经周折，你来我往，文家人总算把文心志最近十年的情况一五一十搞清楚了。

原来，文家的洋媳妇安吉拉的爹，靠着给越南战场上的美军加工军用帐篷发了财，有了钱的老琼斯马上继续投资把家族资本的"雪球"滚大，学习经济管理专业的安吉拉一直在家族企业协助老琼斯搞管理，正所谓专业对口，等到一个经营印刷的新公司成立的时候，安吉拉就被派去做了CEO，几年之后新公司做得需要扩大管理层了，安吉拉便想起了在洛克希德马丁公司下属一家企业做白领的文心志，虽然"天体物理"的专业知识算是彻底荒废了，但是两口子在一个公司上班也有诸多好处，总之一弊一利。安吉拉跟老琼斯一商量，人家直接喊"OK"，美国人也有"打仗父子兵"一说，况且老琼斯还格外钟爱安吉拉家的两个双双。是啊，两个娃儿齐崭崭地站出来长得八九不离十，爹妈再给搭配上一模一样的衣服、裤子、皮鞋，人见人爱是必须的。老琼斯还有一个毛病，特别爱听文达远、文达航用中文喊他"老外公"，每每这种时候，美国老者总是乐开了花。

安吉拉上面一个姐一个哥，都在家族企业上班，大前年老琼斯去世之前，已经把所有财产做了分割，包括两个双双和双双的爹，每人都有一份，安吉拉家除分得做印刷的这个新公司之外，还有母公司的股票以及期权等，加起来两亿美金不到。也就是说，仅仅文心志和两个娃儿名下的财产，"亿万富翁"有余。如果按照1979年的平均汇率计算，文心志家四个随便哪一个都比文家老大当年最有钱的时候钱多。

文心志到底是老文家的子孙，五十八岁就想起了"叶落归根"这个成语，这个时候又听说了中国的改革开放以及中美建交，几样因素一汇合，思乡之情搞得心痒痒是肯定的，这才一来二往接上了关系。又听说老太爷和大太太双双都跨过了奈何桥，马上着手办理探亲相关手续，归心似箭。

文心志家小四口到达贵阳机场那天，是文大喜去接的人。为此，文涛请他们司机班的一个哥们偷偷开了一辆华沙牌小轿车，这是原先报社总编辑的座驾，前不久换成了一辆上海桑塔纳，华沙便降格成了公务用车，这才让文大喜有机会在美国亲戚面前显摆一回。

文大喜跟安吉拉早年就认识，除了老了一截，大模样变不了。一见面，按照人家美利坚的习俗，拥抱着贴面"啵"一下是基本礼仪，早年间文大喜也"啵"过，只是年头久了生疏了，"啵"完之后竟然瞅瞅文心志，仿佛"过意不去"那意思。完了再跟文心志结结实实地抱在一起又拍又打，完全忽略了站在一边的双双。

中西合璧的文达远、文达航兄弟，人高马大还玉树临风，难怪人家老外公会喜欢得不行，文大喜才看了第一眼也喜欢上了，确实是人见人爱。只是到了借来的小包车旁边却犯了难，本身五个成年人要挤进空间偏小的"华沙"就困难，还不要说人家大包小包的行李。没办法，只能临时租了一辆客货两便的面包车，装上文大喜和行李上了路。

1979年，贵阳具备"涉外"资格的饭店没几家，银桥饭店是其中一家，文大喜为客人订了两个房间。等他颠颠地从三十多公里之外的机场辗转赶到银桥饭店，准备尽一回地主之谊时，文心志在饭店餐厅的一间包房里面已经点好了菜。

之前，文大喜听说过银桥饭店的高级和昂贵，因为自己的收入跟这里的消费水平搭配不上，从来都没敢奢望在这里吃一顿。这回憋着招待"海外关系"的无奈，在柳文君那里支了二百元，心想痛就痛这一回。由此还把文心武和几个娃儿都通知了一遍，除了文诗雨推说带娃儿，文家人齐刷刷占据了包房圆桌的大半边，包括文涛的准媳妇冯晓芬，都是过来体验"高级"和"昂贵"的。

文心志他们按照原先对文大喜家庭的记忆准备了五份礼物的，没想人家来了六个人，其中一个还是文涛的恋人，安吉拉随手取下自己手腕上一块金闪闪的坤表，亲自给冯晓芬戴上，还引来一阵掌声。

当文大喜用英文把带来的茅台酒的历史渊源介绍给安吉拉之后，安吉拉用弯来绕去的中文说："我知道，这是你们文家的祖产，叫茅——台——烧！"

文大喜立即纠正说："现在改了，叫茅台酒！"

"茅台烧，茅台酒，差不多啊？"安吉拉说。

文大喜说："入乡随俗，就叫茅台酒！"

文心志说："茅台酒，就叫茅台酒！"

这样一个欢欣鼓舞的场合再加上茅台酒，使得文大喜到最后该结账时已经喝得偏偏倒倒办不成正经事了。等女服务员拿着账单进来时，柳文君先上来和文心志争夺了几下，文心武也过来比画比画，最终还是文心志用美金结的账。文心志还特别声明，说这次回国的所有费用全部由他们自己负责，让二叔不要和他们争。

文大喜和柳文君也看明白了的，就凭安吉拉想都不想就把金壳手表送给了还没过门的冯晓芬，你敢争吗？

2

既然有人出钱，事情就变得容易了许多。文大喜按内部价格在报社租了一辆面包车，加上文心武一共六个人，宽宽松松、风驰电掣就到了刀把镇。

由于事先已经告知了到达的时间，堂屋里提前摆好了三张椅子，三个老人在客人还没达到之前就已经按顺序坐得端端正正的了。

文心志还没进屋就开始哭，见了面直接下跪，"幺太太！爹！妈！"地连哭带喊。安吉拉和两个儿子虽然事先已经被普及了中国礼仪，真要跪下去还是有心理障碍，最后看见文心武都跟着跪下去了，这才疙疙瘩瘩跪了下去。

椅子上面的三个老人家自然哭成一团，安吉拉被气氛所感染，也跟着抹眼泪，只有两个双双，因为不知道为什么要跪着哭，也只能做出一副伤心伤意的样子，只是压根挤不出眼泪。

终于哭安逸了，文心志将带过来的礼物一样一样打开，由安吉拉负责送到每一个老人手里。送给幺太太的是一个精美盒子装着的一只碧绿碧绿的翡翠手镯，金雨天的则是一只很有分量的金手镯，给文大同的是一套"路易威登"的藏青色西服外加一只同样品牌的手表，还有给章悦的小一号的金手镯。

最让老人家感兴趣的，当然是文达远和文达航。这个拉着问问生活，那个拉着再问问学习，没完没了。最终都搞清楚了，两个人正就读于耶鲁大学二年级，文达远学经济学，文达航学计算机。和中国知名人士容闳、詹天佑、马寅初、林徽因等人是校友。

晚饭时，幺太太特意让章悦把脏兮兮的茅台烧取来一瓶，由文大同把来龙去脉说了，美国小四口不免啧啧称奇。文达远一听说这酒差不多八十年了，而且是文家老太爷的杰作，都舍不得喝，说要带回去给美国的舅舅尝尝。

幺太太说："这个酒呢，连这瓶目前还剩三瓶，之所以没舍得喝，就是因为它是我们家老太爷的心血！因为你们是稀客，那年我就说过要留给你们家！所以呢，这瓶酒今天晚上把它喝了，你们回去的时候再带一瓶走，让美国的那些亲戚朋友也尝尝！尝尝你们祖籍地的大山里酿就的这种美酒，这是中国最好的酒！"

文达远听得热血沸腾，过去在幺太太脸上"啵"了一口，惹得满桌的人拍起了巴掌，还搞得人家幺太太红了一回脸。

一干人马从墓地祭祖回来，闻讯而来的徐子刚刚进门。文心志连忙给安吉拉介绍："这是姑妈的……先生，该怎么称呼呢？"

金雨天说："叫姑爹。"

安吉拉的中文发音还是弯来绕去的："姑爹好！"

轮到两个娃儿了，金雨天想想，说："他们该叫个什么呢……姑……"

幺太太说："叫姑老太爷。"

文大同说："对对对，就叫姑老太爷！"

两个娃儿齐声道："姑老太爷好！"

"你们好！你们好！"徐子第一次听这么个称呼，高兴得合不拢嘴，指着地上的一箱茅台酒，说："文心志啊，家乡别的没有，茅台酒，管够！喝不完的，带回去！哈哈哈哈！"

"谢谢姑爹！谢谢姑爹！"文心志突然想起应该回赠点什么，马上取下自己的手表替徐子戴上，这是从安吉拉那里学来的。他还解释说："劳力士，瑞士手表！"

"我要手表没有用，你留着自己戴嘛！"徐子虽然嘴上这么说，眼睛却没离开过手表，翻来覆去看，还说，"不过……大外甥送的东西，应该留着！应该留着！"

那天晚上，茅台酒差不多都喝到位了，所有人的脸上红晕都染得透透的，这种时候话就多。特别是文心志，从来没喝过这么多高度白酒，嘴上已经没了把门的，敞开了心情说话。

文心志说："我一直想不明白一个事情哈，就是二叔他们这个右派……是叫右派吧，二叔？"

"对，右派。"文大喜点了一下头。

文心志说："我们在国外就听说了，一直纳闷！你说……美国人又没有打过来，国民党早已没有打过来的能力了，什么情况都没有，那你们内部……怎么就没完没了自家人整自家人呢？"

文大喜看看文大同，再看看徐子，尴尬地笑了两声："哼哼！这个情况吧……我们也纳闷。是吧，哥？"

文大同想想说："但是……现在好了呀！粉碎了'四人帮'之后，上次一个什么会上还专门强调了法制建设，再不允许整人了。这个情况大喜比我清楚！"

"是是是！共产党的十一届三中全会特别强调，从今往后，宪法规定的公民权利必须坚决保障，任何人不得侵犯。为了保障人民民主，必须加强社会主义法制建设，使民主制度化、法律化，同时让制度和法律具有稳定性、连续性和极大的权威性，做到有法可依、有法必依、执法必严、违法必究。这是真的！"文大喜说。

文心志说："'特别强调'也只是一句话，二叔，为什么不以立法的形式固定成法律呢？"

文大喜赶紧给大家解释，说："美国就是这样，什么都是法律，这个我知道。什么事情一立法，清晰、准确而且没有歧义。至于中国会不会这样……我不知道，也许将来？一步一步来？"

文心志说："二叔，问一个私人问题哈……"

"是不是后悔当年从美国回来，对吧？"文大喜打断对方说。

"哟！看来这个问题不是第一次被提出来哈？"文心志说。

"当然，"文大喜说，"我们家老太爷就问过！应该说，当初是当初的情况，时代和历史背景都不一样，后来变化了的情况没人能够事先预料到。假如刚刚解放就开始反右，我肯定不会回来。在中国，报效国家历来都是仁人志士的不二之选，我当然不是仁人志士，但是我希望自己能够成为仁人志士！这话我也不是第一次说。当年，在那样一个百废待兴的历史背景下，回来投身自己的国家建设，至今我都没有后悔过！关键是……我们家老太爷也一直坚定不移地支持着我！'行德崇文'是什么？就是教导你做一个堂堂正正的中国人！

你自己端正了,其他的,不过都是过眼云烟,过眼云烟!"

"哎呀!我们家二叔真是堂堂正正的人之楷模啊!"文心志不免感叹。

文大同说:"要不那年,我们家老太爷把我们文家的所有事情都托付给你家二叔呢!老太爷的眼睛雪亮啊!"

"唉,既然都说到这里了,"文心志指指安吉拉,说,"我和安吉拉一直有个想法,就是……不知道我们是不是可以在这边搞个什么投资项目呢?'滚雪球'肯定是经济规律,更重要的,是我们想让我们文家人……不会因钱所累,就像我们家老太爷当年那样!真的多得用不完了,福荫乡梓!"

"这个当然好啊!"文大喜脱口而出,然后看看这个,再看看那个,说,"只是……还真不知道行不行。想法是个好想法!看嘛,从长计议,从长计议嘛!看看国家怎么个规划发展。不过从小平同志的决心来看,全方位改革开放应该是个大趋势!还是中国那句老话,骑驴看唱本,咱们走着瞧!"

"达令,最后这句什么意思啊?"安吉拉弯来绕去说。

文心志说:"骑着毛驴,就是 donkey,一边走一边看书,意思就是走着观察……国家的变化。"

文大喜伸出大拇指,说:"对对对,这个解释很准确!"

3

1979 年的元旦节,随着中国和美国建立正式外交关系,结束了两国之间长达三十年的不正常状态。同一天,国防部部长徐向前向全世界宣布实施了二十一年的"金门炮战"结束。

金门群岛与福建厦门隔海相望,最近距离仅三点六公里,说"鸡犬相闻"也成立。1949 年 10 月下旬解放军曾经发起过一次解放金门的战役,因为准备不足,最后以失败告终。1950 年朝鲜战争爆发后,美国第七舰队开进台湾海峡,让解放军丧失了解放金门的最佳时机。1958 年 8 月 23 日,解放军开始隔海炮击金门,据说是为了用有限的军事行动向国际社会表明中国人民解放台湾的决心。之后改为逢单日炮击,即"单打双停"。当然,金门岛上的国军也同时开炮还击,二十一年间打打停停,从未中断过。

现在双方停止炮击,得益的当然是双方的老百姓。至此,共产党和国民党的军事对峙结束，双方能否以此为契机开创一个新的时代，台湾海峡两边的同胞都在拭目以待。

2月17日，《人民日报》发表了一篇《是可忍，孰不可忍》的长篇通讯，讲述了越南当局背信弃义，侵犯我土地，烧毁我村庄，杀害我军民，破坏我国边疆地区的和平安定，制造国与国之间的紧张局势，目的是长期骚扰我国广西、云南边境地区，破坏我国的领土安全和国家威信，严重危害我国四个现代化建设的情况，中国政府决定进行一次自卫还击。

18日凌晨4时半，集结在中越边境上的中国军队以9个军的兵力，从广西、云南两个方向对越南6个省的11个县发起进攻。战机起飞，沿边境我方一侧巡逻，海军战舰进入北部湾，保卫中国的石油平台。

自卫反击战进行到3月4日，中国人民解放军攻占了河内北边的门户——谅山省的省会谅山市，第二天中国便宣布达到了目的，单方面停火并开始撤军。到3月15日最后一辆军车撤回到中国领土，这次历时15天的局部战争便宣告结束。

《三国演义》里面的那句老话"天下大势，分久必合，合久必分"，说的就是事物发展的内在规律，没想被中越关系又印证了一次。

如果让老百姓自己选择，他们肯定更关心跟他们的吃喝拉撒有关系的事情，比如，7月8日颁布实施的《中华人民共和国中外合资经营企业法》。这是改革开放之后中国最早颁布的几部法律之一，也是第一部关于"外资"的法律。仿佛是在特意回答文心志之前的关切，人民有所想，国家就有所回应。

文大喜很高兴，找来法律文本细细地读了好几遍，马不停蹄给文心志发了个越洋电报，第一时间告诉他国家出台了"中外合资"法律的事情。文心志也是个急性子，第二天就给二叔发来了回电，称自己将于近日过来考察。

那天晚上文大喜没有睡好，翻来覆去考虑，究竟投资一个什么项目好。

如果让他自己选择，他会毫不犹豫选择出版业，如果国家允许，"文渊书局"的名称直接搬过来就是，那叫名正言顺的"子承父业"。自己高兴，祖宗高兴，还有什么项目比"行德崇文"更有意义呢？

一时间的脑袋发热之后，文大喜最终冷静了下来。毕竟不是自己的钱，什么项目最终还得文心志家两口子说了算。至于什么项目能对上他们的胃口，文大喜不知道，想来想去，决定第二天去找娄大元咨询咨询，把本地允许或者说扶持的方向搞搞清楚，之后才能有的放矢，也算帮文心志打个前站。

路线规划好了，文大喜就着街边路灯穿过窗帘的微光看看手表，四点多了，赶紧用被子蒙住了头，哈欠也跟着上来了。

咨询下来的结果让文大喜有点失望。

因为贵州地处偏远，相对于广东、福建等沿海地区，不论政策、机构、开放程度、办事机制等，方方面面都不在一个等级上，因为外商投资是新生事物，加上人们的心胸都还闭锁着，难免瞻前顾后、裹足不前。据娄大元推荐的相关负责人介绍，来贵州谈"中外合资"的不多，谈成的更是寥寥无几，比较成功的一单是做烘焙食品的，烤面包做蛋糕。

"假如，你们家亲戚真有心思和能力，因为娄主任是老领导，我就不打哈哈了，去沿海看看，那里正搞得热火朝天。当然，如果就看中我们这里了，那就按部就班一步一步走，市政府已经出台了中外合资的实施细则，照着办理就是。"负责人说。

等到飞机落地了，文大喜在租来的面包车上一五一十把情况说了一遍。

文心志马上被浇了一瓢冷水那样的感觉，说："二叔，如果来之前你这样跟我讲，至少我不会马上过来！"

"不不不！"文大喜说，"这个消息是前天才知道的，这是一；第二，既然你们已经决定搞项目，那还是当面交流清楚，各方面的情况都搞明白了，才能有的放矢。对吧？"

"对对对！"文心志说，"那我刚才失礼了，不好意思哈，二叔！"

文大喜说："哪里哪里，一家人才应该口无遮拦！而且根本没有失礼一说，完全没有！"

文心志想想，说："既然这样，二叔，我们干脆直接去刀把镇，顺便看看幺太太，看看爹妈。"

"好啊！"文大喜说，"那……王师傅，我们直接去刀把镇，行吗？"

开车的王师傅说："你租的车，你说了算，反正按天计算。"

"那行，就去刀把镇！"文大喜显然很喜欢文心志这样的雷厉风行。

文大喜没有想到坐长途车竟是一个聊天的好场所，心无旁骛还不耽误赶路。聊起来才知道，原来文心志家两个优先考虑的是他们轻车熟路的印刷业，当然不限于此，重要的是能在本地落地生根的项目，至于深圳、厦门什么的，不是不行，到底少了一些衣锦还乡的荣耀。而且项目投资有一个眼光的问题，确定项目之后还要反复斟酌、权衡、比较，不说万无一失么，七八成的把握要有。初期即便亏损一点都不怕，但必须是大路朝天的朝阳产业，让人有底气就行。

具体项目一句还没说，面包车就到了刀把镇。

最高兴的要数金雨天，忙不迭说："还没几个月就又见面了，是不是想我们家的茅台烧了？"

文心志说："妈，你还不要说，安吉拉家的所有美国亲戚都尝过茅台烧了，除了 good 还是 good，再没有第二个形容词了！"

幺太太说："鼓得？是哪样意思嘛？"

文心志说："幺太太，就是好的意思。"

"那还用得着他们说？啐！"幺太太撇了一下嘴。

"对了对了，"文心志说，"这次还要麻烦姑爹再帮我们买一点茅台酒，带回去一家分一点。但是有一条，一定要给钱！"

文大同说："那你还真把你姑爹看扁了！送你可以，但是一定不会要钱。都到了茅台镇了，他能要你的钱？"

"如果这样……"文心志说，"那我少要点。"

"十二瓶怎么样？一件！"文大同说。

文心志说："多了吧？七八瓶就行。"

文大同说："那就一件，十二瓶一件。这样，算是我们送给美国亲家家的礼物，怎么样？"

"爹的意思，你们拿钱给姑爹？"文心志说。

文大同说："肯定啊。"

"那行，就一件！"文心志说。

徐子第二天就赶了过来，随身带来了一件茅台酒。

晚饭桌子上，茅台酒喝得面红耳赤的时候，面包车上的话题继续聊，说着说着，一直旁听的徐子也开了口。

徐子说："我插一句行不行？"

"姑爹请说，什么行不行的？"文心志说。

徐子说："上回大外甥来就听了一耳朵的，这回听清楚了。大外甥家两个想回家乡投资，一时间还没找到合适的项目。什么样的项目呢？一来要有益于我们文家，另外还要有一点光宗耀祖的意思。所以……我问一句哈，酿酒算不算？"

"酿酒？姑爹……怎么个意思？"文心志说。

徐子说："你们看哈，我们家老太爷当年搞的云辉烧房，远近闻名不用说，最后还做成了贵州省的头牌！这是前因，后果是什么呢？第一，国家现在允许发展民营经济，我们茅台镇很多人都蠢蠢欲动呢，这是大前提。第二，文家的根子都还在，要工人，老刘家的那些子孙个个都是好把式；要技术，茅台酒厂正牌的酿酒师徐文，现成得不能再现成了！第三，茅台镇上只要文家一声吼，兵强马壮那一定是分分钟的事情！第四，现在缺的只是资金……"

"啪"的一声，文心志一拍桌子说："谁说文家缺资金啦？"

"你看看！"徐子说，"谁说文家缺资金啦？！"

"哎呀！徐子哥啊！"文大喜把眼睛瞪得大大的，说，"看来老太爷一直都在保佑我们文家嘞！"

"对不对？！"徐子骄傲之色溢于言表，说，"文家不应该骄傲吗？有蔡花蕾那样的老祖宗，有老太爷那样的开明乡绅，有文大喜这样的后起之秀，加上大外甥这样的商界精英，还有'行德崇文'那样温暖人心的祖训，文家不应该骄傲吗？！"

最后一句徐子是吼出来的，不光把自己的眼泪吼了出来，所有人都禁不住热泪盈眶。文心志过来抱住了姑爹，在姑爹的背上用力地拍打着，喊道："姑爹啊！你可帮了我们一个大忙了！而且啊，还得来全不费功夫啊！"

老话不是说趁热打铁吗？文心志第二天就跟着几个老辈子，开着面包车去了茅台镇。在赤水河边上文家的那栋老房子的二楼，文心志推开窗户一眼望去，蜿蜒而下的赤水河哗啦哗啦，仿佛在唱着一首舒缓、柔情的歌谣，马上让人产生了欲罢不能的冲动，就是那一瞬间，文心志在心里自己给自己拍了板。

当天晚上，徐子做东，叫上徐文以及刘和天、刘家宝两爷子，在家里摆了一桌。把这几个曾经提到过的人物一一介绍给大外甥，让文心志心里更加有了底气。最后，所有的老少爷们全都把脸喝得红通通的，包括开车的王师傅。害得人家彩珠子忙到很晚，上床的时候感觉腰杆都快累断了。

4

回到刀把镇，文心志草拟了一个电报稿，前因后果讲清楚，由二叔陪着去邮政局发给了安吉拉，这才安了心。回来的路上给文大喜说，说如果他自己名下的钱够投资烧房的，那就简单，如果不够，就是他给安吉拉发电报的原因。

第三天就接到了从美国发来的电报，就两个英文字母，O 和 K，OK。

文心志和二叔击了一个掌，说："二叔，那我们就开始搞可行性研究报告？"

"什么报告？"文大喜说。

文心志说："可行性研究报告，就是 feasibility study report，具体格式你咨询的那个部门应该有，也许审批也是他们。"

"那我来办。"文大喜胸有成竹。

文大喜也准备学学文心志的雷厉风行，马上去邮电局给娄大元挂了个长途电话，问清楚情况之后顺便就拨通了那个负责人的电话，结果让文大喜很失望。人家负责人说，中外合资企业能不能搞酿酒，还要专门请示一下外贸部门，他倒是可以帮忙问，具体人家如何答复，需要不需要进一步请示北京的外贸部，只能等。

回来给文心志一说，人家马上把脑筋开动起来，到底是学天体物理的，思维的空间够深够广，就问："那……能不能这样，我把所需资金……假如哈，赠送给我爹妈，当然还有幺太太！那样的话……不搞什么中外合资，就是云辉烧房，全部是文家的钱，行不行呢？"

文大喜想想，立马转忧为喜，说："你没听你姑爹说整个茅台镇都蠢蠢欲动吗？只要资金的来路正当，应该不会单单不同意我们文家办烧房吧？你觉得呢？"

文心志想想，说："假如这样，连 feasibility study report 都可以省了，办一个茅台镇的工商执照，应该就是名正言顺！你觉得呢？"

文大喜说:"那我再去打个电话,让你姑爹在茅台镇当地问问看?"

"二叔,"文心志说,"我们这就去邮电局,直接申请安装一个电话,要不太麻烦了!还方便以后直接跟幺太太、爹妈他们通电话!你觉得呢?"

文大喜说:"好是好,听说有点贵哦。"

"哎呀!二叔,走!"文心志拉着二叔出了门。

文大喜心里嘀咕:"狗东西财大气粗嘞!"

1979年,家里能安装电话的人家,整个中国都不多,更不用说刀把镇了。那时候没有"大款"一说,人们把突然有了钱的人家称作"暴发户",虽然有点贬损的意味,只要你不违法,国家把原先的"贫富不均"改称为"先富起来的一部分人"。这在共产党夺取政权三十年之后,把"允许有人先富"作为社会分配方式的一种新尝试,无疑是大大的进步。

这之前,各种各样的经济方法尝试了三十年,老百姓一直都在吃着大锅饭。高低就是那么一锅,谁都有得吃,味道都一样,分量也差不多。但是,谁要想比别人吃得多一些、好一些,对不起,不行。要不人们对于改革开放的态度各异,既欢迎,又怀疑呢,说到底,是心态问题。本事大一点的觉得新时代终于来了,本事小一点的一门心思就盼着能装一部电话,显摆的成分大于实用,当然,就觉得大锅饭挺好的人,也不少。

你不要看文大喜对于"云辉烧房"跑前跑后的,但他并没有最终认定这是一件铁板钉钉的事情,可以放心大胆、策马扬鞭去大干快上。他有"万一哪天又翻转过来"的思想准备,只是每每出现这种想法的时候,文大喜就在心里默念,让菩萨、老天爷、玉皇大帝等中华文明里面能够把持祸福的那些偶像,多多保佑一下小平同志,让他老人家能够稳稳当当地驾驭中国这艘巨轮,奔向全体中国人民一直向往、期盼了多少代的幸福生活。

老百姓的幸福生活其实很简单,想吃吃一点,想玩玩一下,没有仇恨,没有战争,春天能看到五彩的花,冬季能沐浴白色的雪。如果你问他们还有什么别的要求,他们一定说"不知道",因为他们心中就那么一点点幸福。

在咨询了中国内地有关"境外财产赠予"的相关政策问题之后,文心志在美国办理了将650万美元赠予三个老人家的公证手续。这也是听取了文大喜的建议,在国外以法律的形式证明并固定了这个事情。用文大喜的话叫防患于未然。

当年的美元汇率大概是 1 : 1.55，兑换成人民币 1000 万出点头。按照大家商量的结果，美金不急于全部兑换成人民币，用文大喜的名字存在刚刚从人民银行分离出来的中国银行的户头上，如果遇上有需要使用外汇的时候，还免去了申请兑换的麻烦。

按照文心志提供的美国通常的方法，文家先组建了一个筹备小组，负责前期工作，等到万事俱备了便成立一个董事会，由董事会任命管理机构的经理，经理负责具体管理。和老太爷那时候的"云辉烧房"差别不过是多一个董事会，另外把"掌柜"改成了"经理"。

筹备小组召开的第一次会议拍板了两个事情，在讨论经营宗旨时，有人说"创造昔日辉煌"，也有人说"争创地方头牌"，轮到筹备组长文大喜发言了，文大喜说："那些好像都不踏实，依我看啊，就用'行德崇文'，简简单单四个字，一来是我们家老太爷的志向，二来还谦虚谨慎，踏踏实实做人做事的意思，比什么都强。你们不觉得吗？"

文心志说："嗯，我看可以。那就行德崇文！既是我们家老太爷的遗风，也是我们大家应该有的追求。行德崇文！你觉得呢，爹？"

文大同笑笑，说："我就是挂个名而已。连老太爷都信得过你家二叔，他说了算！"

文大喜说："谢谢大哥信任！那我们就讨论第二个事情，面包车买不买？"

"买！再多跑几趟刀把镇，租车的钱就可以买车了，主要自己用起来方便，买！"文心志说。

徐子说："那就买一个。关键大喜要学会开车，没必要专门请个司机！"

"不妥不妥，姑爹！"文心志说，"二叔要学会，自己方便是肯定的！但是司机也还要请一个的，千万不能把二叔拴在汽车上，他的事情多了去了！而且我已经看好了一款面包车，叫丰田海狮，二代，又便宜又实用，黄颜色，大家觉得怎么样？"

文大喜说："汽车的事情我们不懂，你说了算。我的任务是把驾照拿到手！"

筹备组都是文家的人，估计也是今后董事会的基本构成，项目也是文家曾经轻车熟路、宏图大展的项目，加上如今改革开放的大好春光，虽然文大喜还有后顾之忧，但是，眼下全家人已经架势成这样了，只能一步一个脚印去打拼。

否则，你对不起人家小平同志。

5

当文大喜在文涛的亲临指导下，第一次驾驭着黄颜色的"丰田海狮"小心翼翼地驶上一马平川的贵遵公路时，尽管心脏有些异动，但是心情相当好。他听文大同说过当年带着文德范和李备跑去遵义兑换银票的事情，具体是不是这条路他不清楚，但是开创美好未来的坚定信念应该和当年的德范同志是一模一样的。

经过一段时间的筹备，云辉烧房的羽翼逐渐丰满起来，虽然不敢跟贵州茅台酒厂较劲，但是在同一个平台上相互切磋，总还是可以的。不是说了吗，只要你不憨，在赤水河边把酿酒的家伙事搞整齐了，管子里流出来的就是茅台酒。只是有一条，除了贵州茅台酒厂，没人敢叫"茅台酒"。必须另外想一个名字。

董事会把徐文及刘家两爷子喊过来，开了一个扩大的董事会预备会议，议题只有一个，云辉烧房的好酒用什么名称。

一竿子人研究来讨论去，倾向沿用老名称"茅台烧"的人数占了上风。确实，"茅台"两个字有了，还是老太爷当年的心得，最后表决通过——茅台烧。

这次，文大喜乘着文涛、文诗仙他们放寒假，同时装上了柳文君，一来练习车技，二来看看全新的云辉烧房。没想到刀把镇还被幺太太数落了一顿。

幺太太说："你们家几个胆子真的大嘞！文大喜这才开了几回车，你们就敢一家人全上？他别的方面行，不等于开车也行啊！真要是……咦！我都懒得说你们了！"

文涛说："幺太太，我在我爹边上坐着，你老人家放一百个心嘛！"

"一百个心？我有那么多吗？！"幺太太说。

文大喜笑了，说："幺太太呀，你老人家放心嘛！一来我是通过了交警队的专门考试，门门优秀！二来我开得慢，一慢、二看、三通过。三来还有文涛坐在旁边亲自指导，保准不会出问题！幺太太！"

"真的？"幺太太说。

文大喜说："嘁，我哪里敢骗你老人家哦！"

"开慢点！你们不要让我心慌嘛！"幺太太语重心长。

"一定一定！"文大喜一个劲地拍胸脯。

从刀把镇去茅台镇，驾驶座上换成了文涛，除了从贵阳过来的人，还增加了章悦和三个老人家，这回显出面包车的优越性了，一家人嘻嘻哈哈说了一路，把驾驶员的脑壳都闹麻了。

茅台镇早已不是当年独一条街的那个茅台镇了，随着贵州茅台酒厂不断扩大规模，茅台镇也发生了巨大变化。沿赤水河拔地而起的高大建筑将原先的村镇变成了城镇，成了闻名天下的酱酒圣地，光中心区域人口就超过两万人，而且还在不断扩大。

当文家人再一次在茅台镇上高高举起"云辉烧房"的大旗时，茅台镇年纪大一些的乡亲仿佛又看到了当年的文家老大。后来听说是文家嫡亲的长房长孙专门从美国回来办烧房，纷纷点头称赞，"云辉烧房招聘处"的门槛才十多天就被报名者踩踏得凹凸不平了。

徐子虽然八十多了，站出去人人都认识，一看是老掌柜，更加确定了"云辉烧房"重新出山的货真价实。筹备处各司其职，场地、设备、营业执照外加"兵马粮草"一样一样落实到位，只等董事会到来。

一面包车的至爱亲朋到达茅台镇那天，就是"云辉烧房"开张大吉的日子。之前请示了在美国的董事长，人家说脱不了身，由副董事长文大喜全权安排处理。

如果按照茅台镇的老规矩，杀几头肥猪在街上摆一溜长桌宴，乡里乡亲聚拢过来大吃大喝一整天，再沿街点上若干挂红皮"五百响"，把遮盖招牌的大红绸缎一揭，讲究一点再请一个鼓乐班子咿里哇啦一闹，这就开业大吉了。

董事会成员文大喜、文大同、徐子外加幺太太和金雨天一商量，说算了，这还没见哪是哪，不要那么张扬，酒好能卖钱才是第一要务，不搞那些虚的。讨论的最终结果，除了红皮"五百响"，其他的全免。当然，相关部门比如工商、税务之类还得请到，找个大一点的馆子整一桌，联络感情还方便以后办事。

中国社会历来都是一个讲究"关系"的社会。为此，文大喜还专门把赋闲在家的刘承义家两口子请了过来,由老同志出面,同时请到了仁怀县的两个相关领导,都是刘承义的老部下,老部下又拉来两个茅台镇的当地领导,大家在一起喝喝酒聊聊天,这就算接上了关系,今后如果有事,一提当年的酒局,办事至少不会疙疙瘩瘩。

就这样,筹备组的主力成员徐文、刘家宝两兄弟带着几个工人,从新"云辉烧房"大门出来分两边各点燃了十挂红皮"五百响",闹腾不说,淡蓝色的烟雾几分钟之后仍然没有散尽,招来了一街看热闹的街坊四邻,议论纷纷。

这一天是1980年2月6日,农历己未年腊月二十,立春的第二天。这个日子距离1952年云辉烧房被国家赎买,整整过去了二十八年。是嘞,国家的进步是需要一个历史过程嘞。

按照董事会的任命书,刘和天是厂长,徐文是首席酿酒师,刘家宝是生产科长,工资之外,刘和天有百分之七的干股,刘家宝和徐文各百分之五的干股。另外,文心志和三个老人家各百分之二十的股份,文大喜和徐子各百分之十的股份。公司实行"股份有限制",全称"贵州省仁怀县云辉烧房股份有限公司"。

徐文并没有完全脱离茅台酒厂,因为他爹说了,留一个"眼线"在里面没坏处,有个风吹草动的第一时间就能知道,真到了不过来不行了,再过来也不迟。于是,白天在茅台酒厂上班,晚上和休息天就泡在云辉烧房,生产上有刘家两爷子钉着,一切按部就班。

采用传统的"小曲酒固态法"工艺,经过原料浸泡等十二道工序这么一路下来,产出的基酒再经过勾兑、窖藏,就有了第一批产品。虽然理论上窖藏老熟的时间越长越好,只是文大喜等不了,刚刚半年就让开封装瓶了一批,还专门把文心志从美国喊过来,在茅台镇和刀把镇两地开了两次"云辉烧房茅台烧品鉴会",同时请来各路记者,让消息以最快的速度发了出去。

除了时代和外国资本,什么都没变,你觉得云辉烧房出产的茅台烧会差吗?在刀把镇的那天晚上,文大喜就是这么问文心志的。

文家的饭桌上放着三瓶酒,一瓶是刚刚拿过来的茅台烧,一瓶是幺太太最后那瓶脏兮兮的茅台烧,还有一瓶是徐文带过来的茅台酒。

文心志喝完一样再喝一样,三个酒杯都喝了一遍了,先咂嘴,再想想,然后说:"你们几个老辈子就不要拿我开涮了,我要是能品出个幺二三来,还请你们干什么?对不对?非要我说一回外行话,那我也说一回。幺太太这个最顺口,至于……我们家这个跟茅台酒比,我真没喝出什么差别来。当然,我是外行哈!"

文大喜笑了,说:"那我们就请专家说一回?徐文!"

徐文站起来,笑笑说:"在我们文家的老辈子面前,我不敢妄称专家……"

"这个用不着谦虚,在哪里,你都是专家!"文大喜打断说。

"好嘛,那我班门弄斧一回嘛!"徐文说,"品酒无外乎色香味,先看酒体的颜色,比如,幺太太这个,色泽呈淡淡的青绿色,说明有了年份;之后摇晃一下,看看挂杯的情况,时间越久越黏稠,挂杯越明显;然后先抿一小口,在口腔里将四面八方都滋润到了,咂一咂,再来一小口,一点点咂,一点点品,大概就能断出个幺二三来。就我们家饭桌上的这三种酒,刚刚心志大哥说的真没错!幺太太这个不用讲,头牌!茅台酒和茅台烧不过是口感上的小差别,一般人……真断不出来。"

"完了?"文心志问。

"完了呀。"徐文回答。

"那结论呢?"文心志说。

"我刚刚说的就是结论啊!"徐文说。

"不不不,那只能算评论,不能作为结论!"文心志说。

"那好……"徐文说,"不对不对,我来说结论合适吗?"

文心志说:"你是专家,必须你做结论!"

"那……好嘛,经过茅台镇的专家,以及我们文家众多的老专家、老前辈鉴定,云辉烧房的茅台烧,完全符合贵州茅台酒厂最严苛的检验标准,通过了鉴定!"

马上掌声一片。

文大喜说:"那我们请董事长讲几句,大家鼓掌!"

文心志止住了大家的掌声,说:"是这样,既然是'行德崇文',那就要有个规矩。我们家老太爷既然确定了二叔是我们文家的掌门人,那么现在这个场合,必须请二叔讲话!大家请鼓掌!"

大家的掌声更加热烈了。

文大喜有些感动，点点头说："好好好！我讲！刚刚我们的专家也说了，经过我们大家的共同努力，我们达到了文家老大时代茅台烧的标准，也就是说，'行德崇文'在我们这一代人手中得到了传承！这还不够，我们还要让它在我们手中更加发扬光大，让炎黄子孙都能喝到产自我们这块土地的美酒，而且一醉方休！来，我们就用云辉烧房新出产的这杯酒敬我们文家的老太爷——文知辉老先生！"

大家跟着文大喜，将酒杯里的酒洒向脚下的大地……

第六十章

1

1981年6月27日至29日，中国共产党第十一届六中全会在北京举行，会议审议通过了《关于建国以来党的若干历史问题的决议》。《决议》肯定了毛泽东的历史地位和毛泽东思想，实事求是地评价了新中国成立三十二年来的功过是非，正式否定了"文革"以及"无产阶级专政下继续革命"的理论。全会一致同意华国锋辞去党中央主席和中央军委主席职务的请求。选举胡耀邦为中央委员会主席；赵紫阳、华国锋为中央委员会副主席；邓小平为中央军事委员会主席；由胡耀邦、叶剑英、邓小平、赵紫阳、李先念、陈云、华国锋组成中共中央政治局常务委员会。

据说这个决议的起草工作开始于1979年11月，历时十七个月的讨论和修改，可见其慎重程度。人们同时发现，自上一年9月召开的五届人大第三次会议上，赵紫阳接替华国锋出任国务院总理，华国锋开始逐渐淡出了中国政坛。

这是国家政治生态逐步恢复正常的体现。

具体到老百姓的小日子，一系列需要落实的政策也在全国各地按部就班地推进着。比如文家，1969年区里面一纸介绍信就把人家一大家子"疏散下放"去了刀把镇；还低价充公了那么大一个宅子，都是需要一五一十搞清楚，然后再落实政策的事情。所谓落实政策，就是把"文革"颠倒了的东西再翻转回来。

"疏散下放"比较简单，哪里来回哪里去就是，无非多搬一次家，文家老宅房子的事情就麻烦一点。因为那个年代的房屋没有买卖一说，所有住房就两种途径获得。有单位的，单位自建房屋之后分配给职工；没有单位的，国家建好了公租房交给房管所，你去房管所租用，不贵，总之在你的偿付能力之内。

那年占用了文家老宅的区教育局拿出了两个方案让文家选择，一是老宅腾退之后文家再搬回去；二是给文家五套户均七十平方米单元房的永久产权作为置换。教育局的人说他们算过，面积大体相当，只不过作为一个单位，老宅那样的独门独院更便于管理，言下之意他们希望文家能接受"永久产权"。

文大喜做不了这个主，开着丰田海狮就奔了刀把镇。

驾车奔驰在贵遵公路上的文大喜心情相当舒畅，舒畅的原因当然不是驾车，而是改革开放之后生活一天一天的变化，越来越朝着"幸福"那个方向慢慢靠近。

先是三个娃儿大学毕业，文诗路和文涛都分配回了原单位。因为知识结构的变化，文涛不可能再回司机班了，直接去了编辑部，完全是一个走仕途的路径，加上老爹头上那顶"帽子"被正儿八经摘了去，文涛跨进编辑部办公室的步子居然有了些衣锦还乡的骄傲。要不是文大喜反复告诫他"要低调"，文涛开个庆功会的心情都有。

这还只是"幸福"的一个段落。让文大喜更加感觉幸福的，是文诗仙居然被分配去了省政府办公厅。

文大喜从来没有指望小姑娘能走上多大一个仕途，但是那样一个堂子至少消息来源广阔，就像娄大元，市政府办公厅随便一个什么事情透露出去，都具有相当的价值。更重要的是当爹的脸上有光彩，一说幺姑娘是省政府办公厅的干部，文大喜顿时满脸红光，迈出去的步伐自然而然就轻盈起来，收都收不住。

另外，那年文家考大学的六个娃儿，学医的徐天仙被分配到抗战后共产党创办的第一所医学本科院校——遵义医学院的附属医院；学金融的文达德被分配去了省农业银行；张花仙的工作没跟专业挂钩，因为正赶上前一年她爹退休，小姑娘便顺理成章"顶替"去了公安局，关键张花仙愿意干公安工作。现如今，几个老人家按照政策可以回贵阳不说，老宅那边还出了两个方案等着你们家自由选择；再加上云辉烧房这两年蒸蒸日上，文大喜的心情没办法不舒畅。

当然，改革开放之后的中国老百姓普遍都心情舒畅，老百姓的心情一舒畅，酒就"遭殃"。文大喜终于见识了茅台镇"支一口蒸锅流出来的就是茅台酒"的神奇，加上徐文和刘家两爷子的严格把关，茅台烧没有不好卖的道理，销路一旦打开了，文家就剩下了一件事情——数钱。

至于老宅和"永久产权"，文大喜真没想清楚哪个更符合眼下丰衣足食的景象。

现在的文大喜是三点一线，贵阳、刀把镇、茅台镇，轻车熟路。走之前已经电话告知了章悦的，吃了早饭离开家，到了刀把镇正赶上吃中饭。

饭桌上把事情一说，幺太太首先说她不会再回贵阳了。

"贵阳能跟刀把镇比吗？且不说一家一户什么秘密都守不住的那种单元楼，即便是老宅，早晚会成为夹在高楼大厦的缝隙中等太阳的低矮建筑，多憋得慌啊！还不要说……那么些伤心的往事！我就在这里了，哪儿也不去！"幺太太现在是文家资格最老的老辈子，说话理所当然也有了老辈子应该有的气度。人就是这样，在一个位置上待的时间久了，自然而然就生成些气度出来，根本不用人教。

金雨天马上应和，说："我陪着幺太太！"

"如果这样的话……"文大同有点归纳、总结的意思，说，"我倒也觉得……单元楼好，五套是吧？正好一家一套，幺太太，我们家，大喜，徐子，哦……还多一套哈？"

文大喜说："多一套怕哪样？怕少一套嘞！"

文大同说："就是就是！"

"我同意幺太太的思路，"文大喜说，"确实，我们家现在马上面临的问题是几个娃儿都需要房子结婚，文涛和文达德，一家一套，正好解了燃眉之急。不是多出来一套吗？那就给文心武，他不是还借住着单位的房子吗？正好啊！"

"不不不不！"文大同忙不迭一连串的不，说，"那我们家就多吃多占了，不行不行！"

"啧！"文大喜说，"大哥这话就见外了！在文家，没有谁多吃多占的问题，只要需要，就是合理的！还不要说人家文心武两口子分居两地，章悦伺候几个老人家付出的辛劳，该！"

"我同意文大喜这个说法！"幺太太举起了一只手。

"看来……"金雨天说，"大家都同意单元楼？"

"哪里只是同意，分都分配完了！"文大喜说，"假如这样……那我吃了饭就去茅台镇喽？"

"哎，听说徐文家生了个姑娘？"幺太太说。

文大喜说："是的，叫徐雨露，徐子取的名字。"

徐文的新媳妇叫蔡冬梅，仁怀县城的人，大学毕业被分配到茅台镇税务所，是来茅台酒厂跑公家的事情认识徐文的。两个人一来二往之后渐渐有了好感，慢慢地，双方都觉得对方是自己心目中的另外一半，一年之后，两个人奉子成婚。

之前，徐文的如意算盘是生一个儿子，没承想添了个"瓦"。徐子嘴上没说，但心里疙疙瘩瘩不是个滋味。虽然国家提倡计划生育，好在风声还不是那么紧，也许什么时候能松动松动，看看能不能寻个什么机会再生一个，反正走着瞧。

这个时候就显出徐家多一个徐天亮的好处来了，人在那儿"储着"的，随时派得上用场。要不说筷子要成双呢，未雨绸缪啊！

"这回彩珠子有用武之地了。"金雨天说。

"什么啊！"文大喜说，"听说就只是取了个名字，人家回娘家坐月子呢。"

"嘿！"金雨天说，"现在这叫什么事情？一点规矩都不讲了？！谁听说过回娘家坐月子的事情？啐！"

文大喜说："徐子说了，这叫新人新风尚。"

"新不新风尚都不管了，"幺太太说，"我们能管的，你起码抱过来参观参观嘛！"

文大喜说："这个徐子也说了，等坐完月子。"

那天的晚饭，文大喜是在茅台镇吃的。

赤水河边的那栋小楼，现在又恢复成了云辉烧房的"接待站"，跟当年一样，凡是来云辉烧房办事情的人，都可以在这里免费住宿吃喝。为此专门请了厨师和服务员，服务设施里里外外翻新了一遍，比一般的招待所高一个档次，就是打算让人家业务员来了一回还想再来第二回。接待站目前由彩珠子代管着，其实就是给彩珠子开一份工资找个由头。

彩珠子是个有心人，专门给文大喜留了一个房间，方便他来回跑，吃喝拉撒还都有人伺候。文大喜好几次都有了乐不思蜀的惬意，要不是文涛和文诗路大学毕业回了家，他都想让柳文君搬到茅台镇来一起享享福。

人就是这样，在"牛棚"里憋屈着是一天一天过，现在在茅台镇打开窗户听见赤水河潺潺而去的欢歌也是一天一天过，即便不用报纸上的套话，文大喜也由衷地觉得"幸福生活来之不易"。好多时候文大喜来茅台镇并不是为了工作，而是专门过来享受一下历尽千辛万苦之后的那份闲适，那份清净。想想那些逝去的岁月，一幕一幕仍然能让人欲哭而无泪。现在乌云散开终于见着太阳了，文大喜一门心思想的就是让文家上上下下全都沐浴在普天同乐的光辉之下，包括文达观。每每这种时候，他总会从自我陶醉的思绪中挣脱出来，再次投入色彩缤纷的现实之中去，处理这处理那，该干吗干吗，他生怕耽误了大好的光阴。

2

和教育局签署的"房屋置换协议"经过上一年新成立的公证处一公证，文家人就和文家老宅彻底说再见了。由此得到的新落成的五层单元楼同一单元一至五层的双号单元房，对文家来说算得上失而复得，而且正好能派上用场。

文涛还在读大学的时候，冯晓芬的爹妈就提过结婚的事。说反正结了婚的都能上大学，上了大学顺便把婚结了应该也是一样的道理，一听就是冯晓芬借爹妈的嘴说自己的心愿。但是文涛该不该结婚，他自己说了不算，决定权在他爹妈那里。

既然人家女方那边"意思"都说出来了，文大喜和柳文君当然会有个态度。商量下来，马上让文涛过去回了话，说不是不同意结婚，而是客观条件不允许，比如，房子、收入、生育等什么都是未知数的情况下如果仓促"上马"，结果肯定不尽如人意，高低就是不提"影响学习"这个核心因素。

在文大喜心里，影响了学习才是排在第一顺序的原因。

现在好了，大学毕了业房子还从天而降，从"文氏基金"里面拨一笔钱把五套房子统一装修好，就等着把冯晓芬娶进门。

"文氏基金"是云辉烧房产生效益之后由幺太太提议设立的，是把分配到幺太太、文大同家两个和文大喜名下的红利聚集在一起的一个账户。家里什么地方需要用钱了，都在基金里面支取。跟原先老太爷统一掌管文家财权是一个思路。

"这多方便！"幺太太的语气完全就是定音的那一锤。

从后来发生的一些情况看，文氏基金确实好处多多。就说装修房子，免除了一家一户去设计的繁杂，还方便跟施工队砍价，原辅材料统一进货也有不少优惠，省钱是显而易见的。为了避免五房一面，文大喜还让分配到自己名下的当事人自行决定一些装修细节，比如，墙面的颜色啊、地板的花纹啊等，最大限度避免千篇一律。既统筹了装修，又照顾了个人爱好，皆大欢喜。

装修完了接下来需要打家具。

那时候街上家具店售卖的家具既难看又贵，都流行自己打。请一个木匠师傅来家里，准备好木方木板牛胶钉子什么的，师傅就带个徒弟开始干。自己打家具的好处除了购买的木材货真价实，最重要的是，家具的样式可以根据自己的喜好定，捷克式、中式什么的，给师傅说一声就行。当然师傅一般喜欢做捷克式，都是硬朗的直线条，锯啊刨的都走直线，没有那些弯来弯去的曲线，便于加工。正是因为便于加工，那个时期的家具大都"捷克式"。

半个多月工夫，"四十八条腿"的一套家具就做好了。"四十八条腿"是十二件四条腿的家具的简称，文涛家多一个放电视机的条柜，一共"五十二条腿"。这边找人刷油漆，那边木匠师傅一层楼一层楼地继续加工"捷克式"。差不多四个月之后，木匠师傅和油漆师傅终于满心欢喜地离开了文家，他们是头一次接五套家具这么大个单。

完工之后的房子按照各家户主的年龄情况，五楼分给了还没结婚对象的文达德，四楼是文涛的新房，三楼文心武住，二楼在幺太太名下，留着文心志他们家回来的时候用，一楼则留给了比幺太太还大三岁的徐子。至于具体谁来居住，各人家自行决定。

为了文涛的婚礼，柳文君特地找一个好朋友费七八力得到了一张电视机票，买了一台贵州电视机厂生产的"华日牌"十八英寸彩色电视机，往客厅里的条柜上一放，好家伙！顿时蓬荜生辉。

那时候有个行业的人被称为"倒爷"，干的都是原先属于"投机倒把"的那些事，比如，彩色电视机啊、喇叭裤啊，以及美国电视剧《大西洋底来的人》里面麦克·哈里斯戴的变色蛤蟆眼镜啊，等等，总之什么稀缺"倒"什么。

现在改革开放了，"投机倒把"不再是罪过，马上有人以此为业。柳文君的电视机票也是经过了"倒爷"之手的，只不过好朋友为了撑面子，没说。

喜庆日子定在1981年10月18日，是个星期天。酒席照例订在汉云楼，那是文家的老堂子。统计下来，男方女方各家十五桌，不偏不倚。

前一天，文涛和冯晓芬开着面包车跑了一趟刀把镇，恭恭敬敬把所有人加上徐子家两老都接了过来，当晚就住在五套新房子里。幺太太住二楼，文大同和金雨天住三楼，徐子和彩珠子住一楼，各就各位。

那天晚上，一至五楼全都灯火通明，人声不断，一会儿声音从五楼淌下来，一会儿又从二楼蹿上去。搞得街坊四邻不知道发生了什么情况，纷纷交头接耳，四处打听，跟那年文家人灰溜溜从老宅搬去刀把镇一个样。不同的，是文家人完全两样的心情。

第二天的筵席，把汉云楼的大厅摆得满满当当。大圆桌上一水的"茅台烧"，主人家还提前放了话，说管够。

1981年，酒瓶背后印有"三大革命运动"字样的、"葵花"牌茅台酒卖11.56元一瓶，云辉烧房的茅台烧卖7.50元一瓶，除窖藏时间的长短不同之外，没什么差别。所有知道文家典故的人都把茅台烧当成茅台酒喝；不知道的人就问，说茅台烧的包装怎么跟茅台酒那么像？知道的人便从民国多少多少年说起，一直说到1951年云辉烧房被"赎买"；不知道的人这回知道了，说，"原来都是一家人哦！"

酒足饭饱散了席，彩珠子和章悦还把他们这一桌比较完整一点的剩菜汇拢打了包，说没准几爷子回去还要喝。

中国人都是这样，谁家的酒席要是没有剩菜，背后别人要指指点点，所以只能多，不能少。何况现在是盛世。

果然，夜色都朦朦胧胧的了，徐子屋里又热闹起来，彩珠子将剩菜热一热，又整成了一桌，徐子和文大同家两兄弟外加马伟泊，"四足鼎立"，直接恢复了由老太爷开创的"神仙会"。

"就在昨天，"文大喜满脸酒红，手还有一搭没一搭地比画着，看那架势已经差不多过了量了，麻乌着说，"不对……是前天，十六号嘛，星期五！国务院批准了我们国家……第一批，叫……叫汕头经济特区的成立，这说明什么？"

"说明什么？"徐子这个话属于打帮帮腔的一种，明知道对方马上就有下文，就是要帮衬一下，以显示说话投机，气氛融洽。

"说明啊……"文大喜说，"我们国家改革开放的步子……坚定不移！哎，这可是娄大元的原话哈！娄大元还说，小平同志……就是邓小平哈，八月提出来的'一国两制'，是我们国家解决……解决港澳台问题的一把钥匙！哎，真是这样哦！"

"这个问题吧，属于国家大事。我倒是觉得……"文大同端起酒杯呷了一口，把酒杯放下了，这才接着说，"国务院七月间发表的那个……那个那个关于个体经济的那个规定啊，说个体经济是国有经济和集体经济的必要……补充，对，就是这么说的，这才是改革开放的大手笔哦！完全是放开了手脚大干快上的架势哦！"

徐子一拍桌子说："我也是这么个看法！来来来，就为小平同志这个大手笔，我们早就应该好好喝一顿的啦！这回要干哈！"

文大喜拦住徐子说："不忙不忙，让小马副行长也讲几句！"

马伟泊同样满脸红晕，笑着摆摆手，说："二哥啊，我还讲什么讲？都在酒杯里面了，来嘛，干嘛！"

四个老者端起酒杯，一饮而尽，笑得嘻嘻哈哈的。

3

转眼到了1982年的春天，中共中央和国务院联合发出《关于进一步做好计划生育工作的指示》，提倡并实行一对夫妇只生育一个孩子，同时大力提倡晚婚晚育。这就是中国著名的"独生子女政策"。

按照这一年晚些时候进行的全国第三次人口普查的数据，中国的人口已经超过十亿，占世界人口的百分之二十二左右。

从国家的角度看，1981年的GDP差不多五千亿人民币，人均四百八十九元左右；人口出生率是20.9‰。按照这个速度，一年增加两千多万人，五年不到就增加一个亿，这个速度无疑具有让人瞠目的统计学意义。

再看看另外两个具有统计学意义的数据：一、1981年美国的人均GDP

是 1.4 万美元，按照当年的汇率 1∶1.74 计算等于人均人民币 24360 元；二、美国的人均 GDP 是中国人均 GDP 的 49.81 倍。这么个巨大差距不说什么时候能赶上，至少你要想办法缩小差距。假如人口基数无节制地增加，再大的 GDP 一人均，都会变得不堪入目。

所以，邓小平在 1979 年提出到 20 世纪末达到"小康"的构想，是代表了老百姓对宽裕、殷实的幸福生活的向往和追求的。目标既然确定了，"独生子女"政策便是国家一系列跟进的措施之一。

但是，独生子女政策对听了两千多年"无后为大"这个口号的中国老百姓来说，一下子很难接受。比如徐子家，这个政策直接将徐家生个儿子的希望寄托给了已经三十四岁且还在谈恋爱的徐天亮，这无疑让徐天亮背负的包袱相当沉重。

当然也有例外，比如马伟泊，就偷着高兴了好一阵子。

十多年前他第一次听说了计划生育的风吹草动，马伟泊便努力和侯雅蓝生下了马为民。现在回过头去看，用"未雨绸缪"一点不过分。既续上了老马家的香火，还不违背政策。就因为了却了"无后为大"的心愿，马伟泊便可以一心一意地扑到工作当中去，任劳任怨，兢兢业业。到国家宣布"独生子女"政策的时候，人家已经升任人民银行市支行的副行长了。

专门挑了一个周末的下午，马伟泊请了半天假，带着一家老小去了刀把镇。他要第一时间把好消息告诉妈妈，让自己跟文家这段几十年如一日的"亲情"增加一点因为自己的努力奋斗而带来的亮色。众所周知，马伟泊这之前一直是以"高攀"的不平等地位出现在文家的。

按马伟泊现在的职位，给单位要一辆小轿车跑一趟不是不可以，但是马伟泊不想占公家这种便宜，他跟侯雅蓝说，与其担心人家在背后指指戳戳，还不如坐客车踏踏实实。无非走一段路去客车站上车，那怕什么？还锻炼身体呢。这应该也算马伟泊新官上任三把火的其中之一——克己奉公。只不过火是燃在马伟泊心里，别人看不见。

侯雅蓝一向夫唱妇随，拉着马馨玥就走。你不要看马馨玥明年就该考大学了，跟她妈上个街都还手牵着手，黏糊得很。自从大姑娘马满仓前年考上了贵州大学，侯雅蓝就感觉自己又老了一截，非得去到刀把镇看见几个老人家了，才感觉重新做回了小辈，所以她愿意去刀把镇。

到了地方，挨一排二给几个老人家请了安，等金雨天问是什么风把他们吹过来的时候，马馨玥抢着就把马伟泊升官的事情说了出来，完全是水到渠成的模样。

"哦哟！搞半天是来报喜来了哦！"金雨天说。

马伟泊腼腆地笑笑，说："所以大人不好意思说呢！"

"这有什么不好意思的？"幺太太说，"从前人家还敲锣打鼓地上门朝贺嘞，生怕街坊四邻不晓得。好事情！好事情！"

文大同说："只可惜不是农业银行，要不然啊，还可以关照一下我们家文达德。"

"不是听说文达德准备考'托福'吗？"马伟泊说，"还说文心志已经帮他联系好了耶鲁大学，完全是高端人才的路径呢，哪里轮得着我来关照？怕是以后他要关照关照马为民他们几个小的哦！"

文大同很喜欢听这样的话，这也是一家人都喜欢马伟泊的原因，会聊天。于是马上说："是是是！哎，大满仓大学几年级了？"

侯雅蓝说："今年大二。"

"让她加把劲，完了去美国读研究生！哈哈哈哈！"文大同笑得很爽朗，仿佛他说了就算数似的。细想想也是，他是文心志家老太爷，这点家应该还是当得起的。

幺太太说："老二和老三也快了吧？"

马伟泊说："老二高三，马为民高二。"

"你看你看，那年还在说小马家两个生娃儿有一套，才眨了个眼睛，齐刷刷都该上大学了！啧！"幺太太感叹道。

金雨天说："记得饿饭那年生大满仓的时候，一家人高兴得哦，像得个玩具一样，盘过来盘过去的！因为饿饭嘛，老太爷就取了个'满仓'，大太太还另外加一个'大'字，一个姑娘家家，大满仓？真的下得了手哦！"

"嘿！"马伟泊说，"要不是老太爷大太太取这个名字取得好，她哪里上得了大学！"

金雨天说："你们看看人家小马这话说得，不当副行长才怪！"

"那晚上必须喝一杯喽？"文大同说。

"那必须啊！这个我也听大喜哥说了，"马伟泊说，"现在文家的云辉烧房是蒸蒸日上,说茅台烧敞开了喝!"

"哎!这个还真不是吹牛!只要你有量,云辉烧房有的是酒。真的!哈哈哈哈!"文大同的笑声脆生生的,显得底气十足。

1982年的夏天到来时,踌躇满志的文达德通过了"托福"考试,去了耶鲁大学留学,攻读会计与金融专业的硕士研究生,成了文达远、文达航两兄弟的校友,所有费用由安吉拉提供。人家安吉拉说了,假如文达德读完了硕士还想读博,进而产生留在美国的打算,她都全力资助。

消息传到刀把镇,文大同把儿媳妇扎扎实实表扬了一番。

文大同说:"我就觉得这个娃儿踏实,可靠!你不要看她碧眼金发,居然也是文家人的路子!一说资助别个去读书,两眼就放光,眨都不眨一下,是我们文家的做派,好!"

金雨天说:"那也是我们家文心志会找!"

"那当然是个大前提喽!"文大同明显有炫耀的意味,说,"而且两个人嘞,不生则已,一生生两个,大本事,真的大本事!哈哈哈哈!"

"好是好,"幺太太说,"要是……文达德能够结了婚再去,你们两个也会少操点儿心。"

"不不不!"金雨天马上说,"幺太太嘞,要是他再另外找一个'安吉拉'呢?我们不是还把彩礼钱给省了?"

幺太太说:"美国不兴收彩礼?"

金雨天说:"不收不收,我问过文心志!"

文大同说:"哟,你这意思,怕是早就打好了主意的?"

金雨天一点不谦虚,说:"那当然啊!什么情况都想在前面,叫未雨绸缪。倒不是非要省这笔钱,人家不兴,莫非你还死乞白赖送?"

文大同说:"那倒是不会。"

金雨天说:"文家又不是没过过穷日子,有粮常想无粮时,才是居家过日子的真谛。对吧?"

文大同说:"对的对的!"

好几十年了,他们家两口子一唱一和的对话风格始终没变过。

1982年9月1日，中国共产党第十二次全国代表大会在北京召开，这是改革开放之后召开的第一次全国代表大会。

邓小平主持了开幕式并致开幕词，他高度评价了这次大会的历史地位，认为这次大会是自党的第七次全国代表大会以来最重要的一次会议；会议在总结了新中国成立以来若干历史经验的同时，正式提出了"建设具有中国特色的社会主义"这个崭新的命题。

大会通过的新的《中国共产党章程》，顺应改革开放和社会主义现代化建设的需要，对党的民主集中制和各项组织制度、党的纪律做了更充分、更具体的规定；清除了"无产阶级专政下继续革命的理论"等"左"的错误，吸取"文革"的教训，规定"中国共产党工作的重点，是领导全国各族人民进行社会主义现代化经济建设"；第一次明确规定"党必须在宪法和法律的范围内活动"；同时废除了领导干部的职务终身制，建立了离退休制度；宣布"党禁止任何形式的个人崇拜"，等等，充实和完善了共产党内部的制度建设。

1983年2月12日，农历壬戌年的除夕之夜，中国发生了一件让老百姓难以忘怀的事情。中央电视台搞的一台叫作"春节联欢晚会"的节目第一次出现在电视屏幕上，顿时吸引了普天之下老百姓的眼球。

那时候虽然大多数老百姓家庭还都没有彩色电视机，一些人家在九英寸的黑白电视机前面加装一个十四英寸的凸镜放大屏，放大屏表面贴一张自上而下涂着红黄蓝三种颜色的玻璃纸冒充彩色电视机，就这种效果人们也看得津津有味，笑声不断。

因为没有专业的主持人，节目组把说相声的姜昆和马季，加上近期比较上座的电影《小花》里面扮演女一号的演员刘晓庆以及喜剧演员王景愚拉来兼职主持了第一届春晚。连宣读开幕词的播音员赵忠祥也是从旁边跨一步出来直接念台词的，只有那么随性、土气了。

节目大多是唱歌和相声，小品没几个，印象比较深的是王景愚的哑剧《吃鸡》；另外，一个叫李谷一的湖南妹子演唱的一曲《乡恋》，让老百姓见识了一回"气声唱法"。据说李谷一的这种发声方法前些年还被批判过，说具有"资产阶级倾向"。现在在中央电视台的节目里大张旗鼓地播出，也是文艺领域拨乱反正的成果。

刀把镇和茅台镇的所有文家老人都被文涛用"海狮面包车"接到了贵阳，各人住各人的房子，年夜饭是在文心武他们家三楼吃的，吃完了上四楼文涛家去欣赏正儿八经的、十八英寸彩色电视机。大家沉浸在温馨的气氛中，随着"春节联欢晚会"的歌声和笑声，说着笑着吃着玩着，喜欢做什么做什么。

　　文涛特地买了一个麻将桌回来，就是怕几个老人家被冷落了。幺太太、金雨天、徐子和文大喜先上，文大同五抽，五块钱一个牌牌，"卫生"麻将，就是"杀家搭子"。冯晓芬负责端茶倒水，完全就是早些年刀把镇那样的陪老外婆开心的阵势。

　　多少年了，曾经的其乐融融又回到了文家。

　　那天晚上还有一件高兴事。当跨年的钟声敲响之后，徐天媛和赵光辉双双捧着一个红色金丝绒包裹的东西来到幺太太面前，也不说话，就那么笑盈盈地看着幺太太。

　　幺太太看看他们，再看看红色金丝绒，说："哪样嘛？两个笑得好憨哦！"

　　赵光辉说："你老人家打开看嘛。"

　　"哪样情况嘛？"幺太太把金丝绒包裹接了过来，小心打开包袱皮，里面现出一个精致的墨绿色锦缎盒子，便问，"再打开？"

　　徐天媛说："当然嘛，总不会送老人家一个空盒盒嘛。"

　　"到底是哪样嘛？！"幺太太有些急了。

　　"嘿，就差一步了，你老人家打开看了不就晓得了！"徐天媛说。

　　幺太太把盒子上的一个铜纽扣打开，"嗒"的一声，墨绿色盒子终于在众目睽睽之下被展示出来，只见里面静静地端坐着的，是文家所有人都熟悉的、那只内环刻着"政乐民仁，光绪钦赐"的羊脂玉扳指。

　　眨眼之间，人们看见幺太太的身体无法控制地抖动起来，等她那张苍老的脸庞抬起来时，已经是老泪纵横了，颤动着的嘴唇就是说不出一句话来……

　　"幺太太！"赵光辉急忙说，"这是大喜舅舅和我辗转找到当年收东西的老王哥，多花了一万五千块钱赎回来的！一共三万五千！人家老王哥说了，要不是我们是主人家，这个东西人家说什么也不会再出手的！"

　　好不容易控制住了情绪，幺太太说："大喜啊，你应该说一声的嘛！"

　　文大喜一下子跪在幺太太面前，柳文君见状马上跟着跪，文涛和冯晓芬随后跟着，眨眼之间，文家人跪了一片，包括文大同家两口子和徐子。

文大喜也红了眼睛，说："幺太太！我们家就剩你一个老辈子了嘞，你要好好活嘞！活着才能看得见我们国家在小平同志的领导下，究竟会建设成一个什么模样！好不好嘛？！"

"好好好！看什么都可以！但是我消受不起你们这样跪着嘛！新社会了，大家都起来，起来说话！起来起来！"幺太太依旧激动着。

大家这才纷纷起身。

幺太太说："谢谢大喜！谢谢大家！让我小眼睛……老了老了还得了一回这么贴心的温暖，谢谢大家嘞！其实我晓得，'政乐民仁'从来都是帝王心目中的理想，跟现在共产党说的什么……'建设具有中国特色的社会主义'，都是为老百姓谋幸福的思路，一脉相承！是，我一定好好活着，哎！我真是想好好看看，今后的幸福生活会是个什么样子嘞，也许……"

"幺太太，我们大家一起等着看！"文涛说。

幺太太两手紧紧攥着羊脂玉扳指，高兴地说："对对对！我们大家一起等着看！"

徐天嫒过来挽着文大喜的手臂，说："大喜舅舅，你觉得……我们国家将来会是个什么样子？"

"我咋个晓得嘛？"文大喜说，"看嘞！"

（第三部完）
2020 年 5 月于贵阳兴隆花园寓所
2022 年 6 月 18 日整理于贵阳观山小区寓所